CAPTIVE: SOLO QUEDA EL RENCOR

SARAH RIVENS

CAPTIVE: SOLO QUEDA EL RENCOR

Traducción de Alicia Botella y María Brotons

ediciones martínez roca

Obra editada en colaboración con Editorial Planeta - España

Título original: *Captive Tome 1,5 – Perfectly Wrong*

Composición: Realización Planeta

Bajo el sello editorial MARTÍNEZ ROCA M.R.
Avenida Presidente Masarik núm. 111,
Piso 2, Polanco V Sección, Miguel Hidalgo
C.P. 11560, Ciudad de México
www.planetadelibros.com.mx

Primera edición impresa en España: julio de 2024
ISBN: 978-84-270-5302-1

Primera edición en formato epub en México: agosto de 2024
ISBN: 978-607-39-1824-4

Primera edición impresa en México: agosto de 2024
ISBN: 978-607-39-1686-8

Impreso en los talleres de Litográfica Ingramex, S.A. de C.V.
Centeno núm. 162-1, colonia Granjas Esmeralda, Ciudad de México
Impreso en México – *Printed in Mexico*

Sumérgete de lleno en la atmósfera de *Captive: Solo queda el rencor* con esta lista de Spotify escaneando el código QR.

Atmósfera

I Don't Like Darkness – Chase Atlantic
Ghost – Halsey
Better – Khalid
Traitor – Olivia Rodrigo
Halley's Comet – Billie Eilish
...Ready For It? – Taylor Swift
There's Nothing Holdin' Me Back – Shawn Mendes
I Like Me Better – Lauv
Like To Be You – Shawn Mendes, Julia Michaels
Golden – Harry Styles
The Chain – Fleetwood Mac
Late Night Talking – Harry Styles
Piece Of You – Shawn Mendes
Night Changes – One Direction
Life's a Mess – Juice WRLD ft. Halsey
All I Want – Dawn Golden
Worship – Amber Run
The Plan – Travis Scott
Madness – Ruelle
Listen Before I Go – Billie Eilish
How to Save a Life – The Fray
If This Is The Last Time – Lany
Perfectly Wrong – Shawn Mendes

Memento mori
Esto memor nostri

Prólogo

BEN

«Quiero a Ben Jenkins, no a Asher Scott.»

Esas palabras se le venían a la mente cada vez que pasaba por delante de su antigua preparatoria.

Eran sus palabras.

Siempre había sido el segundo. La sombra de aquel que inspiraba al mismo tiempo el temor y la admiración de todo el mundo. La sombra de su primo.

La gente lo utilizaba para acercarse a Asher, la falsedad era la esencia de las relaciones de amistad y de amor que había tenido anteriormente.

Pero todo había cambiado cuando esa chica, esa chica, le había dicho esas palabras.

Años atrás.

«Quiero a Ben Jenkins, no a Asher Scott.»

Esas palabras seguían en su mente, mientras que ella no estaba en su vida.

Y era totalmente por su culpa.

1
Al principio

BEN

Las tres de la mañana. Necesitaba dormir.

—Mira esto.

Estornudé cuando Ash me lanzó a la cara una carpeta llena de polvo.

«Carajo, parece la vagina de una momia.»

Mi primo encendió su enésimo cigarro mientras yo hojeaba los documentos. Mierda, mierda... y más mierda.

—No, esto son solo unos putos contratos.

Llevábamos dos horas buscando unos documentos que teníamos que enviarle a mi primo Kyle, que estaba en Inglaterra. Me levanté para hojear otra fila de carpetas mientras Ash firmaba en silencio unos papeles.

—Tu nueva casa parece muy... transparente —comenté rebuscando entre los estantes.

—Lo sé.

Hacía pocos días que había comprado una casa sin paredes, así como todo el terreno vacío que había alrededor. Nada de muros, solo ventanales.

En cuanto a privacidad, había cosas mejores.

—Si quieres esconder algo, muéstralo. Nadie siente curiosidad cuando todo es transparente.

Tras pronunciar esa frase, continuó firmando. Suponía que había elegido los ventanales porque al tío Rob le encantaban. Tal vez con ellos sentía que siempre estaba con él. Como yo con la pulsera negra que llevaba en la muñeca. La pulsera de Bella. Esa chica... era lo más bonito que me había pasado en la vida.

Como de costumbre, lo acabé arruinando.

Todavía recordaba aquella noche en la que me habían dicho que había una chica nueva en mi escuela.

—Pereza.

Eran las once de la noche, más o menos. Estábamos jugando a un juego de mierda en una consola de mierda. Nos habían invitado a una aburrida fiesta en casa de uno de nuestros amigos, pero me daba demasiada pereza moverme. Aunque, sinceramente, había otro motivo por el que no quería ir.

—Por mí bien, no me gusta mezclarme con los imbéciles de la escuela —soltó Ash tirando el celular al sofá antes de volver a tomar el control.

Sin contestarle, seguí jugando hasta que nos cansamos.

Mi primo sacó un cigarro del bolsillo y fue a sentarse cerca de la ventana abierta. Lo encendió en silencio mientras su celular no dejaba de vibrar por los miles de mensajes que recibía. El mío estaba en mi mesilla de noche, apagado. Aunque hubiera estado encendido, no habría cambiado nada.

Dándole una fumada al cigarro, me confesó:

—Anoche oí al tío Hector hablándole de la red a papá.

Otra vez la red. ¡Y pensar que algún día tendríamos que dirigirla nosotros!

—Dijo literalmente: «¿Por qué no hacer un trato con Sienna?».

Me eché a reír. La hija del tío Hector servía para todo... menos para encargarse de la red. Era demasiado peligrosa, todo el mundo lo sabía.

—Es decir... ¿tú y Sienna? —pregunté cuando me calmé.

Mi primo asintió con una sonrisa mezquina. Le dio otra calada al cigarro y negó con la cabeza, exasperado. La puerta se abrió de golpe y Kyle entró en mi habitación con Sam, que traía unas pizzas. Esa noche improvisada me gustaba mucho más que la fiesta de mierda.

—¿Qué demonios hacen aquí? —se sorprendió Kyle.

—¿Estar en mi casa? —contesté.

—¿No tenías una fiesta?

—La cancelamos —replicó Ash, molesto.

Se dejaron caer en el sofá.

—Okey, chicos, tengo un plan —anunció Kyle con malicia—. He visto a Kiara, creo que tiene una cita o algo así.

—No —espetó Ash—. Déjala tranquila.

Sabíamos que Kiara tenía una cita con una chica que había conocido en una biblioteca. También sabíamos que, si nos entrometíamos, acabaría con nosotros.

—¿Alguna noticia sobre la sucesión? —preguntó Kyle tomando una porción de pizza.

Ash tiró la colilla y se levantó antes de decir:

—El tío Hector ha propuesto una alianza con Sienna.

Nuestros dos primos se echaron a reír. A continuación, Kyle confesó:

—Oí a papá y al tío Rob hablar de ello. Al principio pensaba que serían tú y Ben, o tú y yo, pero tú y Sienna...

—¡Por favor! Oímos cómo el tío Rick se moría de la risa —añadió Sam.

—¡Qué loco!

Se acercaba el momento de nombrar a un sucesor, el próximo dirigente de la red familiar, aunque... todos sabíamos que sería Ash. Personalmente, yo no quería esa responsabilidad y creo que solo Ash estaba hecho para el puesto. O, al menos, no había nadie tan preparado como él.

Me costaba imaginar a los dos tipos que había sentados con nosotros desempeñando ese papel.

—Ya, cambiemos de tema. ¡Estoy harto de hablar de la red! Como red, bebo red, respiro red... —refunfuñó Sam.

—Me cojo a la red —agregó Kyle.

—No te cojes nada —replicó Sam, exasperado.

—¿Ya vieron a la nueva de la escuela?

Fruncí el ceño. No me había enterado de que hubiera ninguna chica nueva.

—La semana pasada faltamos algunos días —comentó Ash dejándose caer a mi lado en el sofá.

Ah, sí, cierto.

—Es linda —dijo Sam armando un porro.

—Llévate a Ash cuando vayas a hablar con ella, a lo mejor así se interesa por ti.

—Cierra el pico, Kyle —lo reprendió Ash.

Aunque Kyle no creyera necesariamente lo que acababa de decir, había una gran parte de verdad en su comentario. A menudo iba con Ash por la escuela y la gente me hablaba porque sentía admiración por mi primo. Un poco como la fiesta de esa noche, a la que me habían invitado añadiendo que llevara también a Ash. Sabía que la invitación no era para mí, sino para él.

Al principio no entendía por qué la gente buscaba su amistad. Asher trataba con frialdad a todo el mundo, se peleaba a menudo, faltaba a clase y no hablaba con nadie. Pero Kyle me había explicado que era porque lo consideraban un malote. Y a la gente le encantaban los malotes.

Así que, cuando se apuntó para jugar en el equipo de futbol de la escuela, se convirtió en el cliché perfecto del chico popular. Las chicas babeaban a su paso, fantaseaban con cogérselo en los vestidores.

Me convertí rápidamente en el primo del chico popular. Al principio no me molestaba. Todos eran simpáticos conmigo, podía cogerme a todas las chicas que quisiera, los chicos me integraban en sus grupos, pero, cuando Asher no estaba en clase, no contaban conmigo. Era el primo de Ash Scott y, si Ash no estaba, me convertía simplemente en Ben.

Alguien llamó a la puerta.

—Escondan los porros que tengan en la mano si no quieren que los vea —advirtió nuestro tío antes de entrar.

Sam lo arrojó al otro lado de la habitación.

En un abrir y cerrar de ojos, deseché esos pensamientos tóxicos de mi cabeza. «Es culpa del cansancio.»

Extrañaba muchísimo al tío Rob. Y también a Bella.

—Estás muy callado —comentó Ash dándose cuenta finalmente—. ¿Estás pensando en ella?

Resoplé. Tenía que cambiar de tema.

—¿Crees que los peces son como las aves de los mares? Es como si volaran por el agua.

Él se rio entre dientes.

—Supongo que sí —se burló.

Sonreí. ¡Claro! Tomé una carpeta llena de polvo que había entre dos cajas y en la que había escrito en rojo UK CONFIDENTIAL.

Bingo.

—Creo que la encontré.

Cuando le lancé el documento, dejó de hojear sus contratos. Dio prioridad a la carpeta. Repasó las páginas y una sonrisa se dibujó en sus labios. Eso era buena señal.

—Bien, lo tenemos.

Se me escapó un suspiro de alivio. ¡Por fin, carajo! «Podré volver a hibernar.»

—¿Te quedas aquí?

Era una pregunta tonta: claro que iba a quedarse. «Gracias a Dios por darme un trabajo menos aburrido.»

—Rick quiere traerme una nueva cautiva —suspiró pasándose una mano por el pelo.

Le lancé una mirada de asombro. ¿Otra vez?

—Insiste.

—Voy a matarla, eso es todo.

Negué con la cabeza. Su comportamiento me exasperaba, pero el de Rick aún más. Y todo por culpa de la maldita de Jones.

—¿Cuándo?

Mi pregunta pareció irritarlo. Con el ceño fruncido, resopló:

—No lo sé y me importa una mierda. No la quiero.

Asentí. No quería discutir con él. «Me da pereza que me griten a las tres y media de la mañana.»

Volví a despedirme de mi primo y salí del archivo. Subí las escaleras escuchando a lo lejos el ruido de los camiones y las voces de los hombres que se quedaban hasta tarde. A esas horas todo el mundo estaba durmiendo, pero aquí, en el cuartel general, era la hora perfecta para trabajar.

De camino, pensé en el comentario de Ash. Además, era la misma habitación en la que Kiara, Ash y yo habíamos hablado de Bella por primera vez hacía casi cinco años.

—¿Y bien? ¿Cómo estuvo? —le pregunté a Kiara, que se dedicaba a girar en la silla en lugar de ayudarme a ordenar los documentos.

«Un día me las pagará. Algún día seré yo el que no tenga que hacer nada.»

—Sin novedad —resopló hablando de su cita—. Sus gustos musicales son asquerosos. Y la música es importante.

Cuando resoplé a mi vez, me lanzó una pluma y se cruzó de brazos.

—¿Dónde está Ash? —me preguntó la bruja.

—La última vez que lo vi fue... por algún sitio.

Ella puso los ojos en blanco mientras yo esbozaba una sonrisa ladeada. Fastidiar a esa bruja era mi pasatiempo preferido. Kiara era la hija de la mejor amiga de mi madre, Gemma Scott. Y, al igual que la hermana de Ash, Abby, Kiara era insoportable y mezquina y tenía un carácter de mierda.

—Si fuera un personaje de Disney, ¿tú quién crees que sería?

Me eché a reír pensando en la mala de *101 dálmatas*.

—Con ese maquillaje, Cruella.

Intenté escapar de sus manos, que amenazaban con desmembrarme en el acto.

—Okey, Jenkins, ¿quieres jugar? —me desafió—. Dime que soy una princesa o le diré a Ash que rompiste su juego preferido.

—Es de locos la poca autoestima que tienes —solté exasperado tras oír su amenaza.

—¿Quieres ponerme a prueba? —me advirtió mientras tomaba su celular rosa para marcar el número de mi primo.

—¿Poner qué a prueba? —preguntó Ash, y entró de nuevo en el archivo.

Aproveché para volver a sentarme.

—Kiara compró condones y quería que los probáramos —mentí mientras ella formaba una «O» con la boca—. ¿Ves? Ya está preparada para los preliminares.

Me eché a reír y Kiara me lanzó los documentos a la cara. Ash se rio y se sentó a mi lado.

—Si quieres cogerte a Ben, supongo que tu cita no era lo que esperabas —comentó con aire burlón.

Kiara se rio. Comprendí que acababa de volver la situación contra mí.

—¡Oye, nos estábamos metiendo con Kiara!

—¡Vete al diablo, Ben! —espetó ella poniendo los ojos en blanco—. He visto a Sam y a Kyle, y me dijeron que hay una chica nueva en su escuela.

Ash asintió.

—Tuvimos que atender un encargo el día que llegó.

—¿Sabes que los demás piensan que nuestros padres son gente con trabajos importantes? —mencioné con una sonrisa.

—Teniendo en cuenta los guardaespaldas que los esperan al salir de clase y los grandes coches negros en los que llegan, los compadezco —comentó Kiara—. Prefiero mis clases a distancia, se vive mejor.

Ash se rio.

—Me gusta mucho nuestro supermercado.

Ash decía que nuestra escuela era su «supermercado» y los productos eran las chicas que alegremente se entregaban a mi primo.

—¡Algún día conocerás a alguna chica que te haga olvidar a todas las que caen a tus pies! —exclamó Kiara mirando al muy malote—. Y serás tú el que se ponga a los suyos.

—¡Claro que sí, Kiara! —contestó él con sarcasmo—. Si llega ese día, cosa que no creo que pase, pueden reírse de mí.

Me froté las manos con aire malicioso.

—Tampoco es que no lo hagamos ahora.

Abrió la boca para responder, pero la cerró de inmediato y me dio un puñetazo en el hombro. Fingí sentir un horrible dolor, exagerando enormemente. Tendría que hacerme actor, carajo. Ben Cruise.

—Se acabó, estoy harto —solté tirando los documentos restantes—. Tú no trabajas y me toca a mí hacer las tareas por ti.

Kiara me mostró su dedo medio. Estuve muy cerca de saltarle encima y hacerla tragarse el brazo.

—Yo me voy a casa —anunció Ash—. Ya nos pondremos al día mañana por la mañana.

Se levantó, se desperezó y se despidió de nosotros antes de salir.

—¿Y tú no tenías una fiesta? —me preguntó Kiara.

Me encogí de hombros.

—Ash no tiene ganas.

—Pero te habían invitado a ti.

—Todos sabemos por qué me han invitado esos tarados —solté apoyando la cabeza en la mesa.

Ella suspiró.

—Piensa que el año que viene no volverás a verlos.

—A veces envidio a Ash —confesé haciendo una mueca—. Solo existo cuando él está delante. Incluso para las chicas. ¿Te acuerdas de aquella que me gustaba?

Frunció los labios. Sabía a quién me refería. Cuando estaba en segundo, había una chica que me gustaba, pero ella no quería nada de mí. Salió conmigo solo para acercarse a él. Lo supe porque me dijo: «Cuando te beso, pienso en Ash».

Esa zorra me destruyó la autoestima. Puta Lexie.

—No debes darles la más mínima importancia —dijo Kiara—. Lo más importante, después de tu título, es la red.

Asentí suspirando, cansado.

—En mi cabeza, la escuela no era así.

Me imaginaba que sería la mejor época de mi vida, pero los alumnos estaban obsesionados con los chicos populares y los jugadores de futbol. Por no mencionar los tipos que se hacían los rudos. ¿Y quién era la mezcla perfecta de las tres cosas? Pista: empezaba por «A» y acababa en «Sher».

Yo había intentado hacer amigos sin llevar la etiqueta de «primo de Ash Scott» pegada en la frente. Pero incluso el club de literatura lo vio a él en mí. No aceptaron que formara parte de su grupo con la excusa de que «Asher no es una buena compañía, así que tú tampoco».

La chica nueva había llegado a una mierda de escuela. Pero, bueno, suponía que acabaría sucumbiendo a los encantos de Ash. Como todas las demás.

No le daba menos de una semana antes de formar parte de su lista de conquistas.

Se me escapó una risita. El Ben adolescente era muy tonto.

«Todavía la amo con locura.»

Tanto como me odiaba a mí mismo por haberle hecho daño. Esperaba que fuera feliz. Sin mí. Aunque yo no lo era sin ella.

«Carajo, me odio.»

«Quiero a Ben Jenkins, no a Asher Scott.»

2

Obsesionado

BEN

—Estoy harto de que Rick me diga lo que tengo que hacer.

Rick no daba su brazo a torcer. Estaba empeñado en encontrarle una nueva cautiva, aunque el señorito ya hubiera matado a dos de ellas y hubiera hecho huir a otra en tan solo unos meses.

«Sí, es fuerte. El terrorífico Asher.»

Mi propio pensamiento me arrancó una risita y mi primo me fulminó con la mirada. Me aclaré la garganta y me encogí de hombros.

—Solo tienes que decirle que no quieres otra.

—¡No me digas! —exclamó fingiendo sorpresa—. ¿Cómo no lo había pensado antes? ¡Carajo, eres un genio!

Él también era demasiado quisquilloso. Tener una cautiva le quitaría la mitad del trabajo, como me sucedía a mí con Sabrina.

«Hay que rentabilizar.»

—Okey, Jenkins —empezó Ash—. ¿Sabes qué? Me importa una mierda... No, voy a...

Dio unas cuantas vueltas a la habitación intentando encontrar las palabras que pudieran expresar lo que pensaba. Durante ese tiempo, me perdí en las redes sociales.

—Voy a matarla —anunció finalmente la voz ronca de mi primo, que aspiraba a convertirse en un maldito asesino en serie.

«Asher, el destripador de cautivas.»

—Sí, sí... —resoplé sin dar la menor importancia a lo que acababa de decir.

No lo haría. No una tercera vez. Para empezar, porque no le gustaba matar. Además, sabía que, si empezaba a causar problemas, podíamos retirarle su título de jefe de la red.

Pasaba un tuit tras otro mientras él balbuceaba. Siempre se comportaba así cuando perdía el control de la situación.

—¿Te imaginas que un día Bella vuelva a la ciudad?

Mi pregunta hizo que se detuviera en seco, justo el efecto que buscaba.

—No —me respondió frunciendo el ceño.

—He dicho «te imaginas».

—Okey, entonces imagínate que te digo que no.

Con un suspiro, acaricié una vieja foto de Bella que había sido tomada años atrás. Había sido una estúpida idea de Ash.

—Deja de mirarla así, pareces un violador.

Sentí que me sonrojaba. Ash se partió de la risa al ver la vergüenza subir por mis mejillas. Mis ojos seguían clavados en la chica nueva de la escuela.

Isabella Grace. Demonios, era preciosa.

—¿Por qué no quieres hablarle? —me preguntó mi primo mientras le daba un bocado al sándwich.

—¿Ha-hablarle? No, no, no —balbuceé apartando la mirada—. No creo que yo sea su tipo.

—Si no piensas hablar con ella, deja de mirarla como si fueras a seguirla hasta los vestidores para saltar sobre ella.

Tragué saliva e intenté dejar de prestar atención a la nueva, que almorzaba a lo lejos con dos chicas de mi clase. Cuando Ash se volteó, crucé los dedos para que no se fijara en él. Pero Isabella giró la cabeza en ese mismo momento y esbozó una pequeña sonrisa, una sonrisa para Ash. O al menos así me pareció. El mínimo atisbo de esperanza que guardaba de que pudiera fijarse en mí se desvaneció en un instante.

Él siguió comiendo como si nada.

—¿Por qué la has mirado? —le pregunté algo celoso.

Vi que fruncía el ceño sin entenderme.

—¿Mirar a quién? ¿A Grace?

Asentí. Suponía que había dirigido los ojos hacia ella, aunque no podía confirmarlo.

—¿Estás delirando? Estaba controlando a Kyle, que lleva un rato ligando con la de segundo.

Inclinó la cabeza para dejar que viera a nuestro primo, apoyado en la pared de ladrillos en medio de una conversación con una chica de pelo verde.

—No toco a las que están apartadas —me tranquilizó Ash mostrando falta de interés—, pero sigo pensando que deberías dejar de mirarla así.

Sonreí. Había captado el mensaje.

—Puedes tomarle una foto y guardártela en el celular si quieres. Es lo que yo haría para poder mirarla durante horas sin revelar que me gusta.

—¿Alguna vez has hecho eso? —le pregunté frunciendo el ceño.

—Nunca me ha gustado ninguna chica, pero es lo que haría en tu lugar.

Las pocas fotos que tenía de ella desfilaban ante mis ojos. Echaba de menos ese rostro angelical. Era el tipo de chica que sonríe mucho y ríe aún más.

Esa risa. Reía de todos mis chistes, incluso los más malos.

—¿Me escuchas cuando te hablo?

Ash me sacó de mis pensamientos. Con los brazos cruzados, me miraba fijamente.

—Sí..., sí... —murmuré.

—Entonces, ¿qué te parece?

«Mierda. ¿De qué está hablando?»

—Es una muy mala idea —solté como si supiera a qué se refería.

Me miró sin decir una palabra y esbozó una pequeña sonrisa burlona.

«Okey. Sabe que no lo estaba escuchando. Mierda.»

Sacó un cigarro de su paquete y lo encendió. El olor del humo invadió mis fosas nasales y me entraron ganas de fumarme uno.

—¿Cuándo llega?

Mi pregunta hizo que pusiera los ojos en blanco y suspiró:

—Es lo que te estaba diciendo, no me has escuchado en ningún momento.

Me encogí de hombros con una pequeña sonrisa de disculpa antes de esquivar un libro que lanzó apuntándome a la cara. Me reí y me informó con un tono cansado:

—Esta noche.

Abrí los ojos como platos. «¿Tan pronto?»

—Pero ¡no queda nada!

—Es lo que te estaba diciendo hace cinco minutos.

Su respuesta me arrancó una sonrisita y le pregunté:

—Okey, pero ¿qué ha sido eso de que me pedías mi opinión?

—Eres un cabrón. Quería saber qué pensabas al respecto.

Sonrió y yo lo imité para evitar que me aplastara la nariz con otro libro.

El celular me vibró en la mano. Rick me estaba llamando. Le enseñé la pantalla a Ash, que me pidió que colgara.

—¿Crees que ha llegado?

Echó un vistazo al reloj que llevaba en la muñeca.

—Sí, pero tarde.

Estábamos en casa de Asher, en el despacho del tercer piso. Por cierto, era una mansión enorme. Aún no la había visto toda, pero sabía que tenía un garaje y un sótano con un campo de tiro. Rick, Kiara y Sabrina estaban en la sala de reuniones del segundo piso.

Me levanté para unirme a ellos. Él gruñó y me siguió. El mayordomo estaba todavía en la planta baja esperando a la futura cautiva de Ash.

«Tengo curiosidad por ver cómo es.»

En cuanto entramos en la habitación, al fondo del pasillo, las miradas del resto del grupo se posaron sobre nosotros. Kiara resopló con expresión exasperada.

Utilizando una voz aguda, puse la mano sobre el torso de mi primo, que casi me rompe los dedos.

—Hola, me llamo Benny y soy la nueva cautiva de Ash.

Sabrina se rio mirando a mi primo con ojitos tiernos. Carajo, no lo dejaba en paz. Me recordaba a las chicas de nuestra escuela.

—¿Han visto a Ash? —preguntó una chica detrás de mí—. Lucía muy sexi en el entrenamiento de esta mañana.

—¡Sí! Su cuerpo, sus músculos, me dan escalofríos cuando me mira —gimió la segunda.

—¿Te mira? —preguntó su amiga, desconcertada.

Estaba comiendo solo. A Ash le habían avisado que había algún problema en la red y se había ido justo antes del descanso. Las chicas comían detrás de mí y hablaban de mi primo como si fuera un dios, cosa que me ponía de nervios.

Al ver a Kyle y Sam, de repente me sentí aliviado de no tener que comer solo mientras escuchaba el nombre de Ash saliendo constantemente de las bocas de esas chicas.

—Tienes mala cara —apuntó apoyando su bandeja.

—Estoy cansado —expliqué mientras se sentaban.

—¿Dónde está el rubio? —preguntó Kyle probando su comida, que no tenía muy buena pinta.

—Se ha ido a...

Me quedé petrificado cuando Isabella entró. Estaba buscando a las chicas con las que normalmente comía. En un momento dado, nuestras miradas se cruzaron. Y me sonrió.

Me sonrió.

Casi me explota el corazón en el pecho.

—¿Sabrina? ¿Sabes que, si la cautiva de Ash es más guapa que tú, voy a proponer un intercambio? —le confesé dejando a un lado mis pensamientos.

Ash resopló molesto mientras ella soltaba una risita. Esa mujer era tan egocéntrica como Ash.

—Nunca encontrarás a una más guapa que yo, Ben. Es imposible.

—Sí, claro —soltó Kiara poniendo los ojos en blanco.

Estábamos todos tirados en las nuevas sillas de cuero del despacho, que olían a nuevo. Los ojos de Asher estaban apagados y tenía la mandíbula apretada. Mala señal.

—¿Si Ash la mata? —preguntó Kiara a Rick.

—Ya serán...

Un golpe en la puerta interrumpió a mi tío. Mi curiosidad aumentó. Estaba impaciente por ver cómo era la nueva de nuestro pequeño grupo.

Rick se dirigió hacia la puerta y la abrió despacio, dando paso a Carl.

—¡Tardaste mucho! —exclamó Rick.

—Disculpe, había un atasco en la carretera principal y he tenido que venir por otros caminos.

El cuerpo de Rick nos impedía ver a la joven, lo que nos empezaba a molestar.

—Carajo, Rick, muévete —susurró Sabrina.

—No consigo verla —dije en un murmullo.

—Yo tampoco —apuntó Kiara en tono molesto a la vez que se levantaba ligeramente de su asiento.

Por fin, Rick se hizo a un lado. Mi primera reacción fue abrir los ojos como platos. Carajo, era guapísima.

«Sin embargo, se parece un poco a Isoputa... y eso no es nada bueno.»

Estaba asustada. Parecía que fuera su primera vez trabajando como cautiva.

«Qué raro.»

—Doy por terminada esta reunión con un no rotundo —dijo Ash levantándose de la silla.

«A la mierda.»

—Ash, no seas quisquilloso. Es perfecta para el negocio. Su anterior propietario me ha dicho que es muy descarada —explicó Rick.

«Sí, bueno, su propietario habla de ella como si fuera una prostituta.»

—¡Yo no quiero una cautiva nueva, Rick! Carajo, mírala, ¡parece un zombi! No sacaremos nada de ella, aparte de tocar fondo todavía más.

—¡Me da igual lo que digas! ¡Que es preciosa! —replicó mi tío—. Justo como a ti te gustan.

«Un poco demasiado, diría yo...»

Mi tío le susurró algo a la cautiva, que retrocedió.

—Ash, si quieres, puedo probarla yo por ti. Solo para ver cómo se desenvuelve en el terreno...

Mi frase, con la que únicamente pretendía relajar el ambiente, hizo que la cautiva pusiera una mueca de disgusto. Por supuesto.

—Toda tuya, invita la casa.

«¡Premio! Dos cautivas por el precio de una.»

—Ben no puede tener dos cautivas, Ash, no es negociable.

«Qué envidioso.»

Kiara le susurró a Sabrina que se parecía a Jones. Así que yo no estaba loco. «Ups..., creo que Ash acaba de oír lo mismo que yo...»

—¡SALGAN DE AQUÍ! —gritó este—. ¡Y LLÉVENSELA!

Cerré los ojos. Sí, lo había oído y estaba a punto de hacer una escena, lo presentía.

«Tengo buen olfato para estas cosas. Trabajé como pastor alemán para la policía cuando era joven. De acuerdo, es falso, pero me parecía gracioso.»

—Es lo que él habría querido que hicieras.

«Rick toca la fibra sensible de Ash mencionando a su padre: hecho.»

Ash se giró hacia nosotros y lo fulminó con la mirada antes de soltar:

—Sin él, yo nunca habría entrado a sus malditos asuntos.

Era cierto. Al principio, quería trabajar en la Scott's Holding Company, pero le dieron el puesto a otra persona.

—Ahora que estás dentro, debes dirigir nuestro negocio como lo hizo él. Ya sabes que ellas lo hacen muy mal.

—Y para eso debes aceptar a tu nueva cau...

—¡Cállate, Kiara!

«Vamos, fuera de aquí, bruja.»

Carl salió de la habitación seguido de Ash. La cautiva se masajeó el brazo, señal de que le habían hecho daño. «A Carl nunca se le ha dado bien tratar con mujeres...»

—¡Bien! Ahora que el problema está solucionado, permíteme que me presente. Me llamo Rick y estos son Ben, Kiara y Sabrina.

Las dos idiotas la saludaron con la mano y ella esbozó una pequeña sonrisa forzada. Era evidente que no quería estar aquí. Pero no entendía por qué... Solo tenía que rechazar el trabajo, ¿no? Ninguna cautiva estaba obligada a trabajar con un propietario si no deseaba hacerlo.

—Tu antiguo propietario nos ha cobrado caro para poder tenerte —continuó mi tío—. Espero haber tomado la decisión acertada...

—Mi propuesta sigue en pie, ¿eh? —solté con una sonrisa burlona.

—Uno de ustedes irá a preguntarle a Ash dónde dormirá su nueva cautiva.

No cabía duda. Podía sentir la mirada de Rick posándose sobre mí.

—¡Ve tú! ¡Yo tengo mejores cosas que hacer que quedarme atrapado en una cama de hospital!

Si iba a ver a mi primo en ese momento me vería como un

saco de boxeo. Sabía que hacía mucho tiempo que no boxeaba para relajarse... «No me voy a arriesgar.»

—¿Puedo ir yo? —preguntó Sabrina.

—No —respondí al mismo tiempo que Rick, quien de repente miró fijamente a Kiara.

«Qué alegría.»

Cuando me volteé con una sonrisa burlona hacia la bruja, ella me fulminó con la mirada. Negó con la cabeza, pero cedió unos segundos después.

—Los odio a todos, bola de cobardes —murmuró abandonando la habitación.

Un sentimiento de satisfacción me invadió.

«¡Qué gusto!»

Tras unos minutos de silencio, oímos por fin los gritos de Ash. Resoplé exasperado. «Por favor, que acabe rápido.»

Kiara volvió sin Ash y Rick tomó a la hermosa cautiva por el brazo. Pero, en ese mismo momento, mi primo irrumpió en la habitación casi echando abajo la puerta y arrastró a la cautiva con él hacia los pasillos de su casa. «¡Por fin ha terminado!»

—¿Ahora qué hacemos?

—Nada, volvemos a casa —soltó Sabrina encogiéndose de hombros.

«Será un placer.» Me despedí de los demás antes de bajar las escaleras. En el salón, Ash estaba despotricando. Le dejé el trabajo sucio a Kiara. Parecía furioso, dispuesto a pelearse con cualquiera. Y desde luego no iba a ser conmigo.

Salí de allí sin decir una palabra. En realidad, solo tenía ganas de una cosa: llegar a mi casa para volver a verla. Volver a verla mientras dormía. Encontrármela en mis sueños.

—No entiendo por qué no quieres ir a hablar con ella —dijo mi primo resoplando.

Me dio un escalofrío. El aire fresco de la noche me golpeaba la cara. Estaba con Ash en un parque infantil vacío. Era pasada la medianoche. Mi primo se fumaba un porro mientras yo me bebía una botella de cerveza en silencio con los ojos clavados en la pantalla del celular.

—No... no quiero que me rechace —admití—. Es que... todas las chicas que me gustan o no quieren nada o te quieren a ti.

Chasqueó la lengua molesto.

—¿Y qué? ¿Prefieres mirarla como un imbécil hasta final de curso y luego dejarla marchar?

Me quedé mudo. Sabía que tenía razón, pero no era lo bastante valiente. Tenía miedo al rechazo. A su rechazo. Así que, en mis sueños, me imaginaba entre sus brazos. Carajo, era raro.

—¿Tú qué harías en mi lugar? —le pregunté curioso.

Ash siempre tomaba las mejores decisiones. Necesitaba inspiración.

—Haría que se interesara por mí.

¡Qué idea de genio!

—¿Cómo? —le pregunté levantando la mirada hacia él.

—Simple: ignorándola.

3
Ella

BELLA

—¿Qué vamos a hacer ahora? —me preguntó Riley, mi *roomie*—. Está muy bien tener un título, pero si no lo usas...

Hacía dos meses que nos habíamos graduado después de años esforzándonos como locas para conseguir esos diplomas. Como habíamos terminado la universidad hacía una semana, nos pasábamos el tiempo viendo series y películas de miedo, aprovechando al máximo las vacaciones que nos habíamos tomado.

—No lo sé. Puede que vuelva a Los Ángeles.

Me había marchado de la ciudad con dieciocho años, justo al terminar la escuela, para estudiar Sociología aquí, en Manhattan. Me había matriculado en la universidad para complacer a mis padres. Siempre me había dicho que volvería cuando me graduara, pero había cambiado de opinión en el último momento. Todavía no estaba preparada.

—Yo aún no tengo ni idea —me confesó Riley, insegura—. Creo que volveré a Irlanda. Pero, al mismo tiempo, no quiero marcharme de Nueva York.

Era exactamente lo que sentía yo. Esa sensación de no saber qué quería y qué no quería me angustiaba.

—Me parece que me quedaré aquí unos meses y ahorraré un poco para la cafetería que quiero abrir en Los Ángeles.

De ningún modo iba a dejar que mis padres me pagaran mi primer negocio. Sin embargo, para no depender del dinero de mi padre, tenía que ahorrar.

—Quieres que sea solo tuya, es comprensible —dijo ella sonriendo—. No puedo esperar a visitarte y tomar algo en tu cafetería.

Sonreí. Mis padres nunca me dejaban pagar nada, ni siquiera sabían que trabajaba en una cafetería a media jornada. Y por una buena razón: mi madre enloquecería mucho más de lo que ya lo estaba y se pasaría la mayor parte del tiempo analizándome psicológicamente. «Odio su trabajo. No necesito que una psicóloga me explique por qué aspiro a ser independiente.»

En cuanto a mi padre, se ganaba la vida gracias a las oportunidades que encontraba por Los Ángeles. Su papel de hombre de negocios le iba como anillo al dedo, pero ocupaba todo su tiempo.

Riley me entendía porque su madre estaba tan ocupada como mi padre. Además, nos habíamos conocido gracias a ellos... años atrás. Su madre y mi padre trabajaban juntos a menudo.

—Mi madre piensa que estoy todavía en primero. Y de eso hace cuatro años. Cuatro años.

Al contrario que la mía, la madre de Riley no se interesaba por los estudios de su hija ni por su vida en Nueva York. Mi compañera pelirroja era libre como el aire, tanto que casi le tenía envidia. Yo recibía cientos de llamadas de mi madre cada día preguntándome qué estaba haciendo y con quién y diciéndome que no volviera demasiado tarde. A pesar de estar a miles de kilómetros, era como si viviera conmigo. Me resultaba asfixiante.

De pequeña, mis padres eran muy estrictos conmigo: nada de novios, nada de fiestas, nada de salir por la noche ni de quedar con los amigos más de dos veces a la semana. Si un día salía, no podía volver a salir el siguiente.

«Vaya época...»

—¿Te imaginas que te rencuentras con tu ex en Los Ángeles? —me preguntó con aire travieso.

Me dio un vuelco el corazón en cuanto lo mencionó. Aunque él no encajaba con la definición de esa palabra, era el único que aparecía en mi mente.

Ben. Benjamin Jenkins.

—No creo que vuelva a verlo —suspiré mientras doblaba la ropa.

—Pero ¿te gustaría?

—No.

«No quiero verlo, él... No. No quiero.»

Había tenido esperanzas de volver a verlo. Pero había pasado mucho tiempo y él no había vuelto.

—Eres demasiado rencorosa, Isabella —dijo poniendo los ojos en blanco.

—Al contrario, no lo soy lo suficiente. Desapareció sin más, sin previo aviso —le recordé frunciendo el ceño.

Riley se cruzó de brazos.

—Sí, pero tal vez tuviera un buen motivo. ¿Lo sabes?

«No sé nada, pero como mínimo...»

—Los seres humanos poseen algo llamado «capacidad de comunicación». Aunque no llegáramos a estar juntos, había algo —repliqué irritada.

Riley se dejó caer en el suelo de mi habitación. Por más que se exasperara, yo estaba decidida a mantenerme firme.

—¡Eres más terca que una mula! —espetó mirando el techo—. ¿Y si estuviera muerto?

—Si ese fuera el caso, su primo me habría informado.

«De eso estoy segura.»

—¿Ash?

—El mismo.

En la escuela yo no trataba mucho con Ash. Apenas me dirigía la palabra, pero sabía que, en esa época, me habría avisado si le hubiera pasado algo a Ben. Sin embargo, él también había desaparecido dos días después de que lo hiciera su primo...

—Me gustaría saber qué aspecto tiene ahora. Cuanto más crecemos, más guapos nos volvemos —me dijo con los ojos brillantes—. ¡Ahora parecerá un modelo de Calvin Klein!

Su entusiasmo me arrancó una carcajada. Todavía tenía una foto de Ash en el celular que me había enviado Ben. Estaba durmiendo en el sofá de su habitación. Riley se había enamorado perdidamente de esa foto y me había pedido que no la borrara nunca. Tenía que admitirlo: Ash era guapo a rabiar. Pero, en esa época, yo tenía una gran debilidad por el pelo de ébano y la sonrisa traviesa de su primo.

—Voy a darme una ducha —anunció mi *roomie*—. Te aviso ya: ¡esta noche salimos!

Fruncí el ceño. Creía que quería ver una peli.

—¿No habíamos hablado de quedarnos aquí?

—No me gusta pasar demasiado tiempo en casa, me deprime.

Me reí.

—Si algún día hay una pandemia y me veo obligada a quedarme encerrada en casa, al cabo de dos días ya no sabré qué hacer.

—¿Ver todas las series que has empezado y nunca has acabado? ¿Hacerte mascarillas?

Mis propuestas no le interesaron.

—No me hagas pensar en esas cosas tan horribles, Bella. ¡Hoy cenamos fuera!

Salió de mi habitación y me quedé sola mientras escogía mi ropa.

Cada vez que hablábamos de Ben, todos los pensamientos que tenía enterrados en lo más hondo de mi ser venían a llamar a la puerta de mi mente. Me atormentaban todas las preguntas sin respuesta provocadas por las excusas que había inventado durante años para no odiarlo.

Caminaba rápidamente por los pasillos de la nueva escuela. Nos habíamos mudado a Los Ángeles por el trabajo de mi padre. Era mi segundo día de clase. Todavía no me había integrado, pero me encontraba prácticamente con las mismas caras en todas las clases.

Dos chicas muy amables se habían acercado a mí para conocerme el primer día y había comido con ellas. Esperaba tener una jornada tan tranquila como la anterior... a pesar de que había llegado diez minutos tarde porque me había perdido.

Sin aliento, con el corazón acelerado, empujé la puerta de la clase. Por suerte, el profesor de matemáticas todavía no había llegado. Me sentía oprimida por todas las miradas que se clavaban en mi rostro, enrojecido por la vergüenza.

Las dos chicas del primer día me saludaron con la mano y me dirigí hacia ellas sin mirar a nadie más.

—Creíamos que no ibas a venir hoy —comentó una de ellas, que se llamaba Juliette.

—Me he... perdido... por los pasillos —conseguí decir intentando recuperar el aliento.

La otra, Ginny, me dio su número para que la llamara la próxima vez que me perdiera. Eran unas chicas muy atentas. Y yo que pensaba que no haría amigos nuevos... Me sentía muy afortunada por haberlas conocido.

En un arrebato de curiosidad, observé a mis compañeros de clase y vi dos rostros que no había visto el día anterior. Al principio pensé que serían nuevos, pero los alumnos que los rodeaban parecían conocerlos.

Las tres chicas que había clasificado mentalmente en la categoría de «populares» babeaban ante uno de ellos, el rubio. Este se mostraba frío y distante. Estaba mirando el celular mientras se pasaba la mano por el pelo despeinado. Había que admitir que era muy guapo. Al menos, de perfil.

Posé la mirada en el otro chico que estaba al lado del rubio. Tenía la piel bronceada y el pelo moreno. Era guapo, con unos ojos muy oscuros que me magnetizaron.

Se me aceleró el corazón cuando me di cuenta de que él también me estaba mirando. Giré rápidamente la cabeza para concentrarme en lo que me decían las chicas, que, precisamente, me estaban hablando de esos dos desconocidos.

—Ese de ahí es Asher, todo el mundo lo llama Ash. Es el tipo de chico frío que no le habla a nadie excepto a sus primos y amigos cercanos.

—Está en el equipo de futbol americano de la escuela —añadió Ginny—. No es una compañía recomendable, fuma mucho y se pelea con todos los que lo miran mal o lo provocan.

—Nunca ha salido oficialmente con nadie, solo le interesa el sexo casual. Con la chica que hay a su lado, por ejemplo..., y con todas las demás. Habla muy poco, es muy arrogante.

Ash era el típico malote engreído. Era muy guapo, pero irradiaba un aura fría y peligrosa que me hacía estremecerme.

—El otro es su primo, creo que se llama Ben. Hace chistes, eso es todo.

Fruncí el ceño. ¿Tenían todos los antecedentes de Ash, pero no sabían nada sobre Ben?

—¿Eso es todo? —pregunté volviéndome a girar hacia él.

En ese momento, desvió la mirada. ¿No había dejado de mirarme en todo el rato?

—¿Hola? Te estoy hablando —dijo Riley agitando la mano delante de mi cara.

Parpadeé para recuperar el control de mi mente, que se hallaba a kilómetros de mi cuerpo.

—¿Dónde estabas? —me preguntó sonriendo con aire travieso.

—En Los Ángeles.

Le brillaron los ojos. Conocía esa mirada.

—En la habitación de B...

—¡No! —exclamé tapándome los oídos y cerrando los ojos.

La oí reírse. Intentó destaparme los oídos gritando:

—¡Desde aquella noche en la que...

Grité para no escuchar el final de su frase, aunque ella se echó a reír.

—Okey, ya paro —dijo saliendo.

Suspiré y bajé las manos. De repente, su cabeza apareció cerca del marco de la puerta.

—¿Tuvieron sexo?

Le lancé una almohada a la cabeza. Soltó una risita antes de anunciarme:

—Ada quiere que vayamos a su casa.

Ada era la vecina del primero. Tenía setenta años, era viuda desde hacía uno y vivía con dos perros adorables.

—¿Le ha pasado algo?

La pelirroja negó con la cabeza.

—Está demasiado cansada para sacar a los perros. Vístete, vamos a dar una vuelta por el parque.

Asentí y me levanté. Tras casi una hora sentada, me dolía el trasero. Me vestí rápidamente antes de reunirme con Riley en el baño.

Mientras mi *roomie* se secaba el pelo, yo me solté el mío y me froté el cuero cabelludo. Adoraba el momento de quitarme la liga del pelo después de llevarlo recogido todo el día.

—¿Preparada? —me preguntó.

Asentí.

Riley llamó a la puerta de Ada, quien nos abrió con la misma cálida sonrisa que esbozaba cada vez que nos veía. Era muy cariñosa.

—¡Chicas! —exclamó entusiasmada al vernos entrar—. Lamento mucho molestarlas...

—No te preocupes, Ada, ¡es un placer! —la tranquilizó mi compañera abrazándola.

Nos ofreció unas galletas de chocolate deliciosas, cuyo tentador aroma llegaba hasta el sexto piso. El edificio no era muy grande y al principio el ruido de la ciudad era difícil de soportar.

—¡Aquí los tienen! —dijo tendiéndonos las correas de los perros—. ¡Tengan cuidado!

Con un último gesto de despedida, nos llevamos a los dos corgis galeses de Pembroke, que ya empezaban a ponerse nerviosos, hacia la salida. Era un día oscuro y gris, propio del invierno. Riley era friolenta hasta el punto de ponerse una sudadera por encima de dos suéteres gruesos, una bufanda, unas Dr. Martens... y un abrigo enorme.

Pero yo solo llevaba una chamarra. Los pantalones no me calentaban nada las piernas, que ya empezaban a temblarme.

—Ay, me está llamando Josh —dijo, y contestó.

Josh era un amigo común que habíamos conocido en la universidad. Habíamos conseguido trabajo en Calum's Coffee gracias a él porque trabajaba allí desde antes.

—Josh dice que si nos importa quedarnos en casa —suspiró Riley—. Prefiere una noche de mascarillas coreanas y té.

—Supongo que habrá discutido con Aiden.

Asintió mientras yo sonreía. Era nuestro ritual con cada discusión. Josh vivía con su novio Aiden desde hacía más o menos un año, pero llevaban juntos casi tres. Cuando nos conocimos, Aiden y Josh solo eran amigos, pero las cosas evolucionaron rápidamente. Cuando los veía juntos se me derretía el corazón.

Seguimos paseando a los perros mientras hablábamos. Riley me pidió que le sacara una foto delante del inmenso edificio de una de las empresas más grandes de Estados Unidos: la Scott's Holding Company, una empresa familiar ubicada en una enorme torre de acero y cristal.

Había *paparazzi* apostados al otro lado de la calle, señal de que Shawn Scott estaba en el edificio. Estaban esperando a que el joven director saliera de la torre para hacerle todas las preguntas posibles e imaginables.

Había oído en la tele que había conseguido aumentar la cuota de mercado de la empresa y que se había casado recientemente con una modelo con la que llevaba unos meses saliendo. Había sido precipitado, pero para nada inesperado. Suponía que los *paparazzi* no estaban ahí para hablar de la cuota de mercado.

—Shawn y su mujer tendrán unos bebés preciosos —me dijo Riley, a quien el joven director le parecía absolutamente magnífico.

—Seguro, todo el mundo estaba esperando que se casaran. Hace unas semanas sus fotos estaban por todo Instagram.

—¡Lo vi! —exclamó Riley—. Shawn puso toda la carne en el asador, prácticamente la familia al completo asistió a la ceremonia.

No estuvieron todos presentes en el evento porque era una familia muy numerosa. Sus miembros estaban repartidos por todo el país. Yo misma había oído ese apellido antes de conocer la empresa. Pero, en cualquier caso, era bastante común.

El único apellido que mi mente se negaba a olvidar era el de Ben. Jenkins.

«Te odio por irte sin decirme nada.»

Era la única frase que me gustaría decirle algún día si me lo encontrara. Se había marchado sin motivo, como si nunca hubiera existido. Sin mirar atrás ni una sola vez. Sin ningún remordimiento. Como si yo no valiera nada para él, justo cuando estaba empezando a enamorarme.

«Quiero a Ben Jenkins, no a Asher Scott.»

Mentiría si dijera que lo había olvidado y había pasado página. No había sido capaz de hacerlo. Me había quedado atrapada en aquel escenario. Seguía esperando encontrarme con él al doblar una esquina.

Pero se había marchado de mi vida como si nunca hubiera entrado en ella, como si todo lo que pasó entre nosotros nunca hubiera sucedido.

Y no había nada que justificara su desaparición desde hacía cuatro años y medio.

Nada.

4
Encontrado

BELLA

Recorrí su pelo negro con las manos mientras nuestras lenguas se entrelazaban. Nuestros cuerpos ardientes no podían soportar tanto calor. Empezó a quitarme el top lentamente. Sus manos en mi cintura, su olor...

Cuando su boca descendió por mi cuello, cerré los ojos. Me mordí los labios al sentir los suyos sobre mi piel, que solo lo deseaba a él.

—Oh, Bella —murmuró entre besos justo en el nacimiento de mi pecho.

—Ben... Te... te quiero...

Abrí los ojos de golpe. La alarma despertador me devolvió a la realidad brutalmente. Siempre lo mismo: bastaba con que hablara de él para que volviera a atormentarme, él y los momentos que habíamos compartido antes de que se volatilizara como si no hubiera sido más que un sueño.

El corazón me latía a toda velocidad, ese era el efecto Jenkins. Me empezó a temblar el labio, no podía soportarlo. No podía soportar verlo en mis sueños como si se burlara de mí después de haberse ido.

—¿Bella...? —dijo la voz somnolienta de Josh a mi lado—. El despertador, Bella.

—Sí, sí...

Apagué la molesta alarma de mi celular y dejé que descansaran un rato más.

La noche anterior nos habíamos quedado dormidos en mi habitación tras ver un par de películas y aconsejar a Josh sobre su drama amoroso con Aiden. De hecho, estaba casi segura de que Riley aún llevaba la mascarilla en la cara.

Cuando salí, las calles empezaban a llenarse. Eran las siete de la mañana, hora en la que algunos iban al trabajo, a la universidad, al colegio. Para otros, era la hora en la que llegaban a casa para acostarse tras una noche de fiesta y borracheras entre amigos.

Había adoptado la costumbre de salir a correr por Central Park a primera hora de la mañana, pero ese día me contenté con andar y observar a la gente que me rodeaba. Sin olvidar tomar fotos del cielo. Mi pasión.

Deambulé con el fin de despejar la mente. De alejarme de Ben.

Era cierto que nunca lo había olvidado, ni por un segundo, ni una sola vez. Pero prefería negarlo y reprimir mis sentimientos, como llevaba haciendo desde hacía años. Aunque no se merecía que pensara en él. Sobre todo porque imaginaba que había estado con otras chicas después de mí. Seguro.

Me detuve cerca de un Starbucks para comprar las bebidas preferidas de mis dos amigos, que, esperaba, seguían dormidos. Sonó mi celular y puse los ojos en blanco al ver la pantalla. Lily Grace. Mi madre.

Qué sorpresa, no me lo esperaba.

—Hola, mamá —la saludé mientras dejaba la tienda.

—Buenos días, Isabella. ¿Estás en la calle? Oigo ruidos.

—Sí, he salido a caminar un poco.

—¿Está todo bien? Es un poco temprano para salir a caminar, cariño.

—Sí, todo bien —suspiré.

—Tu padre y yo hemos decidido irnos una semana de vacaciones a Bali. Ahora que ya no tienes clase, nos preguntamos si te gustaría venir con nosotros...

Fingí que lo pensaba, aunque sabía que mi respuesta evidentemente iba a ser no. Qué pereza estar encerrada con ellos durante una semana y escucharlos hablar de mi futuro como si fuera el suyo.

—No, lo siento, no puedo. Había planeado ayudar a mis amigos a estudiar, así que...

—Pero, Isabella, no nos vemos desde las vacaciones de verano. Tu padre y yo tenemos muchas ganas de pasar tiempo contigo. Piénsalo, no tienes que darme una respuesta ahora.

Había algo de tristeza en su voz. Pero, conociendo a mi madre, me estaba manipulando para que aceptara.

—Lo pensaré. Te llamo luego, tengo que irme.

—Okey, espero tu respuesta esta noche, cariño. Pasa un buen día y come bien, la comida chatarra a deshora va a hacer que engordes.

Puse los ojos en blanco e inspiré profundamente antes de despedirme:

—Hasta luego, mamá.

—Adiós, Isabella.

Tras subir las escaleras interminables de mi edificio, abrí por fin la puerta de mi casa. Un pequeño suspiro de alivio se me escapó de los labios cuando la volví a cerrar. El silencio reinaba en el departamento. Parecía que mis amigos seguían durmiendo.

O los despertaba con una canción que odiaban, o los dejaba dormir hasta la una de la tarde.

«La decisión está tomada.»

—OK, Google, pon *Dame tu cosita*, de El Chombo.

Todo listo para un despertar danzante.

Cuando entré en la habitación, Riley gruñó y se tapó la cara con la almohada. Josh frunció el ceño y se puso las manos en las orejas antes de cubrirse por completo con el edredón.

—¡BELLA! —gritó finalmente la pelirroja.

Me reí. «¡Qué día tan bonito!»

Mientras intentaba bailar al ritmo de la música, abrí las cortinas y dejé entrar la tenue luz de la mañana en la habitación todavía oscura.

—Miren qué mal día hay hoy —exclamé con sarcasmo—. Con este clima apetece todavía más quedarse en la cama, ¿eh?

Fuera, el cielo estaba muy gris y hacía mucho frío.

—Díganme que estoy teniendo una pesadilla —gruñó Josh abriendo los ojos.

—¡Vamos, arriba, he traído el desayuno!

—Venga, la matamos y tiramos su cuerpo al lago —propuso Riley.

Salté sobre la cama y me tumbé entre los dos con un suspiro de tranquilidad.

—Qué bien se está aquí mirando el techo.

—Cállate, Grace —soltó Josh sentándose—.Carajo... Riley, has dormido con la mascarilla otra vez... Pareces el Grinch.

Riley se enojó consigo misma. No era la primera vez que le pasaba. Su cara verde me arrancó una sonrisa burlona.

—Te odio desde lo más profundo de mi corazón.

Orgullosa de mi jugada, me senté con las piernas cruzadas frente a ellos.

—¿Has salido? —me preguntó Josh pasándose una mano por su pelo castaño.

—A caminar un poco, como siempre.

—¿Qué has traído? —me preguntó mi *roomie*.

—Levántate y lo verás —le dije con maldad antes de oírla gruñir.

Las once de la noche

Josh se había ido hacía más o menos una hora para arreglar las cosas con su novio mientras nosotras, las solteras llamadas Riley y Bella, veíamos una peli de miedo en el salón.

Con palomitas y las luces encendidas. Siempre.

—¿Nunca has intentado buscar a Ben en las redes sociales? —me preguntó Riley con los ojos clavados en la pantalla.

Negué con la cabeza. A decir verdad, siempre me había dado miedo rencontrarme con él y comprobar que vivía una vida maravillosa.

—Pues eso es justo lo que vamos a hacer. Porque esta película es una mierda.

Me negué con un movimiento de la cabeza, pero ella se cruzó de brazos.

—¿De qué tienes miedo, Bella? En serio..., ¿no sientes nada de curiosidad?

Permanecí en silencio. El corazón me iba a explotar en el pecho solo de pensar en volver a verlo. Su cara...

—¿De qué tienes miedo? Ve a hablarle —me propuso mi amiga mientras dejaba las cosas en su casillero.

Me quedé perpleja con la mirada clavada en él. En solo unas semanas de curso, Ben Jenkins se había convertido en mi *crush* del año. Era tan gracioso..., tan amable..., tan guapo. Perfecto.

—No, no voy a arriesgarme.

—No tienes nada que perder. Además, no es tan inaccesible como su primo.

Crucé los brazos. Tenía un conflicto en la cabeza. Sopesé los pros y los contras, pero el miedo a que me rechazara me frenó.

—Esta noche hay una fiesta en casa de uno de sus amigos. ¿Puedes ir?

—Mis padres no me van a dejar.

Pareció pensar una alternativa y abrió los ojos como platos durante un segundo antes de sacudir la cabeza. Su siguiente idea no era tan buena.

—¡Ya lo sé! —exclamó—. Todos los martes, Ash tiene entrenamiento durante la pausa para comer y, a veces, Ben lo espera en las gradas.

Era lunes.

—Ponte guapa.

—¿Y si no le intereso?

—Eso no lo sabes..., al menos no hasta mañana.

Tras cerrar su casillero, se despidió con un guiño. Suspiré y giré la cabeza hacia mi *crush.* Este se dio la vuelta en el momento en que nuestras miradas se cruzaron. No le interesaba. Estaba segura.

Me dirigí a toda prisa hacia la salida de la escuela para meterme en el coche e irme a mi casa. Por el camino, me di cuenta de que el coche de Ash me seguía. El corazón me latía a toda velocidad. Quien decía Ash, decía Ben. Ben estaba detrás de mí.

Mi *crush* y yo íbamos por el mismo camino. Tal vez no vivía lejos de mi casa. ¿Acaso éramos vecinos?

Cuando tomé mi calle vi, con una decepción innegable, que continuaban su camino.

Una vez en mi habitación, solté la mochila en un rincón y me dejé caer en la cama. Mi gato, que dormía sobre el colchón, se acercó a mi cabeza y me olfateó la punta de la nariz.

—¿Tú crees que debería hablarle mañana?

Sin mostrar el mínimo interés por lo que le decía, bajó de la cama.

Qué pereza.

—Okey, ¿sabes qué? Vamos a hacer una cosa: vamos a buscarlo.

Volví al presente con un suspiro. Riley me sacudió en todas direcciones para suplicarme que aceptara. Se esforzó por tranquilizarme repitiendo que ya no tenía nada más que perder. Aunque sabía que era cierto, me daba miedo lo que pudiera encontrar. Lo que pudiera descubrir tras años sumida en la negación.

«Bella..., tienes que saber si sigue vivo... Por lo menos eso.»

Tras unos minutos, resoplé y finalmente cedí:

—Está bien, está bien.

La pelirroja soltó un gritito de emoción y tomó mi celular.

—Intentemos primero... ¿BenJenkins? ¿O JenkinsBen?

—¿Lo estás buscando en Instagram?

Me acerqué a la pantalla.

—¡Yo me ocupo de todo! Soy una maestra en el arte de recopilar información sobre la gente... ¿Me puedes enseñar una foto suya?

—¡Ya te he enseñado muchísimas! —dije exasperada.

—¡Quiero volver a verlas!

Accedí y le mostré una de las fotos que tenía de él, no sin

un ligero pinchazo en el corazón. Riley empezó entonces su búsqueda. «En cuatro años y medio tiene que haber cambiado.»

—Si lo encuentro, ¿le hablarás?

No dije ni una palabra. Ya había oído esa pregunta muchos años atrás.

—Si lo encuentras, ¿le hablarás? —me preguntó Juliette al salir de clase.

Tenía un nudo en el estómago, temblaba con solo pensar en estar a su lado.

—Eso... eso creo. Tal vez...

—¡Debería! —declaró Ginny—. Vamos, deja de perder el tiempo, queremos un informe detallado.

Mis dos compañeras me empujaron mientras sonreían maliciosamente. El corazón me latía con fuerza contra el pecho. Las gradas estaban a solo unos metros. Cuanto más avanzaba, más rezaba por no encontrármelo ahí.

—Lo veo —dijo una de ellas en un murmullo para que no nos oyera.

Estaba sentado en las gradas. Los gritos de los jugadores que entrenaban resonaban en el aire.

—¡Vamos!

Me empujaron una última vez antes de alejarse de mí y levantar el pulgar para animarme. Lo único que quería en ese momento era enterrarme a dos metros bajo tierra y no hablarle. No estaba lista. No le interesaba.

Una vocecita en mi cabeza me gritaba que lo intentara. Pero, al mismo tiempo, él era tan ignorante de mi existencia que no podía evitar pensar que iba a hacer el ridículo.

—Está bien..., me lanzo —susurré subiendo las escaleras para acercarme a él.

Me temblaba todo el cuerpo. Cuando llegué a su altura, levantó la cabeza hacia mí y abrió los ojos sorprendido durante un segundo antes de fruncir el ceño.

—Ho-Hola —empecé mientras mi cuerpo se tensaba al sentir esos ojos negros sobre mí.

—¿Hola?

Mis labios dibujaron una sonrisa de manera casi inconsciente. Fue nuestra primera conversación. La cual fue muy estúpida, por cierto... Pero fue la primera.

—Bella..., creo que lo he encontrado —murmuró la voz de Riley sacándome de mis recuerdos.

En ese preciso instante, mi corazón dejó de latir. Lo... lo había encontrado. Riley había encontrado al fantasma que atormentaba mi mente desde hacía cuatro años y medio.

Ben.

5
Notificación

BEN

—Entonces, ¿por qué le dijo que era gay?

A Asher le pareció una pregunta estúpida, pero mi cerebro no era tan productivo a las cuatro de la mañana. James Wood, un tipo que no era gay en absoluto y que había estado involucrado en el asesinato de mi tío, había cambiado dos días antes de orientación sexual en una conversación con Ella. Lo que era muy extraño, ya que Ella no era nada fea y no tenía sentido que quisiera alejarla de él. Sinceramente, yo no me veía con fuerzas ni con la capacidad para reflexionar sobre esa mierda.

—Porque quería comprobar si la cautiva era una cautiva.

—¿Y por qué has fingido que lo sabías?

—Para que ella pensara que había dicho la verdad.

—Eso quiere decir que él dudó...

Asintió y me respondió:

—Eso quiere decir que voy a usarla como soborno.

—¿Cuándo?

—Ya veremos. Cuando se me presente la oportunidad.

Asentí con la cabeza sin decir nada más. James Wood podía ser astuto, pero, cuando Ash estaba sediento de venganza, se convertía en alguien maquiavélico.

—¿Y piensas decírselo a Ella?

—¿Por qué me habría molestado en mentirle si hubiera tenido intención de decírselo? No debe saber nada. Cuanto más baje la guardia pensando que es gay, mejor funcionará mi plan. Y tú no se lo digas a nadie. Nunca.

Levanté los brazos con aire inocente. Cuando me decía eso, significaba que su plan podría salir mal si Rick se enteraba.

—Supongo que William también dudó —susurré sacándome el celular del bolsillo.

—Seguro —afirmó Ash—. Le dio sus datos de contacto, tal vez para ofrecerle un contrato de trabajo como cautiva.

—¿Y eso no te molesta?

Negó con la cabeza con aire por completo indiferente.

Pero, evidentemente, yo lo había visto comérsela con la mirada tres días antes, cuando Ella había salido para llevar a cabo su primera misión.

—Es demasiado ingenua para mí. Y un poco demasiado descarada. Me pone de nervios.

—¡Te pone de nervios! Pero, dime..., ¿no tienes inclinación por las chicas insolentes?

Sabía que acabaría arañándome, pero me encantaba molestarlo con Ella por la simple razón de que él se enojaba.

Me lanzó una mirada asesina por encima del hombro.

—¿Qué? Vamos, admítelo, entre tú y yo... ¿A que te gusta un poco...?

—No hay nada de ella que me guste.

—Mientes.

—No.

—Sí.

Resopló, molesto.

—He dicho que no. Se parece demasiado a Isobel. ¿Y sabes qué sueño hacer con Isobel? Matarla.

Puse los ojos en blanco. Era peligroso tenerlo como ex.

—Oye, Ella no es Isobel y lo sabes. Además de que es muy amable, no destaca por su astucia. E incluso físicamente me parece que Ella es mucho más linda.

—Eso es cierto, tiene una cara de bebé que hace que me entren ganas de aplastarla. —La violencia—. Odio a los bebés.

—Ya hablaremos cuando estés con ella en la cama y te entren ganas de cogértela.

Me levanté y me estiré antes de escuchar una risa burlona saliendo de su boca.

—¿Qué? —pregunté frunciendo el ceño.

—La cautiva te recuerda a Grace, ¿verdad?

De pronto se me llenó la mente de pensamientos melancólicos.

«*Touché*, Scott. *Touché.*»

—Eran demasiado diferentes, Ben —me recordó rodeando el escritorio.

Aunque tuviera razón, no me gustaba hablar de ello. Me molestaba admitirlo.

—Sí, ya lo sé, bueno... Deberías volver, Ella te estará esperando.

Le guiñé el ojo. Me lanzó un bolígrafo y lo esquivé en el umbral de la puerta.

—Ah, y... ¿sabes una cosa, Ash? —le dije, y él levantó la cabeza hacia mí arqueando una ceja—. Es demasiado diferente de las chicas que sueles frecuentar. Ya lo verás, ¡vas a caer como caí yo!

En cuanto Ash salió del despacho, me marché. Me apresuré a llegar al coche para arrancar lo más rápido posible. De camino, me vibró el celular, pero no podía apartar la mirada de la carretera por culpa de la lluvia que golpeaba el parabrisas.

«Seguramente será Ash. O la bruja.»

Una vez en casa, me quité los zapatos y me tumbé en la cama, que llevaba horas esperándome.

—¡Carajo, qué agusto!

Sentí que se me relajaban los músculos. «Mi cama, por fin.»

—¿Has revisado las cuentas secundarias? —me preguntó Kiara examinando los ingresos y las retiradas.

—Se lo he pedido a los contadores. Me han dicho que no ha habido ninguna entrada en las cuentas secundarias desde el mes pasado —le informé encogiéndome de hombros—. ¿Tal vez algún miembro de la familia sacó el dinero?

—Cuando eso pasa, Ash recibe una notificación —me recordó.

—O tal vez aún no nos hayan pagado.

—¡Claro que sí! De hecho, Ally y yo ingresamos esa cantidad anteayer. ¿Adónde han ido a parar esos malditos veinte mil dólares?

Con los brazos cruzados, me devané los sesos por encontrar una respuesta. Por lo general, se nos notificaba cada retirada que sobrepasara los quince mil dólares. Sin embargo, en ese caso, nadie nos había dicho nada. Para ser sincero, yo ya había visto otros retiros sin notificación. Y ahora no era el único. Kiara y Ally habían hecho el ingreso dos días antes y ese dinero había desaparecido como si no hubiera entrado nunca en la red, lo que me sorprendió mucho.

Tragué saliva cuando vi la silueta de Ash apareciendo en nuestro despacho. Frunció el ceño al posar la mirada en las tablas.

—¿Qué es esto? —nos preguntó deslizando uno de los papeles que había sobre la mesa.

—Faltan veinte mil dólares en una de las cuentas primarias —informó Kiara al tiempo que se pasaba una mano por el pelo para apartarse los mechones que le caían delante de los ojos.

—¿Era un ingreso nuevo? ¿De qué?

—Era el pago de un crédito de un cliente.

—¿Has ido a ver a los contadores? —me interrogó mi primo.

—Sí, y me han dicho que nunca han recibido esa suma, a pesar de que Kiara y Ally la ingresaron ayer.

Ash frunció el ceño.

—Debe de ser algún miembro de la familia —dedujo sin otorgarle demasiada importancia—. Si vuelve a pasar, avísenme y no le digan nada a los contadores.

Eso quería decir que sospechaba algo. Yo no era el único. Ash seguramente se habría fijado también en las anteriores retiradas sin notificación.

—Hemos recibido una solicitud de las hermanas Linn para la próxima fiesta de las cautivas —anunció Kiara con una sonrisa.

—¿Les toca a ellas este año? —pregunté.

Asintió con un brillo de emoción en la mirada. Seguramente, tendría ganas de ver a Romee y a las demás.

Romee era amiga nuestra. Su padre había trabajado con el tío Rob y habíamos ido a la misma escuela durante dos años antes de que ella se cambiara a otro para cursar el último año. Salía con Noah Kindley, un amigo mío y de Ash que lideraba una red tan antigua como la nuestra. Luego, Romee se había convertido en su cautiva porque le encantaba representar a su novio.

«Creo que deberíamos dejar de llamarlas "cautivas". Suena a prisionera... ¿Por qué no "representantes"? Sí, es una tontería...»

—Kiara, me falta un coche en casa —le reprochó Asher sin mirarla.

Ella resopló.

—¿Cómo lo sabes? ¡Tienes veinte!

—Exacto.

Al señorito le gustaban los coches tanto como sus anillos. Y los conocía todos de memoria.

—Cuando llegue a tu casa... —comentó ella sonriendo con aire travieso.

A Kiara le encantaba pasar tiempo con Ella. Incluso yo empezaba a dudar que fueran solo amigas. ¿Tal vez tuviera debilidad por la nueva cautiva?

—Ven conmigo —me anunció Asher levantándose.

Lo seguí sin decir nada, todavía estaba bastante desconcertado. Ignoraba qué quería decirme.

—No es la primera vez que sucede, ¿verdad?

Hablaba del dinero.

—Es la segunda vez. La primera, la suma ascendía a 14,990 dólares. Busqué el origen del movimiento, pero era como si hubiera desaparecido.

Asintió en silencio con la cabeza y avanzó con paso decidido hacia la oficina de los contadores. Abrió la puerta sin llamar. Dentro había dos contadores que abrieron los ojos como platos ante la repentina llegada de mi primo, quien no estaba nada calmado. Estrelló una silla contra el suelo y las patas de metal rebotaron provocando un sonido desagradable en mitad del silencio.

—Señor Scott —dijo uno apagando la computadora.

Los miró a la cara uno a uno sin pronunciar palabra para ponerlos nerviosos. Cerré la puerta y me apoyé en la pared, contemplando la escena sin participar en ella.

—¿Hay... hay algún problema, señor? —preguntó entonces

el otro contador, que había permanecido callado hasta ese momento.

Ash negó con la cabeza como si no hubiera pasado nada mientras esbozaba una sonrisa mezquina. Sacó un cigarro y se lo colocó entre los labios. A continuación, volvió a mirarlos fijamente sin mostrar emoción alguna.

Tras la segunda calada, se aclaró la garganta y señaló con la cabeza los papeles que había sobre la mesa.

—Hay un retiro del que no estaba al corriente.

Los dos hombres fruncieron el ceño y sacaron sus cuadernos para hojear las páginas con energía comprobando los últimos movimientos.

—El último fue anoche, señor Scott.

—¿De cuánto? —preguntó jugueteando con sus anillos.

—Doce mil para pago de proveedores.

Asintió y centró la atención en ellos. En silencio, esperó pacientemente a que el otro contador sacara la nariz de sus documentos. Solo lo hizo cuando su amigo, tragando saliva, le dio un codazo.

«Una escena realmente divertida.»

—¿Son conscientes de que les pago un salario de ministros por su trabajo, señores? —empezó Ash en tono neutral.

Ambos asintieron con la cabeza.

—Un trabajo que solo hacen a medias.

—Señor Sc...

Él levantó el dedo índice para interrumpirlo.

—En una de las cuentas primarias de la red se han ingresado veinte mil dólares y después se han vuelto a retirar —explicó lentamente observando su cigarro—. No obstante, como imagino que saben, señores, uno de ustedes debe informarme de cualquier ingreso o retiro de más de quince mil dólares.

Se calló un instante, dando lugar a un nuevo silencio que

se interrumpió cuando inhaló el humo de su cigarro antes de soltar un poco en el aire.

Finalmente, continuó:

—Además de no haber recibido ninguna notificación, no sé adónde ha ido ese dinero —confesó mi primo—. Veinte mil dólares... no es una cantidad insignificante. Supongo que ustedes, que son contadores y gestionan la tesorería de esta parte de la red, saben qué ha ocurrido.

Ambos tragaron saliva. A juzgar por sus expresiones... no parecían estar al corriente. Seguía sin comprenderlo. «Carajo, ¿adónde ha ido todo el dinero?»

—Señor, no hemos llegado a recibir esa cantidad.

—Mira en el perfil de Kaven —susurró su compañero consultando la pantalla de la computadora.

Kaven, el tercer contador. No estaba con ellos porque se había tomado el día libre. También era el más inteligente de los tres. Si hubiera estado ahí, nos habría explicado la situación.

—Encuentren este dinero o lo deduciré de su salario. De los tres. Pagarán veinte mil cada uno, lo que hará un total de sesenta mil.

Arqueé las cejas, sorprendido.

—Si los contraté es para tener menos trabajo, no más.

Ash se levantó y giró sobre sus talones. Lo seguí sin decir nada.

—No vas a tocar su salario, ¿verdad?

Negó con la cabeza.

—La idea no es hacerlo, sino que crean que puedo.

Era un farol. Como de costumbre, fingía de más para conseguir lo que quería. Y siempre le funcionaba.

—Ahora seguro que encuentran el dinero.

—¿Y si no lo encuentran?

—Lo harán. Hablamos de veinte mil dólares que tendrán que pagar ellos.

Bajó las escaleras del tercer piso del edificio con las manos en los bolsillos y el cigarro en la boca. Nos reunimos con Kiara y Ally en el despacho.

—¿Encontraron el dinero? —preguntó Ally con los brazos cruzados.

—Dicen que no están al corriente —respondió Ash sentándose en su sillón de cuero.

—¿Disculpa? —se indignó Kiara visiblemente molesta—. ¡Lo ingresamos anteayer!

—¡Eran veinte mil putos dólares! —exclamó Ally.

—¿Había alguien en la oficina esa noche? —inquirió Ash.

—No, estaban en casa. Los contadores no trabajan a las tres de la mañana. Les dejamos una nota.

Ash asintió. Seguía admirando sus anillos en silencio. Lo hacía a menudo cuando reflexionaba o cuando quería evitar hablar de un tema en particular.

«Como en este caso.»

—No se rompan la cabeza, chicas —dijo finalmente—. Encontraremos ese dinero.

Ellas arquearon las cejas, al igual que yo. Últimamente estaba demasiado relajado.

—Pareces muy tranquilo, Ash —comenté negando con la cabeza.

—Confieso que no es normal —añadió Kiara con malicia.

Cuando soltó una risita traviesa, la imité. Al comprendernos, Ally esbozó una sonrisa. A Ash se le oscureció la mirada y apretó la mandíbula. Muy bien, lo había entendido.

—Ella te sienta muy bien, Ash, ¡estás radiante! —lo provoqué.

Se volteó hacia mí fulminándome con la mirada. «Se ha molestado.»

—¿Qué? ¿No te gusta que hablemos de tu cautiva? —preguntó Kiara.

Ash cerró los puños y suspiró, fingiendo calmar sus nervios.

—Te noto... tenso.

Kiara resopló al oír el comentario de Ally. Mi primo negó con la cabeza manteniendo los ojos cerrados.

—Muy bien, si van a seguir metiéndose conmigo, entraré en su juego. —Se aclaró la garganta y prosiguió en tono serio—: Sí, cada vez me gusta más. Pienso en ella a todas horas. La observo dormir por la noche y ¿saben qué? Tengo ganas de ella, quiero cogérmela en cada habitación de mi puta casa y oírla gritar «¡Ash, Ash!» con tanta fuerza que todos mis inexistentes vecinos remplacen su nombre por el mío.

Parecía tan serio que empecé a dudar de su sarcasmo.

—Eso es, por supuesto, lo que habría dicho si fuera un idiota que se odia a sí mismo.

Me eché a reír por ese giro y sacudí la cabeza con exasperación.

—Regresen al trabajo en lugar de preocuparse por mi vida amorosa que les recuerdo que, al igual que mis vecinos, es inexistente.

Tras eso, salió de la estancia. Contuve la risa aclarándome la garganta mientras Kiara y Ally intercambiaban miradas traviesas.

«Ah, las chicas.»

Todo eso me recordaba al día que Bella se había acercado a mí.

Estaba sentado en las gradas del campo de futbol mirando el celular mientras esperaba a que Ash acabara de entrenar. Justo después teníamos que ir a su casa porque nos había convocado el tío Rob.

A mi derecha me pareció ver algo moviéndose. Giré la cabeza y casi se me salen los ojos de las órbitas al ver a Bella en compañía de otras dos chicas de nuestra clase. Ellas la empujaron hasta la entrada del campo, le levantaron los pulgares y se dieron la vuelta.

Tragué saliva y me concentré en Asher, quien se dedicaba a intercambiar pases con sus compañeros. Bella estaba ahí. ¿Había venido a mirar a los jugadores? ¿O quizá solo a Ash?

Era el momento perfecto para averiguarlo.

—Ho-hola.

Me dio un vuelco el corazón. Era ella. Había venido a hablarme. A mí.

Fruncí el ceño intentando parecer relajado, aunque llevaba treinta segundos conteniendo la respiración.

—¿Hola?

Parecía que estaba temblando. ¿Tenía frío? ¿Le daba vergüenza? En cualquier caso, era tan guapa...

—¿Puedo sentarme?

—Eh... ¡sí! Sí, sí, claro, si quieres.

Okey, estaba realmente balbuceando y ella iba a darse cuenta. No debía dejar que viera que me gustaba. Se sentó sin decir nada y pareció interesarse por los jugadores. Posó la mirada en Jack, después en Mitch y, finalmente, en Asher.

Por supuesto.

—¿Por qué tú no juegas? —preguntó rompiendo el silencio.

Ah, tal vez porque ya me comparaban suficiente con mi primo en otras áreas y no quería hacer el ridículo también en los deportes.

—No me gusta mucho correr, me cansa.

Ella soltó una carcajada y el corazón estuvo a punto de estallarme en el pecho. Se había reído.

—Es el objetivo del deporte, te cansa, pero te permite estar en forma.

—¿Sabes que lo que estás diciendo es contradictorio? —comenté.

Su mirada se posó en mí. En mí y en nadie más.

En mí.

—¡Es verdad! —replicó.

Mis ojos se perdieron en su rostro. Tenía unos rasgos absolutamente magníficos. Sus mejillas..., sus labios... Cuando me sonrió, sumergí mis ojos en los suyos.

—Sí, es verdad.

Me aclaré la garganta y desvié la mirada. Ella hizo lo mismo.

—¿Eres nueva? —le pregunté.

Pues claro que era nueva, lo sabía de sobra. Pero buscaba un tema de conversación.

—Sí. Llegué hace unos días —confirmó ella, y yo asentí con la cabeza sin añadir nada—. Y... ¿cómo... cómo te llamas?

Okey. Mi corazón explotaría de un momento a otro por culpa de su ritmo desenfrenado. Mi nombre. Quería saber mi nombre. Eso era algo, ¿no?

—Ben... Benjamin..., pero mis amigos me llaman Ben. ¿Y tú?

—Isabella..., y mis amigas me llaman Isabella.

Mentalmente, yo ya le había puesto un apodo.

—¿Puedo llamarte Bella? Isabella es demasiado largo para memorizarlo.

En absoluto.

—Oh... Nadie me llama así... Es...

—Hay una primera vez para todo.

Sí. Había una primera vez para nosotros.

Bueno, antes de que yo decidiera mandarlo todo a la mierda.

«Quiero a Ben Jenkins, no a Asher Scott.»

Me preguntaba qué estaría haciendo ahora. ¿Seguiría pensando en mí como yo pensaba en ella? ¿Se acordaría de mí? ¿De lo que le había hecho?

«Debería odiarme... ¿Me odia? No..., mi Bella no era rencorosa..., pero quizá ahora sí lo sea.»

¿Podría ser que me hubiera olvidado? ¿Que hubiera pasado página? La idea de que su corazón pudiera pertenecerle a otro me revolvía el estómago y hacía que me ardieran las venas de ira.

«Carajo, deja de pensar en eso, no es el momento.»

Sacudí la cabeza para olvidar mi pasado. En ese instante, me vibró el celular en la mano.

@Vick.snow te ha enviado una solicitud de seguimiento.

6
Anonymous

BELLA

—Mira, hagamos una cosa: dale «seguir» y espera una hora. Si en ese tiempo no recibes ningún mensaje, lo anulas todo.

Miré perpleja a Riley.

—Una hora no es suficiente. Tal vez está durmiendo...

—Me parece que sí estás interesada —me dijo con malicia.

Puse los ojos en blanco.

«¿Quiero que me envíe un mensaje? Sí. Pero ¿voy a admitirlo? No.»

—Vamos, Isabella, tu futuro novio te espera justo detrás de este botón.

Sacudí la cabeza exasperada ante el optimismo de mi *roomie*.

—Recuérdame qué pasará si después de una hora no hay nada.

—Pues... ¿lo bloqueas?

Me quedé pensativa. ¿Bloquearlo? Ni que eso fuera a cambiar algo en mi vida. Vivía perfectamente sin él desde hacía ya casi cuatro años y medio. ¿Por qué iba a bloquearlo? En realidad, ya sabía la respuesta a esa pregunta.

Porque me aferraba a él. Me aferraba a todo lo que podía, a la menor esperanza que albergaba de volver a hablar con él para hacerle por fin todas las preguntas que daban vueltas en mi cabeza desde que se había ido de mi vida.

Nunca olvidaría la noche en que me bloqueó en todas las redes sociales y desapareció del mapa. Me sentí tan mal conmigo misma, tan insignificante... Tanto que ya no tenía nada de confianza, ni en mí ni en los demás.

Si el hombre que se suponía que me amaba me había abandonado, ¿qué impediría a los demás hacer lo mismo antes o después? Por eso, inconscientemente, evitaba encariñarme con la gente. Y menos aún lanzarme al vacío, como hice con Ben.

En ese momento, casi todo tenía lugar a través de internet. El mundo virtual era una puerta abierta a todo tipo de sentimientos, la mayoría de las veces intensos pero efímeros. Con solo un clic podíamos hacer un amigo en redes sociales. A medida que hablábamos, estábamos cada vez más unidos. Empezábamos a depender de nuestro celular porque se convertía en el nexo entre nosotros y la persona a la que amábamos. Nos sumergíamos en la pantalla ante la menor notificación, adictos a unas palabras que solo existían en ella.

Pero sabíamos perfectamente que un día todo podía acabarse. Sin ninguna razón. Con solo un clic, todo se terminaba. Esa persona decidía abandonar el «mundo» que habíamos creado. Ese mundo en el que el tiempo se paraba. Ese mundo que nos gustaba más que nuestra rutina porque en él solo reinaban la euforia y el amor. Todo desaparecía. Con solo un clic.

La relación únicamente estaba basada en un clic.

Insignificante, devastada, molesta, culpable, así me sentía. Pero ¿culpable de qué?

Según mi madre, era humano sentirse así tras un abandono. Pensábamos que no cumplíamos del todo las «expectativas» de una persona a la que considerábamos perfecta. Pensábamos que había algo en nosotros que estaba mal.

También conocía a chicas que habían hecho sufrir a chicos que consideraban tan solo un pasatiempo. Así, había entendido que era algo que iba en ambos sentidos. Más adelante, había comprendido que se hacía tanto en relaciones amorosas como en amistades, aunque en algunos casos estaba más justificado que en otros.

Pero, en mi caso, nada justificaba lo que me había hecho.

—¿Y bien? —me preguntó mi *roomie*.

Se me escapó un suspiro y le lancé una última mirada. Con un nudo en el estómago, murmuré:

—Está bien.

El proceso había comenzado, acababa de pulsar el botón de «seguir». Iba a esperar su mensaje durante una hora. Ni más ni menos.

Tras poner en marcha el temporizador, lancé el celular a un rincón en el que no podía mirarlo, aunque en el fondo sabía que no iba a poder dejar de pensar en él.

—Ahora, vamos a buscar un episodio de una hora en Netflix —me propuso Riley—. ¿*Peaky Blinders*?

—¿Otra vez? ¡Ya hemos visto todas las temporadas tres veces!

—Me encantan las historias de bandas, no puedo evitarlo.

Puse los ojos en blanco y asentí con una sonrisita. Comparada con ella, yo no era fan de las series criminales, no era un mundo que me fascinara.

Empezó un episodio. Intentaba concentrarme en el héroe, Tommy, pero tenía un nudo en el estómago y el corazón me latía con fuerza. Era el efecto Ben.

—Necesito un Thomas Shelby en mi vida —suspiró Riley mirándolo con los ojos llenos de admiración.

—Es demasiado frío y difícil de entender. Pero tiene mucho carisma.

—Exacto, no me gustan las personas simples —respondió ella sonriendo.

—En la escuela, recuerdo que Ash era muy frío. Tommy me recuerda un poco a Asher.

—Ay, qué guapo era. Cuando vuelvas a hablar con Ben, pídele que te envíe otra foto de su primo. Mis ojos necesitan ser bendecidos. Pregúntale también si tiene novia, porque yo estoy disponible.

Me reí.

—En esa época no era el tipo de chico con el que quieres tener una relación seria. Al menos, yo nunca lo vi con una chica.

—Hay una primera vez para todo, querida.

Su frase me recordó automáticamente a la que dijo Ben aquel día en las gradas. Pronunció las mismas palabras cuando decidió llamarme Bella porque Isabella era demasiado largo para aprendérselo.

Una sonrisa asomó a mis labios. Aunque él había sido la primera persona en hacerlo, decidí que a partir de ese momento todo el mundo me llamaría así. Sin duda para seguir unida a él, hasta cierto punto.

Pasaron los minutos y mi celular no había vibrado ni una vez. Quizá se había apagado. «Seguramente se habrá apagado.»

Me levanté de un salto para desbloquearlo. La decepción se dibujó en mi rostro cuando vi que la pantalla se encendía con normalidad. No se había apagado. Simplemente no había señal de Ben. Todavía.

Volví a mi asiento sin poder dejar de pensar en él. Tal vez estaba durmiendo. Ben nunca solía acostarse temprano el fin de semana. Me decía que ayudaba a su tío por la noche con Ash.

«Espero que esté durmiendo.»

Sonó la alarma de mi celular. Había pasado una hora, mi corazón estaba destrozado y mis esperanzas se habían desvanecido.

«No ha hecho nada.»

—Tal vez está durmiendo —supuso Riley encogiéndose de hombros.

—Seguramente. Seguimos... con el plan —murmuré tomando mi celular—. Voy a bloquearlo.

—¿Es lo que quieres?

—Es lo mejor que puedo hacer.

Asintió y apagó la computadora. Acallé mi corazón para dejar que la razón hablara y controlara mis movimientos sobre la pantalla táctil.

«"Bloquear." Hecho.»

Acababa de eliminar cualquier rastro de mi visita a su cuenta. Y, con un clic, todo había acabado.

Me tumbé en la cama y me puse de lado, el corazón me pesaba. Sabía que no iba a pegar ojo.

—¿Quieres que duerma contigo?

Me tembló el labio y se me nubló la vista. ¿Por qué no había hecho nada? ¿Por qué?

Riley comprendió lo que pasaba. Oí sus pasos al rodear la cama mientras se acercaba para tumbarse detrás de mí. Sus brazos se abrieron camino alrededor de mi cintura.

—¿Estás bien? —me preguntó en un susurro.

Odiaba esa pregunta. Me hacía perder el control. Las lágrimas empezaron a deslizarse en silencio mojando mi almohada. Era lo mismo, los mismos sentimientos y las mismas noches se repetían, todo por culpa de una simple esperanza.

Riley me apretó con más fuerza contra ella al escucharme sollozar.

—Sabes... Tal vez no lo ha visto...

—Puede ser...

Suspiré. Aunque estuviera de espaldas a ella y no pudiera verla, sabía que se sentía culpable. Era mi mejor amiga, la conocía.

—Me siento fatal...

«¿Qué iba a decir?»

—No, Riley, has hecho bien en animarme a hacerlo.

Me giré hacia ella. Tenía el ceño fruncido y la mirada triste. Se culpaba.

—Realmente quería que le hablaras para que por fin pudieras estar en paz contigo misma —me confesó con tristeza—. Lo único que quiero es que sigas adelante, Bella.

Se levantó presa de una nueva determinación.

—Ese imbécil va a hablarte, ya lo verás.

Riley era testaruda. Nunca se rendía. Pero él no había hecho nada. Debía resignarme. Una vez más.

—Necesito una foto para Instagram, ¡sonríe!

Hice lo que me decía y el flash de su celular se encendió. La pelirroja estaba encantada con la foto que acababa de tomar.

—¿Aún no ha respondido?

Negué con la cabeza mientras jugaba con la cuchara de mi café. Josh estaba al corriente de mi historia con Ben. Y por una buena razón: Riley había organizado una reunión en nuestra cafetería preferida cuyo único punto en el orden del día era un asunto «de la máxima importancia», es decir, «el asunto Isabella Grace».

—Estamos hoy aquí reunidos para la operación «*Anonymous*».

Levanté los ojos hacia ella frunciendo el ceño. A cambio, Riley me lanzó una mirada maliciosa.

—¿Qué? —preguntó Josh igual de perplejo que yo.

—Nuestra querida y tierna Isabella Grace se va a crear una cuenta falsa y...

—No —respondí rápidamente.

Josh aplaudió la «magnífica» idea de mi *roomie* y asintió con la cabeza en señal de aprobación.

—No era una pregunta, amor. No estoy diciendo que lo vayas a hacer sola, para eso estamos aquí hoy.

Me crucé de brazos y arqueé una ceja.

—¿Una cuenta falsa, Riley? —repetí escéptica—. Si con mi verdadera cuenta no ha hecho nada...

—¿Eso qué más da? Tienen que hablar de lo suyo —me interrumpió Josh.

—¡Eso no va a pasar con una cuenta falsa!

—Ahí es cuando el plan entra en juego —respondió Riley—. Vas a actuar, Bella.

Sacudí la cabeza exasperada.

—¡Me encanta este plan! —exclamó Josh dando saltitos en la silla—. Vas a hacer como si supieras todo sobre él.

Hice una mueca al ver a mis amigos chocarse las manos como si su idea fuera una genialidad.

—Exacto, y te asegurarás de hablar de ti misma en tercera persona.

—Sus planes de mierda son exasperantes, se los juro —resoplé dando un sorbo a mi café.

—Ese cabrón va a decirte por qué se fue y, entonces, podrás elegir. O vuelven a encontrarse...

—Ja-más. —Negué con la cabeza rápidamente.

—O... podrás por fin pasar a otra cosa y encontrar una persona mejor para ti.

Los miré fijamente sin salir de mi asombro.

«Es un plan pésimo. Horrible.»

—Como ya te he dicho, no tienes elección. Debes hacerlo. Por ti.

Estaba dividida. Tenía tantas ganas como miedo de conseguir respuestas para mis preguntas. Sentimientos contradictorios que me recordaron a la primera vez que intercambiamos nuestros números de teléfono.

—Estás sola —susurró alguien detrás de mí.

Levanté la cabeza hacia esa voz, que reconocí de inmediato. Ben acababa de entrar en la biblioteca de la escuela.

—Y tú estás en la biblioteca —remarqué con una sonrisa.

—¡Bien visto!

El corazón casi se me sale del pecho cuando vi a mi *crush* sentarse frente a mí. Dios mío, era tan guapo...

—¿Qué estás estudiando? —me preguntó mientras tomaba un libro y le daba la vuelta para leer lo que decía en la portada.

—Mate, soy muy mala —admití volviendo a concentrarme en mis deberes.

—Ya sabes que yo soy bueno en mate...

Sonreí sin levantar la cabeza. Estaba mintiendo. Sus notas no eran tan buenas.

—Mientes.

—Tienes razón, pero si gracias a eso obtengo tu atención...

Se me paró el corazón. ¿Obtener mi atención? ¿La quería?

—No suelo venir por aquí. De hecho, es la primera vez —dijo mirando a su alrededor—. Hay un ambientazo...

Me reí en voz baja. Era cierto que nunca lo había visto en la biblioteca.

—¿Por qué no vuelves a casa? —me preguntó.

—Prefiero estudiar aquí —le dije mientras escribía.

Frunció el ceño.

—¿Por qué? —me preguntó.

Levanté la mirada hacia él y admití:

—Porque nunca consigo estudiar en mi habitación, me distraigo mirando el celular.

Sin contar con el hecho de que mis padres estaban siempre encima de mí metiéndome presión para que sacara buenas notas.

Sonrió.

—Ahora, deja que me concentre —le dije volviendo al ejercicio que estaba haciendo.

—¿Por qué lo dices? ¿Te desconcentro? —me preguntó con malicia.

Sentí que me ardían las mejillas.

—Te estás sonrojando... —señaló—. ¿Estás repasando los temas del primer semestre?

Asentí. No lograba mirarlo a los ojos, me ponía nerviosa.

—Una amiga me ayuda con eso, puedo echarte una mano si quieres.

Me invadieron los celos. Una «amiga», una amiga que lo ayudaba. ¿Era el *crush* de esa amiga también?

—Pero sin ella, ¿eh? Kiara es aburridísima.

Su nombre era Kiara...

—¿Cuándo? —le pregunté levantando la cabeza.

Sonrió de oreja a oreja.

—Dame tu número y lo organizamos cuando estés libre. O, si quieres, te doy mi Instagram. Escríbeme cuando tengas tiempo.

Dejé escapar una risita vergonzosa. Él me guiñó el ojo mientras se levantaba. Cuando empezó a andar hacia mí, mi corazón volvió a latir a un ritmo desenfrenado. Se puso detrás de mi silla, apoyó la cabeza en mi hombro y tomó un lápiz para apuntar su número y su Instagram.

—Espero tu mensaje, Bella —me susurró antes de alejarse.

Sacudí la cabeza para enterrar ese recuerdo que oprimía mi corazón. Mis dos amigos hablaban de la cuenta de Instagram y de todas las formas en que podía ayudarles con su locura de plan.

Josh me mostró la pantalla del celular de Riley, en la que se podía leer el horrible nombre que habían elegido: Vick.snow. «¿Qué clase de nombre es ese?»

—Bella, querida... Toma, escribe la contraseña e inicia sesión.

A pesar de tener mis dudas, hice lo que me decía sin rechistar.

—¿Por qué un cerezo como foto de perfil?

—Porque es lo único que he encontrado en mi celular —me explicó Riley encogiéndose de hombros.

—Pero ni siquiera estamos seguros de si es él.

—Nos da igual, solo lo descubriremos si le hablas, tonta.

Cerré los ojos e inspiré profundamente. Iban a acabar conmigo.

—Síguelo y envíale un mensaje.

Abrí los ojos desmesuradamente cuando comprendí que querían empezar en ese mismo momento. Se me formó un nudo en el estómago solo de pensar en enviarle un mensaje.

—¿Y qué le digo?

—Hay que encontrar algo que atraiga su atención...

Mis dos amigos se pusieron a reflexionar; yo, por mi parte, no pensaba dedicar ni un solo esfuerzo a ese plan.

—«Nunca pensé que volvería a verte» puede funcionar, ¿no? —propone Josh.

—Si lo que quieres es parecer un psicópata, sí, puede funcionar —respondí poniendo los ojos en blanco.

—¡Justo lo que buscamos!

Se chocaron las manos. Otra vez.

—¿Un mensaje de psicópata? ¿Es eso lo que buscan?

Asintieron enérgicamente. Yo bloqueé el celular sacudiendo la cabeza.

Obviamente no iba a hacer el ridículo.

—Bella..., ¿de qué tienes miedo?

—De nada.

—Para ya. Vas a tomar ese maldito celular, vas a escribirle y vas a obtener las respuestas que buscas desde hace cuatro años.

—¡Y medio! —añadió Josh.

—Y por fin vas a dejar todo esto atrás.

Los miré fijamente sin decir una palabra. En realidad, tenía miedo. Miedo de romper esa barrera de silencio que había entre nosotros desde hacía cuatro años y medio. Nunca me había atrevido a buscarlo en redes sociales. La negación. Eso era lo que hacía: permanecer en fase de negación.

En ese momento estaba entre la espada y la pared. Y los dos cabrones que tenía delante fulminándome con la mirada no se iban a dar por vencidos.

—De acuerdo.

Impulsada por un arrebato de valentía, pulsé el botón de «seguir» sin pensarlo dos veces. Ahí estaba, un clic que significaba un nuevo comienzo. Con solo un clic, acababa de empezar una nueva historia con el hombre que me atormentaba desde que se había marchado. Ese que, también con un solo clic, lo había arruinado todo.

Empecé una nueva conversación. De repente, se me aceleró el pulso, se me cerró el estómago y mi cuerpo empezó a temblar.

Escribí un primer mensaje que leí una decena de veces sin enviarlo. No estaba segura.

—¿Qué has escrito?

—«Te odio.»

Josh se dio una palmada en la frente.

—«Nunca pensé que volvería a verte.» ¿Es tan difícil escribir eso?

Tragué saliva. No quería escribirlo, pero sabía que iba a atraer su curiosidad. El Ben que conocía era curioso y juguetón. Aunque, cuando se fue, comprendí que nunca lo había llegado a conocer del todo.

Con un suspiro, escribí el mensaje que Josh me pedía. Y lo envié. Sin pensar. Mi corazón estuvo a punto de explotar cuando las palabras aparecieron en la conversación.

Dejé el celular en la mesa, lejos de mí, como si fuera radiactivo. Con los ojos abiertos como platos y las manos sobre las mejillas, lo miraba inquieta de vez en cuando.

«Soy así cuando envío un mensaje arriesgado.»

—Bueno, ya he enviado el mensaje.

—Lo has enviado —repitió Josh con la misma expresión que yo.

—Son casi las cinco de la tarde. Es el final...

La vibración de mi celular interrumpió a Riley. Rápida como un rayo, lo desbloqueé. Casi se me desencaja la mandíbula. Era una notificación. De Instagram.

De BenJenkins:

¡Diablos! ¡Yo tampoco! Pero ¿quién eres? :)

Se me dibujó una sonrisa casi instantáneamente. Ya no había duda: era Ben y su sarcasmo.

—... o el principio de una nueva historia —terminó Riley.

7
Compromiso

BEN

Fruncí el ceño y esbocé una sonrisita mientras bajaba las escaleras. ¿Ahora era el objetivo de un acosador? ¡Qué bien! ¡Siempre había querido tener fans!

Aunque ese tipo de fan me dejaba perplejo. No me parecía que fuera una persona de mi mundo.

«¿Una maldita flor de cerezo como foto de perfil? No creo que sea la mafia japonesa.»

De Vick.snow:
Me pregunto en qué te has convertido.

Sonreí ante su pregunta. Demonios, cómo iba a disfrutar. Sin identidad, sin respuesta verdadera.

¿Yo? Me he convertido en una preciosa cabrita, ¿y tú?

Me metí en el coche y me alejé manteniendo la sonrisa. «Me parece que va a ser una tarde divertida.»

De camino, me sonó el celular y en la pantalla apareció el nombre de mi madre. Contesté con un suspiro.

—¿Sí?

—¿Está tu primo contigo? —me preguntó en tono serio.

—¿Cuál? Ya sabes que tengo muchos. Los miembros de nuestra familia son como conejos...

—Ben —me regañó—. Asher. Estoy buscando a Asher.

Fruncí el ceño. «¿Por qué está buscando a Ash?»

—No, ¿por?

—Tenemos una reunión con él más tarde y no responde a mis llamadas —suspiró.

—Está en la red. Lo he dejado allí con Kiara y Ally, en el segundo piso.

—Okey, ¿y tú? ¿Por qué no estás con ellos?

—Porque trabajo por las noches. Y voy a ir a tu casa a comer porque tengo hambre y me da pereza cocinar en la mía —añadí con total sinceridad.

—Perfecto, hasta entonces.

Después de colgar, me concentré en la carretera. Tenía curiosidad por ver qué me había respondido mi acosador y, sobre todo, quién se escondía detrás de ese nombre tan estúpido. «"Vick.snow", ¿qué clase de nombre es ese?»

Además, no había conocido nunca a nadie que se llamara así. Un momento..., había una chica de la escuela con la que salía los domingos que se llamaba Victoria. «Creo.»

Primero debía averiguar si era una chica o un chico. En mi mente, era una chica preciosa. Además, me decepcionaría mucho si me enterara de que mi acosador era un hombre. «También podría ser una estupidez de Kiara para matar el tiempo riéndose de mí.» Descarté enseguida esa idea porque, cuando Vick.snow me había enviado el mensaje, Kiara estaba hablando con Ally.

Llamé a la puerta de casa de mi madre y, unos segundos más tarde, me abrió la gran Gemma Scott.

—Te has dado prisa —comentó dejándome pasar—. Los zapatos.

Puse los ojos en blanco y la obedecí. «Tiene muchas manías.»

—Estoy hambriento, ¿queda algo?

Me dirigí rápidamente a la cocina. Inspeccioné el refrigerador esperando encontrar algo que comer. «Muy bien, hay para llenarme la barriga.»

Saqué unos platos y los dejé en la isla blanca de la cocina. Con una copa de vino en la mano, mi madre analizaba en silencio mis gestos.

—¿Te ha llamado tu padre? —me preguntó.

Negué con la cabeza. Tras su divorcio, me había alejado de mi padre y me había acercado a mi madre. «Y no es que él me esté llamando a todas horas.»

—Quiere que pases más tiempo con él, Ben...

—Sí, sí.

Resopló.

—Haz lo que quieras.

Esbocé una sonrisita, aliviado por no tener que seguir escuchando más preguntas o consejos sobre la relación que mantenía con su exmarido.

—Me ha llamado Johanna, la mujer de tu tío, esta mañana. Me ha dicho que hace poco su hijo Shawn ha aumentado la cuota de mercado de la empresa.

—¡Guau! —exclamé fingiendo estar impresionado—. No sé si sabes que Ash ha conseguido que la red se recuperara. ¡Una gran hazaña después de todo lo que ha pasado!

—No sientas celos del éxito de tu primo, también estamos muy orgullosos de Ash —me dijo con una sonrisa—. La boda de Shawn fue espléndida.

—¿Ah, sí? —le pregunté fingiendo estar interesado—. Sabes que estuve allí con Ash, ¿verdad? No fue para tanto. Hemos visto celebraciones mejores.

Soltó una carcajada mientras yo sonreía. Me encantaba hacer reír a mi madre, pues no se reía con frecuencia.

—De todas formas, tiene una buena vida de Scott.

—Me sorprendes.

Suspiré y le di otro bocado a mi almuerzo.

Una buena vida de Scott. Para mi familia, una buena vida de Scott era sinónimo de tener un buen trabajo, mucho dinero y una familia. Shawn tenía las tres cosas. Se había casado recientemente con una modelo del mundo de la alta costura cuyo nombre no recordaba. Pero sabía que ella les había hecho ojitos a Ash y a Kyle el día de la boda. Había sido muy divertido.

Casi todos los Scott habíamos asistido. Por suerte, éramos muchos. La familia estaba compuesta por cuatro hombres y tres mujeres y todos habían tenido hijos maravillosos como Kyle, Sam, Asher y yo. Por no hablar de primos lejanos y amigos a los que considerábamos miembros de pleno derecho de la familia.

La ventaja de las familias numerosas era que uno nunca se aburría. En cambio, la competencia era casi... instintiva.

—Deberías decidirte a buscar a alguien, Ben.

Hablando de alguien, no había leído el último mensaje de mi acosador. Desbloqueé el celular. Como esperaba, mi fan había contestado.

De Vick.snow:
En un koalita.

Tenía sentido del humor... Interesante.

—Y esa chica... ¿Cómo se llamaba? Ya sabes...

Levanté la cabeza frunciendo el ceño. ¿Qué chica?

Mi madre chasqueó los dedos como si quisiera activar su memoria y abrió mucho los ojos cuando se acordó.

—¡Isabella!

Se me tensaron al instante los dedos alrededor del celular y se me cortó la respiración. Le había dicho a mi madre que me gustaba una chica, pero eso había sido años atrás. No imaginaba que se acordara de su nombre.

Bella...

—¿Qué pasa con ella?

—¿No sabes qué es de su vida? Estaban muy unidos. O tal vez me equivoque de persona...

—No, es ella —confirmé con la mandíbula apretada—. Se marchó de la ciudad hace ya unos años, perdimos el contacto después de la escuela.

—Por curiosidad, ¿nunca has pensado en intentar averiguar adónde fue?

Se me escapó un resoplido de fastidio. No me gustaba hablar de ella.

—Algunos dicen que está en Londres, otros que en París... En cualquier caso, lo más probable es que se encuentre muy lejos de aquí.

Asintió con la cabeza y me dejó contestar al mensaje.

Veo que tienes sentido del humor, koalita.
¿Te apetece jugar a las adivinanzas?

Era una cuenta privada, pero me fijé en que tenía algunas publicaciones. Si aceptaba mi solicitud tal vez podría averiguar quién se escondía detrás de ese nombre de mierda. Y podría ver sus fotos.

¿De verdad crees que te voy a dejar ver
mi perfil?

Una sonrisa asomó a mis labios. Había tomado por tonto a quien fuera que estuviera detrás de esa cuenta. Error. Apareció un nuevo mensaje.

Puedo adivinar tus preguntas, Benjamin.
Debes saber que soy una chica.

Benjamin...

Su respuesta me dejó perplejo. No solo era una chica, sino que además sabía por qué quería jugar a las adivinanzas. Sí que me conocía. «Bien, vamos avanzando...»

No sé si debería sorprenderme
que lo hayas adivinado. O inquietarme.

¿Te doy miedo? Nunca lo habría
pensado de ti.

Entorné los ojos. Esta chica no era una desconocida.

Estoy asombrado... ¿Cuánto hace
que me conoces?

No quiero jugar a las adivinanzas, Jenkins.

Jenkins... La escuela. Me conocía de la escuela. Cuando era más joven me llamaban Ben o Benjamin. En la escuela, era más a menudo Jenkins. «Pero también me ha llamado Benjamin... Vamos a fanfarronear.»

Te traicionan tus palabras, koalita. Me parece que me conoces de la escuela.

Bloqueé el teléfono para concentrarme en el plato, que empezaba a enfriarse. Mi madre tomó las llaves y se despidió de mí antes de salir de casa.

—Me parece que vamos a divertirnos...

Las dos de la mañana. El archivo

Aquella noche estaba solo. Kiara se había ido a casa de Ash para dormir con Ella. Mi única compañía era mi celular.

De Vick.snow:
¿Qué haces todavía despierto a estas horas?

¡Vaya pregunta! Lo mismo de siempre.

Estoy trabajando. ¿Y tú? ¿Por qué sigues despierta? Son las dos de la mañana.

Estoy hablando contigo. ¿En qué trabajas?

¿No dormía porque estaba hablando conmigo? Interesante. Que sacrificara el sueño por mí era muy halagador.

Clasifico documentos de los 2000.

Estás evitando mi pregunta.

¿Por qué iba a decirte a qué me dedico
si no sé a qué te dedicas tú?

No te equivocas... Entonces, ¿nuestra
conversación se basará en dar y recibir?

Todo es cuestión de compromiso.

Disfruté escribiendo esa frase. Era una frase que alguien me decía a menudo.

—Acepto solo si tú aceptas.

Su sonrisa traviesa me hizo reír. Ella me hacía reír. Demonios.

A medida que pasaban las semanas, nos íbamos llevando mejor, cada día estábamos un poco más unidos que el anterior. Era perfecta. Tan perfecta... Era mía. La quería en mi vida.

Quería que me acompañara al partido de la semana siguiente y ella quería que yo la acompañara al baile de primavera. Yo odiaba los bailes de la escuela.

—Entonces, ¿nuestra relación se basará en dar y recibir? —le pregunté cruzándome de brazos.

—Todo es cuestión de compromiso —respondió ella poniéndome las manos en los hombros.

Su roce hizo que me estremeciera. Descrucé los brazos para apoyar las manos en su fina cintura. Estábamos cerca del estadio y lejos de miradas. Solo nosotros dos. Como todas las veces.

—Lo pensaré —contesté dedicándole una sonrisa traviesa.

Ella asintió y me pasó las manos por la nuca. Mi mirada se posó en sus labios, esos labios que tanto deseaba.

—Vas a aceptar.

Estaba segura de sí misma. Claro que iba a aceptar.

—¿Quién te ha dicho que vaya a hacerlo? Odio los bailes.

—Sí, pero adoras mi compañía...

Y tenía razón, había aceptado. Me hablaba de compromiso cada vez que quería algo y yo tampoco me privaba de usar esa palabra. Se me habían pegado sus expresiones. Además, eran lo único que conservaba de ella.

Bella...

Mi celular volvió a vibrar y sonreí instintivamente durante unos segundos hasta que vi el nombre del remitente. Él tampoco estaba durmiendo. Y ni siquiera me sorprendió.

De Ash Scott:
La cautiva quiere saber qué les hice a las anteriores, lol.

Sonreí al leer su mensaje. Nunca me cansaría de ver «lol» en sus mensajes. Tanto sarcasmo en tan pocas letras.

¿Se lo has dicho?

No. Kiara me lo ha impedido.
Está en mi casa.

Sí, lo sé. ¿Tenías una reunión con Rick y con mamá?

Sí. Parece ser que uno de nuestros
proveedores exclusivos está negociando
un contrato con Carlos Sanchez en Londres.

Arqueé las cejas. ¡Qué huevos! Carlos no provenía de una gran red, pero tenía las agallas de negociar un contrato con nuestros proveedores.

La cautiva y Ally tendrán que irse pronto
y eso me viene bien. Tenemos que enviarle
a Kyle los documentos que buscábamos.

Debería haber viajado a Londres para hacerlo, pero Ally y Ella lo harían en mi lugar: su misión era más importante que los documentos. Una notificación apareció en lo alto de la pantalla. «Vick.snow». Abrí enseguida el mensaje.

De Vick.snow:
Veo que sabes bastante sobre
el compromiso. ¿Es un hábito
que has adquirido en tu trabajo?

Fruncí el ceño. «Okey, esto es raro.»

Compromiso..., trabajo... ¿Lo sabía? Si habíamos coincidido en la escuela, era imposible. Tal vez me había equivocado... Probablemente no me conociera de ahí.

No especialmente. ¿En qué crees
que trabajo?

Mi pregunta sonaba a adivinanza. Aunque unas horas antes me había dicho que no quería jugar a las adivinanzas, esperaba que me respondiera.

Recuerdo que no se te daban bien
las mates, así que seguramente trabajas
en algo relacionado con los cálculos.

Arqueé las cejas. Tenía razón, me conocía de la escuela. Recordaba mis notas en mate... La única vez que había sacado buena nota en esa asignatura había sido después de haber repasado con Bella en mi casa. Y desde ese día había empezado a arruinar todo.

—Estoy cansado —me quejé mirando sus apuntes, que estaban perfectamente estructurados.

—Solo nos queda un tema, ¡haz el esfuerzo! —exclamó poniendo los ojos en blanco.

Yo estaba tumbado en el suelo, y ella, sentada en mi cama. Una vez, Ash me había dicho que si la chica que te gustaba estaba en tu cama y no pensabas solo en coger era porque estabas más enamorado de lo que creías. Y era cierto.

No es que no fuera atractiva, la deseaba. Pero no era el momento. Era muy diferente. Perfecta.

Perfecta para mí.

—¡Te estoy hablando, Ben! —se molestó agitando los apuntes delante de mi cara.

—Sí, te estoy escuchando —mentí sonriendo.

—¿Por qué tu madre no está nunca en casa? Es decir, ya son las siete de la tarde...

Su inocencia me arrancó una sonrisa. Me había dicho que sus padres no volvían nunca más tarde de las ocho. Si ella supiera... Durante la semana, veía más a Ash que a mi madre.

—¿A qué hora tienes que irte? —le pregunté.

Sus padres eran bastante estrictos. Aunque no quería que se marchara de mi casa, sabía que el final de nuestra velada estaba cerca. Sin embargo, también sabía que, en cuanto llegara a su casa, seguiríamos mensajeándonos hasta que se durmiera.

—Dentro de una hora, pero no has contestado a mi pregunta...

Se tumbó bocabajo y apoyó la cabeza en el extremo de la cama. Era tan adorable... Su rostro estaba por encima del mío, pero nos separaban unos centímetros. Su sonrisa traviesa no había abandonado sus labios.

—Porque trabaja y a menudo hace horas extras.

—¿En qué trabaja?

No podía decirle que mi familia poseía una red de tráfico ilegal, así que simplemente respondí:

—Es administrativa.

Asintió. Sujeté un mechón de su cabello castaño y lo hice girar alrededor del dedo índice.

—¿Y tú? ¿A qué se dedican tus padres? —le pregunté examinando su cabello dorado.

—Mi madre es psicóloga y mi padre es empresario. Thomas Grace.

—Ah —solté intentando sonar lo más natural posible—. ¿Se mudaron por él?

Asintió.

—Tiene negocios aquí. Lo seguimos allá donde va.

Me tocaba a mí asentir, aunque el pánico se había apoderado de mi mente. El corazón me iba a mil. Por supuesto... Grace... Thomas Grace...

Su padre era un empresario que había negociado anteriormente con el tío Rob para comprarle un terreno que pertenecía a la familia Scott. Y Thomas Grace odiaba a mi familia porque el tío Rob había rechazado su petición.

De todas las chicas que había en el planeta, ¿tenía que enamorarme de una cuyo padre odiaba a mi familia? La relación con la que soñaba no estaba cerca de hacerse realidad.

Para Vick.snow:
Entiendo que estabas conmigo
en clase de mate...

Ahora, la pregunta principal era: ¿en qué curso?

Pero no sabes en qué curso.

Se me cortó la respiración. Acababa de pensar justo eso. O era una coincidencia, o me conocía realmente bien. Estaba empezando a asustarme con toda esta historia.

Un día me enteré de que habías sacado
buena nota y me alegré por ti.

Esa nota había sido gracias a Bella.

Entonces también sabrás que tenía una
buena profesora con la que repasaba
después de clase.

Acababa de leer mi mensaje. Vi que enseguida se ponía a escribir. No había mentido, lo único que estaba haciendo era hablar conmigo. Mi ego empezaba a crecer tanto como el de Ash. Me estaba prestando demasiada atención para ser alguien que no quería nada de mí.

Ah... ¿Hablas de Grace?

8
¿Quién?

BELLA

—Nos vemos mañana —me dijo.

—¡Ben! —lo llamé cuando ya se iba.

Estaba raro desde nuestra última tarde de estudio, como... ¿distante? Me miró por encima del hombro arqueando una ceja. Su comportamiento había cambiado y no entendía por qué. Y él no me contaba el motivo.

—¿Seguro... que te encuentras bien?

Estábamos cerca de la grada donde solíamos quedar, pero esta vez su actitud era fría. Habíamos quedado para que me diera una libreta que había dejado en su casa. En lugar de abrazarme y decirme que hablaríamos luego, como solía hacer, me había soltado: «Nos vemos mañana». Y eso cambiaba muchas cosas.

—Sí, ¿por qué?

Negué con la cabeza ante su indiferencia. Sin intentar averiguar la verdadera razón de mi pregunta, se alejó dejándome sola.

Nunca era frío conmigo. Era como si... hubiera hecho algo mal. ¿Qué era lo que le había molestado?

—¿Aún no te ha contestado? —me preguntó Riley dando un sorbo a su café recién hecho.

Sacudí la cabeza decepcionada. No iba a ser tan fácil hablarle de mí a Ben. La noche anterior había visto mi mensaje, pero no había respondido. No sabía si volver a hablarle, porque ahora que yo por fin había ido al grano tenía la impresión de que él intentaba evitarme.

«Lo odio. Odio a ese cabrón.»

—Hay que tener paciencia. Igual te responde más tarde. En este tipo de situaciones, no es fácil encontrar las palabras de forma natural...

—Deja de defenderlo, Riley —le dije bloqueando el celular tras revisar mis notificaciones de Instagram por centésima vez.

Crucé los brazos sobre la mesa y apoyé la cabeza, abatida. Ya no sabía qué más hacer. Casi me arrepentía de haberle hablado. Era una mezcla de sentimientos extraña. Tal vez no debería haberme precipitado. Ni siquiera había tenido tiempo de aprender un poco más sobre él. Si decidía ignorarme, todo habría sido en vano.

—Te dije que era una mala idea.

Riley resopló molesta.

—¿Por qué, cuando se trata de él, eres tan pesimista? Mira el lado bueno de...

—¡No puedo mirar el lado bueno de las cosas porque nunca me ha enseñado ese puto lado! —exclamé irritada.

Ella se quedó callada mientras se me pasaba el enojo con mi «ex» por haberme abandonado de un día para otro sin darme la menor explicación.

—Creo que deberíamos esperar a que responda...

—Necesito salir.

Me levanté de la silla y Riley me siguió.

—¿Puedo ir contigo?

Entonces me encogí de hombros. No me importaba. «Salvo que vuelva a empezar a defender al indefendible Benjamin Jenkins.»

Fuera, hacía un día gris. Iba a llover. Pero necesitaba salir. Necesitaba aire.

—¿Quieres una sesión de «amigaterapia»? —me preguntó tímidamente mientras caminaba a mi lado.

«¿La necesito?»

Una sesión de «amigaterapia» era un concepto creado por Riley que consistía en dejarme hablar para vaciar la mente y luego aconsejarme de la manera más objetiva posible. Además de hacerme las preguntas adecuadas, como un terapeuta.

«Pues sí, la necesito.»

Asentí. Me tomó de la mano y me llevó al rincón de Central Park donde solíamos perdernos durante las sesiones de «amigaterapia».

—Bueno..., cuéntame qué pasa por esa cabecita —empezó mi *roomie*.

Cerré los ojos e inspiré profundamente. Ni siquiera yo acababa de comprender lo que sentía. No lograba encontrar y mantener una cierta estabilidad emocional desde que había hablado con Ben. Muchos recuerdos de los momentos que habíamos pasado juntos estaban volviendo a atormentarme. Pero una cosa era evidente: estaba molesta con él. Muy molesta con él.

—Estoy muy molesta —susurré finalmente.

—¿Hablamos del «visto» o en general? —me preguntó Riley.

—Todo. Incluso después de cuatro años y medio, huye en cuanto oye mi nombre. Como hizo la primera vez. Su silencio lo dice todo, Riley.

Ya había vivido una situación así. Conocía esos sentimientos.

Hacía ya dos semanas que evitaba mirarme a la cara, que evitaba hablar conmigo por teléfono. Ya no me llamaba, ni siquiera me enviaba mensajes. Me saludaba desde lejos y se volvía a ir con sus amigos. Como si nuestra conexión solo hubiera sido un espejismo completamente imaginario.

Se había marchado de mi vida tan rápido como había entrado, sin dejar que yo dijera nada.

—Deberías preguntarle, Isabella.

Ginny, mi compañera de clase, me aconsejó que no me lo guardara todo para mí y que me sincerara con mi *crush.*

—Y si no, de todas formas..., siempre está Griffin... Es más guapo, en mi opinión...

Griffin, o el chico que intentaba ligar conmigo. ¿Quizá esa era la razón por la que Ben no me hablaba?

Según mis dos amigas, Ben parecía bastante celoso cuando ese chico se me acercaba, pero a mí nunca me lo había parecido. Todo lo contrario. Era como si no le importara.

Poco después de nuestro último encuentro en su casa, Griffin se había convertido en mi compañero en clase de Química. Me había hecho reír mucho con sus experimentos fallidos y Ginny me había contado que Ben había sido testigo de varias escenas y que tenía la cara descompuesta. Me sentí culpable. Aunque oficialmente no estábamos juntos, yo actuaba como si lo estuviéramos.

—No quiero a Griffin..., quiero a Ben.

Con la cabeza apoyada en la palma de la mano, usaba el tenedor para juguetear con la comida de mi bandeja. No sabía qué hacer para que las cosas volvieran a ser como antes. Me sentía impotente ante lo que estaba ocurriendo.

El corazón me empezó a latir con fuerza cuando lo vi. Nuestros ojos se cruzaron durante unos segundos antes de que él decidiera apartar la mirada. La mía se quedó clavada en su figura, que estaba sentada a lo lejos. A Ben lo acompañaban Ash y sus otros dos primos, Kyle y Sam.

—Hola, chicas —dijo una voz que reconocí inmediatamente detrás de mí.

Entré en pánico al instante. Griffin.

En cuanto me rodeó los hombros con un brazo, se me tensaron las extremidades. Ben, que me había estado evitando desde que llegó, posó sus ojos en el brazo de Griffin. Los movimientos de su boca se ralentizaron mientras masticaba la comida y su mirada oscurecida se clavó en la mía, que no había cambiado de dirección ni un segundo.

Ah, vaya. ¿Tenía que llegar Griffin para que se interesara por mí?

—Isabella..., me preguntaba... ¿Tienes pareja para el baile? —preguntó Griffin.

Giré la cabeza con cara de pena.

—Sí.

—¿Y quién es? ¿No quieres ir conmigo? ¡Soy muy buen bailarín!

Reí por lo bajo.

—No me gusta bailar y a mi pareja tampoco. Preferimos mirar a la gente y hablar.

El baile. Me acuerdo de aquella noche. ¿Cómo podría no acordarme?

—¿Crees que te ha olvidado? —me preguntó Riley.

Asentí. Sin ninguna duda.

—¿Qué te hace pensar eso?

Pero, cuando iba a responder, el celular me vibró en el bolsillo y el corazón me dio un vuelco al encender la pantalla.

De BenJenkins:
¿Quién es esa?

Se me cortó la respiración y me quedé boquiabierta.

«¿Quién es... esa?»

Se me hizo un nudo en la garganta a medida que releía su mensaje y trataba de asimilarlo. Esas palabras se quedaron impresas en mi cerebro junto con todo el resto de él; en realidad, Ben no había abandonado mi cabeza ni un segundo en esos cuatro años y medio. Le mostré el celular a Riley sin mirarla y dije en voz baja:

—Él.

No podía despegar los ojos de la pantalla. El corazón se me iba a salir del pecho. Me habría gustado no descubrir nunca que me había olvidado.

Riley me arrancó el teléfono de las manos.

—Okey, espera, pausa —me dijo poniéndose delante de mí—. No va a hablar de la chica a la que amaba con una desconocida, ¿no crees?

Estaba tan desolada y confundida que no conseguía concentrarme en las palabras de Riley.

Aunque a menudo me repetía a mí misma que probablemente me había olvidado, tal vez para animarme a hacer lo mismo, en realidad no me creía mis propias palabras. No podía asumir que realmente fuera así. Y que él lo escribiera con tanta facilidad acababa de rematarme. Me temblaba el labio inferior, estaba a punto de quebrarme.

«Él... él no puede olvidarme. Él no... Esto es una pesadilla.»

Sentí una lágrima resbalar por mi mejilla. Aquel mensaje nos había dejado paralizadas. Todas mis esperanzas se habían evaporado bruscamente, dejando solo la realidad en la pantalla de mi celular.

Riley me secó las lágrimas antes de estrecharme entre sus brazos. Entonces me derrumbé. Mis peores temores se habían confirmado. El chico con el que soñaba día y noche, el chico al que mi mente no podía dejar escapar a pesar de todo lo que me había hecho, el chico del que seguía locamente enamorada incluso bajo un manto de odio, se había olvidado de mí. Ben Jenkins se había olvidado de que existía. Ben... me había borrado literalmente de su memoria.

Caminé hacia las gradas. Le había pedido a Ben que nos encontráramos allí para hablar. Me había encariñado tanto que no podía soportar que estuviera tan distante.

Mientras mis pasos me guiaban hacia el lugar, lo vi. Pero no estaba solo. Había varias chicas con él... y una de ellas estaba en sus brazos.

Aquella chica acababa de... besarlo. ¿Qué?

Abrí los ojos sin dar crédito y se me hizo un nudo en la garganta ante esa escena. No era posible. Cab...

¡No podía hacer eso! Los celos se apoderaron de mi cuerpo. Nosotros nunca nos habíamos besado.

Continué caminando hacia él. Finalmente la apartó cuando me vio llegar. Ella sonrió y se alejó de él con sus amigas como si no hubiera pasado nada.

—¿Ahora... tienes novia? —le pregunté reprimiendo las lágrimas.

No quería demostrarle que me importaba. A él no le importaba, después de todo.

—Eh..., no. Solo que he aceptado ir al baile con ella y quiere que sus amigas vean que hay algo entre nosotros.

Levanté las cejas. Se me cortó la respiración y se me cerró el estómago. ¿Iba a ir al baile con... ella?

—¿No... se suponía que íbamos a ir juntos?

—Sí, pero se me olvidó en ese momento. Y ahora ya no puedo decirle que no, ¿sabes?

Debería haberlo hecho. Debería haberme alejado de él después de aquella frase que me dijo hace muchos años en un tono tan... casual.

«Para no sufrir más. Nunca.»

—Bueno, ¿sabes qué? Déjame a mí hacer las preguntas, ¿de acuerdo? Sé que no vas a poder escribir nada más.

La miré secándome las lágrimas con la mano.

—Voy a demostrarte que se acuerda muy bien de ti.

Una hora después

Sumergida hasta la barbilla en mi bañera, miré a Riley, que permanecía sentada en el suelo con mi teléfono en la mano. Ella tenía el ceño fruncido, le estaba escribiendo un mensaje a Ben de mi parte.

Me extrañé cuando la oí reírse burlonamente.

—¿Qué le estás diciendo?

Me miró con una sonrisa traviesa y me enseñó la pantalla.

—Al final resulta que no está tan seguro de no acordarse de ti...

Abrí los ojos de repente. No admitía su primer mensaje. De todas maneras, nunca se hacía responsable de sus acciones.

Sonó el timbre. Me miré en el espejo y exhalé un último suspiro mientras me alisaba el vestido con la mano. Habían pasado tres meses desde nuestra última conversación, en la que Ben me había dicho que no iba a ser mi pareja para el baile. Tres meses durante los cuales lo había visto ligar con otras delante de mis narices sin plantearse ni por un segundo la posibilidad de que pudiéramos arreglar las cosas, de que todo volviera a ser como antes.

Tres meses mostrándose frío y distante en mi presencia. Tres meses en los que había tratado de llamar su atención acercándome a Griffin. Pero Ben me ignoraba por completo, muy ocupado con su novia del día.

Ahora solo quedaban unos pocos días para que terminara el curso. Esa misma tarde era el baile de primavera y yo estaba lista para ir.

—¡Isabella, cariño! —gritó mi madre desde el vestíbulo—. Es para ti.

—Enseguida voy.

Con los ojos cerrados, intenté no pensar en nada salvo en divertirme.

Griffin, con un precioso traje negro, me miró con los ojos brillantes. Ben debería haber estado en su lugar.

Mi madre, asombrada, me pidió que me pusiera al lado de Griffin para tomarme una foto. Qué vergüenza. Me hubiera gustado tomarme esa foto con Ben. Después de avisarle que tal vez me quedaría a dormir en casa de Ginny, nos despedimos.

—Estás guapísima —me dijo mi acompañante mientras me abría la puerta del coche.

—Gracias.

Durante el trayecto no hablamos. O al menos yo no lo hice. Estaba muy nerviosa por esa noche, no quería ver a Ben disfrutar, contemplar su felicidad desde la distancia, como si yo nunca hubiera existido. Él tenía todo el derecho, era cierto. Pero yo no iba a poder disfrutar. Me había enamorado de ese chico sin darme cuenta.

Y estaba a punto de romperme el corazón otra vez.

—Estoy deseando llegar a la fiesta, ¿tú no? —me preguntó Griffin.

—Sí, sí, va a ser divertido.

Entramos al estacionamiento de la escuela varios minutos después. Griffin se detuvo junto a un coche que reconocí de inmediato. Era el coche de Ash, quien, por cierto, estaba dentro, oculto por una chica sentada encima de él que lo besaba salvajemente.

—Alguien ya se está divirtiendo —se rio Griffin al salir del coche.

Mi acompañante me condujo al gran salón donde se celebraba la fiesta. Pasé junto a mis amigas. Griffin se acercó a sus amigos para saludarlos. Ginny lo miró sacudiendo la cabeza con decepción.

—Debería haber sido Ben, no él.

—Lo sé, pero así son las cosas.

Como si yo no fuera consciente de la situación...

Los alumnos empezaron a reunirse en el interior del pabellón deportivo, que había sido acondicionado para la velada. Juegos de luces iluminaban la pista de baile, que ya estaba llena. Miré a mi alrededor en busca de Ben. Vi a Ash, así que Ben no debía de estar lejos.

—Ahí lo tienes...

Entró en la sala vestido con un magnífico traje. El corazón me dio un vuelco, era tan guapo... Era perfecto.

A lo largo de la noche, Griffin no paró de ir y venir. Sus amigos habían traído bebida para «divertirse», así que parecía cada vez un poco más borracho. Ben, por su parte, estaba sentado a una de las mesas a lo lejos, sumido en una conversación con una chica. Echaba de vez en cuando miradas furtivas en mi dirección, mientras que yo no había apartado los ojos de su cara ni una sola vez.

Y, sobre todo, me daba envidia verlo con su pareja, porque debería haber sido yo. No ella.

Empezaba a quedarme sin aire. Tenía que salir, la sala me estaba asfixiando. Y la complicidad que veía entre ellos también. Me alejé de allí y caminé por los pasillos vacíos de la escuela antes de encontrar la salida. El aire fresco me sentó muy bien, aún me pitaban los oídos por el volumen de la música.

No había nadie fuera. La mayoría estaba en la sala de baile o en los pasillos. Unos minutos más tarde, oí pasos a mi espalda. Me giré con curiosidad y descubrí a Griffin. Con una sonrisa tonta y las mejillas rojas, se tambaleaba. Estaba muy borracho.

—¿Qué tal? ¿Te... estás divirtiendo? —me preguntó sonriendo de una forma un poco exagerada.

—Bastante, ¿y tú? Estás borracho —remarqué mientras intentaba mantenerse en pie frente a mí.

—Me gustaría divertirme todavía más...

Me tomó desprevenida al ponerme las manos alrededor de la cintura. Lo empujé con cuidado, apestaba a alcohol. Pero mi gesto no tuvo el efecto deseado. Me estremecí cuando sentí que me agarraba con más fuerza.

—Griffin..., ¿puedes soltarme, por favor...?

Con las manos sobre su pecho, hice todo lo posible por alejar su cuerpo del mío. Pero mi fuerza no podía competir con la suya. Su horrible aliento se mezcló con mi respiración hasta provocarme náuseas.

—Por favor..., suéltame, Griffin...

—No, Isabella, he esperado demasiado...

Cuando intentó besarme, lo esquivé. El corazón me latía con fuerza. Quise retroceder, pero él seguía agarrándome y me obligó a alzar la voz para ordenarle que me soltara.

El pánico empezó a apoderarse de mi cuerpo tembloroso. No había nadie alrededor. Solo estábamos nosotros. No tenía ni idea de hasta dónde podía llegar y se me llenaron los ojos de lágrimas al pensarlo.

Todo sucedió muy rápido. Tan rápido que en ese momento no me di cuenta de lo que acababa de ocurrir. Grité de la sorpresa cuando unos brazos desconocidos me arrancaron de las garras de Griffin, quien rodó por el suelo con la nariz ensangrentada. Ash lo miraba fijamente con el ceño fruncido y la mandíbula apretada. Le había dado un puñetazo.

Ash acababa de salvarme de Griffin, quien gemía en el suelo apretándose la nariz rota. Ben también estaba allí. Me mantenía alejada del hombre que había intentado besarme a la fuerza. Todavía en shock, me giré hacia Ben, que me dijo muy serio:

—Ten más cuidado la próxima vez.

Se despegó de mí y se fue sin darme tiempo a contestar. Griffin estaba todavía en el suelo y pronto perdería el conocimiento si nadie lo ayudaba.

Mientras tanto, Ash, en silencio, se encendió un cigarro. Como si no hubiera pasado nada. Su aire glacial y distante me ponía los pelos de punta. ¿Era siempre tan impasible? Como si el hecho de que Griffin estuviera en el suelo no tuviera nada que ver con él.

Miró a su primo alejarse y sacudió la cabeza antes de dirigir su atención hacia mí. Me miró fijamente sin decir una palabra.

—Gracias —dije todavía desorientada mientras Griffin intentaba recomponerse.

Yo también tenía muchas ganas de pegarle. Cabrón. Era un mierdas, me daba asco.

—Dale las gracias a él —me dijo desviando la mirada hacia su primo—. Solo he intervenido porque no quiero que vaya a la cárcel por haber matado a un estudiante por propasarse contigo.

Esa noche seguía grabada en mi memoria. Todavía recordaba cada detalle de la semana que había seguido a esa famosa noche.

«Puedo confirmarlo: nunca se hace responsable de sus acciones.»

9

Tóxico

BEN

—¿Invitaron a sus cautivas?

Era una pregunta tonta, puesto que hablábamos de la fiesta de las cautivas que iban a organizar Ally y la bruja. A pesar de que todas fueran a estar presentes... no creía que Asher dejara ir a Ella.

—Evidentemente —me respondió Kiara, herida—. Vamos a invitar a todo el mundo.

Terminó la frase lanzándole a Ash una mirada insistente. La conocía lo suficiente para saber que en realidad sus ojos estaban gritando: «¡TU EX TAMBIÉN ESTARÁ EN LA FIESTA!».

Ash la evitó y Kiara me miró y negó con la cabeza, exasperada. «¿Qué creías? ¿Que iba a hablar de su ex delante de Ella? No me hagas reír.»

Por cierto, hablando de Ella, se había caído a la alberca unas horas antes, por eso parecía tan cansada.

—Dada la situación, vamos a adelantar su misión —dijo Rick dirigiéndose a Ally y a Ella—. Serán las encargadas de ir a la red de Londres en lugar de Ash y yo. Asegúrense de hacer llegar estos documentos a Kyle y vigilen de cerca las acciones de su objetivo: Carlos. Creo que trabaja con uno de nuestros proveedores exclusivos, pero quiero asegurarme.

Ash aplastó la colilla en el cenicero.

—¿Por qué no envías a los hombres de Kyle?

«Buena pregunta.»

—Carlos ya los conoce. Ally y Ella, en cambio, no son conocidas en las redes de Londres, así que irán y volverán al día siguiente. Un avión privado las esperará para partir pasado mañana, estén preparadas.

Las dos chicas asintieron sin decir nada. Me volteé hacia Kiara y después miré a Sabrina, quien no había apartado la mirada de Ella desde el inicio de la reunión. Hice una mueca cuando dijo:

—Me muero de ganas de que llegue la fiesta para volver a ver la versión original de esta copia que es Ella.

«Ya está. A la mierda.»

Como era de esperar, Asher se irritó con ella. Quizá mi cautiva se creía muy audaz, pero a mí no me apetecía soportar las consecuencias de su comentario.

—La reunión ha terminado —anunció Ash en tono glacial apretando la mandíbula—. Sabrina, tú quédate ahí.

Rick calló mientras las chicas se levantaban. Kiara salió de la habitación con Ella. Ally también debía volver a casa para ocuparse de Théo. El ambiente se había enfriado de golpe y yo ya sabía que Sabrina iba a pagarlo caro.

Rick, incómodo, se aclaró la garganta y también se levantó, dejándome a solas con Ash, quien estaba a punto de comerse viva a mi cautiva porque no sabía cerrar la boca. Tragué saliva. Estaba demasiado calmado.

«No hay nada peor.»

Los codos apoyados sobre la mesa, las manos entrelazadas cerca de la boca y la mirada fija en un punto imaginario: esa postura nos provocaba escalofríos en la espalda a los que lo conocíamos. Fulminé a Sabrina con la mirada. Su rostro había perdido todo el color.

«¡Y con razón! Las apariencias engañan. Y un Asher en calma, más aún.»

Nos quedamos en silencio cinco largos minutos hasta que Asher se decidió a respirar hondo. Su voz resonó por toda la habitación cuando preguntó lentamente:

—Aparte de mi voz, ¿qué oyes, Sabrina?

La cautiva lo observó fijamente con el ceño fruncido antes de dirigirme una mirada perdida. «Yo tampoco lo entiendo, Sabrina.»

—Eh..., ¿nada?

«Sí, silencio. ¿Quiere comprobar si es esquizofrénica?»

—Buena respuesta —contestó sacando un nuevo cigarro del paquete—. Atrévete a hablar una sola vez de esa zorra delante de mí y te doy mi palabra de que el silencio será lo único que oirás durante el resto de la eternidad.

Levantó la cabeza hacia ella para lanzarle su mirada más sombría. Sabrina tragó saliva. A continuación, le ordenó que saliera del despacho, cosa que ella hizo sin dudar ni un segundo. Arqueé las cejas. Sus amenazas de muerte se estaban volviendo cada vez más poéticas.

—Te noto molesto —comenté esbozando una sonrisita mientras se rellenaba el vaso de whisky.

Me fulminó con la mirada. «Lo admito, me he pasado, pero era demasiado tentador.»

—¿Por qué se ha desmayado Ella?

Antes de darle un trago a su bebida, resopló y me confesó:

—Las chicas le han dicho que maté a dos de las tres cautivas que tuve antes que ella.

Entreabrí la boca. En realidad, solo había matado a una. La otra murió de miedo. Literalmente.

—Espera, hace falta algo de contexto... A la primera la mataste por lo que decía...

Asintió con la cabeza. La primera cautiva que había tenido después de Isobel no solo se había burlado de su modo de gestionar tanto su duelo como la red, sino que también había conspirado a sus espaldas. Asher ya no pensaba correr el riesgo de vivir otra traición.

La segunda había huido porque Asher se había vuelto demasiado violento después de lo de Isobel y la otra cautiva.

La tercera... sufrió un paro cardiaco.

«¡Menudo historial! Asher, el cazador de cautivas.»

—¿Y piensas decírselo? ¿Decirle que las cosas no fueron como ella cree?

—¿Por qué iba a hacerlo? Me conviene que me tenga miedo, me gusta contar con cierta ventaja sobre ella sin tener que esforzarme.

Negué con la cabeza, exasperado. Ash no soportaba que Ella se le resistiera. Acababa de descubrir ese nuevo aspecto de mi primo. Antes le importaba una mierda que una chica lo desafiara porque sabía que al final se iba a rendir. Pero ahora se mostraba tan testarudo con Ella porque ignoraba si la chica iba a ceder. Sin embargo, como había medio admitido, a Ash le costaba hacerle frente.

«No puede controlarse... Interesante.»

—Hum.

Levantó la cabeza hacia mí arqueando una ceja.

—¿Qué? —me preguntó con perplejidad.

—Te encuentro muy... ¿tenaz? Normalmente no eres así con las chicas...

Puso los ojos en blanco y me confesó, agotado:

—Es mucho más desesperante que todas las que he conocido. Juntas.

—A mí me habla una por Instagram que conoce a Bella.

Ash frunció el ceño mientras se encendía un nuevo cigarro.

—¿Y tú a ella la conoces?

—Creo que no, pero ella a mí sí. Apesta a cuenta falsa, pero venía a la escuela con nosotros.

Se terminó el vaso y lo dejó sobre la mesa antes de preguntarme:

—¿Por qué te habla de Grace?

Me encogí de hombros. No tenía ni idea. Pero sabía que en la escuela me llevaba muy bien con Bella.

Una carcajada escapó de la boca de mi primo.

—¿Te imaginas que es Grace hablándote de nuevo?

Resoplé. «Qué gracioso.»

—Hay más posibilidades de que el tío Rob vuelva de entre los muertos que de que Bella retome el contacto conmigo a través de una cuenta falsa.

Ash esbozó una sonrisa, seguramente pensando en su padre. A continuación, me confesó:

—Por una parte, me da rabia haberte aconsejado que te alejaras de ella, pero, por otra, era lo mejor que podías hacer.

Negué con la cabeza. Aunque efectivamente me había recomendado que me distanciara de Bella, no me había dicho de qué modo proceder. Y yo había elegido el peor.

—O sea, ¿estás diciéndome que el padre de Grace es Thomas?

Asentí con un suspiro. Se golpeó la frente en respuesta.

—Un momento... ¿Tuvieron sexo? —me preguntó muy serio.

—Ni siquiera nos hemos besado aún... Es decir..., falta poco, pero seguimos en la etapa de «seducción», ¿entiendes?

—Pues, páralo todo. Porque, si esto continúa, tú te enamorarás y ella también, y sabes de sobra que no servirá de nada. Su padre y su odio a nuestra familia no les permitirán ir más lejos.

Tenía razón. Nuestra relación no había empezado todavía y ya estaba abocada al fracaso. Y eso me enfurecía.

—¿Thomas sabe algo de la red?

Asintió con la cabeza.

—Estaba tan enojado con papá que amenazó con arruinarnos, así que, si ahora se entera de que su hija se acuesta con uno de la familia, le dará un síncope.

—¿Y qué hago?

Le dio una calada al cigarro e inhaló el humo antes de decirme:

—Te aconsejo que la alejes de ti. Pueden seguir siendo amigos, pero sácate de la cabeza la idea de salir con ella algún día.

En aquella época, no podía hacerme a la idea de que solo fuera a ser una «amiga». No habría podido soportar ser su confidente ni escucharla contarme sus problemas de pareja cuando lo único que yo quería era ser su novio. Además, el imbécil de Griffin se había acercado a ella en clase de Química. Era yo quien había trazado los límites, pero esos límites me carcomían por dentro.

—Se nota que te quiere —me dijo Asher tecleando algo en el celular—. Sigue intentando hablarte después de... ¿dos meses?

Resoplé. Yo también deseaba hablarle, pero no podía hacerlo. Me daba miedo enamorarme de ella y acabar con el corazón roto. Porque eso era lo que iba a pasar.

—No deberías ignorarla así, te comportas como un auténtico hijo de puta.

—Lo sé —solté a la vez que me pellizcaba el puente de la nariz—. Pero sabes tan bien como yo que dentro de unas semanas tendré que tomar una decisión.

Levantó la cabeza hacia mí.

—¿Qué vas a elegir? —me preguntó.

¿Entre una vida trabajando para la red o para la Scott's Holding Company? Ash no tenía elección, estaba destinado a liderar la red tarde o temprano. Era la decisión de la familia. Kyle, el resto de mis primos y yo sí podíamos elegir, pero, entre Shawn y Ash, la decisión era fácil.

—Prefiero con mucha diferencia las mierdas de la red contigo que trabajar bajo el pulgar de Shawn.

Se rio.

—¿Te imaginas que te conviertes en su secretario? ¿En su putita personal?

Esbocé una mueca de asco mientras él se echaba a reír imitando a nuestro primo y haciendo que me entraran ganas de vomitar.

—Volvamos a tu futura ex.

—Voy a elegir la red, así que lo que haya entre nosotros está muerto.

—Es indiscutible.

Había tomado mi decisión.

—Sus caminos volverán a cruzarse algún día.

Negué con la cabeza antes de levantarme.

—¿Soy yo o te has vuelto un sentimental, Ashou?

Resopló suavemente.

—En absoluto. Lo sé porque es lo que les sucede a los verdaderos amantes, Ben. Se rencuentran.

Con una sonrisa ladeada, abrí la puerta.

«Los amantes.»

El sonido del celular me arrancó del sueño. Había vuelto tarde a casa después de haber estado cogiendo con mi ligue de la noche. Con los párpados cerrados, extendí el brazo y busqué el teléfono por la mesilla de noche. Sin abrir ni un ojo, contesté:

—¿Sí?

—Son las siete de la tarde, Jenkins.

«Carajo. Ash.»

Rodé sobre mi espalda y me froté los ojos.

—Creo que no te he preguntado la hora. Además, hoy es mi día libre —farfullé, extenuado.

—Ya dormirás cuando estés muerto. Vístete y ven a mi casa, tenemos que acabar de firmar unos documentos.

Colgó sin dejarme opción a protestar. Inspiré muy profundamente y exhalé con pesadez. Abrí los ojos con suavidad adaptándome... a nada, la oscuridad era total. Esa noche empezaba muy mal. Me habría gustado dormir veinticuatro horas.

Me levanté lentamente y fui a darme una ducha fría para despejarme la cabeza. Cuando estaba bajo el agua, volvió a sonar el teléfono. Ya sabía que era Ash comprobando que no me hubiera dormido de nuevo.

Mientras me lavaba los dientes, el celular sonó por cuarta vez, arrancándome una risita burlona.

«Voy a tomarme todo el tiempo del mundo.»

Estaba enojado porque Ella ya no se encontraba en su casa. Por eso quería dedicar la tarde a firmar todas esas mierdas. Con la toalla alrededor de las caderas, tomé un tazón y lo llené de cereales, sobre los cuales vertí un poco de leche.

«Y no al contrario, aunque hay psicópatas que lo hacen así.»

A la quinta llamada, puse el altavoz.

—Estoy despierto, aún no he acabado de desayunar. Estaré en tu casa dentro de un cuarto de hora.

Colgó. Me encogí de hombros y tomé una cucharada de cereales antes de abrir Instagram.

De Vick.snow:
¿Por qué no quieres admitir que eran muy
unidos? Tampoco es como si no
lo supiera nadie de la escuela...

Se me escapó un resoplido de exasperación de los labios mientras tecleaba sobre la pantalla. ¿Dónde se estaba metiendo?

Tengo una pregunta para ti: ¿la conoces?

Esa chica me hablaba mucho de Bella. «Es muy sospechoso.»

Veinte minutos después estaba en casa del señor Me-Estoy-Enojando.

—¡Llegas cinco minutos tarde! —exclamó desde el vestíbulo mientras yo subía los escalones con una gran sonrisa en los labios.

—¿Oyes eso, Ash?

Arqueó una ceja con aire inquisitivo.

—Oír ¿qué?

—El vacío... ¿No falta algo?

Su mirada se oscureció cuando comprendió que hablaba de Ella. Y mi sonrisa se ensanchó. Su dulce y tierna cautiva estaba en ese momento en Londres en una misión de gran importancia.

Subimos a su despacho, donde me entregó unos papeles. Sentado en un sillón, empecé a firmar sobre la mesa de café al mismo tiempo que él.

—Ahora que se ha ido te aburres, ¿verdad? —inquirí con picardía.

—No. Parecen incluso unas vacaciones.

«La voz fría. Se molesta si hablo de ella... Entiendo...»

—¿Sabes que estos documentos deberíamos firmarlos la semana que viene?

Resopló, molesto, y replicó secamente:

—Sí, bueno, vamos a firmarlos ahora. ¿Te parece bien? ¿Puedes callarte un rato?

Suspiré. De repente, me vibró el celular.

Claro que la conozco... Pero tú
le rompiste el corazón. Ya no es la que
era por tu culpa.

Se me tensó la mano violentamente alrededor del teléfono mientras releía el mensaje sin saber qué contestarle. Era amiga de Bella y me guardaba rencor por haber destrozado la vida de su amiga.

«Pero yo también estoy destrozado, Vick.»

—¿Por qué paras? —me preguntó Ash sin levantar la cabeza.

Le di el celular para que leyera el mensaje. Su mirada buscó la mía. Ninguno de los dos entendíamos nada.

Esa chica me conocía. Y conocía a Bella. Pero, sobre todo, sabía que había pasado algo entre nosotros y que yo le había hecho daño. Sin embargo, Bella no era de las que contaban sus problemas a cualquiera.

—Pregúntale si sigue en contacto con ella.

Escribí lo que Ash me había dictado y se lo envié. Seguí firmando con escepticismo sin sacarme a Vick.snow de la cabeza. Esa cuenta estaba empezando a asustarme. Me contestó:

Sí.

El corazón me dio un vuelco en el pecho. Seguían hablando. ¿Bella sabría de la existencia de esa cuenta...? Esta chica conocía mi pasado con Bella, pero lo peor era que anticipaba todas mis preguntas.

Ella no sabe que estoy hablando contigo.

¿Y adivinas qué es lo que tampoco sabe?

Por qué la dejaste...

Mi ira se disparó. No soportaba que la gente se metiera en mis asuntos. Sobre todo cuando sabía que era yo quien lo había mandado a la mierda. No necesitaba a nadie para sentirme culpable.

«Puedo arruinarlo todo yo solito.»

Eso es algo entre ella y yo.

Tú no te metas.

No ha podido pasar página nunca
por eso. Quiero que encuentre la paz,
así que, por favor, dime por qué. Por ella.

¿No había podido pasar página nunca? ¿Eso quería decir que seguía pensando en mí? ¿Después de todos esos años? ¿Que yo seguía en su cabeza? Miré fijamente la pantalla, reflexionando. Yo era demasiado egoísta, tóxico incluso. No quería que pasara la puta página ahora que sabía que nunca había llegado a hacerlo.

Responderé a todas sus preguntas,
pero solo a ella.

—¿Lo ves? Por eso no me permito enamorarme realmente —comentó Ash resoplando—. Porque soy un egoísta y podría portarme como una mierda. Igual que haces tú.

Bella necesitaba hablar conmigo a pesar de lo mucho que me odiaba. Y yo deseaba que se pusiera en contacto conmigo aunque fuera solo una vez para darme la oportunidad de explicárselo todo, porque la quería y la necesitaba.

—Ni de broma voy a decirle a esta tipa lo que llevo años queriendo decirle a Bella. Sobre todo, porque no sé si es realmente amiga suya. —Ash asintió—. Y ya estuviste enamorado. De Isobel.

—No —me contradijo mi primo—. He dicho enamorarme realmente, no verme obligado a enamorarme.

Tenía razón. Nunca se había enamorado realmente. No por voluntad propia.

—Ash, ya sabes que tu corazón volverá a calentarse algún día. Y verás que ya no pensarás más en ti, sino únicamente en esa persona.

Negó con la cabeza, resoplando, y volvió a las firmas.

—¿No te da algo de miedo la misión de Londres?

—En el peor de los casos, se encontrarán en mitad de una guerra entre bandas —respondió sin levantar la cabeza—. En el mejor, espiarán y volverán a la mansión.

—Hay pocas posibilidades de que pase lo peor, ¿verdad?

Las redes de Londres eran molestas, pero, sobre todo, peligrosas.

—Pocas, sí, pero no hay que descartarlo. Ya lo he hablado con Kyle y Sam, e irán a buscarlas si pasa algo.

—Sí que has pensado en todo.

Razón por la cual los Scott habían elegido a mi primo para dirigir la red. Se anticipaba a todo, era un gran estratega y a menudo conseguía sacar ventaja de cualquier situación.

—Como decía papá, mantente siempre un paso por delante si no quieres que te fastidien.

Su respuesta me hizo sonreír. Al oír la puerta, le lancé una mirada inquisitiva a Ash, quien contestó:

—Kiara y Rick.

Los pasos se acercaron al despacho. La bruja y mi tío entraron en la habitación. «Parecen... ¿estresados?»

—¿Has llamado a Ally? —preguntó Kiara, inquieta—. Quiero decir... Supongo que ya habrán terminado, en Londres son las tres de la mañana.

En ese momento, a Ash le vibró el celular. Le enseñó la pantalla a Kiara: era Ally.

—¿Y bien, Carter? —dijo mi primo.

De repente, se le oscureció la mirada. Mala señal.

—¿Qué ha pasado?

«Mierda.»

Alarmada, Kiara le preguntó qué había sucedido, pero él no dijo nada, estaba demasiado concentrado en las palabras de Ally.

—¿Has podido ver algún símbolo en la furgoneta?

Pasaron unos segundos de silencio antes de que oyera a mi primo maldecir. Eso no era bueno. Nada bueno.

Me levanté, nervioso. Se habían metido en un gran problema.

—Es el peor de los casos —nos susurró Ash, lo que me hizo abrir los ojos como platos—. Un golpe del hijo de puta y de su perro.

William. William estaba detrás de todo.

Ash le dio instrucciones a Ally y le aseguró que volvería a llamar pronto. Nos miró uno a uno antes de explicarnos lo que había sucedido. Kiara, presa del pánico, preguntó si estaban bien. Al parecer sí, pero al hijo de Rick, el que respondía al dulce nombre de Kyle, lo habían herido.

«Bueno, es solo Kyle... ¿Y qué?»

—Ben, prepara tus cosas. Nos vamos a Inglaterra.

10
Panqués y preguntas

BELLA

Vagaba por las calles de Manhattan, más abarrotadas por las noches que por las mañanas, pero donde el bullicio era siempre igual de ensordecedor. Caminaba para evitar pensar demasiado. Me había ido del departamento huyendo de las preguntas que Riley no paraba de hacerme para tratar de influir en mi decisión respecto a Ben. Aunque estaba contenta de saber que había mentido, que había exigido hablar solo conmigo, no iba a dirigirle la palabra. Mi ego me lo impedía.

Él tampoco podía hablarme porque lo había bloqueado. «Qué alegría.»

Arrastraba los pies con las manos en los bolsillos y la mitad de la cara envuelta en una gruesa bufanda. Las noches de invierno eran muy frías, cosa que no me impedía abandonar el calor de mi departamento solo para despejar la mente.

Me vibró el celular. Sin embargo, no podía sacar las manos de los bolsillos. Lo dejé vibrar hasta reunir la energía para tomarlo.

—¿Puedes traer fideos? —me preguntó Riley.

La oí cerrar las puertas de la alacena.

—Sí, ya iba a volver.

—Genial. Te esperamos —dijo antes de colgar.

Sola bajo un cielo lleno de estrellas apenas visibles por culpa de la contaminación, me dirigí hacia un pequeño supermercado. Metí los paquetes en mi bolso y volví camino a casa mientras me entretenía imaginando las vidas de los desconocidos con los que me cruzaba.

Había peatones que se paraban delante de escaparates de tiendas de lujo, turistas que habían venido a disfrutar de la ciudad y se tomaban fotos para subirlas a Instagram y conseguir algunos *likes*, y familias que estaban de paseo, tal vez un ritual del final de la semana. El cine también estaba lleno. Acababa de estrenarse una película. A lo lejos, el Madison Square Garden estaba abarrotado por un concierto de un grupo de pop-rock.

La gente vivía su vida de la mejor forma posible, creando recuerdos de los que hablarían al cabo de unos años, haciendo cosas estúpidas que algún día prohibirían a sus hijos. Y yo los miraba para escapar de mi propia existencia. Los miraba, pero solo pensaba en él. Ese hombre al que creía conocer de toda la vida me atormentaba desde hacía años.

Lo amaba. Todavía. Y sabía que nunca iba a dejar de hacerlo.

—Disculpe —dijo una voz detrás de mí—. ¿Podría tomarnos una foto?

Asentí. A juzgar por el acento, eran turistas franceses. Se pusieron los cuatro juntos y sonrieron antes de hacer muecas. Estaban contentos. Y su felicidad era contagiosa.

Me dieron las gracias y proseguí mi camino. Llegué a casa unos minutos después. Desde la puerta, vi a Riley de puntitas ordenando cajas en los estantes superiores. Mientras me quitaba los zapatos, oí la voz de Josh, que hablaba con mi *roomie*.

Mis amigos estaban comentando un *reality show* que yo no veía.

—Toma —le dije a Riley ofreciéndole los paquetes de fideos.

Ella me abrazó para darme las gracias y empezó a preparar la cena. Mientras tanto, me metí a la regadera para entrar en calor.

Me senté entre mis dos amigos. Era noche de comida japonesa. Un festín de sushi, yakitoris y tempuras. Josh había comprado todo en un restaurante japonés cerca del departamento. Una suerte, porque me moría de hambre.

—Riley me ha dicho que la cosa avanza —dijo Josh con malicia mientras se llevaba a la boca una pieza de sushi.

—Al menos sé que no quiere hablar de lo que pasó con una desconocida —solté llenándome el plato.

—Precisó que hablaría con Bella, solamente con ella —insistió Riley con una sonrisa en los labios.

—Y no ha vuelto a responder desde las ocho de la tarde de ayer —repuse poniendo los ojos en blanco.

Desaparecía y aparecía cuando le daba la gana. O se había convertido en una persona muy ocupada o solo me hablaba cuando se aburría. Josh me ofreció vino y yo acepté.

—Yo creo que utilizar una cuenta falsa es muy buena idea.

Las palabras de Josh hicieron que pusiera los ojos en blanco de nuevo. Yo seguía diciendo que era una idea terrible.

—Pues sí, en cierto modo han roto el hielo, como se suele decir. El iceberg que había entre ellos —añadió Riley—. Y ha sido gracias a nosotros, Joshi.

Chocaron las manos mientras yo sacudía la cabeza sonriendo. No se equivocaban, pero Ben aún no sabía quién se escondía detrás de esa cuenta falsa. De hecho, daría lo que fuera por ver su reacción cuando descubriera que era yo.

Isabella. Bella.

—¿Creen... creen que he tomado la decisión correcta? Quiero decir... ¿He hecho bien al volver a ponerme en contacto con él? —les pregunté mirando el plato.

—¿Sabes, Bella? —empezó mi amigo—. Lo suyo es algo que comenzó, pero nunca llegó a terminar...

—Y, como ya te he dicho, no tienes nada que perder —continuó Riley—. O vuelven a estar juntos o se separan, pero por fin obtendrás respuestas.

—Lo tienes todo a tu favor —dijo Josh—. Solo debes meterte en la cabeza que no puedes esperar nada de él, salvo respuestas.

Riley asintió.

—Eso, no esperes nada de él, concéntrate en obtener respuestas. Lo demás llegará solo.

—Si están destinados a estar juntos, ningún tsunami, ningún fin del mundo y ningún virus mortal podrá impedirlo.

Sonreí más tranquila.

—Y como siempre digo —continuó Josh levantando su copa —, ¡solo se vive una vez!

Al día siguiente

—¿Hola? —dije mientras doblaba la ropa limpia.

—Buenos días, Isabella —respondió mi madre—. No me llegaste a dar una respuesta respecto a las vacaciones en familia, jovencita...

Resoplé. Estaba claro que, desde que había empezado toda esta historia con Ben, me había olvidado por completo de mi madre.

—Lo he pensado bien y... no estoy como para irme de vacaciones, tengo muchas cosas que hacer y...

—Cariño, escucha, faltan unos meses, seguro que para entonces habrás cambiado de opinión.

Cerré los ojos e inspiré para calmar los nervios que me provocaba la insistencia de mi madre. No quería irme de vacaciones con ellos y ella era la principal razón.

—¿Cuándo piensan irse? —le pregunté mientras ordenaba la ropa.

—En primavera. Dentro de un par de meses.

—Ya veremos entonces, pero no te prometo nada, mamá.

—Volveremos a hablar. ¿Qué estás haciendo estos días? Espero que estés durmiendo en casa, hija.

Suspiré de exasperación. Era exactamente el tipo de comentarios que tenía que oír al menos tres veces por semana.

—No, me tengo que ir. Hablamos mañana, o esta noche —dije.

—Está bien, que pases una buena tarde. Tu padre y yo te mandamos un beso.

—Besos.

Colgué rápidamente antes de concentrarme en el capítulo de *Friends* que estaban pasando en la tele. Riley entró en mi habitación enrollada en una toalla y con otra en el pelo. Tenía la cara cubierta de una mascarilla roja.

—Quiero comer panqués —declaró.

Esbocé una pequeña sonrisa. No quería comer panqués. Quería comer mis panqués.

—Me da pereza —respondí, así que cruzó los brazos enfurruñada.

—Qué mala eres...

Se sentó en el borde de la cama con una lima de uñas entre los dedos.

—No te habrás olvidado de que mañana volvemos a trabajar, ¿no?

Levanté la cabeza hacia ella y abrí los ojos como platos. «Mierda, sí.»

—Eh, claro, no podemos vivir la vida loca todos los días.

—¿No querías conseguir un trabajo para ganar tu propio dinero y ser independiente? Pues ahí lo tienes —me recordó.

La cafetería en la que Riley y yo trabajábamos no estaba muy lejos de nuestro departamento. Calum, nuestro jefe, era genial, pero, aunque el contacto humano era algo que echaba de menos en mis días ahora vacíos, no quería levantarme dos días por semana a las seis. Los turnos de mañana eran los peores.

—Le tenemos que pedir a Calum que nos dé vacaciones en primavera.

Riley tenía previsto irse a Irlanda para hacer una visita a su madre, mientras que yo... no quería tener que soportar a mis padres en un viaje en familia.

—Yo tengo pensado quedarme aquí. ¡Ni de broma me voy a Bali! Aunque tenga muchas ganas de cambiar de aires, no será con ellos.

—Problemas de ricos —se burló ella—. En el peor de los casos, puedes pasar unos días con ellos en Los Ángeles antes de que tomen el avión.

—Si voy a Los Ángeles me obligarán a acompañarlos, Riley, los conozco.

Se puso pensativa antes de abrir mucho los ojos.

—¿Y si te vas a Los Ángeles una vez que se hayan ido?

—Solo quiero visitar a mi abuela. Si fuera sería únicamente por ella.

Echaba mucho de menos a mi abuela. Aunque intentábamos llamarnos a menudo, no había nada como el contacto humano. Y lo necesitaba más que nunca.

—Ya veremos cuando llegue el momento.

—¿Te ha respondido? —me preguntó.

Negué con la cabeza mirando por enésima vez las notificaciones de mi celular. No había nada. Me preguntaba qué estaría haciendo. Carajo, Ben no era de los que tardaban cinco horas en contestar.

Había pasado casi un día entero desde su último mensaje, cosa que hacía que empezara a inquietarme. «No, no debo. Él no es nada. No tiene que provocarme nada.»

Mi amiga se fue para empezar su «rutina de *skincare* de Riley». Dedicaba casi cuarenta minutos a la semana a ponerse todos esos productos en la cara. Me daba vértigo pensarlo.

—¡Panquecitoooos! —lloriqueó desde el cuarto de baño de nuestro departamento.

Sus quejas me arrancaron una sonrisa. Seguí doblando y guardando la ropa delante de mi serie preferida.

Cuando mi celular vibró, el corazón me dio un vuelco. Me abalancé sobre él y una sonrisa se dibujó en mis labios automáticamente.

De BenJenkins:
No cuento mis secretos
a una desconocida.

Te creía muerto.

—¡Me ha respondido! —exclamé.

Mi *roomie* soltó un gritito. La sonrisa no abandonaba mis labios.

¿Estabas preocupada por mí?

No has respondido nada en veinte horas,
pensaba que estabas muerto.
Por cierto, ¿cómo sabes que soy
una desconocida?

Lo eres a mis ojos porque no te conozco.
Y tú tampoco.

Me conoces más de lo que crees...
y yo también a ti.

No me respondió al momento, cosa que me obligó a bloquear el celular hasta que volviera. «Si lo hace.»

Las palabras de mis amigos se me habían quedado grabadas. En parte gracias a ellos había superado el miedo que tenía a hablarle. Ese miedo a verlo abandonar mi vida una vez más. Había decidido elegir la opción «no esperar nada», con suplemento de «todo a tu favor». Y era cierto. Lo único que quería eran respuestas. Pero, por la noche, los recuerdos que vivían en mi memoria se repetían en bucle.

«Sus manos sobre mi cuerpo..., sus palabras..., sus labios.»

—¡Panquecitoooos!

Volví de golpe a la realidad. Con una sonrisa, me dirigí hacia la cocina. Riley soltó otro gritito de alegría al verme, desde el espejo, ceder a su antojo. Me encantaba la repostería, me relajaba y, sobre todo, mi amiga adoraba mis panqués.

Saqué todos los ingredientes que necesitaba y puse mi *playlist* preferida para cocinar. Sonó *The Chain*, de Fleetwood Mac. Mi cuerpo se movía al ritmo de la canción. Todas esas pequeñas cosas me hacían feliz. Riley entró en la cocina y tomó mi cuchara de madera para usarla de micrófono y ponerse a cantar la letra, que se sabía de memoria.

Mientras yo rellenaba los moldes, ella bailaba al ritmo de *Strawberry Letter 23*, de Shuggie Otis. Yo movía las caderas a la vez que metía los panqués en el horno. Teníamos *playlists* para todo: la cena, las noches hablando, las tareas del hogar... Sin embargo, mi preferida era por mucho la que estaba sonando, que me permitía bailar y cocinar al mismo tiempo.

—¡Ya sé! —exclamó—. Alexa, reproduce *Just One Look*, de Doris Troy.

Cuando la canción en cuestión empezó a sonar unos segundos más tarde, Riley me ofreció la mano y me puse a bailar con ella cantando la letra a todo pulmón.

Mi teléfono vibró. Interrumpí nuestro karaoke para ir a consultar la pantalla y mi sonrisa se amplió.

De BenJenkins:

Estaba viajando, no te preocupes.

No me moriría sin antes hablar con Bella.

Si crees conocerme tan bien, dime
lo que sabes sobre mí.

Le pedí a Riley que vigilara mis panqués antes de responder a su mensaje:

¿Crees que aceptará hablar contigo?

Hazme las preguntas que quieras
y lo comprobarás...

Seguí batiendo la nata mientras Riley, sentada en la encimera, murmuraba la letra de *Praise the Lord*, de A$AP Rocky.

—¿Ya has terminado tu rutina? —le pregunté.

—No, la música me ha distraído, ya vuelvo.

Desapareció de mi campo de visión para dedicar algo más

de tiempo a conseguir una piel perfecta. Mi teléfono vibró de nuevo.

A decir verdad, espero que lo haga.
Pero, si no quiere, es normal. Sorpréndeme
y dime dónde trabajo.

Fruncí el ceño. No sabía dónde trabajaba y no recordaba lo que quería ser cuando acabara de estudiar.

Recuerdo que se te daban bien
la geografía y la historia, así que tal vez
te has hecho profe.

Me di una palmada en la frente cuando me di cuenta de que me había precipitado. No podía ser profesor con su poca paciencia. Mierda.

JA, JA. No tengo la paciencia para ser
profesor. Ahora ya sé que no sabes nada.
Y eso es lo más importante.

Claro que no tenía la paciencia, ¡carajo! Un pensamiento me vino a la mente. Ahora que era consciente de que no sabía mucho sobre él... ¿estaría igual de interesado en mí que al principio?

¿Viajas a menudo?

Mi pregunta obedecía puramente a la curiosidad, porque había dicho que estaba de viaje. ¿Se habría convertido en un hombre de negocios? Me lo podía imaginar con un traje. Pero tal vez no todos los días. Argh, su trabajo es muy difícil de adivinar.

Depende, a veces. ¿Puedo hacerte una pregunta?

No había respondido del todo a la mía.

Depende.

Si eres la «amiga» de Bella y solo quieres que sepa la verdad, ¿por qué me haces preguntas que no tienen nada que ver con tus motivaciones? Es raro...

El corazón me iba a mil. Tenía razón. Le hacía preguntas que una simple amiga de su ex no podía hacer. Mierda, mierda, mierda, mierda.

¿Qué piensas?

Pienso que te conozco mucho más de lo que intentas hacerme creer y por una buena razón: ibas a mi escuela, sabes cosas que no contaba a nadie...

Fruncí el ceño y se me hizo un nudo en el estómago. No entendía su mensaje.

No tengo nada que esconder, Ben.
Pero ¿adónde quieres llegar?

Entonces, los ojos casi se me salen de las órbitas cuando leí su respuesta. Por un instante pensé que el corazón se me había caído al suelo.

Quiero oír tu voz.

11

Voz

BELLA

Dejé escapar un gritito que alertó a mi compañera.

—¿Qué? ¿Qué pasa? —exclamó horrorizada.

—Me ha... me ha... pedido que lo llame —solté antes de llevarme las manos a la boca.

Ella hizo el mismo gesto. Estaba arruinada. Muy arruinada.

—Okey..., tranquila —dijo paseándose por la habitación—. ¿Qué le has contestado?

—¡Nada!

Se tocó la frente tratando de reflexionar. Mientras tanto, en mi cabeza se había desatado un caos absoluto. Llamarlo. El muy cabrón me pedía que lo llamara.

—Necesitamos un plan —anunció como si fuera la idea del siglo.

—¡Nada de bromas!

—Oye, no estamos seguras de que recuerde cómo es tu voz. Entonces tenías diecisiete años. Quiero decir... que tu voz habrá cambiado un poco..., ¿no? —me preguntó encogiéndose de hombros.

—No, Riley, no pienso hablarle.

Me fulminó con la mirada, molesta por mi reticencia en cuanto a Ben.

—¿Tú te acuerdas de su voz? —inquirió mi compañera.

—Así como así no, pero podría reconocerla. Seguro que él también.

—Pero, Bella —empezó Riley levantando los brazos—, cree que eres una de las chicas de su clase de la escuela, no sospecha ni por un segundo que seas «tú».

Me mantuve impasible. ¿Cómo se le habría ocurrido la idea de querer escuchar mi voz? «A menos que...»

Conociendo a Ben, si Ash y él seguían estando tan unidos, se lo habría contado. Supuse que Ash estaría detrás de esa iniciativa. Además de ser más desconfiado que Ben, sabía plantear las preguntas adecuadas para conseguir las respuestas que quería. Sin embargo, si realmente había sido idea de Ash, había muchas posibilidades de que sospechara que era yo. Se me cerró el estómago al pensar en ello.

—¿Y si se acuerda muy bien? —le dije pasándome una mano por el pelo—. ¡Fácilmente podría reconocerme y bloquearme!

Resopló.

—A veces eres muy tonta, Grace. El tipo te ha dicho literalmente que se prohibía morir hasta que te hablara y ¿a ti te da miedo que te bloquee?

Se echó a reír, burlándose de mí, al pronunciar esa frase. Cerré los ojos y suspiré.

—Puede que no esté preparado.

—¡Me parece que eres tú la que no está preparada! —me acusó en tono serio—. ¿De qué tienes miedo? ¿De lo que pueda decirte?

Negué con la cabeza.

—Solo... me da miedo que desaparezca. De nuevo.

Me observó en silencio un instante. No tardó en esbozar una mueca de ternura y en saltar a mis brazos. Su mascarilla se me pegó al suéter, lo que hizo que me estremeciera. La aparté mientras volvía a reírse.

—Escúchame —empezó mi amiga—, todavía te quiere, se nota a leguas. ¡Mira cómo habla de ti mientras que no sospecha ni un segundo que tú estés detrás de esta cuenta! Realmente quiere explicártelo todo.

Riley intentaba tranquilizarme. Ella lo sabía, sabía que necesitaba que me calmaran cuando se trataba de Ben Jenkins.

—¿Sabes qué vamos a hacer ahora? —preguntó poniéndome un mechón de pelo detrás de la oreja—. Vamos a elaborar el plan «romper la voz».

Me tomó de la mano sin dejarme tiempo para responder.

BEN

Las nueve de la noche. Londres

Cuando pensaba que las cosas no podían ir peor tras la llegada inesperada de Chris, la madre de Ash, me atraganté con el champán al oír a mi primo pronunciar la frase siguiente:

—¿Cuánto tiempo llevan juntos? No sabía que por fin habías encontrado el amor, Kyle.

—Pues ya bastante —respondió este, lo que le valió unas toses mías y de Ally, quien se había atragantado.

«¿Bastante? Ni en sus sueños. ¿Está poseído? Y el cabrón de Ash mirándolos sin decir nada... ¿Acaba de irse a fumar porque estaban demasiado cerca? Pero...»

Ah, el señor estaba fúrico. Lo supe porque nunca fumaba durante las cenas familiares. «Conque sí, ¿eh? Cuando tu primo finge cogerse a la cautiva con la que estás obsesionado, no puedes evitar irte a fumar.»

Me vibró el celular en el bolsillo. Esbocé una sonrisita pensando en Vick.snow, pero se convirtió en una mueca traviesa cuando leí el mensaje:

De Ash Scott:
Soy yo. No quiero que los demás
se enteren.

Podría haberla hecho pasar por su novia, pero había preferido que se hiciera pasar por la de Kyle... Muy interesante.

Espero por ti que Kyle no vaya
a aprovecharse de esto, ¿eh? La culpa sería
solo tuya, genio.

Me importa una mierda.

Volvió unos minutos después fulminándome con la mirada. «Obvio, no te importa una mierda... ¡Claro que sí! Y yo odio a Bella.»

Cuando habló mi prima Sienna, empezaron a sangrarme los oídos. Ash puso los ojos en blanco y Kyle lo imitó. «Carajo, qué ganas de darle un golpe.»

Sienna, nuestra queridísima prima y gran amiga de Isobel, había querido apropiarse del control de la red en el pasado. William incluso le había prometido un puesto en la red si lo ayudaba a encontrar el sello familiar y le daba lo que le pertenecía «legítimamente». En resumen, fracasó.

Me volvió a vibrar el teléfono.

De Vick.snow:

¿Por qué quieres llamarme?

Tecleé rápidamente con los dedos.

Porque me intrigas.

Levanté la cabeza al ver que mi familia se apartaba de la mesa. ¡Por fin había acabado la velada! «Estoy que me caigo de sueño.»

Todos volvieron al salón, pero yo seguí a Ash al exterior. Había llegado el momento del interrogatorio alrededor de un cigarro.

—¿Qué? —preguntó frunciendo el ceño al ver mi sonrisa burlona.

—¿Por qué no has dicho simplemente que era tu novia? —pregunté guardándome el celular en el bolsillo.

—Porque te habrías ido con Sam a cavar tumbas al cementerio —espetó dando a entender que iba a matarlos—. Los conozco, le habrían hablado de Isobel.

«Ah, sí. Cierto.»

—Y no quiero hablarle de lo que no le incumbe.

—¿Cómo está? ¿Has hablado con ella?

Ese mismo día, Ella había sufrido un ataque de ansiedad por culpa del señor Estoy-Enojado. Y eso le había valido a Asher un par de horas conmigo en la red de Londres que yo había dedicado a repetirle que era «un auténtico imbécil». Porque era así. Con Ella, perdía todo el control sobre sí mismo. Y eso era desesperante..., pero también muy interesante.

—Se lo he preguntado a Ally —suspiró mi primo rascándose la nuca—. Me ha dicho que está mejor.

Conocía a Asher: nunca se preocupaba por nadie si no estaba realmente interesado. Pero acababa de confesarme que le había preguntado directamente a Ally si su cautiva se encontraba bien. «Cada vez mejor...»

—¡Me irrita! —soltó finalmente sacando otro cigarro—. Es más fuerte que yo, hace que pierda la sangre fría.

—Yo creo que se parecen un poco —comenté con sinceridad.

Y era cierto. Veía una parte de Ash en Ella. Era impresionante ver a una persona a través de otra. Igual que yo me veía en Bella.

—Cuando empiezas a decir esas mierdas, es señal de que debemos volver con los demás.

Me reí. Se había molestado. Desde hacía un tiempo, cada vez se molestaba más cuando hablaba de ella.

—Deberías decírselo —sugerí al ver que giraba sobre sus talones.

Se paró y me miró por encima del hombro con una sonrisa torcida.

«Y eso quiere decir que ya tenía intención de hacerlo. O que ya lo ha hecho. No he dicho nada.»

BELLA

—Mientras esperamos a que conteste, vamos a hacer una cosa —comentó Riley pasándose el peine por el pelo y embadurnándoselo con productos hidratantes.

Consulté su reflejo en el espejo mientras ella buscaba música nueva que reproducir. Esbozó una sonrisa y escuché

Own It, de Stormzy. Me gustaba muchísimo esa canción y ella lo sabía. Moví las caderas siguiendo el ritmo hasta el punto de olvidar mis problemas con Ben.

—Ahora que estás relajada, sigue el plan... ¡Espera! Llamemos a Josh.

Nuestro amigo respondió enseguida. O, mejor dicho, su novio.

—¡Hola, hola! —saludó Aiden—. Josh está duchándose, acabará enseguida.

—¡Aiden! —exclamó Riley—. Tengo una pregunta para ti.

—Te escucho.

—¿Recuerdas las voces de tus compañeros de la escuela?

Me pellizqué el puente de la nariz. ¿Habíamos llamado a Josh y Aiden para eso?

—¿Cómo? ¡No! ¿Por quién me tomas? Odiaba a mis compañeros —rio.

—Pero si perdieras de vista a Josh durante cuatro años y medio, ¿te acordarías de su voz?

Puso cara de estar reflexionando. En ese momento, vimos a Josh saliendo del cuarto de baño. Se acercó al sofá en el que estaba su novio.

—¿Qué pasa? —preguntó.

—¡Ben Jenkins quiere llamar a Isabella Grace! —canturreó Riley.

—¡¿QUÉ?!—gritó con la voz llena de emoción.

—¿Quién es Ben? —preguntó Aiden.

—¡Vas a hacer esa llamada, Grace! —exclamó cruzándose de brazos.

Riley hizo su famoso baile de la alegría al oír la propuesta de nuestro amigo. Seguimos discutiendo. Josh estaba casi seguro de que no se acordaría de mi voz, de que era imposible después de tantos años sin vernos.

Me vibró el celular. Era él.

No puedo explicarte hasta qué punto me intrigas. Si te niegas a que le ponga cara a tu nombre, al menos debo tener una voz.

¿Y si no quiero?

Después no te molestes conmigo si dejo de hablar con una desconocida.

Me dio un vuelco el corazón. Le enseñé el mensaje a Riley y ella suspiró.

—Josh —continuó mi amiga poniéndose seria—. Vamos a llamar a Ben Jenkins hoy.

El corazón me latía a mil mientras tecleaba en el celular.

Okey. ¿Quieres que nos llamemos?

Por supuesto. Te llamaré cuando esté solo.

Se me cerró el estómago. Empezaron a temblarme las manos. Íbamos a llamarnos. Iba a oír su voz tras tantos años de silencio. Por fin iba a hablar con él después de nuestra última discusión.

Mis pies me guiaron hacia el estacionamiento al que se había ido Ben tras dejarme sola con Ash y Griffin. Tenía que hablar con él. Ya me había hartado de que me ignorara, me había hartado de seguir viéndolo vivir su vida delante de mis narices mientras yo me sentía mal, me había hartado de ese silencio que me destrozaba por dentro, me hacía sentir culpable y provocaba que me odiara a mí misma sin motivo.

Llegué al único sitio en el que podría encontrarlo. Como esperaba, estaba ahí. Fumaba con la cabeza mirando al cielo estrellado y una mano en el bolsillo.

—¡Deja de ignorarme! —exclamé bruscamente.

No pude contenerme más. Volteó la cabeza hacia mí y me miró en silencio.

—¿Qué te he hecho para que me ignores así? —pregunté, harta—. ¿Qué te he hecho? ¡Carajo!

No dijo ni una palabra.

—¡Contéstame, Ben! —lo presioné sintiendo que se me formaba un nudo en la garganta—. ¿Por qué haces esto? ¿Por qué cuando te pedí que nos viéramos en la cafetería para hablar no viniste?

A medida que me acercaba a él, se me nublaba la vista. Acabaría cediendo a las lágrimas, pero estaba cansada de todas esas tonterías. Me había enamorado de un fantasma. De un sueño.

—¿Por qué elegiste a otra para ir al baile? ¿Por qué ya no respondes a mis llamadas? ¿Ni a mis mensajes? ¿Por qué llevas tres putos meses sin dirigirme la palabra? —Se me escapó un sollozo y Ben abrió los ojos como platos—. ¿Por qué me dejaste, Ben?

Se me quebró la voz con esa pregunta, pero siguió sin decir nada. Me miraba fijamente sin hablar. Mi cólera iba aumentando con cada segundo que pasaba sin una respuesta suya.

—¿Por qué te marchaste de repente sin motivo? ¿O es que sí tienes alguno?

Apartó la mirada. Con los labios temblorosos, me planté ante él, a tan solo unos centímetros de su rostro, que no parecía tan triste como el mío. Estaba frío.

Le agarré la mandíbula para obligarlo a mirarme. Él hizo una mueca y frunció el ceño.

—No quiero hablar...

—Háblame. Háblame, Ben —supliqué sintiendo que las lágrimas me resbalaban por las mejillas enrojecidas.

Acababa de ceder. Lo amaba. Me había enamorado perdidamente de ese chico que me ignoraba sin que yo supiera el motivo.

—No me apetece.

Sin embargo, cuando colocó la mano sobre la mía para apartarme, de repente, y sin poder contenerme, estampé mis labios contra los suyos. Ya no podía más. Quería sentirlo cerca de mí, no quería que me apartara. Ya no soportaba la distancia que él me había impuesto y que yo no comprendía.

Lo amaba. Lo amaba muchísimo.

Me sorprendió al colocar las manos alrededor de mis mejillas para besarme más intensamente. Sentí como si unas mariposas hubieran acudido a bailar a mi estómago.

—Te... te... quiero... —suspiré entre dos besos.

No me daba miedo decírselo. Ahora ya no me daba miedo nada.

Tras unos instantes, apoyó su frente sobre la mía con la respiración entrecortada y la mirada fija en mis labios. Me acarició el labio superior sin decir nada.

—Bella... Ven... ven conmigo —murmuró tomándome la mano.

Me jaló hacia el coche de Ash y yo lo seguí, todavía aturdida. Acabábamos de compartir un beso. Nuestro primer beso. Me llevé los dedos a los labios, saboreando todavía los suyos. Acababa de besar al chico al que amaba. Y él me había correspondido.

Nos subimos en el coche.

—¿Adónde vamos? —pregunté.

—Quiero hablar, pero no aquí. ¿Quieres venir a mi casa? Prometo llevarte a la tuya después.

Asentí. Avisé a mi mejor amiga de que no iba a dormir en su casa, que estaba con Ben. Durante el camino, me sostenía la mano y no me la soltó ni una sola vez. Recibió una llamada de Ash insultándolo y llamándolo de todo porque se había llevado su coche, lo que me arrancó una carcajada.

Cuando llegamos a su casa, vi que las luces estaban encendidas. Tragó saliva.

—Mierda...

Tras estacionarse, se volteó hacia mí.

—Bueno..., vas a conocer a mi madre.

Al entrar oí dos voces, una de mujer y una de hombre. Ben se golpeó la frente y me pidió que no hiciera ruido.

—Es mi tío... —explicó en un susurro.

Nos quitábamos los zapatos sin decir nada cuando, de repente, alguien salió al vestíbulo y nos sorprendió en mitad de la escalera. Era un hombre de cierta edad y sus ojos eran tan grises como los de Ash. Tenía una sonrisa traviesa en el rostro.

—Pero ¡qué sorpresa! —exclamó—. Gemma...

—Te juro que trabajaré con Ash todas las noches durante un mes si no dices nada —dijo Ben abriendo mucho los ojos.

El hombre arqueó una ceja con una sonrisita.

—De acuerdo —consintió antes de decirme amablemente—: Encantado, señorita. Me llamo Robert. Te quedas con el mejor de la familia porque su primo, mi hijo Ash, es muy desagradable.

Subimos a la planta de arriba. Oí que su madre le preguntaba a Robert qué había visto, a lo que él contestó:

—¡Un agujero en la pared!

Ben cerró la puerta con suavidad y se rascó la nuca, molesto.

—Lo siento —murmuró haciéndome reír.

Me senté en la cama y él en una silla. Nos miramos sin decir nada hasta que él se decidió a romper el hielo.

—Eres magnífica.

Me sonrojé y respondí:

—Tú también.

—Estos meses, quería... quería hablarte, pero cuando vi a Griffin acercándose a ti me frené. Es que... sé que no soy la primera elección de las chicas y que la mayoría quieren estar conmigo para acercarse a Asher...

—No me compares nunca con las otras, Ben —solté sintiendo que mi cólera aumentaba—. ¡Te he perseguido durante meses! ¿Qué más pruebas quieres?

Nervioso, se pasó la mano por su pelo de ébano.

—Quería hablarte, pero no podía, tenía demasiado miedo...

—¿De qué tenías miedo? —lo interrumpí sin entender nada.

Calló un instante.

—Me daba miedo que te rieras en mi cara cuando empezara a sentir algo por ti.

Me quedé muda y se me cortó la respiración. ¿Sentía algo por mí? ¿Ben sentía algo por mí?

—Cuando comencé a alejarme de ti, quería protegerme, pero cuando te vi con Griffin no... no podía sacármelo de la cabeza...

Me levanté y me acerqué a él. Él también se levantó.

—Ben —empecé—. No quiero a Griffin Walters. Quiero a Ben Jenkins, ¿okey? —Le levanté la mandíbula para obligarlo a mirarme a los ojos—. Quiero a Ben Jenkins, no a Asher Scott.

De BenJenkins:
Estoy solo. Voy a llamarte.

Su mensaje me devolvió a la realidad. El corazón empezó a latirme con fuerza en el pecho.

De repente, vi que me llamaba.

Ben estaba llamándome.

12
FaceTime

BEN
Las tres de la madrugada. Londres

A pesar de que estaba exhausto, no conseguiría dormirme sin haberle hablado, sin haber escuchado su voz. Mi curiosidad me lo impedía. Aunque no tenía muy buena memoria, pensaba que sería capaz de reconocer una voz que no había oído en años. En primer lugar, porque esa chica iba a mi antigua escuela, pero también porque quería demostrar a Ash que se equivocaba al decir: «Estoy seguro de que es Isabella, que ha vuelto. Son un cliché andante».

Al salir de mi habitación para ir a mear, me crucé con Ash, que salía de la suya con... ¿su almohada?

—¿Dónde vas? —le pregunté mientras se alejaba.

Se paró y me lanzó una mirada por encima del hombro antes de responderme en un tono neutro:

—Me cambio de habitación.

Me encogí de hombros y seguí mi camino en dirección al baño para vaciar la vejiga. Luego volví a mi habitación, donde me esperaba la famosa llamada con Vick.snow.

En el momento en que mi dedo presionó el ícono para telefonearla, un gran suspiro se escapó de mis labios para disminuir la presión que aumentaba en mi pecho. Muy a mi pesar, me imaginé los peores escenarios.

¿Y si Bella estaba en la habitación con ella y empezaba a pensar que Vick y yo estábamos juntos? ¿Y si llevaba todo este tiempo mintiéndome y en realidad no conocía a Bella?

—Maldita sea.

Dejé que sonara el celular. Pero, cuanto más tiempo pasaba, más perdía la paciencia. Al final colgué. «Carajo, ¿por qué no responde?»

—¿Has visto mi cargador? —me preguntó Ash entrando en la habitación todavía con su almohada.

¿Por qué seguía dando vueltas?

—Creo que lo has dejado en mi mochila —le dije señalándola—. Oye..., voy a llamar a Vick.snow.

—Muy bien, ¿ya te has decidido? —me preguntó mientras buscaba el cargador.

—Si esto sale mal, es por tu culpa —le recordé arrancándole una carcajada burlona.

Levantó los brazos con aire inocente.

—Solo era una sugerencia. Eres mayorcito, ya puedes tomar tus propias decisiones.

Se rio entre dientes y le lancé una almohada que esquivó por nada.

—¿Dónde vas a dormir?

Se encogió de hombros, cosa que me hizo fruncir el ceño. ¿Por qué había salido de su habitación? Me miró un instante y resopló molesto.

—No me preguntes por qué me cambio de habitación. Me voy.

Salió de mi dormitorio mientras yo sacudía la cabeza sonriendo. «Qué aguafiestas.»

Cuando mi teléfono vibró, sentí que el corazón me daba un vuelco. Era ella.

De Vick.snow:

Lo siento, no he oído el teléfono.

Te llamo dentro de un rato.

BELLA

Las diez de la noche. Manhattan

—¿Por qué no respondiste? —gritó Riley exasperada.

—¡Me ha entrado el pánico! —exclamé yo pasándome las manos por el pelo recién lavado.

Se dio una palmada en la frente y continuó preparando la cena. Yo me quedé al lado de la isla de la cocina con los ojos clavados en el celular, que llevaba varios minutos sin vibrar. Tenía que enviarle un mensaje.

Tecleé una pequeña disculpa informándole que lo volvería a llamar al cabo de unos minutos antes de soltar el celular y alejarlo de mí como si fuera a explotar.

—No puedes seguir así, Bella —me dijo mi *roomie* mientras llenaba nuestros platos de macarrones con queso.

Yo comía en silencio mientras Riley me animaba a hacer esa llamada de una vez por todas. A no dejar escapar las respuestas a las preguntas que atormentaban mi mente desde hacía demasiado tiempo.

—No te entiendo. Quieres obtener respuestas, pero no te esfuerzas para conseguirlas.

Seguí masticando en silencio. Todas sus palabras se me iban

quedando grabadas en la mente hasta tal punto que me dieron la valentía necesaria para tomar el celular y hacer la maldita llamada.

Riley se atragantó con la pasta cuando vio que ponía el altavoz.

—Eres la mejor —le dije.

Ella me guiñó un ojo mientras aplaudía enérgicamente.

Los tonos se sucedían. Empezaba a perder la paciencia. ¡Él quería una llamada! «Carajo, ¿por qué no contesta?»

Pero me tomó desprevenida cuando respondió. El corazón me dejó de latir. Se me secó la garganta y se me hizo un nudo en el estómago.

—Un poco más y no contesto, tengo sueño.

Su... su voz. Había... había cambiado mucho.

El corazón me iba a mil, me temblaban las manos. La vista se me empezó a nublar. Tal vez después de todo no estaba lista para hablar con él.

—Si piensas quedarte en silencio, no me importa, me irá bien para dormir —añadió con voz cansada.

Riley miró mi celular boquiabierta. Sentí una primera lágrima saltarse la barrera de mis ojos y caer directamente sobre la isla. Luego una segunda. Y una tercera.

Rápidamente, Riley se adelantó.

—No sé si me oyes. Yo no te oigo.

Mentía. Lo oíamos muy bien.

—Ah. No tengo mucha cobertura aquí —explicó él.

Y colgó un segundo después. Me cubrí la cara con las manos y cerré los ojos para dejar que la presión disminuyera. Dejé de aguantarme las lágrimas. Era duro. Muy duro.

Su voz... había cambiado tanto. Dios...

Era más ronca..., más masculina. Pero lo peor era que la reconocía. Bueno, su entonación. Y se me hacía un nudo en el estómago de pensar que él reconocería la mía. Tenía que evitarlo a toda costa.

Mi voz no era muy dulce. Tenía que ponerla más aguda, como me había propuesto Riley.

—Bueno, acaba de enviar un mensaje. Te ha mandado su número y te pide que lo llames mañana porque se va a dormir.

Asentí con la mirada clavada en mi plato ya vacío.

Espera... «¿Número?» ¿Cómo?

Chasqueó los dedos para atraer mi atención. Me sequé los ojos todavía mojados mientras la escuchaba anunciar:

—Mañana, cuando acabemos nuestro turno, vamos a comprar una tarjeta SIM.

Al día siguiente volvíamos al trabajo. No más despertares a mediodía ni noches que se alargan hasta el amanecer. Viva la vida laboral.

—Nuestras voces no se parecen, Riley. Ha oído tu voz, lista.

—Le dirás que estás enferma —me ordenó exasperada.

«Ah, claro. Brillante.»

Conmovida por mis lágrimas, se acercó y me dio un abrazo. En momentos así, cuando me sentía tan mal y me acurrucaba contra ella, me hundía en mi pena y dejaba que todo saliera de mi cuerpo.

Yo no me consideraba una gran fan de la tristeza, aunque era de lágrima fácil, sobre todo cuando se trataba de él. Ni de las películas con finales tristes.

Me acarició la espalda murmurando que todo iba a salir bien. Yo quería creerle, necesitaba creerle. Su voz... Ben... estaba de vuelta. De vuelta en mi vida.

—Buen trabajo, chicas —nos felicitó Calum, nuestro jefe, mientras nos quitábamos los delantales.

Habíamos llegado a la cafetería por la mañana y habíamos trabajado todo el día. Había echado de menos el contacto humano. La gente, las sonrisas, las discusiones... Todo ello me alejaba de mis pensamientos. De él.

—Vamos a comprar una tarjeta SIM nueva —me anunció Riley mientras se ponía su chamarra vaquera—. ¿Qué no haríamos por él? Es increíble.

Riley no había dejado de hablar de Ben y de la llamada que iba a hacer esa noche. Tras despedirnos una última vez de Calum y del resto de nuestros compañeros, que seguían trabajando, salimos de la cafetería en dirección al operador más cercano, que estaba a un par de minutos andando. Saqué mi teléfono del bolsillo... y vi tres llamadas perdidas de mi madre.

Iba a tener que esperar.

Veinte minutos después, tenía una tarjeta SIM nueva en el celular. Riley me sonrió traviesa. Por el camino, mientras tomábamos algo, iniciamos una sesión de «amigaterapia» con el fin de derribar mis barreras a base de palabras reconfortantes y motivacionales. Tratamos un solo tema: Benjamin Jenkins.

En la escalera, nos cruzamos con Ada, nuestra vecina, que volvía del supermercado. Al verla cansada, decidimos ayudarla a guardar la compra.

Mi celular vibró varias veces. Supe que era una llamada. Como imaginé que sería mi madre, no respondí. Podía esperar un poco más, la había llamado a mediodía.

—Chicas, ¿tienen cena? —nos preguntó Ada con su dulce voz.

—Sí, Ada, no te preocupes por nosotras. Hay comida en casa para por lo menos un mes —respondió mi *roomie* dándole la mano.

Era completamente falso. Íbamos a pedir que nos trajeran algo.

—¡Qué bien! —se rio ella—. Si tienen hambre, ya conocen el camino. Mi puerta siempre está abierta para ustedes.

Sonreí. Ada era un ángel, tan dulce, tan amable... Uno de los perros me lamió la cara mientras nuestra vecina nos miraba entre risas. Finalmente, la dejamos viendo su programa y volvimos a casa.

Cuando tomé el celular me di cuenta de que no era solo mi madre la que había estado intentando localizarme.

De BenJenkins:
Me tomaré tu visto como un sí. Espero tu llamada.

Y otro enviado hacía dos minutos.

No sé qué hora es en tu ciudad, pero donde yo estoy son exactamente las nueve y media de la noche.

Eché un vistazo a la hora. Las cuatro y media. Así que la diferencia era de cinco horas. Entendí mejor por qué la noche anterior me había dicho que se iba a dormir cuando apenas eran las diez.

Te llamo por FaceTime dentro de unos minutos.

El timbre de mi celular hizo que el corazón me diera un vuelco. Mi madre.

—Hola, mamá —la saludé en un tono falsamente alegre.

—¿Por qué no contestabas a mis llamadas, Isabella? —me regañó.

Puse los ojos en blanco.

—Estaba ocupada —respondí mientras me quitaba la camiseta.

—Eso no es razón suficiente —continuó en el mismo tono—. Creía que te había pasado algo.

Una vez vestida, me recogí el pelo y me dirigí al baño. Me dolía el cuello de tenerlo doblado para sujetar el celular contra la oreja.

—No, solo estaba ocupada. Ya sabes, tengo obligaciones —solté en tono sarcástico.

—Intenta contestarme la próxima vez, jovencita, o envíame un mensaje —dijo—. ¿Lo has pensado?

Resoplé molesta. Mi madre seguía presionándome con las putas vacaciones a Bali.

—Lo he pensado bien y voy a volar a Los Ángeles —anuncié haciendo una mueca—, pero no para irme con ustedes... Quiero ver a la abuela...

—Pero... pero ¡si ya lo habíamos organizado, Isabella! ¡No puedes decirme esto ahora! ¡Llevo dos semanas pidiéndote lo mismo!

«Ese es el problema.»

—Yo... la echo mucho de menos, mamá, y también a la ciudad. No quiero ir a Bali, pero me quedaré con ustedes una semana más —dije pensando en la mirada oscura de Calum cuando le pidiera quince días libres al volver al trabajo.

Se quedó callada unos segundos.

—Ya veremos. ¿Has cenado?

—Voy a cenar ahora, así que te llamaré mañana. Buenas noches, mamá.

Colgué sin darle tiempo a responder.

Riley acababa de salir otra vez. Era niñera además de trabajar en la cafetería. Solo estábamos Ben y yo. «Creo.»

Me armé de coraje y respiré hondo antes de pulsar su número. Lo llamé por FaceTime teniendo cuidado de desactivar la cámara. Me concentré en los tonos mientras me mordía las uñas, estaba a punto de desmayarme.

Y entonces respondió. Inmediatamente, sentí que desfallecía.

—Creí que nunca ibas a llamarme —comenzó mientras mi estómago se retorcía en todas direcciones al oír su voz.

Rayos, Ben me estaba hablando.

Me aclaré la garganta y cerré los ojos para calmar mi ansiedad. Yo era Vick.snow, no Bella.

«Vamos, Bella. Bueno..., Vick.snow.»

—Pero lo he hecho —dije con una voz muy aguda, casi ridícula.

Soltó una risita que casi hace que se me pare el corazón. Me lleva el demonio. Si hablaba mucho rato con él me iba a dar un infarto.

«Causa de la muerte: una llamada de FaceTime.»

—Tu voz suena diferente a la de ayer, Vick...

Lo sabía. Gracias, Riley...

—He estado enferma toda la semana —mentí manteniendo mi entonación aguda y dulce absolutamente horrible—. Bueno, ahora ya conoces mi voz. ¿Te ayuda en tu investigación?

—Tu voz me resulta vagamente familiar. No sé, es raro.

El corazón me seguía palpitando a un ritmo desenfrenado. Me tapé la boca con la mano esperando que no me reconociera.

—Bueno... Te noto muy callada. ¿Te intimido?

Siempre con ese tono travieso. No había cambiado nada.

—N-no —tartamudeé, incapaz de reaccionar—. Se me hace raro hablar contigo por teléfono.

—¿Por qué? —me preguntó—. Espera un momento...

Pude oír a alguien que hablaba con Ben... y a quien pude identificar muy bien... ¡Rayos! ¿Era... Ash? ¡Sí! Reconocí su voz, a pesar de que era aún más ronca que antes.

—Nunca entenderé a las chicas, te lo juro —declaró este con un tono cansado que hizo reír a Ben.

Se estaba riendo. Ben se estaba riendo. Esa risa... Soñaba con ella desde hacía mucho tiempo. Seguía formando parte de mis recuerdos, esos en los que él me decía estupideces solo para hacerme reír.

Era tan lindo...

—Oye, estoy al teléfono —gruñó Ben.

—¿Estás hablando con...? ¿Cómo se llama? Vicky... ¿Vick...?

—Déjame en paz, mejor ve a reconciliarte con el amor de tu vida. Está molesta.

¿El amor de su vida? ¿Ash tenía a alguien? Ben había estado siendo sarcástico, así que... imaginé que era mentira y que le estaba tomando el pelo. Pero el Ben de antes nunca se burlaba de nadie... Interesante.

Oí que Ash le lanzaba algo y lo insultaba, cosa que me hizo sonreír. No, algunas cosas no habían cambiado.

—Apuesto a que es Isabella la que está al teléfono —dijo, dejándome sin aliento.

Ahora estaba segura de que era Ash quien lo había hecho sospechar.

Oí un portazo, señal de que se había marchado.

—Lo siento, mi primo está aburrido —se disculpó Ben—. Así que, Vick..., si ese es tu verdadero nombre... ¿De qué conoces a mi Bella?

Sabía que mi corazón se pararía en los próximos minutos si seguía hablando con él.

«Mi Bella.»

Hablar con él hizo aflorar sentimientos que llevaban enterrados mucho tiempo. Me di cuenta de lo obvio: seguía enamorada de él. Seguía locamente enamorada de él, así como de esa voz atrapada en mi cabeza.

—Vivimos juntas desde que empezamos a estudiar en la universidad —mentí mientras me mordía las uñas.

«Por favor, que me crea...»

—Espera... ¿Es tu *roomie*? —preguntó sorprendido.

—Se podría decir que sí...

Me sorprendió lo fácil que era hablar de mí en tercera persona. No sabía cómo acabaría esa conversación, pero había empezado bien. Riley iba a estar orgullosa de mí. Bueno, eso esperaba.

—Carajo, ¡premio! —exclamó con tanta alegría que la emoción me subió a la garganta.

Se me saltaron las lágrimas en silencio. Lo había echado tanto de menos... Pero confirmé que seguía tan estúpido como siempre. Yo me había enamorado perdidamente de ese idiota que hacía bromas en cualquier situación. Era tan él.

—¿Ha terminado los estudios? ¿Qué estudió? ¿Tiene novio? No, no quiero saberlo... ¡Bueno, sí! Espera... ¿Dónde estás ahora?

Me estaba haciendo preguntas sobre mí. Ben se interesaba por mi vida amorosa. Ben se interesaba por mí.

—Terminé... terminó la carrera de Sociología. No, no tiene novio —le informé con una sonrisa estúpida—, y estoy en Manhattan.

—¡Rayos, no se ha ido de Estados Unidos! Háblame de ella, por favor. ¿Cómo es ahora?

Me tembló el labio ante su entusiasmo. Esa sensación... Estaba muy feliz, a pesar del resentimiento que sentía por su abandono. Comprendí que para él tampoco había sido fácil. Que tal vez no lo había hecho por voluntad propia. Me lo estaba demostrando de manera indirecta.

Pero quería saber por qué había actuado así.

—Pregúntame y responderé lo mejor que pueda.

Lo oí tomar aire, parecía contento. O tal vez me estaba imaginando cosas y simplemente, como yo me sentía tan feliz, quería que él también lo fuera...

—¿Sabe ella que estamos hablando? Quiero decir, ¿sabe que tú me hablas?

—¡No! —me apresuré a decir—. No sabe nada.

—Antes de hacerte todas las preguntas que tengo en la mente, responderé a las tuyas. Quiero que se lo digas, quiero que le hables de mí —dijo con sinceridad—. Esa chica..., yo... nunca he dejado de pensar en ella.

Apagué el micrófono un instante para dejar escapar un sollozo que no podía contener más. Seguía pensando en mí. Otro sollozo salió de mis labios, luego otro.

—¿Hola? ¿Estás ahí?

Traté de calmarme y me aclaré la garganta. Resoplé antes de retomar mi ridícula voz aguda.

—Explícame por qué la abandonaste.

Suspiró.

—No puedo. Eso solo se lo puedo explicar a ella. Lo único que puedo decirte, y espero que se lo hagas llegar, es que nunca la he olvidado. Y esperaré años, si es necesario, hasta que ella quiera volver a hablar conmigo.

«No. No, Bella. No, no hagas esto...»

—Tengo una idea —dije sin ni siquiera estar segura de que fuera buena—. Dentro de poco volverá a Los Ángeles durante unos días. Deberías ir a verla directamente. Y explicárselo todo.

Me había metido en un buen problema. Pero me importaba una mierda.

Estaba lista para volver a verlo, estaba lista para esas respuestas que llevaba tanto tiempo esperando. Soñaba con ellas día y noche. Y ahora tenía una muy buena razón para ir a Los Ángeles.

BEN

—¿Cuándo? —le pregunté abriendo los ojos como platos.

Sentí que el corazón se me iba a salir del pecho. Esa mujer me estaba dando una información extraordinaria. Me ayudaba mucho.

—No lo sé muy bien, pero estoy segura de que va a ir —me aseguró.

Su voz me sonaba, más de lo que me atrevía a admitir. Era a la vez tan familiar y desconocida... Era muy raro.

—¿Y crees que es una buena idea? Me refiero... ¿Crees que aceptará hablar conmigo?

Me preocupaba cómo reaccionaría la mujer a la que amaba con locura y cuyo corazón había roto a sabiendas.

—Creo que va a ser difícil, pero estoy segura de que lo conseguirás. Habrá que darlo todo, Jenkins.

«Oh, Vick, no tienes ni idea del esfuerzo que estoy dispuesto a hacer por ella. No es esfuerzo, porque quiero hacerlo. Aunque solo sea para volver a verla y hablar con ella.»

Bella merecía respuestas.

Y haría cualquier cosa por darle una explicación.

13
Mil y una carcajadas

BEN

Había pasado alrededor de una semana desde mi conversación con Vick.snow. Desde entonces apenas nos enviábamos mensajes. La chica que llevaba atormentando mis pensamientos desde la primera vez que había puesto la mirada en ella hacía años estaba en el centro de todos los intercambios.

Acababa de dejar a las chicas en la fiesta de las cautivas y estaba estacionando el coche en casa de Ash, quien había decidido pasar la noche trabajando en las cuentas primarias de la red. Tras subir los escalones que llevaban a su casa, me lo encontré de espaldas a la entrada en el sofá del salón con un vaso en la mano.

—He vuelto —anuncié a mi primo, que ni siquiera giró la cabeza en mi dirección.

—¿Me dijiste que habíamos pagado la organización de la fiesta de las cautivas con las reservas de Londres?

—Así es —contesté sentándome a su lado.

Estaba revisando los documentos que le había dejado con el ceño fruncido. «Pues sí, me sorprende que lo preguntes.»

—¿Por qué hay tres retiradas de catorce mil dólares en las cuentas secundarias?

—¡Exacto! —exclamé todavía confundido—. Ese es el problema. Con Ally, sacamos cincuenta mil para la organización de la fiesta, pero de la red de Londres, no de las cuentas.

Dio una calada, sumido en plena reflexión.

—Es la segunda vez —comentó.

Seguía desapareciendo dinero sin dejar rastro y sin que comprendiéramos cómo y por qué.

Le propuse a Ash que nos reuniéramos con los contadores, pero se negó y me dijo que todavía debíamos esperar. No sabía en qué estaba pensando. Sin embargo, era consciente de que eso no era normal.

—¿Estás estresado? —le pregunté con picardía.

Habían pasado unos días desde que había clasificado las invitaciones y había visto que Isobel Jones estaría presente. Sentía curiosidad por saber qué la había empujado a confirmar su asistencia este año, siendo como era que no le gustaba esa fiesta. Evidentemente, esa zorra tramaba algo.

—¿Por el dinero o por la fiesta? —repuso.

—Por las dos cosas —solté sonriente.

Resopló.

—Tiene que ser un miembro de la familia quien lo saca porque Shawn no aceptaría nunca que nadie tocara el dinero de la SHC —especuló cerrando los ojos—. En cuanto a la fiesta, no lo sé. Espero que no la cague.

—Por cierto, estaba muy sexi —comenté con una amplia sonrisa en el rostro.

Él esbozó una sonrisita ladeada y respondió en voz baja:

—Como siempre.

Su comentario me hizo abrir los ojos como platos y me arrancó una risita. «¡Lo sabía, carajo!»

—Te la comes con la mirada —continué intentando hacer que hablara—. ¡Te he visto!

Se encogió de hombros, pero no dijo nada. Descubierto.

—¡Ya, confiésalo para que dejemos de hablar de ello! Te gusta un poco...

Resopló de nuevo, exasperado.

—¿Cómo vas con Grace? —preguntó tratando de cambiar de tema.

Suspiré. Ash seguía pensando que era Bella quien se escondía detrás del perfil de Vick, pero, por una vez, el idiota se equivocaba.

—Me ha dicho que Bella va a volver pronto a la ciudad y no sé si debería aprovechar para hablar con ella.

Agitó su vaso suavemente observando cómo se movía el alcohol en el interior.

—No es buena idea —declaró sin apartar la mirada del vaso—. Si no es Grace la que está detrás de esa cuenta, no es buena idea en absoluto volver a contactar con ella porque ni siquiera sabes si te quiere todavía en su vida.

—Oye, ya te lo he dicho. Según Vick, sigue hablando de mí, así que...

—No lo sé —resopló—. Además, ¿por qué dar el paso ahora? ¿Qué conseguirás con eso?

—Tengo que explicárselo.

Se volteó hacia mí y le dio una última calada a su cigarro.

—¿Explicarle qué? ¿Que su padre odia a nuestra familia porque está al frente de una de las redes de tráfico de armas más grandes del país? —me preguntó con un tono lleno de sarcasmo.

Tragué saliva. Dicho así, parecía complicado. A decir verdad, no tenía ni idea de qué palabras iban a salir de mi boca. Lo único que necesitaba era volver a verla.

—Piensa: si vuelves a hablar con ella, ¿qué vas a decirle? ¿Vas a mentirle como la primera vez, cuando te la llevaste a casa y cogieron?

Suspiré con los ojos cerrados. Tenía razón. La noche del baile, cuando estábamos en mi casa, le había mentido poniéndole la excusa de que había sido por Griffin, lo que no era totalmente falso..., pero tampoco era toda la verdad.

«Quiero a Ben Jenkins, no a Asher Scott.»

Había pronunciado esas palabras aquella noche. Unas palabras que no me podía sacar de la cabeza desde entonces.

—No me estás ayudando —espeté desanimado.

Se levantó y rodeó la mesa para mirarme de cara.

—Tienes que pensar en todo antes de lanzarte de cabeza a la primera en unas aguas que no conoces —me aconsejó seriamente—. Yo ya me habría rendido. Además, no me gusta dar explicaciones de lo que hago.

Eso lo sabía. Era su mayor defecto: no hablar, no dar explicaciones de nada.

—A ti te gusta complicarte la vida, a mí no.

—Prepárate para correr detrás de esa chica. No me gustaría estar en tu lugar.

—Dices eso porque no has querido nunca a nadie de verdad —repliqué cruzándome de brazos—. Cuando ames a una chica y la cagues, correrás detrás de ella.

—Nunca. Yo no corro detrás de nadie. Nunca he tenido que hacerlo.

¡Vaya narcisista!

—Supongamos que un día...

—Un día lejano en otra vida —me interrumpió.

—Que un día te enamoras de una chica, la cagas y ¡ERES CONSCIENTE DE QUE LA CAGASTE! —continué señalándolo con el dedo.

Resopló, burlándose abiertamente de lo que le estaba diciendo.

—Yo nunca la cago.

—¿No te disculparías e intentarías recuperarla? —repuse sin hacer caso de las estupideces que me estaba soltando.

—No.

¡Qué imbécil era! Cuando yo iba a añadir algo más, declaró:

—Asher Scott solo ama a Asher Scott. Y a sus cigarros. Y al whisky.

Me reí y él me imitó. Era un idiota. Vi que tecleaba algo en el celular antes de dejarlo sobre la mesa. Se quedó plantado delante del ventanal y se cruzó de brazos.

—No me apetece querer a nadie que no sea yo —murmuró muy serio—. Ya no quiero tener que preocuparme por nadie que no sea yo.

—¿Y si esa persona se preocupa más por ti que tú? —inquirí intentando ampliar el campo de posibilidades.

Resopló.

—Nadie se preocupa realmente por mí más que yo.

Habría podido enojarme y reprocharle que yo sí me preocupaba por él, pero sabía que no hablaba de nosotros, de su grupo, sino de una persona ajena a nuestro círculo.

También hacía alusión a nuestra familia, a quienes les importaba una mierda lo que él pudiera sentir siempre que consiguiera ganar dinero y restaurar la imagen familiar. Era cierto que, aparte de los miembros de la red, no trataba con mucha gente, ya fuera por falta de confianza o por falta de ganas.

Antes de la muerte del tío Rob, mi primo se preocupaba más por quienes lo rodeaban que por él mismo. Pero después, aparte de Kiara, Ally, Rick, yo y algún otro, el resto podía morir. Le daba igual.

—Pero si sucede algún día, aunque sé que nunca será el caso, y si la cago con esta persona —afirmó retomando mis suposiciones—, te prometo que intentaré recuperarla. —Esbocé una amplia sonrisa—. Un día lejano en otra vida, por supuesto —añadió sin poder evitarlo.

BELLA

Había pasado una semana desde la conversación con Jenkins. Casi no nos habíamos escrito desde aquella noche. Estaba comiéndome el omelet mientras escuchaba a Riley hablar por sexta vez de un chico al que había conocido en el supermercado. Me estaba explicando lo guapo que era, aunque ahora formara parte de la lista de chicos a los que no volvería a ver nunca.

—En resumen, ¡era MAG-NÍ-FI-CO!

Asentí a la vez que leía mi cronología de Twitter y pensaba en Ben, quien aún no había contestado a mis mensajes. Seguramente, estaría ocupado.

Tenía que preguntarle a qué se dedicaba. Me intrigaba que estuviera trabajando a todas horas, incluso hasta bien entrada la madrugada.

—¿Han hablado? —me preguntó mi *roomie* terminándose lo que le quedaba de refresco.

Negué con la cabeza. Estábamos los dos ocupados, yo con mi trabajo y él con el suyo. Me lo imaginaba con un traje hecho a medida trabajando en una empresa de renombre, con su propio despacho y su propia placa que decía BENJAMIN JENKINS.

—¿Has hablado con Calum de lo de tus dos semanas de vacaciones? —se burló.

Puse los ojos en blanco con una sonrisa.

—Me da miedo pedírselo y que me dé una negativa justificada.

A continuación, mi compañera anunció que tenía que irse. Había prometido hacerle una visita a su tía, quien vivía a pocos kilómetros, y pasar el finde en su casa, lo que significaba que yo iba a quedarme sola dos días.

Riley me dio un fuerte abrazo y me pidió que la mantuviera informada de todo lo que pasara durante su corta ausencia. Oí la puerta cerrándose. Me había quedado sola en el apartamento.

Era casi medianoche y no tenía noticias de Ben. No me había contestado los mensajes que le había enviado hacía unas tres horas. Y, sobre todo, yo estaba desvelada como si fuera mediodía por culpa del café que me había tomado poco antes.

«Nota para mí misma: no volver a tomar café por la tarde.»

Mi teléfono vibró sobre la isla. El corazón empezó a latirme a toda prisa cuando vi su nombre en la pantalla. Todavía se me hacía raro.

De BenJenkins:

¡Hola! Estaba ocupado. Llegaré a casa dentro de una hora o dos. Si sigues despierta, ¿nos llamamos? Necesito saber una cosa...

Su mensaje me hizo sonreír. Pensé en la pregunta que esperaba hacerme.

¡Hola! Sin problema.

Tumbada en la cama, encendí la tele. Mientras veía la serie, me preguntaba qué estaría haciendo. Esperaba impacientemente su llamada. ¿Por qué dentro de una hora o dos? ¿Seguía viviendo en Los Ángeles?

«¡Pues claro, qué tonta soy!»

A medida que pasaban los minutos, disminuía mi paciencia. Había pasado una hora y seguía sin noticias. Empecé el tercer capítulo. ¿Tal vez se hubiera olvidado de mí? Por supuesto, se había olvidado. Tendría que habérmelo esperado. No iba a llam...

El celular me sacó de mis pensamientos. Era él.

Mi enojo se evaporó al instante. Me di cuenta de algo que hizo que se me encogiera el estómago. En un clic, acababa de cambiar mi estado de ánimo. Nuestra relación solo se sostenía en un clic, otra vez.

Me aclaré la garganta.

—¿Sí? —empecé con una voz ridículamente suave.

Tenía la respiración entrecortada, parecía que le faltaba el aliento. ¿Estaría cansado?

—Hola, estaba ocupado. Acabo de volver a casa —me informó antes de suspirar.

Siempre me provocaba ese efecto al escucharlo, esa poderosa sensación que no lograba ignorar ni podía controlar. Me resultaba imposible reprimir por completo mis sentimientos o seguir resentida con él hasta la eternidad. Pensaba con el corazón, lo que me valía muchas decepciones y fisuras.

—Me gustaría preguntarte una cosa... Bueno, tú, que conoces a Bella, ¿crees que será buena idea retomar el contacto con ella cuando vuelva aquí?

—Al menos, no es mala idea —solté intentando encontrar una respuesta que incluso yo desconocía.

No sabía cómo iba a reaccionar en su presencia porque hablar por teléfono era una cosa, pero verse era algo totalmente diferente. Y él quería verme. No sabía si estaba preparada para afrontarlo. A decir verdad, temía la reacción que pudiera tener frente a él.

—Sí, porque está bien decirme «¡sí, adelante!», pero podría darme de narices contra una pared.

No pude evitar reírme.

—Debes intentarlo. ¿De qué tienes miedo?

Se quedó callado. ¿Había colgado? Tal vez estuviera pensando la respuesta. Revisé la pantalla, pero la llamada no se había cortado. Pasaron los segundos y no dijo nada. Ni siquiera podía oír su respiración.

—¿Hola...? ¿Ben?

BEN

Se me había cortado la respiración. No conseguía hablar. Carajo.

La conocía. Podría reconocerla entre miles.

—¿Hola...? ¿Ben?

Se me secó la garganta y se me retorció violentamente el estómago. No podía estar equivocado, era imposible.

A toda prisa y sin entender por qué, le colgué en las narices y lancé el celular al otro lado de la cama.

Carajo. Tenía... tenía que llamar a Ash...

Me levanté de un salto y empecé a pasearme de un lado a otro de la habitación. No, no era posible. Rápidamente, volví a tomar el celular con dedos temblorosos. Traté de contactar con Ash, pero no contestó.

—¡Responde, carajo! —grité.

Debía de estar alucinando. Pero, al mismo tiempo, era ella. Estaba seguro. Nunca había estado tan seguro de algo. Me latía el corazón con tanta fuerza que se oía más que mi respiración acelerada.

«Me lleva el carajo.»

Me pasé la mano por el pelo para calmar mis pensamientos, que se me amontonaban en el cerebro. Tenía toda la piel del cuerpo erizada.

«¡ME LLEVA EL CARAJO, DEMONIOS!»

La reconocía, la tenía en la cabeza, soñaba con ella día y noche. Pertenecía a una sola persona.

Esa risa.

Era la suya.

Isabella.

Mi Bella.

14
Teatro

BEN

—Vamos, dilo.

Sonrió satisfecho mientras daba una calada a su cigarro y apoyaba los pies en la mesa alrededor de la que iba a celebrarse la reunión. Debía hablar yo antes que él. Pero tenía esa puta sonrisa que tanto me hacía rabiar y que ponía para fastidiarme y mostrarme que estaba equivocado.

—Estoy esperando —insistió para que alimentara más su ya desmesurado ego.

Suspiré nervioso pasándome una mano por el pelo. Demonios, Bella.

—Tenías razón —dije con una mueca—, pero eso no es lo importante. Oye, ¿qué hago?

Soltó una carcajada. El muy cabrón se burló abiertamente de mí.

—¿Has respondido a sus mensajes? —me preguntó al ver mi mirada asesina.

Negué con la cabeza dejándome caer sobre la silla que me habían asignado. No conseguía escribir nada. Era ella. Desde el principio, era la chica que atormentaba mis pensamientos.

—Deberías decirle que sabes que es ella quien está detrás de la estúpida cuenta. Así evitarás tener que formar parte de este teatro.

Al escuchar su propuesta, abrí los ojos como platos. «Así evitarás tener que formar parte de este teatro...»

«¡Esa es la respuesta!»

—No me gusta esa mirada...

—¿Alguna vez te han dicho que eres un genio? —le pregunté con una sonrisa tonta.

—A menudo..., pero por otras razones...

Expulsó el humo arqueando una ceja. Intentaba adivinar mis planes analizando las emociones que se reflejaban en mi cara. De repente, su expresión inquisitoria dio paso a otra a la vez seria e indiferente.

—No...

—Sí...

Ash se pellizcó el puente de la nariz. Yo no iba a cambiar de opinión. Iba a formar parte de su teatro.

—Es una mala idea —me advirtió mi primo—. Una idea terrible.

Estaba seguro de que no. Además... no tenía nada que perder. Si, por el contrario, le decía que había descubierto su tapadera, lo perdería todo. Es decir, a ella.

—¿Te acuerdas de cuando te dije que tenía un plan y que estaba esperando el momento adecuado para ejecutarlo? —preguntó de repente.

Fruncí el ceño, sabía perfectamente que hablaba de su famoso plan de utilizar a Ella para hacer que James Wood cayera en su red. La puerta se abrió justo en aquel momento para dar paso a su cautiva y a Kiara, que volvían de no sé dónde. Ash me lanzó una mirada.

—Por fin tengo la oportunidad —me anunció rápidamente antes de girarse hacia las chicas—. ¿Dónde están los demás?

—Llegando —le informó Kiara mientras se sentaba en una de las sillas.

La cautiva hizo lo mismo. Yo me quedé mirando a Asher sin decir una palabra antes de fijarme en Ella, que no podía imaginar ni por un segundo lo que se le venía encima. Luego me senté resoplando, esperaba que mi primo supiera lo que hacía y no pusiera en peligro a su cautiva.

Rick y las chicas tomaron asiento. La reunión podía empezar. Tras aclararse la garganta, Ash empezó a enumerar todas las tareas que debíamos realizar en su ausencia. Y, carajo, me iba a tocar trabajar como un condenado. Junto con Kiara.

Mi celular vibró. Era Vick... o más bien Bella. Ahora tenía que cambiar su nombre en mi directorio.

De Vick.snow:

¿Sueles desaparecer sin razón?

—Me han invitado a una subasta organizada en secreto por los Addams en Mónaco.

La frase de mi primo me hizo fruncir el ceño. Centré de inmediato la atención en él.

—¿Por qué iban los Addams a invitarte a una subasta?

Lo único que nos unía a ellos era la madre de Ash, que salía con el jefe Addams, cosa que hacía que Asher la quisiera todavía menos.

—Porque resulta que tenemos un enemigo en común. Un enemigo al que vamos a derrotar.

Me quedé boquiabierto. Ahí estaba la oportunidad.

—¿William? —preguntó Kiara.

—James Wood —anunció mi primo haciendo que me entrara la risa.

La oportunidad estaba esperando a que alguien la aprovechara y él había sido rápido. Ash acababa de poner en marcha el plan que llevaba meses preparando. Meses de reflexión, de investigaciones y de sacrificios. Acababa de iniciar la cuenta atrás para la muerte de James Wood, así como la de William.

Esbocé una sonrisa. Ahí estaba. El Ash que mantenía el deseo de venganza, que iba a hacerles pagar la muerte de su padre, mi tío.

—Una vida por una vida —murmuré mirando fijamente a mi primo, que asintió en silencio.

Era así. Una vida por una vida, una muerte por otra. La filosofía de nuestra familia era sin duda egoísta, pero algunas cosas no podían cambiar. A pesar de nuestra humanidad.

Cuando llegué a casa, con una sonrisa en los labios, escribí un mensaje mientras calentaba la cena en el microondas. Estaba contento al saber que hablaba con Bella. Al saber que ella había contactado conmigo, que no me había olvidado.

Para Vick:

Lo siento, no me quedaba batería y había dejado el cargador en el trabajo.

«Es completamente falso, solo me he estado escabullendo como un cabrón.»

Supuse que no me respondería al momento porque eran casi las tres de la madrugada aquí, las seis donde ella estaba.

«Tengo que poner en el celular la zona horaria de Nueva York para saber cuándo se despierta.»

Mi teléfono vibró. Esperaba que fuera una llamada de Bella, pero la sonrisa se me borró de los labios en el momento en que vi en la pantalla el nombre «Rick Scott».

—¿Y ahora qué?

—Tu primo acaba de disparar a los dos mercenarios que venían a hablar con él —me dijo mi tío—. Vamos a su casa.

—De acuerdo.

Ash nos había avisado que iba a recibir la visita de unos mercenarios de incógnito que querían «hablar de negocios». Según las investigaciones de Ally y Sabrina, eran hombres que trabajaban en secreto para William, pero no estábamos totalmente seguros. Sin embargo, de lo que sí estábamos seguros era de que querían matarlo.

Mi primo había quedado con ellos en su casa, donde no le podían tender una emboscada sin que él lo supiera. Les había pedido a varios hombres que vigilaran los alrededores. Y ellos habían caído en su trampa como idiotas.

Suspiré al ver el plato caliente que me pedía que lo devorara. En lugar de eso, iba a ocuparme de unos cadáveres.

—Nos vemos pronto, lasaña, lo prometo —susurré a mi plato lanzándole un beso.

BELLA

Ocho menos cuarto. Salí pronto por la mañana para despejarme antes de ir a trabajar a la cafetería. Ben había respondido al mensaje que le había enviado hacía casi una hora. Me preguntaba cuándo dormía y dónde trabajaba para estar despierto a esas horas. En Los Ángeles, eran casi las cinco. Tal vez acababa de despertarse. Pero había recibido un mensaje suyo a las dos...

Todavía sin entender nada, seguí andando bajo el sol brillante en dirección al trabajo. En mis auriculares, Metro Boomin, WizKid y Swae Lee me distraían con *Borrowed Love*. Con la mirada perdida en la gente que pasaba delante de mí, reconocí a algunas personas que hacían *footing* todos los días a la misma hora. No nos conocíamos, pero todos teníamos algo en común: esta ciudad.

La música paró, alguien me estaba llamando. El corazón me dio un vuelco cuando vi que era Ben, que me telefoneaba por FaceTime.

—¿Ahora me llamas por la mañana? —empecé con la misma voz ridícula.

—Para mí todavía no es por la mañana. Apenas son las cuatro y ¡estoy cenando!

¿Cómo podía cenar a esas horas?

—¿Estás fuera? —preguntó con la boca llena.

—Sí, yendo a trabajar.

—¿En serio? ¿Tienes un trabajo de verdad?

—Hum, un trabajo de estudiante para ayudar a mis padres a cubrir mis gastos.

«Soy muy mala mintiendo. Ahorro el dinero que gano para abrir mi propia cafetería... y para pagarme el maquillaje.»

—¿Dónde trabajas?

—En una cafetería, ¿y tú? Me pregunto a qué te dedicas, dada la locura de horas que pasas trabajando.

De repente tosió con fuerza, lo que me hizo reír. Oírlo atragantarse con la comida era digno del gran Ben Jenkins.

—Mierda —soltó—, yo... trabajo de administrativo ahora mismo, con mi madre y mi familia.

Por eso hacía horas extras, era un negocio familiar.

—Ah, entiendo... ¿Y tienes mucho trabajo? —pregunté mirando el cielo lleno de nubes iluminado por los rayos del sol.

Decidí parar para tomar fotos porque mi galería ya estaba repleta de imágenes del estilo. Me gustaba mucho fotografiar el cielo. Era muy bonito.

—Bastante. A veces es aburrido, pero uno se adapta. ¿Cómo está Bella?

Se me dibujó una pequeña sonrisa.

—Está bien, se ha quedado durmiendo en el departamento.

Preguntaba por mí. Nunca había dejado de interesarse por mí. Desde el principio.

—Siempre le ha gustado dormir —afirmó entre risas.

—Es verdad, no ha cambiado mucho.

—No lo dudo —repuso Ben—. ¿Tienes noticias de su viaje a Los Ángeles?

—Sigue en pie, sigue adelante. Bueno, voy a tener que dejarte.

Acababa de llegar al trabajo y ya podía ver clientes a través del escaparate.

—¡Que tengas un buen día! —me dijo alegremente.

—¡Que duermas bien!

A mi pesar, una estúpida sonrisa se dibujó en mi cara. Todo a causa de una persona a la que en realidad debía evitar.

Miraba con atención los vestidos que Riley me enseñaba. Acababa de volver de un fin de semana en casa de su tía durante el que había hecho algunas compras.

—Y este, que me compré sabiendo perfectamente que nunca me lo voy a poner.

Hice una mueca al ver el vestido... Bueno, el trozo de tela. Era rojo sangre y, lo que es más importante, tan corto que podía confundirse con un top. Tan corto como la sudadera que llevaba en ese momento.

—Es... particular... y muy rojo.

—Lo sé, solo quería asustar a mi tía —se rio mientras lo tiraba sobre la cama.

Yo estaba tumbada bocabajo sobre el colchón, con la cabeza apoyada en las palmas de las manos.

—Ben me ha llamado esta mañana.

—¿Qué excusa te ha puesto para estar desaparecido durante un día entero?

—Que se le había acabado la batería y había dejado el cargador en el trabajo.

—¿Qué tipo de imbécil deja el cargador en el trabajo? —preguntó mientras guardaba sus vestidos nuevos.

—El tipo Ben Jenkins —respondí sonriendo—. También me ha dicho que trabaja con su familia, por eso le dedica tantas horas.

Asintió. Tomé el celular para ver si había contestado. Por supuesto, no lo había hecho. Probablemente estaba durmiendo, aunque ya eran las seis de la tarde. Es decir, las tres para él.

Mi teléfono vibró. Se me dibujó una sonrisa al pensar que era una llamada de Ben, pero desapareció en cuanto vi el nombre que aparecía en la pantalla: «Mamá». Decidí no tomarlo.

—¿Qué hay para cenar? —preguntó mi *roomie* mientras se levantaba—. Me gustaría pedir pizzas.

Me encogí de hombros. No me apetecía mucho.

—Pero tengo una pregunta: ¿hablan más que al principio?

—¿Con Ben? —dije frunciendo el ceño.

—No, con el repartidor de pizzas. ¡Claro que con Ben!

Fingí pensarlo antes de asentir. Ella esbozó una sonrisa burlona.

—Imagínate que, después de todo el esfuerzo, se enamora de Vick.snow. ¡Qué fracaso!

Abrí los ojos como platos. No había pensado en esa posibilidad. «Mierda.»

Ahogué un grito. Ella se burló abiertamente de mi ingenuidad mientras en mi cabeza ya se reproducían cientos de escenarios posibles en los que Ben desarrollaba sentimientos por Vick. Que era yo.

—Tienes que dar el siguiente paso, o hacerle creer que estás con alguien, ¡porque, si no, se acabó!

—¿Se puede estar celosa de una misma? —le solté.

—¿Estás celosa de Vick.snow? —me preguntó desternillándose.

—¡Sí! ¿Cómo que «dar el siguiente paso»?

Se encogió de hombros como respuesta antes de añadir:

—No lo sé, pero si sigues hablando de ti misma en tercera persona, continúas fingiendo que eres Vick y empiezas a interesarte por él como «Ben» y no como «el futuro novio de Bella», es muy probable que él vea a Vick como «Vick» y no como «la *roomie* de mi futura novia».

Me quedé boquiabierta. Riley me estaba haciendo dudar de las palabras de Ben sobre mí. ¿Y si encontraba a Vick.snow más... accesible? No es que quisiera volver con Ben... Solo quería respuestas a mis preguntas. Y sin embargo... la idea de que estuviera interesado por Vick me retorcía el estómago.

Tenía que estar segura. No me fiaba mucho de él ni de sus

intenciones. ¿Y si tanto hablar con Vick provocaba que acabara olvidándome?

Un mensaje de Ben apareció en la pantalla de mi celular:

Me acabo de despertar. Y para responder
a tu mensaje: no, solo he tenido relaciones
de una noche, ninguna novia desde Bella.

«Yo igual, Ben... Bueno, no me gustan las relaciones de una noche. No he estado con nadie después de ti.»

—Cuando hablas con él, ¿qué voz usas? —me preguntó Riley mientras se cambiaba.

—Una más dulce, un poco más aguda —contesté.

—¿Y cómo te ríes?

Arqueé una ceja. ¿Qué?

—Bueno, puedes cambiar tu voz, pero no tu risa, y sé que Ben te hace reír. Imagínate que te ríes y te reconoce.

Sacudí la cabeza. Era imposible. Pensé que no me había reído tanto como para que pudiera reconocerme. Mi celular vibró de nuevo.

De BenJenkins:
Me da curiosidad saber cómo eres, Vick.
Tu voz me suena de algo.

Se me hizo un nudo en el estómago y bloqueé el teléfono. No sabía si estaba celosa de Vick o al borde de un ataque de pánico porque Ben quería hacer una videollamada. Pero sabía una cosa: no iba a poder negarme durante mucho tiempo. Y, entonces, descubriría que había sido yo desde el principio.

Estaba arruinada.

15
Vick o Bella

BEN

—¡Despierta, maldito vago! —gritó Kiara con su voz horriblemente molesta.

«Zen... Ben, remplaza la B por una Z y... no. Voy a matarla. Es más fácil.»

Gruñendo, me volteé hacia la cabrona que me había arrancado de mi sueño, un sueño que intentaba conciliar desde que mi primo y su cautiva se habían ido a Mónaco. Empezó a saltar en la cama de la habitación que había ocupado en casa de Ash. Apreté los dientes cuando noté que el colchón se hundía.

—¡Baja de ahí, carajo!

—Ya está bien, ya has... dormido... ¡bastante! —exclamó sin dejar de saltar.

Suspiré, molesto, y me volteé hacia ella con los ojos todavía entornados. Eran las siete de la tarde. Solo había dormido ocho horas.

—¿Qué quieres de mí? ¿Estás aburrida? —gruñí mirando mis mensajes con bastante dificultad por culpa del movimiento del colchón.

—¿Se te ha olvidado que tenemos una misión esta noche?

—me preguntó deteniéndose y tumbándose a mi lado con la respiración entrecortada.

Sí, se me había pasado por completo.

—Salimos dentro de una hora, ¡prepárate!

Salió de la habitación dejando que me despejara por fin. Rayos, ¿en qué año estábamos?

Me incorporé pasándome una mano por la cara antes de contestar a un mensaje de Bella que decía:

¿Por qué quieres saber
qué aspecto tengo?

¿Porque es lo normal?

—¡Ben, voy a comerme tu hamburguesa!

Me levanté de un salto tras oír la amenaza de la bruja. «Ben tiene hambre.»

Bajé las escaleras a toda prisa mientras oía sus carcajadas. La muy imbécil estaba orgullosa de su ingenio. Llegué a la cocina y la vi devorando su hamburguesa. La mía estaba sobre la mesa esperándome pacientemente.

—¿Pepinillos?

—Hecho.

Esbocé una sonrisa. Se me hacía la boca agua. Kiara repasaba su cronología de Instagram enseñándome de vez en cuando alguna publicación.

—Tengo una pregunta para ti, bruja —dije antes de darle un bocado a la hamburguesa, que estaba deliciosa.

«Demonios con la mayonesa. ¡Vaya invento! Ash la odia, se pierde la mejor salsa.»

—Supongamos que tienes una ex que te habla desde una cuenta falsa...

—Mis ex no tienen nada que hacer conmigo —me interrumpió.

—Déjame acabar. Imagínate que se hace pasar por otra y te habla de ella.

Me miró, intrigada, mientras yo masticaba lentamente haciéndola esperar a propósito porque sabía que la paciencia y Kiara... no se llevan demasiado bien.

—¡Bueno, ya! —gruñó.

Con una sonrisa triunfante, continué:

—Y te das cuenta de que es ni más ni menos que tu ex. ¿Tú qué harías?

Puso los ojos en blanco, reflexionando, antes de encogerse de hombros.

—Le diría que la he descubierto; creo que no sirve de nada guardar el «secreto» —respondió haciendo el gesto de las comillas con los dedos—. Luego, le preguntaría por qué me ha hablado desde una cuenta falsa cuando puede hacerlo desde su cuenta principal. Yo nunca bloqueo a mis ex.

Tomé otro bocado de hamburguesa reflexionando sobre la respuesta de Kiara.

—¿Tienes una ex que ha vuelto a hablarte desde una cuenta falsa? —me preguntó.

Negué con la cabeza tratando de no darle importancia. No podía contárselo. Sabía que me diría que la estaba cagando al fingir, por no olvidar la solidaridad femenina. Qué pereza.

—Solo me lo preguntaba —expliqué encogiéndome de hombros, y me sequé la boca con una servilleta.

Kiara tecleó algo en su celular y yo hice lo mismo.

De Bella:
No sirve de nada, Ben. Desapareceré
de tu vida cuando quede todo arreglado
con Bella.

«Si crees que voy a dejarte hacer...»

—¿Has notado que Ash estaba muy tranquilo esta mañana? —me preguntó la bruja dirigiendo sus ojos azules hacia mí.

Asentí.

—Es raro...

—Lo sé —suspiré—. No se ha drogado, lo he comprobado. No entiendo...

—¿Crees que se habrá acabado? —preguntó mi amiga.

—Él cree que no acabará nunca.

—Espero que así sea —suspiró hablando de una de las mayores ansiedades de Ash y de su modo de vencerla.

Esperaba que su misión triunfara, que James, ese violador, no le hiciera nada a Ella. Ash quería vengarse y estaba dispuesto a todo. Incluso a poner en peligro a su cautiva.

Kiara soltó un grito.

—¡Mira qué cachorrito! —exclamó enseñándome la foto de un perro de pelo rizado en su celular.

Puse los ojos en blanco. Tanto alboroto por un perro.

—¿Por qué me enseñas a tu hermano pequeño? —bromeé, lo que me valió una mirada asesina—. Es lindo, pero ya.

—Es el de Liam —me informó.

Se llevó una mano a la boca y abrió los ojos como platos. Fruncí el ceño.

—Ay, madre mía, ¡van a abandonarlo mañana si no encuentran un nuevo dueño!

—Sé lo que tramas y no pienso meter ningún perro en mi casa. No tengo espacio suficiente —le recordé.

—Pero ¡yo tampoco! Además, no suelo estar en casa...

Acabó la frase abriendo mucho los ojos, señal de que acababa de tener una gran idea, una idea que yo también había captado. Suspiró.

—... pero él no...

—Ah, no...

Examiné su rostro emocionado sabiendo muy bien adónde quería ir a parar. Era un suicidio.

—Ella está siempre aquí. Además, ¡tiene jardín!

Ash no estaría de acuerdo. Odiaba a los perros y Kiara lo sabía. Iba a enloquecer.

—Además... no nos ha dicho que no... traigamos animales a su casa.

Levanté los brazos con aire inocente y declaré:

—Te aviso de que no estoy de acuerdo con esto, pero tráelo.

—Ya estaba en mis planes. Bueno, ¿preparado?

Asentí. Al cabo de dos horas íbamos a matar a un tipo que se había infiltrado en nuestra red para obtener información sobre Ash y Rick, los encargados de gestionar nuestras actividades... Bueno, Ash gestionaba y Rick era como un consejero al que mi primo raramente escuchaba.

Dos horas más tarde

Estaba en el coche con Ally y Kiara. Estábamos esperando a nuestro objetivo, quien llegaba con diez minutos de retraso. «Además de ser un topo, nos hace esperar. Qué desfachatez.»

Después de la fiesta de las cautivas, las chicas habían podido pasarnos información sobre un tipo que sospechábamos que había contratado a un topo para que se infiltrara en nuestra red. Más arriba, en el tejado de un pequeño edificio ahora abandonado, uno de nuestros tiradores esperaba mi señal para abatir a nuestro objetivo, quien todavía no estaba a la vista.

El plan era sencillo: Ally tenía que darle los documentos que buscaba. El lugar de reunión estaba a pocos metros de nosotros, en un callejón sin salida tan oscuro como mi coche. No podríamos ver sus interacciones.

—¿Crees que habrán llegado ya? —preguntó Kiara.

Me encogí de hombros. No había tenido noticias de Ash desde que se habían marchado.

—¡Me arden los ojos! ¡Miren esta masacre! —se quejó Ally mostrándonos una foto de una mujer con unos pantalones de tiro bajo.

Ally odiaba ese tipo de pantalones.

—Adivina quién va a tener un perro en casa —comenté mirándola por el retrovisor.

Puso cara de reflexionar. De repente, Kiara me tocó el brazo y señaló un coche que acababa de pasar a toda velocidad justo al lado de donde estábamos. Tomé el celular para avisar al hombre que teníamos en el tejado.

—¿Ves algo? —le pregunté.

—Sí, reconozco el coche —contestó nuestro tirador—. Cuando quieras.

—Espera.

Me volteé hacia Ally, quien asintió antes de salir del vehículo.

Unos días atrás, habían venido unos hombres a contarnos sus dudas sobre él y habíamos enviado a Ally a encandilarlo. Se había hecho pasar por una cautiva ingenua y resentida que odiaba a su propietario.

Para el topo, había sido el blanco perfecto del que obtener información sobre Ash y Rick. «Me parto de risa.» Había caído en la trampa y había desvelado su tapadera.

Ally activó el micrófono para que pudiéramos escuchar su conversación. Fue agradable. «Me gusta este tipo de misión.»

Oímos el ruido de sus tacones sobre el suelo. Cuando suspiré para aliviar la presión, Kiara me susurró que era un cobarde, a lo que respondí mostrándole el dedo de en medio. La voz del topo sonó a través de nuestro pequeño altavoz.

—¿Por qué me has traído aquí? —preguntó el objetivo.

—Porque aquí estamos lejos de los hombres de Rick y Ash —respondió ella con total naturalidad—. Me preocupaba tu seguridad...

«Qué bien se le da mentir.»

—No te preocupes por mí, nena... ¿Tienes lo que me prometiste?

—S-sí —dijo fingiendo que tartamudeaba.

Oímos la puerta trasera de su coche, señal de que acababa de salir.

—Ben, ya lo veo —me avisó el hombre apostado en el tejado.

—Espera un poco más.

—Vamos, querida, dámelos —continuó el objetivo refiriéndose a los documentos.

—Pero ¿prometes que no dirás que he sido yo? —preguntó Ally en voz baja—. Los he robado... No sé si es esto lo que buscas...

—Ah, no te preocupes, bonita. Es exactamente lo que necesito...

Sonreí como un idiota, satisfecho de mi ocurrencia. Kiara me dio una palmada en el hombro ordenándome que me callara para que ella pudiera concentrarse en la conversación.

—No me delatarás, ¿verdad? Porque me matarán.

—Será nuestro secretito —la tranquilizó el objetivo con aire mezquino—. Pero...

—Ben, se está acercando a ella —me informó el hombre del tejado.

—... solo tengo un modo de asegurarme de que guardarás el secreto...

—Prepárate —le ordené a nuestro hombre—. Ally..., no te muevas, te lo suplico...

Podíamos oír su respiración acelerada, señal de que empezaba a entrar en pánico. Empecé la cuenta atrás.

—Tres...

—Uno de nosotros tiene que morir, princesa... —murmuró la voz del objetivo.

Se me cerró el estómago, pero debía mantener la calma. La vida de Ally estaba en nuestras manos.

—Dos...

—Y puedes estar segura de que... —continuó en voz baja el objetivo.

—Uno...

—No seré yo —remató.

—¡Ahora! —ordené a nuestro hombre.

Menos de un segundo después, oímos una bala saliendo del arma de nuestro tirador de élite... O, más bien..., dos balas. Con un grito, Ally se alejó precipitadamente del objetivo, que ya debía de estar muerto. O eso esperaba.

—Era solo para asegurarme —informó nuestro tirador justificando la segunda bala.

—¡Carajo! —exclamó Ally resoplando fuertemente—. Pudieron haberlo hecho antes, ¿no? ¡He llegado a pensar que no lo contaba!

Me reí antes de conducir hacia donde se encontraba nuestro objetivo. Ally todavía estaba cerca.

Salí del coche y miré hacia arriba buscando a nuestro tirador, quien me hizo un gesto con la mano. ¡Por suerte no había ni un alma! Los disparos podrían haber despertado a todo el vecindario.

Pero estábamos cerca de una zona residencial a medio construir, seguramente por falta de medios. En cualquier caso, ese sitio nos permitía deshacernos de un entrometido sin tener que preocuparnos por las miradas indiscretas.

—¿Qué hacemos? —preguntó Kiara observando el cuerpo, asqueada.

Tomé mi pistola y le disparé una vez más en la cabeza. «Hay que asegurarse.»

—Ash ordenó que lo dejáramos en el cuartel general de su banda —informé encogiéndome de hombros—. Esa es la parte más aburrida del plan.

Kiara envolvió en una sábana el cuerpo del tipo que había tenido la intención de matar a Ally. Yo la ayudé a transportarlo y lo arrojamos en la cajuela del coche antes de salir en dirección al cuartel general de la banda en cuestión.

—He estado a esto de darle una patada entre las piernas —declaró Ally aún aterrorizada—. ¡Cuando se ha acercado a mí he visto un filo asomándole por la manga!

—Tenía pensado matarte desde el principio —explicó Kiara—. Pero fue un idiota al creer que odiabas a tu propietario. Es decir, todo el mundo sabe que Rick y tú están muy unidos.

—Todo el mundo menos los nuevos —comenté mientras aceleraba—. Y ¿sabes qué? Era nuevo.

—Sí, Liam nos advirtió de sus sospechas.

Seguí conduciendo a una velocidad de locos hasta que llegamos a pocos metros del cuartel general del topo. Kiara decidió arrojar el cuerpo en mitad de la carretera metiendo en su chamarra lo mismo que dejábamos cada vez que liquidábamos a alguien: una bala con el apellido de los Scott grabado.

Dimos media vuelta justo después hacia casa de Rick. Carajo, estaba harto de ser chofer.

BELLA

—¿Has visto los últimos rumores? —preguntó Riley mirado a Josh.

—¿Qué? ¿Future ha vuelto a ser padre?

—¡No! —exclamó mi amiga—. ¡Shawn engaña a su mujer con su antigua secretaria!

Formé una «O» con la boca. Josh jadeó exageradamente por la sorpresa y dejó que Riley nos leyera el artículo.

—«En efecto, el director general de la SHC podría tener una aventura con su antigua secretaria, quien lo confesó en las redes al publicar los mensajes que intercambiaron durante los meses previos a la boda. Aunque el *hashtag* #Shawndiddirty se haya vuelto viral en Twitter, su actual esposa, que era su novia en el momento de los hechos, todavía no ha querido opinar al respecto. Continuará...»

—Seguro que hay cosas más importantes que la pareja de Shawn. Por cierto, ¿cómo se llama la mujer? —pregunté.

—¡Nicole! —respondió Josh—. Y es *trending topic* en Twitter, lo que no tiene nada de importante.

Suspiré mirando por la ventana de nuestra cocina el exterior iluminado de Manhattan. No podía dejar de pensar en el mensaje al que Ben aún no había respondido. Carajo, ¿no podía ser un poco más rápido?

Impaciente, decidí enviarle un segundo mensaje.

¿Te has muerto mientras dormías?

—¿Todavía no te ha llamado? —preguntó Josh.

Negué con la cabeza. Comimos los tres esperando la famosa llamada de Ben Jenkins para poner en marcha nuestro plan, que era muy simple: Josh iba a hacerse pasar por el novio de

Vick. De ese modo, si Ben sentía cierta atracción por mi identidad falsa, entonces... dejaría de tenerla. «Estoy celosa de mí misma, sí.»

—Acuérdate bien: cuando Josh diga tu nombre, le pides a Ben que se espere un momento, pero mantienes la llamada —repitió Riley—. Durante ese tiempo, Josh y tú hablarán como si fueran novios.

—Voy a hacer como si fueras Aiden —dijo Josh sonriendo de oreja a oreja.

Mis dos amigos no dudaron en burlarse de mí y de mi miedo por que Ben se enamorara de Vick y me remplazara. Me vibró el celular y me precipité sobre él para consultar la pantalla.

De BenJenkins:
Lo siento, estaba trabajando. Llevo ya muchas horas despierto...

Sonreí como una tonta.

¡Ya casi empezaba a preocuparme!

¿Casi? Si estabas preocupada puedes decirlo... Es adorable.

Entorné los ojos al leer ese mensaje. ¿Estaba intentando coquetear con ella?

No. He dicho casi porque era casi.

¿Querías llamarme? He visto tu mensaje.

Esbocé una sonrisa. «Pues sí, ¡quería llamarte!»

Sí. ¿Estás disponible?

Vi las miradas inquietas de mis dos amigos, quienes esperaban con la misma impaciencia que yo.

—Josh, pon una voz dulce y...

Mi teléfono interrumpió a Riley. Ben estaba llamando. Se me curvó la comisura de los labios. «¡Que empiece el espectáculo!»

16
Falsas esperanzas

BELLA

—Hola, Vick —saludó Ben.

Como cada vez que su voz resonaba en mis oídos, me invadió una oleada de emociones en la que se mezclaban la excitación, el rencor y el amor que, muy a mi pesar, todavía sentía por él. Podría parecer que lo había perdonado por haberme dejado tirada, pero no era el caso. Estaba muy resentida con él.

—Hola —respondí mirando a mis amigos, que estaban tan callados como un mueble.

—¿Sigues despierta a estas horas? —me preguntó—. Es tarde en Manhattan.

Tenía razón, pero cuando Josh venía a nuestra casa solíamos pasar la noche en vela... Ya eran las cuatro de la madrugada.

—He dormido una siesta demasiado larga —le expliqué sonriendo—. ¿Y tú? También es tarde en Los Ángeles.

—El trabajo, ya sabes cómo va esto... —soltó con desgana—. ¿Tú...?

Lo interrumpió una voz de mujer que resonó en mi oído:

—Nos veremos mañana para la adopción.

Abrí los ojos sin dar crédito y me quedé sin aliento. ¿Adopción? ¿Qué adopción?

—Espero que no le hayas dicho nada —continuó la voz a lo lejos.

—Aprecio mi oído y mi vida —respondió Ben—, pero pienso decírselo cuando lo veamos, Kiara. No podemos seguir ocultándolo.

El corazón me dio un vuelco. Una oleada de celos llenó de confusión mis pensamientos. Kiara. Me acordaba de ella. En aquel entonces, era su amiga. Pero ¿seguía siendo solo una amiga? Por lo que oía... eran más que eso.

«Ocultar cosas... La adopción... Espero estar inventando una película.»

—Sí, sí —dijo ella—. Vete a dormir. ¡Mañana será un gran día, Jenkins!

Oí un portazo. Miré a mis amigos sin saber qué decir. Teníamos que poner el plan en marcha.

—Lo siento, siempre me está molestando —se disculpó—. Estaba diciendo... ¿Querías llamarme por algo en particular?

—Sí, quiero saber si...

—¡Cariño! —exclamó Josh, lo que hizo que mis ojos se abrieran como platos.

Mi amigo se encogió de hombros mientras Riley luchaba por no morirse de risa.

—¿Sí? —le pregunté a mi falso novio.

Claramente, hacía tiempo que todo era falso.

—¿No querías que viéramos una serie? —me preguntó Josh improvisando una conversación.

—Yo... Sí, dentro de unos minutos, cariño —dije conteniendo una carcajada ante ese penoso y estúpido plan—. ¿Hola?

Esperé unos segundos a que respondiera, pero se mantuvo en silencio. Así que repetí:

—¿Hola?

—¿S-sí? Sí, estoy aquí —dijo rápidamente—. No sabía que estabas con alguien.

—Nunca me has preguntado —dije percibiendo algo de fastidio en mi voz.

¿Por qué parecía tan... sorprendido?

—Tú ganas —rio nervioso—, pero... ¿Bella no está con nadie?

—No, no está con absolutamente nadie —repetí, aunque él ya lo sabía—. Por cierto, quería preguntarte si Ash sigue tan guapo como siempre.

Vick era una antigua alumna de la escuela. Para ganar credibilidad, tenía que hablar del chico que marcó nuestra adolescencia: Ash Scott.

Tosió con fuerza, lo que me hizo reír. Riley y Josh se levantaron de sus asientos y me advirtieron en silencio que se iban a mi habitación hasta que la conversación terminara.

—¿A-Ash? Mmm..., no sé..., ¿tal vez? —dijo dudando—. ¿Para eso me has llamado?

—Sí, quería saber si mi *crush* de la escuela conservaba todo su atractivo.

Repitió mis palabras:

—¿Tu *crush* de la escuela?

Riley vino corriendo hacia mí y susurró:

—¡Pídele una foto, pídele una foto!

—Yo..., mmm... ¿Tienes una foto suya? —le pregunté viendo cómo Riley cruzaba los dedos para que dijera que sí.

—¿Me estás pidiendo una foto de tu antiguo *crush* cuando estás saliendo con un tipo? —se burló—. Un tipo que, por cierto, te está esperando para ver su serie.

—A cambio, te mandaré una de Bella —le propuse.

—¿Crees que estamos intercambiando estampas de Pokémon,

Vick? —me preguntó molesto, lo que hizo que mi *roomie* se riera en silencio—. Habiendo dejado eso claro, quiero una foto de mi Bella.

Me dio un vuelco el corazón al oír sus palabras. «Mi Bella». Riley dio varios saltitos de alegría cuando le hice un gesto con la cabeza.

—Me tengo que ir, te mando una foto de Bella dentro de unos minutos.

—Buenas noches, Vick.

—Buenas noches, Ben.

BEN

—¡KIARA! —exclamé mientras me levantaba dando un salto de la cama.

«Maldita sea, ¿tiene novio? Y está interesada por... ¿Ash? ¿Y qué soy yo? ¿Una seta? ¿Un payaso?»

La bruja entró en mi habitación medio dormida y visiblemente asustada.

—¿Qué sucede? ¿Es Ash? ¿Le ha pasado algo?

—¿Crees que Ash se ha vuelto más guapo desde la escuela? —le pregunté muy serio.

Se me quedó mirando como si hubiera dicho la cosa más chocante del mundo.

—Júrame que no me has despertado para esto —dijo aturdida.

—¡Pues sí! Porque...

Me interrumpió lanzándome con rabia una almohada a la

cara. Me dedicó unos cuantos insultos antes de salir furiosa de la habitación dando un portazo. Sin darme una respuesta.

Admito que no era el mejor momento. Pero una cosa no quita la otra.

El celular me vibró entre las manos. Una notificación de Instagram apareció en la pantalla. Nunca había usado tanto esa puta red social. Bella acababa de mandarme una foto. Sonreí. Tenía la sensación de que mi corazón resonaba por toda la habitación. Carajo.

A pesar de todas las veces que había soñado con ella, de todos los recuerdos que conservaba de su cara perfecta..., nunca habría podido imaginar que fuera más guapa de lo que era cuatro años atrás.

No conseguía apartar la mirada, como si mis ojos estuvieran pegados a los suyos. No era Bella quien había tomado la foto. Estaba apoyada en una isla de cocina, tenía el pelo recogido en un chongo despeinado y sonreía de oreja a oreja. Su sonrisa resaltaba sus pómulos, que me parecían de lo más adorables. Toda ella era de lo más adorable.

Mi amor de juventud seguía tan espléndida como siempre.

Sonreí como un tonto mientras admiraba la foto durante otros cinco minutos, y decidí guardarla en mi galería. Una llamada borró de repente la imagen angelical de Bella, que fue remplazada por la cara deformada de Ash.

—Te creía muerto —le dije a mi primo.

—Te creía dormido —continuó él—. ¿Qué tal?

—Bien, hemos matado al topo —le informé pasándome una mano por el pelo—. Oye, ¿crees que te has vuelto más guapo desde la escuela?

Se quedó en silencio un instante antes de resoplar bruscamente.

—¿Ves? Por preguntas como esta nunca te llamo —soltó exasperado.

Exhaló suavemente, se estaba fumando un cigarro. Yo también quería uno. Carajo..., no entendía nada de lo que estaba pasando con Bella.

—¿Cuándo es la misión? —le pregunté buscando mi paquete de cigarros en los bolsillos de la chamarra.

—Dentro de unas horas —me dijo mi primo—. Apenas son las once.

—¿Vas a seguir con tu plan?

—De lo contrario, no habría traído a la cautiva conmigo.

Suspiré aprisionando un cigarro entre los labios. Esperaba que Ella estuviera a salvo a pesar de los riesgos que entrañaba el plan que su propietario le ocultaba.

—Llegaré antes de que tenga tiempo de ponerle la mano encima —me tranquilizó al comprender mi silencio.

—Eso espero porque, si no, vas a tener un problema con Rick —le recordé.

—Me importa una mierda tener un problema con Rick —espetó—. Con él es fácil arreglar las cosas.

Fruncí el ceño. ¿Estaba insinuando que el problema difícil de resolver lo tenía con su cautiva? ¿Acaso se preocupaba por ella?

—Sabes que ha vivido un pasado muy oscuro con su antiguo propietario —continué con la esperanza de disuadirlo.

—Por eso no quiero contarle el plan —me explicó mi primo—. Cree que James es gay y eso le da confianza.

—La estás manipulando, Ash —dije haciendo una mueca—. Te lo repito, por si acaso: ya sabes por lo que ha pasado... Bueno, parte de ello... Si quieres, te hago un resumen.

Ash no quería saber nada del tema. Había hecho callar a Kiara cuando había empezado a hablarnos de la nueva cautiva y de su pasado.

—No quiero que me lo cuenten ni tú ni Kiara; quiero que lo haga ella.

—¿Por qué? —pregunté.

—Porque le corresponde a ella contármelo, si quiere. No a ustedes. Hasta que no sea ella la que me hable de lo que pasó con su antiguo propietario, no quiero saber nada más.

Asentí y di una calada. Pensé en sus palabras. Recordaba que Kiara nos había pedido que respetáramos ciertos límites con ella y, sobre todo a mí, que dejara de hacer referencias sexuales...

«Aunque es realmente tentador... Ver sus ojos, que parece que se le van a salir de las órbitas... ¡Son bromas, no pasa nada!»

—Ahora tengo que irme —me dijo Ash—. Buenas noches, o buenos días, no sé.

—Ten cuidado. Y cuida de Ella.

—No te preocupes.

Y colgó.

Me desplomé sobre el colchón con los ojos clavados en el techo y los pensamientos divididos entre Bella y la voz del tipo que estaba con ella, por un lado, y la seguridad de Ella por el otro. «Sí, al parecer me preocupo por Ella más que su propietario.»

Para mí Ella era un ángel al que tenía especial cariño, aunque, dada su inocencia, el trabajo de cautiva no le sentaba nada bien. Aun así, se las había ido arreglando hasta el momento. Además, se reía de mis bromas. Igual que mi Bella. «Es más, estoy seguro de que esas dos habrían podido ser amigas.»

Con los párpados pesados, me cubrí el cuerpo con el edredón.

—Pero ¿por qué lo has comprado si no te lo quieres quedar? —pregunté mirando el perro.

Kiara y yo habíamos ido por el perro de Liam, el tipo que se encargaba de los novatos y que sabía identificar un topo en cuanto lo veía. De hecho, gracias a él y a sus hombres habíamos descubierto al que acabábamos de matar.

—No lo he comprado. Una amiga me lo ha dado porque ya no puede cuidar de él —me explicó Liam.

El perro era bonito. Un labradoodle café con demasiada energía, pero muy lindo.

Levanté la mirada hacia Liam. ¿Por qué aceptarlo si no se lo podía quedar? «Es sospechoso...»

—Es adorable —declaró Kiara con una voz terriblemente aguda mientras acariciaba la cabeza del animal.

—Le dije que no podía quedármelo —dijo encogiéndose de hombros—. Se quedará en la calle esta noche si nadie se lo lleva.

—¡Ya te he dicho que yo me lo llevo! —exclamó la bruja con los ojos brillantes—. No te preocupes por él, ya tiene casa.

—Deberías preocuparte, Liam —continué yo al pensar en Ash, que no podía imaginar lo que se iba a encontrar al volver a su casa.

—Si es Kiara quien se lo queda, estoy tranquilo —afirmó entre risas mientras nos entregaba la correa—. Todo tuyo.

Ella sonrió de oreja a oreja mientras yo observaba el perro sin decir una palabra. Estábamos muertos. Pero muertos de verdad. Pronto asistiríamos a un concierto de Michael Jackson.

Tras despedirnos de Liam, nos subimos al coche en compañía del perro. Puse una mueca rezando por que no se cagara en los asientos traseros de mi coche.

—Ash nos va a matar —repetí por enésima vez en el día.

—Llevas diciéndome eso desde el desayuno —dijo ella desesperada mientras se abrochaba el cinturón.

—Solo por si acaso.

—¿Has tenido noticias suyas? —me preguntó Kiara sacando su celular del bolsillo mientras yo arrancaba en dirección a la casa de mi primo.

—Sí, ya te he dicho que me llamó antes de acostarse.

—No, me refiero a la misión, es la una de la madrugada en Mónaco.

Miré de reojo el reloj digital del coche, que marcaba las cuatro de la tarde. Si a eso le sumábamos la diferencia horaria... Sí, era cierto. Y aún ni rastro de mi primo y su cautiva. Esperaba que todo hubiera salido bien, que Ella estuviera a salvo y que Ash hubiera matado a ese hijo de puta que merecía algo más que la muerte. Habría dado lo que fuera por ver a mi primo meterle una bala entre los ojos.

—¿Cuándo vuelven? —me preguntó mirando al cachorro.

—Tienen que abordar un avión dentro de una hora o menos, y con las diez u once horas de vuelo, creo que llegarán muy tarde mañana...

Asintió y llamó a su madre, que me saludó... y que estaba con la mía. «¡Qué sorpresa! La verdad es que no me lo esperaba.»

Nos quedamos atrapados durante unos minutos en una carretera, rodeados de conductores más tontos que Kyle cuando se emborracha. Sí, echaba de menos a mi primo.

—¿No puedes ir más rápido? Conduces como mi abuela —gruñó Kiara dirigiéndose hacia mí antes de reanudar su llamada.

Puse los ojos en blanco y empecé a conducir más rápido, tal y como la señorita quería. Después de varios minutos, por fin estábamos en casa de Ash. Sin Ash. Pero con un perro.

Nada más entrar, el animal empezó a corretear mientras yo lo miraba con una mueca. Nos quedaba un día de vida. Todavía era demasiado joven para morir, carajo.

«Te odio, Kiara.»

—Pronto volveremos a ver a Stan Lee.

—Lo sé, estamos arruinados, pero ¿no es una muerte bonita, Jenkins?

—La verdad es que no —resoplé pensando en la mirada asesina de Ash—. No me apetece que me entierren con mis ancestros por culpa de una puta bola de pelo.

—Mira el lado positivo —empezó ella cruzándose de brazos—. Al menos será tu primo quien te mate y no un enemigo.

Me pellizqué el puente de la nariz. Era muy optimista.

—Todo esto es un poco raro —continué mientras veía al perro dar vueltas sobre sí mismo.

—No, no tiene nada de raro. El perro se iba a quedar en la calle, ahora ya no.

—No, no sé... ¿Por qué te lo ha dado a ti y no a otra persona? —le pregunté.

—¿Porque soy la única que lo quería? —me respondió como si fuera evidente.

Suspiré y levanté los brazos admitiendo la derrota frente al argumento de Kiara. El perro había elegido el sofá de Ash para dormir. Estaba arruinado.

Mi teléfono vibró. De repente me acordé de que no le había enviado ningún mensaje a Bella en todo el día. Esa voz seguía clavada en mi mente. No conseguía olvidarla, carajo. Un suspiro se escapó de mis labios y, tras varios minutos intentando tranquilizarme, lo desbloqueé mientras subía las escaleras.

Aún no he recibido mi foto, Jenkins.

Me molestaba su insistencia. Los celos me invadieron. Carajo, ¿por qué Bella quería una foto de Ash?

No entiendo por qué quieres una foto suya.

¿Qué demonios era todo eso? Decía que estaba soltera, pero ¡yo había oído alto y claro a su chico! ¿Me estaba tomando el pelo? ¿Intentaba vengarse de mí por lo que le había hecho? Si había algo que no soportaba era que la gente se burlara de mí cuando yo iba en serio. Y ella parecía haber vuelto a mi vida solo para darme falsas esperanzas.

De Bella:
Porque yo te he enviado la de Bella.

Mis dedos golpearon la pantalla mientras me sentaba en la cama de mi habitación. Empezaba a ver por dónde iban los tiros. Había estado jugando conmigo desde el principio y era ahora cuando me daba cuenta.

No sé, todo empieza a parecerme un poco raro.

No iba a poder fingir mucho más tiempo. Carajo..., debería haberlo visto venir. Ella quería que me hiciera ilusiones fingiendo ser su *roomie*. No se había cansado de repetirme que tenía posibilidades, que quería respuestas y que seguía pensando en mí, a pesar de que estaba saliendo con un chico... Y ahora quería una foto de mi primo.

Lancé el celular sobre la cama y me pasé las manos por el pelo resoplando con fuerza.

—Mierda...

Bella no era tan diferente de las demás. Todas se acercaban a mí por Ash, Isabella solo era la excepción que confirmaba la regla. Acababa de demostrármelo.

«Quiero a Ben Jenkins, no a Asher Scott.»

—Tonterías.

Mi teléfono vibró y lo miré de reojo.

De Bella:

¿Qué dices?

Resoplé molesto. Detestaba verla tomarme por tonto y hacerse la inocente. «¿Qué digo? Vas a ver qué digo.»

Por impulso, inicié una videollamada por FaceTime. No iba a poder esconderse durante mucho tiempo. Ya sabía que no iba a contestar, pero tenía toda la intención de acorralarla en su propio juego.

Estaba enojado.

«Bella, sabes muy bien cuánto odio a la gente que juega conmigo. Y aun así me estás dando falsas esperanzas. Tal vez para vengarte..., pero no me está gustando nada.»

De repente, y sin que yo me lo esperara, contestó a mi llamada.

17
Presentación oficial

BELLA

Estaba sola en mi habitación, Riley debía volver al cabo de unos minutos y yo acababa de cometer una tontería monumental. El corazón me latía con fuerza en el pecho mientras tapaba la cámara con la mano. Esperaba una llamada de Calum, pero era Ben quien me había telefoneado y yo ni siquiera me había dado cuenta, puesto que tenía prisa por hablarle a mi jefe de las vacaciones.

Lo peor era que acababa de aceptar por accidente una videollamada.

—No esperaba que fueras a responder tan rápido —comentó Ben.

«Yo tampoco, Ben... Yo tampoco.»

Unos minutos antes, estábamos hablando y algo había cambiado en sus mensajes. Había notado que... ¿Sospechaba?

—Estaba esperando una llamada importante, así que he contestado en cuanto ha sonado el teléfono —confesé cerrando los ojos.

Mierda, estaba realmente arruinada.

—¿Es normal que no te vea?

—Yo tampoco te veo —remarqué.

Solo se veía la oscuridad de la habitación en la que se encontraba.

—Ah, espera —contestó levantándose—. ¿Ahora mejor?

Mi corazón, que llevaba un rato latiendo salvajemente, se detuvo un instante. Se me cortó la respiración y la mano que tapaba la cámara empezó a temblarme, al igual que la que sujetaba el celular. No podía controlar mi labio inferior. Tener a Ben Jenkins ante mis ojos me debilitaba tanto que no pude siquiera contener las lágrimas. Las dejé resbalar por mis mejillas en silencio.

—Has... has cambiado —solté intentando mantener esa voz ridícula.

Una tenue luz exterior me permitía verlo con más nitidez. Sus cabellos de ébano parecían igual de sedosos, tenía la mandíbula aún más cuadrada que antes y habría podido reconocer el tatuaje que llevaba en el cuello entre miles: un pájaro desplegando las alas. Se veía mayor y más guapo que nunca. «Y luce terriblemente sexi con esa barba.»

—Es lo que pasa cuando maduramos —se burló mostrando sus dientes blancos perfectamente alineados.

—Sí...

—¿Por qué tú puedes verme y yo a ti no? —preguntó Ben.

Oí la puerta de casa cerrándose. Riley por fin había llegado. Era el momento de hacer que fingiera ser Vick. Sus pasos aún sonaban demasiado lejos de mi habitación. «¡Carajo, más rápido!»

—Por la sencilla razón de que...

—ISABELLA GRACE, ¿CÓMO HAS PODIDO COMERTE EL ÚLTIMO TROZO DE PASTEL? —exclamó mi *roomie* entrando en mi habitación.

Me sobresalté y se me cayó el celular al suelo.

Abrí los ojos como platos y jadeé con horror cuando me di cuenta de lo que acababa de pasar.

ME.

LLEVAN.

LOS.

MIL.

DEMONIOS.

Ella me miró sin comprender por qué reaccionaba de esa manera antes de ver mi celular en el suelo. Entonces, se llevó las manos a la boca. Riley había gritado mi nombre tan fuerte que lo habrían oído desde Alaska. Ben lo había oído, eso seguro. Benjamin Jenkins acababa de escuchar mi nombre y mi apellido.

La prodigiosa mente que había concebido el plan acababa de exponer su propia estrategia y me había delatado con ella.

—¿Isabella? —dijo él.

Riley abrió los ojos desmesuradamente cuando la voz de Ben cortó nuestro minuto de silencio.

—Carajo... —espetó.

—Sí, claro que sí... —continuó Ben, exasperado.

No era el mejor momento para reprenderla.

Eché un vistazo al celular, cuya pantalla había quedado contra el suelo. Tenía los ojos a punto de salírseme de las órbitas. No salió ni una palabra de mi boca. Estaba casi segura de que iba a sufrir un paro cardíaco en los próximos tres minutos. Carajo, estaba literalmente temblando.

—¿Hola? —insistió Ben con voz ronca—. ¿Tengo que quedarme así mucho tiempo más? Es molesto...

Soñaba con enterrarme a dos metros bajo tierra. Era una pesadilla. Me pasé la mano húmeda por el pelo, resoplando. Ya no sabía qué hacer. Esto no formaba parte del puto plan.

—¡BEN! —exclamó una voz de mujer—. ¡Ven a probar un filtro de Instagram!

—Ahora estoy ocupado, Kiara —espetó como si todo fuera normal.

Mi compañera y yo intercambiamos una mirada. No podía pensar. No sabía si era porque Riley me había delatado o porque él no había reaccionado en absoluto ante lo sucedido.

Como si ya lo supiera.

¡Mierda! ¿Y si lo había sabido desde el principio y había fingido no enterarse de nada? «Diablos, qué vergüenza.»

—¡Mira, es para saber cómo vas a morir! —exclamó la tal Kiara en tono alegre—. Y tú morirás... ¡asesinado! A mí me ha salido lo mismo —rio.

—¿Te hace gracia? Será mejor que vayas a aprenderte la letra de las canciones de Tupac, las necesitarás para cantar en su concierto mañana.

Riley no pudo reprimir una risa nerviosa.

Oímos una puerta cerrarse en casa de Ben cuando llamaron a la nuestra. Riley se fue a abrir, pero yo no me moví. «Por favor, que esto sea una pesadilla...»

No dejaban de temblarme las manos, era horrible. Empezaba a tener sofocos.

—¿Sabes? No es muy divertido que te quedes en silencio —comentó.

—Son unas exageradas —empezó Josh entrando en mi habitación—. ¿Qué pasa? ¿Ben te ha bloqueado porque cree que Vick tiene pareja?

Me golpeé la frente y Riley se echó a reír mientras Ben declaraba:

—¡Ah, vaya!

Josh tuvo exactamente la misma reacción que nosotras: se llevó las manos a la boca, dejando caer nuestra cena al suelo.

—Bella, ¿puedes contestarme?

Bella.

Me dio un vuelco el corazón al oír el apodo con el que me solía llamar, el apodo que se había inventado porque Isabella le parecía demasiado largo para memorizarlo.

Un escalofrío me recorrió todo el cuerpo. Me incliné ligeramente hacia el celular, que seguía en el suelo. Me había llamado Bella.

Riley me miró y tomó el teléfono sin darle la vuelta. Ben suspiró.

—Teniendo en cuenta que lo he arruinado todo... —dijo Riley antes de girar la pantalla hacia ella—. ¡Hola, amiguito!

—Tú no te pareces en nada a Bella —remarcó Ben.

—¿Eso crees? —preguntó ella moviendo la cabeza en todas direcciones—. De perfil podría ser, ¿no?

Sabía que estaba intentando relajar el ambiente.

—Mi Bella no tiene el pelo del mismo color que Crash Bandicoot —comentó.

«Mi Bella.» Carajo, me iba a dar un infarto.

—¿Tienes algún problema con las pelirrojas? —se ofendió mi compañera—. Mi color de pelo es más original que el tuyo...

—Y, puesto que tú no eres Bella, ¿dónde está ella?

Riley me lanzó una mirada furtiva y yo negué rápidamente con la cabeza. De momento no quería hablar con él. A decir verdad, no podía hacerlo. Ya no sabía cómo formular una frase sin tartamudear.

—Espera, me presento: soy Riley, tengo veintidós años, me gradué recientemente en Sociología, me gustan los perros y el café helado, y ¿sabes qué? Soy la *roomie* de Bella.

—Ben, veinticuatro años, para nada graduado en Sociología, acabo de adoptar un perro, y ¿sabes qué? Soy el Ben de Bella.

«Soy el Ben de Bella.»

—¡Encantada de conocerte! —contestó Riley—. Te presento a Josh.

Mi amigo lo saludó con la mano mientras yo observaba la escena, atónita. Estaban muy tranquilos a pesar de la situación. Y yo estaba que me cagaba encima.

—¡Y aquí está Bella! —exclamó mi compañera girando la pantalla del celular hacia mí.

Mi primera reacción fue lanzarle todos los cojines que tenía en la cama antes de levantarme rápidamente y arrancarle el teléfono de las manos. Aquello era una pesadilla.

Colgué y activé el modo avión antes de lanzar el cacharro al puf blanco que tenía en una esquina de la habitación. Nerviosa, me pasé una mano por el pelo mientras me dirigía al baño.

«¿Por qué voy al baño?»

Di media vuelta y me encontré en la cocina, con mis amigos pisándome los talones. Esperaban una respuesta por mi parte, algo que llenara el silencio. Estaba arruinada.

—Lo hemos...

—¡NO! —grité amenazándolos con el dedo—. No hablen.

Me paseé de un lado a otro de la estancia, con la cabeza mirando al suelo. Estaba tan agitada que no podía controlar mi mente ni mis gestos. Ni siquiera mi corazón, que estaba a punto de explotar.

—Él... parecía... Era... como si... ¿lo supiera? —balbuceé mientras seguía intentando entender por qué Ben se había mostrado impasible al oír mi nombre.

—Me he dado cuenta —respondió Riley—. Parecía demasiado relajado y nada sorprendido.

—No lo entiendo... ¿Cómo podía saberlo?

Josh se encogió de hombros y dejó la cena en la encimera. Empezó a poner la mesa.

—¿Qué? —me preguntó mientras yo lo juzgaba con la mirada—. Somos más productivos después de comer, ¿no?

Un suspiro se me escapó de los labios y me dejé caer en el suelo tratando de reflexionar... sin demasiado éxito. Ben no salía de mis pensamientos. Ben, que parecía saber que era yo desde el principio y que había estado actuando. Carajo, qué vergüenza. Durante todo este tiempo, lo había sabido.

—No hagamos un drama... ¡Miren! ¡He traído sus hamburguesas vegetarianas preferidas! —se entusiasmó Josh intentando relajar el ambiente.

No éramos vegetarianas, pero las hamburguesas de Superiority Burger eran sin duda las mejores de Nueva York.

—Vamos, Bella, ven aquí —me animó Riley con una mueca de tristeza.

Los miré a los dos. No tenía hambre. ESTABA EN LA MIERDA.

«Lo arruiné. Me va a bloquear. Y va a desaparecer. Seguro. Es Ben.»

—¿Por qué te preocupas tanto? —inquirió Josh—. ¡No parecía decepcionado ni sorprendido!

—Josh tiene razón —añadió mi *roomie*—. Ahora...

—Esto es una pesadilla —espeté—. ¡Carajo!

Iba a desaparecer.

—Para, Bella, todo irá bien —me tranquilizó Riley levantándose de la silla para sentarse en el suelo a mi lado.

Me dio un abrazo y repitió que todo iba a salir bien. Llevaba semanas y semanas haciéndome pasar por otra persona, semanas y semanas hablándole, esforzándome por poner una voz que no se parecía en nada a la mía, semanas imaginándome todo tipo de escenas sobre nuestro rencuentro en Los Ángeles...

«Carajo, Los Ángeles.»

«Carajo, ¡la llamada de Calum!»

Corrí hacia mi habitación para tomar el celular. Una vez desactivado el modo avión, me llegaron un montón de mensajes de Instagram. Se me cerró el estómago. Eran todos de Ben.

Pero seguía sin tener ninguna llamada de mi jefe. Eso no era buena señal.

De BenJenkins:
Cuando quieras hablarme desde el perfil de Bella, házmelo saber. Me voy a trabajar.
P. D.: si no contesto, querrá decir que mi primo me ha matado.

Ese era el último mensaje que me había enviado. Subí por la conversación para leer los anteriores.

No es agradable que te quedes callada y me cuelgues en las narices...

Sabía que eras tú. No quería decírtelo para evitar la reacción que estás teniendo.

Te conozco lo suficiente para saber que podrías bloquearme y no hablarme más (lo que no me apetece nada, la verdad, lol).

Nerviosa, me pasé la mano por el pelo. Se me dibujó una sonrisa en los labios, que no habían dejado de temblarme, a medida que leía y releía sus mensajes. No contesté nada. En lugar de eso, fui al baño, donde me lavé la cara para tener las ideas más claras.

Aunque le había vuelto a decir a Vick que estaba desesperado por hablar conmigo, yo ya no confiaba en él. Me prohibía hacerme falsas esperanzas porque no quería acabar cayendo luego en una depresión segura. Era vulnerable a la mera mención de su nombre.

Me di cuenta de hasta qué punto habían cambiado las cosas, hasta qué punto habíamos cambiado nosotros y hasta qué punto seguíamos siendo iguales. Me conocía, no me había olvidado, mientras que yo me preguntaba cuáles eran sus verdaderas intenciones.

Le guardaba un rencor horrible, cosa que todavía no le había demostrado. Me recordé a mí misma lo mucho que yo valía y lo que Ben me había hecho sufrir.

Además, me moría de ganas de escuchar sus explicaciones.

Me reuní con mis amigos en la cocina, quienes seguían esperando en silencio a que yo dijera algo. Probé la hamburguesa como si nada, a pesar de que ellos no dejaban de mirarme.

—¿Mejor? —preguntó Josh.

Esbocé una sonrisita antes de asentir brevemente y de darle otro bocado a la hamburguesa.

Exquisita.

—¿Te ha enviado algún mensaje? —preguntó Riley con prudencia.

—Me ha dicho... —Paré para tragar—. Que espera que le hable con el perfil de Bella y no con el de Vick.

—¡Perfecto! —exclamó mi amiga—. ¿Has visto? ¡No se va a ninguna parte!

Resoplé, llena de dudas. De momento era incapaz de confiar en él.

—Bueno, creo que necesitamos relajarnos —soltó ella alegremente—. OK, Google, pon *Location*, de Khalid.

Una sonrisa asomó a mis labios. Cuando empezó a sonar la

música, Riley se balanceó en la silla y Josh la siguió chasqueando los dedos al ritmo de la canción.

Ante aquel espectáculo, no pude evitar derramar una lágrima. Los quería, los quería muchísimo. Me sequé la mejilla y empecé a bailar en la silla con ellos, comiéndome la hamburguesa y riéndome de los extraños movimientos de Riley.

Pronto iba a saber por qué Ben había desaparecido. Como protagonista de mi propia historia, estaba decidida a conseguir todas las respuestas que buscaba...

—Aún tienes intención de ir a Los Ángeles, ¿verdad? —me preguntó Riley bebiendo un trago de su bebida.

—OK, Google, pon *Body Talks*, de The Struts —pidió Josh—. Claro que irá.

—¿Verdad? ¿Irás? —quiso asegurarse Riley—. Bueno, si Calum acepta...

«Esta canción...»

Al oírla, el demonio sediento de venganza que había en mí remplazó al ángel. También se apoderó de mi mente. Una sonrisita me curvó la comisura de los labios mientras ciertas ideas traviesas empezaron a pintar escenarios diabólicos en mi cabeza.

—Por supuesto.

18
¿Y si...?

BEN

Kiara hizo una mueca mientras Asher le gritaba por teléfono. Tragué saliva. Estábamos arruinados y todo por culpa de un perro.

—¡Fue idea de Ben!

Me levanté de un salto y le clavé una mirada asesina mientras ella se aguantaba la risa al verme entrar en pánico.

Kiara resopló por fin, señal de que acababa de colgarle.

—¿Llega tarde? —me preguntó a continuación.

Estábamos esperando la llegada de Sabrina. Era su última noche con nosotros. Tenía que firmar su carta de dimisión y otros papeles relacionados con la seguridad de la red. Ash la había despedido tras descubrir que seguía viéndose con Isobel pese a todo lo que había pasado. Pensaba que ya no encajaba nada con nosotros, cosa con la que yo estaba de acuerdo. No me importaba mucho que se fuera. Era simpática y una negociadora bastante buena. Sin embargo, no necesitábamos cautivas buenas, sino cautivas leales.

Revisé de nuevo mis notificaciones esperando encontrarme un mensaje de Bella, pero nada, y la verdad es que no me sorprendió. Su *roomie*, Riley-Tengo-Veintidós-Años, la había delatado la noche anterior. Era exactamente la reacción que esperaba: silencio absoluto.

Ash tenía razón, desde el principio.

No obstante, deseaba de todo corazón que no anulara su viaje a Los Ángeles. Podía ignorarme tanto como quisiera, pero estaba decidido a volver a verla. Incluso tenía planeado hacer alguna locura para conseguirlo.

—Buenas noches —dijo una voz de mujer entrando en la habitación.

Era Sabrina.

—Toma —empezó Kiara ofreciéndole unos documentos y una pluma.

Me lanzó una mirada. En respuesta, me encogí de hombros. Luego leí los mensajes que me había enviado Ash mientras gritaba al teléfono, señal de que en verdad no le importaba una mierda lo que Kiara pudiera decirle.

> Sabes que no me gustan los perros.
>
> Te voy a matar, Ben.
>
> Puedes despedirte de toda esperanza
> de reunirte con Grace, no te voy a dar
> NI UN DÍA LIBRE.

A continuación, un nuevo mensaje interrumpía sus amenazas:

> Estoy llegando.

Suspiré y observé a Sabrina, concentrada en los papeles que estaba firmando bajo la mirada severa de Kiara. La bruja nunca la había acabado de tragar.

—¿Qué más tengo que firmar? —preguntó Sabrina con un tono arrogante.

—Los documentos de confidencialidad —respondió Kiara cruzándose de brazos.

—Ni que fuera a divulgar información. —Sabrina soltó una carcajada que sonó falsa y levantó la mirada hacia mí. —Firma.

El tono áspero de la bruja me provocó una sonrisa. Ya no se limitaba a la hora de mostrarle que no la soportaba.

Eran las cuatro y media de la madrugada. Tenía sueño acumulado y ganas de volver a casa porque, a las dos de la tarde, tenía una reunión con Ash y los miembros de nuestra familia. Qué divertido.

—Ya está —anunció Sabrina mientras dejaba la pluma sobre la mesa—. Soy oficialmente la excautiva de Ben.

—¡Qué trayectoria profesional tan fulgurante! —solté entre risas—. Buena suerte a partir de ahora.

Kiara puso los ojos en blanco mientras recogía los documentos esparcidos por la mesa. Sabrina tomó su bolso y se dio la vuelta. Salió de la habitación sin decir una palabra. Cuando la puerta se cerró, Kiara se dejó caer en una silla con un largo suspiro. Por fin había acabado el día.

—Yo me voy a mi casa —anuncié poniéndome de pie—. ¿Quieres que te lleve?

—Gracias pero no hace falta, he traído el coche —dijo cerrando los ojos—. Todavía tengo cosas que revisar.

—¿Las cuentas? —pregunté estirándome.

Asintió.

—¿Vas a ir mañana? A la reunión, quiero decir.

Asentí también. Tras despedirme con un último gesto de la mano, salí del edificio acelerando el paso. Cuando llegué al coche, arranqué al instante. Ahora que el trabajo ya no ocupaba espacio en mi mente, era el turno de Bella para atormentarme con su silencio, que me angustiaba más de lo que me atrevía a admitir.

Odiaba que no me respondiera, pero no podía culparla porque yo había hecho lo mismo durante varios meses antes de abandonarla sin ninguna explicación.

Ni siquiera sabía cómo iba a justificarme por haber cortado los lazos con ella. No sabía cómo reaccionaría si decidía contarle todo. Aunque me moría de ganas de decirle la verdad.

Necesitaba explicarme. Hacía años que vivía con la culpa de haberme portado mal con la única persona que me trataba como el «Ben» que me gustaría que todo el mundo viera. No la merecía. Era demasiado perfecta para mí.

No entendía por qué me buscaba. A pesar de todos mis errores, se había aferrado a nuestra historia sin que yo hiciera nada más que ser yo mismo. Y por eso yo, el gran, el único, el más gracioso, el mismísimo Ben Jenkins, estaba dispuesto a hacer cualquier cosa por recuperarla, aunque tuviera que esperar años hasta que me dijera que sí.

«Te lo prometo, Bella...»

Dos menos cuarto. Ash y yo estábamos perdiendo el tiempo en su despacho. Él estaba revisando los papeles que iba a presentar a la familia mientras yo le contaba lo que había pasado con Bella.

—Y entonces su compañera de piso, Riley, empezó a hablar conmigo —le expliqué viéndolo fruncir el ceño mientras escribía notas—, pero Bella no dijo nada.

—Qué sorpresa... —resopló con sarcasmo—. ¿Y luego?

—Bueno..., luego me colgó. Intenté llamarla de nuevo, pero creo que apagó el teléfono.

—Hum, ¿conseguiste hablar con los italianos? —preguntó Ash cambiando de tema.

—Sí, quieren dos millones en efectivo.

—Hecho. ¿Y luego?

—No me ha dirigido la palabra desde entonces —terminé encogiéndome de hombros.

Dio un sorbo a su whisky y me miró. Su pequeña sonrisa burlona me dio ganas de estrangularlo.

—Si hay algo que me gusta oír es...

—¿La dulce voz de Ella? —sugerí para provocarlo.

—Más bien la tuya cuando me dices «tenías razón».

—Eres tan molesto —repliqué levantándome del sofá, que estaba frente al escritorio—. Hablando de Ella, veo que las cosas se han calmado entre ustedes...

Sonreí cuando apartó la mirada y carraspeó.

—¿A qué te refieres? —repuso volviendo a concentrarse en sus documentos.

—No sé... Durante la reunión de ayer... capté miradas... por parte de ambos...

—No —me interrumpió—. Bueno, vamos a llegar tarde.

Esbocé una sonrisa triunfante. Parecía que el gran Scott quería evitar aquella conversación. Tras guardar los documentos, me cedió el paso. Seguí mirándolo fijamente con la misma sonrisa mientras pasaba delante de él, lo que hizo que pusiera los ojos en blanco.

—Vamos —resopló.

Bajamos a la enorme sala de reuniones donde estaban reunidos los miembros de la familia Scott que formaban parte de la junta. Me moría de ganas.

—Hola, mi querida familia —dije sarcásticamente mientras abría la puerta de par en par.

Me encontré cara a cara con todos los imbéciles que conformaban la dinastía Scott.

—Ash —lo interpeló uno de ellos mientras este cerraba la

puerta tras de mí—, ¿puedo preguntar por qué nos has convocado?

—¿Qué es tan urgente como para que tenga que faltar a mis compromisos? —preguntó Shawn enojado.

Él también estaba allí. Y seguía siendo igual de imbécil.

—Siéntense —ordenó secamente mi primo mientras dejaba los documentos sobre la mesa.

Los miró uno a uno. Había unas diez personas alrededor de la gran mesa. Entre ellos, mi madre, Rick, Hector y nuestro tío Richard Scott. Y su hijo Shawn, que nos estaba dedicando su preciado tiempo, sentado justo al lado de Sienna, nuestra querida prima e hija de Hector.

Un buen grupo de hijos de puta.

Ocupé mi lugar mientras Ash permanecía de pie. Con los puños sobre la mesa, los miraba fijamente sin decir una palabra. «Y como siempre digo... ¡Que empiece el espectáculo!»

—Bueno —soltó de repente—. Respondiendo a tu pregunta, Richard, están aquí por una razón muy concreta, y si invertir una hora de su tiempo en hacer algo que no sea emborracharse les molesta, entonces la puerta está abierta. Y el banco se cierra.

«Un comienzo muy suave.»

Richard levantó los brazos con aire de inocencia y después los cruzó, esperando el resto.

—Hablando del tema, desde hace algún tiempo desaparece dinero de mis cuentas principales —explicó mi primo—, no tanto como para que mis contadores me lo notifiquen, pero sí el suficiente como para que no me pase desapercibido.

Me entregó unos documentos que repartí entre los demás. Hojearon las páginas en silencio.

—Veinte mil dólares desaparecieron la primera vez. Luego, como pueden observar, catorce mil... en tres ocasiones y bajo el concepto, y cito textualmente, «organización fiesta».

—Los contadores te avisan cuando son más de quince mil dólares —dijo Hector mientras dejaba los papeles sobre la mesa tras haberlos leído—. ¿No te hablaron de los veinte mil dólares?

Ash rio entre dientes.

—Información adicional: los veinte mil dólares no llevaban ni un día en la cuenta y ya habían desaparecido. Kiara y Ally, la cautiva de Rick, ingresaron el dinero poco después de que los contadores se fueran a casa.

—Quizá alguna de ellas se ha quedado el dinero —especuló el tío Richard mirando a los demás.

Ash se detuvo y levantó la cabeza despacio hacia mi tío. Se cruzó de brazos y miró fijamente a Richard sin decir una palabra, animando a este a seguir con sus estupideces.

—¿Qué pasa? Es verdad, no podemos estar completamente seguros de que realmente ingresaran el dinero.

—Ally y Kiara nunca tocarían el dinero de la red —las defendí—. Es imposible.

—Eso es lo que pensábamos de Isobel —contestó Richard mirándome fijamente.

No quise ni mirar a Ash, era consciente de que me estaba fulminando con la mirada. Rápidamente me di cuenta de que estaba en lo cierto.

—Pero si aseguran que no han sido ellas... —suspiró Richard encogiéndose de hombros.

—¿Y qué problema hay con los catorce mil dólares? —inquirió mi madre con el ceño fruncido.

Sin apartar la mirada de nuestro tío, Ash respondió:

—Ya teníamos cincuenta mil dólares para la fiesta que habíamos sacado de las cuentas de Londres.

—¿Qué dicen los contadores? —preguntó uno de mis primos.

—Dicen que son órdenes que recibieron de la familia, de más arriba —le informó Ash—, aunque de más arriba solo puedo ser yo.

Fruncí el ceño. Nunca habíamos hablado con los contadores de esto, ¿no? Y nunca habían dicho que hubiera sido la familia, ¿no? Pero...

Los estaba engañando, por supuesto que sí.

Si se daban cuenta de que no estaba seguro de lo que decía, podrían mentir fácilmente.

—Nunca me ha molestado que tomen dinero de las cuentas de la empresa, ya que es tan suya como mía, por mucho que les pese a los tacaños de Manhattan.

«Bum. Eso va dedicado a Shawn, que odia que la familia tome dinero de la Scott's Holding Company.»

—Pero... hablemos claro: lo que me molesta, por si lo han olvidado, es que me lo oculten.

Empezó a rodear la mesa lentamente, aumentando así la presión sobre la persona que hubiera robado el dinero de las cuentas sin dejar rastro.

—Que se levanten los que no sabían que recibía notificaciones de mis contadores, por favor —ordenó la voz de Ash.

Cuatro de mis primos se levantaron de sus sillas. Era cierto que no sabían nada. Todos alrededor de esa mesa estaban al corriente, excepto ellos. Ash lo sabía desde el principio. En realidad, yo no entendía por qué los había hecho venir.

—Bien, pueden marcharse —les informó mi primo.

Salieron de la reunión sin decir una palabra y cerraron la puerta tras de sí.

—Solo quedan ustedes —afirmó Ash mirando fijamente a cada uno de ellos—, mi adorable familia...

El sarcasmo era su segunda lengua.

—Tío Rick, puedes marcharte.

Este abandonó también la habitación.

Estaba jugando al juego de la presión.

—Tía Gemma —dijo mi primo—. Tú también puedes salir.

—¿Hay alguna razón por la que los dejas irse? —preguntó mi tío Hector irritado.

—Sí.

Mi madre le guiñó un ojo a su hermano. Ella había estado fuera todas las veces que el dinero había desaparecido, así que era imposible que hubiera metido mano en las cuentas.

En cuanto a Shawn... tenía terminantemente prohibido tocar el dinero de la red.

—Ahora que estamos en confianza —dijo Ash mientras se acercaba a su silla—, los escucho.

Hector se echó a reír y giró la cabeza hacia Sienna, que se encogió de hombros.

—¡Esto es absurdo! —replicó—. Siempre aviso cuando voy a tomar dinero.

Cuatro puntos para Hector.

—¡Yo también! —agregó Sienna con voz molesta—. Además, hace meses que no toco las cuentas.

Ash estaba quieto mirándolos fijamente sin decir una palabra mientras yo los veía buscar excusas para salir de la habitación como los perfectos inocentes que tal vez eran.

—Ash, sé que eres... lo suficientemente inteligente como para saber que me han prohibido tocar las cuentas de la red, ¿me equivoco?

Ese era Shawn. Con su traje de tres piezas y su reloj de un millón de dólares. Me dieron ganas de suicidarme al oír su tono arrogante.

—Es cierto, Shawn, pero mi inteligencia también me dice esto: que no te lo permitan no significa que no lo intentes de todos modos.

«Toma, en tu cara, ricachón de mierda. Imbécil.»

—Y sé que lo prohibido te atrae, ¿no, Shawn? —añadió mi primo.

Kiara nos había contado lo que había hecho con su secretaria. «Vaya, qué sorpresa, de verdad que no me lo esperaba...»

—¿Sospechas de mí, Ash? —preguntó Shawn enderezando el torso.

La tensión iba en aumento entre los dos, quienes llevaban compitiendo entre ellos desde que sabían hacer castillos de arena. Una rivalidad que había surgido por culpa de la familia, que los había colocado a la cabeza de las dos empresas.

—Si estás aquí es por una razón —terminó Ash sin apartar los ojos de él.

—Fui yo.

Volteé hacia la voz que había pronunciado esas palabras. Tío Richard. Miró a su hijo con una mueca y luego volteó hacia Ash. Una pequeña sonrisa apareció en los labios de mi primo, una sonrisa cuya razón se me escapaba.

—Explícate... —resopló Hector.

—He... vuelto al juego.

Cerré los ojos y me pellizqué el puente de la nariz. Maldita sea, había vuelto a las andadas. Mi tío solía apostar en el casino y a menudo perdía grandes sumas de dinero. Había dejado de hacerlo porque se estaba enganchando demasiado. Y endeudando.

Shawn parecía tan sorprendido como nosotros:

—Sabía que todos me iban a echar bronca por haber vuelto, pero...

—Pero ¿qué, papá? —replicó Shawn.

—Solo era una noche de fiesta en Las Vegas con unos viejos amigos y aposté..., luego otra vez... y otra vez.

—Y otra vez, lo hemos entendido —interrumpió Sienna.

Sacudí la cabeza. Esa situación me exasperaba. «Las otras redes tienen bandas enemigas... Nosotros tenemos a Richard Scott. Carajo.»

—No te preocupes, Ash. No volverá a pasar —lo tranquilizó mi tío.

—La reunión ha terminado —anunció este sosteniendo un paquete de cigarros en la mano.

Todos se levantaron. El sonido del bastón de Hector me molestó tanto como la voz de Sienna, que murmuraba cosas incomprensibles.

—Esto es agotador —declaró Shawn antes de salir de la habitación seguido por los otros tres.

La puerta se cerró de golpe y me volteé hacia Ash.

—Tenía que ser más listo que esta bola de cabrones —soltó sonriendo.

—No he dicho nada —dije devolviéndole la sonrisa antes de tomar un cigarro de su paquete—, pero deberías haberme avisado.

—Quería que Rick y tú se sorprendieran. Solo creen que no voy a engañar cuando investigo por mi cuenta.

—Como hiciste con Isobel.

—Además, ese hijo de puta...

—Yo también lo he escuchado. No entiendo cómo ha podido volver a caer en el juego.

Ash sacudió la cabeza harto de las estupideces de nuestro tío, luego se levantó.

—Tengo que irme, probablemente Abby no tardará en llegar.

Su hermana iba a pasar la noche en su casa antes de partir

al día siguiente hacia Grecia. Como siempre que había una pausa, mis pensamientos volvieron a Bella. Saqué mi celular del bolsillo y descubrí, como era de esperar, que no había recibido ningún mensaje suyo. Nada en absoluto. Decidí llamarla de todos modos, pero, como esperaba, no apareció nadie al otro lado.

19
Sabrina

BELLA

—Buenos días, Isabella —dijo mi madre desde el altavoz de mi celular mientras me maquillaba.

—Hola —saludé peleándome con el segundo delineado que intentaba no arruinar.

—Te has despertado temprano hoy —comentó—. Yo no he podido pegar ojo por culpa de la migraña.

—Sí, tengo cosas que hacer —mentí girando la cabeza para comprobar que el delineado estuviera decente—. Deberías dormir, mamá, allí son casi las dos.

Mis padres no sabían que trabajaba. Opinaban que no tenía por qué hacerlo; me enviaban dinero todos los meses y creían que con eso bastaba para satisfacer por completo mis necesidades. Lo que era totalmente cierto. Sin embargo, quería ser independiente. Ganar mi propio dinero y no esperar a que Thomas Grace lo ingresara en mi cuenta.

Si se enteraban de que trabajaba, me llamarían incluso con más frecuencia que ahora. Y no tenía ganas ni necesidad de hablar con mi madre más de doce veces al día.

—¿No has cambiado de opinión? —me preguntó con respecto al viaje.

—Iré la semana que se van y me marcharé una semana después de que hayan vuelto —expliqué—. Así me quedaré una semana con la abuela y una con ustedes.

Había tenido suerte porque el día anterior Calum había aceptado darme las vacaciones que le había pedido. No sin quejarse, pero saber que Josh me remplazaría había ayudado a convencerlo.

—No sé...

—¿Qué no sabes? —repuse deteniendo todo lo que estaba haciendo.

—A tu padre y a mí nos gustaría muchísimo que estuvieras con nosotros en un lugar más paradisiaco... Nos permitirá cargar las pilas fuera de la ciudad, Isabella.

—Sí, pero yo no quiero «recargar pilas» en Bali. Lo único que quiero es volver a California para ver a la abuela y a mis antiguos conocidos.

El antiguo conocido era Ben, pero mi madre nunca había oído hablar de él. No teníamos una relación tan estrecha como para hablarle del chico del que estaba enamorada, sin olvidar que me daba pereza oír sus discursos sobre la psicología de los hombres y el apego. Una pereza monumental.

—¿De verdad es lo que quieres? —inquirió—. Sabes que puedes ver a tu abuela al volver de Bali...

—No creo que vaya a cambiar de opinión, mamá —repliqué cansada de su insistencia.

Ella suspiró y se me dibujó una sonrisa de satisfacción en los labios. Había ganado contra la imbatible Lily Grace.

—Si es lo que quieres, en ese caso no me opondré —resopló—. Tengo que dejarte. Llámame cuando vuelvas.

—Por supuesto.

«Cuenta con ello.»

Colgó. Me di prisa porque ya llegaba tarde. «Mierda, ¿dónde he dejado el rubor?»

—¿Estás lista? —preguntó Riley.

Asentí arreglándome el pelo por última vez. ¡Vamos por esos clientes exigentes y con prisas!

Ataviadas con nuestros abrigos, nos enfrentamos al frío y la oscuridad. La acera, mojada por una mezcla de nieve y lluvia, hacía resbalar a más de un peatón, lo que debo confesar que me hacía gracia.

Nuestros pasos nos llevaron rápidamente hasta la cafetería, que todavía estaba vacía. Riley abrió la puerta y nos apresuramos a entrar para escapar del frío, que nos calaba los huesos. Encendí la luz y me instalé detrás del mostrador. Eran las cinco de la mañana. Los clientes llegarían al cabo de una hora. Perfecto.

—Bueno, ¡vamos allá! —se motivó Riley.

Riley preparó los pasteles mientras yo me encargaba del café. Se me llenaron las fosas nasales con el agradable aroma de los granos que estaba moliendo la ruidosa máquina...

—¿Has tenido noticias de Ben? —quiso saber mi amiga.

—Sí, pero no he contestado a ninguno de sus mensajes.

—Eres desesperante, Isabella —espetó desde la cocina—. ¿Cuánto tiempo vas a seguir así? ¿Crees que esperará mucho antes de cansarse?

No contesté nada y seguí trabajando. Sabía que debía hablarle, pero me preocupaba lo que nos diríamos. Lo que estaba claro era que debíamos hablar antes de que me fuera a Los Ángeles. Solo me faltaba un poco de coraje.

Además, me gustaba hacerlo esperar como había hecho él conmigo durante cuatro años y medio. Sí, estaba siendo horrible con él, pero se lo merecía.

Un cuarto de hora después llegaría nuestro cliente habitual de las seis. Empezábamos a sabernos sus costumbres de memoria.

—¡Ya! —exclamó de repente mi compañera.

—Ya ¿qué?

—Que le envíes un mensaje a Ben ya.

Abrí los ojos como platos y negué con la cabeza.

—¡No era una pregunta! —afirmó lanzándome su mirada más oscura—. Al menos, escríbele uno.

Revisé el celular con una mueca. Ben me había dejado cientos de mensajes a los que yo no había contestado.

Para Ben Jenkins:
Hablamos esta noche.

Cuando se abrió la puerta, levanté la cabeza para recibir al primer cliente del día. Al final del turno, sería por fin libre para irme a Los Ángeles. Tenía que hacer las maletas, ya tenía el boleto preparado.

Y yo también lo estaba.

Me había sentado sobre una maleta intentando cerrarla mientras Riley me escribía en un papel todo lo que debía decirle o no a Ben cuando lo viera. El vuelo salía la mañana siguiente y llegaría seguramente sobre las cuatro de la tarde.

—¿Me escuchas cuando te hablo?

Asentí.

—Repite conmigo: «No huiré de Ben» —insistió mi amiga con el dedo índice levantado.

—No huiré de Ben —suspiré poco convencida—. Tengo ganas de ver a mi abuela.

—También tienes ganas de ver a Ben. ¡Repite!

—No huiré de Ben.

Una vez cerradas las maletas, Riley se levantó de la cama, dobló el papel y lo metió en mi bolsa de viaje.

—Me marcho enseguida. No me esperes para cenar, acabaré sobre las once.

Hice una mueca. Lo de ser niñera no era lo mío. Se despidió de mí antes de salir del departamento dejándome sola con un *reality show*, un producto puramente estadounidense, de fondo, y con mi celular, con el que iba a llamar a Ben.

—Bueno, va —me motivé a mí misma—. Ahora eres tú la que manda. Eres tú la que va a decidirlo todo, Bella.

«Sí, me hablo a mí misma para armarme de coraje.»

Desbloqueé el teléfono y toqué el ícono de FaceTime. «Tú y yo solos, Jenkins.»

Mientras sonaban los tonos de la llamada, preparaba la cena para hacer algo que no fuera mirar fijamente el celular insultando los segundos que pasaban mientras llamaba al imbécil de mi ex, del que seguía enamorada. Aunque, técnicamente, nunca habíamos estado juntos.

—¿Hola?

La voz de Ben llenó toda la estancia. Se me formó un fuerte nudo en el estómago y se me cortó la respiración, como todas las veces.

—Sí —dije acercándome al celular, que había dejado en la isla central.

—No sé ni qué decir —rio él con nerviosismo—. ¿Qué tal?

«¿Qué tal?» Yo me contenía para evitar echárselo todo en cara y él parecía haber perdido la confianza.

—Muy bien, ¿y tú?

—Para serte sincero, creía... que ibas a bloquearme.

—Yo también lo creía.

«Es mentira. Ja, ja.»

—Por suerte, no lo has hecho.

—¿Por qué?

—Porque me habría resultado más difícil volver a encontrarte.

—Ah, ¿ahora quieres encontrarme? —solté sin poder evitarlo.

Esta vez, el hecho de ser yo misma y no Vick impregnó mis palabras con el resentimiento que sentía hacia él.

—Siempre he querido volver a verte, Bella —confesó con dulzura—. Es decir..., siempre he tenido ganas, pero nunca los huevos necesarios.

Negué con la cabeza y puse los ojos en blanco. Quedaba claro que siempre tenía que ser yo quien diera el primer paso. Había sido así desde el principio de nuestra relación. Y me había hartado de hacerlo.

—¿Sigues teniendo intención de venir a California?

—Sí, tomo el vuelo mañana por la mañana —suspiré.

—¿Aceptarías verme?

«Sí, imbécil.»

—No lo sé —mentí—. No creo que sea buena...

—Es la peor de las ideas, pero me importa una mierda, Bella.

Me dio un vuelco el corazón ante la determinación que transmitían sus palabras. Quería que nos viéramos, y no se lo estaba diciendo a Vick. Me lo decía a mí. «Cuánto odio amarte, Ben Jenkins...»

—Si tengo que llevarte conmigo a la fuerza...

—Eso es secuestro, Jenkins —le recordé.

—Nunca he ocultado mi deseo de tenerte a mi lado, Grace —soltó con aire travieso.

Su frase me arrancó una carcajada que camuflé con un carraspeo.

—¿Sabes ya quién irá a buscarte al aeropuerto?

—Seguramente tomaré un Uber —le dije contemplando por la ventana de la cocina la ciudad que iba a dejar a la mañana siguiente.

—¿Puedo ir yo por ti? Ya sabes que los Uber...

—No, prefiero a un desconocido.

Soltó un largo suspiro y declaró:

—Será más difícil de lo que pensaba... ¿Qué es eso? Espera.

Fruncí el ceño. ¿A qué debía esperar?

—Buenos días, señora, ¿se ha perdido? Debe de haberse equivocado, no vive nadie por aquí cerca.

No me hablaba a mí, había una voz lejana... ¿de mujer?

—Muy bien, que tenga... ¡un buen final del día!

Oí que cerraba la ventanilla del coche. A continuación, me confió con escepticismo:

—Okey, eso... ha sido muy raro.

—¿Qué te ha asustado?

—Una vieja que decía que estaba buscando la casa de su hijo, pero aquí no vive nadie. Aterrador.

No contesté nada, me quedé ahí mirando fijamente el celular sonriendo como una tonta. Algunas cosas no habían cambiado, como su capacidad para admitir que estaba asustado en lugar de hacer de macho que no tenía miedo de nada. Creo que me enamoré de ese idiota por todas esas pequeñas muestras de sinceridad.

Siempre se había mostrado como realmente era, sin tener en cuenta la mirada de los demás. Y había sido así desde hacía mucho tiempo.

—¿Puedo volver a llamarte después? —me preguntó de repente.

—Eh..., okey —contesté frunciendo el ceño.

El tono de su voz había cambiado, era extraño. Su comportamiento era muy raro.

BEN

Miré fijamente el mensaje de Asher mientras intentaba comprenderlo.

> Llama a Richard y pregúntale
> qué cantidad sacó de las cuentas.

Lo había intentado varias veces, pero Richard no contestaba. Así que había decidido dejarle un mensaje.

Estaba ahora a pocos metros de la casa de mi primo, donde me esperaban Kiara y Ella. Ash había encontrado un puto chip GPS dentro del cachorro, que venía conmigo en el coche. Esperaba que el rastreador no hubiera puesto en peligro la vida de las chicas, aunque el perro no estaba destinado a Ash en primer lugar. Estaba destinado a quienes lo rodeaban.

Liam había jurado que él no sabía nada, que se lo había dado una amiga. Supuse que esa amiga sería Isobel. Liam frecuentaba los mismos ambientes que esa zorra. Para ella había sido fácil ejecutar el plan, pero las posibilidades de que el cachorro acabara en casa de Ash eran casi inexistentes. «Mi astucia nunca igualará a la de esta cabrona que ha conseguido llevar a cabo su plan a pesar de que no podía anticipar todas las posibilidades.»

Me sonó el celular. Era Ash.

—¿Y bien?

—No lo sé, no me ha contestado —informé—. ¿Por qué quieres saberlo?

—Te lo diré en cuanto tenga la confirmación —replicó muy serio.

En ese momento, Richard respondió a mi mensaje:

Perdóname, Benjamin, estaba ocupado.

He tomado sesenta y dos mil dólares.

—Se llevó sesenta y dos mil, lo que corresponde al monto de los retiros, por cierto. Eres tonto, ¿no lo has leído?

Ash no pronunció palabra. En lugar de eso, oí un largo suspiro seguido de una risita. Cuando Ash reía después de un silencio, no significaba nada bueno.

Bueno, el tonto era yo.

—¿Cuál es el problema? —espeté poniendo los ojos en blanco mientras me estacionaba en su garaje.

—No eché a Sabrina solo porque fuera amiguita de mi ex. También la eché porque había robado dinero y lo había ocultado con el nombre de «organización fiesta».

Estuvieron a punto de salírseme los ojos de las órbitas al oír la información que Ash me había ocultado. «Espera..., ¿qué?» Si Sabrina había robado los cuarenta y dos mil, eso quería decir que... era imposible que Richard llegara a los sesenta y dos mil.

—Sí, Richard miente —continuó Ash cuando estuvo seguro de que había comprendido—. Lo sospechaba. Simplemente quería oírlo culparse a sí mismo por algo que no había hecho.

—Quieres decir que...

—O bien Richard está encubriendo a alguien, o se está llevando mucho más dinero —terminó—. Quiero que hagas como si no supieras nada y que no le cuentes a nadie el segundo motivo del despido de Sabrina —me ordenó mi primo—. Aclararé toda esta historia cuando haya arreglado mis cuentas con William.

Asentí. Ahora teníamos un nuevo problema que gestionar. Solo esperaba que Richard no estuviera encubriendo a la única persona que nos estaba fastidiando y a quien queríamos matar: William.

20
Jaque mate

BEN

—¡Ey! —exclamé cuando oí que contestaba a mi llamada.

Eran las ocho de la tarde pasadas. Me ocupaba del papeleo de mi primo mientras él estaba fuera. Ash debía volver ese mismo día, lo cual me venía realmente genial porque necesitaba consultarle algunas cosas y, sobre todo, porque Rick me sacaba de mis casillas. Estaba harto de ser como Ash, quería seguir siendo el vago de Ben. Carajo, quería poder ir a ver a Bella, pero las misiones que Ash me había confiado me retenían en casa. Y el problema era que no podía explicarme.

—Hola —resopló en tono neutro.

Lo que más me frustraba era no saber cómo se sentía, porque al oírla hablar parecía que yo le importaba una mierda.

—No... no has contestado a mis mensajes —comenté—. ¿Has llegado bien?

—Sí, ya estoy en casa. No he tenido tiempo —me explicó—, he ido a ver a mi abuela nada más llegar. No pensé que te darías cuenta, parecías ocupado.

Arqueé una ceja. ¿Me estaba reprochando haberle colgado antes?

—¿Qué tal el viaje?

—Bien —dijo en el mismo tono monótono—, pero sigo odiando las turbulencias.

—¿Crees que *Destino final* tiene la culpa? —le pregunté acordándome de la película que había visto en la escuela y que la había traumatizado.

—*Destino final* también me provocó fobia a las cabinas de rayos UV —me confesó—. Solo de pensarlo me entran escalofríos.

—En eso estamos de acuerdo —exclamé—. Kiara quiso probarlo una vez a pesar de haber visto la película, nunca lo entendí.

Tras un silencio de unos segundos, me interrogó:

—Kiara... ¿es tu ex?

No pude contenerme y solté una carcajada ante aquella pregunta tan estúpida. Al mismo tiempo, el sujeto en cuestión irrumpió en la habitación con un montón de papeles.

—Señor Scott, bueno..., su copia barata, aquí tiene.

Ahogué la risa mientras Bella me repetía que me callara. Sabía que sus mejillas estaban rojas, no le gustaba que me burlara de ella.

—¿Por qué vuelves a reírte a carcajadas? —me preguntó Kiara cruzándose de brazos.

—No es asunto tuyo, exnovia.

Kiara se atragantó con la saliva y puso cara de asco.

—¿Yo, tu ex? Pero ¡si estás completamente trastornado! Si quieres poner celosa a una chica no será conmigo, pedazo de imbécil —soltó antes de darse la vuelta y salir del despacho.

El día anterior, Ella y Kiara me habían aconsejado que, con toda la mierda que había en nuestras vidas, me mantuviera alejado de Bella, pero no les había dicho que ya llevaba unos meses hablando con ella. ¿Les iba a hacer caso?

«Ja, ja, no.»

—¿Ves? —le dije a Bella, que se había reído.

—Pensaba que... Bueno, la última vez... estaban hablando de adopción y...

—Un perro —la informé sonriendo—. Era un cachorro que quería adoptar.

—Ah...

Una sonrisa curvó las comisuras de mis labios. Podía fingir indiferencia, pero prestaba atención a los más pequeños detalles. Incluso cuando estaba metida en el papel de Vick, lo único que hacía era ponerme a prueba.

—Te recordaba más lista, Grace —dije, divertido.

—Cállate —resopló ella—. Mis padres no han dejado nada en el refrigerador. Genial.

Casi me había olvidado de sus padres. Thomas Grace.

—¿Quieres que vayamos juntos a hacer la compra? —pregunté con picardía, aunque iba muy en serio.

—No es una de tus mejores ideas —respondió.

—Pero veo que no has dicho que no.

—Ha sido un no indirecto.

De repente, recibí una llamada de Ash. Era extraño que me telefoneara, tenía que responder. «Justo cuando estaba llegando a algo con Bella.»

—Tengo que irme, hablamos más tarde para nuestra «cita».

Se sorprendió. Colgué antes de poder oírla quejarse. «No pararé hasta que aceptes, Isabella Grace.»

—Oye, rápido, dile a Cole que venga a mi casa, estoy herido —gimió mi primo antes de colgarme.

El corazón me dio un vuelco y me levanté. ¿Cómo? ¿Herido? Mis sentidos se alarmaron. Busqué rápidamente el número del médico.

—Cole, Ash está en su casa, está herido.

—Estoy a unos minutos, voy enseguida —anunció rápidamente.

Nervioso, me pasé la mano por el pelo. Al intentar llamar a Ash, este no contestó. Probé con Ella, pero ocurrió lo mismo, lo que me preocupó aún más.

La puerta se abrió y Kiara volvió a entrar con unos documentos y una sonrisa diabólica. Una sonrisa que desapareció en cuanto vio mi expresión.

—Ash está herido —declaré.

Abrió los ojos como platos y dejó caer al suelo los papeles que había traído.

—¿Cómo que herido? ¿Alguien ha llamado a Cole? ¿Qué le ha pasado?

—No sé nada más, Kiara —la interrumpí antes de que pudiera hacerme mil preguntas para las que no tenía respuesta.

La puerta se abrió de nuevo y entró Rick. Parecía al corriente, ya que estaba tan agitado como nosotros.

—Uno de los dos tiene que quedarse con...

—Kiara se queda —me anticipé.

Me fulminó con la mirada negando con la cabeza.

—¡Es mi primo! —añadí.

—¡Y es mi mejor amigo! —replicó.

—Ben se va —informó Rick—. Acabo de enviar a unos hombres a registrar los alrededores. Kiara, tienes que quedarte a trabajar con Ally y conmigo.

Ella murmuró algunas cosas incomprensibles antes de asentir. En realidad, no tenía elección. Carajo, todo iba demasiado rápido.

Las once de la noche. Estábamos los dos en el salón, más tranquilos que unas horas antes. William había conseguido infiltrarse en el perímetro de Ash. Había sacado a una puta asesina de un hospital psiquiátrico y la había enviado a su casa, donde estaba Ella.

La cautiva de mi primo dormía. Todo lo sucedido la había agotado. En cuanto a nosotros... Bueno, estábamos jugando a un juego que yo odiaba porque era un terrible perdedor: el ajedrez.

—No entiendo por qué vuelve ahora que han pasado dos años —murmuré mientras echaba una partida con el blanco de los disparos de la loca, que había conseguido perforar su abdomen.

—Ella me dijo: «Antes decía que eras peligroso porque no tenías nada que perder. Ya no» —repitió.

Esa psicópata, a la que había conocido unos días antes, se había hecho pasar por un ama de casa con el objetivo de matar o secuestrar a Ella.

—¿Tiene razón? —inquirí moviendo un peón hacia delante.

En lugar de contestar, dio un sorbo a su whisky. Resoplé. William pensaba que Ella era la novia de Ash. A veces yo también sentía que había algo más que una simple relación profesional entre ellos. Y que no se odiaban tanto como decían.

—¿Cómo ha entrado? —le pregunté todavía confundido.

—Los guardias de seguridad hacen dos turnos, Ben —me explicó moviendo un peón que se estaba acercando demasiado a mi rey—. El cambio tiene lugar a las cuatro de la tarde.

—Eso no explica nada —repuse protegiendo a mi rey con el alfil.

—Hay un intervalo de dos minutos —continuó Ash sorteando mi defensa—, dos minutos durante los cuales no hay nadie...

—Eran las cinco y algo cuando yo me la crucé —le informé haciendo una mueca.

Era terrible en ese juego.

—Lo sé —respondió Ash. Debió de inspeccionar la zona en varias ocasiones.

—Y con diferentes coches.

Sabía que los hombres que rodeaban el perímetro empezaban a sospechar de un coche en cuanto pasaba más de tres veces.

—Dos minutos es tiempo más que suficiente para que el alfil se cuele en la partida —me dijo Ash mientras levantaba su alfil—. Y entonces..., jaque mate.

Acababa de sentenciar a mi rey, ya no podía protegerlo. Odiaba ese juego de mierda.

—No creía que fuera a necesitar reforzar mi guardia —resopló.

Porque ahora ya no estaba solo. Estaba Ella. Y eso marcaba la diferencia.

—¿Vas a reforzar tu guardia por Ella? —me atreví a preguntar.

No estaba lo suficientemente borracho como para decirme lo que pensaba, pero me arriesgué. «¿Qué pasa? La inspectora Smith y yo tenemos una misión.»

—En parte.

Esbocé una pequeña sonrisa, pero la disimulé rápidamente. «Kiara, tengo novedades.»

—Por eso te aconsejé que te alejaras de Grace —continuó admirando el tablero de ajedrez—. Si se entera, no dudará un instante en ir por ella.

Tragué saliva. Esa era una de las razones por las que había

decidido alejarme de Bella y cortar lazos con ella: lo peligroso que era mi trabajo. No tenía la sangre fría de mi primo y no podría soportar saber que la mujer a la que amaba estaba en manos del asesino de mi tío. Habría dado el verdadero sello de la familia para recuperarla, aunque eso supusiera poner a todos en peligro.

Y Ash era consciente de ello.

—No sé —suspiró dejando que sus ojos vagaran por sus anillos.

—¿Qué? —le pregunté.

Sacudió la cabeza y cerró los ojos. Estaba hablando consigo mismo. Okey, lo había captado. «Prefiere desahogarse con sus joyas.»

Me levanté y me estiré. Era hora de que volviera a casa.

—¿Quién sabe? A lo mejor, aunque salgamos juntos, Bella no correrá tanto peligro como Ella —dije con una sonrisa.

—He dicho que no.

Solté una carcajada. «Claro que has dicho que no. Pero ¿te haré caso? No me hagas reír.»

Estaba decidido. Notaba que Bella empezaba a dudar de mí. Pero no iba a dejarla escapar por segunda vez. En esta ocasión, iba a jugar según mis propias reglas.

BELLA

Me desperté lentamente de la siesta. A juzgar por la tenue luz del exterior, o era muy temprano o era el final del día. Miré la hora en mi celular: las siete de la tarde. La noche anterior, Ben había intentado llamarme. No estaba dormida, había visto su llamada. Pero había dejado sonar el teléfono a propósito porque estaba en casa de mi abuela... y porque quería hacerme del rogar. ¿Eso me convertía en una cabrona? «Se puede debatir.»

Ya no quería el papel de Vick, era Bella. Y Bella estaba resentida con Ben por haberla abandonado, así que iba a hacérselo pagar. Todo el rencor que guardaba en mi interior estaba saliendo en forma de pensamientos vengativos, pensamientos que a veces me dolían y a veces me hacían sonreír perversamente. Benjamin Jenkins, los papeles se iban a invertir. Ya no iba a ir detrás de él. Era su turno.

Quería perdonarlo, pero para ello tenía que ganarse mi perdón y el primer paso era explicarme por qué me había dejado. Me había colgado varias veces en medio de una conversación. Sabía que se había convertido en un hombre ocupado, pero me daba igual. Quería que me demostrara que seguía preocupándose por mí, que lo que me había dicho no era solo palabrería y que importaba algo para él.

Estaba harta de que actuara como si no valiera nada, como si fuera fácil para él abandonarme.

—¿Isabella? —me llamó la suave voz de mi abuela desde detrás de la puerta de la habitación.

—Estoy despierta —respondí lo bastante alto como para verla entrar en la habitación con una pequeña sonrisa.

No había mucha diferencia horaria entre Nueva York y Los Ángeles, pero yo estaba agotada.

—He preparado la cena.

Me levanté y me estiré. Me sentía tan bien estando de nuevo con ella.

—Me encantaría quedarme más tiempo, pero tengo que ir por Misty —dije poniendo mala cara.

—Ese gato... —refunfuñó—. ¡Al menos llévate un tupper de chili!

A mi abuela le encantaba cocinar, sobre todo cuando tenía visita. Y, dado que era su única nieta, no podía decir que no a un tupper de chili con carne.

Me miró y sonrió, había echado mucho de menos esa cara tan dulce. Me apretó las manos antes de darme un abrazo.

—Cada vez te pareces más a tu tía —declaró emocionada.

Yo también sonreí. Nunca había conocido a mi tía. Mi abuela había perdido a su hija cuando esta tenía diecisiete años. La atropelló un coche unos meses después del séptimo cumpleaños de mi madre. Mi abuela decía que esa era una de las razones por las que mi madre era tan sobreprotectora conmigo. Perder a su hermana mayor la había traumatizado.

Le di un último abrazo a mi abuela antes de salir de su casa. Por el camino, la radio emitía canciones pop que había oído sonar en bucle y que conocía de sobra, pero que me hicieron compañía.

Llegué frente a mi casa al cabo de unos veinte minutos. No había echado de menos los embotellamientos de Los Ángeles. Nunca conducía en Manhattan, primero porque el tráfico era una pesadilla y segundo porque lo tenía todo a poca distancia del departamento.

Cuando abrí la puerta principal, vi a Misty con la cola levantada maullando como un loco.

—Sí, lo sé, me has echado de menos —dije agachándome.

Lo acaricié mientras se frotaba contra mi regazo. Decidí subir a darme una ducha rápida y ponerme algo que no fueran mis pantalones.

Después de cambiarme, calenté el tupper. Sentada en la silla del porche de la casa de mi infancia, pude ver cómo el cielo se oscurecía en cuestión de segundos. El sol desapareció para dar paso a la luna y las estrellas.

Mi celular, apoyado sobre una mesita a mi lado, empezó a sonar. Giré la cabeza y una sutil sonrisa se me dibujó en los labios. Ben.

Decidí responder a la llamada. No, no era una cabrona.

—¡Por fin! —exclamó él.

Mi sonrisa se amplió. Su voz siempre me producía un efecto que apenas podía describir.

—¿Tanto me echabas de menos? —me burlé mientras me tapaba con una fina manta.

—No —respondió—. No me respondes el teléfono desde ayer por la noche, me estaba empezando a preocupar.

—Estaba en casa de mi abuela —le expliqué—. Y parece que tú estás en el coche.

—Exacto, hay un tráfico de mil demonios, voy a ir por otro camino...

—Lo sé. He tardado mucho en llegar, y eso que vivo a diez minutos de casa de mi abuela. ¿No trabajas hoy? —le pregunté. Normalmente, seguía en el trabajo a esas horas.

—Esta noche no —me informó—. De lo contrario, no podríamos tener nuestra cita, ¿te acuerdas?

—Nunca dije que sí. Sin embargo, podría acceder a realizar una reunión de negocios.

—Llámalo como quieras, Grace —se rio—, pero quiero explicarme. Quiero explicártelo todo.

Se me hizo un nudo en el estómago. Tenía miedo de echarme atrás en el último momento. Tenía miedo de ese encuentro a pesar de que yo lo había pedido. Por un lado, quería que me diera explicaciones. Pero, por otro, me daba miedo volver a experimentar todos los sentimientos de los que había huido durante tantos años: el amor, el odio, la culpa, la incomprensión, la frustración, esa tristeza que me carcomía el corazón y lo reducía a migajas.

Tenía miedo de lo que pudiera hacerme sentir en tan solo un segundo.

—Me lo puedes explicar por teléfono —le dije sonriendo—. Explícamelo ahora, si quieres. Pero por teléfono.

Era una cabrona.

—No es... la mejor manera —respondió dudoso—. Prefiero verte mientras hablamos, es importante para mí.

Me quedé en silencio. Aún no sabía por qué había desaparecido cuando íbamos a la escuela, pero parecía darle mucha importancia a mi reacción. Y no sabía cómo tomarme eso.

—En la vida, todo es cuestión de compromiso —lo provoqué en tono juguetón—. Tú quieres explicarte, yo quiero que lo hagas por teléfono.

Me pregunté cuántos días aguantaría con mi oferta. Ya me estaba regocijando.

—Entonces, ¿me estás diciendo que, si quiero explicarme, la única manera que tengo de hacerlo es por teléfono? —repitió.

—Efectivamente, Jenkins. Lo tomas o lo dejas.

Guardó silencio durante unos segundos.

—Ash siempre me ha dicho: «¿Por qué elegir cuando puedes tenerlo todo?». Es mi oportunidad.

—Tu oportunidad de...

En ese mismo momento, el sonido de un motor resonó en el camino de entrada y me interrumpió. Un coche negro se acercó a mi casa y se estacionó justo enfrente.

Se me hizo un nudo en el estómago y los ojos se me abrieron como platos cuando se bajó la ventanilla. «No me digas que...»

—Has dicho que querías hacerlo por teléfono, no te lo voy a impedir —dijo—. Hola, Bella. ¿Qué comes?

Ben estaba ahí. En carne y hueso.

21

Chili y explicación

BELLA

Sentí que se me secaban los ojos de tanto abrirlos. El chico que me hablaba por teléfono estaba ahí, delante de mí. En el coche, con una sonrisa traviesa en los labios y con esos ojos brillantes que habría podido reconocer entre un millón, al igual que su cabello de ébano, con un corte diferente al de hacía años.

Ben Jenkins estaba ahí.

Y yo seguía en shock por verlo tan de cerca tras tantos años de ausencia. La persona que atormentaba mis pensamientos, aquella con quien había compartido momentos inolvidables, estaba ahí.

Me temblaba todo el cuerpo, el corazón me latía con tanta fuerza en el pecho que probablemente él pudiera oírlo al otro lado del teléfono. Me costaba respirar. Tenía ganas de vomitar todo lo que tenía dentro.

Carajo, estaba agobiada.

Él también había dejado de hablar. Me miraba sin decir nada, esperando mi reacción.

«¡NO ESTOY PREPARADA PARA VERLO AHORA!»

—Demonios. Eres aún más guapa que en mis recuerdos —me piropeó—. Y que en la foto.

Solté el celular y dejé caer la mano, ahora húmeda, sobre mi muslo. El menor esfuerzo se había vuelto agotador. Él hizo lo mismo y un denso silencio invadió la atmósfera pacífica que había reinado unos instantes antes de su llegada.

—Creo que no he hecho bien viniendo —dijo con una mueca.

Abrí los ojos como platos y negué con la cabeza. Ahora que estaba aquí, no quería que se fuera.

Me sonrió con ternura.

—¡Gritarte mis explicaciones no me parece ninguna locura! —exclamó.

Como ya no tenía el celular, tuvo que alzar la voz bastante para que yo pudiera oírlo. Me levanté y dejé el chili en la mesita. Con paso vacilante, bajé los tres escalones que separaban mi casa del camino en el que se había estacionado Ben. Cuando salió de su lujoso coche, lo que vi me dejó clavada en el sitio. Había cambiado mucho.

El Ben que había conocido no era tan fuerte como el que tenía delante de mí. Su cuerpo estaba mucho más... musculoso, pero lo que más me sorprendió fue su estatura. Antes éramos prácticamente iguales, pero ahora era mucho más alto que yo.

—Hola, tú —empezó con una sonrisita.

—Ey.

—Has... crecido —comentó.

—Y... tú estás más... musculoso —solté mirándole los brazos y esos hombros anchos.

—Dale las gracias a Ash, me obliga a boxear con él —se quejó Ben.

Saber que hacía boxeo y que odiaba el deporte me hizo sonreír.

—Te... te has acordado de mi dirección —suspiré desviando la mirada.

—Paso por aquí de vez en cuando si quiero evitar el tráfico —confesó rascándose la nuca.

Estaba incómodo. Incluso Riley podría notarlo desde Manhattan.

—Estaba... estaba comiendo chili —informé contestando a su primera pregunta.

Resopló.

—La última vez que comí algo casero fue hará unos dos meses, un día que estuve en casa de mi madre.

—¿No sabes cocinar? —interrogué sonriendo.

—Me da pereza —soltó exasperado—. Como vuelvo tarde, no me apetece preparar la cena.

Estaba tensa, lo notaba, tenía que relajarme. No podía mostrarle el efecto insoportable que ejercía su presencia sobre mi cuerpo. Y por insoportable me refería evidentemente a la adrenalina que me recorría las venas.

Por culpa suya.

—¿Quieres cenar conmigo? —le propuse, nerviosa.

«¿Te imaginas que dice que no? Oh, demonios.»

Abrió mucho los ojos durante un instante y luego asintió con la cabeza. La presión bajó enseguida.

—Será un placer.

Entramos despacio en la casa de mi infancia. Mientras cerraba el coche con llave, tomé el celular y el recipiente de chili que había dejado en la mesa.

Misty se unió a nosotros restregándose contra mis piernas. Una vez en la cocina, le serví otro plato de chili. Estaba pensando qué decir para relajar el ambiente, pero Ben se me adelantó.

—Misty está muy viejo —declaró mirando al gato.

Me reí. Misty tenía ya ocho años. Ese gato lleno de grasa había sido mi confidente hacía muchos años.

—Te acuerdas de su nombre —comenté sorprendida.

—Hablabas de él a menudo.

Le tendí el plato de chili y le pedí que me siguiera al otro lado de la casa. El jardín era más agradable que la cocina. A esas horas de la tarde, el cielo, salpicado de nubes bajas, adquiría unas preciosas tonalidades rosas y naranjas. Tomé una foto y la guardé con las otras.

Nos sentamos en las sillas de la terraza en silencio. Sentí que mi vergüenza aumentaba por segundos.

—Es muy tranquilo —comentó él mirando el paisaje—. El edificio en el que vivo yo no lo es tanto.

—Supongo que por los vecinos que discuten —bromeé, y él asintió, sonriendo—. Yo tenía unos vecinos así en Manhattan. Discutían a menudo. Entonces, un día Riley y yo nos dimos cuenta de que el tipo estaba pegándole a su novia. Llamamos a la policía.

No podíamos dejar que esa mujer estuviera en peligro. Me acordaba muy bien del día que había ido la policía a buscarlo a su casa. Ahora estaba en la cárcel. Nuestra antigua vecina nos había dado las gracias antes de marcharse de la ciudad a un lugar donde se sintiera más segura.

Riley me dijo que los que lo sabían pero no hacían nada al respecto toleraban esos actos. No era nuestro caso.

—Yo también tenía vecinos escandalosos, pero ellos gritaban haciendo... otra cosa —confesó tomando un bocado de chili—. ¡Rayos, está buenísimo!

Sonreí al verlo degustar el plato como si fuera la primera vez que lo probaba. Seguía siendo igual de lindo. El modo en el que sacaba la lengua con cada bocado me recordó a cuando almorzábamos juntos en la escuela.

Le vibró el celular. Se disculpó y contestó:

—¿Sí...? ¿Qué? Ah, eso, arréglatelas tú, yo no voy a moverme... Sí, bueno, es culpa tuya, habríamos podido... Kiara, ahora estoy ocupado... Llevas diciéndome lo mismo desde que teníamos un año.

No pude evitar sentirme ofendida porque hubiera contestado cuando nos estábamos viendo por primera vez después de tantos años.

—Sí, sí, ve a llorar a casa de Ash. Dile que Ben no va a ayudarte a hacer tu trabajo... Llévate a Ella y...

Con el ceño fruncido, miró la pantalla del teléfono antes de anunciar:

—Ha colgado.

Se guardó el celular, pero mi buen humor ya se había evaporado.

—¿Trabajan juntos? —pregunté.

—Por desgracia —suspiró él.

—Supongo que por eso no puedes evitar contestar a sus llamadas —farfullé.

—No, es porque... Es complicado.

Arqueé las cejas. Si eso era lo único que iba a decirme, ¿para qué había venido? Me miró fijamente durante largo rato. Apenas podía creer que estuviera aquí, delante de mí. Comiendo el chili de mi abuela. En mi casa.

De repente, sacó el celular de su bolsillo y tecleó algo antes de llevárselo a la oreja. Unos segundos más tarde, noté que mi teléfono sonaba... Era él.

Fruncí el ceño esbozando una sonrisa.

—Me has dicho que solo podía explicarme por teléfono —me recordó.

—He cambiado de opinión..., puedes hacerlo sin él.

El nudo que tenía en el estómago creció. Estaba impaciente por saber qué iba a decirme y había dos posibilidades: si era una razón de mierda, se lo echaría en cara y le diría que se largara; si, por el contrario, era algo que justificaba sus años de silencio, tal vez podría plantearme perdonarlo.

—Antes de empezar, quiero que me prometas que me dejarás acabar, pero también...

Con los brazos cruzados, estaba preparada para escuchar sus explicaciones tras años de frustración y de culpabilidad. Por fin estaba preparada. El momento que esperaba por fin había llegado.

—Tienes que prometerme que no se lo dirás a nadie —acabó examinando mi rostro plagado de incomprensión.

¿Por qué no podía decírselo a nadie?

—Prometido —aseguré temiendo ya sus motivos.

Él resopló, nervioso.

—¿Puedo fumar?

—Sí —contesté, y lo vi sacar su paquete de tabaco.

Estaba acostumbrada al humo. Mi padre fumaba, así que el olor ya no me molestaba.

—Bueno, voy a contártelo todo desde el principio. Desde lo que pasó con Griffin hasta ahora.

Asentí con la cabeza mientras él daba una calada.

—Con esto que voy a decirte, no... no quiero que tu opinión sobre mí cambie. Bella, sigo siendo el mismo...

—¡Explícamelo ya! —interrumpí.

Golpeaba el suelo con el pie; parecía muy nervioso.

—Cuando... cuando nos conocimos... estuvo genial. Eras diferente de las demás. Me apreciabas porque era Ben —comenzó—. Me gustabas mucho, por cierto.

Le sonreí, ruborizada.

—¡Es que sigues gustándome mucho! —añadió rápidamente, asustado por si yo lo había interpretado mal—. En aquella época quería estar contigo, pero no tenía mucha confianza en mí mismo.

—Ya lo sé —solté.

Esbozó una sonrisa antes de continuar:

—Y un día descubrí que tu padre era... Thomas Grace.

Calló y yo fruncí el ceño. ¿Qué tenía que ver mi padre?

—En aquella época, tu padre... tenía problemas con mi familia, los Scott, por un tema de tierras...

Entreabrí la boca. Ya conocía esa historia... Su familia... pero... ¿Cómo era posible? ¡Él se apellidaba Jenkins!

«Ash Scott, su primo.»

Me llevé la mano instintivamente a la boca y Ben entreabrió los labios.

—Tú... ¿conoces la historia? —me preguntó vacilante.

Cuando era más pequeña, mi padre hablaba a menudo de ese tema. Decía que eran una familia de... mafiosos que pensaban que todo les pertenecía... Que eran malvados.

Ben formaba parte de esa familia de mafiosos.

—Tú... ¿perteneces a la familia... de los Scott? —pregunté desconcertada.

Se pasó la mano por el pelo con una mueca antes de asentir con la cabeza. Confirmado.

Me levanté de un salto mirándolo fijamente. Todo cobraba sentido. Ben trabajaba hasta tarde porque... Demonios.

Él también se levantó.

—¡Por favor, deja que te lo explique! —suplicó—. Lo has prometido.

Finalmente, volví a sentarme para dejar que continuara mientras todas las opiniones que tenía sobre él se desmoronaban. Se había convertido en un... mafioso.

No trabajaba en una gran empresa.

Ni en nada legal.

Mi padre ya me había dicho que esa familia traficaba con varios productos, que sus miembros eran peligrosos y nada convenientes. Pero Ben..., él...

—Bueno, ¿qué... qué estaba diciendo? —se preguntó, confundido.

—Que perteneces a la familia de los Scott —solté con un resoplido—. Ash...

—Scott —terminó él—. Sí, yo llevo el apellido de mi padre.

Lo miré fijamente, todavía confundida. Con todos los Scott que hay sobre la faz de la tierra, ¿tenía que enamorarme de aquel cuyo apellido todo el mundo conocía porque era peligroso y al que mi padre odiaba? ¿En serio?

—Tu padre conocía a mis tíos y los odiaba.

—Odiaba a un tal Rob —recordé vagamente.

—Robert, el padre de Ash. Ya lo... conociste.

Inmensamente avergonzada, sentí que se me ruborizaban las mejillas. Lo había conocido la noche en la que nos habíamos escapado del baile de la escuela para ir a su casa, donde se había explicado y donde... tuvimos sexo. Ese hombre guapo que se parecía a Ash nos había sorprendido mientras nos colábamos en casa de Ben.

—Le negó el terreno a tu padre —explicó.

—Mi padre quería hacer un centro comercial, decía que era el lugar perfecto.

—Y el tío Rob se negó porque era un terreno familiar —concluyó Ben encogiéndose de hombros—. Pero ese no es el tema. Cuando me enteré, me alejé de ti. Además, habías llamado la atención de Griffin.

Hice una mueca. Griffin. Vaya imbécil.

—Así que intenté hacerme a la idea de que estarías mejor con él que conmigo —confesó mirando su cigarro—. Era bastante buen sujeto y sus padres eran médicos. Sacaba buenas notas, como tú. A su lado, yo era todo un tonto.

Abrí los ojos como platos al ver que se rebajaba ante el idiota que me había obligado a besarlo.

—Pero yo te quería a ti, Ben —afirmé contrariada.

Me miró con una sonrisita antes de susurrar:

—Yo todavía te quiero.

Su frase me arrancó una sonrisa incierta y temblorosa, pero negué con la cabeza. No iba a perder ninguna oportunidad de demostrarme que me deseaba, lo que me gustaba demasiado, teniendo en cuenta que acababa de confesarme que se había convertido en un mafioso. «¿Qué pasa contigo, Grace?»

—La primera vez que te lo expliqué, te oculté los verdaderos motivos de mi silencio porque la razón principal era tu padre y no quería que cambiara la imagen que tenías de mí.

Asentí.

—La semana siguiente era la última que íbamos a pasar en la escuela —me recordó mientras aplastaba la colilla en el cenicero—. Y, en cuanto al futuro, tenía que tomar una decisión: trabajar en la empresa «legal» de mi familia, pero con un primo imbécil y egocéntrico como jefe, o trabajar en las sombras para Ashou.

Soltó una risita tras mencionar el ridículo apodo de su primo. Eso quería decir que... ¿Ash dirigía el tráfico de los Scott? Recordé sus excelentes notas en clase... Era una lástima, tenía un futuro muy prometedor.

—Y, como ves, no uso traje, no voy a *meetings* de mierda —rio con nerviosismo—. Elegí quedarme al lado de Ash, seguramente te parecerá decepcionante.

—No es decepcionante —lo tranquilicé porque no soportaba la tristeza de su voz—. Es solo que... es mucho de golpe... ¿Entiendes?

Abrió mucho los ojos. ¿Esperaba que lo echara de mi casa? Probablemente, todavía no había asumido que el chico al que amaba se había convertido en un mafioso.

—Ahora mismo tengo tantas ganas de besarte... —soltó mirándome.

Su confianza me provocó una sonrisa. Negó con la cabeza antes de continuar.

—Sabía que soñabas con tener una familia estable, un marido que trabajara en una oficina y que volviera por las tardes a jugar con sus hijos. Y yo no podía ofrecerte nada de eso.

Se me formó un nudo en la garganta. Ben no se sentía a la altura de lo que yo buscaba. Movía los dedos, inquieto. Se aclaró la garganta y sacó otro cigarro.

—Mi futuro no iba a ser como el que tú deseabas. Sabía que mi vida estaría llena de peligros, y no quería que sufrieras por mí.

Me tembló el labio. Ben... me protegía.

—Sabía que... —Se detuvo un instante apartando la cara—. Sabía que... encontrarías a alguien mejor que yo, alguien que te diera lo que yo nunca podría ofrecerte... Estabilidad.

—No te correspondía a ti decidirlo —repliqué contrariada.

Me miró en silencio durante unos minutos.

—Lo siento. No estaba preparado para hablarte de esta parte de mi vida.

Comprendía lo que me decía, pero no podía evitar sentir rencor hacia él por haber tomado esa decisión por mí.

—Justo después de la escuela, me marché —continuó—. Con Ash. Comenzamos a dedicarnos exclusivamente a la red.

—¿Acaso llaman a eso una... red? —pregunté—. ¿A su... banda?

—A mi familia no le gusta que nos llamen «banda». Preferimos hablar de «red».

Asentí con la cabeza.

—Ahora ya lo sabes todo.

Esperó a que dijera algo, pero no sabía qué responder. Reflexioné.

—Siento mucho haberte dejado —murmuró sin apartar la mirada de mi rostro—. Sigo enojado conmigo mismo después de cuatro años, Bella...

—Yo también sigo enojada después de cuatro años —espeté mirando mi recipiente de chili ya vacío.

—No sé qué más decir para demostrarte que no lo hice porque no te quisiera —añadió rascándose la nuca.

Las luces exteriores se encendieron automáticamente. Suspiré. Yo tampoco tenía ni idea de qué actitud adoptar. Y Riley no estaba ahí para ayudarme.

—Al menos, ¿aceptas mis explicaciones? —preguntó en voz baja.

Asentí con una sonrisa. Sus explicaciones me habían ayudado a entender que el problema no era yo. Ni él. Era una cuestión de visión.

—¿Saber que tengo sangre Scott cambia algo para ti? —inquirió vacilante.

No era una cuestión de sangre, sino de a qué se dedicaban. No comprendía del todo en qué consistía su vida como mafioso. Era demasiado vago y mi mente no podía concentrarse en nada que no fuera el alivio que sentía al comprender que no me había abandonado porque yo no valiera la pena. Si era sincera conmigo misma..., sus confesiones habían aumentado ligeramente mis ganas de labrarme una vida con ese idiota que no confiaba en sí mismo.

Ben era mejor que cualquier otro hombre que hubiera conocido. Ahora que se había abierto sobre su trabajo y sus motivos para apartarse, me di cuenta de que solo lo quería a él. De que todavía lo amaba, aunque no debería hacerlo.

—No, no lo creo —lo tranquilicé—. Es solo que... Es raro saber que... Bueno, eso.

Soltó un largo suspiro de alivio.

—Gracias, Isabella.

Me levanté y él me imitó. Nos miramos sin saber realmente cómo comportarnos. Sabía que él nunca se atrevería a acercarse más a mí, de modo que lo hice yo.

Le rodeé la cintura con los brazos. Se tensó un segundo antes de estrecharme con fuerza contra él. Aspiré su aroma y me acordé del Ben de la escuela. El que hacía chistes, aquel al que todo el mundo ignoraba cuando Ash no estaba presente.

—Te quiero...

Se me cortó la respiración. Su murmullo me dejó clavada en el sitio. Había soñado con oír esas palabras, llevaba años soñando con oírselas decir. Ahora sabía que no era la única que lo sentía. Pero no iba a responderle abiertamente. No, todavía estaba tratando de encajar lo que acababa de confesarme. Era demasiado en muy poco tiempo.

Deshaciéndome de su abrazo, intercambié una mirada con él, acompañada de una tierna sonrisa.

—Siempre has tenido más huevos que yo —admitió.

Recogí los recipientes para ocuparme con algo. Ben me siguió hasta la cocina.

—¿Qué quieres ahora, Ben? —le pregunté.

Se metió el paquete de tabaco en el bolsillo.

—Quiero estar contigo. Quiero que nos pongamos al día, Bella. Quiero acabar mi vida contigo —dijo poniéndose serio—. Sé que no soy el mejor hombre del planeta, que mereces mucho más que un mafioso, pero te prometo hacer todo lo posible para ser perfecto para ti.

Se me formó un nudo en la garganta. Deseaba estar conmigo.

—No quiero que seas perfecto, quiero que seas tú.

—No he cambiado, Bella. Ni cambiaré nunca, siempre seré yo, tu Ben.

Mi celular empezó a vibrar. Eché un vistazo a la pantalla, que mostraba el nombre de Riley. Lo puse en silencio para continuar mi conversación con Ben, quien no se había movido de la isla.

—La pregunta es: ¿tú todavía me quieres? —preguntó haciendo una mueca.

Yo necesitaba tiempo para asimilar lo que acababa de descubrir y no tenía ni idea de cómo responder a eso ni de qué sentir..., pero el corazón me martilleaba en el pecho. Así que escuché a mi instinto, que me gritaba que le diera una oportunidad.

—Tienes dos semanas —anuncié—. Dos semanas para demostrarme todo lo que debes demostrarme.

Esbozó una sonrisa y yo también.

—Solo entonces te daré mi respuesta. Veremos si aguantas, Jenkins.

Con aire travieso, asintió. Le vibró el celular y suspiró antes de disculparse.

—¿Qué? ¿Ahora...? Solo estás enojado porque Ella está con Kiara...

Me miró con una sonrisa avergonzada.

—Bien, no vale la pena hacerte enojar —suspiró—. Llegaré dentro de unos minutos.

Se metió el celular en el bolsillo y levantó la cabeza hacia mí.

—Era Ash —indicó—. Está molesto si no está con su... eh...

—¿Novia? —completé.

—No, más bien su... compañera de trabajo —explicó—. Tengo que irme a su casa a firmar un puto papel.

Sentía curiosidad por saber cuáles eran las tareas de Ben.

—¿Puedo ir? —pregunté vacilante.

Si quería volver a intentar lo de estar con él, necesitaba sumergirme en su día a día y descubrir su trabajo, que seguía siendo... bastante confuso.

Abrió los ojos como platos.

—Si te llevo conmigo y Ash te ve, me matará... Rectifico: nos matará.

—Entonces, ¿te niegas a llevarme contigo? —insistí—. Quiero ver de qué está hecho el mundo de Ben Jenkins tanto tiempo después.

Hizo una mueca y reflexionó, mirándome.

—Está hecho del amor que siente por Isabella Grace, de la energía que gasta en la red de los Scott y... de su deseo de esquivar la muerte, encarnada por Ash Scott.

Me hacía gracia el ridículo miedo que le tenía a su primo. En la época de la escuela, era bastante calmado, a menos que alguien lo molestara demasiado. Suponía que Ben exageraba para hacerme reír y que no había motivos para que Ash se enojara.

Así que me crucé de brazos con determinación. Él inclinó la cabeza mirándome con esa misma mueca antes de ceder a mi petición.

—Abraza a Misty cuando salgas, seguramente será la última vez que lo veas.

22
La ira de Ash

BEN

—¡Guau!

Bella no pudo reprimir una expresión de asombro al ver la casa de Ash. Mientras tanto, yo estaba estresado al mil porque me iban a regañar.

«Espero que solo grite.»

Sí, acababa de cometer un gran error. Sí, estaba poniendo a Bella en peligro por culpa de William y su ansia de poder. Pero, francamente, no iba a dejar pasar mi oportunidad con Bella, no por tercera vez.

«Soy un idiota, porque si ella muere..., bueno, ya no habrá más Bella.»

Se me hizo un nudo en el estómago al pensarlo. Temía la reacción de mi primo, que me había prohibido categóricamente volver a verla. No solo la había vuelto a ver, sino que la había llevado a casa conmigo.

«¡Relájate un poco!»

Mientras tragaba saliva, apagué el motor del coche. Giré la cabeza hacia Bella, que admiraba la colección de coches del garaje.

—Su... Su familia tiene muchos coches —dijo sorprendida.

Su comentario me arrancó una risa burlona. ¿De verdad pensaba que pertenecían a toda mi familia?

—Son de Ash —la corregí—, no de mi familia.

Abrió todavía más la boca. Su inocencia me recordó a la de Ella. Ella a menudo me hacía pensar en mi Bella.

Salí del coche. Ella salió también sin apartar la vista de los vehículos que la rodeaban.

—Él... ¿necesita tantos coches? —me preguntó desconcertada.

—Creo que aún no ha utilizado ni la mitad —le confesé con un suspiro—. Sin embargo, este es uno de sus favoritos.

Señalé el Corvette de 1962, un modelo de coleccionista que le había salido un poco demasiado caro.

—¿Vienes? —le propuse con una mueca—. Estamos a punto de firmar nuestra sentencia de muerte.

Ella sacudió la cabeza, divertida. Si pensaba que estaba bromeando, no se daba cuenta del problema en el que nos había metido. Y menos aún de lo peligrosa que podía ser la ira de mi primo. Subí las escaleras casi a regañadientes y con el estómago revuelto, como si estuviera a punto de enfrentarme al diablo...

«A veces se le parece.»

Llegamos al vestíbulo, donde no se oía ni un ruido. No estaba allí. Mi estrés se había disparado. Iba a mearme encima. Ya podía verlo diciéndome que me deshiciera de ella y que no le volviera a dirigir la palabra. O, peor, amenazándola.

«Nunca jamás.»

—¿Vive aquí solo? —preguntó Bella mientras giraba sobre sí misma.

—No...

Los ladridos del cachorro me interrumpieron. Bella se agachó para acariciar al perro mientras este, agradecido, se frotaba contra ella.

—El adoptado —le dije.

Me fulminó con la mirada porque me había burlado de ella por pensar que Kiara era mi ex.

—¡¿Quieres cerrar la boca?! —gritó la voz ronca de mi primo desde arriba—. ¡Si no fuera por ella, ya estarías muerto, así que no me obligues a acortar tu esperanza de vida, imbécil!

Se me cortó la respiración al oír sus pasos bajando las escaleras. Y entró en el salón con... una toalla alrededor de las caderas. Una puta toalla.

Abrí los ojos como platos al verlo, él hizo lo mismo al ver a Bella. Esta se levantó sin decir una palabra.

El cigarro que llevaba entre los labios cayó al suelo. Se nos quedó mirando desconcertado.

—¿Qué es... esto? —me preguntó señalándola con una mirada asesina que me hizo tragar saliva.

«¿Y si me desmayo? Dejará de prestar atención a Bella, ¿no?»

—Es..., mmm... ¿No quieres...?

—Espera —me interrumpió—, no estoy lo bastante borracho para escucharte.

Con paso decidido, se acercó a la mesita, tomó una botella de whisky y un vaso vacío, y luego se detuvo. Nos miró un instante antes de dejar el vaso y beber... directamente de la botella.

De acuerdo, estaba arruinado.

—Creo que... No... Estoy seguro de que dejé claro que no ibas a...

—¡DEJA QUE ME EXPLIQUE! —grité rápidamente antes de que empezara a echarme bronca—. Bella, Ash. Ash, Bella. Ahora que ya están hechas las presentaciones...

—¿No te acuerdas de mí? —lo interrogó mi Bella.

La miró fijamente sin decir una palabra antes de girar la cabeza en mi dirección.

«Por favor, Bella, por tu supervivencia, deja que sea yo quien se ocupe.»

—Te recuerdo muy bien, Grace —dijo mirándome directamente a los ojos—. Ese es el problema.

Le rogué en silencio a Bella que no dijera nada. Estaba en un buen problema.

Pero me interrumpió el chirrido de la puerta, que se abrió suavemente dando paso a Ella, que esta vez no estaba acompañada de la bruja. La cautiva nos miró, luego nos invitó a pasar al salón con un gesto de la mano.

—¡Has llegado en el momento justo! —exclamé mostrando mi alegría—. Ella, te presento a Isabella Grace. Bella, esta es la compañera de piso de mi primo, Ella Collins.

La cautiva de Ash abrió los ojos como platos. «Yo también estoy en shock, Ella... Yo también.» Sabía lo de Bella y, sobre todo, sabía que era muy mala idea hablar con ella en las circunstancias actuales.

—¡Por una vez tu presencia va a servir de algo! —le soltó Ash a Ella—. Quédate con Grace mientras voy con Ben a firmar unos papeles.

Cuando dijo «papeles» se refería a mi sentencia de muerte.

—D-De acuerdo —respondió Ella sin dejar de mirarme.

Me encogí de hombros cuando oí los pasos de Ash acercándose a mí. De repente, me rodeó la nuca con el brazo y me preguntó:

—¿Vienes? Tenemos muchas cosas que contarnos, ¿no?

—Mmm..., sí. Sí, sí —confirmé rápidamente dejándome guiar por mi primo, que iba a enterrarme en el jardín.

—Adiós, Ben —dijo Ella con una dulce sonrisa.

«Adiós, Ella. Deséame una muerte rápida.»

BELLA

Vi a Ben subir las escaleras con Ash, quien estaba aún más guapo que cuando íbamos a la escuela. Aunque hubiera preferido verlo vestido en lugar de con una toalla y ese torso tan definido, me alegraba saber que iba a poner celosa a Riley.

«Estoy impaciente por describirle el cuerpo de Scott.»

Posé los ojos en la compañera de piso de Ash, que observaba el salón como si nunca antes lo hubiera visto para evitar mi mirada. Mi presencia parecía incomodarla.

—Soy Isabella —dije presentándome de nuevo—, una vieja amiga de Ben.

Me miró con sus ojos azules. Era impresionante, con un rostro impecable. Si hubiera vivido en Manhattan, seguramente podría haber triunfado como modelo, igual que Bella Hadid. Tenía la figura perfecta y los rasgos ideales.

—Ella... Soy una de las amigas de... Ben.

Sus dedos se movían nerviosos, estaba incómoda. Quizá era tímida. No parecía saber cómo comportarse con desconocidos. «¿Es raro?»

—¿Quieres... quieres algo de beber? —me preguntó con timidez.

Asentí con una cálida sonrisa para destensar el ambiente. Ella me devolvió la sonrisa.

—Sígueme.

La acompañé hasta la gran cocina y me quedé con la boca abierta. Había ventanales por todas partes. La casa de Ash tenía mucho estilo.

—¿Quieres... un refresco? ¿O... agua? —me preguntó mientras abría la enorme nevera—. Creo que también tenemos jugo, si lo prefieres...

—Agua está bien.

Tomó un vaso, lo llenó de agua y me lo entregó con cuidado. Me senté en un taburete y ella se puso enfrente. El perrito se acercó a ella y una gran sonrisa se le dibujó en los labios cuando lo cargó.

—Hola, bonito, espero que el psicó...

La interrumpieron unos gritos que venían del piso de arriba, unos gritos que hicieron que mis ojos se abrieran como platos. «¿Ese era... Ash? ¿Era realmente él quien gritaba?»

Mi mirada se posó sobre Ella, que, tras sacudir la cabeza con exasperación, esbozó una pequeña sonrisa a modo de disculpa.

—No le hagas caso... Con el tiempo se convierte en ruido de fondo.

Ella empezaba a estar más relajada, lo que también me hizo sentir mucho más a gusto. Yo era sociable por naturaleza, pero cuando intentaba entablar una conversación trivial con gente tímida la cosa cambiaba. Me sentía muy incómoda, como si todo fuera forzado.

—Ahora entiendo por qué Ben estaba tan estresado —me reí—. Entonces, ¿tú estás acostumbrada?

Dejó en el suelo al cachorro, que corrió hacia la voz apagada que seguía gritando en el piso de arriba.

—Empiezo a estarlo, sí —me confió sonriendo.

—Cuando conocí a Ash, era bastante tranquilo. Aunque... estábamos en la escuela —le conté dando un sorbo a mi vaso de agua.

Ella puso cara de sorpresa durante varios segundos antes de preguntarme con curiosidad:

—¿Ibas a la misma escuela que él?

Se me escapó una risita.

—A la misma clase, de hecho. Ahí también conocí a Ben. Para ser sincera, Ash era bastante... distante con el resto de los alumnos. A menos que lo buscaran; en ese caso, no dudaba en meterse en peleas. Pasaba a menudo.

Parecía sorprendida por lo que le estaba contando. O tal vez no.

—Recuerdo que la mayoría de las chicas caían rendidas a sus pies. Ben solía llamar a la escuela «el supermercado de Ash» —dije entre risas—. Hoy en día las cosas deben de seguir siendo igual en todas las escuelas. Seguro que tú también tenías un Ash en la tuya.

Se me quedó mirando un momento sin contestar. Su sonrisa desapareció tan rápido como el brillo de sus ojos...

Mierda.

Probablemente tenía malos recuerdos de su antigua escuela. «Eres imbécil, Bella.»

Sacudió la cabeza rápidamente para deshacerse de ellos antes de responder con naturalidad:

—¡Sí..., por supuesto! Es así en todas las escuelas. Enseguida vuelvo.

Salió de la habitación y subió las escaleras. No conocía su pasado, pero me sentí realmente estúpida por habérselo recordado. «Carajo, debería aprender a mantener la boca cerrada.»

BEN

Durante unos diez minutos, permanecí tan callado como un niño al que sus padres acaban de regañar. Ash me había llamado de todo mientras yo me había quedado en silencio haciéndome la víctima. Y ahora no se estaba fumando su tercer cigarro, no... Se estaba fumando su tercer porro mientras me fulminaba con la mirada.

—No eres más que un imbécil —me soltó con rabia—. Te dejé claro que no.

—Lo sé, pero...

—Pero ¡nada! —exclamó—. Grace... es como la cautiva. Y la cautiva se ha visto obligada a entrar en nuestro mundo. ¡Grace no!

El ejemplo de Ella me hizo entender lo que podía ocurrirle también a Bella. Esa imagen me dejó como piedra.

—¿Ahora qué? ¿Me tengo que ocupar de ella también? —me preguntó con sequedad—. ¿Cuál era tu plan al volver a entrar en su vida?

—¡Yo me ocupo de ella! —lo tranquilicé rápidamente—. No te preocupes, va a estar segura conmi...

—Pero, cabrón, ¡si ni siquiera tú sabes si estás seguro! ¡Nadie está seguro!

Me quedé en silencio. No había nada que hacer cuando se ponía así. «Lo admito, la cagué un poco.»

Resopló ruidosamente antes de agarrarse la cabeza con las manos. Tras unos minutos de silencio que sentaron muy bien a mis oídos, levantó la mirada hacia mí con el ceño fruncido y la mandíbula apretada.

Sabía que quería descuartizarme, pero se estaba conteniendo.

—Como si no tuviera ya suficiente mierda con la que lidiar, vas y añades a la hija de Thomas, carajo. De hecho, ¿dónde está él?

—Va a estar fuera una semana. ¡Y ella se irá dentro de dos semanas!

Me miró fijamente sin decir una palabra. Luego dio un trago de su vaso.

—Ahora, vas a escucharme y a hacer todo lo que te diga —añadió clavándome su famosa mirada negra—. Mientras sus padres estén fuera, vas a seguirla a todos lados como si fueras su puta sombra. Te juro que, si le pasa algo, jugaré al beisbol con tu puto cráneo.

—Pero si no sabes jugar al beisbol...

—Sigue soltando mierdas y verás si sé jugar o no.

Tragué saliva con dificultad al darme cuenta de que hablaba demasiado en serio. Tenía que proteger a Bella. Ahora estaba obligada a pasar la mayor parte del tiempo conmigo... Y eso me hacía... demasiado feliz. Habría pensado en cualquier cosa menos en eso.

—Llámala —me ordenó apartando la mirada.

Lo obedecí. Desde lo alto de la escalera, llamé a mi chica, que estaba con Ella. Les pedí a las dos que subieran por la sencilla razón de que, cuando Ella estaba cerca, Ash se abstenía de ser demasiado cruel.

«Eso es un hecho.»

Cuando las dos chicas llegaron al despacho de mi primo, él dirigió automáticamente su mirada maliciosa hacia Ella antes de clavarla en mí. «Sí, amigo, he tomado precauciones... por si acaso.»

—Okey, Grace —empezó Ash en voz baja—. Dada la situación y el peligro en el que te ha puesto Ben...

—He sido yo —lo interrumpió ella—. He sido yo quien le ha pedido que me deje venir con él. Él no ha hecho nada.

Me estaba defendiendo. «Carajo, la amo.»

Él se la quedó mirando un momento antes de pellizcarse el

puente de la nariz. Para Ash, proteger a alguien era el doble de peligroso. «Le iba a dar un infarto.»

—El peligro no está en mi casa —la informó secamente—. Está por todas partes. Tendrás que quedarte con Ben.

Bella frunció el ceño. Concluyó en el mismo tono frío.

—En todo momento.

Bella me lanzó una mirada furtiva. No entraba en sus planes tenerme cerca todo el tiempo. En absoluto. «Pero... como se suele decir: la desgracia de unos es la suerte de otros. Y yo soy el afortunado.»

—¿Cómo que «en todo momento»? —preguntó ella arqueando las cejas.

—Significa que vas a ver su estúpida cara día y noche hasta que te vayas —respondió él—. ¿Quieres que sea más claro? Si no está contigo, podrían matarte. ¿Ahora mejor? ¿Quieres que te dé todos los detalles?

—N-No —tartamudeó ella—, pero..., Ash..., cuando vuelvan mis padres... no creo que pueda...

—Ese es su problema —dijo mi primo, poniéndose en pie—. Deberían haberlo pensado dos veces antes de...

—Lo han entendido, Asher —intervino Ella.

Giró la cabeza sin prestar atención a sus ojos grises, que la estaban fulminando. Le di las gracias para mis adentros antes de irme con Bella lo más rápido posible. Ni siquiera me atreví a dirigir una última mirada a Ash.

En las escaleras, Bella estaba muy callada. Temía nuestra conversación en el coche. No solía ser una persona testaruda, pero tal vez había cambiado...

En cuanto cerró la puerta, sus ojos se clavaron en mí.

—¿Puedes explicarme qué está pasando?

Tragué saliva. Ash había dicho que podían matarla, pero no sabía por qué. Para explicarle la historia de William, necesitaba un cigarro. Y debía elegir muy bien mis palabras si no quería que muriera de un ataque al corazón.

—No, primero de todo, te voy a explicar lo que vamos a hacer —le respondí metiendo reversa para salir del garaje—. Ash me ha ordenado que no te quite el ojo de encima, así que tú eliges: tu casa o la mía.

Me miró abriendo mucho los ojos.

—¿Quieres... quieres decir que no estaba... bromeando?

Arqueé una ceja y solté una risita.

—¿En tu casa o en la mía? Vas a poder burlarte de mí durante cinco días más. Cosa que no me disgusta...

Se llevó la mano a los labios y me reí. Me moría de ganas.

—Tú has querido entrar en mi mundo, para bien y para mal, querida.

No dijo nada durante unos minutos, estaba ocupada mirando la carretera. Justo cuando iba a repetir mi pregunta, se me adelantó.

—Mi casa —dijo en voz baja—. Vamos a mi casa.

Asentí y pisé el acelerador. Antes teníamos que pasar por la mía para recoger algunas cosas. «Qué emoción. Carajo, ¡este es el mejor plan de mierda de mi vida!»

—Vamos a establecer unas reglas básicas...

—Sí, sí, cuando lleguemos a tu casa —la interrumpí sonriendo con picardía—. Me muero de ganas. ¿Tú no?

No ocultaba en absoluto mi alegría por tener que quedarme con Bella y empecé a darme cuenta de que a ella no le entusiasmaba la idea. Para mi deleite. «Gracias, Ash.»

—¿Ganas de qué? ¿De verte todos los días durante una semana? ¡No lo tenía previsto!

Bella pretendía hacerme huir, y yo estaba dispuesto a complacerla... Pero no había tenido en cuenta un elemento, algo que yo ya conocía: la ira de Ash.

23
El becario

BELLA

—Hay una habitación de invitados en la planta de arriba —le indiqué cargando a Misty—. La segunda puerta a la izquierda.

Asintió.

Yo todavía estaba intentando comprender qué iba a pasar con nosotros. Teníamos que quedarnos juntos o, al menos, él tenía que quedarse conmigo. Y eso no lo había previsto... Mis planes acababan de irse por la borda. Y yo que quería poner un poco de distancia con él, tomarme mi tiempo para asimilar todas sus revelaciones antes de decidir nada... Con una sola petición, acababa de inclinar el juego a su favor.

Verlo más a menudo me volvería más débil. Dormir en la misma casa que él, aunque no fuera en la misma cama, comer con él, hablarle todos los días..., todo eso iba a volverme vulnerable a sus encantos.

Mis ideas de venganza iban a desvanecerse... ¿Cómo iba a aferrarme a mi ira en su presencia? A pesar de su determinación para volver a conquistarme, tenía que demostrarle que todavía no era suya. Aunque sabía que sí lo era y que mi corazón siempre le pertenecería. Hay gente que no cree en las almas gemelas ni en el destino, pero yo estaba segura de una cosa: mi alma complementaba la de Ben Jenkins. Y, sin embargo, distaba mucho de ser tan simple.

Dejé a Misty y subí a mi dormitorio. La habitación de invitados estaba cerrada. Seguramente, Ben estaría cambiándose. Habíamos tenido que pasar por su casa y había visto que era mucho más sobria que la mansión de Ash. Me había parecido que tenía buen gusto para la decoración, pero me había confesado que un decorador de interiores había hecho todo el trabajo.

Tomé el celular para enviarle un mensaje a Riley. Con una sonrisa traviesa, le dije que había visto a Ash con una toalla de baño. Sabía que iba a acribillarme a mensajes.

Por otra parte, había recibido una llamada de mi madre a la que no había respondido, por supuesto. Le envié un mensaje tranquilizándola para que no llamara a la policía.

—¿Bella? —oí la voz grave de Ben al otro lado de la puerta.

—¡Voy!

Antes de abrirle, sostuve una liga de cabello entre los labios y me eché los mechones rebeldes hacia atrás para recogerme el pelo en una cola de caballo.

—¿Aún quieres establecer normas de convivencia? —preguntó, burlón.

Asentí con la cabeza. Tenía que establecer unos límites para guardar las distancias. Dejándome llevar no conseguiría avivar su frustración.

—Vamos al jardín —ordené pasando junto a él.

—De acuerdo, jefa —resopló.

Proseguí mi camino hasta la mesa en la que nos habíamos sentado dos horas antes. Él sacó su paquete de tabaco y me miró con una sonrisita en los labios.

—Okey, Jenkins —dije poniendo las manos sobre la mesa—.

Teniendo en cuenta que me voy a ver obligada a soportarte cinco días más a partir de hoy, necesitamos unas reglas.

—Me encanta cuando te pones en plan jefa...

Puse los ojos en blanco mientras mi cuerpo se encendía con su comentario. Había olvidado el lado lascivo de Jenkins, el lado al que precisamente quería imponer un límite.

—Y vamos a empezar por ahí —declaré—. Nada de comentarios de carácter sexual.

Se cruzó de brazos y frunció el ceño, visiblemente contrariado.

—Nada de compartir cama, nada de acostarnos...

—¿Te da miedo no poder resistirte, Bella? —inquirió pasándose la lengua por los labios.

Tragué saliva y negué rápidamente con la cabeza.

—Me da miedo que te hagas falsas esperanzas —mentí, y él rio en voz baja.

—¿Qué más?

Reflexioné un instante y levanté el dedo índice.

—No puedes venir conmigo cuando vaya a visitar a mi abuela —le prohibí—. A ella... no le gusta tener invitados en casa.

Era completamente falso. Simplemente, no podía soportar la idea de que mi abuela empezara a soltarme frases que hubiera oído en la tele sobre el amor y el destino. «No le diré nada a la abuelita Georgina.»

—Entonces, ¿cómo haré para protegerte? —preguntó levantando los brazos.

—No lo sé, pero no puedes venir —concluí tajantemente.

—Si yo no estoy, tendré que pedir a algunos hombres que vayan a vigilar los alrededores.

Se me formó un nudo en el estómago al recordar la mierda en la que me había metido. Me costaba conciliar la imagen tierna que tenía de Ben con la de un mafioso. Sabía que los Scott eran una familia misteriosa. Su apellido era conocido, pero sus rostros no lo eran.

En clase de Historia habíamos estudiado a los criminales más conocidos de Los Ángeles. Una alumna había hecho un proyecto sobre las grandes familias de la mafia. Durante su presentación, Ash y Ben se habían burlado de ella porque, según ellos, todo lo que decía era falso. Ahora comprendía por qué estaban tan seguros. Eran parte de ese mundo y Ash se había convertido en el jefe de esa dinastía. Mierda.

Acababa de entrar en una historia de bandas demasiado peligrosa para mí. Todo por rencontrarme con Benjamin Jenkins. Yo, Isabella Grace, hija de Thomas Grace, un honorable hombre de negocios, acababa de adentrarme en un mundo de criminales.

—Entendido —acepté haciendo una mueca—. Pero explícame de qué tienes que protegerme.

Ben suspiró con los ojos cerrados. Sacó un cigarro del paquete y lo encendió.

—No de qué, sino de quién...

El corazón empezó a latirme con fuerza en el pecho.

—Te protegemos de un degenerado sediento de venganza, un tipo que quiere matarnos a todos y que hará cualquier cosa por obtener lo que desea.

—¿Y qué desea?

—El trono de los Scott. Desea el puesto de Ash. Bella, cuanto menos sepas, mejor estarás...

—Si estoy en peligro, quiero saber por qué.

Hizo una mueca. Quería evitar hablarme de ello para «protegerme», pero que yo no supiera nada no iba a hacer que corriera menos peligro.

—Este tipo... ya mató a un miembro de nuestra familia.

Tragué saliva con dificultad. Había oído hablar de historias como esa..., pero solo en películas o en series como *Peaky Blinders*. No era consciente de los peligros que nos rodeaban. Todavía estaba acostumbrada a mi vida, donde todo era bastante tranquilo.

Ben vivía todos los días en peligro de muerte. ¿De verdad podría yo vivir así?

—Tu mirada ha cambiado...

Ese comentario me hizo levantar los ojos hacia él. Intenté disimular el miedo que me daba la situación en la que me había embarcado.

—Tienen razón —dijo suspirando—. Somos totalmente opuestos.

Fruncí el ceño. Eso me había ofendido. No tenía derecho a decirme algo así.

—Pero eso es lo que ellos piensan, no lo que pienso yo —continuó dando una nueva calada.

«Te adoro... Sí. Te adoro por muy idiota que seas.»

Sentí que me sonrojaba. Su frase me provocó una sonrisa que no pude disimular. Cuando se dio cuenta, sus labios también se estiraron. Más de cuatro años después, todo seguía intacto. Como una obra de arte perdida en el océano y encontrada exactamente igual años más tarde. Benjamin e Isabella, Ben y Bella. Nosotros.

—Pero hay algo que no entiendo —continué—. ¿Quién es ese tipo? ¿Y por qué quiere apropiarse de algo que pertenece a su familia?

—Porque es el medio hermano de Ash.

Abrí los ojos como platos. ¡Ash tenía un medio hermano! Sabía que tenía una hermana, pero ¿un medio hermano también?

—La madre de Ash ya estaba casada con mi tío cuando se

quedó embarazada de un tipo con el que había tenido una aventura —me contó—. Para ocultarlo, decidió fingir que el bebé era hijo de mi tío.

Escuché en silencio la historia del medio hermano de Ash.

—Tiempo después, al cabo de unos seis años, el tío Rob descubrió que ese niño no era suyo. Se enojó muchísimo —añadió poniendo los ojos en blanco—. Más adelante, tuvo a Ash, su verdadero hijo.

—¿Y el primer niño? —pregunté—. ¿Se quedó con ellos?

Ben negó con la cabeza.

—Se fue a vivir con su padre, al que no conocemos. Creo que Chris, la madre de Ash, lo veía tres veces por semana —recordó inclinando la cabeza—. Pero nunca lo invitaron a ningún evento familiar. No lo conocí hasta que tuve quince años.

Fruncí el ceño. Entonces, ¿Ash tampoco sabía nada?

—Bueno..., yo sabía que tenía un medio hermano, pero no lo había visto nunca hasta ese momento. Era una tarde normal, estábamos fumando en el tejado de la mansión de la familia y vimos a Chris salir de la pequeña fiesta de los Scott. La esperaba un coche.

—Dentro del coche estaba él —concluí.

—Tu perspicacia siempre me impresionará —dijo en tono burlón—. Sí, era él. En esa época, creo que tenía veintiún años. Ash ya lo había visto. Varias veces. Decía que tenía la sensación de que alguien lo seguía.

—¿Crees que quiere matarlo desde entonces?

Asintió con la cabeza.

—Desde antes, incluso. —Exhaló el humo del cigarro—. Reclama el trono familiar porque lleva el apellido de los Scott.

Arqueé las cejas. ¿Había mantenido el apellido? Eso explicaba muchas cosas.

—Así que a esto te has dedicado todo este tiempo —comenté con un tono de sorpresa en la voz—. A salvar el legado familiar.

BEN

Sonreí ante sus palabras. «Sí, a esto me he dedicado todo este tiempo. Y de momento no voy a parar.»

Al contarle una parte de la vida que llevaba, me había «liberado» en cierto sentido.

Ash debería hacerlo más a menudo. «Verificado y aprobado por la Bencorp.»

Bella era... era muy comprensiva. Si le hubiera contado esto a otra chica de fuera de mi círculo o ajena al mundo del crimen y todas esas mierdas..., seguramente hubiera salido corriendo en dirección a la comisaría de policía y me habría delatado.

Pero sabía que mi Bella... no iba a hacerlo. Siempre me había parecido diferente de las otras y tenía razón. Esa chica sería mía, me prometí.

Así como Julieta estaba destinada a Romeo, Bella estaba destinada a mí. «Bueno, la filosofía no es lo mío.»

—¿Crees que...? ¿Crees que podré llegar a acostumbrarme? —inquirió.

Me dio un vuelco el corazón. No me esperaba esa pregunta. La miré fijamente sin saber qué decir. ¿Me estaba haciendo esa pregunta? ¿A mí? ¿Eso significaba que se sentía preparada para estar conmigo? ¿A pesar de que mi vida era todo lo opuesto a calmada?

«Demonios. Esta chica...»

—¿Tú crees que podrías? —le respondí.

Una sonrisa traviesa se dibujó en sus labios rosados. Pero cuando iba a hablar sonó su celular. Me contuve de arrancárselo de las manos y estrellarlo contra el suelo.

Se disculpó y contestó:

—¿Sí...? Muy bien, ¿y tú? Son las doce y media de la noche, papá... Sí, pero prefiero el sol de California.

Me lanzó una mirada furtiva, pero yo llevaba todo el rato observándola fijamente. Su expresión traviesa me hizo sonreír como un tonto, pero no olvidaba que era Thomas Grace el que estaba al teléfono.

—De acuerdo... Okey, sí, no hay problema. ¿Ahora? Perfecto. ¿Es azul? Bueno... ¡Que estén bien! ¡Besos!

A continuación, dejó el celular sobre la mesa.

—Puede ser. ¿Me protegerás de cualquier peligro?

Bella se levantó y yo la imité.

—¿Me lo estás preguntando de verdad? —repliqué.

Cada paso que daba hacia mí aumentaba el ritmo de mis pulsaciones. Me rodeó el cuello con los brazos y, como en un acto reflejo, yo pasé los míos alrededor de su cintura. «Bien..., esto avanza rápido...»

—¿Vas a luchar por mí?

—Sí.

—¿Volverás a abandonarme?

—Nunca más.

Sus labios esbozaron una sonrisa tímida.

—¿Me estás mintiendo? —preguntó en un murmullo.

Tenía la mirada fija en sus labios. Demonios, me moría de ganas de besarla.

—No...

—¿Me lo prometes?

Acercó la cabeza a la mía, nuestras respiraciones se entremezclaron. Me iba a hacer perder la cabeza.

—Te... Te lo prometo.

Se alejó dándome una palmadita en el hombro antes de declarar alegremente:

—¡Bien! Un alumno de mi padre debe pasar por unos documentos para trabajar en ellos mientras él está de vacaciones, tendrás que esconderte...

Me tocó a mí replicar:

—¿Esconderme de un becario?

Ella asintió.

—Un becario en el que mi padre confía. Así que, si le dice que ha visto a un chico en su casa con su hija..., creo que querrá conocerte.

Gruñí.

—Okey, okey. En cuanto llegue, subo.

—Buen chico —se burló.

Negué con la cabeza exasperado. Se alejó de mí para subir a la planta de arriba y la seguí. Encendió la luz del despacho de su padre, repleto de estanterías de madera llenas de libros de negocios y de economía. El despacho de Thomas Grace.

—Ahí están —soltó al ver las carpetas azules.

Retrocedí y salí de la estancia. Cerró la puerta y me miró de nuevo. Me sonrió una vez más y bajó las escaleras conmigo pisándole los talones.

—Lo mejor de todo este asunto es que, como tengo que quedarme contigo, Kiara trabajará sola esta noche —me alegré.

Ella arqueó las cejas.

—¿Eso es lo mejor?

«Cuidado con lo que dices...»

—Quería decir que... es que tu presencia en mi vida es mi auténtica felicidad...

«Saquen los violines... Me llaman Benjamin Mozart.» Y entonces... se echó a reír. Se estaba burlando de mí. Abiertamente.

—Pero ¿a qué ha venido esa tontería?

De repente, sonó el timbre. Abrió los ojos como platos y dejó de reír. Yo resoplé y susurré:

—Tanto secreto me excita...

Me dio una palmada en el hombro y me empujó hacia las escaleras.

—¡Ya voy!

Subí mientras ella salía a abrirle al becario. La puerta de la habitación en la que tenía que esconderme estaba cerrada, lo que no era demasiado conveniente, puesto que chirriaba.

—¡Hola!

—¡Buenas noches, Isabella! —saludó el becario.

Y me dio un vuelco el corazón. «No..., es imposible...»

—¡Aquí tienes los documentos! —indicó Bella—. ¿Falta algo?

—No, está todo. Espero que tu padre pueda descansar estas vacaciones —comentó el hombre.

Se me secó la garganta. Me estremecí.

—No te preocupes, está aprovechando bien el sol de Bali —rio mi Bella.

Estaba prácticamente seguro de que no me equivocaba.

—No te molesto más, tengo que irme. ¡Buenas noches, Isabella!

—¡Buenas noches, William!

En cuanto se cerró la puerta, me levanté de un salto. Me temblaban las manos... No, yo temblaba.

—¡Ya está! ¡Ya puedes salir de tu escondite! —me indicó Bella.

«¡No... NO... ME LLEVA EL DEMONIO... ASH... TENGO QUE LLAMAR A ASH!»

Tomé enseguida mi celular, presa del pánico.

«William... Puto William.»

—¿Todo bien? —preguntó Bella al ver el estado nervioso en el que me encontraba.

La miré y después miré mi celular, antes de buscar el número de Ash.

—¿Ben?

—¡No! —exclamé retrocediendo—. ¡Nada está bien!

Ella abrió los ojos exageradamente.

—Bella, ¿quién era ese sujeto? —pregunté señalando la puerta con el dedo—. ¿Cómo se llama?

—Eh... ¿William?

—¿William qué más? —insistí deseando estar equivocado.

Me miró sin comprender nada.

—William... Sco...

¿Quería gritar como una perra? Sí.

—¡Y Ash no me contesta! —grité—. ¡¿POR QUÉ NO CONTESTA?!

—Okey, Ben —dijo ella poniéndome las manos en los hombros—. Explícame qué está pasando.

—Prométeme que no lo conoces —supliqué.

—Pues no, ¡solo es un tipo que trabaja con mi padre! ¿Es alguien de tu familia?

—Tengo que llamar a Ash —repetí nervioso, pasándome la mano por el pelo—. Él sabrá qué hacer, siempre sabe qué hacer...

Bella me zarandeó violentamente para que volviera con ella.

—¿Quién es, Ben? —preguntó.

—Ese sujeto... ¡es él! El medio hermano de Ash. Es de él de quien queremos protegerte.

Sonó mi celular y respondí enseguida.

—Okey, esto es una mierda... Él...

—¿Qué pasa, Ben? —se preocupó Ash.

—Es William... Es...

—¿Es qué?

—Conoce a Thomas, trabaja con... Thomas —informé rápidamente—. Acaba de pasar por casa de Bella a recoger unos documentos.

Me moví de un lado a otro mientras hablaba, estaba demasiado nervioso como para quedarme en el sitio.

—¡MIERDA! —exclamó mi primo—. Okey... Cambio de planes: espera una hora y luego sal de ahí. Voy a pedir a uno de nuestros hombres que tome un coche y lo cambie por el tuyo. Cuando vuelvas a casa, verifica si hay algo raro en tu vecindario.

—Entendido.

Colgó. Bella parecía desconcertada. «Okey..., no pasa nada... Ash se encarga... Ash se ocupará de todo...»

Tomé su rostro entre las manos.

—Escúchame, todo estará bien, ¿okey? Tengo que irme, aquí no estoy seguro. Y si William se entera de que te conozco, tú tampoco lo estarás.

Entreabrió la boca y pasé el pulgar por sus labios.

—Eso quiere decir que, de ahora en adelante, debo mantenerme lejos de ti. —Tenía que tranquilizarla—. Es lo que querías, ¿no? —pregunté riendo con nerviosismo.

—¿Qué va a pasar ahora? ¿William vendrá por mí?

—No si no sabe que nos conocemos —la tranquilicé—. Te prometo que no te pasará nada.

Tenía miedo. Al mismo tiempo, estaba sola en casa y acababa de enterarse de que su padre trabajaba con un degenerado. Yo también tenía miedo.

—Si vuelve, actúa de la forma más natural posible y llámame.

Asintió rápidamente con la cabeza.

—Por favor, no te mueras —dijo, a punto de sufrir un ataque de nervios—. No creé esa cuenta falsa para nada...

Su comentario me arrancó una carcajada. La quería muchísimo. Apoyé los labios en su frente y le prometí que seguiría vivo. Pero ¿estaba seguro de eso?

Las diez de la noche del día siguiente

—Okey, Jenkins —suspiró Ash mirándome—, cambiamos de sitio.

Asentí. Lo habíamos conseguido, aunque con un poco de dificultad.

Para resumir, ese día me había pasado tres horas rellenando informes de mierda para acabar guardándolo todo porque al señor le había apetecido ir al cine. Ash llevaba años sin ir al cine y ahora estábamos en uno, y ¿por qué? POR UNA PUTA FALDA.

«Ella, te odio.»

Y la cereza del pastel era que un grupo de imbéciles nos había seguido por no sé qué motivo.

—Si nos hubiéramos quedado en casa, no habría pasado nada de esto...

—Sal —ordenó sin mirarme.

Bajé del coche con un suspiro. Oí que se cerraba como si no quedara nadie dentro. Sonreí ampliamente a las chicas cuando llegué hasta ellas.

—Ash se ha quedado dentro para vigilarlos mientras yo las

vigilo a ustedes, queridas —declaré en tono alegre pasándoles los brazos por los hombros.

—Ya es bastante difícil tenerte todo el día detrás, no lo compliques más y cállate —espetó Kiara apartándose de mi abrazo.

Las acompañé a comprar las entradas.

—¿Cómo está tu Dulcinea? —susurró Ella.

Esbocé una sonrisa. Carajo, la echaba mucho de menos. Había pensado en aprovechar que debíamos pasar cinco días juntos para hacerla caer en mis brazos, pero ahora que tenía que mantenerme alejado de ella me daba miedo que reflexionara demasiado durante mi ausencia. Esa mañana se lo había contado todo a Kiara, quien me había dado un puñetazo en las costillas por habérselo ocultado durante tanto tiempo y por poner en peligro la vida de Bella.

—Bien. Hoy se ha pasado todo el día hablando con su *roomie*: Riley, veintidós años.

—¡Aquí están las entradas!

Le di las gracias al adolescente que nos las ofrecía y me volteé hacia Ella.

—Vam...

Un rostro que reconocería entre miles hizo que se me cortara la voz. Jalé el brazo de Ella para acercarla a mí. Tenía las manos húmedas. Se me nubló la visión, sentí que el pánico se apoderaba de mí. Lo primero que hice fue pensar en Bella. Pero el problema era que William no me estaba mirando a mí. No... Miraba a Ella.

Ash arrancó el coche de repente. William salió a toda prisa del estacionamiento mientras Ash lo perseguía. Mi corazón se saltó un latido cuando el coche de mi primo desapareció de mi campo de visión.

—¿Adónde va? —gritó Kiara detrás de mí.

—Es... Era...

No podía hablar. Solo pensaba en dos cosas: Bella y Ash. ¿Había venido por mí? MIERDA.

—William —terminó la frase Ella.

Era William. Y era Ash. Era una mierda.

24
El peor día de investigación

BEN

Las siete menos cuarto de la mañana

Debíamos empezar la búsqueda para encontrar a Ash, quien llevaba varias horas sin dar señales de vida. La noche anterior había venido a recoger sus cuadernos de mierda. Así que seguía vivo. Eso era un buen comienzo.

—¿Estás despierta? —le pregunté a Ella, que seguía en la cama.

Ella asintió con los ojos cerrados. Entonces, bajé corriendo las escaleras hasta llegar a la cocina, donde estaba ese estúpido perro.

—Tú no llevas lo que se dice una vida de perros, ¿eh? ¿Has entendido el chiste? —le dije mientras me miraba—. ¿No dices nada? No me extraña que no le gustes a Ash... Eres un aburrido.

Tomé el celular para marcar el número de Bella. Me había enviado varios mensajes a los que yo había contestado horas después. «Espero que no me eche bronca.»

—Hola —comencé cuando ella descolgó el teléfono.

—¿Desde cuándo te levantas temprano?

Su tono era calmado. Estaba bien, no parecía molesta. Podía oír música de fondo, señal de que llevaba ya un tiempo despierta. Sabía que era madrugadora, todo lo contrario que yo.

«¿Cómo demonios puedes levantarte a las seis de la mañana todos los días y estar como si nada? ¡Carajo, me he levantado a las seis y media y apenas sé qué día es!»

—Desde que tengo que buscar a mi primo desaparecido —resoplé mientras ponía en marcha la cafetera.

—¿Qué?

—Íbamos a ver una película, pero Ash decidió que prefería protagonizar la suya propia... con William.

—¿William? —exclamó Bella—. Pero... tiene que pasar por mi casa esta tarde para recoger algunos documentos más.

El corazón me dio un vuelco en el pecho. William iba a estar en casa de Bella. Todavía no entendía qué demonios estaba haciendo con Thomas, pero si tenía que ir a su casa... significaba que no estaba con Ash. Y eso era muy tranquilizador.

—Pediré a algunos hombres que se queden por la zona —dije muy serio.

—No será necesario... Ben, lleva dos años trabajando con mi padre —me tranquilizó—. Si hubiera querido secuestrarme o algo así, ya lo habría hecho.

Me pasé una mano por el pelo y resoplé nervioso. Me moría de ganas de acabar con él de la manera más dolorosa posible. Y saber que estaba tan cerca de mi Bella me sacaba de mis casillas. Ash tenía razón: «Mientras ese hijo de puta siga vivo, no podemos bajar la guardia».

Ella se acercó por detrás y abrió el enorme refrigerador sin decir una palabra.

—¿Qué vas a hacer hoy? —le pregunté a Bella.

—Probablemente me quede en casa. Esta noche va a venir mi abuela, así que quizá salgamos a cenar.

—Ah, una cita.

Me senté en una de las sillas con mi café.

—Una cita, sí —se rio.

—¿Y cuándo vas a invitarme a mí a una?

Sonreí con picardía, aunque sabía que, por ahora, era imposible. Me gustaba tomarle el pelo. Era divertido.

—De momento no —se burló—. Te dejo, tengo que hacer unas compras...

«"De momento no..." ¿Está bromeando o eso significa que tendremos una cita?»

—En cualquier caso, espero que Ash no esté muy lejos —concluyó arrancándome un suspiro—. ¡Adiós!

Levanté la mirada hacia Ella, que acababa de sentarse frente a mí con su desayuno y los ojos clavados en el perro, que tenía la boca abierta.

«Así es como miro a Bella. Como si no hubiera nadie más en el mundo.»

Me reí de mi propio pensamiento. Normalmente no bebía café. A Ash y Kiara les encantaba, pero a mí a veces incluso me parecía asqueroso. Dicho esto, me ayudaba a despertarme, así que... «Hay que sufrir para seguir vivo.»

—¿Tienes idea de dónde puede estar? —me planteó Ella.

—En realidad, sí... Hoy vas a poder disfrutar de una visita guiada titulada «Tras las huellas de Asher Scott». Empezaremos por Wild River. Luego daremos una vuelta por el campo y...

—Lo he entendido —me interrumpió con un tono divertido—. ¿Quieres que tome papel y pluma?

Asentí. Así sería más fácil tachar los lugares que fuéramos visitando. «Mientras algunos van a la caza del tesoro, yo voy a la caza de Asher.»

Las siete menos cinco de la tarde. Llevábamos ya varias horas buscando y aún ni rastro de mi rubio e inestable primo. «Ash, me estás poniendo nervioso.»

—¿Vienes? —me instó Ella.

—Sí, ya voy —dije dándome la vuelta para volver al coche.

Cerré las puertas y arranqué en dirección a nuestro siguiente destino: el castillo de mierda. Era un castillo que había descubierto con Ash y Kyle cuando éramos adolescentes mientras buscábamos un lugar para acampar.

—¿Y si le ha pasado algo? —me preguntó Ella por cuarta vez.

—No creo.

Continuamos el viaje en silencio. Ella intentaba llamar a Ash con su celular y con el mío, pero este no contestaba.

No creía que fuera a estar en el castillo porque allí no había cobertura. O muy poca. Con los ojos fijos en la carretera, pasé de pensar en Ash a pensar en Bella. Aunque sabía que ella estaba a salvo mientras me mantuviera alejado, me frustraba que estuviera en la ciudad y no poder verla. Pero esa era la realidad, esa era la vida que tendríamos si nos dábamos otra oportunidad. No le aportaría nada más que peligro. ¿Había tomado yo la mejor decisión para ella? ¿Estaba preparada para tener una relación conmigo?

—Ella —empecé, haciendo una mueca.

—¿Sí?

Resoplé.

—Sabes que Bella vuelve a estar en mi vida desde hace un tiempo...

—Lo sé —suspiró.

Seguí el sendero que llevaba al castillo. Esperaba encontrar allí a Ash, porque estaba realmente cansado de conducir.

—¿Crees que he tomado la decisión correcta?

Mi coche nuevo se sacudía por culpa de los baches en la carretera. Refunfuñé temiendo que acabara estropeándose.

—No creo que sea... incorrecta. Solo has elegido una mala época.

—Soy consciente de ello —suspiré.

—Tienes que mantenerte alejado de ella hasta que mates al medio hermano de Asher.

—Se marcha en menos de dos semanas. A veces... me pregunto si tenemos futuro juntos.

Ella guardó silencio un momento antes de aclararse la garganta.

—No soy muy buena dando consejos a los demás, nunca he tenido novio —suspiró—, pero por las pocas series y películas románticas que he visto...

—Oh, no, por favor —me reí—, odio las películas románticas. ¡No reflejan la realidad en absoluto!

—Puede, pero ¡a veces son útiles! Creo que su relación no está acabada y que deberían darse otra oportunidad.

—Pero ¿y si solo le traigo desgracias? Esa chica que no se merece toda la mierda que me ha tocado vivir... —repliqué mientras frenaba—. Quiero decir... Bella...

—No elijas por ella, ya lo hiciste y te arrepientes, ¿no? —me interrumpió girándose hacia mí—. Tal vez podría llevarlo mejor de lo que piensas.

Tenía razón. Yo no sabía cómo gestionaba Bella este tipo de situaciones y, en mi cabeza, ni siquiera debería tener que gestionarlas. Deseaba protegerla, pero al mismo tiempo era egoísta. Quería protegerla de mí y de mi vida, pero no quería que se fuera.

—No lo sé...

—No tienes que decidir por ella, Ben —refunfuñó Ella desabrochándose el cinturón de seguridad mientras yo apagaba el motor—. Por ahora, intenta... ¿ponerte al día? No sé si eso es lo que hace la gente, pero en las series...

La tranquilicé:

—Sí, no te preocupes, eso es lo que hacen y eso es lo que tengo que hacer.

Ella levantó la vista hacia el castillo abandonado. Los recuerdos compartidos con Ash y Kyle me hicieron sonreír.

—Imagínense que hay un fantasma —murmuré mientras los seguía al interior de ese extraño castillo.

—El único fantasma que habrá será el tuyo si sigues molestando —gruñó Ash.

No había otras luces que las que provenían de nuestras linternas. Carajo, qué miedo.

—¡Ash! —exclamó Kyle, girando su linterna hacia la izquierda—. ¿Crees que esto es un manicomio?

—No, Kyle, solo es un castillo vacío —resopló este—. Vamos, subamos a fumar.

—¡Qué buena idea! —se entusiasmó Kyle—. ¡Armé unos porros!

—Parece un antiguo internado —comentó Ash—. Hay gente que busca sitios así para coger, es espeluznante.

Había visto una película de terror que empezaba igual y al final... los personajes acababan todos muertos. No digo más.

—¿El objetivo de acampar en un bosque no es estar al aire libre? —pregunté ansioso ante la idea de quedarme en ese lugar de mierda un minuto más.

—Puedes irte si quieres, Jenkins. Tienes más posibilidades de morir fuera tú solo que aquí dentro con nosotros —se rio Ash.

Mis pasos me llevaron hacia la entrada. «Nunca me han gustado las cosas abandonadas. Si está abandonado es por algo.»

—Nunca me ha gustado este lugar —murmuré.

—¿Deberíamos llamar a Asher? —me preguntó Ella mientras examinaba nuestro alrededor—. Esto parece inmenso, no lo vamos a encontrar nunca...

—¿Tienes cobertura?

Ella negó con la cabeza. Continuamos adentrándonos en ese lugar dejado de la mano de Dios. Carajo, si un caníbal vivía ahí, íbamos a ser la cena. «Ash, te odio desde lo más profundo de mi ser.»

—¡¿ASHER?! —gritó Ella.

Me sobresalté.

—¿Qué te pasa? —dije casi sin aire con los ojos abiertos como platos.

—Te espantaste, Jenkins —se burló Ella.

—Te juro que, si hay un caníbal, te dejaré aquí y ya veremos si...

De repente, una risa me interrumpió. Me puse rígido al momento. No era la de Ella. ¡Demonios! Sabía que ese lugar estaba maldito.

—Asher, Asher, Asheeeer —canturreó una lejana voz de mujer—. ¿Oyeron eso? ¡Tenemos invitados! ¡Rápido!

Volvió a reírse. Yo estaba a punto de gritar de pánico. Después de pensarlo un segundo, decidimos, de mutuo acuerdo entre YO y YO, abandonar ese lugar DE INMEDIATO.

—Te juro que no me voy a quedar aquí ni un segundo más. Si Ash está aquí, que se muera.

Me giré rápidamente y Ella me siguió casi corriendo. Volvimos al coche.

—Te odio, Ella —solté cerrando la puerta y alejándome del castillo lo más rápido posible.

—¿Crees que ha sido un fantasma? —me preguntó con el rostro pálido.

—Creo más bien que era una loca esquizofrénica que ha decidido vivir ahí.

Nos dirigimos hacia el próximo lugar. Esperábamos encontrar a Ash y no fantasmas o mujeres locas. Estaba siendo uno de los peores días de mi vida.

—¿Qué nos queda por inspeccionar? —le pregunté a Ella mientras miraba la hora en el coche.

Las doce y media de la noche. Carajo. Acabábamos de salir corriendo del restaurante donde había pedido la mejor hamburguesa de la historia. Por desgracia, había tenido que irme antes de comérmela. Y por una buena razón: los hermanos de una chica a la que me había cogido, bueno, casi cogido, me habían visto y me habrían asesinado antes de que le hubiera dado el primer bocado.

—La antigua casa de tu abuela, las colinas verdes y la villa roja.

Recordaba especialmente las colinas verdes, donde Ash se había emborrachado poco después de la muerte de su padre.

—Tú, por supuesto, no has perdido nada —tartamudeó dando otro sorbo a la botella de alcohol que tenía en las manos—. No... no solo he... perdido a mi padre, sino que... me he visto obligado a fingir... que... no... ha pasado nada.

Se rio mientras yo hacía una mueca, no sabía qué decir. La muerte del tío Robert también había sido una gran pérdida para mí, pero para Ash era mucho mayor. Y se notaba. Por primera vez tras varios días de silencio, acababa de explotar.

Dos horas antes, habían votado: habían decidido que Ash asumiría toda la responsabilidad de la red.

—¡LOS... LOS ODIO, CARAJO! —gritó antes de caer sobre la hierba mojada y lanzar la botella—. Papá está MUERTO por culpa... ¡MÍA! Y ellos...

—No es culpa tuya, Ash...

—¡Sí lo es! —chilló, y yo cerré los ojos suspirando—. Papá está muerto, Ben. ¡ESTÁ MUERTO, DEMONIOS!

Mientras él descargaba su rabia, yo permanecía callado como un idiota.

—Carajo..., está muerto...

Y por primera vez en más de veintiún años... oí un sollozo escapar de los labios de mi primo. Borracho en el suelo, con las manos sobre la cara, atormentado por la pena y la presión de la familia. Y me dolió.

Mi celular vibró.

De Kyle Scott:
¿Y? ¿Votaron Ash o por papá?

Resoplé.

Para Kyle Scott:
Ash...

Por el camino, Ella había intentado ponerse en contacto con Ash y él había colgado. Eso era una muy mala señal. Cuando yo lo había llamado, había sonado el tono, no el buzón de voz. Y eso era todavía peor señal.

Me di cuenta de que eran las consecuencias de una decisión que Ash había discutido vagamente conmigo. La loca no había venido por él, había venido por Ella. Todos lo sabíamos. Ash había empezado a preguntarse si no sería mejor alejarse de Ella para mantenerla fuera de peligro. Pero había una cosa que yo no entendía: ¿el peligro no era una parte esencial del trabajo de Ella?

Ally, aunque fuera una cautiva, debía mantenerse alejada si quería que su hijo estuviera a salvo, pero, en el caso de Ella, era la vida que había elegido, ¿no? Los dos ocultaban muchos secretos y las reacciones de Ash me estaban demostrando que entre ellos había algo más que un simple «nada» o un «intentamos aguantarnos».

Ella volvió a llamar a Ash y esta vez sí sonó el buzón de voz. Apreté los dientes. No sabía qué planeaba hacer mi primo, pero sus pequeñas decisiones sin contar con los demás me estaban volviendo loco.

—Está empezando a enfurecerme de verdad —murmuré.

La una de la madrugada

Ella y yo éramos como los imbéciles que subían a YouTube videos explorando casas encantadas.

Las linternas de nuestros celulares apenas iluminaban el camino.

«Si me muerde una serpiente, no voy a intentar sobrevivir, ya no sirve de nada. No me gustan las serpientes, son feas.» Mi mirada se posó instintivamente en la enorme mansión de mi abuela, tan oscura y tenebrosa como las cabañas abandonadas de las películas de terror. «Se la podríamos alquilar a un productor para que grabara aquí. Ganaríamos dinero.»

—Vamos a rodear la casa para comprobar si está dentro —murmuré mientras caminaba despacio.

Cuando nos acercamos a la parte trasera de la mansión, que parecía tan vacía como la vida amorosa de Kiara, me estremecí. La atmósfera era sofocante. «Sí, tengo miedo, ¿qué pasa?»

El corazón me dio un vuelco cuando mis ojos se cruzaron con lo que llevaba horas esperando encontrar: el coche de Ash. Lo reconocí, era uno que tenía una odiosa y estúpida alarma. Pero no era el único, había otro al lado. Ash no estaba solo.

—¡Me lleva el demonio! —susurré.

Sentí que mi cuerpo temblaba. Mi mente imaginó los peores escenarios, en los que aparecían Ash... y William. Ella tuvo la misma reacción que yo. Rápidamente, le pedí que apagara la linterna del celular. Las cosas empezaban a ponerse más peligrosas de lo que tenía previsto.

Me acerqué a la puerta principal, rota y entreabierta, y volteé una vez más hacia Ella para pedirle que guardara silencio. Apoyé la oreja en la pequeña rendija que se abría entre el marco y la puerta. Cuando la empujé ligeramente, un chirrido hizo que me estremeciera. Era imposible entrar sin ser descubierto. Me aparté y volteé hacia Ella:

—Okey..., el coche de Ash tiene una alarma muy fuerte, ve a aventarle algo.

Ella abrió la boca y negó con la cabeza. «Lo sé, Ella, pero mejor morir a manos de Ash que de William.»

—¡Va!

La empujé hacia el coche. El nudo en mi estómago aumentaba a medida que pasaban los segundos. Carajo, apenas me quedaban tres balas... ¡y ELLA LLEVABA UNA FÉRULA DE YESO!

Se me cortó la respiración al oír la alarma de mierda taladrándome los oídos. La cautiva se unió a mí a toda prisa. Me acerqué a la puerta y la abrí de un empujón. El olor a humedad me llenó las fosas nasales e hice una mueca de disgusto. Tomé la mano de Ella y me llevé el dedo índice a la boca para indicarle que no hablara.

—He oído algo fuera, espero que no te hayas marchado.

Me puse muy tenso y le apreté la mano. Estaba casi seguro de que se me había parado el corazón. Reconocí aquella voz. Sus pasos bajaron las escaleras. Sin pensarlo, jalé a Ella hacia el viejo comedor y apoyé la espalda en la pared más oscura.

Apreté su cabeza contra mi pecho mientras intentaba calmarme. Su respiración estaba tan agitada como la mía. «Carajo, estamos muertos.»

Oí que la puerta se abría con un fuerte chirrido, señal de que William acababa de salir. Después de asegurarnos de que se había ido, subimos a toda prisa las escaleras de madera. La alarma camuflaba todos los ruidos, cosa que era tanto una ventaja como un inconveniente.

La puerta volvió a abrirse. Estaba a punto de darme un infarto. La teníamos difícil.

—Bueno, solo quiero hablar. Y después, te mataré... como a papá.

William iba a matar a Ash esa noche.

«Verdaderamente uno de los peores días de mi vida.»

25
Zapatos

BELLA

Las tres de la mañana. Las horas pasaban lentamente y seguía sin tener noticias de Ben. Llevaba desde la mañana anterior sin responder a mis mensajes. La preocupación corría por mis venas.

Pero había un pensamiento invasivo en mi mente, uno del que no podía deshacerme. ¿Y si me había abandonado otra vez? Aunque me había prometido que no volvería a marcharse nunca, no pude evitar que esa idea tóxica echara raíces en un rincón de mi cabeza. La última vez se había ido así. A pesar de todo lo que habíamos compartido.

Abrí los párpados poco a poco. La luz del día entraba en la estancia, que no reconocí en un primer momento. Enseguida me di cuenta de que estaba en su habitación. Ben dormía plácidamente a mi lado. Tenía el torso medio descubierto, mientras que el mío estaba envuelto en sus sábanas oscuras.

Se me dibujó una sonrisa en los labios al verlo. Su pelo enmarañado apenas dejaba entrever sus ojos cerrados. Tenía la boca entreabierta y la respiración calmada y regular. Seguía durmiendo.

La noche anterior nos habíamos explicado y nos habíamos encontrado. Eran tan guapo... Tan él... Hicimos el amor por primera vez y había sido aún mejor de lo que imaginaba.

Recorrí la habitación con la mirada para grabar en mi memoria todo lo que la componía. A diferencia del resto de los adolescentes de su edad, no tenía pósteres en las paredes. En la habitación solo había una cama, un sofá y una tele con una consola de videojuegos. Vi también unos cuantos cuadernos en el escritorio; probablemente, tareas que todavía no había tocado. También había marcos de fotos, ¿serían de su padre? No podía verlos bien desde ahí.

Giró la cabeza. Se quedó acostado bocabajo a mi lado. Me sorprendí a mí misma al pasar la mano por su cabello de ébano y jugar delicadamente con sus mechones.

—Vamos a llegar tarde a clase —susurré en voz baja.

Una sonrisa apareció en la comisura de sus labios. Estaba despierto.

—No hay clase hasta dentro de una hora —replicó él todavía adormilado antes de acercarse a mí y rodearme la cintura con los brazos.

Su olor me impregnó la nariz, incitándome a cerrar los ojos de nuevo. Y, en lo más profundo de mi ser, recé por que ese instante durara horas.

Nunca habría sospechado que esa sensación iba a vivirla muchas veces. Durante los días siguientes volvió a desaparecer con la misma rapidez con la que había llegado a mi vida. Y sin ningún motivo.

—¿Han visto a Ben? —pregunté a mis compañeras de clase.

—No, he visto a Ash esta mañana, pero iba solo —respondió Ginny guardando sus libros en el casillero—. Bueno, estaba con Sheyenne.

—¿Sabes si Ben fue al baile con una cita?

—No, no creo. Al menos, yo no vi nada.

Eché una ojeada por el pasillo lleno de cabezas de alumnos, pero no había señales del cabello de ébano de Ben.

—¿Y si lo llamas? —propuso mi otra amiga como si fuera algo evidente.

¡Vaya solución! ¡No se me había ocurrido!

Puse los ojos en blanco y le mostré mi registro de llamadas. Hizo una mueca al ver todas las veces que lo había intentado. Hacía tres días que se había ido. Y Ash, por su parte, me ignoraba, como había hecho siempre. Sin embargo, no me atrevía a hablar con él. Debo confesar que me intimidaba.

¿Había hecho yo algo mal para que Ben se hubiera ido? ¿Le había pasado algo?

La graduación tendría lugar al cabo de pocos días y esperaba encontrármelo allí para darle un puñetazo en la cara.

Pero después de aquel día en que nos habíamos despertado juntos en su casa, no volví a verlo hasta años después. En aquella época, temía que hubiera desaparecido de mi vida para siempre. Por eso ahora, sin poder evitarlo, dejé que las lágrimas me resbalaran por las mejillas. Los malos recuerdos volvieron a la superficie. Había vuelto a abandonarme.

Mis preocupaciones se disiparon cuando oí sonar el celular. Me tragué las lágrimas antes de contestar.

—Lo siento —empezó rápidamente.

Por su voz, comprendí que estaba caminando a toda prisa. También se oía viento, lo que indicaba que seguía fuera a esas horas intempestivas.

—Llevo todo el día esperando —solté sin poder retenerme—. Ni siquiera me has contesta...

—¡Rayos, lo sé, Bella, lo sé! —me interrumpió, molesto.

Fruncí el ceño. ¿Cómo se atrevía a hablarme así?

Suspiró pesadamente mientras mi ira empezaba a aumentar.

—Okey..., ya no está aquí —suspiró.

Me quedé callada. ¿Había encontrado a Ash?

—Lo siento —repitió—. Llevo todo el día buscando a Ash y, cuando lo he encontrado, William se ha entrometido y... ¡mierda!

Me dio un vuelco el corazón. Parecía desesperado y afligido.

—¿Vas a acostarte pronto? —preguntó.

—Sí, eso creo... ¿Por?

—Es que... tengo... tengo que irme —me dijo, y yo suspiré—. Así que ¿buenas noches?

—Sí, buenas noches.

Colgó y me dejé caer en la cama. Llevaba todo el día preocupada y... ¿así era como pensaba hablarme? Me cubrí el rostro con las manos y solté la tensión acumulada junto con las lágrimas. Lo odiaba, pero parecía muy afectado. Me frustró horriblemente no poder estar junto a él.

Suspirando, giré a un lado. Le envié enseguida un mensaje a Riley para informarla de que el cabrón de Ben seguía vivo. Desagradable y desesperado, pero vivo.

Misty dormía a mis pies, roncando. Noté los párpados

pesados y por fin pude dejar a un lado la preocupación y el dolor que había sentido todo el día por culpa de Ben Jenkins.

Hacía ya unos días que había vuelto a la ciudad, unos días en los que había estado en paz sin mis padres, pero eso no iba a durar para siempre. Volvían a la mañana siguiente.

Miré la hora: las dos de la tarde. Me quité el guante rosa y me pasé la mano por la cara para apartarme los mechones sueltos mientras pensaba en todas las tareas domésticas que me quedaban por hacer antes de su regreso.

Sonó mi celular y vi el nombre de Ben. Acepté la llamada, pero no dije ni una palabra.

—Estás enojada... —constató al cabo de unos segundos de silencio—. Lo sé, la cagué, de verdad...

—Es un buen principio —declaré con frialdad mientras empezaba a lavar los platos.

«Gracias a la humanidad por crear los audífonos inalámbricos.»

—Sé que estás molesta... y quiero pedirte perdón. ¿Has comido? —preguntó.

Fruncí el ceño.

—Todavía no, estoy arreglando la casa.

—¿Puedes permitirte tomarte una pausa y aprovechar para abrirme la puerta?

Me dio un vuelco el corazón. ¿Estaba aquí? Fui hasta la entrada y me lo encontré en el porche, con dos cajas de pizza en una mano y una bolsa en la otra.

Esbozó una sonrisa avergonzada.

—Deja que me asegure... ¿Sigue sin gustarte el pimiento verde?

Su pregunta me arrancó una sonrisa que intenté camuflar lo mejor que pude. Se había acordado de ese detalle.

—Entra antes de que te vea alguien —dije apartándome de la puerta.

Obedeció. Entonces, le pregunté con el ceño fruncido:

—¿Ash no te había dicho que era peligroso venir a mi casa?

—Sí —contestó quitándose los zapatos al lado de la puerta—. Pero ahora tiene cosas más importantes por las que preocuparse que la vida de Ben.

Me crucé de brazos esperando una respuesta más clara. Ben resopló y dejó las pizzas en la isla central de la cocina.

—Va a cagarla con Ella y, créeme, no quiero darle motivos para desquitarse conmigo.

Acabó la frase con una mueca mientras yo intentaba comprender la situación.

—Ella... ¿es su novia?

Inclinó la cabeza y pareció reflexionar sobre la respuesta. ¿Tal vez estuvieran juntos en secreto?

—A decir verdad, ni siquiera yo lo sé. Pero William cree que Ella es lo que más desea Ash.

Tragué saliva al recordar el peligro que representaba William para la familia de Ben.

—¿Qué pretende hacer Ash con Ella?

Me acerqué a la alacena de los platos.

—Sinceramente, no tengo ni idea —respondió Ben repartiendo las porciones de pizza—. Lo único que sé es que está muy pero muy irritable desde anoche por lo que hizo ella.

—¿Qué hizo? —interrogué, intrigada.

Me miró un instante antes de resoplar:

—Le mostró a William que estaba dispuesta a recibir una bala por él.

Se me cortó la respiración. Ella, esa chica tan tímida y que parecía tan resentida con Ash, ¿estaba dispuesta a morir por él?

—¿Y Ash está enojado por eso?

—¿Te apetece que lo hablemos mientras comemos? —se burló—. Porque me muero de hambre.

Asentí y esbocé una sonrisa. Tomé los dos platos para salir al exterior. Una vez sentados, le dio un bocado a la pizza y gimió de satisfacción.

—Básicamente —empezó después de tragar—, Ash siempre ha fingido ser un tipo desapegado, aunque en realidad se niega a poner en peligro la vida de los demás, mientras que William ha intentado por todos los medios llegar hasta él.

—¿Lo ha conseguido?

Ben asintió.

—Matando a su padre.

Se me atoró la pizza. Tosí violentamente con los ojos como platos. ¡William había matado a alguien! Eso fue todo lo que pude retener. William era un asesino. Había matado a ese hombre del que guardaba un recuerdo lejano: Robert Scott.

Se me formó un nudo en el estómago. La noticia me había quitado el apetito. Tomé un trago de agua mientras Ben me observaba preocupado.

—Un asesino... ha entrado en mi casa... ¿varias veces? —articulé conmocionada.

Él asintió suavemente.

—Nunca conoces a quien tienes delante, no lo olvides.

Enseguida me vino a la cabeza la canción *Heathens*, de Twenty One Pilots. Y tenía razón. Nunca habría sospechado que William pudiera ser tan peligroso.

—¿Y tú has matado ya a alguien? —pregunté haciendo una mueca.

No sabía siquiera si estaba preparada para oír su respuesta. Aunque ya la sabía, teniendo en cuenta su trabajo. Era inevitable.

—Eso ya ha sucedido —admitió temiendo mi reacción—. Pero, a menudo, enviamos a alguien a que lo haga por nosotros... Bueno, cuando Ash lo pide.

—Eres un asesino...

—¡No! Bueno..., no es mi cometido principal. La gente a la que mato quiere matarme. A mí o a algún miembro de la familia.

Ben ya le había arrebatado la vida a alguien, a varias personas. Odiaba conocer esta información.

—Pareces... decepcionada —remarcó Ben tomando otra porción de pizza.

Me encogí de hombros y fingí que no tenía importancia. La pizza sin pimiento verde, por buena pinta que tuviera, ya no me apetecía.

—Es solo que... Es que no estoy acostumbrada a que me suelten algo así con tanta calma —suspiré contemplando las plantas del jardín—. Vernos aquí es tan peligroso para ti como para mí.

No me sentía segura ni en mi casa. Saber que un asesino había entrado varias veces y que conocía a mi padre me hacía sentir muy incómoda. Además, ni siquiera sabía cómo debía comportarme ante William a partir de ahora. Si se enteraba de que frecuentaba a Ben y a Ash, solo Dios sabía qué podría tramar.

—Sé que estás enojada por no haberte dicho nada ayer —añadió—. Pero confía en mí, no es como la otra vez, te lo juro.

¿Que confiara en él? ¿Me estaba tomando el pelo?

—¿Y cómo puedo estar segura? —pregunté, molesta—. Pasó lo mismo la última vez, ¿recuerdas?

Hizo una mueca, pero no dijo nada. Así que aproveché para vaciar todo lo que guardaba dentro, puesto que nuestros rencuentros eran demasiado «felices» en comparación con todo lo que había vivido por culpa de su ausencia.

Él no era consciente de lo mucho que me había afectado que me dejara sin decirme ni una palabra. Me hervía la sangre al recordarlo.

—Desapareciste el día siguiente del baile después de hacer el amor. No respondías a mis mensajes ni a mis llamadas. ¿Te preguntaste cómo estaba yo? —inquirí señalándome con el dedo—. No pensé ni por un segundo que fueras a marcharte de mi vida sin darme un motivo, Ben. Pensé que había hecho algo terrible.

—Lo sé, pero...

—¿Y ahora me pides que confíe en ti? —lo interrumpí, molesta—. ¿Te atreves a pedírmelo tras demostrarme que no puedo hacerlo porque eres capaz de marcharte en cualquier momento?

Recordé las tardes que había pasado pensando en él, reflexionando sobre qué podía haber hecho para que desapareciera, imaginando lo que podría haberle sucedido. Me preocupaba por él día y noche. Día y noche, durante meses, antes de hacerme a la idea de que había salido de mi vida sin motivo aparente. Aceptar ese hecho me había matado.

—Pasé... pasé días buscándote, soñando contigo. Estaba obsesionada, Ben. No podía hacer nada que no fuera esperar un mensaje tuyo, revisar las redes sociales esperando encontrar señales de ti.

Sus ojos negros, que llevaban mirándome desde el principio, se desviaron ante mi tono acusador. Murmuró:

—Yo tampoco estaba bien, Be...

—¡TÚ SABÍAS EL MOTIVO! —grité—. Así que no te compares conmigo. ¿Sabes lo que se siente? ¿Ver que alguien con quien tienes una relación estable y bonita sale de tu vida sin decir nada? ¿Sin darte ningún motivo? ¿Como si no valieras nada? ¿Como si todo lo que hubierais vivido solo existiera en tu cabeza?

Se quedó callado.

—¿Te has sentido como un tonto pensando en la persona que se había marchado? ¿En cómo la veías? ¿En cómo te habías engañado pensando que nunca iba a abandonarte? ¡No! ¡Claro que no!

Me levanté tragándome las lágrimas. Lágrimas de ira, sí, pero mezclada con la tristeza que acompañaba a los recuerdos de mi «yo» de unos años atrás, la que esperaba desesperadamente una señal de Ben.

—Te dices que debe de ser culpa tuya, que has hecho algo mal —agregué con rabia—. Pierdes la confianza en ti, te sientes como una puta mierda y ¿sabes qué es lo peor? Ver a esa persona ser feliz sin ti mientras tú te quedas esperándola porque eras feliz con ella.

Sentí que las lágrimas me bajaban por las mejillas, enrojecidas por la rabia. Él levantó la cabeza para mirarme con los ojos como platos.

—Si no has vivido todo lo que te acabo de contar, no te atrevas a decir ni por un segundo que estabas mal.

Me temblaba el labio. Me temblaba todo el cuerpo de rabia. Ben había apresurado las cosas fingiendo que todo estaba bien porque pensaba tal vez que yo había olvidado todos esos años de silencio y lo había perdonado.

—¿Sabes lo que es tener que ahogar todos tus sentimientos por alguien en una sola noche? —me preguntó él levantándose—. ¿Sabes lo que es decirte que no mereces a la persona que te obsesiona desde el día en que la conociste? ¿Decirte que merece a alguien infinitamente mejor que tú?

Le sostuve la mirada dejando que las lágrimas escaparan de mis ojos.

—¿Saber que nunca podrás ofrecerle lo que otro podrá proporcionarle? ¿Que nunca podrás hacerla feliz como lo haría otro sin tan siquiera esforzarse demasiado? ¿Sabes lo que se siente al tener que acabar con todo lo que sientes por alguien para no poner a esa persona en peligro?

Se acercó a mí, pero no me moví ni un centímetro.

—Si crees que era feliz sin ti, te equivocas por completo, Isabella. Era como un puto perro hundido por no poder explicarte por qué me había ido, por qué había tenido que alejarme de ti —confesó—. No eres la única que ha sufrido en nuestra relación.

Me crucé de brazos.

—Tú sabías el motivo —repetí en el mismo tono.

—¡Me odio por haberte hecho sentir como una mierda todo este tiempo! —Continuó recortando el espacio que nos separaba—. Me odio por que hayas tenido que sufrir tanto por mi culpa.

—Estoy enojada contigo, Ben —suspiré—. Muy enojada.

—Lo siento —soltó antes de abrazarme—. De veras que lo siento tanto...

Su abrazo dio vida a las mariposas de mi estómago. Llevaba mucho tiempo soñando con ese momento.

—Sé que piensas que abuso de tu perdón. Sé que crees que, si me perdonas otra vez, eso hará que no te tome en serio —murmuró—. Pero te prometo que esta vez es diferente.

En cuanto levanté la mirada hacia él, Ben bajó la suya. Me puso una mano en la mejilla para secarme las lágrimas.

—Sé que todavía no puedes confiar plenamente en mí, es imposible. Pero concédeme tiempo y te prometo que no te decepcionaré. No saques conclusiones precipitadas.

Si los ojos eran el espejo del alma, yo podía ver la suya. Parecía muy sincero.

—Ya no soy el Ben que conociste en la escuela —me tranquilizó—. Mira..., ahora tengo músculos.

Reí al oírlo presumir mientras seguía abrazándome.

—¿Por qué antes no querías estar en mi vida y ahora es justamente eso lo que me pides?

Me miró un instante.

—Porque antes creía que no podrías ser feliz conmigo.

—Sin embargo, lo era.

—Deja que te haga una pregunta, Grace —anunció con una sonrisita—. Y no tienes que responderme enseguida.

Arqueé una ceja.

—¿Crees que podrías ser feliz conmigo a pesar de que somos totalmente opuestos? —susurró—. Esperaré tu respuesta hasta que llegue el momento. Mientras tanto...

Me dio un vuelco el corazón cuando sentí sus labios en la frente. Cerré los ojos para apreciar mejor su contacto, que hacía que me latiera el corazón a un ritmo desenfrenado.

—Te protegeré de la locura de mi vida —me tranquilizó—. Y te prometo responderte antes a los mensajes.

Sonreí contemplando sus labios... Me moría de ganas de besarlo, de decirle que podía ser feliz, pero no. Sentía una incertidumbre total y eso estaba lejos de ser buena idea.

Fruncí el ceño cuando llamaron a la puerta. Ben me miró con aire inquisitivo y me encogí de hombros. Subió a la planta de arriba mientras yo iba a abrir.

Me dio un vuelco el corazón cuando vi ante mí los ojos azules del asesino, que me miraba con una gran sonrisa en los labios y las manos llenas de documentos.

—¡Hola, Isabella! —saludó William—. ¿Puedo pasar?

Temblorosa, asentí intentando mantener la calma. Ben estaba arriba y William quería matarlo.

—¡S-sí!

Atravesó el umbral.

—¡Vaya, veo que estabas limpiando!

—Sí, ya sabes que Thomas y Lily tienen bastantes manías —bromeé.

—Es verdad, tu padre vuelve mañana. Por cierto, aquí están los documentos que me pidió —dijo entregándome los papeles—. Voy a estar fuera durante un tiempo, así que me he dado prisa por acabar el trabajo.

Asentí y él me sonrió antes de girarse para marcharse.

—Te dejo, ¡que tengas un buen día!

Pero, en cuanto abrió la puerta, me miró por encima del hombro.

—Por cierto, ¡unos zapatos muy bonitos!

Se me cortó la respiración cuando señaló los zapatos de Ben con el dedo, cerca de la puerta. Rápidamente, le dije:

—¡Gracias! Son unos zapatos viejos de mi padre, los he tomado prestados.

Se rio.

—Tienes muy buen gusto, Isabella. ¡Bueno, adiós!

Contuve la respiración mientras, desde la ventana, lo veía salir de la zona residencial.

—¡VOY A MATARTE! —grité.

Ben bajó corriendo las escaleras y apareció, terriblemente pálido. Había oído la conversación. Y, sobre todo, había oído lo de los zapatos.

—No tengas miedo —susurró—. Es la primera vez que me pongo esos zapatos.

—Entonces, ¿por qué estás tan blanco? —pregunté frunciendo el ceño.

—Porque los ha visto.

26

Peón

BEN
Las ocho de la tarde

—¡TÚ! —exclamé señalándolo mientras entraba en su despacho.

Ash me miró sin decir una palabra, con una copa en una mano y un cigarro en la otra.

—Yo —replicó con sarcasmo.

—Tú —repetí fulminándolo con la mirada.

—Yo —repitió mi primo fingiendo no entender mi actitud.

Apoyé los puños sobre la mesa y me puse frente a él. Se había atrevido, debería haberlo visto venir, era demasiado bueno para ser verdad.

—Ya te los habías puesto —lo acusé refiriéndome a los zapatos que me había regalado hacía unos días—, ¿verdad?

Me miró en silencio antes de concluir seguro de sí mismo:

—Y tú has vuelto a ir a su casa. Si he entendido bien, William pasó por ahí, ¿no?

Apreté la mandíbula. Debería haberlo visto venir, carajo. Esos zapatos eran demasiado elegantes como para que me los regalara sin más.

—¿Vas a meter a Bella en nuestra mierda?

—¿A ti qué te parece? —respondió dando una calada.

Se me heló la sangre. No iba a ser capaz de mantener mi puño fuera de su boca arrogante durante mucho más tiempo. Por supuesto que iba a involucrarla en nuestros problemas.

Se levantó y rodeó el escritorio para encararse conmigo.

—¿Qué pasó? ¿En casa de Bella?

—William hizo un cumplido sobre los zapatos y le dijo que tenía buen gusto —respondí secamente.

—¿Dónde estaban?

—En la entrada. Bella fingió que eran de su padre.

Ash apretó la mandíbula, pero no dijo nada.

—¿Por qué haces esto? —le pregunté con un tono tajante—. Sabes muy bien lo que va a pasar si William consigue vincularla con nosotros.

—Thomas tiene algo que le interesa a William —explicó mi primo con frialdad—. Si hizo ese comentario fue porque conoce cada rincón de su casa y cada objeto, y nunca había visto los zapatos.

Acababa de quitarme un gran peso de encima, quizá no había relacionado a Bella con nosotros. Pero Ash esbozó una pequeña sonrisa malvada antes de murmurar:

—Pero... si Bella mintió, entonces... empezará a hacerse preguntas...

Agarré con rabia el cuello de su suéter, pero él no se inmutó. Su mirada asesina sostuvo la mía. No le iba a permitir que se aprovechara de Bella.

—No te atrevas a usarla como un maldito peón —lo amenacé—. Si eso es lo que te propones, envía a Ella, será mucho más eficaz para llamar su atención.

Su mandíbula se contrajo violentamente y sus dedos me

apretaron los brazos. Durante los últimos días, solo mencionar el nombre de su cautiva hacía que se irritara.

—Ella no estará aquí a partir de la semana que viene —me dijo con frialdad.

Sus palabras me dejaron estupefacto.

—¿Qué dices ahora?

—La voy a despedir, Ben, se va a marchar —contestó apartando con un gesto mis manos de su cuello—. Cuando se vaya, no tendré piedad... En mi mente, ella ya no está aquí.

—¿Así que proteges a tu chica y pones en peligro a la mía? —repuse apretando los puños.

—Ella no es mi novia y Bella no es la tuya —sentenció volviendo a sentarse en su sillón de cuero—. Pero sí, la necesitaré.

Lo miré perplejo. Hacía mucho tiempo que no veía esa faceta de Ash, una faceta que detestaba. Cuando manipulaba a todo el mundo para salirse con la suya, aunque eso significara poner vidas en riesgo simplemente por sed de venganza.

Y todo por mi culpa. Si no hubiera vuelto a ver a Bella, si él no hubiera sabido que ella y William se conocían, nunca habría podido meterla en nuestra mierda.

—¿Por qué quieres deshacerte de Ella? —pregunté todavía confuso.

—Porque ya no la necesito —respondió sin parpadear.

Levanté el dedo índice para pedirle que esperara un segundo antes de cerrar la puerta de su despacho y sentarme en la silla que había frente a su escritorio. Se estaba poniendo a la defensiva, pero iba a obligarlo a hablar.

—¿Qué es Ella para ti?

—Una cautiva —me dijo sin pensar.

—¿Qué es Ella para ti, Ash? —repetí—. Todavía la necesitas.

En silencio, contempló sus anillos. Apagó el cigarro en el cenicero después de terminárselo y sacó otro del paquete.

—Sabes muy bien que, si ella se queda, podríamos llegar hasta William —le expliqué.

En lugar de contestarme, siguió mirando sus anillos.

—¿Por qué? ¿Quieres protegerla? —le pregunté—. Vi lo que pasó en la mansión, estaba dispuesta a recibir un balazo por ti.

Todavía nada.

—¿Por qué quieres echarla en realidad? ¿Qué pasa por tu cabeza?

Una vez más, permaneció en silencio. Era la gran estrategia de Ash: no decir nada ni responder a preguntas que puedan afectarle. «Siempre acogiéndose a la quinta enmienda cuando le conviene.»

—Te prohíbo que toques a Bella —continué muy serio—. Te prohíbo que la involucres en nuestros asuntos y la pongas en peligro por un tema que no le concierne.

—Te voy a explicar lo que va a pasar —respondió tras varios segundos de silencio—. Vas a...

Mi celular sonó, Bella me llamaba. Colgué con una mueca. La llamaría más tarde.

—Vas a escucharme...

El timbre de mi teléfono lo interrumpió de nuevo. Fruncí el ceño al ver que volvía a aparecer en la pantalla el nombre de Bella. Era raro.

—Hola —comencé al descolgar.

—William se ha ido de la ciudad. Llamó a mi padre por teléfono y le dijo que se iba a ausentar durante quince días por motivos familiares.

Ash me miró arqueando una ceja mientras yo abría los ojos como platos. ¿Por qué iba a irse William de la ciudad en ese momento? ¿Qué estaba tramando?

—No dijo adónde iba, ¿verdad? —le pregunté frunciendo el ceño.

—No —contestó—, solo dijo que se iba.

Colgó porque su madre la estaba llamando. Miré a mi primo, que esperaba una explicación.

—William se ha ido de la ciudad. No ha dicho adónde iba, pero sí que era por «motivos familiares».

Ash asintió y se quedó mirando un punto de la pared sumido en sus pensamientos.

—Bella me va a ser mucho más útil de lo que pensaba —suspiró—. Voy a utilizarla a ella y a su padre.

Se me contrajo la mandíbula, pero el sonido de alguien golpeando una puerta me impidió insultarlo.

—¡Abre! —gritó la voz de la bruja—. ¡Abre de una puta vez, Scott!

Puse los ojos en blanco y fui a abrirle. Mientras giraba la llave, Kiara tuvo la genial idea de empujar la puerta directamente contra mi cara. «La odio.»

—¡No va a irse a ninguna parte! —exclamó.

—Eso no depende de ti —replicó Ash secamente—. Aquí está en peligro.

Kiara golpeó la mesa con el puño. Yo, por mi parte, adopté una actitud indiferente. ¡Cuánta violencia había en el grupo!

Me senté en una de las sillas frente a Ash y Kiara hizo lo mismo, con sus ojos azules clavados en el rostro impasible de mi primo.

—Pero ¡si no tiene adónde ir!

—Se va a Manhattan —respondió Ash—. William no pensará ni por un segundo que la he dejado marchar. Y por eso se va.

—De verdad que eres lo peor —gruñó Kiara.

—Nunca he dicho lo contrario —resopló este bajando la mirada hacia sus anillos—. Su contrato conmigo ha terminado.

Me pellizqué el puente de la nariz. Empezaba a tomar decisiones precipitadas, cosa que era muy mala señal.

—Quiere utilizar a Isabella para llegar hasta William —le repetí a Kiara, que me miró estupefacta—. Como William trabaja con Thomas, quiere utilizarla para atraparlo.

Kiara se giró lentamente hacia el cerebro de ese plan descabellado y gritó sin contenerse:

—¿Has perdido la cabeza? ¿Utilizar a Bella para tu propia venganza?

Él se limitó a asentir mientras yo apretaba los puños. Su indiferencia me estaba volviendo loco.

—Entonces, ¿a Ella la proteges y Bella te importa un bledo? —le preguntó desconcertada.

—Sé lo que hago —refunfuñó sin mirarla.

—¡No, no lo sabes! —contestó ella en el mismo tono—. Desde el principio, has hecho todo lo posible para alejarla de ti, ¿y ahora la despides porque se le acaba el contrato? ¡Estoy alucinando!

Se quedó callado.

—No lo haces para protegerla a ella, sino para protegerte a ti mismo —exclamó enojada—. Lo haces porque no pudiste controlarte, lo haces porque no pensaste que podrías encariñarte con ella, ¡lo haces porque no sabes cómo actuar cuando ella está cerca!

—¡Eso no es cierto! —soltó él.

—¡Sí lo es! ¿De qué tienes miedo, Ash?

No iba a contestar. Cuando se trataba de Ella, mi primo no decía ni pío.

Contra todo pronóstico, abrió la boca.

—Ella me importa una mierda. No hagas como la cautiva y te formes una idea equivocada, Kiara, tú eres más lista que eso.

Kiara se rio.

—¡Mira cómo te pones a la defensiva, es ridículo! Cada vez que hablamos de ella, actúas como una persona fría a la que le da igual todo, pero sabemos que eso no es cierto. Llevas ignorándola desde la noche de la mansión y lo sé.

Sus ojos grises fulminaron a Kiara.

—No tienes por qué hacerte el insensible con nosotros —añadí—. Ya hemos visto todas tus facetas...

—Creo que Thomas tiene algo que pertenece a nuestra familia —respondió Ash, cambiando de tema—. Aún no sé qué es, pero si William lo está buscando debe de ser importante. Ella se va mañana o pasado mañana, no quiero que se entrometan. Están pasando demasiadas cosas entre bastidores. Y odio los secretos familiares.

Ella se iría al cabo de dos días como mucho. Era lo único que había retenido.

—¿No piensas cambiar de opinión con respecto a Ella? —dijo Kiara resoplando desesperada.

—Siempre ha querido una vida normal, ¿no? Le estoy ofreciendo lo que quiere en bandeja de plata —contestó Ash—. Se irá a Manhattan y le daré dinero todos los meses para ella y su tía.

—¿Eso es lo que deseas? ¿Quieres que viva su vida lejos de ti? ¿De nosotros? ¿A pesar de que sabes que está enamorada de ti y que somos sus amigos?

Sorprendido, me giré hacia Kiara, que lo fulminaba con la mirada. ¿Estaba Ella realmente enamorada de él? Demonios.

—Por eso la estoy alejando —susurró furioso—. Quererme es peligroso para ella y para mí. Vivirá mucho mejor si no estoy en su vida.

—Estás cometiendo la misma estupidez que cometí yo —le recordé—. Decidí por Bella y mira dónde estoy ahora. Persiguiéndola como un perro porque la cagué pensando que hacía lo correcto.

—No voy a cambiar de opinión y no voy a perseguirla. Tengo cosas más importantes que hacer.

Se me tensó la mandíbula. Lo sentía mucho por Ella. ¿Amar a un tipo tan frío e insensible como Ash? Ella nunca había estado con un chico, y si Ash era el primero del que se había enamorado, su corazón se iba a llevar un buen susto. Me estremecí al pensar en verla por última vez. Me preguntaba cuándo iba a decírselo, aunque no había vuelto a casa el día anterior.

—¿Ni siquiera una vez solucionada la amenaza de William? —planteó Kiara.

Él volvió a guardar silencio. Kiara suspiró con la tristeza pintada en el rostro. Yo la comprendía, se había encariñado con la pequeña Ella, como todos los demás. Me caía bien: se reía de mis bromas y, además, era muy linda. «Una alegría en el día a día para el rubito al que quiero destripar.»

—¿Cuándo tiene previsto marcharse Grace? —me preguntó Ash, repentinamente interesado en la vida de Bella.

Respondí con frialdad:

—Dentro de seis días.

Asintió lentamente, con la mirada perdida en la pared que tenía delante. Kiara arqueó una ceja mientras se volteaba hacia mí. No iba a cambiar de opinión. No sabía cómo, pero iba a intentar utilizar a mi Bella. Dije intentar porque, si descubría cómo iba a hacerlo, nunca se lo permitiría.

—¿Y cuándo volverá? —inquirió mi primo.

—No lo sé.

—Pregúntale cuándo la vas a ver, porque sí, a partir de ahora la vas a ver. En cuanto a ti... —añadió señalando a Kiara—, vas a ir con él y vas a averiguar qué está buscando William en casa de Thomas.

—Pero...

—Me importa un carajo —soltó—. Se quedarán ahí hasta que lo encuentren. Y Ben...

Me giré hacia él.

—Tú me diste esta oportunidad —dijo con malicia—. Si no hubiera sabido que Grace y William estaban unidos por Thomas, no la habría utilizado.

Eran las diez y media de la noche y Kiara estaba en mi casa. Entre cervezas y pizza tratábamos de descubrir lo que William podría estar buscando en casa del padre de mi futura novia.

—No entiendo por qué hace esto —susurró la bruja—. Hacía mucho tiempo que no veía esta faceta de Ash.

—Yo tampoco —afirmé en un suspiro—, ¿crees que... la quiere?

Ella negó con la cabeza.

—Creo que le tiene cariño, pero quizá no está enamorado. ¿Qué ha dicho Rick?

—No lo sé. Hace tiempo que Rick no se mete en los asuntos de Ash —le expliqué dando un sorbo a mi cerveza—. Además, no creo que esté al corriente. ¿Y de verdad piensas que podría hacer algo al respecto a estas alturas?

Un suspiro de exasperación se escapó de sus labios.

—Ya ni siquiera puedo responder a los mensajes de Ella y fingir que no pasa nada —declaró la morena con tristeza—. Me siento como una mierda por tener que ocultarle esto.

Asentí. Nadie podía detener a Ash, ni siquiera Rick. Hacía unas semanas, habían tenido una estúpida discusión y Ash le había dicho, cito textualmente: «El sesenta por ciento de la red me pertenece a mí solo. Nada funciona sin mi permiso. Así que no me digas lo que tengo que hacer».

Desde entonces, Rick no se entrometía en los asuntos de Ash a menos que afectaran a toda la familia. El otro cuarenta por ciento estaba repartido entre el resto de los Scott. El poder de Ash realmente no tenía comparación. Y ellos ya no tenían derecho a opinar.

—Deberías disculparte por haber sido tan desagradable con él, Ash —dijo mi madre después de oírlo gritar a nuestro tío—. Solo trata de ayudarte, ¿sabes?

Todavía estábamos en la red y Ash acababa de tener una violenta discusión con Rick.

—No entiendo por qué debería disculparme por ser cruel cuando ustedes nunca se han disculpado por obligarme a serlo —espetó sin mirarla.

Mi madre sabía que sus hermanos habían hecho muy mal al obligarlo a hacerse cargo de la red cuando ni siquiera había llorado todavía a su padre, pero habían antepuesto el dinero a la familia, como siempre.

—Ella estará a salvo lejos de nosotros —la tranquilicé—. Es lo mejor que podemos hacer.

—Lo sé, aun así... ¿has visto en lo que se ha convertido Ash? Ella sigue aquí, ¡y mira todo lo que piensa hacer! Ben, se va a volver incontrolable.

—Lo sé —resoplé, sacando mi paquete de cigarros—. Lo peor es Bella. ¿Te das cuenta de que va a utilizarla?

—¡Sí! —exclamó girando la cabeza hacia mí—. Carajo, esto es demasiado.

—Y sabe muy bien que no puedo decirle nada porque es él quien decide —dije hirviendo por dentro.

No tenía derecho a arriesgar la vida de la mujer que yo amaba por una puta venganza. Saber que le importaba una mierda la vida de Bella me ponía enfermo. Odiaba sentirme tan impotente.

—En realidad, no envidio a Ash por lo que es —admitió Kiara mientras sacaba un cigarro de mi paquete—. No me gustaría ser como él... Al menos no en algunos casos.

—A mí sobre todo me da pereza —me reí—. Piensa demasiado.

—También observa demasiado. Es insensible cuando sus intereses no están en juego, cuestiona todo lo que le decimos —enumeró—. Tiene un ego enfermizo y a veces es endemoniadamente egoísta.

—No sabe controlar su ira cuando se trata de William o Isobel, no confía en nadie —añadí.

—Desde luego —confirmó Kiara—, ¡por no hablar de que es testarudo, no tiene gracia, es insolente y orgulloso!

Sonreí. Era cierto. Tenía muchos defectos muy molestos.

—Sin embargo, hay en él un lado bueno que envidio —admití mirando el televisor apagado—. Por ejemplo, es muy prudente.

—Es cierto que sabe diferenciar lo que quiere hacer y lo que debe hacer —añadió Kiara—. Yo envidio... su confianza en sí mismo. Yo no tengo ninguna.

Asentí. Ash sabía quién era, sabía lo que valía. Estaba muy seguro de sí mismo.

—Y admiro su fortaleza mental —añadió la morena dando una calada—, porque yo nunca habría podido sobrevivir a todas las cosas por las que él ha pasado. La muerte de Rob, la traición de Isobel, la presión de la familia, William...

Estaba de acuerdo con ella. Yo tampoco podría haber sobrevivido a todo eso. Estaba destruido, lo sabíamos. Pero seguía ahí y continuaba luchando contra sus demonios y sus problemas.

—Admiro su capacidad para desvincularse de la gente —agregué volteando hacia ella—. ¿Recuerdas el estado en el que me encontraba cuando dejé a Bella?

Kiara se rio.

—Te negaste a salir de tu habitación durante tres semanas.

—Así es. Empecé a hacerme a la idea de que ya no estaba en mi vida un año después. Ash no. Quiero decir... Ash, cuando Ella se vaya, seguirá con su vida como si nada.

—No lo creo —me contradijo Kiara—. Me parece que va a estar mucho más irritable sin ella. No hay más que ver sus reacciones de antes... La era de Ella ha sido muy tranquila.

—Lo ha cambiado —remarqué—. ¿Cuánto tiempo ha pasado? ¿Cuatro meses desde que llegó? Es la primera vez que Ash se muestra tan sensible con una chica.

—Lo sé —suspiró con los ojos brillantes—. Estamos de acuerdo en que ha cambiado, en que ella lo ha cambiado. No sé cómo lo ha conseguido, pero solo el hecho de que haya durado tanto tiempo después de lo sucedido con las demás cautivas es todo un récord.

Asentí. Desde el tornado de Isobel, Ash había espantado a todas sus cautivas, sin olvidar que había matado a una a sangre fría porque se había burlado de él y de su forma de afrontar el dolor. Fue en ese momento cuando me di cuenta de que había cambiado. A peor.

—Creo... —empecé—. Creo que Ash necesitaba ver que no era el único que había sufrido. Quiero decir, Ella también es una maldita superviviente. Esa chica es increíble.

Kiara sonrió al pensar en su amiga, una sonrisa que se desvaneció rápidamente. Sus ojos empezaron a humedecerse. Fruncí el ceño. ¿Iba a llorar o qué?

—Todo esto es tan fuerte... No tienes ni idea —dijo en voz baja antes de que una lágrima se escapara de sus ojos azules—. Están hechos el uno para el otro, Ben. Me dijo que se sentía segura con Ash. ¿Te imaginas cuando se entere de que va a despedirla?

Hice una mueca.

—Va a destrozarla, Ben —sollozó Kiara, así que la abracé—. Cuando se vaya a Manhattan, no tendrá a nadie.

—Seguiremos hablando con ella y visitándola —la tranquilicé—. Para eso existe el celular, bruja, no te preocupes.

—Lo sé, pero aun así... no me convence. Ella... es muy sensible, aunque no lo demuestre.

Asentí sin dejar de abrazarla. Kiara temía por Ella, pero era la única forma de alejarla del peligro. Tenía que alejarse de nosotros. Y de Ash.

Estuvimos en silencio unos minutos, el tiempo que tardó la bruja en calmarse. Ash estaba complicando todo.

—Dime... —continuó Kiara—. ¿Cuál es el apellido de William?

—Scott.

—Pero... eso es imposible, Ben.

—¿Qué dices? Mantuvo el apellido del tío Rob.

No comprendía qué era lo que Kiara no entendía de esa historia.

El timbre sonó, no esperaba a nadie. Arqueé una ceja y la bruja me lanzó una mirada interrogante. Abrí la puerta. Mis ojos se abrieron como platos al ver aquella cabeza de pelo castaño claro que reconocería entre un millón.

—¿Bella?

—Creo... Creo que he encontrado algo que les interesa.

27

Secreto revelado

BELLA

Eran casi las once de la noche. Acababa de llegar a casa de Ben, había recordado sin problemas el camino hasta su domicilio. Mi abuela antes vivía en ese barrio.

Estaba perdida, ya no sabía qué pensar de mi padre, de lo que hacía, del motivo por el que esas carpetas que no nos pertenecían estaban en su despacho.

—Entra —me indicó Ben apartándose de la puerta de entrada.

Se me cortó la respiración cuando vi que no estaba solo. Había una chica en el sofá de su salón, con un cigarro entre los dedos y... con el rímel corrido. Cabello oscuro, piel clara y unos ojos azules tan bonitos como los de Ella. A decir verdad, era tan guapa como esta, con una mandíbula definida y una mirada penetrante.

Se volteó hacia Ben, sorprendida.

—¿En serio?

Ben cerró la puerta detrás de mí y me sentí incómoda y un poco celosa. ¿Quién era esa mujer? ¿Por qué estaba en su casa a esas horas? ¿Y por qué parecía que había llorado?

—¿Qué? —le preguntó Ben.

—Bueno, ¿te has visto la cara, Jenkins? —dijo ella—. ¡Nunca me habría imaginado que podrías gustarle a una chica tan guapa!

Me eché a reír y ella se acercó a mí con una cálida sonrisa en los labios.

—Debes de estar realmente maldita para querer a este cabrón —soltó, y yo reí aún más—. ¡Soy Kiara! Me alegro de conocerte por fin. ¡He oído hablar mucho de ti, Bella!

Era Kiara. Yo también había oído hablar de ella, pero aún no le había puesto cara al nombre.

—Encantada —respondí sonriente—. Ben también me ha hablado de ti a menudo.

—Bueno, mírame —bromeó señalándose con el dedo—. ¿Cómo no iba a hablar de su ídolo?

—Uf, cállate —resopló Ben, y me invitó a sentarme en el sofá.

El salón olía a tabaco y a Ben. Ese día había ido a su casa por un buen motivo. Ahora tenía una imagen diferente de mi padre, quien tal vez sabía más de lo que decía. Me saqué del bolso un documento que había encontrado en su despacho, un mapa que tenía como título la palabra «Scott».

Había varios lugares rodeados con indicaciones y nombres que desconocía. Estaba corriendo un gran riesgo al robarlo y llevarlo hasta ahí, pero parecía algo demasiado peligroso para estar en manos de papá y, sobre todo, demasiado importante.

—Lo he encontrado en casa de mi padre, no sé qué es..., pero tiene escrito su apellido. Mi padre no sabe que lo he tomado.

Ben miró el mapa con ojos de sorpresa. Eché un vistazo a Kiara, quien parecía igual de desconcertada.

—Es... es... —tartamudeó acercándose.

De repente, Ben se volteó hacia mí. Le temblaban los dedos.

—Te quiero, carajo —susurró.

Se levantó de un salto y Kiara lo imitó. Yo no entendía absolutamente nada.

—Llevamos al menos tres años buscando este mapa —declaró Kiara—. Y ha estado todo ese tiempo en casa de Thomas...

—¿Por qué lo tenía Thomas? —inquirió Ben—. Es un mapa de los lugares que frecuentan William y su grupo.

—Desapareció de un día para otro —continuó Kiara con los ojos clavados en Ben.

—Mi padre trabaja con William. Puede que él lo dejara en nuestra casa. Quiero decir, nadie pensaría en venir a registrarla, ¿verdad?

En el fondo, esperaba que mi padre no estuviera involucrado en los turbios asuntos de los Scott. Cuando había encontrado el mapa, mi primer pensamiento había sido vincularlo a ellos. Pero ¿y si resultaba que William simplemente había decidido esconder en nuestra casa los documentos que tenían contra él?

—Si es así, eso explicaría lo que nos ha dicho Ash —añadió Ben mirando a Kiara.

—Puede que encontremos más cosas en casa de Thomas —concluyó Kiara—. Gracias, Bella, de verdad.

Asentí sonriendo débilmente. Ignoraba si acababa de ponerme en peligro con esa sencilla acción, pero me di cuenta de que mi mera presencia ahí ya era peligrosa.

—Entonces fue Isobel quien lo robó —declaró Ben—. Puede que podamos encontrar todo lo que nos quitó.

—Exacto —convino Kiara—. Bella..., necesitamos registrar el despacho de tu padre. Si hay más documentos ahí guardados, corren peligro.

El nudo que tenía en el estómago se cerró aún más. Saber que estábamos en peligro por esos documentos que no eran nuestros me angustiaba enormemente. No estaba acostumbrada a vivir rodeada de peligros, como Ben y su grupo.

Me temblaban las manos y se me entremezclaban los pensamientos. Mi padre acababa de meternos en un problema de mierda y esperaba poder salir de él cuanto antes.

—Me... me voy —anunció Kiara—. Tengo que darle esto a Ash.

Ben asintió con la cabeza y vi a Kiara recoger sus cosas y llevarse el peligroso mapa. Tras despedirnos de ella, nos quedamos solos.

—¿Quieres... quedarte a cenar? ¿O tienes que irte? —inquirió Ben.

—De... de acuerdo —respondí titubeando.

Les había dicho a mis padres que iba a salir a cenar con una vieja amiga. Mi padre estaba durmiendo y mi madre seguía tirada en el salón viendo documentales de psicología inversa. No hace falta que diga que había estado tranquilizándola y asegurándole durante al menos media hora que no iba a tener ningún accidente con el coche. Si hubiera sabido que estaba en casa de un criminal y que le había robado un mapa peligroso a su marido, me habría matado.

Dejé el bolso en el sofá y lo seguí hasta la cocina americana. Rebuscó en el refrigerador haciendo una mueca. Se rascó la nuca. Parecía avergonzado.

—No... no tengo comida casera —empezó—, pero tengo esto.

Me mostró unos paquetes de fideos y sonreí. Echaba muchísimo de menos a Riley. Deseaba regresar a Nueva York para volver a ver a mi amiga y poder contagiarme de sus ganas de vivir, que no tenían nada que ver con las mías.

Asentí y él sonrió ampliamente. Volvía a llevar pantalones y una camiseta oscura. Sus músculos se contraían al ritmo de los movimientos que hacía para preparar la cena. Pude admirar sus tatuajes a mis anchas, desde el pájaro que alzaba el vuelo en su cuello hasta los que tenía en los brazos. Me gustaba especialmente el tatuaje de la daga, que ocupaba casi todo el antebrazo y tenía varios diseños a su alrededor, entre ellos un ángel caído, un par de fechas y varias citas en griego.

A mí las agujas siempre me habían dado miedo, al contrario que a Ben. Recordé los tatuajes que había visto en el torso y los brazos de Ash la primera vez que nos habíamos rencontrado, cuando iba tapado solo con una toalla. Al parecer, era cosa de familia.

—Bueno... —continuó Ben—. ¿Has tenido un buen día?

—Bastante. He ayudado a mis padres a deshacer las maletas y hemos estado todo el día hablando de sus vacaciones. ¿Y tú?

—La misma mierda de siempre. William, decisiones descabelladas de Ash, falta de sueño... Rutina.

Esbocé una sonrisita. Nunca me había imaginado que estaría ahí, en su casa, viendo cómo me preparaba la cena y me hablaba de su día. Todo era muy relajado, normal. Pero todavía me costaba creerlo, me costaba creer que hubiera vuelto y que no fuera a desaparecer otra vez.

Yo había empezado todo esto porque necesitaba respuestas y las había obtenido. Y ahora, ¿qué quería realmente? ¿Estaba preparada para tener una relación con él? ¿Para adentrarme una vez más en la vida de Ben esperando quedarme, a pesar del turbio universo que lo rodeaba?

—Pues ya has conocido a Kiara —soltó—. No creía que fueras a conocerla en estas condiciones.

—Es simpática —afirmé con una sonrisa—. Y guapísima.

«A mí me parece guapa, pero tú no tienes derecho a decirme que es cierto. Sí, estoy celosa.»

—¿Qué? ¡No! Ella sí lo es, pero Kiara no —se escandalizó el moreno con una expresión asqueada.

—Es verdad que Ella es muy guapa —confesé recordando la cara de aquella tímida joven.

Esperaba que Ash cuidara de ella. Por lo poco que había visto, me había parecido que sabía escucharla. Ben se volteó hacia mí con una sonrisa en los labios.

—Nunca habría creído que algún día estarías en mi casa y comerías fideos conmigo.

Yo había pensado lo mismo hacía unos minutos. Me ofreció el plato de pasta caliente y me guio hacia el salón.

—Espera —dije sacando el celular—. Voy a enviarle esto a Riley. Está en proceso de desintoxicación de fideos por culpa de Josh.

—Eres horrible —se rio él tomando una cucharada—. Pero confieso que yo habría hecho lo mismo.

—Eres tan horrible como yo —bromeé.

—Ya que estamos hablando de Riley-Tengo-Veintidós-Años, ¿la idea de Vick.snow fue suya o tuya?

Esa pregunta me hizo sentir incómoda de repente. Tragué antes de explicarle:

—Suya. Yo estaba en contra al principio. Pero después, cuando empezamos a hablar, mi odio... ¿disminuyó?

Ben resopló.

—Confiésalo, era buena compañía.

—He tenido mejores —mentí.

No pude evitar echarme a reír cuando vi desencajarse su rostro angelical.

—Por cierto, ¿sabías que era yo?

—Sí —admitió con una sonrisa—. Ash me decía que eras

tú, pero yo no me había planteado esa opción. Después, una noche, cuando hablábamos por teléfono, te reíste. Y lo supe.

Hice un gesto de sorpresa. Se encogió de hombros y me guiñó el ojo. Qué vergüenza, mi risa me había delatado.

—Fingí que no había notado nada —continuó antes de fruncir el ceño—. Estuve a punto de derrumbarme cuando me pediste una foto de Ash...

—Era para Riley —expliqué tomando otro bocado.

—¡Me dijiste que era tu *crush* de la escuela! —se ofuscó—. O sea... ¿Ash? ¿No yo?

Reí al ver que se llevaba las manos a la cabeza mostrándose falsamente desconcertado.

—Tú eras mi *crush* de la escuela —le recordé.

Me miró con una sonrisa, con la misma sonrisa que me hacía quebrarme desde que lo conocía. Me miraba como si solo existiera yo.

Cosa que era cierta, ya que estábamos los dos solos. Pero aun así...

—Tú sigues siendo el mío —me aseguró con confianza.

Se me sonrojaron las mejillas e intenté disimularlo con una expresión de exasperación, aunque en mi cabeza había un montón de mini-Bellas corriendo en todas direcciones. Pero mi silencio fue como una ducha de agua fría para Ben, quien murmuró:

—Y eso significa que yo ya no soy el tuyo.

No sabía qué responderle. Quería confesarle que seguía siendo mi *crush*, pero ¿debía hacerlo realmente? No...

—Tú también sigues siendo el mío, Ben.

Sí.

No quería pensar más. No me quedaba ya mucho tiempo para estar con él, me iría al cabo de una semana. Esa idea fue como una bofetada.

—Y seguirás siéndolo.

Con un rápido movimiento, me acerqué a su rostro y mi cerebro, que llevaba gritando advertencias desde el principio, se puso en pausa al instante. Lo único que quería hacer en ese momento era sentir los labios de Ben sobre los míos y retroceder en el tiempo durante unos segundos. Solo unos pocos segundos.

Al instante siguiente, mi boca estaba presionada con fuerza contra la de Jenkins. Un escalofrío me recorrió todo el cuerpo. Sentí que a él se le cortaba la respiración, pero no me apartó. Su mano encontró rápidamente el camino hasta mi mejilla mientras la mía buscaba su nuca.

Las mariposas revolotearon en mi estómago. Fue una sensación tan violenta e inesperada que se me puso la carne de gallina. Ben tenía ese efecto en mí, igual que cuatro años antes. El corazón me iba a cien por hora.

Sentí que deslizaba la lengua lentamente entre mis labios, ávida. Se unió a la mía mientras le presionaba la nuca con los dedos. Había soñado todas las noches con esa puta sensación.

Ben se acercó aún más a mí y profundizó el beso. Noté que el calor me subía por el cuerpo. Sin detenerme, me quité la chamarra y luego coloqué los dedos en su mandíbula cuadrada.

Me rencontré con todas esas sensaciones. Me rencontré con ellas a pesar de que me había prometido dejarlas atrás porque había demasiadas preguntas suspendidas entre nosotros. Sin embargo, si tuviera que hacerlo de nuevo, lo haría sin vacilar.

—Te quiero —susurró Ben al sentir que yo había interrumpido nuestro beso febril—. Te quiero, Bella.

Se me acumularon las lágrimas en los ojos. Deseaba creerlo, quería creerme esas palabras como si fuera la primera vez que las pronunciaba. Pero no podía. Todavía no.

—¡Demonios! —maldijo cuando nuestras respiraciones volvieron a entremezclarse.

Lo había echado muchísimo de menos. De repente, estampó violentamente sus labios sobre los míos como si no fuera suficiente para él. Para nosotros.

Me apreté contra el cuerpo ardiente de Ben, quien volvió a besarme con intensidad antes de detenerse de golpe por el tono de llamada de su celular.

—No es buen momento —gruñó echando un vistazo a la pantalla.

Vi la foto de Ash..., que parecía drogado. ¿Era ese el tipo de foto que asignaba Ben a sus contactos?

El sonido se detuvo, pero el respiro duró poco, ya que, un instante después, la notificación de mensajes nuevos sonó varias veces. Eran todos de la misma persona. Ash.

Ben puso los ojos en blanco antes de responder:

—¿Qué? Pues sí, me molestas. Ya lo sé... Sí, lo he visto... Lo ha encontrado en el despacho de su padre. No, él no sabe que lo ha tomado. Sí. Sí. Sí.

Sonreí al oírlo repetir la palabra. Se volteó hacia mí y puso el altavoz.

—¿Le has dado los documentos?

—Sí.

—¿Se lo has ocultado a Rick?

—Sí.

—¿Crees que eres mi putita?

—Sí... ¡No! —soltó ofuscado por caer en su trampa.

—Siempre funciona —suspiró Ash exasperado antes de colgarle en las narices.

Me hacía gracia la relación que tenían, estaban muy unidos. Y Ash eran tan divertido como Ben. El humor y la belleza eran cosa de familia para los Scott.

—Tengo... tengo que irme —dije mirando el reloj.

Eran las doce menos veinte y sabía que mi madre no se acostaría hasta que me viera durmiendo en mi habitación.

—Yo..., eh..., sí, sí —balbuceó levantándose—. Además, está haciéndose tarde... ¿Quieres que te lleve?

—No, he venido con el coche, gracias —lo rechacé con las mejillas tan rojas como el esmalte de mis uñas.

Volví a ponerme la chamarra que había arrojado sin miramientos a un lado y me levanté yo también. Tomé el bolso sonriendo débilmente. «Soy un estorbo.»

—Lo que... acabamos de compartir ha significado mucho para mí, Bella. —Estaba visiblemente nervioso—. Muchísimo.

Su frase me derritió el corazón. Ben sabía que necesitaba que me tranquilizara.

«Demonios, tengo que admitirlo, al menos ante mí misma: todavía lo amo. Lo amo muchísimo.»

—Eso no cambia nuestra situación —respondí, y no pudo ocultar su decepción—. Pero para mí también ha significado algo, Ben.

Tras eso, salí de su casa. Una tímida sonrisa estiró mis labios mientras bajaba las escaleras. Me bailaban mariposas en el estómago y los ojos oscuros de Jenkins lo hacían en mis pensamientos. Todavía sentía sus labios hambrientos sobre los míos.

—¿No quieres callarte un rato? —le gruñó Kiara a Ben.

Estábamos en el despacho de papá. Por suerte, mis padres estaban en casa de unos amigos y no volverían antes de las seis. Era la ocasión perfecta para que Ben y Kiara desenterraran la información comprometedora que mi padre tenía en su poder. No habíamos hablado de lo que había sucedido la noche anterior. Solo de pensarlo, notaba que se me subían los calores.

—¿Te imaginas que encontramos documentos de la Segunda Guerra Mundial? —inquirió Ben emocionado por la perspectiva.

—Sí, y del Santo Grial —bromeó la morena.

Seguí con la mirada los movimientos de Ben, que tenía la nariz metida en los documentos. Se le contraían los brazos mientras los hojeaba con el ceño fruncido. «Maldición, qué sexi. Ay, para. Ya basta.»

—Nada —suspiró Kiara dejando una de las carpetas en la biblioteca—. Bella, ¿no tienes idea de dónde podría esconder tu padre los documentos robados?

—Creo... creo que guarda algunas carpetas en el desván. Al menos, antes lo hacía. Llevo años sin vivir aquí, de modo que no sé realmente...

—¿Podemos subir? —inquirió Kiara haciendo una mueca, como si la situación la incomodara un poco.

Los guie hasta la escotilla del techo. Ben, como era el más alto, extendió la mano para abrirla y la escalera de madera cayó con un crujido.

—Bella, ¿sabías que a Ben le dan miedo los desvanes? —se burló Kiara subiendo los escalones.

—Cállate —gruñó él—. Detrás de mí.

—El interruptor está a tu izquierda, Kiara.

Una vez en el desván, estornudé por todo el polvo que llevaba casi dos años acumulándose. Mientras Kiara miraba a su alrededor, sentí la mano de Ben rodeándome la cintura para apartarme a un lado y así poder pasar.

Fue un gesto sencillo que me hizo estremecer. Su contacto me provocaba emociones que me costaba controlar y sentimientos que no podía ahogar.

Posé la mirada en las cajas; algunas de ellas me resultaban familiares. Reconocí el «Frágil» que había escrito en rojo. Había visto a mi padre guardar documentos en ellas.

—Creo que es esa de ahí —dije señalando con el dedo la caja en cuestión.

Ben se adelantó y la abrió. Kiara se sentó en el suelo antes de sacar un fajo de papeles. Ella también estornudó y Ben se rio.

—Qué gracia, estornudas como Tate, el perro de Ash.

Ella lo fulminó con la mirada. Les encantaba molestarse mutuamente y era bastante divertido verlos reírse como niños.

—¡Bingo! Documento confidencial Scott —exclamó Kiara levantando la cabeza hacia mí—. ¡Eres genial, Isabella!

Esbocé una sonrisita al verla tan emocionada ante la idea de hojear esos documentos polvorientos. Ben permaneció concentrado en su rincón.

—¡Demonios! Son los contratos que hicimos con el Gobierno. ¡Por fin! —resopló Ben dejándolos a un lado—. Estuvimos a punto de ir a la cárcel.

—¿En serio? —se sorprendió Kiara—. ¿Los robó ella?

No sabía a quién se referían. ¿No era solo William quien estaba en la mira?

—Carajo, esa zorra se llevó los originales —gruñó Ben—. Espera...

Sacó otro documento del fondo de la caja. Un sobre en el que decía «Reclutamiento». Por la expresión de Ben, supe que sabía qué contenía.

—¿Qué es eso? —inquirió Kiara frunciendo el ceño.

Ben le ofreció la mitad y empezaron a hojearlos por separado.

—¿Qué... qué mierda es esta? Isobel... ¿No la reclutó Rob?

—No lo entiendo —suspiró Ben—. Normalmente es él..., pero...

De repente, vi que su expresión cambiaba de la incomprensión al asombro.

—¿Qué es esta mierda?

Se rio con nerviosismo. Kiara le lanzó una mirada inquisitiva. Él volvió a levantar la cabeza hacia ella y le mostró lo que tenía entre las manos. El rostro de Kiara palideció al instante. Me acerqué a ellos.

Ben entreabrió la boca mientras leía lo que decía en la carpeta y Kiara observaba por encima de su hombro.

—¿Qué?

—No puedo creerlo —gruñó Ben abriendo los ojos como platos.

—¿Ese es Rick? —inquirió su amiga, desconcertada.

Ben asintió despacio con la cabeza. Yo estaba cada vez más confundida.

—Odio los secretos de esta familia... —espetó Kiara, abatida—. Si Ash se entera... no sé cómo reaccionará.

—Todo tiene sentido... Siempre he sabido que estaban muy unidos..., pero no hasta este punto.

—William lo sabía todo sobre la red y... no solo por Isobel... Los mercenarios... Ella y Ally en Inglaterra... ¿Crees que William utilizaba estas fotos contra él?

Ben miró los documentos sin decir nada y luego respondió:

—Si de verdad es Rick el que aparece en las fotos con la madre de Ash, no me cabe la menor duda. Eso explicaría muchas cosas... Las fotos las sacaron cuando Rob aún vivía.

28

Nada que perder

BEN

Veinte horas después, tragué saliva mientras cruzaba la puerta. Ash estaba de pie, de espaldas a mí, junto a la enorme ventana de su despacho. Supe que estaba fumando por las volutas grises de humo que se dispersaban a su alrededor. Kiara se encontraba a mi lado, tan tensa como yo.

Habíamos abandonado la casa de Bella hacía por lo menos cuatro horas. ¿Y qué habíamos hecho en esas cuatro horas? Una reunión en mi casa para planear cómo íbamos a darle la noticia a Ash sin que este matara a uno de nosotros.

Habíamos ensayado nuestras líneas durante dos horas..., pero yo ya lo había olvidado todo.

—¿A-A-Ash? —tartamudeó la morena.

Nos miró por encima del hombro esperando que continuáramos. Miré furtivamente hacia su escritorio, donde, como era predecible, se encontraba el mapa que Bella nos había dado rodeado de vasos de whisky, porros... y una bolsita llena de polvo blanco.

«Mierda..., cocaína. Estamos arruinados.»

Mis dedos se tensaron sobre la carpeta que tenía en la

mano. Era muy mala señal que Ash hubiera sacado sus polvos mágicos.

Le di un discreto golpe con el codo a Kiara para que se fijara en la cocaína que había sobre la mesa. Esta abrió desmesuradamente los ojos y la boca.

—¿Qué? —preguntó mi primo con una voz ronca que sobresaltó a Kiara.

—Yo...

—¿No has visto a Cole? —la interrumpí.

Esa no era ni de lejos la razón por la que habíamos ido hasta ahí, pero no me atrevía a sacarle el tema. Íbamos a morir. «Y yo no quiero morir.»

—¿Qué es eso? —preguntó Ash señalando el sobre con la barbilla.

Me tensé en el acto mientras Kiara hacía una mueca. Se me secó la garganta.

—¿Esto? Ah, los... los papeles del coche —mentí mientras levantaba la mirada hacia él.

Mi primo se volteó hacia nosotros. Sus ojeras eran cada vez más profundas. No sabía cuándo era la última vez que había dormido, pero llevaba en la red más de cuarenta horas. «Creo que por eso se ha tomado su dosis.»

—¿Qué es eso? —insistió.

Nos miraba fijamente, con los brazos cruzados y un cigarro en la boca, esperando la verdadera respuesta a su pregunta. Resoplando, Kiara tomó el sobre que contenía las putas fotos.

—Las... las encontramos en casa de Bella —empezó, y yo me atraganté con mi saliva.

«¡Esa no es su frase! Se suponía que debía decir: "Ash, no te enojes".»

Rápidamente, le quité la carpeta de las manos cuando estaba a punto de entregársela y me la quedé. «Está como una puta loca, ¡carajo!»

Levanté el dedo índice para pedirle que me diera un minuto. Entonces, rodeé el escritorio y tomé su vaso, que llené con su whisky favorito. Y sin hielo. Cuando se lo entregué, arqueó una ceja.

Como su cigarro se había acabado, le ofrecí otro.

—Preferiría que te sentaras —dije con una mueca.

Mi primo hizo lo que le pedí y se sentó en su sillón de cuero, que apestaba a tabaco. Dejé el sobre encima de la mesa y di un paso atrás. La bomba Ash estaba preparada.

Su mano se hundió en el interior para sacar los documentos y las fotos en cuestión. «Será mejor que empiece a cavar mi propia tumba.»

Les dio la vuelta poco a poco y se concentró en las fotos. Su mirada se oscureció de inmediato. Sus dedos se tensaron mientras sostenían las fotos de su madre cogiéndose al tío Rick.

Ash las miró, con la mandíbula tensa, pero en silencio. Mientras sus ojos las recorrían, Kiara bailaba nerviosamente de un pie a otro. Mi ansiedad aumentaba a medida que el silencio de mi primo se alargaba.

«Hubiera preferido que gritara. Da mucho más miedo cuando está callado.»

De repente, se rio. Tragué saliva. Muy mala señal.

—¿P-Por qué te ríes? —se atrevió a preguntar Kiara mientras arqueaba una ceja.

«DEP, Kiara.»

La mirada de mi primo se posó sobre la morena, que se puso tensa. Con una sonrisita malvada, encendió el cigarro.

—¿No te parece divertido? ¿Mi madre cogiéndose al hermano de su marido?

Kiara miró hacia el suelo.

—Creemos... creemos que William está chantajeando a Rick con estas fotos —le expliqué—. Mira la fecha, el tío Rob seguía vivo.

Después de comprobar las fechas, escritas al pie de las fotos, se puso en pie de un salto y lanzó violentamente al suelo todo lo que había sobre el escritorio. Los vasos de whisky se hicieron pedazos.

«Esto empieza...»

Sobre la mesa ya vacía, esparció las fotos. Las venas de su antebrazo eran todavía más visibles.

«Estoy a punto de contarle a Rob lo que hemos encontrado en persona. Mamá, ven por mí... La gente muere aquí...»

—Kiara, ve a buscar a Rick.

Esta salió rápidamente del despacho dejándonos solos. Ash levantó la cabeza y se tronó los nudillos. Abrí los ojos como platos cuando lo vi sacar su pistola de los pantalones y colocarla sobre la mesa.

—También están los documentos que robó Isobel —añadí en voz baja—. Los contratos con las firmas originales.

«Quizá con esto... se calme. Al fin y al cabo, son buenas noticias.»

Miró los documentos en cuestión. Llevaba más de dos años y medio bajo presión por culpa de esos papeles robados. Los acuerdos a los que habíamos llegado con el Gobierno eran demasiado importantes como para perderlos. Durante la Segunda Guerra Mundial, los antepasados de Scott habían vendido miles de armas al Ejército. De hecho, registraron un récord de ventas. Entonces, firmaron un acuerdo con el Gobierno: ellos nos daban libertad y, a cambio, nosotros les proporcionábamos armas. ¡Además de crear empleo!

El pesado silencio que reinaba en la habitación desde hacía unos largos minutos desapareció en cuestión de un segundo.

El ruido de un golpe violento en el escritorio me hirió los tímpanos. A este lo siguió otro, y otro más. «¡Aquí está!, precisamente el Ash que no quería ver.»

Gruñó con fuerza mientras golpeaba la mesa de madera o, mejor dicho, las fotos. Sus nudillos se llenaron de sangre por culpa de las heridas que se estaba infligiendo.

Tenía que alejarme de él cuando se ponía así. La última vez, me había roto la nariz. «No me apetece.»

Su respiración era ruidosa y entrecortada, mientras que la mía prácticamente se había detenido. Demonios, no sabía si quería que Kiara llegara rápido o que no llegara. No sabía cómo iba a reaccionar cuando Ash viera a Rick ni cómo iba a reaccionar Rick cuando supiera que teníamos las fotos.

—Odio los secretos de esta familia —soltó con rabia mientras levantaba la cabeza hacia mí.

Me miró con odio y yo me encogí de hombros con una mueca. La puerta se abrió dando paso a Kiara. Rick llegó justo detrás, estaba tranquilo. Kiara no le había dicho nada.

De repente, Ash agarró su pistola y apuntó a nuestro tío. Con un gesto, cargó el arma. Levanté los brazos presa del pánico.

—Okey.. Vamos a calmarnos —comencé interponiéndome entre los dos—. Kiara, será mejor que salgas.

—¡¿TE COGES A LA MUJER DE TU HERMANO?! —rugió Ash fulminando con la mirada a Rick.

Escuché la puerta cerrarse tras de mí, señal de que Kiara acababa de salir de la habitación. «Aquí estamos, en familia, esto es maravilloso.»

—Siéntate —ordenó mi primo.

Me puse a un lado intentando mantener la compostura a pesar de que estaba CAGADO. Carajo, no se deben unir la ira de Ash y un arma, el resultado es un puto asesinato. Con los ojos como platos y sin mover un pelo, Rick vio las fotos sobre la mesa. No reaccionó.

—¡SIÉNTATE, CARAJO! —gritó de nuevo Ash con el arma todavía pegada a su cráneo.

Mi tío cerró los ojos y tomó asiento en silencio frente al escritorio. Yo estaba clavado al suelo. Un paso adelante y mi enfurecido primo me partiría la cara.

—Voy a contártelo to...

—¡CÁLLATE! —gritó Ash antes de mirarme—. ¿Dónde las encontraron?

—En casa de Bella —le informé con una mueca. Ash se dejó caer en su silla, temblaba de rabia y tenía la mirada asesina clavada en Rick, que examinaba las fotos en silencio. Nervioso, se pasó las manos por la cara.

—¡Te cogiste a su mujer! —soltó mi primo—. ¡TE COGES A SU MUJER DESDE EL PRINCIPIO!

Rick permaneció en silencio. Ni siquiera levantó la mirada, estaba demasiado ocupado mirando las fotos que William había conservado cuidadosamente en el fondo de una caja. Mi primo empezó a pasearse de un lado a otro junto a su silla.

—¿Quién tomó esas fotos? —preguntó tomando una entre los dedos.

Nuestro tío volvió a guardar silencio.

—Contéstame o te juro que te vuelo los sesos —lo amenazó mi primo volviendo a tomar la pistola.

«Una cosa interesante sobre mi querida familia: no existe el respeto cuando se trata de traición.»

—William, creo —murmuró Rick cerrando los ojos.

—¿Crees? —repitió Ash con frialdad—. ¿Quién te tomó esas putas fotos cogiéndote a mi madre?

—William... William sabía que tu madre y yo... nos veíamos —empezó mi tío en voz baja sin mirarlo a los ojos—. Él tenía veintidós años cuando tomó esas fotos.

Más le valía empezar a confesar si no quería morir en esa silla.

—Quería... quería vengarse de Rob, quería mostrarle que su mujer lo estaba... engañando, quería verlo sufrir.

—¿Desde cuándo? —preguntó Ash poniendo los puños sobre la mesa—. ¿Desde cuándo te la coges, Rick?

Rick volvió a hacer una mueca y contestó en un susurro:

—Desde hace unos cuantos años ya.

Abrí la boca. ¿Eso significaba que seguían juntos? La había invitado a la cena familiar en Londres... Carajo, Ash no iba a poder contenerse mucho más.

—William me chantajeaba —admitió Rick mirando a su sobrino por primera vez desde el principio—. Utilizaba esas fotos contra mí y contra tu madre.

—¿Desde cuándo, Rick? Dame fechas, ¡DEMONIOS!

Rick inspiró profundamente.

—Antes de la muerte de tu padre.

«Ya hemos llegado, no hay vuelta atrás.»

Se me cortó la respiración. Temía la reacción de mi primo. Sus dedos se tensaron sobre la madera barnizada de su escritorio. Tras golpearla violentamente, tomó el sobre que decía «Reclutamiento».

—¿Qué es esto? —le preguntó—. ¿Fuiste tú quien contrató a Isobel?

Rick bajó la cabeza. Podía sentir cómo la paciencia de Ash se agotaba, igual que la mía. Si Rick había contratado a Isobel... eso significaba que sabía lo que William planeaba hacer.

—William me obligó... a contratar a Isobel como cautiva para ti si no quería que las fotos... se filtraran.

Cerré los puños y la ira creció en mi interior.

—Siempre lo supiste... —soltó Ash en un suspiro antes de alejarse del escritorio.

—¡NO! —exclamó Rick siguiéndolo con la mirada—. ¡No tenía ni idea de lo que estaba planeando! Lo único que sabía era que quería que Isobel fuera una cautiva...

Ash lo miró sin decir una palabra. La vena de su cuello palpitaba y sus dedos ensangrentados se tensaron. Rick no tenía muchas posibilidades.

—¿Atacaron a Ella y a Ally por tu culpa? —preguntó mi primo.

La respuesta de Rick fue bajar la cabeza. Eso significaba que sí. «Mierda.»

—¡CARAJO! —gritó Ash golpeando con el puño la pared—. ¿Qué más le has dicho a William? ¿Por qué haces esto, demonios?

—La... la dirección de tu... casa —admitió Rick—. No quería que la historia se...

Mi primo lo interrumpió agarrándolo con rabia por el cuello de la camisa y lo levantó violentamente de la silla.

—Ella estuvo en peligro por tu culpa, ¿no? —gruñó Ash—. ¡CONTESTA! ¿Fuiste tú el que le dijo que era mi cautiva?

Rick cerró los ojos.

—No podía...

—¡RESPONDE A MI PUTA PREGUNTA!

—Sí.

Cerré los ojos y escuché un golpe, un crujido y un gemido ahogado. Rick estaba a punto de morir asesinado bajo la furia de Ash. Todo lo que se nos escapaba había estado delante de nuestras narices desde el principio. Rick era el puto topo de William.

—Se enteró de que era tu cautiva la semana que te la traje —admitió Rick, sujetándose la nariz ensangrentada.

Mi primo se tensó y abrió los ojos como platos.

—¿Y Ella? ¿Forma parte de los planes de William? —le preguntó Ash con las manos ensangrentadas todavía agarrándolo por el cuello de la camisa.

—Tu cautiva no tiene nada que ver con William —dijo Rick sacudiendo la cabeza—. Había oído rumores sobre ella. La quería en nuestro grupo para alejarla de las garras de John.

—Eres un hijo de puta, Rick —lo insultó su sobrino mirándolo directamente a los ojos.

—Lo siento..., Ash.

Mi primo dejó escapar una risa mezquina antes de señalarlo y decir:

—No sientes lo que has hecho, sientes que lo haya descubierto.

Sus fosas nasales seguían dilatadas. Carajo, le estaba costando contenerse.

Dejó de agarrarlo y rodeó el escritorio. Mirando las fotos, soltó otra risa mezquina, esa risa que a veces me daba escalofríos. Aunque estuviera con ellos, no podría hacer nada para ayudar a Rick, ni siquiera para calmar a Ash. «Soy como un mueble. Decoro la habitación.»

Con los ojos cerrados, Ash trató de calmar su errática respiración pasándose una mano por el pelo mientras yo respiraba aliviado. Por fin había terminado.

Entonces, dirigió a Rick una mirada llena de asco y odio.

—¿Sabes lo que les pasa a los miembros de la familia cuando nos traicionan, Rick? —preguntó Ash girando la cabeza hacia su pistola y golpeando nerviosamente el suelo con el pie.

Tragué saliva. Había hablado demasiado rápido.

—Hay que matarlos —continuó tomando un cigarro—. Y yo puedo matarte aquí mismo, ganas no me faltan.

Rick, que seguía de pie junto a su silla, jugueteaba con las manos. Ambos conocíamos a Ash y sabíamos muy bien que era impulsivo. Lo podía matar en cualquier momento.

—Pero tengo algo aún mejor: estás fuera de la red.

«Empieza la fiesta.» Conociendo a mi primo, no iba a detenerse ahí.

—No recibirás ni un dólar de los ingresos, al menos mientras yo esté al mando, y tu poder de decisión es ahora nulo. Ally trabajará con Ben, ya no tienes cautiva.

«Al menos una buena noticia en mitad de este desastre.»

—Y nunca lo olvides, Rick: te he dejado vivir, así que tienes una gran deuda conmigo.

Rick asintió. De todos modos, no tenía elección. Era eso o un pequeño ataúd en Londres junto al tío Rob y otros familiares.

—Sal de aquí y no vuelvas a menos que te dé permiso —le ordenó Ash por última vez.

Rick asintió sin decir una palabra y se retiró. Me alejé de él sin mirarlo. Nos había puesto en peligro más de una vez.

—Si me entero de que has vuelto a hablar con William por cualquier medio, morirás con él —terminó mi primo—. Palabra de Scott.

El sonido de la puerta al cerrarse marcó el final de la última discusión entre él y Rick. A partir de ese momento, mi primo ya no tenía consejero. Me entró el pánico. Ya nadie podría calmarlo.

—Quema esta mierda —exigió Ash señalando las fotos—. En cuanto a Ella, se va mañana. Ocúpate de Carl y del piloto, la llevarán a Manhattan. No quiero saber exactamente dónde está hasta que mate a William.

—Entendido.

Ella se mudaría inevitablemente a uno de esos estúpidos rascacielos que mi familia tenía en Nueva York, y para mí era perfecto. «Estoy deseando conseguirle un dúplex no muy lejos de Bella. ¿Qué pasa...? Cada uno mira por sí mismo.»

Al día siguiente

Ella por fin estaba lista para dejarnos, como demostraban las maletas que había a su lado. Tenía los ojos llorosos.

—Cuídate y vive la vida al máximo, ¿de acuerdo? Si algún tipo te hace enojar, llámame y se lo haré pagar en un abrir y cerrar de ojos.

Fue nuestro último adiós antes de que subiera al coche de Carl. Parecía muy triste por dejarnos, pero yo sabía que volvería. Era nuestra pequeña. Formaba parte del grupo. Y me iba a aburrir mucho con un Ash sin Ella.

—Ay, no llores, Kiara me va a matar —dije secándole la lágrima con el pulgar, lo que la hizo estallar en carcajadas.

Sonreí al escuchar su risa por última vez, la misma risa que dejaba escapar cuando le jugaba bromas. Sí, la iba a echar de menos.

Con las maletas en la mano, la invité a bajar conmigo antes de abandonar la casa de cristal de mi primo, que, por cierto, no estaba allí. Sin duda, fue muy injusto por su parte negarse a verla por última vez antes de que se fuera.

—Solo es un hasta pronto, cariño. Volverás, seguro —la tranquilicé dándole un abrazo—. Ay, la bruja está llorando.

Kiara me dio un golpe en el hombro.

—¡Llámame en cuanto llegues! —le dijo—. Un conductor te esperará a la salida del aeródromo.

Ella nos dio otro abrazo. Le abrí la puerta del coche. Carl

arrancó y nos despedimos con la mano por última vez de la pequeña Ella, que se alejaba de la casa del señor Yo-Nunca-Quise-Una-Cautiva.

Kiara sollozaba mientras veía cómo el coche abandonaba la finca, así que le pasé el brazo por los hombros y la jalé para abrazarla. Posé los labios sobre su frente y le susurré:

—Estará mucho mejor en Manhattan, no te preocupes por ella, se las arreglará.

Suspiró y se oyeron ladridos detrás de nosotros. Me había olvidado del perro... Tal vez Ash se lo devolviera a Kiara.

—¿Y qué pasará con él, entonces? —le pregunté a Kiara, que se ahogaba en lágrimas.

—A-Ash me dijo que se lo iba a quedar.

Sonreí satisfecho y arqueé las cejas. Al final le había tomado cariño al perro.

El celular me empezó a sonar en el bolsillo. La pantalla mostraba la cara deformada de mi primo.

—¿Sí? —empecé pegándome el teléfono a la oreja.

—¿Se ha ido? —me preguntó con frialdad.

—Sí, se acaba de ir.

—Asegúrate de que llega a Manhattan.

—S...

Colgó. Resoplé. Ya empezaba a ser desagradable.

—El regalo de Ella para Ash sigue en mi casa —me confesó Kiara con tristeza—. No sé si dárselo ahora que ya no está aquí.

El cumpleaños de mi primo era al cabo de dos días, lo había olvidado por completo. Tenía que comprarle un regalo.

—Dáselo para que entienda que la cagó con ella —me reí antes de entrar con ella en la casa.

Era muy triste ver que en la tele ya no había puestos los dibujos animados que tanto le gustaban a Ella. El perro se frotó contra mis pantorrillas y le sonreí por primera vez. Él también iba a echar de menos a su ama. Ash iba a morirse de aburrimiento con ese perro.

Me quedé en el salón, mientras que Kiara decidió subir a echarse una siesta en la habitación de Ella. Demonios, qué *drama queen*. «Ni que Ella estuviera muerta.»

Saqué mi celular del bolsillo para mirar las fotos de Bella que tenía guardadas en la galería. Me había dicho por la mañana que iba a pasar el día en familia con su abuela y sus padres. La echaba mucho de menos.

«Ahora, el pequeño Ben se entretiene intentando mantener a su primo tranquilo para que no mate a su tío. Una gran diferencia.»

La puerta se abrió. El fuerte ruido de pasos me indicó que Ash acababa de entrar. «Media hora después de Ella. Parece que la había evitado.»

—Te vas a aburrir sin ella —me burlé.

Se desplomó a mi lado en el sofá sin decir palabra y sacó su paquete de cigarros, que tiró descuidadamente sobre la mesa de centro negra. Fruncí el ceño. No iba a fumar, eso era sorprendente.

—Estará mucho mejor lejos de nosotros —afirmó secamente mirando la pantalla apagada del televisor.

—¿Dices eso para autoconvencerte de que has tomado la decisión adecuada?

No respondió a mi pregunta. En vez de eso, se encendió un porro. Claro, hoy no es día de cigarros. El perro se posó en el regazo de Ash, que gruñó, pero no lo apartó.

—Empieza a gustarte, ¿eh? —lo provoqué recordando las primeras noches, cuando no le dejaba ni rozarlo.

—No, el perro me importa una mierda —gruñó mirando al animal—. A partir de mañana, empezamos con el plan. Ahora ya no tengo nada que perder... Y ellos aún no lo saben.

La determinación de sus ojos casi me asustaba. Pero algo se me quedó grabado: ya no tenía nada que perder. Ella acababa de irse. Entendí mejor por qué quería alejarla de él. Era lógico, no quería ponerla en peligro.

Tal vez Kiara tenía razón. Le había tomado mucho cariño a su cautiva.

—Entonces recemos, hermano, por que todo acabe pronto —dije con sarcasmo.

—Recemos por que Dios se apiade de sus almas, porque yo no lo voy a hacer.

29
Regalos

BELLA

Revisé la fecha y resoplé. Justo cuando empezaba a acostumbrarme a Los Ángeles, tenía que marcharme de nuevo al cabo de cuatro días para regresar a las calles abarrotadas de Manhattan. Lo único bueno era que volvería a ver a Riley.

La echaba horriblemente de menos. Las noches que pasábamos las dos solas, nuestros bailes improvisados a la hora de lavar los platos, los chismes... Aunque nos llamábamos a menudo, no era suficiente. Pero, por otro lado, la presencia de Ben en mi vida había hecho que sintiera más apego por mi ciudad.

Con una mueca, me dejé caer sobre la cama.

Ese día iba a ir al centro comercial. Josh y Riley me habían pedido que les llevara productos que no había en Manhattan, sobre todo, cajas de fideos chinos. No hace falta decir que esa petición era de Riley.

—Buenos días, Misty —le murmuré a mi gato, que seguía durmiendo a pocos centímetros de mí.

Alargué el brazo para acariciarle la cabeza. Se estiró, bostezando, antes de acercarse a mí y acomodarse en mi barriga.

—Pronto te abandonaré, amiguito —le dije hundiendo los dedos en su pelaje gris—. ¿Te había dicho ya que has engordado?

Alguien llamó a la puerta. Mi madre apareció en mi campo de visión con una gran sonrisa en los labios.

—¡Buenos días, Isabella! El desayuno lleva cuarenta y cinco minutos preparado, cariño.

—Ahora me levanto.

Salió de mi habitación cerrando la puerta tras ella. En la mesilla, mi celular vibró. Sin levantarme para no molestar a Misty, alargué el brazo todo lo que pude y lo tomé con las puntas de los dedos. Era Ben.

—Diga —empecé todavía sorprendida por su llamada matutina.

—Buenos días, Grace. ¿Acabas de despertarte?

Una sonrisa asomó a mis labios cuando oí su voz, que no parecía adormilada.

—Llevo quince minutos despierta —informé—. ¿Y tú?

—Aún no he dormido —confesó—. Estaba ocupado... con Ash.

—Supongo que han estado toda la noche trabajando.

—No, estaba ocupado calmando los nervios del señor, que se había pasado con el whisky en la fiesta —admitió, exasperado—. Además, lleva dos días sin pegar ojo.

Hice una mueca. La última vez que había oído enojarse a Ash no había resultado nada agradable. Supuse que los documentos que habían encontrado en mi casa habían sido fuente de revelaciones.

—Bueno, no te he llamado para eso —continuó aclarándose la garganta—. Como William estará ausente durante las dos próximas semanas y estamos un poco más libres mientras esperamos su regreso, me preguntaba si... ¿Tienes... tienes pensado hacer algo hoy? Voy a ir por el regalo de Ash porque mañana es su cumple y quería saber si te gustaría acompañarme...

—Justamente hoy iba a ir al centro comercial, así que me parece bien —contesté con una sonrisa.

—¿Eso quiere decir que sí? —inquirió.

—Sí, sí —confirmé mientras él susurraba un «¡Toma!».

—Perfecto, pasaré a recogerte dentro de una hora, ¿te parece bien?

—Genial. ¡Hasta dentro de un rato!

Me levanté de la cama a pesar de los maullidos de Misty, quien se había acomodado en mi vientre. ¡Qué llorón!

Me estiré y me froté los ojos antes de meterme rápidamente en la ducha. Me puse un *short* oscuro y un top blanco sencillo. Me apliqué rímel y me dejé el pelo suelto. En la cocina me encontré a mi padre sentado en un taburete cerca de la isla central con una *tablet* en la mano y un café solo junto a él.

—¡Buenos días! —exclamé con una sonrisa.

Mi desayuno estaba preparado: hot cakes y pan tostado con aguacate.

—Buenos días, Isabella. ¿Has visto que la SHC va a negociar la compra de una gran compañía tecnológica? —comentó como si eso me interesara.

—Guau —solté sarcásticamente sirviéndome una taza de café.

—Shawn, el joven director, es muy buen inversor —añadió mi padre—. ¡Deberías intentar meterte ahí! Pagan muy bien.

—He estudiado Sociología, papá. Lo único que quiero es ser propietaria de una cadena de cafeterías porque me parece muy elegante —repliqué poniendo los ojos en blanco—. Además, no me gustan las oficinas, me estresan.

Se encogió de hombros. Mi padre siempre había querido que me convirtiera en una mujer de negocios como él, que siguiera sus pasos como buena hija de papá. Pero ese mundo no me interesaba. Al menos, no tanto como a él. Mi padre vivía para los negocios, el comercio, las inversiones... Ese no era mi caso. No tenía la tenacidad de Thomas Grace.

Desayuné en silencio revisando la cronología de mi Instagram, lo que me hizo pensar en Ben. Mi relación con él aún no estaba clara. No sabía adónde iba a llevarnos y me daba miedo el final, si es que lo tenía. Por una parte, estaba contenta de que hubiera vuelto a mi vida, pero, por la otra, su trabajo me asustaba.

—Papá —pregunté con curiosidad—. ¿Sigues mal con la familia Scott?

Él levantó la cabeza hacia mí.

—Llevo años sin trabajar con esa familia —admitió—. ¿Por qué lo preguntas?

—No lo sé, simplemente me he acordado de que te llevabas mal con uno de ellos.

Tras dejar la *tablet*, me dijo con un suspiro:

—Sí, Robert Scott, no quería soltar ese maldito terreno —rio entre dientes al recordar el asunto—. Me pregunto qué habrán hecho con él.

Me encogí de hombros. Yo tampoco sabía qué había sido de esas tierras... ¿Me lo había contado Ben? Se me había olvidado.

—Esa familia... Son una banda de mafiosos —me explicó mi padre sin sospechar que yo ya lo sabía—. Son muchos y cada uno más peligroso que el otro. Se dice que lideran la mayor red de tráfico de armas del país, que el Gobierno está al corriente y que se lleva una parte de sus beneficios.

—¿Quieres decir que trabajan con el Gobierno? —inquirí frunciendo el ceño.

—Por supuesto, los dos salen ganando, cariño. Los Scott

son excelentes a la hora de negociar y no parece que la dinastía vaya a acabar.

—¿Qué más sabes de ellos? —pregunté, realmente interesada.

—Solo rumores —resopló tomando un sorbo de café—. Son cuatro hermanos y tres hermanas, pero yo solo pude hablar con Robert. Creo haber oído que había muerto de sobredosis hace tres años.

Se me cortó la respiración. ¿Sobredosis? Pero Ben me había dicho que William... No. William le había mentido a mi padre. Él era el asesino de Robert Scott.

—Cuando alguien consume tantas drogas, acaba muriendo —dijo tomando otro sorbo de café—. Tiene una hija y un hijo, Ashton o Ash...

—Asher —lo corregí rápidamente, y vi que arqueaba una ceja.

—¿Lo conoces?

Su pregunta me dejó sin voz unos segundos. Mierda, acababa de delatarme.

—No —mentí con aire informal—. Iba a mi escuela.

—Fue William quien me habló de él, conoce mucho al tal Asher —me explicó mi padre—. Y, por lo que me ha dicho, es un tipo muy peligroso y manipulador, tiene las manos bien manchadas de sangre.

Hice una mueca. Seguramente era verdad que Ash había matado a mucha gente desde que estaba en la «red», como la llamaba Ben. Pero, aun así, el rubio me desconcertaba, teniendo en cuenta que era lo opuesto a su primo.

—Además, mató incluso al padre de William —agregó muy serio.

Jadeé, sorprendida. Eso no tenía sentido... ¿Ben me lo habría ocultado?

—Sí, hija, ese Asher mató al padre de William delante de él sin ningún motivo.

¿Asher habría matado realmente al padre de William? Tenía que preguntárselo a Ben cuanto antes.

—Los Scott son una familia despiadada, es mejor mantenerse alejados de ellos.

Me terminé el café y justo sonó mi celular. Ben me estaba llamando.

—Estoy a pocos metros de tu casa, ¿sales?

—Ya voy.

Fui corriendo a lavarme los dientes y a perfumarme. Desde el vestíbulo, mi madre me miró fijamente frunciendo el ceño con aire inquisitivo.

—¿Sales?

—Sí, voy a hacer unas compras con un amigo, volveré por la tarde —dije tomando las llaves de casa—. ¡Besos!

Tras cerrar la puerta detrás de mí, bajé los tres escalones que me separaban del camino de entrada. Me alejé a paso rápido de la casa y vi a lo lejos el Jaguar negro con cristales polarizados del señor Jenkins.

Cuando llegué al coche, la ventanilla se abrió revelando la gran sonrisa de Ben.

—Señora —me saludó abriendo las puertas.

Subí al coche y Ben arrancó en cuanto me abroché el cinturón.

—Te ves muy guapa —me dijo dando media vuelta para salir de la zona residencial.

—Como todos los días —contesté con aire burlón sacándome el celular del bolso.

Asintió sonriente.

—¿Has dejado solo a Ash? —inquirí con una sonrisita.

Puso los ojos en blanco, harto de su primo, y me explicó:

—Ayer todo iba bien. Estaba relajado, fumando tranquilo, y entonces recibió una maldita llamada tonta... Bueno, era una mala noticia, pero nada demasiado importante, ¡y explotó como una puta bomba!

Me reí entre dientes y vi que Ben abría los ojos como platos, todavía desconcertado por los cambios de humor de su primo.

—¡Empezó a enumerar toda la mierda que había sucedido a lo largo del día y a romper todo lo que había a su alrededor!

Esta vez, me reí de verdad.

—El señor rompió la tele, su celular, la mesa de cristal del salón y uno de los ventanales —enumeró—. ¡Y no acaba la cosa ahí! Después, tomó una botella y empezó a beber y a beber. Kiara dormía como un puto tronco en la planta de arriba mientras Ben se encargaba de controlar a la bestia. Cuando la señora se despertó, vio lo que había hecho en el salón. ¿Y sabes qué? ¡Subió otra vez a seguir durmiendo!

No pude evitar imaginarme la escena.

—Cuando Ash se pone en ese plan, no hay que acercarse a él nunca porque acaba volviéndose contra ti. Yo ya pagué el precio.

—¿A qué te refieres? —pregunté intentando calmarme.

—Una vez que estaba enojado intenté controlarlo y ¿sabes qué? Me rompió la nariz.

Me reí a carcajadas, aunque me sentía mal por él. Ash siempre había sido muy impulsivo. Se peleaba a menudo con los idiotas de la escuela.

—Ha estado toda la noche borracho. Luego se ha fumado unos cuantos porros antes de dejarse caer en la cama. Lo he dejado con Kiara, que se las arregle ella con el «Ash resacoso». Yo paso.

Ben me pidió que pusiera algo de música. Moví la cabeza

al ritmo de *Golden*, de Harry Styles, mientras evocábamos recuerdos de la escuela. Me confesó que no tenía contacto con nadie. Su círculo de amistades se había estrechado, solo contaban la red y sus primos.

Por mi parte, yo tampoco tenía muchos amigos. Conocía a mucha gente, pero podía contar realmente con pocas personas. Riley y Josh eran los únicos verdaderos amigos que tenía, aunque con ellos tenía suficiente, porque eran maravillosos.

—Ya llegamos —anunció Ben en el estacionamiento—. ¿Tienes que comprar algo?

—Fideos para Riley y varias cositas para el verano —informé saliendo del coche.

Lo cerró y nos metimos en uno de los centros comerciales más grandes de la ciudad. Mi mirada se perdió en los escaparates. Giré la cabeza hacia Ben, quien me contemplaba con una sonrisa ladeada, lo que me hizo sonreír a mí también.

—¿Qué piensas comprarle?

—Kiara le compró una chamarra de cuero, Ella una libreta y Ally le envió la semana pasada un reloj carísimo. He encargado un anillo de sello, aunque ya tiene muchos —afirmó haciendo una mueca.

—¿Usa anillos? —pregunté, sorprendida.

La última vez solo le había visto uno en el dedo índice, el mismo que llevaba Ben en ese momento.

—Sí, muchos más que yo, en realidad. En la mano derecha usa uno en el dedo de en medio y otro en el anular. En la izquierda, en el índice, el corazón y el meñique —detalló Ben señalándose los dedos—. Yo solo uso los dos anillos de sello de la familia.

Me los enseñó. Tenía uno de plata no demasiado grande con sus iniciales inscritas y un anillo de sello de oro ovalado en el que había grabado un árbol sin hojas que se había convertido en el símbolo de su familia. Alrededor del símbolo, aparecían las inscripciones MEMENTO MORI en lo alto y ESTO MENOR NOSTRI abajo. En el centro vi una «S» que seguramente significara «Scott».

—Todos los miembros de la familia tienen uno como este. Ash tiene dos, el suyo y el de su padre —indicó quitándose el anillo y sosteniéndolo entre las puntas de los dedos—. Lo interesante de estos anillos es que todos están hechos del mismo metal, por lo que las otras redes pueden reconocernos gracias a ellos.

—¿Tenéis todos los mismos anillos?

—Sí, todos tenemos dos. Uno con nuestras iniciales y otro con el blasón de los Scott —explicó—. Yo he encargado uno más para Ash, vamos a recogerlo.

Asentí con la cabeza y lo seguí hasta el establecimiento de uno de los joyeros más conocidos de la ciudad. En el interior había infinidad de modelos expuestos, unos más caros que otros. Los ojos estuvieron a punto de salírseme de las órbitas cuando vi el número de ceros en varias de las etiquetas.

—Hola, señor Jenkins —lo saludó un señor de cierta edad—. ¡Qué placer volver a verlo! Señorita.

—Buenos días, Martin —respondió Ben acercándose a él—. ¿El anillo está listo?

—¡Por supuesto! —afirmó el anciano recolocándose las gafas—. ¡Enseguida se lo traigo!

Se apartó del mostrador dejándonos solos. Mientras yo contemplaba los anillos expuestos, sentí el peso de la mirada de Ben sobre mí. Ruborizada, le dije:

—Mira las joyas.

—Es lo que hago —repuso sin apartar la mirada.

Su comentario me arrancó una sonrisa, que disimulé con una expresión de exasperación. Él rio entre dientes. Podría pasarme horas admirando su rostro. La barba le sentaba de maravilla y esa sonrisa traviesa me volvía loca.

—¡Aquí está!

El hombre volvió con un estuche negro. Era un anillo de oro bastante imponente con un sello en el que había grabada una cabeza de león con una melena perfectamente diseñada. Los ojos eran piedrecitas negras. Era magnífico, Ben tenía muy buen gusto.

Salimos de allí entre agradecimientos del joyero. Decidí entrar en una tienda de trajes de baño que me encantaban. Ben me siguió sin decir nada y me observó pasar la mano por los modelos de todos los colores.

Me detuve ante uno bastante lindo, pero dudaba entre dos tonos diferentes. Ay, necesitaba la opinión de Riley, quien siempre me aconsejaba cuando íbamos de compras.

—¿Por qué no te llevas los dos? —inquirió Ben frunciendo el ceño.

—Porque es un poco caro y quiero guardarme algo de dinero para comprarme otra cosa —expliqué sosteniendo los dos modelos para sacarles una foto—. A propósito, esta mañana mi padre y yo hemos mantenido una conversación muy enriquecedora sobre tu familia.

Ben arqueó las cejas.

—¿Ah, sí?

—¿Por qué me ocultaste que Ash había matado al padre de William? —lo interrogué cruzándome de brazos.

Tragó saliva.

—Ash no mató al padre de William —negó, desconcertado—. ¡Ni siquiera lo conocemos!

—No es eso lo que le dijo a mi padre. Él piensa que Ash mató al padre de William delante de él, a sangre fría y sin motivo alguno.

Me vibró el celular.

De Riley:

El verde. ¡Dios, es precioso!

Le envié una carita sonriente y volví a concentrarme en la conversación con Ben.

—William mató al padre de Ash delante de él —rectificó Ben poniéndose serio—. Lo mató a sangre fría y se largó. No al contrario.

La dulce mirada de Ben se oscureció un instante, lo que me hizo tragar saliva. Evidentemente, Ben decía la verdad. William acusaba a Ash de un crimen que él mismo había cometido empañando la imagen del rubio ante los ojos de mi padre, quien ya no sentía mucha simpatía por su familia. Era repugnante.

—También mintió sobre la muerte de Robert —informé—. Le dijo que había muerto de sobredosis.

Ben soltó una carcajada que no tenía nada de divertida.

—¡Robert no se drogaba! —se rio—. Se fumaba algún porro, pero eso es todo.

Me decidí por el bañador verde oliva. Ben se fijó en el color que había elegido.

—A mí me parece más bonito el lavanda —comentó encogiéndose de hombros.

Eché un vistazo al otro traje, dudosa, pero negué con la cabeza.

Cuando terminé de pagar el traje de baño unos minutos más tarde, me volteé hacia Ben, quien estaba justo detrás de mí... ¿con las manos llenas?

—Le estoy comprando regalos a Kiara por adelantado.

—Es la segunda vez que vengo aquí y sigue pareciéndome igual de impresionante —comenté cerrando la puerta del coche.

El mismo perro de la vez anterior corrió hacia nosotros con la boca abierta. Miré a Ben, quien hizo una mueca cuando el animal saltó sobre nosotros.

—Supongo que la echa de menos —declaró cargando al perro.

—¿Por qué lo dices? —pregunté yendo hacia la gran puerta principal, por la que no había entrado nunca.

Ben la empujó con el pie, con el perro todavía en sus brazos.

—Porque se ha ido a vivir a otra ciudad por seguridad.

Arqueé las cejas, pero no dije nada. Ella ya no estaba en la mansión... ¿Tal vez ese era el motivo por el que Ash se comportaba así?

Junto al barandal de cristal del piso de arriba, Kiara tecleaba algo en el celular. Levantó la mirada hacia nosotros, visiblemente sorprendida de verme ahí.

—¿Sigue durmiendo?

Kiara negó con la cabeza y contestó bajando las escaleras:

—Se ha despertado hace una hora o dos, pero sigue en su habitación.

Ben le ofreció el regalo que le había comprado a Ash y ella asintió con la cabeza. Tras disculparse, el moreno subió las escaleras y me dejó con su amiga, quien me propuso acompañarla a la cocina. Quería preparar un *smoothie* de frutas.

—¿Era su primera cita? —me interrogó Kiara con aire travieso.

Se me enrojecieron las mejillas al instante, lo que provocó sus carcajadas.

—Digamos más bien que los dos teníamos cosas que comprar.

—Ben me ha hablado mucho de ti —me confesó—. Hasta tal punto que al final sentía que era yo la que estaba enamorada de «Bella».

Su sarcasmo me hizo gracia. Si Ben le había hablado de mí a Kiara significaba que yo era importante para él. Aunque me lo había dicho, yo esperaba pruebas reales y la revelación de Kiara era una.

—No te lo digo porque sea mi amigo, pero te quiere. Está locamente enamorado de ti desde hace años, desde que llegaste a la escuela, en realidad —me contó sin ningún filtro—. Cuando... cuando eligió la red estuvo un mes sin querer hablar con nadie.

La escuché intentando imaginarme cómo habría estado Ben durante ese periodo que yo pasé tan deprimida.

—Ha corrido un gran riesgo al retomar el contacto contigo —me explicó sacando una bolsa de mango congelado—. Y sigue corriéndolo. Yo fui la primera que le dije que los dos eran totalmente opuestos.

Rio entre dientes y yo sonreí. Era cierto que éramos muy distintos el uno del otro. Lo que me gustaba aún más, pues esa diferencia nos unía. Con Ben nunca me aburría. Nuestras vidas eran totalmente opuestas, pero cuando se trataba de él todo parecía fácil de manejar.

—Creo que eres lo más bonito que le ha pasado. Como dice a menudo: «Me quiere a mí, a Ben. No al primo de Asher, no a la red».

Se me formó un nudo en la garganta. Era cierto, quería a Ben Jenkins por lo que era, no por lo que hacía. Quería al chico al que no le daba miedo decir que se sentía asustado, el que contaba los mejores y los peores chistes, el que estaba ahí siempre para sus seres queridos, el que me tranquilizaba sin dar nunca por sentado que me tenía conquistada.

—Te quiere, Bella. Cayó rendido a tus pies desde el principio —me tranquilizó su amiga antes de ponerse a mezclar las frutas.

Se oyeron unos pasos apresurados por la escalera y una silueta que reconocí enseguida apareció en la cocina. Ash me miró mientras Kiara señalaba con la barbilla un vaso de agua y una aspirina que había dejado sobre la barra. Él se lo bebió de un trago y gruñó:

—Mi casa se ha convertido en un puto club.

Ese comentario me arrancó una sonrisa. Negué con la cabeza. Siempre tan agradable.

—¿Quieren un *smoothie*? —ofreció Kiara.

Negué amablemente y Ash espetó:

—Bébetelo tú sola, esa mierda me da náuseas. Dime, Grace, ¿cuándo te largas?

Kiara se atragantó con su bebida. ¿Por qué de repente le importaba cuándo me marchaba?

—Dentro de cuatro días —respondí todavía sin entenderlo.

—¿Y volverás?

Sus ojos grises me desestabilizaban.

—Supongo que volveré en junio para las vacaciones.

—Dentro de dos meses entonces...

Kiara mantuvo los ojos abiertos como platos. Ben apareció en mi campo de visión, todavía con el perrito.

—¿Qué te pasa? —le preguntó a su amiga, quien miraba a Ash desconcertada.

De pronto sonó el timbre. Ash frunció el ceño y le pidió a Ben que fuera a ver quién era. Este salió de la estancia. Rápidamente, oímos su risa resonando en el vestíbulo.

—¡Serás cabrón! —exclamó.

A lo lejos, sonó el rugido de un motor. Entonces, se oyó otra voz de hombre en la casa.

—Reconozco esa voz —comentó Kiara cerrando los ojos.

—Ay, no... Piedad, terminen conmigo —resopló Ash antes de apoyar la cabeza en la mesa, abatido.

—¡Hola a todos! —saludó el joven—. ¡Adivinen quién se ha tomado vacaciones para venir a ver a sus primos preferidos! ¡Ash, tu nueva casa es una locura!

Ash gruñó. Aún tendría resaca. ¿O tal vez había sido la llegada de su primo lo que lo había puesto de tan mal humor? «Rayos, ¿cuántos son en esta familia?»

—¡Demonios, Kyle! —suspiró Kiara tomando un trago de su *smoothie*—. Mierda, empezamos bien el día.

30
Hasta el año que viene

BEN

—Dios mío...

Ash resopló cuando llegamos a la cocina, donde estaban Kiara y mi Bella. El hijo de puta de Kyle había venido a Los Ángeles. Él había tomado vacaciones y yo no. «Lo odio.»

—¡Mi querida Kiara, ven aquí! —exclamó Kyle corriendo hacia la morena y levantándola por los aires.

Kiara, con una enorme sonrisa, le gritó que la dejara en el suelo mientras Ash se masajeaba las sienes. «Los placeres de la resaca.»

—¡Ven aquí, cabrón! —gritó Kyle acercándose a nuestro primo.

—Da un paso más y te envío en un vuelo directo al lugar de donde vienes —lo amenazó este.

—Siempre tan agradable —respondió Kyle antes de dirigir la mirada hacia Bella—. Una nueva... Espera... ¿No nos conocemos?

Se me paró el corazón. A Kyle siempre le había parecido guapa. «No, está apartada.»

Bella frunció el ceño. Ella no se acordaba de él, Kyle no iba a la misma clase que nosotros. A medida que la expresión de mi primo cambiaba, me di cuenta de que lo había entendido. «Mierda.»

—Isa... Ben... Ella... Tú... —tartamudeó mientras nos iba señalando con el dedo—. ¿Qué me he perdido? ¿No es esta la chica?

—¿Puedes dejar de gritar, carajo? —se lamentó Ash sosteniéndose la cabeza.

Bella abrió los ojos desmesuradamente. La situación parecía incomodarla. Me acerqué para susurrarle:

—¿Nos vamos?

Asintió y apoyé una mano en su espalda para empujarla hacia la salida. Antes de irnos, me volteé hacia mis primos y anuncié:

—Dejo a Bella en su casa y vuelvo. No digan nada antes de que llegue.

Luego salí de allí con Bella. Una vez metidos en el coche, le dije:

—Ese es mi primo, Kyle. Tiene un año menos que nosotros, pero también iba a nuestra escuela.

—¿Por eso me ha reconocido? —me preguntó.

Asentí y arranqué.

—¿Siempre... grita tanto? —inquirió con una media sonrisa.

—¿Ash? Depende del día. Hoy tiene resaca. Si te refieres a Kyle... depende también.

Unos minutos después, paré cerca de su casa, a tan solo dos manzanas. Me sonrió y se quitó el cinturón.

—He pasado una mañana fantástica contigo —le dije sonriendo.

—Yo también —contestó ella dejando que sus ojos recorrieran mis facciones.

Pero, cuando iba a salir, le pedí que esperara unos segundos. Me bajé del coche y saqué de la cajuela la ropa que había comprado. Luego le abrí la puerta. Bajó también del coche y frunció el ceño cuando le ofrecí la bolsa que tenía en la mano.

Puso cara de sorpresa cuando la abrió.

—Sabía que lo querías —empecé rascándome la nuca—. Además, creo que es un color realmente bonito.

—Gracias... —suspiró dedicándome una mirada increíblemente dulce.

Me tomó desprevenido al tomarme por la cintura. Instintivamente, la rodeé también con los brazos para acercarla hacia mí. Apoyé la barbilla en su frente. «Rayos, cuánto quiero a esta chica.»

—Eres la cosa más bonita que me ha pasado, Isabella —murmuré pegándome aún más a ella—. Siento muchísimo todo lo que te he hecho.

Sus manos me apretaron todavía más y me miró fijamente. Me abrí camino con la mano hasta su mejilla cuando vi que sus ojos verdes se humedecían. Me ponía enfermo haberle hecho tanto daño.

—Lo siento tanto. Te prometo que nunca más me iré de tu vida —la tranquilicé sintiendo cómo su respiración se mezclaba con la mía—. Salvo que me muera... Pero aún entonces cuidaré de ti. Bueno, si no voy al infierno.

Una primera lágrima se deslizó por su mejilla. En ese mismo momento, dejó escapar un pequeño sollozo. Pensaba cumplir mi promesa. Estaba locamente enamorado de esa chica, y no iba a dejar que se me escapara de nuevo.

La gente decía que no estaba hecho para ella, yo decía que no la merecía. Pero ella replicaba que quería tomar sus propias decisiones, y una parte de mí acababa de vencer el miedo a no ser suficiente. Isabella Grace me comprendía mejor que nadie, me amaba por lo que era y no por lo que representaba.

Me había hecho tener confianza en mí mismo: yo no era una puta sombra, merecía idéntico reconocimiento que los demás. Isabella Grace me había robado el corazón y lo había guardado durante cuatro años y medio, a pesar de que ni siquiera la veía, le hablaba o sabía qué había sido de ella.

Entonces, mis ganas tomaron el control y mis labios se posaron sobre los suyos. Por suerte, no me frenó. «Rayos.»

El corazón me latía a toda prisa. Ese puto efecto que Bella tenía en mí me daba hasta miedo. Querer tanto a alguien, sentir que yo era tan importante para ella como ella lo era para mí, lo seguía encontrando solo en ella. «Diablos, cuánto la quiero.»

—No me sueltes nunca más —murmuró interrumpiendo nuestro beso—. Nunca más, Ben.

—Te lo prometo —añadí recuperando el aliento—. Gracias por... elegirme por mí mismo y no por ser el primo de Ash.

Decía que le había roto el corazón. Lo que tal vez no sabía era que el mío también estaba hecho pedazos. La necesitaba. Y por fin la había encontrado.

—Quiero a Ben Jenkins, no a Asher Scott, no al mafioso que forma parte de una red... No lo olvides nunca.

Se me paró el corazón. Escucharla decir esa frase que se repetía en bucle en mi cabeza desde hacía años fue como una puta descarga eléctrica.

—Así que... ¿Me quieres? —murmuré en un tono travieso.

Se contuvo la risa antes de apartarse de mí y decir:

—Quiero a mucha gente.

Con una sonrisa, la vi alejarse hacia su casa, no sin admirar su precioso culo perfectamente amoldado a esos *shorts.*

—Deja de mirarme, Jenkins —exclamó haciendo que sonriera aún más.

Cuando fui a cerrar la cajuela, hice una mueca al ver todas las demás cosas que había comprado solo para camuflar el biquini de la señorita.

—Tendré que endosárselas a Kiara.

—¡He vuelto, amigos! —anuncié mientras cerraba la puerta principal.

Como me esperaba, encontré a Kyle tirado en el sofá. Kiara estaba tumbada en el suelo mirando el celular.

—Te vas a dar con él en la cara —la advertí.

Puso los ojos en blanco y se quedó en la misma posición. Hice una mueca al ver la mesa de cristal rota, así como el ventanal, que no estaba en su mejor momento.

—¿Cómo es que Isabella y tú volvieron a estar juntos? —me preguntó mi primo con una mirada juguetona.

—Hemos retomado el contacto a través de las redes sociales. Bueno, una larga historia —contesté antes de echarme a su lado.

—Sigue igual de guapa —me dijo Kyle al tiempo que me guiñaba el ojo.

—Está apartada, colega —respondí tomando un cigarro—. ¿Cuánto tiempo piensas quedarte en California?

Lo encendí y dejé que la nicotina penetrara en mi cuerpo.

—He contratado a alguien para que me sustituya —me informó Kyle sacando un cigarro de mi paquete—, así que tanto como quiera. ¿Pueden explicarme por qué la tele no funciona?

—Es la novena vez que lo digo: ¡Ash la ha roto! —gruñó Kiara—. ¡Ay! ¡Demonios!

El celular se le acababa de caer y le había dado un golpe en la cara. «Hay que hacerme caso siempre.»

—Ni una palabra —me amenazó la morena al ver que esbozaba una sonrisita satisfecha—. Ash la ha roto porque nos ha montado el drama del mes.

—Ah —soltó Kyle mirando los destrozos—, ¿y dónde está su cautiva? Esperaba verla aquí. ¿Vive sola?

—¿Estás sordo o qué? ¡Te he dicho que se ha ido!

—Kiara, cuando hablas, tengo tendencia a no escuchar —rio Kyle antes de recibir un zapatazo de la chica en la espalda—. Es la costumbre, ya sabes.

Sacudí la cabeza sonriendo. Hacía meses que no pasábamos algo de tiempo los cuatro juntos. Aunque faltaba la presencia de Sam para que estuviéramos al completo, la de Kyle no estaba tan mal.

—¿Qué tal Londres? —pregunté.

—Uf, aburrido, siempre los mismos proveedores que piden aumentos —protestó Kyle—. Ash me ha pedido que negocie con los italianos.

Asentí mirando la pantalla negra, me preguntaba si Ash iba a contarle que su padre se follaba a Chris. Hablando del rey de Roma, oí sus pasos bajar las escaleras y acercarse al salón. De repente, lanzó una carpeta sobre la mesa y yo abrí los ojos como platos.

Kyle arqueó una ceja mientras Ash lo miraba fijamente con los brazos cruzados. Esa carpeta... Yo sabía lo que contenía. Debería haberlas quemado. Eran las fotos de Rick y Chris.

—¿Qué es eso? —le preguntó nuestro primo.

—Revistas porno —respondió Ash—. Deberías ver quién es el actor, tiene un aire a la familia.

Kiara no pudo evitar reírse mientras Kyle las sostenía perplejo. Casi se le salen los ojos de las órbitas cuando vio las fotos. Su mandíbula estuvo a punto de desprenderse.

—Tu... Mi... Están... —balbuceó mi primo.

—«¿Tu madre y mi padre están cogiendo?» ¿Es eso lo que quieres preguntar? —soltó el rubio—. La respuesta es sí, Kyle. Mi queridísima madre coge con el viejo de tu padre.

Este emitió un grito de terror muy agudo antes de mirar de nuevo las fotos, luego a Ash, luego otra vez las fotos. Luego a mí.

—¡¿Lo sabían cuando fueron a Londres?! —gritó Kyle.

—No —lo tranquilicé—. Nos enteramos hace tan solo unos días.

—Y nunca adivinarías quién las tenía —añadió Kiara incorporándose.

Kyle arqueó una ceja. Claro que nunca lo adivinaría. Ni siquiera Ash lo había sospechado ni por un instante.

—William eligió como escondite el desván de Grace. Conoce a su padre y trabaja con él de «becario» —le explicó Ash sacando un cigarro—. Me pregunto qué más secretos de nuestra familia puede tener escondidos.

Kyle permaneció en silencio, estaba ocupado poniendo caras de asco ante las fotos de su padre cogiéndose a la exmujer de su tío.

—Iba a preguntarte si no notaste nada cuando éramos pequeños, pero no vivías con él —dijo Kiara suspirando.

Rick se había divorciado de la madre de Kyle cuando este tenía dos años. En esa época, solo pasaba tres noches a la semana en casa de su padre.

—No podía saber que tenían una relación —afirmó Kyle—. Demonios... Pero ¿William? ¿Cómo lo supo?

Ash se encogió de hombros. Nadie sabía nada. Esa historia era todavía confusa, pero la conclusión estaba clara: William utilizaba las fotos para sacar información a Rick y el imbécil lo obedecía. Menos mal que no dirigía la red.

—¿Y desde hace cuánto tiempo? —preguntó finalmente Kyle.

—No lo sé, yo me hice la misma pregunta —respondió Ash volviendo a guardar sus preciadas fotos—. Pero, según las palabras de Rick, no es cosa solo del pasado.

Kiara suspiró y se levantó para tronarse la espalda.

—Dile a uno de los hombres que arregle el ventanal —le ordenó Ash sin mirarla—. Y que traiga una nueva tele.

Ella puso los ojos en blanco y dijo:

—Tengo que terminar algunas cosas en la red. Debo asegurarme de que los cargamentos de cocaína están listos para salir. ¿Quieres venir, Kyle?

Este se volteó hacia mí para preguntarme:

—¿Vienes?

Asentí y los seguí. Ash se iba a quedar solo. Desde que Ella se había ido, aún no había estado solo en su casa. Un pequeño cara a cara con las paredes le vendría bien.

Al día siguiente

«¡De camino a preparar el cumpleaños del señor!»

—¡Ey! —empezó Kiara mientras se ponía el celular frente a la cara.

—Hola, querida —exclamé conduciendo hacia la tienda que vendía mierdas para cumpleaños.

—Hola —susurró la vocecita de la pequeña Ella.

—¿Qué tal todo? —le preguntó Kiara con una gran sonrisa—. ¿Te estás adaptando a Manhattan?

Miré de reojo la pantalla y vi a la excautiva de mi primo sentada en su cama con una expresión neutra, cosa que no era normal: Ella siempre tenía dibujada una enorme sonrisa cuando hablaba con Kiara.

—No mucho... Esto es inmenso, hay gente por todas partes —nos dijo con tristeza—. Prefería vivir lejos de las masas.

Sabía que a Ella no le gustaba estar con gente. Que ahora viviera en Manhattan era casi irónico.

—Aunque el edificio es enorme —comentó como si no lo supiéramos—. Desentono un poco entre los vecinos, todos parecen millonarios.

Me reí. Efectivamente, los habitantes de esos apartamentos estaban forrados. Nadie le había dicho a Ella que ese edificio pertenecía a nuestra familia; por el momento, era mejor que no lo supiera.

—El lado positivo son las cortinas. Siempre quise tener unas cuando estaba en casa del psicópata —confesó entre carcajadas.

Su frase me arrancó una sonrisa. Ash no había instalado cortinas en su casa porque el tío Robert las detestaba. Me moría de ganas de poder visitar a Ally y Ella, pero sobre todo de que volvieran. El grupo estaba muerto sin ellas. Sabía que Ally trabajaba, estaba negociando alguna tontería con los escoceses y, por el momento, la cosa parecía prometedora.

«Íbamos a conseguir oro.»

—Hemos llegado —anuncié estacionándome cerca de la tienda.

—Te llamo mañana, Ella —añadió Kiara sonriendo—. Cuídate, ¡te quiero!

—Yo también te quiero —terminó Ella en un suspiro.

Salimos del coche en busca de las tonterías que Kiara quería. La señorita pensaba que comprar adornos para celebrar el cumpleaños de alguien que odia los cumpleaños era una idea excelente. Ya había pedido a los hombres que compraran otro ventanal, por si acaso.

—Tenemos que comprar veintiséis velas.

—Pero si cumple veinticinco, no veintiséis.

—Hay que estar preparados, Ben. ¿Te acuerdas del cumpleaños de Sam? No teníamos suficientes velas y se molestó.

Una vez en los pasillos, llené las cestas de velas, confeti de mierda y globos. Aproveché para ir un paso más lejos y compré una bolsa llena de diademas de cartón. Me reí solo de pensar en obligar a Ash a usar esa corona rosa.

—Vamos a comprar globos con forma de letras para escribir un «Felicidades Ashou» —se entusiasmó la morena señalando un paquete de globos.

—Tienes muchas ganas de morir tontamente, ¿no? —solté con una mueca—. ¿A qué hora tiene que estar todo listo?

—A las siete. Después de dejar las cosas en casa de Ash, empezaremos a prepararnos.

—¿No te da miedo que nos descubra?

—Va a estar reunido todo el día con los hombres de la red. Además, he hablado con Kyle. Va a mantenerlo ocupado con los negocios de Londres, así que podemos estar tranquilos hasta las ocho.

Salimos del lugar en dirección a la casa de Ash. Por el camino, eché un vistazo a mi celular y vi que Bella me había enviado un mensaje hacía ya un rato. Puse una mueca ante la idea de que pudiera estar enojada por no haberle contestado.

—Léeme lo que me ha escrito Bella —le pedí a Kiara, que estaba jugando con su celular.

La morena leyó en voz alta:

—«¿Te apetece salir esta noche?» Pero... es el cumpleaños de Ashou —me dijo como si no lo supiera—. Podrías invitarla.

—No. La última vez, parecía incómoda, ¿no?

Ella asintió algo decepcionada y me preguntó:

—¿Qué quieres que le diga?

—Dile que no puedo porque tengo el cumpleaños de Ash, pero que, si quiere, podemos organizar algo mañana.

La verdad era que no quería que Ash viera a Bella y se le ocurrieran más ideas. No había ocultado que pretendía utilizarla y yo no lo había olvidado. «Te protegeré de la locura de mi vida», le había prometido. Y eso incluía protegerla de Ash, aunque se fuera a ir pronto, aunque me muriera de ganas de verla y aunque tuviera miedo de dejar pasar mi oportunidad.

Llegamos a casa de mi primo unos minutos después. Mientras me estacionaba en el garaje, conté los coches y vi que faltaba uno. Perfecto. Ash aún no había vuelto.

—¿De verdad trajiste las diademas? —se exasperó Kiara al ver el paquete que tenía en la mano.

Al entrar, vimos al perro jugando con una mierda que Kiara le había comprado. Ahora que ya no tenía a Ella, se iba a aburrir.

—Han traído una tele nueva —señalé—. ¡Y han arreglado el ventanal!

—Y una mesa nueva también, elegida cuidadosamente por mí —presumió Kiara—. ¡Mírala! Se parece mucho a la que rompió, son como dos gotas de agua.

Sin esperar más, empezamos a decorar. Mientras yo me ocupaba del salón, Kiara hinchaba los globos con forma de letras en el recibidor. El perro jugaba con los adornos a medida que yo los iba colocando, cosa que me puso de nervios. Ese perro era muy molesto.

A las siete de la tarde, me dejé caer en el sofá, estaba solo en casa. Kiara se había ido a recoger el pastel. Fruncí el ceño cuando oí la puerta abrirse.

—¡Hola! —saludó Kyle—. ¿Qué son estos globos en el recibidor? Y aquí también...

—¡Ahí estás! —exclamó enojado—. ¡Solo tenías una tarea, carajo!

Si Kyle estaba ahí, Ash llegaría más pronto de lo que pensábamos.

—¿Dónde está Ash? —le pregunté temiendo su respuesta—. ¿Has venido solo?

—Sigue en la red. Llegará dentro de unos minutos, creo. Teníamos que repasar algunas mierdas, pero ha decidido hacerlo aquí...

Cerré los ojos y me golpeé la frente.

—Mierda..., se me ha olvidado que tenía que distraerlo.

—Eres el mayor de los imbéciles, Kyle —lo insulté mientras marcaba el número de Kiara.

—¿Crees que debería...?

—¡Deberías callarte! —le grité antes de hablar con Kiara—. ¿Dónde estás?

—De camino. Ya recogí el pastel. Llego dentro de unos minutos.

—Date prisa, Kyle ya está aquí —la informé fulminando con la mirada a mi primo.

—¿Qué? —vociferó antes de que le colgara.

Me metí el celular en el bolsillo del pantalón y volví a acusar a Kyle con la mirada, quien se encogió de hombros con aire inocente.

—¿Quieres que juguemos videojuegos mientras llegan? —me propuso sonriendo.

Cerré los ojos y resoplé desesperado. Era un caso perdido, ya entendía mejor por qué Kiara decía que nunca iba a cambiar.

—Oye —dijo mi primo—, quiero que recapitulemos algo que no acabo de creerme: ¿mi padre coge con la madre de Ash? ¿Es cierto?

Asentí.

—¿Y les ha dicho que llevan así desde hace años? ¿De verdad?

Asentí de nuevo.

—Me pregunto cuándo empezaron, porque, bueno, el tío Rob y Chris se conocieron siete años antes de que Ash naciera, así que él ya conocía a Chris en ese momento.

—Sí, seguramente.

—Pero imagina por un segundo que...

Nuestra conversación se vio interrumpida cuando alguien entró.

—¿Qué demonios es esto?

Me puse tenso en cuanto oí la voz ronca de mi primo. Cerré los ojos. Vaya fracaso. Qué puto fracaso.

Luego una risa de mujer llenó mis oídos y volví a abrir los ojos. Kiara estaba ahí, agitando su celular con un video de Ash repitiendo esa frase. Ninguna señal de mi primo.

—¡Qué cara han puesto! —se burló—. Vamos bien de tiempo. ¿Cuándo llega?

De repente, me quedé helado cuando otra figura apareció detrás de ella.

—¿Qué demonios es esto?

Kiara puso cara de asombro cuando vio a Ash detrás de ella. Solté una risa nerviosa y susurré:

—¡Sorpresa!

Vaya fracaso. «Bueno, ¡hasta el año que viene!»

31
Punto común

BEN
Dos días después

—Ya llegamos —anuncié echando un vistazo a la escalera mecánica. Hacía mucho que no pisaba el suelo de un aeropuerto.

Desde su llegada, temía el momento de verla marcharse. Rencontrarme con ella había sido de las mejores cosas que me habían pasado en años. Pero en aquel momento tenía prisa por que se marchara.

¿Y eso por qué? Porque dos días antes se había ido todo a la mierda.

—Y el último regalo es de... ¡Ella! —exclamó Kiara ofreciéndole una caja.

Ash frunció el ceño y la tomó sin decir nada. Con la mirada fija en la caja, la abrió con delicadeza. En el interior había una libretita negra que le había comprado su antigua cautiva. Maravilloso.

Hojeó las páginas aún blancas sin decir ni una palabra.

—¿Te gusta? —inquirió Kiara, preocupada.

—Es una libreta —dijo con frialdad antes de dejarla de nuevo en la caja—. Dale las gracias.

Genial. Como cada vez que se la mencionaba desde su partida, tenía el desdén pintado en la cara.

—No es por estropear el ambiente, pero... —empezó Kyle dejando su plato ya vacío—. Papá no contesta a mis llamadas. ¿Creen que será por lo que ha pasado?

—Él ha hecho que lo echaran. No tiene derecho a tocar el dinero de la red y Ally ya no es su cautiva —volví a explicar—. Además, tiene una gran deuda con Ash. Supongo que se habrá tomado unos días libres para asimilarlo todo.

—Tengo una teoría —anunció Kyle—. Sé que sonará extraño, pero imaginen que Ash y yo somos hermanos. O sea... que Ash sea hijo de Rick y no de Rob.

—No digas estupideces —solté, exasperado—. Ash se parece mucho más a Rob que a tu padre. ¡Tienen los mismos ojos!

—Es discutible...

Ash miró fijamente a Kyle sin decir nada. Tenía la mente en otra parte. ¿Tal vez seguía pensando en el regalo de la cautiva?

Tras unos minutos más comiéndome el pastel y escuchando con aire distraído cómo Kiara y Kyle discutían por la porción con más chocolate, tecleé en la pantalla del celular. Estaba manteniendo una conversación muy enriquecedora con Bella sobre el color lavanda.

—Hay documentos en casa de Rick relacionados con la red —empezó Ash aclarándose la garganta—. Ahora que ya no es parte de la organización, tienen que ir a buscarlos.

Así que hicimos lo que el señor quería que hiciéramos.

Al entrar en casa de Rick solo nos topamos con Lizzie, la empleada que iba cuando este y Ally no estaban. Nos dijo que mi tío se había marchado rápidamente sin decirle los motivos de su partida y que volvería al cabo de una semana o dos.

Pero, claro, un cumpleaños de Ash que no se fuera a la mierda no era realmente un cumpleaños. No, eso formaba parte del ritual.

—Faltan documentos —anunció Ash al revisar la caja que habíamos recuperado de casa de nuestro tío—. ¿Dónde están los papeles confidenciales?

Me encogí de hombros. Eso era lo único que nos habíamos llevado de su casa. La caja estaba al lado de la puerta, no habíamos registrado su despacho.

—¿Dónde están esos putos papeles? —exclamó Ash agitando los documentos que tenía entre las manos.

Resopló, molesto, y marcó un número que supuse que era el de Rick. Sonó el tono una, dos, tres veces. Seguía sin haber respuesta de nuestro tío, quien había decidido no dar señales de vida.

Y... mi primo acababa de romper su celular nuevo. El segundo esa semana.

—Mañana me traerás al desgraciado de tu padre —ordenó, cortante—. No vuelvas sin él.

Así que el día anterior había tenido que anular mi cita con Bella para ir a buscar a mi tío, de quien todavía no sabíamos nada. Ese día Kiara estaba esperando a que volviera del aeropuerto para continuar con la búsqueda. «En resumen, mi vida es una mierda.»

—Echaré de menos la ciudad —comentó Bella guardándose sus papeles en el bolso—. Puede que Nueva York sea una ciudad animada, pero me gusta más el ambiente de Los Ángeles.

—Yo te echaré de menos a ti, Grace —espeté sonriente, lo que la hizo poner los ojos en blanco.

—Eres un bobo, Jenkins, cálmate —se quejó mi Bella—. Bueno..., debo irme ya.

—¿Tengo derecho al menos a un abrazo de despedida? —pregunté mirándola con esa sonrisa que no quería dejar mis labios.

Mi petición la hizo sonreír. Se cruzó de brazos, arqueó una ceja y luego soltó:

—Te he visto más iniciativa otras veces.

Entonces me acerqué a ella con paso decidido. Mis brazos rodearon perfectamente su cintura, como si estuvieran hechos para su cuerpo. Mi opuesta perfecta me completaba... a la perfección.

Sus dedos se abrieron paso hasta mi nuca y su roce me provocó un estremecimiento. Mis ojos se perdieron en esas mejillas rosadas que tanto me gustaban. Sentí su mirada penetrante en el rostro. ¡Era tan hermosa!

—Y siempre será así —la tranquilicé.

—Los aeropuertos siempre me han parecido muy poéticos —murmuró manteniendo esa preciosa sonrisa que me hacía enloquecer—. Aquí se ven más lágrimas que en cualquier otra parte.

—¿Has olvidado los cementerios? —pregunté con sarcasmo.

—Hablo de lágrimas de alegría.

—Créeme, en los cementerios hay muchas.

Ella rio. Un instante después, su mirada se posó en mis labios. «Demonios.» El corazón empezó a latirme violentamente en el pecho y se me nubló la mente. Isabella provocaba un efecto más intenso sobre mí que el tabaco sobre Ash.

Pero, en cuanto me acerqué a ella, se soltó de mi abrazo con una mirada traviesa. Grace acababa de rechazarme.

—Lo de la otra vez fue una excepción —soltó con esa sonrisa satisfecha.

Me lamí los labios intentando esconder la mía ante esa chica que me volvía completamente loco.

—Es la tercera, para ser exactos —repliqué intentando vencerla en su propio juego.

Ella se echó a reír y tomó su maleta. Cuando llegó a la escalera mecánica, se giró hacia mí.

—Espero que no olvides mi existencia en cuanto me marche.

—¿Cómo decías que te llamabas? —bromeé.

Mi comentario le provocó una carcajada. Negó con la cabeza, exasperada, antes de despedirse de mí con la mano por última vez.

—¡Espera! —exclamé corriendo hacia ella.

No sabía qué iba a suceder. Tal vez fuera a morir en los próximos dos meses y... demonios. No quería desperdiciar la oportunidad de besarla por última vez.

Cuando estampé los labios sobre los suyos, se me aceleró el corazón en la caja torácica. Sentí sus dedos en la mejilla mientras yo le ponía las manos en la cintura. El calor de sus labios me hizo perder la noción del tiempo. En torno a mí ya no había nada más.

Su lengua se abrió camino y se enroscó alrededor de la mía besándome el alma. La amaba como nunca había amado a nadie y eso era peligroso. Ash tenía razón. Querer a alguien podía ser magnífico, pero era demasiado peligroso.

Isabella era la única persona que había en mi corazón y que ocupaba mis pensamientos. A pesar de que los demás consideraban que nuestra relación estaba abocada al fracaso, para mí era mi mejor proyecto, y ser amado por ella, mi mayor logro. Era ella. Siempre lo había sido. Y siempre lo sería.

Totalmente equivocados. Nos habíamos equivocado por completo. Pero en lo más profundo de mi ser esperaba poder vivir el tiempo suficiente a su lado para sentirme siempre tan bien como en ese instante.

—Aunque sé que habías establecido unas reglas, me daba miedo no poder besarte más adelante —murmuré.

Esbozó una sonrisa. Pasándome los dedos por el pelo, susurró:

—¿Y desde cuándo respeta Ben Jenkins las reglas que le imponen?

Esa chica era... Rayos.

—Desde que estoy rendido a los pies de quien las dicta.

Mostró sus dientes blancos y el calor de mi vientre se intensificó. No me cansaría nunca de su sonrisa y mucho menos de hacerla reír.

—Tengo que irme, mi avión despega dentro de unos minutos —murmuró alejándose de mí.

—Llámame cuando llegues —le pedí mientras se dirigía a las escaleras mecánicas—. Buen viaje, Bella.

Ella asintió y subió a la escalera de metal. Vi cómo la distancia crecía entre nosotros hasta que su cuerpo desapareció de mi campo de visión. La presión de mi estómago acababa de evaporarse. Ahora estaba lejos de mí. Lejos de Ash.

Me sonó el celular.

—¿Sí? —dije volviendo a la salida.

—¿Te has ido a Nueva York? —preguntó Kiara con sarcasmo—. ¡Llevamos dos horas esperándote! ¡Llegas tarde!

—La reina nunca llega tarde, son los demás los que llegan demasiado pronto —espeté antes de colgar entre risas.

Ahora que Bella no estaba ahí, el pequeño Ben ya no tenía miedo. El pequeño Ash ya no podría llevar a la práctica ningún plan maquiavélico que la necesitara como cebo.

«¡Qué vida más ajetreada llevo!»

—Estoy harto de buscar a gente —gruñí recordando la jornada que había pasado con Ella tras los pasos de Ash—. No tengo la palabra *inspector* escrita en la cara.

—Calla y busca.

Estábamos en casa de Rick, quien continuaba sin dar señales de vida. Habíamos decidido registrar su despacho en busca de los documentos confidenciales que quería Ash.

—¿Guarda fotos mías de pequeño? —se sorprendió Kyle sosteniendo un marco que había en la estantería—. Pensé que no tenía...

Seguramente, mi padre no tendría fotos mías. Me pregunté qué habría sido de él. «Pero, bueno, tampoco me importa mucho.»

—Sé que todos los hermanos y hermanas Scott esconden sus carpetas confidenciales en sus propias casas.

—Copias en la mayoría de los casos. Ash tiene los originales —añadió Kyle.

Tras casi veinte minutos buscando los archivos imposibles de rastrear de mi tío igual de imposible de encontrar, decidimos salir de allí y volver a la red. Pasaba mucho más tiempo en el coche que en mi casa. Tal vez debería comprarme una caravana como en *Ben 10*. Me encantaba esa caricatura antes de que la arruinaran.

—¿Tal vez en su antigua casa? —aventuró Kiara encogiéndose de hombros.

«No, carajo, volvemos a empezar.»

—Es un lugar horrible —dije muy en serio—. ¡Tendrás que ir sin mí!

—Olvidaba que te daban miedo los lugares abandonados —rio Kyle escribiendo algo en el celular—. Pero ¡vamos allá!

—Soy yo el que conduce —le recordé—. Además, ¿por qué no pedimos a los hombres de la red que busquen?

—Porque los problemas familiares solo conciernen a la familia —respondió Kiara resoplando—. Y eso no lo digo yo, lo dice Ash.

—Y no olvides que buscamos documentos confidenciales, cabeza hueca —concluyó Kyle mirándome por el retrovisor.

Puse los ojos en blanco y obedecí su petición de mierda. Seguí la desviación que llevaba a la antigua casa de Rick. La propiedad se encontraba detrás de una pequeña colina y, como todas las casas de los Scott, estaba completamente fortificada. Era imposible subir escalando por culpa del alambre de púas, por no olvidar lo que había escondido en el césped por si alguien lograba entrar en el recinto.

Una vez allí, fruncí el ceño al ver que salía humo de la casa. La puerta de entrada estaba... abierta. De par en par.

—Espera —ordené bloqueándole el paso a Kyle con el brazo—. ¿Eso es fuego?

La antigua villa de Rick estaba envuelta en llamas. Se había desatado un incendio. La conclusión era tan evidente como peligrosa: alguien había logrado entrar en la casa y le había prendido fuego. Las llamas lamían los tejados y, si seguían así, se extenderían hasta el exterior.

—Demonios —resopló Kyle.

Me puse el brazo sobre la nariz para protegerme del humo y del calor que me llegaba hasta el rostro. Kiara llamó enseguida a Ash.

—Asher. Tenemos un problema. Hay un incendio en Hollow Hills... ¿Cómo lo sabes? Okey, esperamos. De acuerdo.

Colgó y contempló cómo la antigua casa de Rick se ahogaba entre las llamas. Nadie entendía por qué esa casa estaba quemándose ante nuestras miradas. «Carajo, ¿qué es esta mierda? ¿No podemos estar tranquilos dos días seguidos?»

—Ash llega dentro de cinco minutos con varios hombres para apagar el fuego —anunció Kiara dejando que su mirada se perdiera entre las llamas que empezaban a salir por las ventanas—. Hay que comprobar que no haya nadie en los alrededores.

—Voy contigo —dijo Kyle.

—¿Y yo? —pregunté—. ¡Me niego a quedarme solo aquí!

—¿Tienes tu arma? —inquirió Kiara arqueando las cejas. Asentí con la cabeza.

—Pues deja de molestar —gruñó sujetando a Kyle del brazo—. Baja a revisar la parte trasera de la casa mientras nosotros vamos al lado derecho.

No me dejó tiempo para responder. Le dije de todo mientras me acercaba a la casa con el antebrazo sobre la nariz para no morir asfixiado.

—Los odio —resoplé entrecerrando los ojos por el humo, cada vez más denso—. Los odio a todos.

Podía oír los crujidos de la madera en el interior. Empezaba a faltarme el oxígeno. Allí no había señales de vida aparte de mí. Fruncí el ceño cuando mi mirada se posó en el suelo fangoso. Encendí la linterna del celular y me arrodillé. Vi dos huellas de llantas diferentes, así que ahí debía de haber gente. Los mismos que habían prendido fuego a la casa.

«Esto no me gusta...»

Me sobresalté al oír disparos. Por reflejo, me saqué la pistola de los pantalones. Maldición. No estábamos solos. ¿Serían los mismos tipos?

A lo lejos, oí gemidos de dolor y más disparos. Se me aceleró el corazón al pensar en los dos idiotas que habían venido conmigo. «Demonios, ¿dónde están los hombres de la red?»

Se me cortó la respiración cuando un brazo me rodeó el cuello. Con la mano libre, intenté resistirme a los violentos ataques de mi agresor. Apreté el gatillo de la pistola apuntando al pie del tipo que había detrás de mí, quien gimió un instante después. Le di un codazo en las costillas y por fin me soltó. Me di la vuelta, tosiendo, recuperando el aliento con dificultad. Fui a darle un puñetazo en la cara, pero detuve la mano a mitad de camino cuando vi el tatuaje que tenía en el brazo.

«¿Qué?»

—¡MIERDA, PAREN! ¡SON LOS SCOTT! —Oí que decía un hombre a lo lejos—. ¡SON LOS HOMBRES DE ASH, CARAJO!

«Somos sus primos, imbécil.»

—Mierda —gimió el hombre, que trabajaba para una banda que conocía muy bien.

—¿Qué hacen aquí? ¡Esto es propiedad de los Scott! —le recordé en tono frío.

—Hemos visto el incendio —confesó dejándose caer en el suelo.

—¡BEN! —gritó Kiara llegando a mi altura—. ¿Te hirieron?

Negué con la cabeza y ella suspiró de alivio. Detrás de Kiara, Kyle fulminaba con la mirada al hombre que había intentado matarme con las manos desnudas. A lo lejos, oímos varios coches que se acercaban a toda velocidad, seguidos de un camión cisterna. Los gritos de los hombres que llevábamos diez minutos esperando me revelaron que por fin había llegado Ash.

«La verdad es que no se ha dado mucha prisa.»

Me alejé de la casa y dejé que nuestros hombres apagaran el fuego con ayuda de cañones de agua. Busqué a mi primo con la mirada y lo encontré enseguida. Estaba en lo alto de la colina en la que había estacionado el coche. A su lado estaba Kindley. Noah Kindley.

Kiara esbozó una amplia sonrisa al ver a la cautiva y prometida de Noah, fácil de reconocer gracias a su larga cabellera rubia. Romee. Rayos, ¿qué hacían todos ahí?

—Lo siento. Creíamos que eran los que habían provocado el incendio —se disculpó Noah cuando me acerqué a ellos—. ¿Kyle?

—Había venido de vacaciones —resopló dándole un abrazo a nuestro amigo de la infancia.

Noah dirigía una red con la que habíamos trabajado en el pasado. Los Kindley eran una dinastía tan antigua como la nuestra. Antes nuestras familias se detestaban, pero, con el tiempo, habíamos aprendido a dejar a un lado nuestras diferencias y a ser solidarios. Gracias a nuestros abuelos, que no tenían la rabia de sus padres.

Las dos chicas se abrazaron gritando de alegría, como cada vez que se veían. En cuanto a Ash, se quedó en su esquina con el ceño fruncido observando la casa en llamas.

—¿Pudieron ver quién lo ha provocado? —inquirió el rubio.

—Mis hombres me han avisado de un incendio en una propiedad de los Scott y he pensado que sería la tuya. Por eso te he llamado —nos explicó Noah cruzándose de brazos—. Uno de ellos me ha dicho que había dos coches estacionados, pero cuando he llegado ya no he visto a nadie.

¿Por qué prender fuego a la casa de Rick? Hacía ya quince años que no vivía allí.

—¿Por qué Ella no está contigo? —preguntó Romee con aire travieso—. ¡Suéltalo, cabronazo! ¡No me habías dicho que tenías una nueva cautiva!

Ash esbozó una sonrisa, pero no respondió nada. A pesar de que Romee era muy buena amiga, no podíamos olvidar el hecho de que era una cautiva y de que toda la información que saliera de nuestro grupo podía volverse en nuestra contra. Sobre todo en ese momento.

«Qué puta pereza.»

—Creo que sé dónde guardaba los documentos confidenciales —anunció Kiara mirando a Ash—. ¿Sigues teniendo las llaves de la casa de tu padre?

La miró fijamente sin decir nada antes de desviar la mirada hacia la casa, que ya no ardía pero estaba totalmente quemada. Me toqué el pelo; lo tenía lleno de ceniza, así que hice una mueca de disgusto. «Además de oler a quemado, ahora tenía caspa de casa. Genial.»

—Sí —le respondió simplemente—, pero voy contigo.

Ash abrió la puerta de la antigua casa de su padre. Yo no había vuelto a poner un pie allí desde su muerte y se me formó un nudo en la garganta al pensarlo. Casi se percibía todavía el olor de mi tío. Tal vez mi mente estuviera burlándose de mí, pero me dio la impresión de oír su risa en la planta de arriba. Avancé con pasos lentos, al ritmo de Ash. Mi primo se sacó un cigarro y se lo encendió rápidamente antes de darle una calada. No le gustaba ir allí. Él tampoco había vuelto desde su muerte.

—Vamos a registrar su despacho y su habitación —dijo Kiara en voz baja—. ¿Quieres venir, Ash?

Mi primo negó con la cabeza. Entendía que no quisiera. Así que subí a la planta de arriba con Kyle y Kiara. La puerta del despacho chirrió al abrirla.

—¿Por qué mi padre escondería aquí documentos confidenciales? —se preguntó Kyle mirando las carpetas archivadas en la biblioteca.

—Rick me dijo una vez que prefería guardar todos sus documentos en casa de su hermano porque estaba seguro de que así nunca los perdería —explicó Kiara cargando una de las cajas llenas de papeles—. Hemos venido más de una vez aquí por cosas.

Nuestros pesados pasos sobre el suelo eran lo único que se oía. Un ruido que me provocó escalofríos al instante. «¿Y qué? Sí, tengo miedo. Son las dos de la mañana.»

Kiara rompió el silencio dejando varias cajas polvorientas sobre la mesa. Le dije que fuera discreta, lo que la hizo reír.

—¿Te da miedo despertar a alguien? —preguntó—. ¿A las ratas? Deja de creer en pelis de Disney, Ben. *Ratatouille* no es real.

La fulminé con la mirada y empecé a buscar en las carpetas. Sabía que nos iba a llevar bastante tiempo encontrar algo. Las carpetas eran viejas, la tinta negra se había difuminado y me manchaba los dedos. Por supuesto, a todo eso faltaba añadir que estaba estornudando por culpa del polvo.

—Vaya, estornudas como Tate —se burló Kiara repitiéndome la bromita que le había soltado cuando estábamos en casa de Bella.

—Creo que lo tengo... —suspiré bruscamente—. No..., esperen.

Saqué otra carpeta del fondo de la caja en la que estaba escrita la palabra RED. Reconocí enseguida el rotulador rojo, el mismo que se había utilizado para rodear lugares en el mapa que habíamos encontrado en casa de Bella. Bingo.

—¡Es eso! —se emocionó Kiara al ver los documentos que tenía entre las manos—. Okey, nos llevamos todo y nos largamos. No me gusta que Ash se quede aquí mucho tiempo.

Empezamos a meterlo todo en las cajas. Le di una a Kyle, quien avanzó hacia la biblioteca antes de detenerse a mitad de camino. Volvió sobre sus pasos y avanzó otra vez. «¿Qué demonios hace?»

—Kiara..., ven aquí —le pidió frunciendo el ceño.

—El ruido... no es el mismo —comentó ella mirando fijamente el suelo.

Volvieron a guardar las cajas en su sitio antes de arrodillarse en el suelo de madera. Con un gesto rápido, Kyle retiró la alfombra que ocultaba esa parte del suelo y apuntó hacia ahí con la linterna. Kiara golpeó suavemente un lado y luego el otro. El sonido era diferente.

—Hay algo aquí abajo, creo que es... ¿una trampilla?

Tras unos segundos, Kyle consiguió abrirla. Kiara tenía razón, había un agujero ahí debajo. Kyle metió la mano y sacó un sobre descolorido por el tiempo, tan lleno de polvo como el resto de la habitación. «Esto no me gusta nada...»

Kyle nos miró y se lo entregó a Kiara.

—«Scott» —leyó ella en voz alta. Se levantó y sacó un papel del sobre frunciendo el ceño—. ¿Por qué estaba debajo del suelo de su despacho?

—Puede que se le cayera —comenté.

No era una hipótesis descabellada. El tío Rob perdía cosas a menudo. A medida que los ojos de Kiara recorrían el texto, sus dedos temblorosos hicieron que la hoja se moviera. Soltó un jadeo de sorpresa.

La expresión de Kyle era igual que la de ella. Su rostro había perdido todo el color. Avancé hacia ellos y les arranqué la misteriosa hoja.

—No... —soltó Kyle mientras yo intentaba asimilar lo que estaba leyendo—. Es broma, ¿verdad? ¿Me están tomando el pelo?

«No... Me lleva el demonio, carajo...»

Sentí que se me caía el alma a los pies. «No es posible...»

—Dios mío —murmuró Kiara llevándose una mano a la boca—. Yo... Esto...

—¿Estamos totalmente seguros? —me interrogó Kyle, abatido—. Carajo... esto quiere decir que...

Los tres nos habíamos quedado sin palabras. Ninguno de nosotros esperábamos ser testigos de algo así.

—Claro que sí, Kyle... Está certificado... Mira ahí arriba.

Los miré sin saber qué decir. Todos mis pensamientos eran para el rubio que estaba abajo, quien todavía no sabía nada.

—Mantuvo el apellido Scott porque su padre biológico es un... Scott —dijo Kiara—. Robert perdió los estribos porque el... el bebé de Chris era de su hermano... Rick es el padre biológico de...Maldición.

—El medio hermano de Ash... también es el mío —reflexionó Kyle con un suspiro tomando los resultados del test de paternidad—. Necesito sentarme. Empiezo a ver borroso.

Finalmente, las cosas cobraban sentido. William no quería

apartarse porque tenía todo el derecho a luchar por el trono de los Scott. Eso explicaba también su obsesión por Asher.

—¿Quién se lo dice a Ash? —preguntó Kiara, preocupada.

—Decirme ¿qué?

Mierda.

32

Let's go, baby!

BEN
Al día siguiente

—Debió de contratar a alguien para quemar la casa —empezó mi primo dando vueltas por el salón—. Seguramente Rick vivía ahí con William.

—De ahí por qué a Chris le resultaba tan fácil ver a William tres veces al día —continuó Kiara—. Carajo, claro...

—La prueba de paternidad se hizo cuatro años antes de que nacieras, por eso William todavía se acuerda de cómo el tío Rob renegó de él...

—Salgo —declaró Ash abandonando la habitación.

—¿Adónde vas? —se atrevió a preguntar Kiara.

—Si me quedo aquí, acabaré por ir yo mismo a buscar a Rick para matarlo con mis propias manos. Ben, vienes conmigo. Kiara, despliega a nuestros hombres para que encuentren a ese hijo de puta. Déjales claro que, si no lo encuentran de aquí a mañana, los mataré —dijo muy seriamente—. Y enviarás otro grupo al día siguiente.

Tragué saliva. No podía matar a todos nuestros hombres,

¿no? Aprovechando el breve instante durante el que Ash se preparaba, le envié un mensaje a mi Bella.

Para Bella:
Deséame suerte, voy a estar sujetando
un saco de boxeo durante al menos
tres horas...

—Nos vamos —gruñó fríamente Ash mientras bajaba las escaleras a toda prisa.

Intenté seguirle el ritmo. Bajamos al garaje, donde tomó las llaves... del Lamborghini. «Ash enojado + coche potente = accidente = Ben se reúne con el tío Rob para contarle las últimas noticias.»

Me acomodé en el interior del deportivo y, en menos de un segundo, aceleró haciendo rugir el motor. «Mierda, como mínimo dame tiempo para ponerme el cinturón.»

No podía apartar la vista de los coches que no golpeábamos por nada. Si seguíamos así, íbamos a despegar. Entendí por qué Ella tenía miedo a la velocidad. «¡Es un puto maniático!»

—¿No quieres... ir un poco más despacio? —pregunté con una mueca.

—¿Qué has dicho? —me preguntó a su vez volteando la cabeza hacia mí.

Un escalofrío me recorrió la espalda al darme cuenta de que no se estaba fijando en la carretera.

—Nada, nada. Mira la carretera, he dicho una tontería.

Llegamos en un abrir y cerrar de ojos al gimnasio que Ash frecuentaba unos años atrás. Nada había cambiado. Tres de los *rings* estaban ocupados, había sacos por todas partes, al lado se encontraba la zona de pesas y se oían los gritos de un par de tipos que solo parecían interesados en presumir de su cuerpo.

—¡Dichosos los ojos! —exclamó una voz detrás de nosotros.

Era Garry, el dueño del gimnasio y un viejo amigo de Rob.

—Hola, Garry —murmuró Ash acercándose a un saco de boxeo cercano.

—¿Has venido a entrenar? Hace años que no te vemos flojear en la esquina —se rio el cincuentón poniéndole una mano en el hombro.

—Sí —gruñó Ash alejándose de él.

—Hace mucho que no lo veía así —dijo Garry girándose hacia mí—. Tienes suerte, hoy ha venido la enfermera.

—No la va a necesitar, creo —lo tranquilicé entre risas.

—Lo decía por ti.

Mi sonrisa desapareció y tragué saliva nervioso antes de volver con mi primo, que ya se estaba cubriendo las manos con un vendaje blanco. Un vendaje que seguramente se volvería rojo, porque estaba decidido a descargar su ira ante el primero que se le pusiera por delante.

Me quité la chamarra y agarré el saco con una mueca. Las pocas veces que Ash golpeaba sacos de boxeo era mi torso el que lo sufría. Empezó a darle golpes cada vez más fuertes mientras yo intentaba mantener una postura más o menos estable. Mi primo gruñía mientras sacaba la rabia que había acumulado.

—Por qué... me tienen... que pasar... estas mierdas... siempre... a mí —gruñó golpeando con fuerza—. Por... su... culpa... papá está... ¡muerto! Ella está... en peligro y... todo el mundo... está en riesgo de... que ese... loco... los mate.

Dio otro golpe mucho más fuerte y sentí que mis abdominales se contraían. Me quedé sin aliento. Pero eso no era más que el principio. Luego subió al *ring* y le pidió a Garry que lo acompañara.

—¡Bien! Buenos reflejos, Scott. Has mejorado —exclamó este cuando mi primo le asestó el primer golpe—. Vamos a concentrarnos en tu defensa.

Tras más de dos horas durante las cuales Ash peleó contra Garry para recordar los viejos tiempos en los que iba al gimnasio cuatro veces por semana para entrenar, sus antebrazos y su torso se empezaron a llenar de moratones.

Tenía el pelo empapado en sudor, la cara roja por el calor y los músculos contraídos. Su cuerpo estaba empezando a flojear. Finalmente, se desplomó en el *ring*.

—¿Listo? ¿Podemos irnos? —le pregunté agarrado a una de las tres cuerdas que rodeaban el *ring*—. ¿O tienes más rabia que descargar?

—Conduces tú —soltó mi primo resoplando.

«Será un placer.» Tras unos minutos, estábamos por fin de vuelta. De reojo, lo vi teclear algo en el celular mientras, en absoluto silencio, sostenía el cigarro en la boca.

—Hmm..., me preguntaba si...

—Sea lo que sea lo que me vas a preguntar, la respuesta es no —me dijo simplemente.

Quería vacaciones. Qué aburrido.

—¿Has hablado con Ella? ¿Desde que se fue?

—No —murmuró bloqueando el celular—. Y no pienso hacerlo.

—La llamamos hace poco y creo que Manhattan no le gusta —le informé tras tomar una curva.

—Se acostumbrará —afirmó en un tono frío—. Kiara podrá ir a verla cuando acabe con William.

—¿Y tú? —repuse volteando hacia él—. ¿No piensas volver a contratarla?

Evitó mi mirada cerrando los ojos. Suspiré. Luego aceleré hasta llegar a su propiedad, donde las luces estaban todavía encendidas, señal de que Kiara seguía ahí.

—¿Has enviado a esos hombres? —le preguntó Ash a Kiara nada más abrir la puerta.

Sentada en la escalera, Kiara acariciaba al perro.

—Sí —respondió—. Hay tres grupos buscándolo y ninguno de ellos me ha llamado de momento.

—Envía un par de grupos a la entrada y la salida de la ciudad. Yo voy a enviar a tres hombres de la red a Manhattan para que vigilen el departamento de Ella.

Arqueé las cejas y Kiara asintió disimulando una sonrisa. Ash todavía pensaba en la seguridad de la pequeña cautiva y eso era buena señal. Aunque las posibilidades eran mínimas, mantenía la esperanza de que se volviera a unir a nuestro grupo.

—Quiero que toda la información encriptada de su celular llegue a mi casa, esté donde esté. Me importa una mierda si está vivo o muerto. Encuentren a ese hijo de puta. Y si lo encontramos vivo, vigílenlo de cerca. Miren con quién habla, lo que compra, dónde duerme... Quiero saberlo todo.

—Bien —asintió Kiara tomando su celular—. ¿Quieres que aumentemos la seguridad aquí?

Con los brazos cruzados, declaró:

—Tal vez me mude pronto, así que no.

—¿Qué? Pero ¡si esta casa está genial! —se escandalizó Kiara levantando los brazos—. Además, ¡solo has vivido aquí dos años!

Había comprado esos terrenos unos días después de la muerte del tío Rob. No podía soportar la casa en la que había vivido con Isobel, que, además, no tenía nada que ver con la enorme mansión que poseía ahora.

—Lo sé, pero tu querido Rick me ha arruinado dándole

mi dirección a la persona que quiere asesinarme —soltó fulminándola con la mirada.

—Pero, si matas a William, ya no tendrás ningún problema.

Molesto, chasqueó la lengua contra el paladar y se dio la vuelta. Me dejé caer en el sofá, cerca de la morena, que estaba molesta.

—¡Es que me encanta la alberca!

Una semana después

¿Si tuviera que hacer un resumen de la semana pasada? Pues tenemos a Ash hecho una furia queriendo matar a nuestro tío todavía desaparecido, a unos cuantos hombres asesinados por no encontrar pistas del paradero de Rick y a Kyle, que volvió a Londres antes de tiempo porque no podía soportarlo.

«Sin olvidar a Bella, que estaba enojada porque no respondo rápido a sus mensajes. Una vida de ensueño.»

En el piso de arriba, oí los gritos de mi primo, que se desquitaba con sus hombres. Puse los ojos en blanco y sacudí la cabeza mirando el celular. Estaba esperando un mensaje de mi Bella, a quien hacía tres días que no respondía. «¡Porque el maldito Ash está fuera de control, carajo!»

Intenté llamarla de nuevo, pero, como todas las veces anteriores, no respondió.

—¡BEN! —gritó la voz de mi primo haciendo que me sobresaltara—. ¡SUBE!

Tragué saliva y me levanté del sofá. Me dirigí hacia el piso de arriba, donde me encontré a mi primo en su despacho con los puños cerrados y los ojos clavados en varios mapas que estaban sobre la mesa. Frente a él había tres hombres, cada uno más pálido que el anterior, porque hay que decirlo: morir a manos del diablo sería mucho menos doloroso que morir a manos del puto sádico de mi primo.

—Salgan de aquí y sigan buscando. ¡ENCUENTREN A ESE PUTO SCOTT!

Los hombres abandonaron rápidamente la habitación y me dejaron solo con su jefe, que me pidió que no me moviera mientras él también salía del despacho. Cerré los ojos exasperado.

—Tenemos que ir a Manhattan —empezó.

«Man... ¿qué? ¿Perdón?»

—¿A dónde tenemos que ir? —pregunté para asegurarme de lo que estaba diciendo.

—Tenemos que ir al maldito Manhattan —gruñó—. Eres el único que sabe dónde está Ella.

Ah. Sabía lo que pretendía hacer. Pensaba que lo que dijo la noche que fuimos al gimnasio era broma, pero entonces entendí que iba en serio. La única habitante de Manhattan que me importaba llenó mis pensamientos: Bella.

—Saldremos mañana por la mañana —me anunció mi primo antes de terminarse su vaso de whisky de un trago y aclararse la garganta—. Haz las maletas.

—¿Qué? ¿Por qué? ¿Cuánto tiempo piensas quedarte en la ciudad? —le pregunté con los ojos como platos.

—El tiempo necesario para confirmar que tu tío no está ahí y William tampoco —me respondió muy serio—. Kyle se ocupa de Londres. Si su padre se larga a Inglaterra, lo sabremos. Pero no creo que haya salido del país. He enviado a Dylan y a Sam a Mónaco. Si alguno de los dos lo encuentra, lo sabremos.

—¿Y sus hermanos?

Me había enterado de que mi madre estaba al corriente de todo desde hacía varios años, desde el nacimiento de William, de hecho. Sin embargo, era un secreto bien guardado que la mayoría de los demás hermanos no conocían.

—Todos han intentado llamarlo, pero nada, ese imbécil no contesta a nadie —soltó mi primo arrugando un papel que lanzó al otro lado de la habitación.

Con un suspiro, me dejé caer en el sillón de cuero. Demonios, todo ese asunto me daba dolor de cabeza. Además, la maldita Bella no atendía mis llamadas ni contestaba a mis mensajes. No, me dejaba en «visto».

«Claro, ¿por qué responder? ¿Quién soy yo para que ella me responda?»

El sonido del celular me sacó de mi profundo sueño. Con los ojos todavía cerrados, gruñí y contesté:

—¿Qué es tan urgente? Porque estaba soñando con Emily Ratajkowski y te juro que estaba a punto de enredarme con ella.

—Ah...

Abrí los ojos de golpe y me levanté de un salto. Esa voz no era en absoluto la de mi primo, tampoco la de la bruja.

—Veo que tus sueños son muy... inspiradores —continuó Bella ante mi silencio.

—Mmm..., yo... no... no es que... Demonios —tartamudeé jalándome los pelos.

«Demonios, soy un imbécil.»

—¿Cómo está Emily Ratajkowski? —me preguntó con sarcasmo—. Lo digo porque claramente le dedicas más tiempo a ella que a mí.

Esa pizca de celos que sentía por la modelo que habíamos visto en la boda de Shawn me hizo gracia.

—Escucha, lo siento. Todo es un desastre ahora mismo y...

—¿Y es una razón válida para no mandarme un mensaje? Ni siquiera para decirme: «Escucha, Bella, todo es un desastre ahora mismo, ¿hablamos cuando pueda?»

Hice una mueca. Sabía que no le gustaba que desapareciera y era comprensible. Aunque ella ocupaba todos mis pensamientos, no sabía cómo iba a acabar ese periodo de caos. Y eso me paralizaba cuando intentaba pensar en Bella y en mí. Quería estar con ella, pero ¿qué iba a proponerle? No quería que nuestra relación se resumiera en unos cuantos mensajes intercambiados.

—No... no sé qué decirte, aparte de que lo siento. No quería evitarte ni nada, solo que... Todo es muy complicado y rara vez tengo tiempo de agarrar el celular.

Resopló. ¿Estaba harta de mí y de mi estilo de vida completamente inestable? Esa pregunta hizo que se me revolviera el estómago; a pesar de mis propias dudas, me costaba mucho imaginarme en silencio escuchándola decir: «Sí, es verdad, Ben, no podría, tienes razón».

Porque lo que yo quería era demostrarle a todo el mundo que estaban equivocados y que Bella se quedara conmigo.

Quería eso, demonios.

—¿Sigues... sigues enojada? —le pregunté casi con timidez.

—Ben...

—Tengo una pregunta —la interrumpí porque tenía demasiado miedo de su respuesta—. Me dijiste que la cafetería en la que trabajas está a cinco minutos de tu casa, pero ¿cómo se llama?

—Calum's Coffee —me contestó—. De hecho, mi contrato se acaba la semana que viene. ¿Por qué preguntas?

—Tenía curiosidad. Si algún día paso por delante en Manhattan, te enviaré una foto —dije levantándome de la cama.

—¿Eso quiere decir que no vendrás a verme a mí?

Esa era precisamente la pregunta que quería que me hiciera. «A disfrutar.»

—Bueno, no porque, si voy, seguramente estaré ocupado y...

Oí un pitido. Acababa de colgarme de la nada y yo me estaba muriendo de risa. Esa chica siempre había llevado dentro algo de impulsividad.

Intenté volver a llamarla, pero no me respondió. En su lugar, mi celular vibró:

De Bella:
Vuelve con Emily Ratajkowski.
Buenas noches.

Una sonrisa se dibujó de nuevo en mis labios. Le envié fotos de la modelo para provocarla aún más. Bella me dejó en «visto», pero no pasaba nada. Sabía que, aunque Bella estaba enojada conmigo, todavía me quería. Bloqueé el celular antes de volverme a dormir.

Sustituí a la modelo por Grace, por supuesto.

—¿Sabías que las uvas explotan si las metes en el microondas?

Solo quedaban unos minutos de vuelo y le estaba dando una clase a Ash, que prefería mirar por la ventanilla antes que escucharme nutrir su cultura general.

—¿Sabías que nuestro cerebro es mucho más poderoso y rápido que una supercomputadora?

—¿Nuestro? ¿En serio te cuentas? —murmuró sin mirarme—. Cállate, por favor.

—¿Quieres que contemos chistes? ¡Vamos! ¿Qué es verde y se vuelve rojo cuando da vueltas muy rápido?

—Cierra el pico —gruñó pasándose una mano por el pelo.

—¡Una rana en una licuadora!

Se pellizcó el puente de la nariz y yo me reí mientras buscaba otros datos curiosos en la aplicación que había descargado en el celular antes de despegar.

—Oye, ¿dónde vamos a dormir? —le pregunté.

—Eso es problema tuyo.

Por seguridad, solo Kiara y yo sabíamos dónde estaba la cautiva. Tenía que encontrar un apartamento lo más lejos posible de Ella para nuestra estancia en la ciudad. Le envié un mensaje a mi madre para preguntarle si teníamos alguna otra propiedad en Manhattan además de los edificios Scott y esperé a que me respondiera.

—¿Vas a ir a ver a Grace cuando lleguemos? —preguntó Ash encendiendo un cigarro.

Su pregunta me tomó desprevenido, tanto que me atraganté con la saliva. Arqueó una ceja y esperó a que parara de toser.

Esperaba de todo corazón que me permitiera verla porque, si no lo hacía, nunca me perdonaría las estupideces de los últimos días.

—Sí..., en cuanto aterricemos. Bueno...

—Puedes ir —me dijo—. Pero ten cuidado. Nunca se sabe.

—¿Quieres que vayamos a ver a Ella? Podemos salir...

Sacudió la cabeza. Aunque no había ningún riesgo, no quería verla.

Una azafata bastante guapa nos informó que pronto aterrizaríamos. El corazón me latía con fuerza, iba a volver a ver a

Grace. En su ciudad. Estaba impaciente por que me perdonara por las tonterías que había dicho.

—¡Allá vamos! —exclamé dando golpecitos en la mesa. ¡Manhattan, aquí estoy!

33

Stalker

BELLA

Me levanté de la cama con los ojos cerrados. Me pasé los dedos por el pelo para deshacer los nudos que se me habían formado mientras dormía. El ruido de la cafetera me llegó hasta los oídos, seguido de las primeras notas de una canción que me hizo gruñir.

Estaba de mal humor. Y muy cansada.

Tomé el celular de la mesilla de noche y no me sorprendió ver que Ben me había enviado varios mensajes a los que no pensaba responder en absoluto.

¿Sigues enojada?
¡Entiéndeme! Si algún día voy a
Manhattan, tendré otras prioridades.

Apreté los dientes y lancé el celular sobre la cama, molesta. Con los puños cerrados, fui al baño para asearme, con la ira por las nubes.

—He preparado hot cakes —canturreó Riley desde la cocina.

Me uní a ella. Me miró sin decir nada mientras yo me servía jugo de naranja en un vaso.

—Yo sé de una que esta mañana está de bastante mal humor —murmuró.

Ante mi oscura mirada, se rio. Me senté frente a ella y me metí un hot cake en la boca sin dejar de fruncir el ceño.

—¿Amigaterapia...?

Sí.

—Me ha dicho literalmente: ¡«Si voy a Manhattan tendré otras prioridades»! —exclamé, exasperada.

—Ah, vaya... —resopló—. Pero era broma, ¿no? Sabe que te molesta y por eso... te lo dice.

—¿Y si era en serio?

—Lo dices porque te da miedo que sea así y que no te valore tanto como esperas. Si algún día viene y no pasa a verte, corta todo el contacto con él y sanseacabó. Pero sé que no lo hará, Isabella. Está enamorado de ti.

Negué con la cabeza con exasperación y ella prosiguió:

—Es solo que aún te da miedo verlo partir, te da miedo que no te deje ocupar el lugar que quieres tener en su vida y eso te empuja a tomarte en serio todas las tonterías que dice.

La escuché mientras me comía los hot cakes. Era cierto que todavía me costaba mucho creerme las palabras de Ben, pero tenía mis razones. No lograba autoconvencerme de que él creía de verdad todas las hermosuras que soltaba por la boca. Porque creerlo significaría bajar la guardia y no quería volver a sufrir. Era un demonio que llevaba años atormentándome.

—Y, como llevo diciéndote desde el principio: concédele el beneficio de la duda —añadió mi amiga ofreciéndome la taza de café—. Podrías sorprenderte.

—Ya lo sé..., pero no puedo evitarlo, no consigo borrar la

antigua imagen de Ben. La que él dejó que me creara cuando se largó, Riley.

—Si dejas que el rencor y los temores alimenten tus dudas, vuestra relación estará abocada al fracaso. Y, por una vez, no será culpa suya.

Memoricé las palabras de Riley esperando que eso disminuyera mis temores de que Jenkins me abandonara en el futuro. Sabía que decía la verdad. Me estaba escondiendo detrás de razones que ya no eran válidas simplemente por falta de confianza en él y en mí.

«Carajo, Emily Ratajkowski. La odio.»

—No empieces una relación que no vas a poder mantener. Será tóxico tanto para ti como para él.

Asentí y tomé un trago de café admirando el edificio que había frente al nuestro. Ya había pasado el mediodía y teníamos que comenzar a trabajar a las dos.

Mi contrato con Calum se acabaría pronto y no sabía si quería renovarlo. Aunque el trabajo me llenaba los días, estaba empezando a cansarme.

—Vamos, deja de enojarte por eso, siempre está diciendo estupideces para hacerte rabiar.

BEN

—¿Lo han entendido? —inquirió Ash colocando los puños sobre la mesa con la mirada fija en los hombres a los que acababa de amenazar.

Asintieron a toda prisa. Algunos estaban tan pálidos como

Kiara en invierno y otros trataban de no revelar nada, aunque en su mirada se pudiera ver que estaban a punto de cagarse encima. Ash los había amenazado con vengarse con sus familias si le pasaba cualquier cosa a Ella o si William aterrizaba en la ciudad.

—Salgan.

La red de Nueva York era mucho menos elegante que la nuestra. No había cuadros de la mujer de uno de nuestros antepasados en las paredes y había mucho menos ambiente. Ash se dejó caer en el asiento de cuero de la sala de reuniones y encendió un cigarro.

—Nos quedaremos en el edificio de la familia —dijo antes de escupir el humo.

—¡No! —exclamé rápidamente levantándome con los ojos como platos.

Arqueó una ceja. Entonces vi la incomprensión dar paso a la exasperación en su rostro. Me di un golpe en la frente. Claro, lo había adivinado: Ella estaba en el edificio que la familia había construido para ocultar nuestra verdadera fuente de riqueza.

Todos los departamentos estaban alquilados, menos los tres últimos en lo alto del edificio. Uno de ellos estaba ocupado por la cautiva de mi primo.

—Voy a revisar unas cosas y nos vamos. Espérame en el coche —ordenó Ash saliendo de la estancia.

Decidí enviarle el enésimo mensaje a Bella, quien estaba enojada por lo que había dicho la noche anterior. Una sonrisa traviesa estiró mis labios mientras escribía:

¡Mi cita con Emily Ratajkowski
fue perfecta!

Conociéndola, había cada vez más posibilidades de que me bloqueara en las redes, lo que me hacía querer probar aún más cuáles eran los límites de su impulsividad. Sabiendo que no iba a responder, me metí el celular en el bolsillo y bajé para ir al coche. Las miradas curiosas me siguieron. Algunos me conocían, otros no. Los más veteranos sabían que era el primo de Ash, los nuevos pensaban que era su brazo derecho, lo que no estaba tan mal.

En silencio, esperé al tonto de mi primo revisando el perfil de Bella. Antes nos hablábamos desde la cuenta de Vick.snow, pero me había aceptado unos días antes en su cuenta personal. Y, demonios, ¡estaba preciosa en sus fotos de Instagram!

Di me gusta a todas las fotos que pasaban por debajo de mi dedo. Me detuve en una imagen especialmente bonita: tenía una gran sonrisa en la cara que le levantaba las mejillas rosadas por el maquillaje.

Al oír un golpe en la ventana, levanté la cabeza y vi anillos y una chamarra de cuero que reconocí enseguida. Con un suspiro, abrí la puerta para dejar entrar al jefe.

—Arranca.

—¿Adónde vamos?

—A donde quieras, pero lejos de aquí. Me agotan.

Se me dibujó una sonrisa traviesa en los labios en cuanto se me iluminó una idea en mi cerebro de genio. «¿Y si vamos al Calum's Coffee? El nombre es de una originalidad increíble.»

Esperaba que Bella estuviera ahora mismo trabajando para poder redimirme con ella y que dejara de protestar como una niña. Le pedí a Ash que pusiera el nombre de la cafetería en el GPS. Si se enteraba de que íbamos al lugar de trabajo de Bella, me esperaban unos minutos interminables durante los cuales pondría a prueba mi audición con sus cuerdas vocales.

—¿Por qué vamos a una cafetería que está en mitad de Manhattan? —me preguntó.

—He visto que tiene una puntuación fantástica en internet

—respondí al instante—. Es acogedora, está en una buena ubicación...

—No hemos venido de vacaciones, Ben —resopló Ash con frialdad.

Seguí conduciendo sin hacer caso de lo que me decía.

Llegamos por fin a Calum's Coffee. Tenía un nudo en el estómago por la idea de volver a ver a Bella. Mi primo hizo una mueca al ver a través del escaparate de la cafetería toda la gente que había en el interior.

Las gafas de sol nos permitían mantener el anonimato. Seguro que algunos policías usaban nuestras caras como objetivos para sus partidas de dardos. Me daba pereza ir a la comisaría de policía para salir quince minutos después.

«Y ya ha pasado. Unas veinte veces. Pero mientras no creemos una guerra entre bandas y no matemos inocentes, no hay ningún riesgo. Sí, la vida del mafioso.»

La única guerra que me esperaba era la que iba a librar contra Bella. Ash abrió la puerta y me cedió el paso. Busqué con la mirada una cabellera castaña o unos ojos verdes cerca del mostrador, pero encontré... una pelirroja.

¿Será...?

BELLA

Tras lavarme las manos rápidamente, salí del baño en dirección al mostrador detrás del cual había dejado a Riley unos minutos. Con el celular en la mano, leía los mensajes de Ben intentando mostrarme indiferente, aunque en realidad estaba hirviendo por dentro. Su forma de burlarse de mí era casi artística.

—Hola —dijo una voz que destacó por encima de las otras a pesar del barullo en el interior de la cafetería. Se me cayó el alma a los pies.

«¿Estoy soñando?»

Levanté la cabeza suavemente y me quedé boquiabierta cuando reconocí esa sonrisa. Con los codos sobre el mostrador, apoyaba la barbilla entre las manos.

—Es... es... —balbuceó la pelirroja mientras yo era incapaz de apartar la mirada de mi moreno.

—Es Ben, sí, en carne y hueso, el único e inigualable —declaró él quitándose las gafas con aire teatral.

Sus ojos relucían con un brillo travieso que me dio a entender que había tenido la intención de venir aquí desde el principio... «Por eso me preguntó el nombre de la cafetería. Tendría que habérmelo esperado.»

—¿Qué... qué haces aquí? —pregunté tras pasar unos segundos asimilando que Ben Jenkins estaba frente a mí.

—¡Estoy alucinando! —resopló una voz ronca que atrajo mi atención.

Ash también estaba ahí.

—¡Grace! —exclamó Calum detrás de mí.

Me acerqué a mi jefe, que estaba en la cocina.

—¿Sí?

—¿No te han pasado una comanda? —inquirió.

—¡Sí, espera, lo siento! Tenía que habértela dado antes, pero estaba ocupada —me disculpé sacando la comanda de mi bolsillo trasero—. Aquí está.

Le ofrecí el papel y me dio las gracias. Esperaba que no me necesitara para poder irme de nuevo...

«... A ver a Ben. ¡BEN ESTÁ AQUÍ!»

—Tengo... tengo que irme —anuncié señalando la puerta con el dedo.

Volví detrás del mostrador. Ben estaba sentado cerca de mí con Ash, quien lo fulminaba con la mirada. Esa imagen me arrancó una sonrisa. Cuando volteé hacia mi compañera, vi cómo contemplaba embelesada al rubio.

—Tienes un poco de baba por aquí —comenté riendo.

—¿Sí? ¿Dónde? —preguntó pasándose la mano por los labios de inmediato.

Mis carcajadas se redoblaron al ver su cara de pánico.

—Tú... tú viste a eso... ¿solo con una toalla en la cintura? —resopló estupefacta—. Debería estar prohibido ser tan guapo...

—Dios tiene sus preferidos —me quejé volteando hacia Ash, quien estaba cruzado de brazos y con la mandíbula apretada—. Aunque, por una vez, yo prefiero al moreno.

—¿Estás ciega? ¡Míralo! Su pelo parece tan suave... ¿Qué champú crees que utiliza? Dios mío, si tiene la piel perfecta. Tal vez debería preguntarle cuál es su rutina.

No había duda de que Ash era peligrosamente guapo. Tenía una mandíbula increíblemente bien definida, la piel clara y sin imperfecciones, pómulos que sobresalían de su delgado rostro y unos ojos grises casi irreales. Su modo de apartarse el pelo rubio me recordaba a Ben, que compartía el mismo tic con su primo. Ash sabía que tenía encanto y se aprovechaba de ello. Al menos, es lo que hacía en la escuela.

—Sus tatuajes...

—Riley, ¿de verdad piensas hacerme una descripción de Ash como si estuviera ciega? —bromeé.

Negó con la cabeza, exasperada. Mis ojos se dirigieron a Ben. Todo mi enojo se había disipado en cuanto me había rencontrado con su sonrisa traviesa.

Pero ¿por qué estaban ahí? Dudaba enormemente que Ben hubiera arrastrado a Ash hasta Manhattan solo para verme. Y no es que pensara que Ben no era capaz de venir únicamente para hacerme una visita... Era de Ash de quien dudaba. Era imposible que Ben lo hubiera convencido de que lo acompañara por mi cara bonita.

Tenía que preguntárselo, la curiosidad me consumía.

—Voy a limpiar la cocina para que podamos irnos enseguida —anunció Riley alejándose del mostrador.

En cuanto asentí, vi que Ben se levantaba. Ash se quedó sentado mirando el celular, como un niño malhumorado.

—¿Sigues enojada? —me preguntó el moreno.

El corazón me iba a mil.

—¿«Otras prioridades»? —le reproché cruzándome de brazos.

Él rio entre dientes y respondió apoyando la cabeza en la palma de la mano.

—Si mis mensajes te han hecho enojar, mi misión del día ha sido todo un éxito, nena.

—Uf..., me ha dado absolutamente igual —mentí limpiando el mostrador.

Se echó a reír.

—¿Estás segura? No, porque ni siquiera me contestaste.

—Tus mensajes no necesitaban respuesta —solté con picardía apoyando yo también la cabeza en la mano.

Nos desafiamos con la mirada manteniendo la misma postura que el otro. Recorrí su rostro angelical con los ojos mientras los suyos se perdían entre mis rasgos. La sonrisa ladeada de sus labios me arrancó a mí otra sonrisa, a pesar de que estaba intentando ocultarla.

—¿A qué hora acabas? —me preguntó Ben.

Faltaban menos de diez minutos. Los últimos clientes estaban a punto de marcharse de la cafetería. Solo quedábamos Riley, Calum y yo. Dicho esto, Calum casi nunca nos ayudaba a acomodar las sillas y limpiar las mesas.

—¿Por qué estás aquí, en Nueva York? —pregunté mientras seguía con la mirada a los clientes que se preparaban para salir.

—Porque te echaba de menos —dijo con un tono encantador—. La segunda razón es que tengo mierdas que gestionar con Ash.

—¿Te marchas hoy?

—Para ser sincero, no lo sé, todo depende del señor —informó señalando a Ash con el dedo—. Pero he traído ropa para una semana. Ya veremos.

Me aparté del mostrador para girar el cartel de CERRADO y echar llave a la puerta bajo la atenta mirada de Ben. Ash dejó el celular y declaró con sarcasmo:

—No me gusta saber que estoy encerrado en una habitación con ustedes dos y la chica del pelo naranja que me mira como si fuera un filete.

Se me escapó una carcajada. Riley salió de la cocina con productos de limpieza y trapos. Cuando Calum se unió a nosotras, frunció el ceño al ver a los dos hombres presentes.

—Buenas tardes —saludó mi jefe mirándome de reojo.

—Son amigos —informé rápidamente—. Calum, te presento a Ben y a Asher. Chicos, mi jefe, Calum.

Ben sonrió con amabilidad y Ash le dedicó un breve asentimiento con la cabeza. Los caracteres de los dos primos eran completamente opuestos, solo con sus gestos ya se veía.

—Encantado —contestó mi jefe antes de voltearse hacia Riley—. No olvides apagar las máquinas.

—¡Entendido! —contestó ella mientras limpiaba una de las mesas del fondo.

—Las dejo, chicas. ¡Que pasen buena tarde! —se despidió Calum antes de salir.

—Nosotros también tenemos que irnos —anunció Ash levantándose.

—Sí, después de dejarlas en casa —replicó Ben sonriéndole a su primo, quien se dejó caer en la silla, abatido.

Ayudé a Riley a ordenar las mesas y las sillas limpias. Luego pasé el trapeador por el suelo mientras escuchaba los chistes de Ben y los gruñidos de Ash, quien casi me suplicaba que acabara cuanto antes para evitarle tener que matar a su primo. Riley se divertía diciéndole a Ben que sus chistes no eran graciosos, por lo que él redobló sus esfuerzos. «No debes decirle nunca a Jenkins que no es gracioso.»

Tras varios minutos de limpieza intensiva, me quité el delantal y fui al vestidor a cambiarme.

—¡Ben y tú se ven muy lindos! —me dijo Riley con voz traviesa—. Los he visto antes desde la cocina.

Se soltó el pelo y se quitó la polo mientras yo me acomodaba la blusa y me aplicaba otra capa de rubor.

—¿Ha venido por ti?

Su pregunta me detuvo en seco. Riley desconocía cuál era el verdadero trabajo de Ben y no pensaba revelárselo. Ya me costaba bastante asimilar esa parte de la vida de Ben por culpa del peligro que se cernía siempre sobre él.

—Me ha dicho que estaba de paso.

Asintió con la cabeza sonriendo y se repasó el labial, que se había desvanecido con el paso de las horas.

—¿Preparada? —le pregunté antes de abrir la puerta de los vestidores.

Salimos al salón, en el que esperaban los dos primos. Uno estaba con el celular mientras el otro jugueteaba con sus anillos. Ash se levantó de la silla y abrió la puerta de entrada antes de cedernos el paso. Riley babeaba con el rubio, quien miraba una de las torres de Manhattan sin hacerle caso.

Con una sonrisita, los seguí hasta... su coche. Tenían un Bentley. Un puto Bentley que parecía recién salido de la agencia.

Ben abrió los ojos como platos cuando Ash se sentó en el lado del conductor.

—¿No quieres que nos cambiemos? —le propuso el moreno en voz baja.

—No.

—Vivimos justo ahí —informé señalando con el dedo un edificio que estaba a unos metros de nosotros.

—Tenemos que desviarnos un poco, Grace. ¿No tienes ganas de quedarte con Ben? —comentó Ash con sarcasmo.

Su frase me arrancó una sonrisa. Ash pisó el acelerador y salimos a toda velocidad hacia las calles de Manhattan. Estaba cansada, pero la presencia de Ben era como una inyección de adrenalina. Podría ir a cualquier parte mientras él estuviera ahí.

BEN

Pasaba de la medianoche. Hacía ya varias horas que habíamos dejado a las chicas en casa tras dar una vuelta por el centro de Manhattan, donde habíamos aprovechado para visitar la SHC. Ash esperaba encontrarse a nuestro primo y burlarse un poco de él, pero, desafortunadamente, Shawn no estaba presente.

Riley había subido primero, no sin guiñarme el ojo antes, y yo acompañé a Bella hasta la puerta; Asher, por su parte, se quedó echando chispas en el coche. Cuando le pregunté a Bella si me había perdonado, ella se rio y se inclinó hacia delante. Durante un instante, pensé que iba a besarme y...

Ash tocó el claxon como un imbécil.

Ahora estábamos dentro del maldito coche. Llevábamos cuarenta y cinco minutos mirando las ventanas de Ella como si fuéramos dos psicópatas asquerosos espiando a su víctima. Ash callado y yo más frustrado que nunca. «¿Me habría besado Bella de no ser por el idiota de mi primo?»

—¿Cuánto tiempo más vamos a quedarnos aquí? —me quejé bloqueando el celular tras darle a Bella las buenas noches.

Ash no contestó. Se quedó mirando el departamento de su excautiva, que todavía tenía las luces encendidas.

—Vamos a dormir aquí.

—¿Qué? —pregunté abriendo los ojos como platos.

—Sal y agarra tu maleta. Subimos.

Salió del coche con paso decidido y yo lo seguí haciéndome toneladas de preguntas. ¿No era él el que quería mantenerse alejado de Ella «por su seguridad»?

Con las maletas en la mano, entramos en el edificio, cuyas paredes estaban revestidas de mármol. Era un edificio tan lujoso como la mansión de Asher. En el ascensor, Ash pulsó el botón de la planta 21. En esa planta solo había un departamento... situado justo encima del de Ella.

—¿No te da miedo que nos vea aquí? ¿O que te vea alguien más?

Por toda respuesta, resopló molesto. El ascensor subió rápidamente, pero se detuvo en la planta de Ella. Solo había un departamento en ese rellano y era el suyo.

34
Touché

BEN

Se me paró el corazón. A mi lado, mi primo se tensó violentamente. Carajo, ¿por qué nos parábamos ahí? ¿Y si era Ella quien había llamado al ascensor? El rencuentro estaba destinado a ser más frío que el hielo. «Demonios, no iba a tener las fuerzas para soportar a Ash después de que hubiera visto a Ella.»

Aguanté la respiración mientras la puerta se abría y una figura aparecía en nuestro campo de visión. La angustia dio paso a la incomprensión.

—¿Cole? —soltó Ash tan perdido como yo.

—¿A-Ash? —se sorprendió nuestro médico, cuyo rostro palideció repentinamente—. ¿Qué hacen aquí?

—Te podríamos hacer la misma pregunta —dije mirando su maletín.

Me giré hacia Ash, que tenía el ceño fruncido y la mandíbula apretada. Los dedos del médico se tensaron alrededor del asa del maletín. Carajo, ¿qué hacía Cole en casa de Ella? ¿Pasada la medianoche? «Demonios... No me digas que...»

—He... he venido a ver a Ell...

—¿Por qué? —lo interrumpió Ash con un tono claramente más alterado que en los cinco minutos anteriores.

—Porque Kiara me lo pidió —se justificó rápidamente—. Hace varios días que tiene ataques de ansiedad y, según Kiara, come muy mal. Así que he venido a hacerle algunas pruebas.

Ash mantuvo la mirada clavada en el médico, que parecía bastante incómodo en esa situación. Cuando las puertas iban a cerrarse, mi primo le pidió que viniera con nosotros.

Una vez que llegamos a nuestra planta, las puertas corredizas se abrieron sobre Manhattan, que se podía ver en toda su extensión a través de los inmensos ventanales que había frente a nosotros. Entramos en el gran dúplex de pasillos oscuros con numerosas habitaciones, dos cuartos de baño, una enorme cocina justo debajo de las escaleras de mármol y una azotea asombrosa. Me encantaba ese departamento. Era muy elegante.

—Siéntate —le ordenó Ash dirigiéndose hacia la sala de estar.

El médico se acomodó en un sofá de cuero negro mientras mi primo se sentaba en un sillón frente a él. Yo me quedé de pie con los brazos cruzados a la espera de las explicaciones de Cole sobre la pequeña Ella.

—¿Qué le pasa? —le preguntó mi primo mientras sacaba un cigarro de su paquete.

El médico dejó su maletín en el suelo y se aclaró la garganta.

—Sus crisis de ansiedad son más frecuentes de lo habitual. Creo que el cambio de ciudad le ha afectado. Le he dado la tarjeta de un terapeuta al que conozco muy bien —nos explicó el médico—. Está acostumbrado a tratar con cautivas que necesitan terapia y el caso de Ella es particularmente complejo. Al menos, por lo que he visto.

Mi primo permaneció en silencio con la mirada perdida más allá de los ventanales. Al hablar con Ella por teléfono, había notado que no estaba en su mejor momento. Ahora entendía por qué. Pero solo hacía unas semanas que se había ido de Los Ángeles, era normal, sobre todo para una chica tan frágil.

—Pero... las sesiones serán confidenciales —lo informó Cole—. No podrás saber lo que le dice a su terapeuta.

—Secreto profesional —suspiré pasándome una mano por el pelo.

—Exacto.

Mi primo exhaló el humo de su cigarro y aplastó la colilla en un cenicero blanco. Parecía tener la mente en otra parte, probablemente en el piso de abajo. Yo sabía que Ash quería a Ella, bastante más de lo que intentaba hacernos creer. Eran muy parecidos y Ash no la consideraba una simple cautiva. Si ese hubiera sido el caso, seguiría con nosotros en Los Ángeles.

—¿Alguna otra cosa que deba saber? —le preguntó Ash girándose hacia él.

El médico respondió sacudiendo la cabeza y mi primo continuó:

—Bien, quiero que la veas al menos una vez al mes. Si necesita que vayas a su casa el mismo día que te llama, así lo harás. Será tu prioridad.

—Entendido.

El médico se alejó en dirección al ascensor, pero se paró en seco y le lanzó una mirada a Ash por encima del hombro.

—¿El coche sigue siendo tu única joya?

Ash esbozó una sonrisa y le lanzó un cojín.

—Lárgate, Cole.

El médico soltó una carcajada mientras entraba al ascensor. Me giré hacia Ash arqueando una ceja.

—¿De qué habla?

—De nada.

Exasperado, resoplé y subí al piso de arriba con mi maleta. Mis ojos se posaron automáticamente en el inmenso ventanal situado frente a mi cama, que ofrecía unas vistas impresionantes. A lo lejos, se podían ver centenares de edificios, cada uno más luminoso que el anterior. Gigantescos paneles publicitarios ocupaban sus fachadas.

Me morí de risa cuando vi un anuncio de trajes de baño y una cara... o, más bien, un cuerpo que reconocí. Tomé una foto con el celular y se la mandé a la persona que vivía en mis pensamientos.

Para Bella:
Mira quién va a pasar la noche conmigo,
es el destino. ¡Emily Ratajkowski
me sigue a todas partes!

Esbocé una sonrisa y lancé el celular sobre la cama. Fui a darme una ducha en el cuarto de baño de mi habitación. Al sentir el agua caliente sobre la piel me relajé rápidamente. Cómo me gustaban las duchas después de un viaje largo.

—¡BEN! —exclamó la voz de mi primo a lo lejos mientras mi cara se ahogaba en el agua de la ducha.

—¿QUÉ?

—¡NO HAY NADA DE COMER!

Al oírlo, el estómago me rugió. Carajo, me estaba muriendo de hambre. Salí rápidamente de la ducha y me até una toalla alrededor de la cadera antes de unirme a Ash en la cocina. «¡El tipo este está hablando por teléfono como si la situación no fuera grave!»

—¿Y qué vamos a hacer? ¿Morirnos de hambre? No he comido nada desde el avión. ¿Has pensado un segundo en mi nutrición? ¿Cómo quieres que mantenga este cuerpaz...?

—Cállate, voy a pedir algo —gruñó mi primo mientras tomaba su segundo celular, que solo usaba para encargar comida—. ¿Qué quieres? ¿Pizzas?

—Pídeme una de miel y queso de cabra —le pedí con una sonrisa mientras subía la escalera de mármol hacia mi habitación.

Mi celular vibró. Una sonrisa se dibujó en mi cara cuando vi un mensaje de Grace.

Sinceramente, Ben, te odio.

P. D.: las vistas son impresionantes.

Me cambié, volví a bajar y puse las estúpidas noticias mientras esperábamos las pizzas. Mi primo se sentó a mi lado en el sofá y gruñó. Me giré hacia él y arqueé una ceja.

—Prefiero mi sofá —me explicó.

—Sí, bueno, ¿sabes lo que yo prefiero? Tener el estómago lleno.

—Deja de fastidiar, tu comida llega dentro de quince minutos.

Resoplé molesto.

—Oye, tengo una idea para matar el tiempo...

—La estaba pasando muy bien antes de que abrieras la boca —gruñó mi primo cerrando los ojos y entrelazando los dedos detrás de la cabeza—. Grace trabaja en una cafetería cuando su padre es millonario, qué ironía.

Esbocé una sonrisa y me puse también las manos detrás de la cabeza.

—No le gusta depender de su padre ni de su dinero, pero, por lo que sé, él le compró el apartamento en el que viven.

—¿Grace y Charmander?

—Sí.

«No hace falta precisar que Charmander es la pelirroja, Riley-Tengo-Veintidós-Años. Sí, veíamos mucho Pokémon cuando éramos pequeños.»

—Por cierto, le has gustado —dije entre carcajadas.

—¿A quién no le gusto? —soltó presumiendo.

—¿A Ella? —repuse con una sonrisa.

Se rio discretamente con los ojos todavía cerrados, pero no me contradijo.

—¿No piensas bajar a verla? —le pregunté más serio—. ¿Y yo? ¿Puedo...?

En ese momento, su celular vibró.

—Salvado por el repartidor —anunció.

Me levanté de un salto para correr hacia el ascensor. Como un loco, apreté el botón para ir a la planta baja. Se me hacía la boca agua.

«Benjamin va a comer. Benjamin va a estar contento. Benjamin no va a morirse de hambre.»

Oí el dulce sonido del ascensor al llegar a su destino y tomé las dos cajas de pizza antes de volver a subir a nuestro piso sin dejar de oler por el camino mi futura cena. «En otra vida podría haber sido perro policía.»

Cuando llegué, vi que Ash no estaba en el salón. Mi celular vibró y tomé su llamada.

—Sube a la azotea.

Cuando llegué, lo vi sentado en el borde con los pies en el vacío, una copa en la mano y una botella de whisky y un paquete de tabaco en el suelo. Me senté a su lado y el viento me provocó un escalofrío.

—Que tengas buen provecho —dije tomando un trozo de pizza a toda prisa.

Un gemido se me escapó de los labios a medida que los sabores se mezclaban en el interior de mi boca. «Demonios,

¡qué bueno!» Ash se comió su pizza en silencio con la mirada clavada en los edificios que había frente a nosotros.

—Ey, Ash —empecé—. ¿Crees que algún día volverá la paz de antes?

—Seguramente —suspiró sin más—. Estaré en paz cuando mate a William y atrape a Rick.

—¿Piensas encerrarlo?

—Con los primos cuya «fianza» aún no he pagado.

Teníamos primos en la cárcel, porque sí, nosotros también podíamos ser culpables. Pero contábamos con una ventaja: nuestra familia podía pagar enormes sobornos para evitar que cumpliéramos condenas interminables. Así que, cuando un Scott iba realmente a la cárcel, era en la mayoría de los casos una trampa orquestada por la propia familia. El último en caer había sido detenido por la policía conduciendo un coche que contenía drogas duras colocadas en él por uno de nuestros hombres. Sobra decir que llamamos a la policía como buenos soplones, pero siempre desde el más absoluto anonimato, por supuesto. Una delicia.

«Si uno de los miembros de nuestra familia se convierte en un problema para los demás, será exiliado por un periodo de tiempo indefinido o encarcelado hasta nuevo aviso.» Esa era una de las reglas de los Scott. Los primos que el tío Rob había metido entre rejas estaban esperando a que Ash decidiera dejarlos salir.

—¿Y luego?

—Luego ¿qué?

—Bueno, después de lo de William, ¿volvemos a nuestros asuntos como si nada? —le pregunté.

—Nos veremos obligados a hacerlo —resopló Ash—. Luego pienso irme de vacaciones.

—¿Ah, sí? ¿Adónde iremos?

—He dicho «irme», no «irnos» —se exasperó mi primo haciéndome reír.

—Te seguiré a donde vayas, aunque me muera antes que tú.

—No te interesa morirte antes que yo —murmuró mi primo girándose hacia mí con una sonrisita.

Llené nuestras copas. Por una vez, estábamos pasando una noche apacible. Hacía mucho tiempo que no compartíamos un momento así. Cuando me acabé la pizza, me tumbé en el suelo a mirar las estrellas y mis pensamientos se fueron a algunos kilómetros de allí, a casa de Bella. Me sentía feliz. A pesar de que nuestras vidas eran un desastre, a pesar de que estábamos en peligro de morir en cualquier momento, me sentía feliz de haberme rencontrado con Bella y haber retomado por fin lo que empezamos.

Era ella. Lo sabía en lo más profundo de mi ser, sabía que era ella. Por una simple razón: todos estábamos destinados a alguien, y ella estaba destinada a mí.

—Oye —dije sin mirarlo—, ¿crees en el destino?

—No —me respondió tumbándose también.

—A veces tengo la impresión de que Bella y yo estamos destinados a acabar juntos —suspiré pensando en la persona que jugaba con mi mente y mi corazón—. Un poco como Ella y tú.

—¡Déjalo ya! —gruñó Ash.

Su reacción me hizo gracia, siempre que hablábamos de la morena se comportaba igual.

—Por cierto..., al final..., ¿por qué la despediste? Ya que estamos aquí..., solo unos metros por encima de ella...

—Porque estaba en peligro con nosotros —murmuró.

—Pero todas las cautivas están en peligro. Todas sus misiones son peligrosas —le recordé decidido a sacarlo de ese caparazón en el que se refugiaba—. ¿Por qué no quieres que ella esté en peligro?

Se calló un momento y contempló las estrellas con un cigarro entre los labios. Pero, a medida que los minutos pasaban, su silencio me provocaba cada vez más ganas de darle una paliza. Escupió el humo y suspiró:

—Porque la prefiero con vida.

Al día siguiente, desde el barandal del balcón, observé a los seis hombres que habíamos contratado para vigilar el edificio: dos en un coche a unos metros, otros dos en la esquina de la calle y uno de pie en la entrada. Todo por Ella... Ash se preocupaba mucho por su seguridad. Los hombres habían llegado el día anterior durante la noche, esperé que Ella no se inquietara mucho cuando los viera.

—Todas las cámaras de seguridad funcionan, ¿no? —le pregunté a mi primo, que estaba al teléfono.

—Sí. Tanto las principales como las secundarias.

Asentí. Ash ya no tenía por qué preocuparse ahora que el lugar estaba completamente vigilado.

—Dile a Kiara que llame a Ella y la avise de que hay hombres vigilándola, para que no se asuste.

Con la mirada perdida, asentí mientras le daba un sorbo a mi café humeante. Mi celular vibró y esbocé una pequeña sonrisa al ver el nombre que aparecía en la pantalla.

De Bella:

De acuerdo:)

Le había propuesto que me acompañara a un partido de baloncesto: los Bulls jugaban esa noche en el Madison Square Garden. Hacía mucho tiempo que no iba a un partido.

—¿Quieres venir a ver un partido de baloncesto con Bella y conmigo? —le pregunté, a pesar de que ya sabía la respuesta.

—Eres tú el mal tercio, Jenkins, no yo.

Me encogí de hombros con aire inocente, pero casi se me para el corazón cuando una figura apareció justo debajo de mí. La reconocí de inmediato y recordé la amenaza que me había dedicado mi primo tras la cena del día anterior. «Si se te ocurre ir a ver a Ella o Ella descubre que estamos aquí, tiraré tu cuerpo por el balcón.»

Me alejé rápidamente del barandal conteniendo la respiración. La causa de mi futura muerte acababa de salir de su piso con un café en la mano.

Mi celular vibró y el nombre de la bruja apareció en la pantalla. Había olvidado que tenía que llamarla.

—Dime —dije mientras entraba en el ático.

—¿Por qué Ash no responde el teléfono?

—Mmm...

Busqué al rubio con la mirada.

—Se está dando una ducha. Creo...

—¿Qué tal Nueva York? —me preguntó Kiara.

—Tanto tráfico como siempre y Ash te va a matar porque nos cruzamos con Cole en casa de Ella.

Se le escapó un gritito de sorpresa.

—¿Duermen en el edificio?

—Sí, sí, órdenes del señor Scott —la informé con un tono molesto—. Sabe que Ella está aquí, pero se niega a que vayamos a verla.

Kiara gruñó molesta y respondió:

—No tiene tantos huevos cuando se trata de ella...

—Así es —dije encogiéndome de hombros—. Por cierto, me ha dicho que te pida que llames a Ella y le expliques que los hombres que están debajo de su casa están ahí para protegerla, por si se asusta.

—Okey. ¿Algo más?

—No, nada. ¿Por tu parte? ¿Qué tal la búsqueda?

La bruja resopló.

—Pues todavía nada. Empiezo a pensar que ha salido del país... Tengo que dejarte, voy a reunirme con Derek. ¡Hasta pronto!

Y colgó. Derek era el hombre a cargo de los grupos de búsqueda, trabajaba con Kiara para dar con Rick o William. El hecho de que aún no hubiéramos encontrado ni rastro de mi tío me preocupaba. No sabíamos de qué era capaz. Todavía menos si él y William se habían aliado de algún modo.

Cuando Ash salió del cuarto de baño y se dirigió hacia el balcón, lo detuve en seco.

—Ella está fuera.

Me miró un instante, luego miró el balcón, esbozó una sonrisa apenas visible y salió de todas maneras. Sacudí la cabeza exasperado. Mi celular vibró por vigesimoquinta vez esa mañana. Kiara.

> De la bruja:
> Ben, unos hombres han encontrado
> un coche parecido al de Rick. Está
> completamente destrozado. Hay restos
> de sangre. No le digas nada a Ash,
> aún no estamos seguros.

Cuando Ash entró en el departamento, tragué saliva como si nada. Salí al balcón, de donde venía mi primo, y llamé a Kiara para que me diera más detalles mientras el corazón me latía a toda velocidad.

Pero, en cuanto el tono empezó a sonar, otro sonido llegó a mis oídos. Una voz que me dejó helado.

—¿Ben? ¿Eres tú?

Cerré los ojos. Carajo. Seguía en su balcón.

—La próxima vez, apunta más lejos, tu colilla me ha caído en la cabeza.

No era yo quien había tirado la colilla, era Ash.

—¡Ella! ¿Ahora vives aquí? —le pregunté falsamente sorprendido cuando era yo el que había elegido su departamento.

—Yo..., mmm..., sí, eso creo —balbuceó mirando a su alrededor—. Pero ¿qué haces tú en Manhattan?

—He venido a ver a Bella —mentí sonriendo—. De hecho, me tengo que ir, me está esperando.

—Yo...

—¡Adiós, querida! —la interrumpí antes de entrar precipitadamente en el interior del departamento.

35

Se creía agente judicial

BEN

Las diez de la noche. Manhattan

Acabábamos de salir del Madison Square Garden. Estaba atiborrándome de hot-dogs neoyorquinos mientras Bella me sacaba fotos y yo ponía caras extrañas. Nos reíamos a carcajadas paseando por las concurridas calles de la ciudad. El aire fresco me agitaba el pelo hacia un lado mientras caminábamos hasta el coche.

Los Bulls habían ganado y había visto a Bella en todos los estados de ánimo posibles, al igual que al resto de los seguidores, que en algunos momentos parecían al borde del delirio. Era casi irreal ver a los fanáticos gritar rabiosos contra los jugadores y llorar de alegría a pleno pulmón unos segundos más tarde.

La cultura del baloncesto era muy importante para nosotros, los estadounidenses. Era alucinante ver hasta qué punto apreciamos ese deporte. Jugadores como LeBron James y Michael Jordan eran considerados dioses. Por no olvidar a las leyendas Shaq y Kobe Bryant, mis preferidos.

—¿Has pasado un buen día? —me preguntó Bella.

—Buenísimo —respondí sonriente—. Manhattan es muy diferente de Los Ángeles.

—Sí, bastante —afirmó ella—. Además, lo echaba de menos.

—¿Qué echabas de menos? —la interrogué, curioso.

Ella se encogió de hombros.

—Mi barrio, la multitud, la gente que corre todo el día de un lado a otro, los *influencers* internacionales que vienen aquí para alimentar sus redes sociales... —explicó Grace—. Echaba de menos todos los detalles que componen mi día a día.

—¿No tienes pensado volver a California?

—Sí —suspiró—. Aunque Manhattan es perfecto para mí, tengo una ligera preferencia por la pacífica vida que tenía en Los Ángeles. Allí me siento como si estuviera de vacaciones todo el año, mientras que aquí las cosas son mucho más estresantes.

Asentí. Incluso el clima era diferente. En California había mucho más sol y numerosas playas. «Aquí tienen un lago radiactivo de mierda al que suelen arrojar cadáveres.»

—Además, así estaré más cerca de ti —añadió con una sonrisa tímida.

Sonreí, le pasé un brazo por los hombros y le di un beso en la sien. Sentía que pronto me iba a ganar toda su confianza.

—No doy lo nuestro por sentado, Bella, pero estoy seguro al cien por ciento de que algún día, en un futuro cercano, podré decir que soy tu novio —afirmé con una sonrisa traviesa.

—Eso es dar algo por sentado, Jenkins —replicó ella molesta—. Cuando me tire a cualquier tipo *random* para recordarte que no lo soy, hablaremos.

—No soy celoso, no conozco a ningún chico que vaya a marcarte tanto como yo —reí.

Falso. Era muy celoso, solo estaba poniendo a prueba sus

nervios. Me dio un puñetazo en el hombro y reí atrapando su delicada mano.

El olor de su pelo me impregnó las fosas nasales. Se me aceleró el corazón cuando sentí sus dedos entrelazándose con los míos sobre su hombro, casi por instinto.

—Grace..., eres lo mejor que me ha pasado —susurré acercándola un poco más hacia mí.

—Lo sé —contestó ella echándose el pelo hacia atrás con un gesto exagerado.

—Tienes un don para estropear el momento —espeté con un tono falsamente ofendido—. Vamos, sube.

Se echó a reír y se deshizo de mi abrazo. Arranqué en dirección a su apartamento, que, sin tener en cuenta el tráfico, estaba a pocos minutos.

De camino, me hizo escuchar su música, desde grupos de pop-rock hasta canciones de Disney que tarareé porque no me sabía la letra de memoria como ella. Verla en su elemento, en su ciudad, me hizo sentir tan bien que casi me dio miedo.

El poder que tenía sobre mí me asustaba. Grace podía hacerme pasar de la ira a la felicidad en unos segundos con una simple sonrisa. Tenía mi corazón en sus manos. Estaba a sus pies.

—Mi padre quiere que trabaje aquí —me comentó señalando con el dedo la torre de la SHC.

Se me escapó una carcajada, aunque ella arqueó una ceja.

—¿Me lo estoy imaginando o te estás riendo de mí? ¿Crees que no soy capaz?

—No —reí al ver que fruncía el ceño—. Odiarías a Shawn.

—¿Por qué todo el mundo hace caso a los *paparazzi*? —se escandalizó Bella levantando los brazos—. Seguro que es mucho más agradable de lo que dicen.

—¡No tienes ni idea, Bella! ¡Ni idea! Shawn es aún más

creído que Ash, es uno de los peores sujetos de la familia, cree que...

Jadeó y me interrumpió a mitad de la frase.

—Shawn... ¿Lo conoces... personalmente?

Puse los ojos en blanco.

—Recuérdame cómo se llama.

Un destello de lucidez la atravesó.

—¿Shawn es primo tuyo?

—Uno de los peores.

Resoplé al ver el caos de coches que teníamos delante. Al momento, Bella me mostró un atajo.

Observé el camino oscuro y estrecho mientras ella me hacía miles de preguntas sobre «el rey de Nueva York». Cuando iba a tomar la curva, giré la cabeza para asegurarme de que no hubiera ningún coche que pudiera embestirme. Sin embargo, en lugar de eso vi una silueta vagamente familiar.

Con el ceño fruncido, frené unos segundos y bajé la ventanilla de Bella, quien arqueó una ceja y me preguntó:

—¿Qué pasa?

—Estoy intentando... —Moví la cabeza para intentar ver algo—. Espera..., mierda. ¿Qué es este sitio?

La silueta acababa de entrar en un edificio en ruinas.

—Hay una discoteca en el sótano. Suelen ir yonquis y gente de dudosa reputación —explicó—. ¿Por?

Reflexioné unos instantes.

—¿Te apetece echar un vistazo? Tengo que revisar una cosa.

Hizo una mueca, pero asintió al comprender que era importante para mí. Si la silueta era de la persona que sospechaba, tenía que asegurarme. Me estacioné un poco más lejos, abrí la cajuela y saqué la mochila de mierda que siempre llevaba conmigo. Una discoteca en el sótano...

«No me gustan las discotecas de Los Ángeles, prefiero mil veces las de Nueva York.»

Su voz seguía resonando en mi cabeza y mis dudas se redoblaron mientras nos acercábamos al edificio.

—Ponte esto —le indiqué ofreciéndole un pañuelo—. Mantente cerca de mí y no aceptes ninguna bebida.

Bella asintió. El pañuelo negro le cubría la mitad de la cara y solo mostraba sus ojos y el puente de la nariz.

—Te ves muy guapa —le dije envolviéndome yo también con un pañuelo.

Entramos en el edificio oscuro y, tal como había dicho Bella, había yonquis tirados por el suelo con una jeringa en la mano y un torniquete en el otro brazo. Al verlos, Bella ahogó un grito y yo le acaricié la nuca para tranquilizarla.

Bajamos las escaleras a toda velocidad. Lo único que nos separaba de la música que sonaba en el interior era una puerta de hierro. En las paredes vi un símbolo que identifiqué enseguida, el de una banda de mierda a la que conocía demasiado bien.

Llamé dos veces y, unos segundos después, un hombre abrió una pequeña ventana rectangular en la puerta.

—¿Qué quieren? —preguntó el viejo con voz ronca.

Le enseñé mi anillo de sello y sin poder disimular su sorpresa abrió la puerta de hierro.

El ambiente oscuro del interior, junto con la música a todo volumen, hizo que me diera dolor de cabeza y me dificultara la búsqueda de esa silueta familiar.

Con la mano todavía en la nuca de Bella, le grité al oído para que me oyera:

—Tú sobre todo quédate pegada a mí.

Me adentré entre la multitud. Al pasar, me empujaron varias veces chicos y chicas borrachos que se contoneaban en la pista. Busqué con la mirada cabellos castaños, pero las luces de neón azules me complicaron la tarea.

En los reservados vip no había rastro de la persona que buscaba. Crucé la mirada con varios tipos a los que conocía de las redes de Manhattan, pero no fui a saludarlos, sino que seguí buscando durante veinte minutos. «¿Dónde te has escondido...?»

Decidí llevarme a Bella a la barra, donde encontré dos bancos vacíos. Pedí dos copas.

—No bebas, solo es para disimular. A veces drogan y secuestran a algunas chicas.

—¿Qué hacemos aquí? —me preguntó con una mirada inquieta.

—He visto algo... que no me gusta nada —anuncié continuando la búsqueda.

Tras varios minutos escrutando la pista, mi mirada se detuvo en una mujer de cabello castaño, amplia sonrisa y ojos verdes. «Sí que eres tú... Carajo, estaba seguro...»

Y eso me alegró tanto como me enfureció. Demonios... Eché un vistazo a Bella, preocupado. Tenía dos opciones: protegerla, llamar a Asher, irme y rezar para que el objetivo se quedara en el sitio hasta que él llegara, o encargarme yo solo. Bella sería testigo de la clase de cosas a las que solía dedicarse el auténtico Ben, el primo de Asher, el tipo de la red, aquel del que hasta ahora solo había oído hablar. Tenía miedo. No, estaba aterrorizado por la idea de perder a Bella porque, aunque dudaba..., en cuanto había visto su silueta había sabido que no tenía elección. No podíamos interrumpir nuestra pertenencia a la red cuando nos apeteciera como si hubiera un puto interruptor.

«Perdóname, bonita mía.»

Tomé la mochila para sacar lo que necesitaba: un pañuelo que mojé en cloroformo y un vial que me había dado Cole para planes tan locos como ese. Dejaba inconsciente a alguien en pocos minutos.

—Bueno, Bella, ve a bailar —le susurré al oído con los ojos fijos en mi objetivo, que bailaba sin compañía—. Con esa persona. Acércate a ella, por favor. Sé natural.

Me levanté del banco de un salto y avancé hacia la pista de baile con Bella, quien parecía aún más alarmada. «Ay, cariño, puede que acabes odiándome.»

Aquella mujer se acercó a mi Bella, quien la observó contonearse. Me fijé en que estaba borracha. «Mejor aún. Por fin la suerte está de mi lado.»

—¿Por qué usas ese pañuelo, querida? —preguntó el objetivo—. ¡Hace un calor espantoso!

Me coloqué detrás de mi objetivo, quien no parecía sospechar en absoluto de mi plan, y dejé que jugueteara con mi futura novia antes de presionar violentamente el pañuelo sobre su nariz y su boca. Con la mano libre, le quité la pistola que llevaba colgando en el muslo.

La gente se contoneaba al ritmo de la música a nuestro alrededor. Ese espacio confinado había hecho que mi tarea fuera mucho más discreta y la música de fondo ocultó a la perfección los gritos del objetivo. Noté cómo trataba de zafarse. Bella, a su vez, había dejado de moverse. Me observaba con los ojos muy abiertos. El objetivo me clavó las uñas en la piel e hice una mueca contando los segundos hasta que sentí que su cuerpo se relajaba.

—¡Ben! —oí débilmente.

Bella parecía horrorizada.

Puse en pie al objetivo y le rodeé la cintura con el brazo. A continuación, tomé a Grace de la mano para salir rápidamente de ese sitio.

—¡Estás completamente loco!

—No grites —gruñí de camino al coche—. Vas a delatarnos.

—¡Estamos secuestrando a alguien! —exclamó asustada cuando le pedí que abriera la cajuela.

—Yo no diría tanto... —suspiré mientras le ponía al objetivo unas esposas—. Bueno, yo no lo llamaría secuestro, estás dramatizando...

«Sí, como cada vez que entro en pánico con Bella, digo estupideces.»

—¿Yo dramatizo? ¿Y cómo llamarías tú a esto? —se molestó levantando los brazos con aire desconcertado.

—Incautación de bienes hasta que la deuda quede pagada —respondí atándole a aquella mujer una cuerda alrededor de los tobillos y colocando las esposas en el gancho que había sobre su cabeza.

—Estoy alucinando...

Cerré la cajuela y entré en el coche. Bella se quedó fuera unos instantes antes de entrar y fulminarme con la mirada. Me giré hacia ella, pero me empujó.

—Que seas un criminal no me ha molestado hasta ahora, pero no vuelvas a meterme en tus mierdas, Ben —espetó, furiosa—. ¡Lo digo en serio! Hay un puto cuerpo en la cajuela de este coche...

—Todo estará bien. Voy a dejarte en casa y nunca volverás a oír nada de esta historia, cariño —prometí quitándome el pañuelo.

Durante el trayecto, Bella me dio una lección moral sobre los derechos humanos y las penas de cárcel, sin olvidar el secuestro. Cuando llegué a su casa, salió corriendo. Busqué algunas palabras que pudieran tranquilizarla, pero no se me ocurrió nada, así que intenté el método Ben. Con una sonrisita, le pregunté:

—¿No tengo derecho a un besito?

Me mostró el dedo de en medio y replicó secamente:

—Espero que te pare la policía y te registre el coche.

Me reí y tomé el camino a casa, preguntándome si cabía la posibilidad de que mi objetivo se despertara. «Sí, no, no lo creo. Le he dado toda la dosis. Con eso tumbaría incluso a un toro.»

—¡Ash! —exclamé entrando en el departamento—. No adivinarás nunca lo que te he traído.

—Espero que hables de mi cena —respondió con voz ronca mientras bajaba las escaleras.

«He olvidado su cena, pero tengo algo mejor.»

Se paró en seco al ver el cuerpo que tenía sobre los hombros, mirando con los ojos como platos la espalda desnuda de mi regalo.

—Ese tatuaje...

—Sí. La única e inigualable Isobel Jones —anuncié con una sonrisa orgullosa—. Te la traigo en bandeja de plata. No, de oro. La bandeja soy yo.

—Déjala en el sofá —me pidió examinando su rostro, todavía inconsciente.

La tumbé sin miramientos. Ash tenía una mirada oscura y una sonrisa mezquina jalaba las comisuras de sus labios.

—¿Cuándo se despertará?

—Ni idea. Hará unos veinte minutos que la he sedado. Tendrás que preguntárselo a Cole —resoplé mientras me encogía de hombros—. He revisado y, en principio, no trae micrófono.

—Llama a uno de los hombres de abajo y pídele que suba. Y, por favor, ve a comprar la puta cena.

Asentí y descendí hasta la planta baja, donde le indiqué a un hombre que subiera a ver a su jefe. Encontré rápidamente un restaurante japonés y, una vez hecha la comanda, me apoyé en el mostrador para leer un mensaje de Bella.

Espero que estés en la cárcel.

Me reí.

No, estoy en un restaurante japonés porque Benjamin tiene hambre.

Benjamin es un secuestrador. Esa mujer se parecía a la prometida de William como si fueran dos gotas de agua. Ben, por favor, dime que no era ella...

Fruncí el ceño.

¿Promequé? Espera... ¿Cómo se llama su «prometida»?

Creo que Isabelle. ¿O era Isobel?

«¿Cómo?»

—¡Buen provecho!

—Gracias —le dije a la mujer con una sonrisa.

Una vez en el ascensor, me pregunté si debería pasar a ver a Ella ante de irnos. Esa mañana había evitado descaradamente conversar con ella. Me había sentido mal por evitarla, pero las amenazas de Ash me habían impulsado a alejarme del balcón antes de que se enterara de que Ella nos había descubierto. Además, él aún no sabía que la había visto.

«Y prefiero guardarme eso para mí, más que nada para poder alargar mi esperanza de vida... aunque, tal vez mi regalo ahora me proteja.»

Entré en la vivienda, busqué a Ash con la mirada... y estaba en el balcón. Otra vez.

—¡Entrega! —exclamé lo bastante fuerte para que se diera la vuelta.

Mi primo lanzó el cigarro por el barandal y se acercó para tomar su comida.

—Le he pedido a uno de los hombres que le quitara ese vestido sucio que llevaba. Va a comprobar que no esconda nada —explicó abriendo su caja de fideos.

—¿Por qué no lo has hecho tú mismo? —pregunté frunciendo el ceño.

—No la tocaría ni con un palo.

Me reí y empecé a comer mientras respondía al mensaje de Grace.

Sí, sí, es ella. Acabas de participar en el secuestro de la prometida del becario de tu padre. Tu cara aparecerá por todas partes en Manhattan y en Los Ángeles.

No me hace ninguna gracia, Jenkins. Estoy muy agobiada. ¿Y si nos ha visto alguien?

Se me escapó una carcajada.

Podría ser. Pero, en fin, así es la vida, ¿no?
A veces, pasar unos años en la cárcel
es bueno para la moral.

¡DEJA DE TOMARTE ESTA SITUACIÓN
TAN A LA LIGERA, BEN!

—¿Qué piensas hacer? —pregunté levantando la mirada hacia Asher, quien estaba observando su sushi.

—¿Comérmelo? —respondió frunciendo el ceño.

El muy imbécil hablaba del sushi.

Esbocé una expresión herida.

—Me refería a Jones.

Se rio y replicó:

—Lo decidiré cuando estemos en California, pero lo que es seguro es que seguirá siendo mi rehén.

Volví la atención a Bella y a sus ganas de matarme.

Te lo prometí, Grace. Te protegeré de los
peligros de la locura de mi vida,
¿recuerdas? De hecho, ha sido una velada
muy agradable.

—Jefe —intervino nuestro hombre—. La cautiva...

—La rehén —corrigió Ash fulminándolo con la mirada.

Me eché a reír abiertamente. Todo le recordaba a Ella, incluso la palabra *cautiva*, ¿eh?

—La rehén tenía un arma blanca y un celular. Está encerrada en la habitación y atada a la cama —informó rápidamente.

—Bien, avisa a más hombres para que la vigilen de cerca. Quiero dos dentro de la habitación y uno fuera.

El hombre asintió y salió de la vivienda. Me limpié la boca.

—Voy a salir a caminar un poco —mentí con la voz más natural del mundo—. Para hacer mejor la digestión.

Él negó con la cabeza, exasperado.

Bajé discretamente a la planta de Ella. Mi ritmo cardiaco se aceleró mientras avanzaba por el pasillo oscuro que llevaba a su departamento. Giré rápidamente la cabeza para comprobar que Ash no estuviera detrás de mí y toqué el timbre haciendo una mueca por el ruido.

—¿Quién es? —preguntó su vocecita detrás de la puerta.

Una sonrisa asomó a mis labios.

—Ben —le dije dejando escapar una risita.

36
Fantasías y rencuentros

BEN

—Qué agradable es —dije como si no conociera el departamento—. Además, ¡tienes cortinas!

—Sí —contestó ella guiándome hacia el salón.

Me dedicó esa sonrisa angelical que tanto efecto tenía sobre el malvado lobo del piso de arriba. El brillo en sus ojos revelaba que realmente se alegraba de verme. Yo también estaba feliz. Había echado de menos su carita.

—¿Te vas acostumbrando a la ciudad? —le pregunté sentándome en su sofá blanco.

Se encogió de hombros.

—Lo intento. Aunque mis vecinos son muy... diferentes de las personas con las que he convivido. Bueno, quiero decir que ustedes también son ricos, pero ellos... ellos son más bien...

—¿Esnobs? —propuse.

—Sí, exacto.

Me reí.

—Los alquileres en esta zona son tan caros que es normal tener por vecinos a ricachones con los humos subidos.

Asintió y se volvió hacia la tele, en la que había puesta alguna mierda de las suyas.

—¿Y qué tal los demás? —me preguntó en voz baja—. Aunque ya hayan pasado unas semanas, extraño a todos.

Esbocé una amplia sonrisa y la informé con un tono sarcástico:

—Kiara sigue igual de tonta, un poco como Tate, que pasa mucho más tiempo con ella... Era de esperar. Los bobos se entienden entre ellos.

Se rio y me golpeó la espalda.

—Yo sigo esforzándome por recuperar a Bella, y Ally está todavía en Escocia con Théo.

Decidí no mencionar a Rick y el asunto que debíamos solucionar. No hacía falta que estuviera al corriente. Por el momento.

Asintió y me preguntó con timidez:

—Y... ¿Asher?

«Allá vamos.»

Me quedé en silencio unos segundos pensando qué responderle. Llevaba desde el principio intentando evitar mencionar el nombre de mi primo delante de Ella. No debía esperar mucho de él. Nadie sabía si algún día volvería... Era mejor que pasara página y se hiciera a la idea de que las cosas habían cambiado.

—Ash, mmm..., se encuentra bien. Bueno, un poco mejor desde hace unas semanas —mentí mientras recordaba las crisis de ira de mi primo, que estaba cien veces más irritable que antes—. En ocasiones me da la impresión de que vuelve a ser el Ash de siempre.

«Cosa que es completamente falsa.»

El brillo en sus iris azules con el que me había encontrado al llegar se disipó ante mis ojos. Sabía que mentirle estaba mal, pero sabía también que ella aún lo amaba y que iba a sufrir durante mucho tiempo. Solo estaba intentando acelerar el proceso.

—Oh...

—Pero estoy seguro de que te echa de menos, ¡como todos nosotros! —dije intentando suavizar el golpe.

Empezó a aparecer en mí un sentimiento de culpa.

Asintió y me dedicó una débil sonrisa antes de desviar de nuevo la mirada hacia la tele. Nos quedamos unos minutos más hablando. Me aconsejó sobre mi vida amorosa y sobre cómo debía comportarme con Bella. Me dio la impresión de que eso era lo que le gustaría que Ash hiciera por ella. Cosa que me entristeció.

Esperaba que, después de lo que le había dicho, cambiara de mentalidad y pasara a otra cosa. O encontrara a otra persona. Por su bien.

—¿Tate... sigue en casa de Asher?

Era la única de nuestro grupo que llamaba a Ash por su nombre completo.

—Sí, decidió quedárselo..., pero solo porque Kiara lo quería —dije entre risas, a pesar de que no tenía ni idea de por qué se lo había quedado.

Decidí levantarme. Si me quedaba ahí, no iba a dejar de hacerme más preguntas y odiaba mentirle de esa forma.

—Me tengo que ir, vuelvo a California mañana. Te he echado de menos, querida, ¡sobre todo a esas preciosas piernas!

Se rio mientras se las tapaba con los cojines del sofá.

—Yo a ti también, pervertido.

Me despedí antes de preguntarle de repente:

—¿Tus vecinos no hacen ruido por la noche?

—No, no mucho. A decir verdad, duermo con la tele encendida. El ruido me tranquiliza.

«Cada loco con su tema a la hora de dormir. Yo no soporto que haya ni la más mínima luz.»

Después de darle las buenas noches, salí de su departamento. Cerré despacio la puerta tras de mí y me dirigí al pasillo, donde me sobresalté al ver una figura que reconocería entre un millón. Con el hombro apoyado descuidadamente en la pared cerca del ascensor, Ash me estaba esperando. Se me cortó la respiración ante esos ojos grises que me asesinaron.

Se colocó el dedo índice sobre la boca y me hizo un gesto con la mano para que me acercara. Ash me había visto salir de casa de Ella, estaba muerto.

Cuando llegué a su altura, me tomó del cuello, me arrastró al interior del ascensor y pulsó el botón de nuestra planta. En apenas unos segundos, un instante después de que la puerta se cerrara, su rodilla aterrizó violentamente sobre mi vientre. El golpe me dobló por la mitad y me arrancó un gemido de dolor.

—Estaba seguro de que no te habías ido, no te he visto salir del edificio.

Hice una mueca mientras me arrastraba al interior de nuestro departamento. Me soltó con un gruñido de ira mientras esa mirada negra seguía clavada en mi cara.

—¿Para qué has ido a su casa?

—Solo... le he preguntado... cómo estaba —contesté con dificultad intentando volver a ponerme recto.

Tras resoplar visiblemente molesto, subió a toda prisa al piso de arriba y me dejó solo con mi culpa, mezclada con el alivio por seguir vivo. Me masajeé el vientre, esperaba que no me saliera un moratón. Luego me uní a Ash y sus hombres, que estaban vigilando la habitación de Jones.

—No le hablen —susurró mi primo—. Se cansará antes o después.

—¡Suéltenme, bola de cabrones! —gritó Isobel desde la habitación en la que estaba retenida.

Los hombres asintieron y entraron. Con una mueca de dolor, seguí a Ash a su habitación.

—Se ha despertado.

Él respondió en un tono frío:

—Y está histérica, como siempre.

En ese momento, se oyó un grito de rabia. Era ella.

—¿Sabe que eres tú?

Negó con la cabeza y me dijo con una sonrisa insolente:

—Se llevará la sorpresa cuando lleguemos a Los Ángeles. Por cierto, despegamos mañana a las ocho de la noche.

Al día siguiente

—Entonces, ¿a qué te dedicas, Ben? —me preguntó el amigo de Bella haciendo que me atragantara con mi bebida.

—Yo... trabajo en la empresa de mi familia.

Se creyó mi estupidez y sonrió.

Estábamos en su cafetería favorita «conociéndonos» y, sinceramente, mi vergüenza era palpable.

Comparado con Bella, yo no era muy sociable con la gente que llevaba una vida normal. Y por una simple razón: mis únicos amigos, sin contar a mi familia, también tenían trabajos... peculiares. «Dejé de tener amigos normales en la escuela.»

Habíamos planeado esa reunión con sus amigos antes del secuestro de Isobel. Bella la había mantenido, no había querido cancelarla en el último minuto, pero me fulminaba con la mirada desde la otra punta de la mesa. Todavía no había acabado de encajar el secuestro de Isobel.

—Al menos alguien tiene un trabajo de verdad... —murmuró ese tal Josh mirando a las chicas.

—¡Ey! Te recuerdo que nosotras también tenemos uno —se indignó Riley.

Esa escena me recordó a Kiara y a mí. No echaba de menos a la bruja en absoluto.

—Y... ¿desde cuándo se conocen? —dije en un intento de hacer la plática, a pesar de que Ash me estaba llamando por cuarta vez en diez minutos.

Los dos amigos de Bella la miraron, pero ella dio un sorbo a su vaso aumentando así el malestar entre nosotros.

—Pues... —respondió finalmente con un tono muy seco—, conozco a Riley desde que tenía catorce años porque mi padre trabaja a menudo con su madre, y conocimos a Joshua en la universidad.

—Josh —la corrigió él mirándola con el ceño fruncido—. ¿Te llamo Isabella? No.

—A Josh no le gusta que le llamen por su nombre completo —se rio Riley.

—Te llevarías de maravilla con mi primo. A él tampoco le gusta.

El único que solía llamarlo por su nombre completo era el tío Rob, pero desde que murió no soportaba que otras personas lo hicieran. «Aunque eso era antes de la llegada de Ella.»

—Mmm... Por cierto, Ben... ja, ja..., mmm..., Ash... ¿está saliendo con alguien en este momento? —preguntó Riley tartamudeando.

«¿De verdad le gusta ese imbécil?»

—Mmm..., mi primo no es muy del tipo «relación seria» —afirmé con una mueca fingiendo sentirlo mucho.

—Creía que estaba con alguien —añadió Bella—, ¿no?

Me lanzó una mirada insistente y yo balbuceé:

—Sí... Bueno, es complicado...

Riley asintió con expresión triste.

—¿Y ustedes dos? ¿Están juntos ahora? —dijo su amiga con picardía.

—Yo...

—No, estamos lejos de estarlo —me interrumpió Bella.

Esbozó una sonrisa satisfecha, orgullosa de lo que había hecho, y atrapó su popote entre los labios.

—Oh, miren, ¿no es ese Travis?

Un chico de unos veinte años acababa de entrar en la cafetería. Llevaba el pelo peinado hacia atrás, *shorts* negros y una camiseta que le quedaba ridículamente grande. Cuando Josh lo saludó con la mano, arqueó las cejas sorprendido.

—Oh, no —resopló Bella a mi lado.

El tipo llamado Travis se acercó a nuestra mesa y dijo:

—¡Hacía tiempo que no nos veíamos!

—Sí. ¿Cuánto? ¿Cinco meses?

Josh se levantó para darle un abrazo. El chico del pelo castaño me sonrió amablemente antes de posar sus ojos castaños en mi Bella.

—Hola, Grace.

—Hola, Travis —saludó ella cruzando los dedos cerca de la boca.

—¡Vamos, siéntate con nosotros! —exclamó Josh, contento de ver a ese tipo que miraba de un modo un poco demasiado raro a mi futura novia.

Dirigí la mirada hacia Bella, que parecía exasperada por la

presencia de Travis, lo que me hizo fruncir el ceño. «¿Quién es este imbécil?»

—Creía que se habían ido de Manhattan —dijo el imbécil, sorprendido—. Sobre todo tú, Grace.

—Sí, pienso marcharme, pero no de momento —le informó ella sonriendo falsamente.

—Deberías quedarte, Nueva York es mucho mejor que Los Ángeles.

«Vamos a ver...»

—No exageremos —advirtió Riley llevándose la taza de café a los labios—. Sabemos que vas a echar de menos a Bella, Trav.

—Nunca lo he ocultado —rio el muy idiota intentando ligar abiertamente con mi Bella—. De hecho, antes de que te vayas..., ¿te apetece salir a tomar algo un día de estos?

Con las cejas arqueadas, me volteé hacia Bella esperando impaciente a que lo mandara a la mierda. Con una sonrisa maliciosa y los ojos clavados en mí, declaró:

—¡Claro!

Riley escupió su café mientras yo abría la boca. «Cómo se atreve... ¡Hasta ese imbécil está sorprendido de que haya aceptado!»

—¡Genial! En cuanto tengas algo de tiempo libre, ¡avísame! Me tengo que ir, me ha encantado volver a verlos, chicos.

Cuando se levantó de la mesa, se hizo un silencio incómodo entre nosotros. Mi celular vibró por sexta vez. Decidí responder a Ash con el teléfono alejado de la oreja.

—¿Puedes contestar cuando te llamo, cabrón? ¡Seis veces, CARAJO! —lo oí gritar.

—¿Qué pasa? —pregunté acercándome el celular con una mueca.

—¿Dónde están los planos de Manhattan, los que tomamos ayer de la red?

Me pellizqué el puente de la nariz. Estaban en la cajuela del coche. Me había pedido que los subiera, pero se me había olvidado por completo.

—Tráemelos. Inmediatamente.

Colgó y resoplé. Iba a tener que poner fin a este pequeño encuentro antes de lo previsto. Cosa que, en realidad, no me disgustó tanto.

—Voy a tener que irme —dije sonriendo a los amigos de Bella—. Bueno..., vamos a tener que irnos.

Bella me miró con el ceño fruncido. No, ella no tenía nada que ver con los planos, pero quería una explicación de lo que acababa de pasar con ese payaso de Travis.

Nos despedimos por última vez de Riley-Tengo-Veintidós-Años y de Josh, y salimos.

—¿Adónde vamos? —preguntó Bella—. Si vas a secuestrar a alguien, tendrá que ser sin mí, Jenkins.

En silencio, me metí en el coche. Bella se unió a mí y me miró fijamente durante unos minutos antes de que una risita se escapara de sus labios.

—¿Estás enojado?

Arranqué sin darle una respuesta mientras ella se cruzaba de brazos.

—Así que me llevas contigo y no me hablas.

—Así que estamos lejos de estar juntos —le recordé—. ¿Y qué soy yo, entonces?

—¿Un secuestrador? —propuso antes de que el silencio se apoderara del coche—. En serio, Ben —continuó Bella al cabo de unos segundos—. ¡Me has utilizado para secuestrar a alguien! ¡A la prometida de William!

—Se lo merecía —gruñí.

—¡Esa no es la cuestión!

—No te oculté lo que hacía. Sabías muy bien que no era un chico del coro.

—Sí, pero... —balbuceó ella—. Verlo...

—¿Qué? ¿Te hace replanteártelo todo?

Se paró a pensar un segundo, pero yo no quería oír una respuesta que iba a matarme. Así que continué:

—Además, ¿aceptas tener una cita con ese tipo? ¿Quién es?

De repente se echó a reír. Se estaba burlando de mí delante de mis narices.

—¿No decías que no eras celoso? —repuso recordándome la conversación que habíamos tenido después del partido de baloncesto.

Agarré con más fuerza el volante. Quería hacérmelo pagar. Esa era exactamente la razón por la que había aceptado salir con ese imbécil. «Ben 2-Bella 3. Bien jugado.»

Sentí que sus dedos se abrían camino hasta mi nuca.

—¿Todavía estás enojado? —me preguntó con una sonrisa burlona.

Quería seguir enojado, pero su tacto me distraía. Aún no había respondido a mi pregunta, pero sabía muy bien que no podría resistirme a sus caricias. Me estacioné frente al edificio. Abrió los ojos como platos y dijo en un suspiro apenas audible:

—¿Qué hacemos aquí?

—Tengo que darle a Ash unos planos de mierda y luego te dejo donde quieras porque mi vuelo sale dentro de... —Miré el reloj—. Dos horas.

Con los planos en la mano, salí del coche y Bella me siguió. Una vez en el interior, su mirada se perdió en las paredes de mármol blanco y en los diversos adornos caros. Pulsé el botón que conducía al departamento de mi primo y esperé pacientemente sintiendo los ojos de la chica clavados en mí, cosa que me ponía de nervios.

Durante los tres primeros minutos, estuvimos en silencio, y la verdad es que me vino muy bien. «Solo quedan dieciocho plantas.»

—¡No te enojes! —exclamó en un tono infantil antes de ponerse frente a mí.

Mierda.

Me rodeó el cuello con los brazos e intenté no mirarla para contenerme ante sus insinuaciones.

—¿Ben?

—¿Sí?

—Sabes que nunca saldría con él, ¿verdad?

Se acercó a mí y nuestras respiraciones se entremezclaron.

—No, no sé nada —le dije viendo las plantas pasar.

«Solo catorce...»

—No. Saldría. Con. Él.

Me agarró la mandíbula para obligarme a mirarla. Al mismo tiempo, mis dedos se abrieron camino hasta llegar a su cintura. Tenía una manera de tranquilizarme que me embriagaba más que cualquier otra cosa. Sus ojos se posaron en mis labios. Se acercó a mi cara e hice un esfuerzo sobrehumano por no besarla.

—¿Qué somos el uno para el otro, Grace? Porque te quiero, demonios. Y no puedo seguir fingiendo durante mucho más tiempo. Quiero estar contigo, Bella.

«Doce pisos... y no puedo respirar. Responde, Bella.»

Me miró fijamente mientras yo esperaba impaciente una respuesta. Me daba igual cuál, solo quería una respuesta.

Necesitaba una respuesta.

Y entonces, tras unos segundos que me parecieron siglos, su voz susurró cerca de mis labios:

—Yo tampoco puedo fingir más.

Mi corazón empezó a latir desbocado al oír aquellas palabras que tanto tiempo llevaba esperando. El ambiente en el ascensor se volvió eléctrico. Y, cuando su boca rozó la mía, todos mis sentidos se descontrolaron. En un gesto repentino e irreflexivo, la agarré por la parte baja de la espalda y la besé. Sentí cómo sonreía mientras sus dedos me acariciaban la nuca. Esa chica iba a matarme un día.

«Ocho pisos...»

Nuestro beso era cada vez más hambriento, el calor nos sofocaba un poco más a cada instante. Mis labios abandonaron los suyos para posarse en su cuello, arrancándole un gemido que me volvió loco. Dejé caer los planos al suelo y coloqué las manos en su cadera. Maldición, la quería. En todos los sentidos.

«Cuatro pisos...»

Inclinó la cabeza hacia un lado dejando que saciara mi hambre de ella, de su piel, de toda su persona a través de mis besos.

—Ben...

Nada me excitaba más que oírla susurrar mi nombre mientras mis labios tenían su piel secuestrada. El calor dentro de mi cuerpo empezaba a ser insoportable.

Pero el sonido de la puerta corrediza nos interrumpió.

—La fantasía del ascensor... —suspiró la voz ronca de mi primo.

Bella se sonrojó intensamente y se apartó de mí arreglándose el pelo mientras yo recogía los planos del suelo. Me aclaré la garganta.

—Toma —dije mientras le entregaba los papeles—. ¿Cuándo nos vamos?

—En menos de dos horas. ¿Quieres cogerte a Grace?

Bella se atragantó con la saliva y Ash se murió de risa. Lo fulminé con la mirada.

—No te preocupes, Grace —continuó—. Te entiendo, el ascensor también es una de mis fantasías.

—¡Pero no de las mías! —se defendió cruzándose de brazos.

—¿Nunca has querido quedarte atrapada en un ascensor con Ben?

—Dice eso porque lo que quiere es quedarse atrapado con Ella —solté intentando desviar la conversación hacia él.

Esbozó una pequeña sonrisa y replicó con una voz fingidamente dulce:

—Pues si supieras todo lo que quiero hacerle... Cogérmela contra la pared del ascensor es solo una pequeña parte.

—No compartas tus fantasías con nosotros —resopló Bella cerrando los ojos.

Ash sonrió con picardía. Nunca le digas a Ash que pare...

—¿Sabes cuál es una de mis mayores fantasías, Bella...?

—¡Cállate! —le ordenó tapándose los oídos.

—Verla a mi merced, dispuesta a entregarse a mí. Oírla gritar mi nombre mientras me mira y me suplica que siga hasta el amanecer. Besar sus preciosos labios...

—¡Okey! Lo hemos entendido —lo interrumpí.

Retuve todo lo que había dicho. «Kiara, no vas a creer lo que Ash quiere hacerle a Ella.»

—Cogérmela en la cama de mi habitación tan fuerte que...

—¡ASH! —gritó Bella haciendo que él soltara una carcajada.

—¡Hoy estoy de muy buen humor, es una locura! —terminó mi primo mientras se alejaba.

«Yo también, Ash. Yo también.» Agarré la mano de Bella, quien, con las mejillas sonrojadas y los ojos brillantes, no me apartó. Por fin era mía.

Las once de la noche
Cuartel general de Los Ángeles

—¿Me recuerdas cómo la encontraste? —me preguntó Kiara, que seguía atónita de ver a Isobel en nuestras manos.

—Me crucé con ella en un club de mierda perdido en mitad de Manhattan. Iba borracha y yo estaba con Bella —expliqué brevemente.

—Por lo general está con William. No entiendo qué hacía sola...

Me encogí de hombros a modo de respuesta. Me importaba una mierda qué hacía sola esa noche. Lo único que quería era que Ash viniera y le preguntara dónde estaba su «prometido». Hablando del rey de Roma, acababa de entrar por la puerta del despacho.

—¿Dónde está la zorra?

—En el sótano —lo informó Kiara levantándose de la silla.

Mi primo esbozó una sonrisa malévola antes de anunciar:

—Es la hora del rencuentro. Vamos a ver a mi ex.

El brillo en su mirada era escalofriante. Cuando Ash estaba así, tan feliz de volver a ver a alguien a quien odiaba, era porque iba a haber gritos de dolor y mucha mucha... sangre.

37

Azules o verdes

BEN

—Tú...

Isobel soltó esa palabra mirando fijamente a su ex, que acababa de entrar en la habitación. Los dos hombres apostados como clavos detrás de la silla de la prisionera no se inmutaron ante la llegada de su jefe. «El espectáculo está a punto de empezar...»

Con los brazos cruzados, me quedé atrás con Kiara, cerca de la puerta. Riendo, Ash tomó otra silla para sentarse frente a su ex, que lo observaba como si no lo hubiera visto nunca, y se metió un cigarro entre los labios.

—Tan guapo como siempre... —dijo Isobel.

Una risa burlona escapó de la boca del interesado.

—Y tú tan zorra como siempre. Hay cosas que nunca cambian.

—Esperaba un rencuentro algo más emotivo, Ash. Y mayor hospitalidad —confesó fingiendo tristeza—. ¿Por qué estoy aquí?

—No tengas prisa, Jones, ¡disponemos de todo el tiempo del mundo! Cuéntame qué hacías en Manhattan.

Ella también rio y espetó en tono insolente:

—Estaba disfrutando plenamente de mis vacaciones antes de que uno de tus hombres se decidiera a secuestrarme. Además, justo cuando estaba sonando mi canción preferida.

Hizo una mueca moviendo las muñecas atadas a la silla de metal.

—¿Estás de vacaciones? —continuó Ash—. ¿Desde cuándo tu dueño te deja pasearte sola?

Ella se echó a reír.

—Hablas de mí como si fuera su perra, Scott.

—Para mí, lo eres —declaró él sacando un nuevo cigarro.

—Una perra a la que te cogiste y a la que amaste tú también...

La mirada de mi primo se oscureció, pero permaneció impasible ante sus provocaciones. Levantó la cabeza hacia sus hombres y dijo:

—¿Hay un cenicero por aquí?

Los hombres negaron con la cabeza y Ash resopló.

—Da igual.

Alargó el brazo y acercó su cigarro a medio terminar a la clavícula de Isobel. Un segundo después, lo aplastó violentamente sobre su piel bronceada con una sonrisa satisfecha en los labios. «¡Que empiece el espectáculo!»

Jones gritó a la vez que se retorcía en la silla. A Ash le brillaron los ojos ante el dolor que le estaba infligiendo a su ex. No me gustaría estar en el lugar de esa zorra. Mi primo podía ser realmente sádico cuando quería.

—Eres todo un cabrón —espetó Isobel con la mandíbula apretada.

—¿Tú crees?

Ash hizo girar la silla a un lado antes de moverse para apoyarse en la pared detrás de ella.

—No comparto tu opinión —continuó.

Isobel empezó a respirar de manera agitada. Unos gemidos débiles llenaron pronto la habitación vacía.

—¿Qué quieres de mí? —preguntó ella fríamente sin darse la vuelta.

—Tienes la fea costumbre de precipitar las cosas.

—Y tú de... siempre... querer alargar el placer... —ironizó moviéndose en su silla.

—Pues vamos, Jones, dime qué hacías en Manhattan. Sin tu dueño —insistió Ash sacando otro cigarro.

—Ya te lo he dicho: estoy de vacaciones —espetó, molesta—. Cuando William se entere de que me has secuestrado, vendrá a matarte.

La amenaza de Isobel tuvo el efecto contrario: mi primo soltó una risa alocada e incontrolable. Y lo peor es que se trataba de una risa auténtica, sin una pizca de sarcasmo.

A mí también se me escapó una risita y Kiara negó con la cabeza, exasperada.

—Okey, tengo que confesar que tu sentido del humor ha mejorado, antes no eras tan graciosa —comentó mi primo acercándose a la silla en la que estaba sentada—. ¡Que venga! Me ahorrará la tarea de tener que buscar a ese cobarde fugitivo.

—¿Qué quieres de mí? —preguntó otra vez ella fulminándolo con la mirada.

—Yo soy el que hace las preguntas —le recordó Ash antes de volver a poner su silla frente a ella y sentarse.

Examinó su rostro, todavía encogido de dolor. La imagen me llenó de júbilo. «Esa zorra merece arder, ya sea aquí o en el infierno.»

—¿Dónde está?

Dos palabras. Una pregunta.

Y una carcajada que, esta vez, venía de Isobel, quien preguntó con insolencia:

—¿Me has secuestrado para encontrar a William? Puede que sea un cobarde, pero... siempre te ha costado ponerle la mano encima.

—Para ser totalmente sincero contigo, un detalle que tú nunca has tenido conmigo, ponerle la mano encima no es tan difícil. A decir verdad, es incluso demasiado fácil.

Isobel rio una vez más.

—¿Fácil? Si fuera tan fácil habrías acabado con él hace mucho.

—No, gatita —soltó usando el apelativo con el que la llamaba al principio de su relación—. Yo tenía más que perder si él se enteraba de que lo buscaba para acabar con él. Ya ves, prefiero matarlas callando.

—¿Perder? ¿El gran Ash Scott habla entonces de su pequeña protegida?

La mirada de mi primo se oscureció. Sus rasgos reflejaron su cólera, que acababa de aumentar de nivel.

—Parece que acabo de tocar un tema delicado —se regocijó Isobel—. Hablando de ella, está claro que la elegiste porque se parece a mí...

—Cállate —ladró Kiara fulminándola con la mirada.

Ash levantó el dedo índice en dirección a Kiara pidiéndole que se reprimiera ante las provocaciones de esa zorra, que hacía que me entraran ganas de masacrarla.

—Como te dije aquella noche en Mónaco, buscas una parte de mí en cada mujer, ¿te acuerdas? —lo provocó su ex con mezquindad.

Impasible, Ash observó su cigarro. Yo fruncí el ceño reflexionando sobre lo siguiente: «Ash con un aspecto demasiado calmado + extremadamente enojado = posible muerte = al final me toca limpiar a mí».

—¿La noche que acabé con tu querido amigo Wood? Sí, me acuerdo. Su último aliento fue divino —continuó Ash—. Si, como tú dices, buscara una parte de ti, créeme que no habría mujeres suficientes en la Tierra.

—¿Mi querido amigo? ¿Te refieres al que cuidó de tu pequeña protegida? ¿Cómo se llama? Ah... Ella.

Los labios de Ash se alargaron en una sonrisa traviesa. Se metió la mano en el bolsillo y sacó una navaja suiza. Isobel siguió el arma blanca con la mirada y yo me preparé para lo que venía. «Ha llegado el momento del desmembramiento. ¿Debería sacar fotos para tener un recuerdo?»

—¿Así que estabas al tanto de sus intenciones?

—Él sabía que ella era una cautiva y yo no iba a impedirle que hiciera lo suyo.

La mirada de Ash era tan negra como su chamarra. Acercó la navaja al hombro de Isobel antes de apuntar a su quemadura con ella. Al ver la mueca de Isobel, comprendí que estaba presionando el filo contra la herida. Se oyó un aullido. Ash acababa de clavársela.

Isobel temblaba de dolor mordiéndose la mejilla para gran deleite de mi primo, quien deslizó la hoja suavemente a lo largo de todo su brazo haciéndole un corte y arrancándole un grito.

—Ni se te ocurra volver a pronunciar su nombre —amenazó continuando meticulosamente su tortura—. Sujétenla.

Los hombres obedecieron y la mantuvieron firmemente agarrada por los hombros. La punta de la navaja se detuvo en la muñeca de la prisionera. Ash la dirigió a continuación a su garganta, donde la apoyó, haciéndola jadear por la sorpresa.

—No le llegas ni a la suela del zapato, Isobel, y tu dueño lo sabe —dijo trazando una línea por su cuello—. Por eso quería remplazarte por ella.

La mirada de la morena cambió y su expresión se congeló. ¿Qué? ¿No estaba al corriente?

—Me «propuso» dejarme vivir si le entregaba a mi cautiva —indicó Ash con una sonrisa en los labios—. Tú solo eras un objeto con el que satisfacer sus locas ganas de arrebatármelo todo, a pesar de que él te tenía antes que yo. La idea de conseguir algo que yo poseo se la pone dura.

La punta de la navaja descendió hasta la parte baja de su cuello, donde le hizo un suave corte en la piel.

—Pero... a ti habría podido sacrificarte. A Ella no.

Su grito me perforó los tímpanos. Ash se detuvo mirándola fijamente.

—Tú no eres nada. Para nadie.

Isobel lo fulminó con la mirada mientras una lágrima aparecía en su rostro. Ash no parecía nada apenado por el espectáculo, ya que era de las que lloraban a voluntad. Kiara y yo nos alegramos como sádicos. «Se merece todo lo que le pase.»

—Si quieres podemos incluso apostar cuántos meses tardará William en darse cuenta de tu ausencia —declaró Ash alejando la navaja de Isobel—. ¿Cuántos dices tú, Ben?

—¿Tal vez dos o tres meses? —estimé encogiéndome de hombros.

—¿Kiara?

—Algo más... ¿Unos cinco?

Ash rio y le susurró:

—Ahórrame los cinco meses de espera y dime dónde está tu dueño.

Isobel lo fulminó con la mirada, pero no contestó.

—Qué lástima... No quería tener que estropear tu asqueroso rostro —suspiró Ash quemando la hoja con un encendedor.

—Si me matas, William acabará con tu protegida —amenazó de nuevo Isobel—. La matará igual que mató a Robert Scott.

Se me heló la sangre, pero me calmé y retuve a Kiara, que iba a saltarle encima. La bruja la insultó diciéndole de todo mientras Ash seguía quemando el filo.

De repente, le hundió la navaja en el muslo y ordenó a sus hombres que la hicieran callar. Uno colocó una mano enorme sobre su boca, ahogando así sus estridentes gritos.

—¡Que no vuelva a oír el nombre de mi padre saliendo de tu boca! —escupió Ash removiendo la navaja en la herida.

La sangre le corrió por la pierna. Isobel gritaba a pleno pulmón.

—Voy a salir porque me están entrando ganas de matarla —murmuró Kiara.

Así lo hizo. A continuación, me vibró el celular. Bella acababa de enviarme un mensaje.

¿Qué estás haciendo? No puedo dormir...

Respondí con toda naturalidad:

Sigo trabajando.
¿Por qué no puedes dormir?

—¡¿CUÁL ES TU PUTO PROBLEMA?! —aulló Isobel sin contenerse.

—Tu dueño y tú. Llevo dos años soñando con este momento, gatita. Pagarás por todo lo que has hecho. Y, cuando me canse de torturarte y te haya sacado todo lo que quiero, te mataré.

Se levantó dejándole la navaja clavada en el muslo.

—Sáquenle la navaja dentro de una hora —ordenó—. Y si se pone a quejarse, se la clavan otra vez.

—Eres un monstruo —escupió.

—Tú formas parte de quienes me han convertido en esto, Jones.

Isobel frunció el ceño.

—¿Cómo se puede amar a un ser tan horrible como tú?

Ahora de espaldas a ella, esbozó una sonrisita antes de suspirar:

—Yo me hago esa misma pregunta todos los días. Y, aunque parezca imposible, hay un ángel que me ama a pesar de todo.

Al día siguiente

—¿Y bien?

—Son todas enormes —resoplé tomando el celular—. ¿Qué voy a hacer con una casa de ocho habitaciones?

Kiara abrió los ojos como platos.

—Pero ¿viste la alberca?

Habíamos visitado unas cuantas propiedades y terrenos bastante bien ubicados, pero lo que había visto hasta el momento no me convencía demasiado.

—Sí, pero no. Creo que prefiero un loft o algo más pequeño, no una mansión enorme como la de Ash.

—Entonces, ¿la segunda? ¡No estaba mal!

—No, Kiara. La segunda está al borde de un lago y he visto demasiadas películas en las que pasan cosas raras cerca de lagos. No me agrada.

Soltó un suspiro exasperado.

—El monstruo del lago Ness no existe, Ben. Además, ¡es perfecta para ti!

La segunda casa era bastante elegante, demasiado grande para mi gusto, pero con unas vistas increíbles. Tenía sobre todo muebles de madera en tonos blancos y cafés que me recordaban vagamente a la casa de Rick. Pero era un lugar pensado para una familia, no para un criminal que vivía solo.

—¿Adónde vamos ahora? —le pregunté mientras le mandaba un par de mensajes a Bella.

—A la red. Ash nos ha invitado a la segunda parte de la reunión. A no ser que quieras que te deje en mi casa.

Negué con la cabeza. Quería verla sufrir como había sufrido Ash por culpa suya, como había sufrido Rob y toda la familia, incluido yo. Sus acciones eran imperdonables. Quería que pagara por lo que nos había arrebatado.

Los hombres apostados en la entrada del cuartel general abrieron el enorme portón de hierro cuando nos acercamos. Había varios camiones enormes estacionados a los lados, esperando que los hombres los llenaran con cientos de kilos de cocaína y metanfetamina, y con armas de gran calibre, que se vendían como pan caliente.

Los hombres gritaban diciéndose unos a otros que movieran el culo. Rayos, qué mal hablaban. Pero ese era mi mundo.

Rápidamente, nos metimos en el oscuro edificio. Bajé las escaleras hasta el sótano, seguido por Kiara. Como era de esperar, Ash estaba allí. Y, como también era de esperar, ya había empezado.

—¡Has traído a tus espectadores! —chilló Isobel.

Tenía el cabello castaño pegado a la piel sudorosa y las extremidades ensangrentadas por los cortes de la noche anterior. El labio superior se le había amoratado por el frío y nos fulminaba con esos iris verdes. «Me muero de ganas de arrancarle los ojos.»

—Los más leales —comentó Ash limpiando la navaja con un paño—. ¿Sigues sin querer decirme dónde está?

Ella rio y respondió con insolencia:

—Puedes torturarme hasta la agonía, pero sé que no me matarás. No..., sigues enamorado de mí, Ash.

Este se echó a reír.

—Lo sabes de sobra. Me quieres como nunca has querido a nadie, tanto que jamás te atreverías a matarme. Te atormento...

Ash mantuvo su sonrisa ladeada y los ojos fijos en su instrumento de tortura. Tras admirar su reflejo en la hoja, la dejó en la mesa cerca de él.

—Qué bonito es soñar.

—Todo lo que has sentido por mí no lo sentirás nunca por otra persona, y menos aún por ella. Porque ella nunca será yo.

Ash se apartó el pelo que le caía sobre la frente y se sentó a horcajadas en la silla delante de la zorra.

—Estás obsesionada con ella, ¿verdad? ¿Te molesta saber que ya no tienes ningún tipo de control sobre mí?

Isobel se carcajeó.

—¿Ella? ¿Obsesionarme a mí? Deliras, Scott. Siempre tendré control sobre ti, tu corazón me pertenece. —Con una sonrisa mezquina en los labios, continuó—: Habértelo roto en mil pedazos es una garantía para mí. Al menos, estoy segura de que nunca estarás con ninguna otra, de que seré tu primera y tu última novia.

«Puta zorra asquerosa. Espero que te mate.»

—Evidentemente, no serás la última —resopló Ash confiado—. Te odiaba. Durante años, odié el amor que sentía por ti, un amor basado en la mentira. Me manipulaste desde el principio y yo fui un estúpido por pensar que eras realmente quien decías ser.

Ella lo miró fijamente sin decir nada.

—Pero los ojos que me atormentan ahora no son verdes, sino azules. Sí, Isobel, Ella es mi obsesión y, al contrario que tú, no me ha manipulado. Todo entre nosotros es real.

Isobel lo fulminó con la mirada mientras él esbozaba una sonrisita. Isobel la odiaba y Ash se había dado cuenta.

—De todas las chicas que he conocido y he tenido cerca, es de lejos la más inocente y la más fuerte. Debería estar prohibido que te compararas con mi Ella.

—¿Tu Ella? —se burló Isobel por enésima vez—. Es una mentira. Te importa una mierda esa chica, lo sé. Y te conozco demasiado bien, no te gustan las chicas ingenuas e inocentes como ella. Seguro que es de las que se someten y nunca te replica.

Ash soltó una carcajada sincera y se pasó la mano por el pelo de nuevo.

—¿Quieres que te cuente un secreto? Su inocencia y su ingenuidad me prenden, más aún cuando me enfrenta. Créeme, si fuera de las que se someten, ya habría hecho hace mucho lo que sueño con hacer: cogérmela.

Isobel desvió la mirada. Ash insistió al ver que no sabía permanecer impasible. Porque ahora ya no era Isobel y Ash, era Ella y Ash. Y saber que él había pasado página la molestaba enormemente.

—No me faltan las ganas —agregó mi primo, sonriente—. La deseo como nunca he deseado a nadie y el control que tenías sobre mí es ínfimo en comparación con el que tiene ella.

Kiara sonrió al oírlo hablar de cogerse a Ella, mientras el rostro de Isobel se contraía de rencor y de ira, para regocijo de mi primo, quien no dudó en añadir:

—Es perfecta. Perfecta para mí. Pero, por supuesto, por culpa tuya y de tu dueño, no puedo estar al cien por ciento con ella y eso me irrita inmensamente.

Se levantó y le dio la espalda antes de tomar de nuevo la navaja.

—Espero que William la mate o que me conceda el placer de hacerlo yo misma —espetó ella—. Te lo prometo, Scott. Te prometo matarla de la peor de las maneras si algún día se me presenta la ocasión.

De repente, Ash se dio la vuelta y le clavó el cuchillo en el estómago, haciéndola gritar de nuevo.

—No se toca a mi ángel —le dijo hundiendo un poco más el filo en su cuerpo.

Otro grito salió de los labios de Isobel cuando él removió el cuchillo dentro de su cuerpo, obteniendo auténtico placer al verla sufrir bajo sus dedos. Como había hecho ella dos años antes.

38
Llamada inoportuna

BELLA

Había pasado un mes desde que Ben había vuelto a Los Ángeles y ese mes había sido el más aburrido de todo el año. Y Jenkins era el culpable.

Pasaba los días documentándome sobre cadenas de cafeterías en busca de ideas para mi futuro negocio, viendo series o saliendo con Josh y Riley. Bien entrada la noche, cuando Ben salía del «trabajo», nos llamábamos hasta que nos entraba el sueño. Porque, desde hacía unas semanas, me costaba mucho dormir. El secuestro de la prometida de William se había quedado grabado en mi mente y se repetía en bucle hasta el punto de provocarme una terrible ansiedad.

Había echado mucho de menos la presencia de Ben a mi lado. Como buen criminal, ese hombre había dejado una marca en mi alma y me había robado el corazón. Tal vez no era consciente del peligro que suponía encariñarme tanto con él, pero su manera de tranquilizarme tenía mucho que ver. Cuando él estaba a mi lado, tenía la impresión de que nada podía pasarme. De que estaba protegida de sus problemas, de los peligros que lo acechaban.

Por suerte, ese mes interminable sin Ben estaba llegando a su fin. Junio era sinónimo de vacaciones y quien dice vacaciones dice California. Riley se había ido a Irlanda para pasar allí cinco semanas. En cuanto a mí, acababa de llegar a casa de mis padres. Como cada año, iba a quedarme allí durante dos meses. Mi madre había decidido irse a Tucson, en Arizona, con mi abuela, quien adoraba esa región desértica y sus montañas, que se extendían hasta el horizonte. «¿Qué más se puede pedir?»

—¿No te aburres mucho sin mamá? —le pregunté a mi padre, que estaba fumando en el porche—. ¿Cuánto hace que no está aquí? ¿Una semana?

Mi padre removió suavemente su copa de vino y me lanzó una mirada maliciosa.

—Yo también tengo derecho a unas vacaciones.

Me reí mientras me envolvía en la pequeña manta que tenía al lado. Sentada en una silla en el exterior, contemplé el cielo estrellado junto a mi padre. El silencio reinaba a nuestro alrededor. «Nunca me cansaré de la calma de mi casa de la infancia.»

Mis pensamientos divagaron de nuevo hacia Ben. En ese momento, confiaba un poco más en su promesa de no volver a abandonar mi vida. Esa promesa, que en otros tiempos me había parecido la más melodiosa de las mentiras, era ahora la más deliciosa verdad.

Lo quería. Nunca había dejado de hacerlo. Pero ese miedo a volver a sentir el enorme agujero que dejaría en mi corazón si volvía a abandonarme me había hecho creer que mis sentimientos podían desaparecer. Estaba resentida, no había olvidado lo que había hecho. Pero le había dado una segunda oportunidad cuando me lo había pedido en el ascensor. Y, por el momento, estaba satisfecha. Incluso lejos de mí, el moreno conseguía que mi corazón latiera como si estuviera presente.

—¿Qué piensas hacer ahora? —me preguntó mi padre sacándome de mis pensamientos.

Suspiré.

—Por un lado, no sé si continuar con mis estudios, pero por otro quiero dejarlos para abrir mi propia cafetería aquí, en Los Ángeles.

—¿Por qué no haces las dos cosas?

—Porque no puedo llevar una cafetería sin estar presente físicamente —le expliqué desbloqueando mi celular—. Así que decidiré de aquí a agosto.

Mi padre se llevó la copa a los labios antes de declarar:

—Si necesitas dinero para empezar, no dudes en pedírmelo, cariño.

Esbocé una sonrisa. Mi padre no podía imaginarse que tenía ahorrado algo de dinero gracias a lo que había trabajado en Manhattan, aunque no era suficiente para mi proyecto. Si lo hubiera sabido, probablemente me habría sermoneado.

Me estiré y me levanté de la silla.

—¿Trabajas mañana? —le pregunté.

—Claro, tengo una reunión muy temprano en Dallas. Volveré tarde.

—Deberías acostarte —le aconsejé—. Texas no está a dos pasos.

Llevé a Misty al piso de arriba. Pasé por delante del despacho de mi padre y me estremecí mientras apartaba la imagen angustiosa que esa habitación evocaba en mi mente. William. El peligro alrededor de ese hombre era intangible. Si Ben no me hubiera revelado la verdad, nunca habría creído que era un asesino que acechaba constantemente a Ash.

Mis pasos me llevaron a mi habitación, donde cerré la puerta tras de mí. Con una pequeña sonrisa en los labios, escribí un mensaje.

Para Ben Jenkins:
Mi padre se va a acostar dentro de unos minutos. ¿Sigues en el trabajo?

Luego me di una ducha rápida. Era posible que Ben viniera a mi casa esa noche, pero, evidentemente, mi padre no era consciente de que iba a meter a un Scott en su casa. Todavía menos a uno del que estaba enamorada.

Me sequé el pelo con la toalla y miré el celular.

Ya he acabado, voy en camino. Avísame cuando estés lista.

Antes, me aseguré de que la puerta de la habitación de mi padre estaba bien cerrada y las luces apagadas. «Se puede decir que papá ha obedecido.»

Estoy lista.

El corazón me latía a toda prisa. Ben iba a dormir conmigo. Esa noche. Se me pusieron los pelos de punta ante la idea de estar tan cerca de él. Mi cerebro se volvía loco cuando lo pensaba. Entonces, recibí otro mensaje.

Estoy aquí.

Salí de mi habitación sin hacer ruido. Con Misty maullando entre mis brazos, bajé lentamente las escaleras. Cuando llegué al recibidor, abrí delicadamente la puerta para dar paso a Ben. Le dije que se quitara los zapatos y los llevara en la mano hasta que llegáramos a mi habitación.

Subimos las escaleras de puntitas para hacer el menor ruido posible. Al pasar por delante de la habitación de mi padre, recé por que Thomas Grace no saliera por alguna razón.

Un suspiro se escapó de mis labios cuando cerré la puerta de mi dormitorio tras de mí. «Todo está bajo control.»

Me giré hacia Ben, quien parecía encontrar divertida la situación. Dejó su mochila en un rincón antes de abalanzarse sobre mí. Se me escapó un grito de sorpresa que pronto acalló pegando sus labios contra los míos. Le rodeé la nuca con las manos para acercarlo más a mí. La respiración se me aceleró cuando su aroma masculino invadió mis fosas nasales.

Estaba ahí. Por fin.

Nuestras lenguas se entremezclaron voraces y mi cuerpo se encendió cuando sentí sus manos sobre mis caderas, que me recordaron nuestro momento fuera de control en el ascensor. No nos dábamos tregua. Gimió cuando mi mano se deslizó por su pelo e hizo nuestro beso más intenso empujándome contra la puerta de mi habitación.

Lo había echado mucho de menos.

—Rayos...

Se separó de mis labios para recuperar el aliento. Mi respiración seguía mezclada con la suya mientras mi mente se perdía en su boca.

—Te he echado de menos, Grace.

Murmuró esas palabras y esbozó una sonrisa que me produjo escalofríos. Ben se apartó de mí para quitarse la chamarra. Yo me quedé quieta y lo observé mientras lo hacía.

—Estoy agotado —dijo en voz baja mientras lanzaba la camiseta junto a su mochila dejando que sus músculos se contrajeran.

Para deleite de mis ojos.

Desde donde estaba, pude por fin ver bien todos sus tatuajes. Antes solo conocía los del cuello y los brazos, pero los dibujos del pecho me fascinaron, sobre todo el del lobo, en la costilla derecha.

—Yo también —susurré mientras ponía el seguro con los ojos todavía clavados en su torso.

—¿Por qué no puedes dormir?

Ben me invitó a unirme a él en la cama. Apagué las luces de mi habitación, el brillo de la luna era suficiente. Cuando me acerqué, me rodeó los muslos y me sentó a horcajadas sobre él. Mi corazón rozó la taquicardia cuando sus brazos me abrazaron por la cintura. Hundí la cabeza en su cuello para respirar ese aroma que hacía vibrar mis sentidos.

—No lo sé, empezó después del secuestro —admití simplemente.

En silencio, me acariciaba con el pulgar por encima del suéter.

—Me dan escalofríos solo de pensarlo —añadí.

—No te pasará nada —intentó tranquilizarme mi moreno con una voz calmada antes de llenarme el hombro de besos.

—Lo sé... Decidí darnos una oportunidad y pienso hacerlo, pero no es tan fácil. No estoy acostumbrada a esto, Ben... Es tu mundo, no el mío.

Sentí que se ponía tenso. Entonces, empecé a acariciarle la nuca. Había aceptado el hecho de que nos movíamos en mundos diferentes. Solo que el suyo me aterrorizaba hasta tal punto que no podía dormir por las noches.

—Lo siento mucho, de verdad —me susurró abrazándome con más fuerza—. Tengo tendencia a olvidar que no eres como yo.

—No soy frágil, Ben —dije levantando la cabeza—. Es solo que no estoy... acostumbrada a todo esto... todavía.

Asintió y posó los labios en mi frente. Cerré los ojos para apreciar mejor la dulzura de su beso. Ben quería protegerme y yo necesitaba esa protección. Necesitaba estar tranquila y saber adónde iba.

—Te prometo que no te volveré a meter en mis locuras, Bella.

—No, no quiero que me trates como si fuera de cristal —repuse acariciándole el labio superior—. Pero si pudieras incluirme... ¿más delicadamente?

Se rio.

—¿Delicadamente?

—No más secuestros para mí, pero no me opongo a la idea de descubrir tu mundo poco a poco —dije sonriendo.

Cuando mis labios se posaron sobre los suyos, su cuerpo se tensó.

—A veces tengo la sensación de que realmente no te merezco...

Su frase me hizo fruncir el ceño. De repente, volvió a lanzarse contra mi boca. Lo agarré por los hombros y su respiración se tornó más pesada. Me echó hacia un lado suavemente. Mi espalda tocó el colchón mientras él prolongaba nuestro suave y delicado beso, dejándome disfrutar de cada segundo de su presencia.

—Odiarías mi mundo...

Mis dedos trazaban surcos en sus músculos contraídos mientras él me acariciaba lentamente la cintura. Su tacto era como una descarga eléctrica. Una sonrisa traviesa me hizo comprender que lo notaba.

Entonces, sus labios abandonaron mi boca para depositar miles de besos en mi mandíbula, luego en el cuello. Un grito ahogado se escapó de mis labios al sentir cómo me chupaba la piel. Hundí las manos en su pelo de ébano...

—Te he echado... mucho de menos...

Exhaló esa frase entre dos besos mientras me acariciaba la cintura con las yemas de los dedos.

—No vayas demasiado lejos... —le pedí mientras cerraba los ojos, disfrutando de sus cálidos labios cerca de mi oreja.

Su imponente torso encima de mí y su respiración entrecortada incendiaron mi cuerpo ya ardiente. Se dirigió hacia mi pecho antes de detenerse y acercarse a mi cara.

—¿Qué es demasiado lejos para ti...? —preguntó antes de besarme.

Respondí a su beso dejando que mis manos recorrieran su espalda. En realidad, no sabía lo que quería. Tenía miedo de que llegáramos demasiado lejos y luego me arrepintiera... Los viejos recuerdos de mi primera vez con él, tras la cual me había abandonado, resurgieron. Y, sin embargo, sabía que el Ben de antes no era el Ben que tenía delante.

«Si dejas que el rencor y los temores alimenten tus dudas, su relación estará abocada al fracaso.» La voz de Riley resonó en mi cabeza. Sabía que la pelirroja no se equivocaba. Tenía que darle el beneficio de la duda, tenía que decidirme. En apenas unos segundos, había tomado mi decisión. Lo quería. Y estaba harta de dejar que mis miedos se impusieran a mi voluntad de seguir adelante y perdonarlo.

—Nada —dije mirándolo a los ojos—. No pares.

Sus pupilas negras ardían de deseo. Pegó sus labios a los míos. Nuestro beso suave y delicado del principio se convirtió en algo más agresivo y sediento que hizo salir a la luz nuestros deseos más íntimos. Nos queríamos.

Su boca retomó el camino hacia mi pecho. Me empezó a levantar la camiseta lentamente. Lo ayudé y me la quitó respirando con dificultad. Entonces, su mirada se clavó en mi brasier.

Antes de continuar, me preguntó en voz baja:

—¿Estás segura?

Asentí con la cabeza. Una sonrisa se dibujó en sus labios,

que se lanzaron a mi cuello mientras sus dedos desabrochaban la única prenda que aún le ocultaba mi desnudez.

—Eres perfecta...

Mi cuerpo ardía en deseo tanto como el suyo y nuestros impulsos, enterradas desde hacía tiempo, salían a la luz. Su boca abandonó mi cuello y rozó la curva de mis pechos antes de asaltar uno de mis pezones, haciéndome gemir suavemente. Sus labios lo succionaron, mordiéndolo hasta volverme loca. Mi cuerpo lo pedía a gritos.

—Ben... —Dejé escapar en un largo suspiro.

Sentí cómo sonreía pegado a mi piel.

—Shhh..., tu padre podría oírnos...

Reanudó su delicada tortura, tapándome la boca con la mano para ahogar los gemidos que me provocaban sus caricias. Cuanto más pasaban los minutos, más perdía el control. Dejé que Ben se apropiara de mi mente y de mi cuerpo.

Tras torturar mi pecho con sus labios calientes, su boca descendió lentamente por mi vientre. Se me puso la piel de gallina a su paso. Jaló mi pantalón y lo hizo bajar hasta las rodillas. Se me cortó la respiración. Mis mejillas ardieron a medida que la prenda se deslizaba por mis piernas.

Acercó el cuerpo hacia mí. Sus ojos me examinaron llenos de deseo mientras yo intentaba calmar mi ritmo cardiaco, que aumentó a una velocidad descontrolada cuando sus dedos rozaron la zona más sensible de mi cuerpo, todavía tapada por la única prenda de ropa que me quedaba.

De repente, un ruido hizo explotar nuestra burbuja. Ben gruñó molesto. Su celular.

—No le hagas caso...

Empezó a besarme el cuello mientras jugaba con el resorte de mi ropa interior y me acariciaba, multiplicando mis gemidos y mi impaciencia.

Sus labios me recorrían la piel mientras sus dedos se deslizaban bajo mi ropa interior. Cuando me estremecí, me estrechó contra él. Mi estómago se contrajo al sentir cómo sus dedos me penetraban suavemente haciendo largos movimientos que me volvían loca. Con los ojos cerrados, le clavé las uñas en el brazo. Ese contacto... Había soñado con él durante tantos años...

—Rayos...

Arqueé la espalda al sentir que el ritmo de sus dedos se aceleraba. Mi respiración se volvió incontrolable. Sus labios se pegaron a los míos para ahogar mis gemidos. Los músculos de su brazo se contrajeron mientras mantenía el mismo ritmo acelerado; sus pupilas dilatadas me observaron arquear la espalda mientras yo intentaba guardar el mayor silencio posible.

Se detuvo y, con un movimiento rápido, se desabrochó los pantalones antes de pegar su cuerpo contra el mío.

Su celular volvió a sonar. Gruñó de nuevo antes de besarme.

—No va a parar.

Cuando se levantó, abrí los ojos y suspiré. Me cubrí con las sábanas de mi cama.

Aún estaba intentando recuperar la compostura cuando se alejó de mí con el teléfono en la mano.

—Espero que tengas una buena razón para molestarme.

Los segundos siguientes transformaron su expresión. Se quedó petrificado y sus rasgos se tensaron. Aturdido, resopló:

—¿Qué? ¿Están seguros? Voy... Okey, llego enseguida.

Colgó y dejó caer su celular al suelo. Con el ceño fruncido, me levanté aún envuelta en mis sábanas.

—¿Qué pasa? —pregunté poniéndole una mano en la nuca.

Miró fijamente la cama, tenía la cabeza en otra parte. No entendía qué noticia habían podido darle para estar tan confuso.

—Ellos... Creo que... mi tío se ha suicidado...

Dejé escapar un grito de sorpresa.

—Tengo que irme, Bella.

Caminó con paso ligero hacia su mochila. Tras ponerse la camiseta y abrocharse los pantalones, se pasó nerviosamente la mano por el pelo.

—Carajo... ¿Por qué diablos lo ha hecho?

Me acerqué a él para intentar calmarlo. Cuando mis manos se posaron sobre sus hombros, la sábana que me rodeaba cayó al suelo. Lo empujé suavemente hacia el colchón, obligándolo a sentarse para que recuperara la compostura mientras susurraba preguntas que yo no entendía.

—Ben, cálmate...

—Tengo que decírselo a Kyle... Va a... Y Ash, mi madre... Ni siquiera sé si lo sabe...

Me senté sobre él.

—Ben —lo interrumpí agarrándole la mandíbula y obligándolo a mirarme a los ojos—. Tranquilízate... Cálmate..., por favor.

Sus músculos se relajaron un poco mientras me miraba, todavía conmocionado por la noticia.

—Lo siento —susurré.

Una vez más, Ben estaba viviendo la misma desgracia.

Su otro tío, Robert, también había muerto en trágicas circunstancias. La leyenda que rodeaba esa familia era cierta: estaban malditos.

39
Funeral

BEN

—¿Dónde está el cuerpo?

Kiara se secó una lágrima que le resbalaba por la mejilla y sollozó antes de declarar:

—Le están haciendo la autopsia. Cole y Bryce van a asegurarse de que haya sido un suicidio y no un asesinato.

Me dejé caer en el sofá. Iba a explotarme la cabeza. Me temblaba la pierna por los nervios mientras intentaba calmar mi ira.

—¡MIERDA! —grité arrojando con rabia un objeto contra la pared.

—Esto es una pesadilla —sollozó Kiara.

Se levantó porque ya no soportaba permanecer sentada. Yo también me levanté para pasearme de un lado a otro de la habitación. Ash todavía no se había enterado. Al menos, Kiara no había logrado reunir el coraje para decírselo.

Con el celular y las llaves del coche en la mano, anuncié:

—Voy a casa de Ash a darle la noticia.

Asintió con la cabeza e hizo una mueca. Con un nudo en la garganta, le di un abrazo y se echó a llorar al instante.

—¿Por qué lo ha hecho? —se lamentó.

Le froté la espalda suavemente, con ojos clavados en la foto familiar que había en la mesa.

—No lo sé...

—Ha... ha dejado muchas cartas. No he podido leer nada —añadió.

—No te preocupes, cálmate...

—Y Kyle...

—Kiara —la interrumpí tomando su rostro entre las manos—. Tranquila, yo me encargo. Tú ocúpate de Ally y yo me ocupo del resto.

Las lágrimas le caían a raudales por las mejillas. Su afligido rostro me entristeció todavía más que la noticia. Rick estaba muerto. Maldición, Rick Scott estaba muerto.

Apoyé los labios en su frente prometiéndole que todo estaría bien. Nosotros estábamos tan unidos a Rick como Kiara, pero ella era más sensible. Ya sabía que Ash no iba a deshacerse en un mar de lágrimas ni por asomo. A decir verdad, temía su reacción.

—Tengo que irme. Tómate el tiempo que haga falta para calmarte antes de llamar a Ally, ¿okey?

Asintió con la cabeza y se secó las lágrimas. Salí del despacho y fui corriendo hasta el coche. Al cabo de pocos segundos, estuve fuera de la red.

Durante el trayecto se me nubló la vista, pero me tragué mi tristeza. No quería llorar por él. El Rick al que había conocido durante mi infancia no era el que había tenido ante mí en los últimos tiempos.

—Puto cobarde —gruñí pisando el acelerador.

Se había ido. Había dejado atrás sin darse la vuelta ni un solo segundo a Kyle y a toda una familia que contaba con él. Como si no valiera la pena seguir con vida. Como si ya nada importara.

La rabia que habitaba en mí no hacía más que crecer en mi interior. Sentí que una lágrima brotaba de uno de mis ojos en contra de mi voluntad, de modo que apreté los dientes y traté de reprimirla.

Cuando llegué a casa de Ash, me estacioné en la entrada del garaje y suspiré para calmarme. Me vibró el celular.

De Bella: Si necesitas hablar, llámame.
Te esperaré para dormir.

Se me relajaron los músculos. Intentando mantener una respiración regular, le escribí una respuesta a Bella. Me temblaban los dedos, estaba abrumado por las emociones contradictorias.

Volveré tarde, duerme sin mí. Te quiero.

Apreté tanto los puños que estuve a punto de hacer estallar el celular mientras subía por las escaleras. Cuando llegué al vestíbulo de la mansión, vi que Ash no estaba en el salón ni en la cocina.

—¿Ash? —lo llamé.

—¡En mi habitación!

Subí las escaleras y lo encontré en la cama, fumando y mirando el techo.

—Ash...

—Lo sé —me interrumpió.

—¿Lo sabes?

Asintió con la cabeza sin mirarme, sacando otro cigarro. No parecía triste y tampoco enojado. Estaba indiferente. Totalmente. Indiferente.

—No te quedes ahí parado como un imbécil —gruñó.

Con un suspiro, me dejé caer en la cama. Ahora me tocaba a mí contemplar el techo blanco como si pudiera proporcionarme las respuestas a las preguntas que me planteaba.

—¿Cómo te has enterado? —pregunté.

—Cole —contestó dejando escapar el humo—. También he hablado con Kyle.

—Ah.

Al menos ya no tenía que intentar encontrar las palabras para darle la noticia a mi otro primo.

—¿Qué vamos a hacer ahora?

Resopló.

—Vamos a organizar una reunión familiar. Planearán su funeral, al que no pienso asistir. A continuación, enviarán su cuerpo a Inglaterra con papá, como si compartir a su mujer con él no hubiera sido suficiente. Mientras tanto, nosotros encontraremos a William y lo mataremos.

Asentí con la cabeza en silencio y fumé para tranquilizarme. La nicotina a la que Ash era adicto me hizo efecto rápidamente. Me relajé enseguida inhalando aquel humo tóxico.

—¿Cómo ha reaccionado Kyle?

—Primero se ha quedado unos segundos en shock. Ahora espera acabar en el infierno para matarlo con sus propias manos —informó Ash levantándose de la cama.

—Parece que nos ha dejado unas cartas —anuncié.

Se encogió de hombros y respondió sin rodeos:

—Quema la mía. No pienso leer las palabras de un cobarde y un mentiroso que participó desde la distancia en el asesinato de mi padre.

Tres días después

—¿Dónde está Ash? —preguntó uno de mis primos, que había venido desde París a la ceremonia que estaba a punto de acabar.

Aplasté la colilla de mi cigarro y exhalé una última bocanada de humo.

—No vendrá —contesté observando a los allegados de la familia saliendo de la iglesia en la que había tenido lugar el funeral de Rick Scott.

Ash no pensaba asistir a la ceremonia, como me había dicho la noche en la que se había enterado de la noticia. También me había dicho que quemara la carta, pero, evidentemente, yo no lo había hecho. Rick había dejado cartas de despedida para todos. Kiara no había podido terminar de leer la suya sin romper a llorar mientras que yo había intentado por todos los medios sofocar mi dolor. Rick no tendría que haber llegado tan lejos. Había cometido muchos errores, pero ese era el peor por mucho.

Estaba enojado con él. Estaba muy enojado por que se hubiera ido dejando atrás todo lo que tenía. Como un cobarde.

—«Y estoy seguro de que encontrarás a la persona perfecta para ti. Cuida de Ben y de Ash, te necesitan. Ri-Rick...» —murmuró Kiara leyendo su carta.

Sus sollozos se redoblaron. Soltó un grito de rabia antes de arrojar la hoja a un lado. Todos estábamos molestos. Molestos con él. ¿Por qué lo había hecho? ¡CARAJO! ¿POR QUÉ LO HABÍA HECHO?

Tomé aire antes de leer la que me había dedicado a mí.

—«Ben, sé que tú sí leerás lo que he escrito. Eres más comprensivo que tus dos primos. Sé que puede que me odies igual que ellos, pero te pido que no... Me encantaría que me prometieras que cuidarás de ellos por mí. Cuida de Ash y Kiara, de Théo y Ally, y, por favor, de mi hijo Kyle. Sé que es posible que me insultes cuando leas esta carta, y me lo merezco. Merezco todo lo que puedas pensar de mí. Desafortunadamente, ya no estaré ahí para escucharte, pero prométeme que protegerás a Ash como le prometí a Robert que lo haría yo. Y cuídate, hijo mío. Rick.»

Se me escapó una lágrima que cayó sobre el papel. Con un nudo en la garganta, doblé con rabia la hoja y tomé la de Ash.

—Él no quiere leer la suya —le dije a Kiara, quien contrajo la mandíbula—. Me ha pedido que la queme.

—¡No! —se apresuró a detenerme—. Léela y le pasaremos el mensaje.

Al abrirla, no me sorprendió ver que era más larga que las nuestras.

—«Ash, no sé si vas a leerme... A decir verdad, estoy seguro de que no lo harás, pero sé que sabes la verdad. Sí, Asher. William es hijo mío. No lo deseaba, pero cuando tu madre se enteró de que estaba embarazada era demasiado tarde para pensar en abortar, así que tuvimos que mentirle a tu padre. Soy un desgraciado, el peor hermano y el peor marido, lo sé. Pero todo lo que he hecho últimamente ha sido para protegerte de mis errores. Le prometí a tu padre que no te pasaría nada y fracasé. Me disculpo por convertirte en la persona en la que te has convertido. Ahora ya no me necesitas. Lo supe el día que te traje a Ella. No me arrepiento de haberla contratado. Cuida de ella y de los demás: de Ben, Kyle, Kiara, Ally y su hijo. Todo descansa sobre tus hombros y sé que lo lograrás, eres el líder de tu generación. Quemé la casa en la que vivía con William cuando me enteré de que habías descubierto la verdad. No quería que Kyle y tú la vieran. William no se ha ido del país, lo sé porque me ha llamado varias veces. Está en algún lugar de Los Ángeles. Mátalo. Mátalo y cierra este capítulo de nuestra historia. Cuento contigo, muchacho. Tu mentor, tío y amigo, Rick. P. D.: Ella es la indicada para ti, Ash. No dejes que tus demonios se apoderen de tu corazón.»

Las palabras que había escrito antes de exhalar su último aliento seguían dando vueltas en mi cabeza. Quería que le prometiera que cuidaría de los míos a toda costa, como si yo ya no me lo hubiera prometido a mí mismo antes, pero él no había protegido a nadie. A nadie aparte de a... William.

Kiara fue la única de los tres que lloró la muerte de nuestro tío, aunque ella ni siquiera era su sobrina. Yo estaba enojado con Rick, al igual que su hijo. Kyle nunca había estado muy unido a él y siempre había tenido la sensación de no valer nada ante sus ojos. Su suicidio solo fue una prueba más de ello.

Sin embargo, Ash jugó la carta de la indiferencia. Yo temía su reacción, pero había sido mucho peor de lo que me había imaginado. Kiara también había discutido con él después de revelarle lo que le había escrito Rick.

—Solo me he quedado con lo de que William está en California —declaró el rubio tras el resumen de Kiara.

—De verdad, no tienes corazón —gruñó ella fulminándolo con la mirada.

—Ha hecho bien muriendo él solo porque de lo contrario lo habría matado yo —replicó secamente.

—Eres horrible. ¡ESTÁ MUERTO, ASH! ¡TU TÍO ESTÁ MUERTO! ¡RICK ESTÁ MUERTO! —bramó ella sobrepasada por la situación.

—Sí, lo sé, Kiara. He visto su cuerpo ahí abajo, pero me da igual y hay que hacerse a la idea —replicó mi primo con su mirada oscura.

Mientras discutían aproveché para escribirle un mensaje a Bella.

Para Bella:
¿Estás durmiendo?

—¡Me importa una mierda! —soltó Ash dando un puñetazo en el escritorio.

—¡Mientes! —gritó Kiara señalándolo con el dedo.

De Bella:
No, no puedo.

Mis dedos se movieron sobre el teclado.

Para Bella:
Si quieres esperarme, estaré ahí en menos de una hora.

—¡DEJA DE COMPORTARTE COMO UN PUTO INSENSIBLE!

—¡NO PIENSO HACER COMO SI SU MUERTE ME AFECTARA SOLO PORQUE A TI TE DA LA GANA, KIARA!

De Bella:

Te esperaré. ¿Cómo estás?

—Ya verás como un día te explota ese corazón de piedra, te doy mi palabra —aseguró Kiara—. Y será por Ella.

—¡Ya vamos otra vez! —resopló mi primo poniendo los ojos en blanco.

—El día que comprenda que eres un ser sin corazón, se largará a otra parte y vivirá felizmente junto a una persona que sepa mostrarle sus sentimientos.

La mirada de mi primo volvió a oscurecerse.

Para Bella:

Va a explotarme la cabeza. Lo único que quiero es dormir contigo.

—Eres patético —espetó Kiara—. Mírate, fingiendo que nada te importa, como si no fueras humano. Haces sufrir a las personas que te aman y...

—Kiara, para —la interrumpió secamente—. Voy a bajar a ver a la otra zorra para hacerla hablar de una vez por todas. A continuación, cuando haya acabado con ella, podrás continuar tu monólogo acerca de mis sentimientos inexistentes por mi excautiva.

Se levantó y yo agarré a Kiara antes de que le saltara encima.

—Tengo ganas de matarlo —gruñó gesticulando entre mis brazos.

—Sí, sí, pero él va a matar a Isobel porque lo has hecho enojar.

Aquella noche estábamos nerviosos, perdidos y enojados.

—Ben —me llamó suavemente Ally—. ¿Puedes vigilar a Théo, por favor?

Asentí y tomé de la mano al hijo de la cautiva. Ally había vuelto a California en cuanto se había enterado de la noticia. Kiara por fin había encontrado a alguien que compartía su dolor.

—Mamá me ha dicho que papá se ha ido —me dijo Théo levantando la cabeza hacia mí.

Llamaba «papá» a Rick. Para él era más sencillo. Rick lo había criado como a un hijo. Saber que Théo tendría que vivir sin una figura paterna, como Kyle y como yo, hizo que me entristeciera.

Me arrodillé para colocarme a su altura.

—Sí, pequeño, pero no te preocupes, ha ido a un sitio donde estará mejor —le dije con una sonrisita.

—¿Y quién va a quedarse con nosotros?

Lo miré notando que se me formaba un nudo en la garganta. «Yo también me hago esa pregunta, pequeño, yo también...»

—Yo —lo tranquilicé poniéndole una mano en el hombro—. Yo cuidaré de ti y de tu mamá.

Tal vez no fuera a ocupar el lugar de Rick en el corazón de Théo, pero me prometí hacerme cargo de él como si fuera mi hermano pequeño. «Eso puedo prometértelo, Rick. Desgraciado.»

—Ash no piensa venir, ¿verdad? —me preguntó Ally cuando volvió con nosotros.

Iba vestida enteramente de negro, como todos los presentes. Compartíamos luto por una persona que había arruinado a nuestra familia.

—No.

Ally aún tenía los ojos hinchados, inyectados en sangre,

como los de Kiara. Le tembló el labio cuando vio a mi madre acompañada por la madre de Kiara saliendo de la iglesia, ambas muy alteradas.

—Ven —le indiqué tomándola entre mis brazos.

Ally sollozó.

—Es horrible...

Habían encontrado el cuerpo de Rick en la antigua casa del tío Rob, junto con la prueba de paternidad. Se había ahorcado en la entrada.

Le froté suavemente la espalda a la joven madre, quien se dejó llevar por el dolor entre mis brazos. Su hijo estaba mirando al suelo, en concreto, a un caracol.

Ese día estaba allí casi toda la familia, así como los más cercanos a Rick: Shawn; Kyle, acompañado por Sam; Abby, la hermana de Ash que había vuelto de Grecia, y el resto de los primos. Algunos hombres de la red, los más unidos a él, habían venido para darle el último adiós a Rick. Pero Ella no estaba. Ash se había negado rotundamente a que asistiera al funeral por su seguridad, aunque estaba al corriente de lo sucedido.

Me acomodé el saco negro del traje cuando Ally se apartó de mí. Se secó las lágrimas y tomó en brazos a su hijo, que quería ir al baño. Saqué el celular. Necesitaba hablar con Bella simplemente para desconectar y escuchar su relajante voz. Pero, al ver a Sam y Kyle viniendo hacia mí, lo guardé de nuevo.

—Es cierto que no ha venido —declaró Kyle al llegar a mi altura.

Hablaba de Ash.

—Sí —suspiré ofreciéndoles cigarros, que aceptaron.

Tras inhalar la primera dosis de nicotina, Sam comentó:

—Lo que ha hecho ha sido muy cobarde.

—¡Y que lo digas! Además, nos ha dejado con el loco de su hijo —gruñó Kyle—. Por cierto, ¿lo han encontrado?

Negué con la cabeza.

—Solo sabemos que está en alguna parte de California.

Justo después de la discusión que había estallado entre Kiara y él, mi primo se había puesto como fiera. Esa misma noche, visitamos a Isobel, quien llevaba ya más de un mes retenida en el cuartel general. A pesar de que William no se había dejado ver, ella se negaba a revelar su ubicación. Pero aquella noche Ash se había enfurecido aún más que de costumbre. Y las cosas por fin habían avanzado.

Ash abrió la puerta del sótano con un golpe seco y entró en la habitación en la que se encontraba su ex.

—Déjame ir o acaba conmigo —susurró Isobel débilmente.

—¡CÁLLATE! —gritó mi primo—. Estoy muy enojado, Isobel... Muy pero muy enojado.

Su ex cerró los ojos, pero se calló como él le había ordenado.

—Voy a preguntártelo por última vez: ¿dónde está?

Isobel guardó silencio una vez más. Como todas las veces.

Pero no debía hacerlo. No ese día. No esa noche.

Ash le lanzó una mirada asesina, ya que ella parecía estar aturdida. Había adelgazado y su piel morena se había vuelto pálida. Casi daba pena verla.

—Así que te niegas a cooperar. Muy bien —constató Ash antes de alejarse de ella—. Y yo que quería desahogarme con alguien... Dale las gracias a Kiara.

Nuestra amiga lo fulminó con la mirada. Él la ignoró y se concentró en los objetos que había sobre la mesa.

—Dime, Isobel, ¿cuántos sentidos necesitas para llevar a cabo tu trabajo?

El rostro de su ex se crispó. Yo contuve la respiración y le susurré a Kiara:

—Creo que no hacía falta que mencionaras a Ella.

Kiara se encogió de hombros y se recostó para admirar la escena. Ash sostenía una hoja blanca entre los dedos, esperando su respuesta. Pero Isobel no dijo nada, así que continuó:

—Seguramente te hace falta el gusto y también el olfato por los perfumes que debes registrar en esa cabecita —enumeró Ash jugando con la hoja—. El oído para permanecer en alerta constante, el tacto y, bueno..., la vista.

Se sentó en la silla frente a su ex, quien lo miraba sin comprender adónde quería ir a parar.

—Pero ¿qué es una cautiva sin uno de sus cinco sentidos? —preguntó mi primo—. ¿Qué es una persona... sin uno de sus cinco sentidos? Estará incapacitada...

Fruncí el ceño y tragué saliva. ¿Qué estaba haciendo? Yo tampoco lo entendía.

—¡Dime dónde está!

—¡Púdrete en el infierno! —espetó ella fulminándolo con la mirada.

Ash esbozó un rictus mezquino y observó el folio.

—¿Sabías que una simple hoja, en apariencia inofensiva, en realidad está tan afilada como el filo de un cuchillo? Si eres lo bastante rápido, puedes cortar muchas cosas más de las que creías...

Colocó la hoja de manera horizontal ante los ojos de Isobel, quien empezó a entrar en pánico. Iba a cegarla con esa puta hoja. Demonios.

—Para...

—¿Que pare? No..., no pienso parar.

Le acercó la hoja a los ojos. Ash echó un vistazo a los hombres para que la sostuvieran firmemente. Isobel tenía la respiración acelerada. Las lágrimas le caían sobre los labios agrietados.

—¿Dónde está?

—¡NO PIENSO DECIRTE NADA! —chilló ella intentando apartar la cara.

La hoja le rozó el puente de la nariz. No iba a sobrevivir a esa tortura tan extrema. La cautiva le gritó que parara mientras él se preparaba para cortarle el ojo derecho.

—¿DÓNDE DIABLOS ESTÁ? —bramó Ash temblando de rabia.

—¡NO SÉ NADA! ¡PARA, POR FAVOR! ¡SIGUE EN CALIFORNIA! ¡ASH, PARA!

Mi primo se detuvo en seco. Así que Rick había dicho la verdad. William no había salido del estado.

Lágrimas de alivio se deslizaron sobre el rostro de Isobel. De repente, Ash le apretó el cuello con la mano y la amenazó:

—Te doy mi palabra de que, si mientes, te arrancaré los ojos con una cuchara y luego te los haré tragar.

Isobel se estremeció, pero no dijo nada. Él la soltó.

—Voy a tener que limpiarme la mano con amoniaco.

Isobel replicó:

—Tendrás las manos acostumbradas después de tanto tocarla.

Mi primo esbozó una sonrisa de superioridad.

—No, Jones. Al contrario, cada átomo de mi cuerpo siempre pide más cuando se trata de Ella. Daría cualquier cosa por dormir entre sus brazos esta noche.

Mi madre me sacó de mis pensamientos diciendo:

—Ben, quiero irme...

Asentí. Era el momento de volver a la gran mansión de la

familia Scott porque había que tomar decisiones. Ese día había estado marcado por un nuevo acontecimiento trágico para la familia. Acabábamos de perder al causante de muchas de las atrocidades que habíamos tenido que vivir.

Levanté el rostro hacia el cielo y cerré los ojos.

«Aunque todo mi ser desearía que te pudrieras en el infierno, deseo que descanses en paz, tío Rick. Adiós.»

40
Deseo satisfecho

BELLA

Ben iba a venir por mí después de su reunión familiar. Desde hacía tres días, estaba bajo una enorme presión y muy dolido con su tío, que se había suicidado por alguna razón que yo desconocía. Evitaba hablar del tema, pero huir de sus pensamientos le hacía perder los nervios todavía más. Sabía que, si seguía así, acabaría explotando.

Me iba a quedar en su casa durante un día o dos. Cuando le dije a mi padre que iba a pasar el fin de semana con una amiga, no me hizo más preguntas. Por suerte, mi madre no estaba en casa para someterme a un interrogatorio.

—¿Quieres algo más? —le dije a mi gato, que tras haber comido ya no me miraba, el muy ingrato.

Mi celular vibró.

—Ya estoy aquí —anunció la voz grave de Ben.

—¿Qué? ¿Ya? —repuse presa del pánico, ya que aún no tenía preparada la mochila.

—Sí, la reunión ha acabado pronto. ¿Me abres?

Me apresuré a abrirle y me quedé boquiabierta cuando vi que llevaba puesto un traje. Estaba acostumbrada al Ben de pantalones desgastados y camiseta blanca, sin olvidar su eterna chamarra de cuero.

—Hola —me saludó en voz baja antes de entrar.

Le di un abrazo y él me estrujó antes de mirarme cara a cara y darme un beso en los labios.

—¿Estás lista? —me preguntó en un murmullo.

—Todavía no —admití haciendo una mueca—. Pensaba que ibas a tardar más y me he tomado mi tiempo.

Se rio. Le di la mano para llevarlo conmigo al piso de arriba. Ben se tumbó en mi cama y me observó llenar la mochila mientras hacía bromas sobre lo que elegía. Con la punta de los dedos, tomó una prenda de ropa interior.

—No me importaría arrancarte esto.

Puse los ojos en blanco y le quité mis pantaletas de las manos, haciendo que se partiera de risa.

—Lleva un traje de baño, por si quieres nadar en el lago.

Asentí y saqué el que me había comprado la última vez. Su mirada se iluminó al verlo.

—Ese también —murmuró señalando un biquini diminuto.

Suspiré exasperada ante sus sucios comentarios.

—¡Tu casa es enorme! —exclamé mientras examinaba su inmenso salón abierto.

—Lo sé, pero me gustan las vistas —me dijo señalando el balcón, desde donde se veía el lago y el bosque alrededor.

Me abrazó la cintura y acurruqué la cabeza en su cuello. Nos habíamos quedado dormidos en su sofá al llegar. Su respiración calmada me había hecho caer rendida, tanto que había sido una de las mejores siestas de mi vida. Nos habíamos despertado hacía unos minutos, pero ninguno de los dos se había movido todavía.

Levanté la cabeza para admirarlo: sus rasgos masculinos, sus ojos todavía cerrados y los mechones oscuros que le caían sobre la frente. Su cara era perfecta y la barba de tres días lo hacía aún más terriblemente sexi de lo que ya era.

«Tal vez mis hormonas deberían relajarse...»

—Deja de mirarme, me voy a poner colorado —se burló sin abrir los ojos.

Esbocé una pequeña sonrisa antes de pegarme todavía más a él. Dios mío, ¡cuánto lo quería! Aspiré su olor disfrutando al máximo de la calma que reinaba en el interior de la casa. Si había algo que echaba de menos en Nueva York, aparte de Ben, era la calma.

—¿Ben?

—¿Sí?

Pero, cuando iba a hablar, el timbre me interrumpió. Ben abrió los ojos y frunció el ceño antes de levantarse para dirigirse a la puerta.

—Enciérrala en algún lugar, porque voy a destriparla —gruñó una voz ronca que reconocí.

Ash estaba en casa de Ben.

No había venido solo, Kiara lo acompañaba.

—Grace —suspiró Ash.

—¡Eres un cabrón, Ash! —lo insultó Kiara.

—¿Qué hacen aquí? —preguntó Ben cerrando la puerta tras él—. Por si no lo han notado, llegan en un momento un poco inoportuno.

Kiara me sonrió amablemente antes de enfocarse en la conversación entre los dos primos.

—¿Lo ves, Ash? Esto es una relación sana —declaró la morena señalándonos a Ben y a mí.

—Por esto estamos aquí —resopló Ash—. No deja de fastidiarme con estupideces.

Los miré sin entender demasiado. Por un lado, había un Ash molesto; por el otro, una Kiara rabiosa. Y, en medio, un Ben devastado.

—Ben, estabas delante cuando Ash no paraba de decirle a Isobel cosas sobre Ella, ¿verdad?

Hablaba de la prometida de William, a la que habíamos secuestrado.

Un escalofrío me recorrió las extremidades y mi ritmo cardiaco se aceleró ante ese recuerdo. Sinceramente, verlos hablar de ello con tanta tranquilidad me ponía aún más nerviosa. ¿Por qué la retenían? Y, sobre todo, ¿qué pensaban hacerle?

Evité la mirada de Ben, nervioso tras haber oído el nombre de la prometida de William.

—Dije alguna que otra tontería porque sé que escuchar que ya no estoy loco por ella la hace enojar —gruñó Ash—. Nada de lo que le dije a Isobel es cierto, así que déjame en paz.

—¡Sí, claro! —contestó Ben cruzándose de brazos—. Sé que eres un excelente mentiroso, pero conmigo no cuenta, lo dijiste muy en serio.

—¡Gracias! —exclamó Kiara aliviada.

—En realidad, hemos venido a darte las cosas que tenías en mi casa —recordó Ash fulminándolos con la mirada. Señaló una caja que había en el suelo—. No a someterme a un puto interrogatorio. Me largo.

—¿Lo ves? Huyes cuando hablamos de ella —continuó Kiara.

Ash apretó los puños, pero no respondió.

—Desde que se marchó, te has vuelto incontrolable, ¡carajo! ¡Ni siquiera fuiste al funeral de tu propio tío!

Kiara gritó tan fuerte que me sobresalté. Ben se dio cuenta y se acercó a mí para sujetarme por la cintura.

—¿Quieres que salgamos al balcón? —susurró—. Van a estar gritándose un buen rato...

Sacudí la cabeza. Su brazo seguía alrededor de mi cintura.

—Ella no tiene ninguna influencia sobre mi forma de actuar, ¡métetelo ya en la cabeza! Y sí, mentí, llevo mintiendo desde el principio. Ella me importa una mierda. Sea hoy o el siglo que viene, eso no va a cambiar: no siento nada.

—Entonces, ¿por qué la proteges?

—Porque no quiero que otra muerte pese en mi conciencia —soltó.

Kiara lo miró con disgusto y le dijo:

—Desde el principio, consuelo a Ella diciéndole que no eres tan indiferente, que juegas a «me importa una mierda» cuando, en el fondo, no es verdad..., pero ¿sabes qué? Espero sinceramente que se canse de esperarte y que sus sentimientos por ti desaparezcan, porque no los mereces.

Entonces, salió de la casa asegurándose de dar un buen portazo tras ella. Ash soltó una risa burlona, cosa que me hizo arquear una ceja. Luego nos confesó:

—No puede ir a ninguna parte, tengo las llaves del coche en el bolsillo.

En ese momento, la morena volvió sobre sus pasos y abrió la puerta con tanta fuerza que casi la rompe. Se precipitó hacia el rubio para hundir la mano en el bolsillo de sus pantalones.

—¿No crees que estamos yendo demasiado rápido, Kiara? —susurró Ash.

Sacó las llaves y volvió a salir sin dirigirle ni una mirada, haciendo que volviera a reírse. Fuera, oímos el rugido del motor. Ash puso los ojos en blanco antes de mirar a Ben.

—¿La moto?

—Está en el garaje, fuera —lo informó este señalando un lateral de la casa—. Y se llama Cuídame.

—Te compraré otra.

Ash salió también de la casa.

—Eso quiere decir que la va a destrozar —suspiró Ben pasándose una mano por el pelo.

Me giré hacia él para envolverle la nuca con los brazos. Me sonrió antes de darme un beso en la frente.

—¿Qué quieres cenar? —le pregunté, y esbozó una enorme sonrisa.

Acercó los labios a mi oreja y me susurró en un tono suave:

—A ti.

Se me paró el corazón y miles de mariposas alzaron el vuelo en mi estómago cuando sus labios entraron en contacto con los míos.

—Hablaba de una cena de verdad —murmuré entre dos besos.

Se detuvo y me preguntó:

—¿Quieres pedir algo?

Asentí y me dio un beso furtivo antes de alejarse para tomar su celular. Me giré hacia los ventanales, a través de los cuales se podía ver el lago. Tras deslizar la puerta corrediza, me senté en el embarcadero de madera para disfrutar de la quietud.

La voz de Ben se acercó a mí.

—Muy bien, gracias.

Sentí su presencia a mi espalda, luego una mano en el hombro. Una sonrisa se dibujó en mis labios cuando levanté la mirada hacia Ben, que tomó asiento a mi lado.

Instintivamente, apoyé la cabeza en su hombro. Me rodeó con el brazo para acercarme un poco más a él. Se me escapó un largo suspiro, estaba muy serena gracias a su presencia y a las vistas que había frente a nosotros. Era mejor de lo que podría haber imaginado.

—Estoy muy bien aquí —le confesé en un murmullo.

—Yo también.

—¿Puedo hacerte una pregunta?

—Claro.

—¿Por qué Kiara se empeña en que Ash esté con Ella?

Oí que suspiraba.

—Antes, Ash no era tan glacial como ahora. Kiara intenta por todos los medios recuperar al Ash con el que creció —me explicó Ben en voz baja—. Parece que Ella es la primera persona que consiguió que cambiara. ¿Cómo? No lo sé. Pero Kiara lo notó y, desde entonces, no se deshace de la idea de que, algún día, Ash volverá a ser como antes gracias a Ella.

—¿Crees que sucederá?

Otro suspiro se escapó de sus labios.

—No lo sé. Ash detesta mostrar sus sentimientos. Cree que hacerlo lo convierte en alguien débil y odia sentirse así. Kiara no se da cuenta, pero sus palabras tienen el efecto contrario.

—¿Qué quieres decir?

—Quiero decir que Ash es estúpidamente terco. Dirá justo lo opuesto de lo que Kiara quiere oír simplemente para no darle la razón. No tiene sentido, pero es así.

—¿Crees que siente algo por Ella?

Sacudió la cabeza.

—Siempre dice que la protege solamente para no tener cargos de conciencia, pero yo sé que algo pasó entre ellos. Ash no quiere contar nada y, a veces, es realmente frustrante.

Esa chica, Ella. La última vez que estuve en casa de Scott, parecía tímida, incluso demasiado. Sin embargo, había conseguido hacer callar a Ash cuando este nos estaba echando bronca. En ese preciso instante, me había dado cuenta del poder que ejercía sobre él. Tal vez a Ash no le gustaba esa idea. Tal vez tener sentimientos hacia alguien lo asustaba.

Me daba pena Kiara, que quería recuperar a su amigo. Solo por ella, esperaba que Ash cambiara algún día.

El celular de Ben vibró. Se levantó para ir por nuestras pizzas. Me abalancé sobre ellas en cuanto las dejó delante de mí. Me moría de hambre.

—Por cierto, ¿por qué han organizado una reunión? —pregunté.

—Para hablar de la herencia y del sucesor de Asher, que será Kyle.

—¿Por qué no eres tú su sucesor? —le pregunté con curiosidad.

—Porque soy un Jenkins, no un Scott del todo. Además, no me gustaría dirigir la red, no tengo la paciencia necesaria ni soy lo bastante violento —admitió con una sonrisa—. El único que puede dirigirla realmente es Ash.

—¿Cómo funciona entonces la dinastía?

—Los bienes siempre han estado divididos en dos partes. Mi abuelo legó las responsabilidades a sus hijos. Al mando de la red puso al tío Rob y el tío Rick, y el tío Hector y el tío Richard se encargaron de la SHC. Mi madre y sus hermanas tienen acciones y poder de decisión por ambos lados, pero sus hijos no pueden dirigir porque hay que conservar el apellido Scott. Si uno de los dirigentes muere y tiene un hijo o una hija, este ocupará el lugar de su padre cuando sea mayor de edad, como fue el caso de Ash.

Asentí mientras intentaba asimilar toda la información que me estaba proporcionando sobre su familia. Todo aquello me parecía fascinante.

—Y así sucesivamente. Si Ash hubiera muerto antes que

Rick sin tener descendencia, Rick habría ocupado el trono automáticamente, y luego Kyle.

—Ya veo —dije limpiándome las manos con una servilleta—. ¿Y funciona igual para la SHC?

Asintió.

—Luego existen una serie de reglas en la familia. Por ejemplo, si Ash decide sabotear o robar los beneficios de la SHC, la red pasará automáticamente a manos de Shawn. De ese modo, nadie hace enojar a nadie. Lo mejor es que puedo elegir trabajar para uno u otro, lo que no ocurre con Ash.

Estaba oscureciendo, así que el aire era más fresco.

—¿En qué estás pensando? —preguntó Ben acariciándome el pelo.

—Nada importante —suspiré antes de acurrucarme contra él.

—Me he fijado en tu reacción mientras hablábamos de Isobel —añadió dubitativo.

No dije ni una palabra, no sabía qué responder.

—Lo siento, Grace —continuó Ben.

—Lo sé, no te culpo. Todavía estoy intentando asimilarlo...

—No debería haberte metido en eso aquella noche.

—Si no lo hubieras hecho, no entendería del todo quién es Ben Jenkins. Me dolió, pero necesitaba verlo. Siempre me ha gustado el verdadero Ben y no habría podido quererte de nuevo sin conocer todos esos aspectos de tu personalidad.

Con el brazo alrededor de mi cintura, murmuró:

—¿Me quieres?

Un escalofrío me recorrió la columna vertebral.

—Sí, te quiero —susurré pegándome un poco más a él—.

No estoy segura de cómo mi simple y tranquila vida se va a acoplar al caos que te rodea, pero te quiero, Ben Jenkins.

Con la mirada cargada de emociones, Ben se acercó a mí para besarme suavemente. Levantó la cabeza y me sonrió. Parecía muy feliz, como yo. Estaba tan eufórica que empecé a reírme.

En el momento en que intenté levantarme, un brillo travieso iluminó los ojos de Ben. Se abalanzó sobre mí y me tiró junto a él al interior del oscuro lago.

Tragué agua y su risa llenó mis oídos. Tosí con fuerza, aún sorprendida. Mi cuerpo empezó a temblar por culpa de la gélida temperatura del agua.

—¡Estás loco! —exclamé con los ojos como platos.

Nadó hacia mí y abrazó mis caderas. Su labio inferior temblaba tanto como el mío, pero sonrió con picardía mientras yo rodeaba su cintura con las piernas.

—Me moría de ganas de hacer esto desde que hemos llegado —admitió—, pero no querías levantarte.

Entonces, sin dejarme tiempo ni siquiera para insultarlo, sus labios helados se juntaron con los míos en un beso ansioso. Me mordió el labio y abrí la boca para dejar que su cálida lengua se mezclara con la mía. Con los dedos en su mandíbula, intensifiqué nuestro beso.

Tras unos segundos perdiéndonos el uno en el otro, rompí nuestro contacto para recuperar el aliento.

—Hace mucho frío —comenté tiritando.

Me señaló una pequeña escalera detrás de mí. Mis temblores se multiplicaron cuando salí del agua. Entramos en su casa completamente empapados.

—Necesito una ducha —dije antes de ver una sonrisa traviesa dibujada en sus labios.

—Te puedo calentar de otra manera...

Puse los ojos en blanco mientras las mariposas se acumulaban en mi estómago. Me llevó hasta su habitación y me mostró el cuarto de baño.

Me metí dentro y cerré la puerta. Entonces, me desnudé para dejar que el agua caliente calentara mi cuerpo, que rozaba la hipotermia. Envuelta en una toalla blanca, salí de la habitación para encontrarme cara a cara con el escultural cuerpo de Ben, que solo llevaba unos calzoncillos. Se giró hacia mí y me observó fijamente. Mis ojos se perdieron en sus músculos perfectamente definidos, así que me preguntó con una sonrisa burlona:

—¿Acaso Grace me está mirando?

Sentí que me ardían las mejillas. De repente, sus manos rodearon mi cintura y me susurró al oído:

—Porque yo sí lo estoy haciendo.

Una sonrisa se dibujó en mis labios. Continuó:

—Y no puedo soportar saber que no llevas nada más que una toalla.

Con las hormonas en llamas e innumerables escalofríos recorriéndome el cuerpo a causa de su cálida voz en mi oído, me puse de puntitas para murmurarle:

—¿Por qué no me la quitas?

Sus pupilas se dilataron con deseo.

—Si eso es lo que quieres...

Jadeé sorprendida cuando sus brazos me rodearon los muslos y me levantaron. Salvajemente, sus labios se juntaron con los míos. Un segundo después me tumbó en su colchón. Su cuerpo se pegó contra el mío y sus labios atacaron mi cuello. Me chupó la piel, arrancándome un suspiro de placer. Sentí un nuevo escalofrío cuando jaló la toalla para quitármela y me quedé desnuda ante sus ojos empapados en deseo.

Sus dedos acariciaron mi pecho y su boca se pegó contra la mía, ahogando mis gemidos.

—Por fin voy a poder terminar lo que empecé...

Sus manos recorrieron mi cuerpo, haciéndome entreabrir la boca. Aprovechó para entrelazar nuestras lenguas. Su torso ardiente pegado al mío y su tacto no tardarían en hacerme perder la cabeza. Sus labios abandonaron mi boca para atacar mis pechos. Para su deleite, mis gemidos se hicieron más fuertes mientras su lengua me torturaba.

—Me vuelves loco, Bella —murmuró mientras bajaba hacia mi vientre.

Mi excitación se desató cuando noté sus labios. De improviso, me agarró agresivamente por las caderas y me acercó a él. Me separó los muslos de un jalón antes de hundir la cabeza en su interior.

Jadeé cuando sus labios ardientes tocaron mi sexo, y mi cuerpo se arqueó. Su lengua me saboreó con deseo. Mis gemidos se multiplicaron cuando sus dedos rozaron mi zona más sensible, liberando un calor que surgió en el interior de mi vientre.

—Ben... Oh, Dios mío...

Me aferré a las sábanas mientras su lengua seguía avivando las llamas de mi interior. Se detuvo justo cuando empezaba a sentir un cosquilleo en la boca del estómago, y la frustración se apoderó de mí. Se acercó a mi cara y un suspiro de placer salió de mis labios cuando su dedo medio acarició lentamente mi sexo antes de entrar en mí, agitando mi respiración.

—Aquí no hay nadie que te oiga...

Introdujo un segundo dedo. Arqueé la espalda, gimiendo su nombre mientras sus movimientos se aceleraban.

«Me va a volver loca.»

Le clavé las uñas en la espalda y gimió cerca de mi oído. Su miembro rozaba mi entrepierna, húmeda por los movimientos de su pelvis y por el efecto de sus dedos dentro de mí.

Pero, al cabo de unos minutos, le imploré con un gemido:

—Deja de torturarme...

Lo deseaba, deseaba unirme a él, pero ese deseo se estaba convirtiendo en necesidad a medida que perdía el control bajo sus expertos dedos. Lo quería dentro de mí.

Al oír mi súplica se detuvo. Tomó un condón, le arrancó el envoltorio con los dientes y se quitó los calzoncillos. Lo deslizó sobre su miembro, duro de tanto deseo. Su imponente cuerpo se pegó al mío y me besó con suavidad.

Un gemido escapó de nuestros labios mientras me penetraba lentamente.

—Te he echado tanto de menos...

Empezó una serie de largos movimientos de vaivén. Con la boca entreabierta, exhaló con fuerza. Sus manos se posaron bruscamente en mis caderas y aceleró el ritmo, reforzando la presión entre nosotros.

—Rayos —dijo antes intensificar sus movimientos y apretar con más fuerza mis caderas.

Mis gemidos y mi respiración se volvieron incontrolables cuando se hundió más profundamente en mí y aceleró aún más el ritmo. Me agarré a su espalda e incliné la cabeza hacia atrás, dejándome llevar por el placer que me estaba proporcionando.

«Es mejor que en mis sueños. Diablos, me encanta.»

Sus gemidos ahogados cerca de mi oído me estaban volviendo loca mientras los movimientos brutales de sus caderas no cesaban.

Ben Jenkins me hacía perder la cabeza.

Una sensación de calor creciente se extendió dentro de mí.

Rodeé sus caderas con las piernas y le supliqué que no se detuviera.

—Voy a... Voy a...

Mi respiración incontrolable no me dejaba terminar la frase, pero un último grito de placer salió de mis labios cuando Ben me dio una sacudida brutal.

Después de unos cuantos movimientos profundos más hacia delante y hacia atrás, Ben se unió a mí con un gemido largo y liberador. Se dejó caer a mi lado, estaba tan sofocado como yo.

Se quitó el condón y me volteé hacia él con la mente todavía en blanco.

—Confirmado, sigues siendo mi mejor ligue.

Una risa se escapó de mis labios. Me acarició el pelo antes de darme un dulce beso en la frente, todavía cubierta de sudor.

Mientras me acurrucaba contra él, nos cubrió con sus sábanas antes de rodearme la cintura. No sabía qué hora era, pero la oscuridad de la habitación me hizo comprender que había anochecido.

Había hecho el amor. Con Ben. Rayos.

Ese pensamiento me provocó una sonrisa. Nuestro encuentro se había quedado grabado en mi mente. Había sido perfecto. Tan perfecto como nuestra primera vez cuatro años y medio antes.

Pero, justo cuando estaba a punto de dormirme en sus brazos, mi teléfono vibró en una esquina de la habitación. Con un suspiro, me deshice de su abrazo. Había recibido dos mensajes de mi padre, uno de ellos hacía dos horas.

Tu madre volverá la semana que viene.
Ven a casa mañana a las diez, tenemos
que hablar antes de que me vaya.

Desconcertada, contesté «OK» y volví a los brazos de Ben.

—Buenas noches..., mi amor —susurró.

Me besó suavemente y se dejó llevar por el cansancio. Con el corazón rebosando felicidad, cerré los ojos e hice lo mismo.

—¿A qué hora te recojo? —preguntó Ben a través de la ventanilla de su coche.

—En cuanto termine con él, te llamo.

Asintió y se marchó, dejándome frente a mi casa. Avancé hasta la puerta principal.

—¡Ya estoy aquí! —anuncié.

Me dirigí hacia el despacho de mi padre, pero me detuve a medio camino cuando vi la trampilla del desván abierta de par en par. Me vinieron a la mente imágenes que borré con rapidez.

El celular me vibró en la mano. Fruncí el ceño al leer el nombre del remitente.

De papá:

Hola, cariño. Espero que todo vaya bien
con tu amiga, ¡no te olvides de llamar
a tu madre!

El corazón me dio un vuelco cuando oí pasos en el desván.

—¿Papá? —lo llamé mientras subía la escalera.

Pero, al entrar, algo me rodeó el cuello y se me cortó la respiración. Presa del pánico, golpeé con fuerza el brazo de mi agresor. Una voz no tardó en sonar al lado de mi oído, y me dejó como piedra:

—Hola, Isabella.

Era la voz de William.

41

Rehén

BEN

Entré en el despacho de Ash con una gran sonrisa en los labios. Mi primo estaba firmando unos papeles que le había llevado Ally. Mi nueva cautiva me guiñó el ojo antes de volver a dirigir la mirada a los documentos.

Ese día me encontraba de buen humor. De muy buen humor. ¿Era por lo que había sucedido la noche anterior? Por supuesto.

—Aquí también —indicó Ally señalando una esquina de la hoja con el dedo.

—Ben, tienes trabajo —me informó Ash sin mirarme—. Debes ir a supervisar las cuentas con los putos tesoreros.

Asentí con una sonrisa. «Hoy nada va a arruinarme el día.»

Mi primo levantó de repente el rostro hacia mí. Arqueó una ceja mientras me examinaba en silencio.

—Conozco esa cara —me dijo—. ¿Has cogido con Grace?

Ally se giró con los ojos como platos, pero yo no contesté nada.

—¡Justo lo que pensaba! —resopló Ash levantándose.

—¡Qué adorables! —exclamó Ally con una voz demasiado

aguda—. ¿Quién iba a decir que Ben se rencontraría con su Bella?

Ash negó con la cabeza, exasperado, y se acercó a la ventana. Dándonos la espalda, cambió de tema.

—Nuestros hombres siguen buscando a ese hijo de puta, pero tengo que comprobar una cosa. O, más bien, un sitio.

—¿Qué sitio? —pregunté.

—La casa de Thomas Grace.

Un escalofrío me recorrió la columna vertebral y el corazón me dio un vuelco. Esa mañana había dejado a Bella en su casa porque su padre quería verla. Las dudas empezaron a atormentarme y saqué rápidamente el celular del bolsillo.

Para Bella:

¿Qué tal?

—¿Por qué?

El corazón empezó a latirme a un ritmo desenfrenado.

—Porque encontraron en su casa los documentos que había robado Isobel —respondió simplemente—. Puede que también haya encubierto a William.

—Eso es imposible. He ido bastante a su casa estos últimos días y no he visto ni rastro de William.

—Sigue siendo una teoría.

—¿Quieres que vayamos después? ¿Puedes preguntárselo a Bella? Por cierto, ¿dónde está? —dijo Ally.

Le envié otro mensaje.

¿Bella?

—Pues... su padre le había pedido que fuera a su casa porque quería hablar con ella —contesté mirando el celular—. Así que está allí.

—¿Desde hace cuánto?

—Una media hora —respondí intentando llamar a Bella.

Sonó la contestadora. A medida que pasaban los minutos, la teoría de Ash iba cobrando fuerza en mi mente. «Carajo, ¿por qué no contesta?»

Empezaron a temblarme las manos. El miedo se apoderó de mis entrañas. Levanté la cabeza hacia Ally y anuncié:

—Vamos a su casa. Ahora mismo.

No podía seguir en esa habitación. Tenía que quitarme esa posibilidad de la cabeza. Al ver mi inquietud, Ash frunció el ceño.

Salí a toda prisa del despacho con Ally. Una vez en el coche, arranqué sin perder ni un segundo.

—Toma mi celular. Avísame si me envía algún mensaje.

Conduje a toda velocidad, con la mirada fija en la carretera mientras mi desbordante imaginación creaba los peores escenarios con Bella y el puto William como protagonistas.

«Maldita sea, Ash, ¿no podías habérmelo dicho otro día?»

—Ben, no vayas tan rápido. No llegaremos si nos estrellamos en la carretera —espetó Ally mirando el tablero del auto.

No hice caso y aceleré hasta llegar a casa de Bella. Fruncí el ceño al no ver el coche de su padre, que sí estaba allí cuando la había dejado. Eso significaba que se había ido y que, por lo tanto, habían terminado de hablar.

«Entonces, ¿por qué no contesta?»

Ally me entregó el celular para que marcara el número de Bella. Mi angustia se redobló cuando de nuevo no respondió.

Ally subió los escalones y tocó el timbre de la puerta principal. Pasaron unos segundos. Nada. Ni siquiera se oían pasos.

Empecé a perder la sangre fría. El corazón estaba a punto

de explotarme en el pecho, un sudor frío me recorría la piel. «¡Carajo, Bella, abre la puerta!»

Siguió un silencio que no comprendía. Mis peores miedos estaban haciéndose realidad.

Ally tocó una segunda vez y siguió sin haber respuesta. No había señales de Bella ni de nadie en el interior.

El corazón me latía con tanta fuerza en el pecho que me retumbaba en los tímpanos. Me sentía como si estuviera desconectado de mi propio cuerpo. Todo flotaba a mi alrededor. Ally me estaba hablando, pero no la escuchaba. Era incapaz, los pensamientos más aterradores habían tomado el mando. No lograba controlar mi respiración.

Si Bella estaba con William, no sobreviviría.

BELLA

—Vamos, ¡acelera! —ordenó William apuntándome con el arma cargada.

Lágrimas de angustia me caían por las mejillas mientras conducía el coche de mi padre. Había sido William el que me había enviado el mensaje. Llevaba semanas escondiéndose en nuestro desván y el día anterior se había enterado de que tenía una relación con Ben cuando este pasó a recogerme.

Había estado allí todo ese tiempo, justo encima de nuestras cabezas.

—A la izquierda.

Obedecí sin decir nada. No sabía adónde me llevaba,

pero una cosa estaba clara: yo era la clave de su plan para vengarse. William iba a utilizarme para presionar a Ash.

Esa idea me revolvió el estómago e intensificó todavía más mis ya de por sí fuertes sollozos. No dejaba de pensar en Ben, en esas palabras que daban vueltas en mi cabeza.

«Te protegeré de la locura de mi vida.»

«Ben, necesito que cumplas tu promesa.»

Me temblaban las manos al volante, tenía la caja torácica comprimida y sentía que estaba a punto de vomitar.

El arma que me apuntaba iba a matarme sin necesidad de que nadie apretara el gatillo.

—No llores, Isabella —susurró William al ver mi rostro, desencajado por el terror—. No voy a matarte a ti, solo a Ash.

Iba a conseguir su objetivo por mi culpa.

Mi celular volvió a vibrar en su mano. Se rio antes de declarar con picardía:

—Tu príncipe encantador sigue llamándote. No sabía que sintieras debilidad por los criminales.

Se me cortó la respiración cuando contestó y puso el altavoz.

—Bel...

—¡Benjamin!

Ben calló.

—¿Te ha comido la lengua el gato? —comentó William riéndose—. ¿No te esperabas oír mi voz?

—¡Déjala! ¡Ella no tiene nada que ver con todo esto! —replicó Ben con tanta ira que le temblaba la voz—. Si le tocas un solo...

—Eso es cierto —admitió William—. Pero me he cansado de buscar el punto débil de Ash. Y me he acordado de que él está muy unido a ti.

Me apretó el arma contra las costillas provocando que volvieran mis sollozos.

—¿Bella? —preguntó enseguida Ben cuando me oyó llorar—. Princesa, escu...

Pero William no le dejó hablar. Cortó la llamada.

Seguí conduciendo durante casi veinte minutos mientras William se burlaba de mí por mi relación con Ben. Finalmente me hizo parar en un lugar perdido en mitad de la nada. Habíamos salido de la ciudad hacía ya varios kilómetros. Allí todo estaba completamente desierto. No había nada alrededor más que hierba hasta donde alcanzaba la vista. Vi el techo de una casa en un extremo del campo.

—Sigue ese camino —ordenó señalando un sendero con el dedo.

Cuando llegamos, detuve el coche con las manos temblorosas. William me ordenó que me quedara en el interior. Salió él primero sin dejar de apuntarme con el arma y rodeó el vehículo para llegar hasta mí.

Hice una mueca cuando cerró los dedos alrededor de mi antebrazo y me sacó violentamente del auto. Me apuntó a la cabeza y me empujó hasta la casa.

—Abre.

Me ofreció las llaves y obedecí sin dejar de temblar. Me costaba respirar, tragar saliva, mantenerme de pie. Esperaba encontrarme con un interior destartalado y ruinoso, pero, en lugar de eso, descubrí una casa limpia y completamente blanca. Sin embargo, desde el exterior, parecía que nadie había vivido allí en mucho tiempo.

—Bienvenida a casa, Isabella —murmuró William pasando por mi lado—. Si me obedeces, no te haré ningún daño. De lo contrario, puedo llegar a ser muy... muy cruel.

Tragué saliva sintiendo que se me aflojaban las piernas. Habían dejado de salirme las lágrimas. Tal vez se me había acabado la reserva. «Voy a morir.»

—¡Le he dicho a tu padre que venías a pasar unos días conmigo y se ha puesto muy contento!

Dio una palmadita en el sofá a su lado indicándome que me sentara con él. Mi cerebro obedeció de manera automática.

—¿Por qué haces esto? —pregunté sin poder evitarlo.

—Porque Ash posee lo que es legítimamente mío. Solo tengo intención de recuperar lo que me pertenece, ya sea por las buenas o a la fuerza —respondió simplemente—. Por otra parte, ¿sabes si su novia, esa chica tan guapa, sigue con él?

Se me cortó la respiración. ¿Hablaba de Ella? ¿Por qué la buscaba?

—No sé nada —contesté, impotente.

Ignoraba su paradero, pero sabía que no estaba con él. Me hice la promesa de que William no se iba a enterar de nada por mí.

Asintió con la mirada perdida y a continuación me confesó:

—Debería estar ella en tu lugar, pero no logro encontrarla. Envié a alguien a buscarla, pero hace un mes que no da señales de vida.

Fruncí el ceño sin comprender nada. Se levantó, pero yo me quedé en el sofá intentando calmar mis latidos y mi respiración.

Tenía que pensar en otra cosa. Y, sobre todo, Ben tenía que venir por mí. Me lo había prometido. Había prometido protegerme.

—Cielito, se han acabado las vacaciones. —La voz de William resonó en la entrada—. ¿Has encontrado a la protegida de Scott? Llámame cuando oigas mi mensaje. —Volvió de nuevo al salón y me preguntó—: ¿Te apetece comer algo?

Negué con la cabeza. Estar ahí con ese sujeto hacía que no tuviera apetito.

—Tu habitación está arriba, justo enfrente de la mía —me

indicó dejándose caer en el sofá—. ¿Cuánto hace que conoces a Benjamin?

En lugar de responder, seguí mirando la pantalla apagada de su televisión. Se echó a reír.

—Ya no eres tan habladora como antes... ¿Puede que Ben te haya contado algo sobre mí?

—No —repliqué fulminándolo con la mirada.

—Entonces, ¿no te ha dicho que maté a su tío?

Se me cortó la respiración. Estaba tan orgulloso de haber asesinado al padre de Ash que lo gritaba en voz alta como si fuera un logro del que jactarse. Me daba asco.

—Pobre Robert, habría podido tener un hijo mejor —suspiró sacando mi celular, que volvía a sonar en su bolsillo—. Pero eligió al desgraciado de Asher.

Me quedé callada mientras lo insultaba para mis adentros. Ignoraba cuánto tiempo iba a quedarme ahí encerrada, pero sabía que rebelarme podría hacer que perdiera la vida. No sabía de qué era capaz. William escondía tan bien su juego que la idea de descubrir su verdadera naturaleza me hacía temblar de miedo.

«Es un asesino. Estoy sentada al lado de un asesino que me ha secuestrado.»

Quería despertarme, que alguien me dijera que solo había sido una pesadilla. Quería despertarme en brazos de Ben.

Esa mañana, mientras me arreglaba, me había preocupado que me dejara en casa de mi padre y que volviera a desaparecer de mi vida como la última vez.

Me puse el suéter exhalando suavemente. Debía pasar por casa de mi padre por no sabía qué motivo.

Ben y yo nos habíamos acostado la noche anterior. Iba a dejarme en casa de mi padre antes de irse a «trabajar». La situación era tan similar a la que habíamos vivido cuatro años y medio antes, cuando habíamos sentido nuestros cuerpos uno contra otro por primera vez, que me perturbaba. En aquella ocasión, al día siguiente no había tenido noticias de él.

Me sobresalté cuando noté sus dedos en la cintura. Arqueó una ceja mirándome por el espejo.

—¿Estás bien?

—S-sí —murmuré sonriendo como si nada.

Me dio un suave beso en el hombro. Cuando me acarició con el pulgar, me estremecí.

—¿En qué estabas pensando? —preguntó con la barbilla apoyada en mi clavícula.

Negué con la cabeza. Suspiró y me giró para que quedara frente a él. Le rodeé la nuca con los brazos.

—Cuando termines con tu padre, estaré todavía aquí —me tranquilizó—. Iré por ti. No voy a escaparme, Isabella. Esta vez no.

Con un nudo en la garganta, mis labios se posaron sobre los suyos. Quería creerlo, necesitaba creerlo.

Igual que ahora necesitaba creer que iba a venir a buscarme.

BEN

—Ben, Ben... ¡BEN! —me gritó Ash apretándome la mandíbula con fuerza.

Todos mis pensamientos estaban puestos en Bella. El nudo que tenía en la boca del estómago se volvía cada vez más y más tenso, todo se entremezclaba en mi cabeza. «Como un puto huracán.»

—Te doy mi palabra, vamos a encontrarla —me aseguró mirándome a los ojos.

«¿Dónde está? ¿Qué piensa hacerle William? ¿Cómo voy a encontrarla? ¿Está en peligro? ¿Herida? ¿Por qué lloraba? ¿Hasta dónde puede llegar ese desgraciado?»

—Kiara, despliega las tropas. Quiero que revolvamos todo Los Ángeles.

Nuestra amiga se puso manos a la obra de inmediato. Yo no lograba decir ni hacer nada. Como si respirar fuera a matar a Bella.

No podía fracasar.

—Ben, tengo un plan —dijo mi primo girándose hacia mí—. Pero debes seguirlo al pie de la letra. Cualquier mínimo error puede matar a Grace.

Fruncí el ceño. Ash estaba demasiado serio. «Cualquier mínimo error puede matar a mi Bella... Todo es culpa mía.»

—Toma el coche y ve a San Diego. —Anotó algo en un papel—. Cuando llegues a esta dirección toca el timbre. Allí vive una mujer mayor. Finge que eres amigo de Jones. Telefonéame cuando estés en su casa.

Me ofreció el papel. Había comprendido lo que quería hacer. Con las manos en mis hombros, Ash murmuró:

—Te doy mi palabra de que te la devolveré con vida, pero quiero que me prometas que vas a seguir el plan.

Me temblaba el cuerpo de rabia. William estaba reteniendo a Isabella como rehén en algún lugar del país. Yo le había prometido protegerla y mantenerla alejada de mis problemas y había fracasado estrepitosamente.

«La han secuestrado. Carajo, está metida hasta el cuello en las mierdas de mi familia.»

Todo era culpa mía.

—Por eso me prohíbo enamorarme —dijo Ash casi para sí mismo—. Mi corazón no debe tomar el lugar de mi cerebro en este tipo de situaciones. Voy a bajar a preparar mi plan mientras tú vas hasta San Diego.

Me repuse rápidamente. Bella estaba en peligro. No era momento de compadecerme. Tendría todo el tiempo del mundo para reprocharme mis errores después de encontrarla. Tenía que salvarla de William. Aun si eso significaba poner en riesgo mi vida.

42
Plan

BEN

Había llegado por fin a la dirección que Ash me había dado. Todavía dentro del coche, observé a la anciana sentada en el porche de su casa. Tenía los ojos cerrados, parecía que estaba dormida.

Era la madre de Jones.

Ash me había enviado hasta allí porque estaba buscando una forma de presionar a la cautiva.

Salí del coche y, con paso decidido, me acerqué al porche.

—Buenas tardes, señora —la saludé.

Ni siquiera abrió un ojo, pero me sonrió.

—Buenas tardes.

—Soy Ben, un amigo de Isobel.

«Tu hija, esa zorra de mierda.»

—¿Sí? —preguntó con una amplia sonrisa—. Encantada de conocerte, Ben. Me llamo Nora. Soy la mamá de Isobel. ¿Has venido a verla?

Fruncí el ceño. ¿Por qué no abría los ojos?

—¡Vamos dentro!

«¿Dentro?»

Se levantó manteniendo una mano sobre el brazo de la silla. Luego sus dedos se apoyaron en la pared de al lado. Finalmente lo entendí: era ciega.

Apoyándose en su bastón, abrió la puerta de la casa.

—¡Isobel! —gritó, haciendo que frunciera el ceño—. Hay alguien que quiere verte.

¿Me he equivocado de dirección?

«Señora, en estos momentos su hija se está pudriendo en un sótano.»

Una chica más o menos de mi edad bajó las escaleras con una sonrisa de disculpa en los labios. Llevó a mamá Jones al salón antes de dirigirse a mí:

—Disculpe a la señora Jones, pero yo no soy Isobel...

—Ya veo, sí —repuse riendo entre dientes con una falsa expresión de sorpresa—. ¿Y quién eres?

—Amy —se presentó, y me tendió la mano—. Me encargo de cuidar a la señora Jones. Si buscas a Isobel, me temo que no la encontrarás aquí.

—¿Sabe la señora Jones que no eres Isobel? —pregunté frunciendo el ceño.

—No, ella cree que soy su hija —admitió con una mueca—. Está así por culpa de la enfermedad.

—¿La enfermedad?

Asintió con la cabeza.

—Tiene alzhéimer. Además, es ciega. Isobel no ha vuelto por aquí desde hace al menos un año —dijo la cuidadora—. ¿No tienes sus datos de contacto?

«La tengo a ella, Amy.»

—Yo... No, nos conocimos hace unos años, cuando yo estaba de paso en San Diego —mentí encogiéndome de hombros—. Bueno, creo que debería...

—¡Isobel! Dile a ese joven si le apetece tomar el té conmigo.

«Perfecto. Justo lo que buscaba.»

Con una sonrisa, Amy me invitó a sentarme al lado de la anciana. Aproveché para llamar discretamente a Ash y dejar la llamada en curso mientras hablaba con su madre.

Sabía lo que mi primo pretendía hacer y su manera de ejercer presión era impecable. A Isobel le gustaba mostrar que nada le afectaba. Bueno, casi nada.

«Nunca debes mostrarle tus puntos débiles a Ash. Los utilizará en tu contra.»

—¿Cómo conociste a mi hija? —me preguntó mamá Jones con una sonrisa y los ojos todavía cerrados.

—Nos... Nos conocimos hace unos años en Manhattan. Luego nos perdimos la pista.

Amy estaba preparando el té de la señora Jones. El pelo castaño de aquella chica me recordó al de Bella, y una dolorosa punzada aumentó la presión que sentía. Con un nudo en el estómago, miré mi celular y vi que Ash llevaba unos minutos siguiendo la conversación.

—Isobel nunca me ha hablado de sus amigos, ni siquiera de sus parejas —admitió con tristeza—. Pero me alegro mucho de conocerte, jovencito.

Amy dejó las tazas de té sobre la mesita y se sentó a mi lado.

—Siempre quiso ir a la universidad —dijo sonriendo—. Pero, después de mi accidente, tuvo que quedarse conmigo.

—Ah, ya veo.

Cuando la llamada se cortó, supe que mi misión había terminado. Me metí el celular en el bolsillo y escuché distraído las palabras de mamá Jones. No tenía tiempo de tomar té con una anciana. «Es hora de salir de aquí.»

Me despedí de mamá Jones y Amy me acompañó hasta la puerta.

—Isobel envía dinero a su madre todos los meses —me comentó—. No sé dónde trabaja, ni siquiera dónde vive, pero debes saber que hace mucho tiempo que no viene por aquí.

Ya en la carretera, intenté llamar a Bella, pero sonó la contestadora una vez más. La rabia me quemaba por dentro. Me odiaba a mí mismo. Odiaba saber que estaba en manos de ese tipo por mi culpa. No debería haberme acercado a ella, nunca debería haber vuelto a su vida. Probablemente estaría herida, tal vez con frío, quizá a punto de morir. William era un sádico y saber que podía tocarla me daba ganas de vomitar.

Agarré con más fuerza el volante con los ojos clavados en la carretera mientras la rabia me arrebataba la compostura.

La chica a la que amaba iba a morir. «Y yo era el culpable.» Eran las tres de la tarde. Había conducido durante dos horas para llegar a San Diego e iba a conducir otras dos horas para volver.

Golpeé violentamente el volante y dejé escapar la rabia con un grito. La ira me consumía por dentro, no poder hacer nada para salvar a Bella me estaba volviendo loco.

—¡CARAJO!

Una parte de mí gritaba que fuera a buscarla por mi cuenta, pero sabía que el plan de Ash exigía obediencia absoluta. «Cualquier mínimo error y Grace acabará muerta.»

No podía estropear su plan porque la vida de Bella estaba en nuestras manos. «En mis manos.»

Era un pedazo de mierda. No la merecía. Y ella no se merecía todo lo que le estaba pasando por mi culpa.

De repente, la imagen del tío Rob me vino a la cabeza. Su cuerpo maltrecho y su rostro herido se abrieron paso en mi mente haciendo que se me revolviera el estómago.

Me aparté a un lado de la carretera y salí del coche a toda prisa para vomitar sobre la hierba. Carajo. ¿Y si Bella acababa como el tío Rob? ¿Iba a tocarla? ¿A hacerle daño? ¿A violarla? Esa idea me revolvió el estómago de nuevo.

Después de unos segundos tratando de recuperar el aliento, volví a entrar en el coche y pisé el acelerador.

Me odiaba a mí mismo igual que debía de estar odiándome Bella en esos momentos. Iba a cumplir mi promesa, aunque supiera que después de lo que había pasado la perdería. No podía ponerla en peligro otra vez. Estaba demasiado enamorado de esa chica como para dejarla morir por mi culpa. Carajo, Ash tenía razón.

«Me prohíbo enamorarme.»

Por fin entendí por qué él ocultaba todo lo que sentía. Nuestro mundo era demasiado peligroso para encariñarse con alguien. Un mundo demasiado peligroso para enamorarse.

—¿Cómo reaccionó? —le pregunté a mi primo mientras entrábamos en su despacho.

—No lo sé. Después de la llamada, le di dos horas para que tomara una decisión —explicó antes de tomar un café con leche—. Un tiempo que se agotará dentro de poco.

—¿Qué decisión?

—O me conduce hasta él o mato a su pobre madre —respondió simplemente—. Tengo entendido por los mensajes de ese hijo de puta que no sospecha ni por un segundo que ella esté aquí. Así que... voy a utilizar su ignorancia contra él. Isobel lo llamará, hablará con él como si no hubiera pasado nada y entonces comenzará el plan.

—De acuerdo, pero ¿cuál es el plan?

—Sé que le pedirá que acuda a donde tiene encerrada a Grace. Jones irá con un micro. Si comete alguna estupidez, la haré saltar por los aires.

Se me salieron los ojos de las órbitas cuando entendí lo que quería decir con «la haré saltar por los aires».

—Estás pensando...

—Sí, Ben, pienso ponerle bombas —aseveró mi primo con un brillo maligno en los ojos—. Si habla, la haré saltar por los aires y él morirá con ella.

—Bella seguirá dentro —objeté con la mandíbula apretada—. No...

—Tranquilo, no me he olvidado de ella. Nos las arreglaremos para sacar a Bella de alguna forma.

Tragué saliva. Isobel era astuta, tal vez intentaría acercarse lo más posible a Bella para que Ash no activara las bombas. «A no ser que... —susurró una vocecita en mi cabeza—. Quizá Ash decida hacerla explotar de todos modos. El odio que siente hacia William despierta sus impulsos asesinos.»

—Es demasiado peligroso —contesté.

—Lo sé. Por eso te he dicho que sigas el plan y hagas absolutamente todo lo que te pida.

Kiara entró en la habitación. Se acercó a mí para abrazarme.

—Te prometo que vamos a encontrarla.

Sonó una alarma. Ash esbozó una sonrisa malévola, señal de que las dos horas oficialmente se habían acabado. Se levantó y se acomodó la chamarra de cuero. Kiara lo informó:

—Los hombres están registrando todos los lugares, pero William no es tonto, probablemente haya abandonado la ciudad.

—Lo sé —resopló Asher—. Isobel va a encontrarlo. Estoy seguro.

Salió de la habitación y lo seguimos hasta el sótano, donde se estaba pudriendo esa maldita perra. Mis puños se cerraron en un acto reflejo cuando volví a verla. Ella era mi única esperanza de encontrar a Bella.

«Pero estaría encantado de meterle una bala en la cabeza después de haber encontrado a la mujer que amo.»

—¿Has reflexionado, Jones? —comenzó Ash sentándose frente a ella.

Una risita escapó de sus agrietados labios.

—Eres horrible, Ash —le espetó.

—¿Lo dudabas? —respondió él, también riendo.

Con un gesto de la cabeza, indicó a los hombres que se marcharan. Yo ya sabía adónde iban.

—Si quieres, jugamos a cara o cruz —propuso mi primo en un tono burlón—. Si sale cara, yo gano; si sale cruz, tú pierdes.

—Salgo perdiendo en ambos casos —gruñó ella, revolviéndose en la silla.

—Veo que no has perdido del todo la cabeza. En cualquier caso, carece de sentido seguir con vida y tener la muerte de tu madre sobre tu conciencia...

—¡Cállate! —gritó—. Te prohíbo que toques a mi madre.

—Estaría encantado de matarla, como tú mataste a mi padre.

Siguió un largo silencio, un silencio que me volvió loco porque mis pensamientos volvieron a Bella, recordándome lo impotente que me sentía ante el peligro en que la había puesto.

—La casa de tu madre está en estos momentos rodeada por mis hombres, todos armados hasta los dientes.

Ella se lo quedó mirando. Lo que Ash decía no era cierto. Era un farsante.

—Mientes —dijo con los ojos clavados en él.

—¿Quieres una prueba? —preguntó este sin perder la confianza.

Isobel no contestó. Le temblaba el labio y las lágrimas empezaban a acumularse en sus ojos.

—No te atrevas a tocarle ni un pelo...

—Eso solo depende de ti. Por desgracia, tu tiempo para pensar se ha acabado.

Ash se levantó de la silla.

—¿Qué me tienes preparado, Scott?

Una risita burlona escapó de la boca de mi primo.

—Es una sorpresa.

Entonces, los hombres de mi primo volvieron con un cinturón de explosivos en las manos. Isobel gritó sorprendida al ver la trampa.

—No... ¡NO, TE PROHÍBO QUE ME HAGAS ESO! —chilló con todas sus fuerzas mientras forcejeaba en la silla—. ¡NO PUEDES HACERME ESO!

Gritó a todo pulmón antes de echarse a llorar cuando los hombres le pusieron el cinturón. El plan de Ash estaba a punto de ver la luz.

Isobel ahogó un grito cuando los hombres se alejaron de ella y le dieron un aparato a Ash. Su vida estaba en sus manos. Literalmente.

—¿Sigues negándote? —le preguntó con malicia.

Lo miró con los ojos llenos de angustia. Se acercó a la mesa para tomar el teléfono de Jones.

—Voy a llamar a William. Le vas a decir que vuelves hoy y le vas a preguntar dónde está.

Ella lo miró fijamente antes de murmurar:

—Cara, yo pierdo; cruz, tú ganas.

Acababa de comprender lo que querían decir las palabras de Asher. Pasara lo que pasase, iba a morir.

—Exacto.

Esbozó una sonrisa triunfal antes de marcar el número de William. Ash puso el altavoz y le acercó el celular.

Después de dos tonos, la voz de William llenó la habitación. Tuve que contener las ganas de arrebatarle el teléfono de las manos a mi primo.

—¡Cielito! ¡Estaba empezando a preocuparme!

—Hola —resopló ella mirando a Ash—. He vuelto.

—¿Dónde te habías metido? ¿Has encontrado a Ella?

Ash se tensó violentamente. «¿Has encontrado a El...?»

«Oh, demonios. Isobel estaba en Manhattan. La maldita Isobel estaba en una misión.»

—No, no está en Los Ángeles. Me tomé unas vacaciones en Manhattan, pero no creo que Scott la haya mandado allí.

Así que no sabía que Ella estaba en Manhattan. Ash tensó la mandíbula mientras escuchaba su conversación, con una mirada asesina clavada en su ex.

—Lástima, Bella... Podría haberte dejado ir, Isobel era tu única oportunidad —dijo William con una risita.

Las manos de Kiara se posaron sobre mí antes de que me abalanzara sobre ese maldito celular. Estaba hablando con mi Bella. Y se estaba burlando de ella.

—¿Dónde te encuentras?

—Me he ido de la ciudad, cielito —confesó William—. Estoy con la pequeña Grace. ¿Sabías que ella y Jenkins estaban juntos? Aún no me lo creo.

Cuando Isobel se volteó hacia mí, la fulminé con la mirada apretando los puños. Mis impulsos asesinos se agolpaban en mi cerebro mientras las manos de Kiara me retenían para evitar que la destripara.

—¿La tienes secuestrada?

—Tu perspicacia es impresionante, cielito —se burló William—. Ven al sótano..., vamos a estar aquí unos días.

—Llegaré tarde, no empiecen la fiesta sin mí.

—Te esperaré —aseguró entre risas antes de colgar.

Los dedos de Ash apretaron con fuerza el celular.

—¿Estabas buscando a Ella?

Esta respondió orgullosa:

—Por supuesto. No sé dónde la has escondido..., pero me prometí que la encontraría.

Se acercó a ella y le apretó la mandíbula hasta hacer que se estremeciera.

—No tendrás tiempo de encontrarla, te doy mi palabra.

Furioso como cada vez que nos acercábamos demasiado a Ella, Ash pidió a sus hombres y a Kiara que lo siguieran.

—Quédate con esa zorra hasta que vuelva.

Y salieron de la habitación dejándonos solos. Mi rabia no hacía más que crecer ante mi impotencia, ante la sensación de que estábamos perdiendo el tiempo. No..., era peor. A Bella la había secuestrado un maldito lunático y nosotros estábamos ahí, esperando.

«Pero ¡¿esperando qué?!»

—Hace todo esto por ti —murmuró Isobel.

—Cállate —espeté.

No soportaba su voz. Estaba poniendo a prueba mi paciencia, como si ya no estuviera lo bastante al límite.

—No sabía que te gustaban las chicas buenas —me dijo—, pero por lo visto es cosa de los Scott.

—¿Sabes qué más compartimos los Scott? La impulsividad, y ahora mismo tengo muchas ganas de hacerte volar por los aires.

Señalé el control que Ash había dejado.

—No te atreverás —soltó con una risita—. Me necesitan para atrapar a William.

Cerré los ojos para no escucharla, pero su voz sonaba en mi cabeza y despertaba mis peores pensamientos.

—Pero estoy segura de que sabías que era peligroso para ella enamorarse de un tipo como tú, Jenkins.

—Tu voz me molesta —suspiré con los ojos todavía cerrados.

«No la escuches... No la escuches...»

—Mira lo que has hecho. Por tu culpa, seguramente esté sufriendo. Y si crees que Ash no la hará volar por los aires con tal de vengarse, estás muy equivocado...

Me pasé las manos por el pelo y apreté casi hasta arrancármelo.

—Deberías culparte a ti mismo...

—¡CIERRA LA PUTA BOCA! —grité dejándome llevar por la ira.

«Por mi culpa. Todo ha sido por mi culpa.»

—Pobre Bella, se merece algo mejor que una vida de mierda como esta, ¿no? Aunque tal vez eso ya lo sabías...

Apreté los puños y me acerqué al control. Tenía toda la intención de hacerla estallar en aquel mismo instante. Que se pudriera en el infierno.

—Eso... Mátame ahora —susurró su voz detrás de mí.

Me detuve en seco. Quería que la matara. Quería morir ahí porque sabía que era la única forma de escapar del plan de Ash.

Me giré hacia ella con los brazos cruzados. Su expresión cambió de inmediato. Frunció el ceño, molesta.

—Morirás con tu propietario, como una perra fiel.

Cuando los hombres que se encargaban de custodiarla regresaron, salí furioso de la habitación. Las palabras de Isobel alimentaron mi odio hacia mí mismo.

Me odiaba, maldición.

Me reuní con Ash y Kiara en el despacho.

—¿Y ahora qué? ¿Vamos a quedarnos aquí sentados? Carajo, Bella está atrapada en alguna parte y nosotros estamos aquí como idiotas, ¡SIN HACER NADA PARA SALVARLA!

Mientras Ash miraba sus anillos, Kiara me dirigió una mirada compungida.

—¡ASH, CONTESTA! —grité fuera de control.

Ally llegó en ese mismo momento.

—Todo está listo, cuando quieras.

Ash asintió y me miró directamente a los ojos antes de responder con una sonrisa:

—Ben, ya te dije que Grace iba a serme útil. —Se volteó hacia Ally—. Preparen a Jones. La hora de mi venganza ha llegado y va a ser... explosiva.

43
El golpe de gracia

BELLA

Me rugía el estómago, pero me negaba a comer nada que viniera de mi secuestrador. El nudo que tenía en la garganta acababa con mi apetito.

En lugar de eso, me bebí poco a poco el vaso de agua que había dejado delante de la puerta. Al lado había dejado también algo que parecía una lasaña recalentada en el microondas.

A continuación, decidí poner la mente en blanco con la esperanza de calmar mi ansiedad. No sabía cuánto tiempo iba a quedarme ahí ni qué iba a hacerme William. Pensé en mis padres. ¿Cómo reaccionarían al enterarse de que me había secuestrado el becario de mi padre, quien había resultado ser un asesino sediento de poder y venganza? ¿Al saber que me había convertido en un medio para presionar al líder de la familia Scott?

Por enésima vez, se me nubló la vista. Era una pesadilla. Ben tenía razón, odiaba su mundo. No estaba preparada. Me sentía débil y vulnerable. Ben era mi única esperanza de salir con vida de allí.

Empezaron a temblarme las manos y me acurruqué sobre

mí misma. ¿Y si moría en aquel lugar asesinada por un conflicto de bandas? Nunca me había planteado algo así. Tal vez morir en un accidente, pero no de esa manera.

Tenía que encontrar el modo de escapar. Ben debía de estar buscándome en ese mismo momento, pero no sabía cuánto tardaría en encontrarme. No podía quedarme esperando amablemente a Jenkins mientras un maldito sádico merodeaba por la casa.

Además, no me iba a ser fácil escapar de allí. No había ventanas en mi habitación. Salir por la puerta principal era imposible, William me vería. Las ventanas de la cocina eran lo bastante grandes para mi delgado cuerpo, pero la arquitectura de la casa me complicaba esa opción porque era una cocina abierta.

De repente, recordé que William había cerrado con llave mi habitación. No tenía modo de salir de allí a menos que pudiera golpearlo en la cabeza con algo. Recorrí la estancia con la mirada y suspiré al ver que mis planes se iban a pique. No había nada lo bastante contundente como para dejarlo fuera de combate y salir de aquel lugar.

Y, aunque encontrara el modo de escapar, también necesitaría la llave del coche de mi padre, y era mi secuestrador quien la tenía. Incluso si lograba poner un pie fuera de la casa y corría con todas mis fuerzas, me atraparía.

Sin ver la luz del día, supe que habían pasado varias horas porque ya me había llevado la cena. ¿Cuánto tiempo llevaba allí? ¿William le habría dicho de verdad a mi padre que me había ido? ¿O había sido una treta para tranquilizarme? Ben tenía razón, ese hombre era horrible. Y peligroso.

Pero algo me daba vueltas en la cabeza. William había hablado con Isobel. Pero... Isobel no había dicho nada de que la hubieran secuestrado. Más bien al contrario. No lo entendía... ¿Isobel no estaba con Ben? Sin embargo, Kiara y Ash la habían mencionado el día anterior. Había visto suficientes películas y series sobre criminales con Riley para saber que los secuestradores nunca soltaban a sus rehenes.

La lógica me decía que Isobel seguía con ellos, pero... ¿cómo se explicaba entonces la llamada? ¿Tal vez había escapado? ¿Cómo lo habría conseguido? Y, si ese fuera el caso, ¿no habría mencionado el hecho de que la habían secuestrado? No tenía sentido.

—No has comido nada...

Me sobresalté violentamente. No lo había oído entrar. Negó con la cabeza fingiendo tristeza por mi negativa a comer y me hizo estremecerme de asco. Aquel hombre me repugnaba.

—Como quieras —suspiró antes de acercarse a mi cama para recuperar sus porquerías.

Al ver el plato todavía lleno, tuve una idea. ¡Claro! ¿Sería lo bastante sólido para darle un golpe en la cabeza y escapar?

Lo miré primero a él y después al plato. Su expresión cambió. Me había descubierto.

Sin perder ni un segundo, agarré rápidamente el plato para estrellarlo contra la parte superior de su cráneo. Me levanté, pero mis reflejos fueron demasiado lentos. Me detuvo antes de que pudiera terminar la primera parte de mi plan de fuga.

Jadeé de dolor cuando cerró la mano con fuerza alrededor de mi muñeca aplastándome los huesos.

—No te rebeles, Isabella, no estás en posición de hacerlo.

Siguió retorciéndome la mano. Me brotaban lágrimas de los ojos mientras le rogaba que parara.

—Te creía más dócil.

Me soltó, gruñendo, molesto por mi comportamiento. Se llevó la bandeja, cerró la puerta tras él y puso el seguro.

Frotándome la muñeca magullada, sollocé con impotencia. Nunca había pensado que iba a vivir una situación así. Estaba angustiada, pero, sobre todo, estaba enojada. Con William, con Ash y con Ben. Y conmigo misma.

Yo era responsable de aquella situación. Había querido entrar en el mundo de Ben y ahora estaba pagando las consecuencias. Su mundo no era el mío.

La sensación de impotencia que sentía me enojaba tanto que me entristecía. No podía soportar ese peso. Había subestimado el peligro que rodeaba a la familia de Ben y al propio Ben. No era como en los libros o las películas. Era inmoral y peligroso. Me había tomado a la ligera las palabras de Ash, ahora comprendía por qué nos había prohibido vernos. Él sabía de qué era capaz William y nosotros no habíamos prestado atención.

Sabía que Ben iba a venir. Lo sentía... Pero había una voz en mi cabeza que murmuraba: «¿Y si no viene? ¿Y si no puede?».

Tenía que salir de allí. No podía aferrarme a la esperanza de que Ben viniera a rescatarme si ni siquiera estaba completamente segura de que fuera a hacerlo. Tenía que encontrar una escapatoria.

Me levanté de la cama para empezar a inspeccionar la habitación. Observé las paredes blancas y me acerqué a uno de los paneles.

—Puede que...

Golpeé suavemente buscando un hueco, un lugar por el que salir. Tras varios minutos así, apretando el oído contra el frío hormigón, me invadió una sensación de fracaso.

—Maldición...

Me mordí el interior de las mejillas. No quería tirar la toalla tan fácilmente. Y no pensaba hacerlo.

Esta vez, apreté el oído contra el suelo y golpeé suavemente. Me dio un vuelco el corazón. Los ojos se me llenaron de lágrimas. El parqué de mi abuela hacía el mismo ruido porque no había aislado el sótano. Así que había un sótano o, al menos, una habitación que, con un poco de suerte, ofrecería otra salida.

Pero no había ninguna trampilla en la habitación que diera acceso a esa parte de la casa, lo que me frustró enormemente.

—¡Cielito!

Se me cortó la respiración. Había oído a William pronunciando ese apodo más de una vez. Un escalofrío me recorrió todo el cuerpo y se me comprimió la caja torácica. Isobel. ¿Cómo era posible?

Me pegué a la puerta para escuchar su conversación.

—¡¿Quisiste remplazarme?! —gritó la voz de Isobel.

—¿De qué hablas? —preguntó William.

—¡Sé que quisiste remplazarme por la puta de Ash! ¿Cómo te atreves a hacerme algo así?

—¿Quién te ha contado eso? Yo nunca haría algo...

—¡Sí! ¡Intentaste hacerlo!

—Cielito, hago lo que quiero. No olvides que tú trabajas para mí y que no te debo nada.

Abrí los ojos como platos. El tono que había utilizado estaba lleno de desprecio, pero no comprendía... ¿Cómo que «trabajar»? Parecía que Isobel no era solo su prometida, lo que ayudaba a explicar su secuestro...

¿De quién hablaba Isobel? ¿«La puta de Ash»?

—Ahora que han acabado tus vacaciones vas a tener que ocuparte de la pequeña Grace. Por cierto, ¡estás muy bien maquillada!

—Ni siquiera has intentado buscarme —gruñó Isobel—. Has pasado un mes entero sin saber nada de mí.

Me cubrí la boca con la mano. Iba a hablarle del secuestro. ¿Me habría reconocido aquel día? Estaba arruinada.

—Me dijiste que no tenía derecho a llamarte durante el encargo, así que te hice caso.

—¿Así que para ti no soy más que una cautiva?

Se hizo un silencio. ¿Una cautiva? ¿Isobel también era prisionera de William?

—Exactamente —replicó él muy serio—. Vas a tener que vigilar a Isabella mientras compruebo que no hay nadie en los alrededores.

Oí que se cerraba la puerta. No le había dado tiempo a responder. Ahora estaba sola con Isobel. Tenía que ser discreta, tal vez había encontrado un modo de escapar.

BEN

Una hora antes

Ally había maquillado y arreglado a Isobel. William no debía sospechar que había sido secuestrada. Tenía las cicatrices cubiertas por el suéter y por su enorme chamarra, que ocultaba perfectamente el cinturón de explosivos.

Todo el plan era muy peligroso.

Mi miedo se intensificó a medida que nos acercábamos a donde nos había indicado Isobel. Pensaba en Bella y en todo lo que habría sufrido por culpa de William. No lograba sacarme de la cabeza la imagen de mi tío Rob muerto y no podía evitar proyectarla sobre Bella.

Me entraron ganas de vomitar. Estaba hirviendo por dentro.

—Deja de estresarte —gruñó Ash al volante de una de las

dos furgonetas en las que viajábamos, llenas con nuestros hombres.

—¡Dices eso porque Ella está a salvo!

No me respondió. A decir verdad, tampoco esperaba que lo hiciera. No tenía ningún interés en calentarme.

—Vamos a encontrarla, Ben.

—¡CÁLLATE! —grité fulminándolo con la mirada—. ¡Estás así de sereno porque tú no estás a punto de perder a la chica que amas! Bella es de las pocas cosas buenas que me han pasado en mi puta vida de mierda ¿y lo único que se te ocurre decir es «vamos a encontrarla»? ¡PUES QUÉ BIEN!

—Sé lo que hago —replicó.

Una risa mezquina escapó de mis labios, una risa que marcaba que la compostura que me estaba costando mantener desde el principio había desaparecido definitivamente.

Saber que Bella estaba en peligro por mi culpa me volvía loco, pero saber que corría el riesgo de morir por culpa de mi primo, a quien ella le importaba una mierda, hacía que me entraran impulsos asesinos.

La sangre me latía de rabia en las venas.

—¡Tú no sabes nada! ¡Haces lo primero que se te pasa por la cabeza! —gruñí apretando los puños—. Tú...

—No pienso hacer estallar las bombas mientras Grace esté dentro, Ben —espetó Ash con la mirada fija en la carretera—. Isobel no lo sabe, pero solo se las he puesto por si acaso.

«Por si acaso ¿qué?»

—¡Por si acaso ¿qué?! ¡Son unas putas bombas! Un paso en falso y... Estás tan obsesionado con tu venganza que no te importa una mierda nada de lo que te rodea, ¿verdad? —solté.

Ash aceleró. Mi cólera se acentuó cuando comprendí que no pensaba escucharme. Estaba ocupado con sus putos pensamientos de venganza, aunque eso implicara arrebatarle la vida a la chica de la que yo estaba perdidamente enamorado.

«Me lleva el demonio.»

—¿Sabían que las paletas que compré...?

—No es el momento, Ally —gruñí sin girarme hacia ella.

Ally y Kiara nos acompañaban en el mismo vehículo, siguiendo la furgoneta en la que iba Isobel.

Todo se decidiría esa noche. Ash finalmente podría vengar a su padre. Una vida por una vida. Era el lema de la familia.

Recé por que Isobel no lo mandara todo a la mierda, aunque parecía enojada con William por lo que le había confesado Ash acerca de su propietario. No podía soportar que hubiera querido remplazarla por Ella.

Cuando nos adentramos en un bosque de árboles inmensos, mis pulsaciones se volvieron irregulares. Estábamos cerca. Recorrí con la mirada ese lugar inhóspito y oscuro.

—Quédate aquí —me ordenó Ash, y salió del vehículo.

Se acercó a uno de nuestros hombres, a quien le confió el detonador. La ira me inundó el cerebro. Debería tenerlo yo. Ahora, un desgraciado cuyo nombre desconocía podía hacer explotar a mi novia en cualquier momento. «A la mierda.»

—¿De acuerdo? —oí decir desde mi posición—. Aprieta solo si me volteo hacia ti y te ordeno que lo hagas, ¿está claro?

—Sí, jefe.

«Si tengo que matar a este payaso para recuperar el puto detonador, lo haré con gran placer.»

—Está a diez minutos de aquí —indicó uno de nuestros hombres al llegar a la altura de Ash. Jones va delante, ¿es así?

—Sí. Comprueben si el perímetro es seguro. E intenten mantenerse en sus puestos.

Los hombres armados se alejaron de nuestra ubicación. Intenté calmarme respirando lentamente con los puños apretados. Con el rabillo del ojo, vi que Isobel todavía estaba dentro de la furgoneta, sola. Se retorcía los dedos y movía la pierna con nerviosismo. Sabía que iba a morir esa noche.

Ash me hablaba, pero yo no oía nada. Estaba distraído por todos esos pensamientos.

—Quédate en el coche y confía en mí. Sigue el plan.

Ash se alejó hacia Ally y Kiara mientras yo me acercaba a la furgoneta. Me subí para observar de frente a la cautiva, quien me fulminó con la mirada.

—Me da asco pensar que serás la última persona a la que veré antes de morir —espetó Isobel.

Negué con la cabeza. Su muerte no me dolería en absoluto.

—Isabella es buena persona, Ben —afirmó—. No es una chica para ti.

—Más te vale no arruinarlo.

—Porque sabes que Ash hará explotar a tu Dulcinea si es necesario, ¿verdad? Pero yo puedo ayudarte a salvarla.

La miré fijamente. ¿Ella? ¿Ayudarme?

—Ash quiere que la haga salir mientras mantengo ocupado a William —me explicó—. Tú y yo sabemos que no podré hacer ambas cosas. La casa tiene una entrada detrás de esos bosques. La encontrarás con facilidad, hay un bastón justo al lado.

Señaló una dirección con el dedo mientras la escuchaba atentamente.

—Hay una escalera que te llevará al subsuelo de la casa, al sótano.

El sótano. Claro. Así había llamado ese loco al lugar en el que estaban. Isobel no mentía.

—Saca a Bella mientras yo me encargo de William.

Entorné los ojos, todavía perplejo. ¿Por qué querría ayudarme Isobel?

—No se lo digas a tu primo, se negará a que vayas. Pero conozco a William y el plan de Ash no funcionará si solo cuenta conmigo.

Estaba claro que Ash iba a negarse. Pero Isobel tenía razón: no podía sacar a Bella y entretener a William al mismo tiempo.

—¡Ben! —exclamó mi primo con voz ronca.

Eché un vistazo al exterior y me volteé hacia Isobel, quien esbozó una sonrisita.

—Gracias —suspiré antes de salir de la furgoneta.

Avancé hacia Ash. Se dio la vuelta cuando me vio.

—No hay nadie alrededor. No sé si es nuestro día de suerte o una enorme trampa, pero hay vía libre. Tú vuelve a la furgoneta. Te necesito para vigilar a Isobel.

Asentí con la cabeza y miré en la dirección que me había mostrado nuestra prisionera. «Un bastón..., un bastón..., un bastón...» Debía alejarme para buscarlo, pero si Ash se daba cuenta me mataría.

Nos acercamos a la furgoneta, donde esperaban tres hombres que iban a escuchar las conversaciones entre Isobel y su propietario. Me senté donde me indicó Ash.

—Llévenla hasta la casa —ordenó—. Activen el micrófono y empiecen a escuchar. Ante la mínima señal de que vaya a sabotear el plan, la haremos estallar.

Los hombres agarraron a Isobel y se alejaron de nuestra posición. Yo tenía que irme a buscar a Bella. Me volteé hacia Kiara y Ally, quienes estaban en plena discusión con uno de los hombres. Cuando Ash se alejó, salí discretamente de la furgoneta.

—¡Eh, tú! —le dije al tipo del detonador, quien frunció el ceño—. Ven —ordené cediéndole mi sitio—. Ash me ha dicho que tienes que sentarte aquí.

Acomodé su gorra para asegurarme de que su rostro no

fuera visible desde la distancia. No quería que Ash se percatara de mi ausencia. Ese tipo iba a encubrir mi desaparición. Era cuestión de vida o muerte.

Sin esperar, me alejé de allí y empecé a buscar la segunda entrada. «Prometo salvarte, Bella.»

BELLA

William había salido de la casa durante unos minutos para comprobar si había alguien en los alrededores. Sentada en la cama, esperé para ver si Isobel venía hacia mí. No entendía nada, parecía que estuviera hablando. Pero ¿hablaba sola? Tal vez se encontraba al teléfono.

Mientras esperaba inspeccioné la habitación por última vez para asegurarme de que no se me hubiera pasado ninguna salida oculta. Estaba frustrada por no haber encontrado todavía un plan de fuga sólido.

Finalmente, sonó el clic del seguro y la puerta se abrió.

Isobel me miró con una sonrisa de disculpa. Fruncí ligeramente el ceño al verla vestida con un abrigo enorme cuando estábamos en junio.

Se llevó un dedo a los labios con suavidad indicándome que me quedara en silencio y me colocó un mechón detrás de la oreja. ¿Tal vez no quería que William la viera? Me ofreció un papel y yo lo desplegué.

«Ben y Ash están fuera. He venido a sacarte porque tú no deberías estar involucrada en nada de esto. No puedo hablar, no quiero que William me escuche.»

Ben estaba allí.

Con el corazón acelerado, la seguí. Avanzamos de puntitas hasta la entrada, pero, cuando llegó el momento de salir de la casa, cerró la puerta detrás de mí. Y ella se quedó dentro.

Temblorosa, me agaché cuando la voz de William me llegó a los oídos. El miedo me invadió. ¿Y si me veía? Me alejé de la casa arrastrándome y, tras varios minutos rozándome los antebrazos con el suelo, me dio un vuelco el corazón cuando vi a pocos metros una silueta conocida.

Ash.

—Estaba seguro de que andabas muy lejos, hermano.

Ash tenía un arma apuntando a William. Me estremecí al verlo temblar de rabia, incluso desde mi posición.

—Llevo mucho tiempo esperando este día —espetó Ash con una mirada asesina—. Un paso más y te envío al infierno, exactamente al sitio del que vienes.

William se echó a reír con los brazos cruzados. Tenía una expresión altiva, totalmente impasible ante el arma que amenazaba con arrebatarle la vida. Como si estuviera seguro de que Ash no iba a disparar.

La hierba, que estaba alta, me impedía ver con claridad, pero percibía muy bien la cólera del rubio.

«¿Dónde está Ben?»

Busqué por los alrededores, pero nada. Estaba muy oscuro, era imposible. Me alejé rápidamente de la casa por miedo a que William me atrapara.

—No quieres dispararme.

—¿Qué te hace pensar eso? —preguntó Asher arqueando una ceja.

—Todavía puedo serte útil. Supongo que ya lo sabes, pero Rick era mi padre. He acumulado información que te vendría bien a ti y a tu red.

—No la necesito.

—¿Qué podría importarle más al gran Asher Scott que la red? ¿Que matara a su padre o que mi pequeña Ella...?

Jadeé con horror cuando el sonido de una bala rompió el silencio. Presa del pánico, levanté la cabeza y vi a Ash con el rostro salpicado de sangre. Abrí los ojos desmesuradamente ante el cuerpo de William, tendido en el suelo.

A lo lejos, se abrió una ventana de la casa. Me apresuré a alejarme un poco más. Me levanté, llena de tierra y con los dedos ensangrentados por las espinas que había en el suelo, y volteé hacia la casa.

Isobel estaba en el marco de la ventana. Me dio un vuelco el corazón cuando la vi aplaudiendo a Ash.

—Saca a Grace de ahí y sal tú también —le espetó Ash a la joven.

Fruncí el ceño. ¿Ash no sabía que yo estaba fuera? ¿No se lo había dicho Isobel?

Me quedé callada. El miedo se apoderó de mis entrañas cuando Isobel negó con la cabeza. Sonrió con aire travieso.

—Saca. A. Grace.

Isobel volvió a negar con la cabeza y Ash, repentinamente enojado, le apuntó con la pistola y la amenazó:

—No me obligues a hacerte explotar, Jones.

«¿Hacerla explotar?»

Una carcajada escapó de sus labios.

—Hazlo, por favor. Me llevaré a Ben conmigo.

—No me digas que... —murmuré sintiendo que se me caía el alma a los pies.

Ben estaba dentro. E Isobel... llevaba una bomba encima.

El pánico se apoderó de mí, pero cuando iba a salir de mi escondite Ash se giró hacia el bosque y gritó a todo pulmón:

—¡BEN!

Seguí su mirada y vi que un hombre asustado de repente se

movía en un vehículo. En ese instante, una gran explosión me golpeó los tímpanos y me sobresalté violentamente. Mis sentidos se pusieron en alerta.

Era la bomba.

Ben estaba dentro.

Salí de mi escondite corriendo, al mismo tiempo que todos los hombres que había a mi alrededor.

Estuvo a punto de parárseme el corazón cuando vi la casa ardiendo ante mis ojos. Oí gritar a Kiara mientras Ash la retenía, mirando fijamente la mansión.

Ben estaba dentro cuando la bomba había explotado.

44

Pérdida

BELLA

—«Te otorgo el golpe de gracia» —suspiró Ally.

—Esas fueron sus últimas palabras antes de que el plan se viera arruinado —nos informó Ash, que había hablado con Isobel poco antes de la explosión.

Observó los anillos de Ben sobre su escritorio. Llevábamos ya unos minutos en casa de Scott, unos minutos en los que todo a nuestro alrededor había estado muy tranquilo. Demasiado tranquilo.

Estaba desconectada de la realidad, aún no era consciente de lo que acababa de pasar. La imagen del rostro ensangrentado de Ben volvió a mi cabeza. Lo habían encontrado entre los escombros de la casa en llamas. Su cuerpo estaba inerte, su ropa desgarrada y tenía quemaduras muy graves en la piel del antebrazo. Recordé los gritos de Kiara y Ally, luego sus llantos frente al cuerpo de mi moreno, que había caído en una trampa. Isobel le había dicho que viniera a salvarme porque ella no podía hacer todo sola, pero era mentira. A su llegada, me había hecho salir de la manera más simple, después Ben había entrado por el sótano. Habían encontrado su cuerpo cerca de la trampilla.

Se me hizo un nudo en la garganta y mis lágrimas se multiplicaron. No podía morir. No tenía derecho.

—Pensó que Ash jamás la haría explotar con Ben dentro de la casa —dijo Kiara entre sollozos antes de romper a llorar por sexta vez.

—Y entonces aquel idiota entró en pánico y apretó el detonador cuando vio a Ash gritándole —añadió Ally limpiándose una lágrima de la mejilla.

Ash se puso la cabeza entre las manos mientras Kiara me abrazaba y me susurraba al oído promesas que no podía cumplir.

Cuando los hombres habían recuperado su cuerpo, el médico, Cole, se había hecho cargo de él dentro de la furgoneta. Recordaba los gritos de Ash ordenándoles que se fueran de allí. La vida de Ben estaba en manos del doctor, pero no había mucho que pudiera hacer sin su equipo, que estaba en la red.

Nunca pensé que una furgoneta pudiera ir tan rápido. El pulso de Ben era muy débil y, a pesar de los esfuerzos de Cole y su ayudante, nada podía estabilizar su ritmo cardiaco, casi inexistente. Mi corazón, en cambio, iba como loco a medida que pasaban los minutos y Ben se alejaba de la vida.

Había llorado, mucho. Muchísimo, de hecho.

Había llorado de rabia, de terror y de impotencia. Ben no podía irse. No tenía derecho a dejarnos. Era demasiado importante para nosotros. Para mí.

Su muerte me destruiría, lo sabía. Yo, que siempre había tenido miedo a que me abandonara, en ese preciso momento habría preferido que me rompiera el corazón, pero que siguiera con vida.

Le rogué que se quedara con nosotros mientras Kiara le gritaba que no podía dejarla. No podía dejar a Ash. Pero nuestras palabras eran inútiles, ya no nos oía.

Tan pronto como había llegado a la red, Cole había llevado a Ben a una zona que llamaban «la enfermería». Kiara me había informado que tenían un quirófano con todo lo necesario, como si fuera un hospital. Ally me había consolado mientras Kiara y Ash hablaban con la madre de Ben por teléfono.

Esta había roto a llorar. Y yo con ella. Otra vez.

Ash no podía soportar estar en la red sin poder hacer nada para ayudar a Ben. Como no podía entrar en «la enfermería» y no podía telefonear a Cole para pedirle noticias, había decidido venir a casa con nosotras. Y llevábamos un rato todos juntos esperando una llamada de Cole.

Este nos había dicho que no podía prometer nada, Ben estaba entre la vida y la muerte. Y, por el momento, su cuerpo se inclinaba hacia la segunda opción. Nos había aconsejado que nos fuéramos preparando. Tal vez era más fácil que nosotros nos preparáramos para su muerte que él se aferrara a la vida.

Mi labio no dejaba de temblar. Mis lágrimas no cesaban. Simplemente no podía. El dolor era atroz. La pena me estaba destruyendo. Me dolía la tripa, me dolía todo el cuerpo.

Ash me había dado el anillo de Ben, que estaba alrededor de mi dedo y me hacía pensar aún más en él.

Ash tomó a Kiara entre sus brazos y le susurró que todo iba a salir bien. La estrechó con fuerza durante unos minutos antes de anunciar:

—Salgo.

Abandonó el salón a toda prisa y nos dejó solas con nuestra pena y el miedo, que nos ahogaba un poco más a cada segundo que pasaba.

—¿Sabes lo que me mata? —sollozó Kiara—. Que puede que esté pensando que Bella murió en esa casa.

Se me hizo un nudo en la garganta al oír esa frase. Ben

pensaba que había fracasado. Que estaba muerta y que no me había salvado. Ben pensaba que había roto su promesa. Que no había podido protegerme.

—No puede morir —dijo Ally llorando—. Él no... Ben no.

—Daría todo lo que tengo por oírlo llamarme bruja —continuó Kiara con una risita que rápidamente se convirtió en sollozo.

—Isabella, Cole va a hacer todo lo posible por salvar a Ben —prometió Ally mientras se acercaba a mí—. No va a abandonarte...

—No lo sabemos —resoplé con la cabeza entre las manos.

Estaba destrozada. Había superado la fase de negación al ver el polvo en su cara ensangrentada, su ropa desgarrada y las heridas en su cuerpo. Tenía muy pocas posibilidades de sobrevivir, había que admitirlo. Y ese pensamiento me estaba volviendo loca.

—Voy... voy a llamar a Ella —dijo Kiara sollozando—. Tiene que saberlo.

Ally asintió. Yo miraba al suelo mientras me ahogaba en los pensamientos más horribles. Ben. Mi Ben. La vida era tan injusta... Solo llevábamos juntos unos meses y me lo iban a arrebatar. Una vez más.

Sostuve el anillo del hombre de mi vida entre las manos. Era la única cosa tangible que me quedaría de él, eso y todos los recuerdos que conservaba en la memoria.

—No creo que sobreviva a la muerte de Ben —dije cediendo a mi dolor.

—No... no puedo prometerte que vaya a salir de esta, pero sé que has sido lo mejor que le ha pasado —declaró Ally abrazándome—. Nunca dejó de quererte durante todo el tiempo que estuvieron separados.

Los años sin él habían sido un sinsabor. Y ahora solo me habían dado unos meses para pasarlos con él. Me negaba, me negaba a dejarlo morir. No podría sobrevivir. No esta vez.

—Te quería con locura... y habría hecho cualquier cosa por ti —continuó Ally llorando—. Siempre te ha querido, Isabella. Siempre. Y luchará por su vida. Por ti.

—¿Y si piensa que estoy muerta? ¿Y si cree que ha fracasado? —pregunté volteándome hacia ella—. Kiara tiene razón. Va a morir creyendo que no consiguió salvarme.

—No podrá saberlo, no si no recupera el conocimiento. Pero no te preocupes, Ben es un tipo duro, ¿de acuerdo? Va a hacer todo lo que pueda para seguir vivo. Aún le queda mucho por conseguir, muchos momentos por vivir.

Las dos amigas me consolaban lo mejor que podían. Si Ben moría, me destruiría, nos destruiría. Él y Kiara estaban muy unidos, me sentía estúpida por haberme sentido tan celosa de su relación cuando ella lo quería como a un hermano, como a su mejor amigo. Ash tampoco sobreviviría a esa pérdida. Era Ben, una persona a la que todos queríamos.

Esos chistes que solo me hacían reír a mí, su sonrisa traviesa, sus profundos ojos negros, que eran demasiado amables para el mundo en el que estaba inmerso. Sus bromas y su audacia que me volvían loca, su risa que hacía latir mi corazón a una velocidad inimaginable.

Me había enamorado más de él con cada segundo que pasaba a su lado.

«¿Crees que podrías ser feliz conmigo, a pesar de que somos totalmente opuestos? Esperaré tu respuesta hasta que llegue el momento. Mientras tanto...»

No había querido que contestara a esa pregunta en aquel momento. Aunque ya tenía una respuesta en mi cabeza.

«Te protegeré de la locura de mi vida. Y te prometo responderte antes a los mensajes.»

Ese recuerdo me arrancó una sonrisa y se me multiplicaron las lágrimas. Aunque no estuviera presente, sus palabras seguían despertando en mí un sentimiento de felicidad.

«La respuesta es sí, Ben.»

Estaba segura de que podría ser feliz con él, aunque fuéramos completamente opuestos. Porque solo lo quería a él. Y yo solo sería suya. «Porque no habrá nadie más.»

—No puede morirse, el muy cabrón me prometió demasiadas cosas —soltó Kiara.

Ahora estaba enojada, pero yo aún no había llegado a ese punto.

—Prometió estar ahí cuando por fin encontrara a alguien, prometió cuidarme. No... ¡No tiene derecho!

Me dolía. Estaba mal. No podía más. Mis lágrimas no paraban de brotar. Mi caja torácica estaba comprimida, todo a mi alrededor se había detenido.

Tate se apoyó en mis muslos.

—Te quiere, Bella —susurró Kiara—. Sé que es un gran imbécil, pero Ben te quiere con locura.

Mis labios temblaron ante la confesión de Kiara.

—Me hablaba de ti todo el tiempo, todos los días, incluso después de la escuela. Le habías robado el corazón y solo tenía ojos para ti. Te prometo que luchará por ti.

Entendí que, al tranquilizarme, ella se tranquilizaba también.

Llevábamos más de una hora esperando, y, sin noticias de Ben, el vacío en mi corazón no hacía más que crecer. Mi enojo empezaba a imponerse sobre mi tristeza. «Carajo, ¿por qué no nos dicen nada? ¿Ha habido complicaciones? ¿Está muerto?»

La espera era la forma más extrema de tortura. Perder a un ser querido significaba perder una parte de nuestra alma, que abandonaba la tierra con él. A menudo la mejor.

Cuando sonó el celular de Kiara, el corazón me dio un vuelco. Lo sacó rápidamente del bolsillo con las manos temblorosas.

—¿Y bien? ¿Tienes noticias? ¿Cole te ha llamado?

—Vengan a la red.

La cara de Kiara se desencajó. El tono de Ash era bajo y demasiado tranquilo. La expresión de Ally era la misma que la de su amiga, así que mis sentidos se alarmaron.

Estaba muerto.

Ben estaba muerto.

—Y... ¿dónde quieren enterrarlo? —preguntó Kiara con una mueca.

—No sé nada, Kiara —resopló Ash pasándose las manos por el pelo—. Me importa una mierda. No soy yo el que tiene que decidirlo.

Miré su cuerpo sin vida y me entraron ganas de vomitar.

—Pero ¿por qué?

—Porque dicen que sigue siendo un Scott. Probablemente lo pongan con Rick —respondió contemplando sus anillos—, aunque solo queda la mitad de su cuerpo de mierda.

William había perdido la vida, así como la parte inferior del cuerpo. La familia había decidido enterrarlo junto a Rick, que, al parecer, era su padre.

—No puedo creerlo... ¡Después de todo lo que ha hecho!

—Les he dicho que ni se les ocurra enterrarlo con mi padre —espetó Ash—. Lo que deberían hacer es buscar un lugar dejado de la mano de Dios en el que tirarlo.

Permanecimos en silencio. Ordenó en voz baja:

—Tienen que terminar su trabajo. Grace se quedará conmigo. Si hay noticias, las llamaré.

Las dos amigas me miraron y asintieron. Lo único que podíamos hacer era esperar.

Ash me pidió que lo siguiera. Rápidamente, nos alejamos de la morgue, en la que hacía un frío glacial. Me condujo a su despacho, donde habíamos estado unas horas antes. Cuando me senté frente a él, sacó un paquete de cigarros. Con una mirada, me ofreció uno, que rechacé amablemente.

—No fumo.

Esbozó una pequeña sonrisa, una sonrisa de verdad, de esas que se veían muy pocas veces en él.

—Sobrevivirá —susurró sin mirarme—, te doy mi palabra.

Parecía demasiado confiado.

—¿Has tenido noticias?

—Muy pocas. Cole me ha dicho que en un principio sus posibilidades de sobrevivir eran casi nulas. Ha perdido mucha sangre y tiene las costillas rotas. También sufre una conmoción cerebral —me explicó mientras yo sentía que se me saltaban las lágrimas—. Ahora está en el quirófano y tardarán horas en salir. Pero Ben es un luchador. Lo sé.

Ash se mostraba impasible. Confiaba en su primo. Y en su médico.

—Además, le prohibí que se fuera. No tengo los huevos de hacer sin él todas las cosas que he planeado.

Con el ceño fruncido, le pregunté:

—¿Qué has planeado?

Una sonrisa se le dibujó en los labios. Su mirada se dirigió entonces hacia un pequeño cuaderno negro que tenía sobre la mesa, pero no me contestó.

—Nunca pensé que un día estarías aquí —admitió dirigiendo su mirada de acero hacia mí—. En la red. Y, sobre todo, con Ben. Lleva años fastidiando contigo —refunfuñó riendo—, tanto que yo también creía estar deprimido porque ya no estabas en su vida.

Una risita se escapó de mis labios y él me imitó.

—Eres perfecta para él, Grace, no lo dudes ni un segundo. Aunque sean completamente opuestos. Eres lo que necesita.

Las palabras de Ash se me quedaron grabadas y sonreí como una idiota. Ash se había opuesto tanto a nuestra historia al principio que su bendición me reconfortó.

—A decir verdad, estoy casi celoso de su relación —me confesó posando la mirada en el cuaderno que tenía a su lado.

—¿Por qué? —le pregunté.

Debía de estar hablando de Ella.

—Porque yo podría haber tenido lo mismo, pero lo arruiné —dijo simplemente—. Ell...

Unos golpes en la puerta lo interrumpieron. Hizo pasar a quien había llamado. El corazón me dio un vuelco cuando reconocí a uno de los médicos que atendía a Ben.

—Traigo noticias.

45
Castillo de naipes

BELLA

Miraba fijamente el techo de mi habitación. El silencio que me rodeaba multiplicaba el estruendo que provocaban los pensamientos en mi entumecido cerebro. Parecía que esa noche no quería acabar. No había podido pegar ojo.

La primera luz del sol empezó a entrar en mi habitación. Ash me había dejado en casa poco después de hablar con uno de los médicos, quien nos había informado que habían podido detener la hemorragia. Pero aún no se había acabado. Seguía inestable, al igual que mi corazón.

Ahogué los sollozos en la almohada. Me sentía atrapada en ese círculo de terror infinito. Quería que todo se detuviera, que volviera a ser como antes. Quería que Ben me hablara por teléfono de cómo le había ido el día y después oírlo discutir con Kiara. Quería sentirlo cerca de mí, que me dijera que iba a quedarse conmigo. Quería sentir su olor en mi cuerpo, escuchar su risa y sus chistes malos.

—Me prometiste que te quedarías...

Las lágrimas me mojaban las mejillas y se deslizaban hasta

mis orejas. Tumbada en la cama, contemplé su anillo, sin parar de llorar.

—No me abandones..., te lo suplico.

Tomé mi celular, que habían encontrado en el bolsillo de William con la pantalla rota. Me temblaban las manos al desbloquearlo.

Encontré cientos de mensajes tranquilizadores que Ben me había mandado mientras estaba secuestrada, así como numerosas llamadas perdidas suyas.

También tenía un mensaje de Riley, que me preguntaba cómo iba todo, pero no me encontraba con fuerzas suficientes para responderle.

Tras pasar varios minutos intentando calmarme, me levanté y suspiré pasándome la mano por el pelo enredado. Posé la mirada en mi gato, quien dormía plácidamente a los pies de la cama.

«Me encantaría ser Misty ahora mismo.»

Mis piernas me guiaron hasta el cuarto de baño. Con movimientos lentos y automáticos, me desvestí y me metí en la ducha. Una vez dentro, dejé que el agua caliente cayera sobre mis extremidades, que no paraban de temblar. Las lágrimas se mezclaron con las gotas y me senté en el suelo acurrucándome sobre mí misma.

Ben no. Cualquier cosa menos él.

—¿Por qué...? —El agua me caía por los hombros y por la cabeza. Estaba destrozada—. ¿Por qué tuviste que escucharla? «¿Por qué confiaste en ella?»

A pesar de que el nudo que tenía en la garganta se negaba a deshacerse, me levanté para lavarme, para quitarme el polvo que tenía en la cara y las manos. Para lavar todo rastro de esa noche.

Todo podía cambiar de un día para otro. Podías estar riendo con la persona a la que amas y llorar su muerte al día siguiente. Llega sin previo aviso. La muerte nos arrebata a nuestros seres más queridos y nos obliga a continuar sin ellos.

La persona con la que quieres pasar el resto de tu vida, aquella con la que hablas del futuro y de tener hijos, con quien has compartido momentos inolvidables. Esa persona que hace que te lata el corazón como ningún otro ser humano de los siete mil millones que hay en el mundo, la que te pone nerviosa, la que te hace sentir amada e importante. Para mí, esa persona era Ben. Y la muerte iba a arrancármelo.

«Bella.»

Él había sido el primero en llamarme así. Nunca podría oírlo de los labios de otra persona.

Ben era mi primer amor, mi primera cita, mi primera vez y mi primera decepción amorosa. Pero también era mi más bello recuerdo, lo mejor que me había pasado nunca. Como me recordaba a menudo.

—No conseguiré hacerlo sin ti.

Volví a pensar en mi secuestro, que ahora me parecía muy lejano. Antes pensaba que lo peor que podría pasarme era haber estado encerrada en esa habitación sin ventanas. Pensaba que había cometido un error al volver a entrar en la vida de Ben. Estaba convencida de que nunca tendría el coraje suficiente para vivir en su mundo.

Pero la idea de perder a Ben... lo ponía todo en perspectiva. No, no pertenecía a su mundo ni pertenecería a él jamás. Ese secuestro iba a dejarme secuelas que no me atrevía a imaginar. No obstante, eso no era nada comparado con lo que estaba viviendo en ese preciso instante. La idea de perder a Ben para siempre, de no compartir la vida con él, de no recibir su amor cada día... En ese momento, lo supe, nunca había estado más segura: me sentí preparada para aceptar su mundo y todos los riesgos que conllevaba. Fueran cuales fueran las próximas pruebas, quería superarlas con él.

Porque, simplemente, no podría vivir sin Ben. Antes no creía en las almas gemelas..., pero ahora no tenía ninguna duda de su existencia. Para mí, Ben era como las nubes para el cielo. Me completaba de la más hermosa de las maneras.

Me envolví con una toalla. De cara al espejo, admiré mi reflejo, asqueada. Tenía los ojos hinchados, la nariz tan roja como las mejillas, por no hablar de mis enormes ojeras. «Una maldita zombi.»

Me pasé una mano por la cara para calmarme. Había llorado demasiado. Y sabía que podía hacerlo aún durante horas o incluso días. Sin embargo, unos ruidos me obligaron a detenerme de repente.

Mi padre se había despertado. No se había interesado por mí en todo el día, había estado ocupado de reunión en reunión mientras su hija era retenida por su becario y presenciaba una explosión en la que el amor de su vida había resultado herido.

Sabía que no podía decirle nada. Ni a él ni a nadie. Era un secreto demasiado peligroso para ser revelado.

Cuando sonó mi celular, me sobresalté. Me dio un vuelco el corazón al ver el nombre que aparecía en pantalla. Ben.

Una voz ronca hizo que volviera a derramar lágrimas. Acababa de desaparecer la esperanza de oír a mi moreno.

—¿Grace?

—Sí...

—Sí, bueno, estaba comprobando que este fuera realmente tu número —resopló Ash—. Su celular está totalmente destrozado...

—Miente —protestó Kiara tras arrancarle el teléfono de las manos—. Está buscando otro número.

La llamada terminó tras ese comentario. Dejando escapar

un suspiro, dejé el celular en la mesita de noche, a mi lado. Ya no podía mantener los ojos abiertos. Se me cerraban los párpados. Esperaba conciliar rápidamente el sueño para escapar de esa realidad que me mataba poco a poco.

—¿Y bien?

—Hay que esperar —contestó Ally—. Cole nos ha dicho que le ha inducido el coma, no está seguro de que pueda... sobrevivir. Incluso después de varias horas de cirugía.

Se me formó un nudo en la garganta. El médico había hecho todo lo posible, pero ahora le tocaba a Ben luchar por vivir.

—Tendrá siempre un médico cerca por si de nuevo surgen complicaciones —resopló Ash, más nervioso desde lo sucedido la noche anterior.

Tras la operación, Ben había sufrido hipotensión y después una parada cardiaca. Consiguieron reanimarlo a tiempo, pero el médico consideró preferible inducirle el coma mientras se recuperaba de sus heridas.

Toda esa situación me hacía temblar de espanto. Nadie sabía qué iba a pasar al día siguiente. Ni a la hora siguiente.

—¿Podemos verlo? —pregunté mirándome de reojo el anillo que llevaba en el dedo.

Ash asintió.

—Sí, pero de uno en uno.

Asentí en silencio. Deseaba verlo. Lo necesitaba.

—¿Quieres bajar? —me preguntó Kiara sonriendo débilmente—. ¿Ahora?

—Sí..., si es posible.

—Cole ha dicho que podíamos ir —informó Ally—. Yo también quiero verlo.

—Tú lo verás cuando hayas terminado tu trabajo —replicó el rubio—. Kiara, acompaña a Grace y ven a verme. Tenemos que hablar.

La morena frunció el ceño, pero asintió con la cabeza antes de guiarme hasta la habitación en la que se encontraba Ben. Me paré ante la puerta, que estaba cerrada. Sintiendo la mano de Kiara en el hombro, giré la cabeza hacia ella con los ojos llenos de lágrimas.

—Tómate todo el tiempo que necesites —me susurró antes de abrazarme.

Me guardó su número en el celular y desapareció. Respiré hondo y llevé los dedos al picaporte de metal.

Con el corazón acelerado, abrí la puerta. No sabía cómo iba a encontrármelo, me daba miedo lo que fuera a ver. En cuanto mi mirada se posó en la única cama que había en la habitación, reprimí un jadeo de espanto.

Ben.

Había máquinas a ambos lados de la cama. Estaba colocado debajo del respirador, con varios tubos conectados en el brazo y en el dorso de la mano. La imagen me revolvió el estómago. Su rostro, que la última vez que lo había visto estaba ensangrentado, tenía ahora unas vendas en la nariz, la mejilla izquierda y el labio superior.

Cerré la puerta y me acerqué a él lentamente, conteniendo los sollozos.

—Lo siento —murmuré sentándome en una silla a su lado.

El sonido regular del monitor cardiaco era lo único que se oía a nuestro alrededor. Quería tocarlo, quería sostenerle la mano, pero estaba aterrorizada. Me daba miedo que ese simple gesto lo hiciera derrumbarse como un castillo de naipes.

—Lo siento muchísimo... Tú me... me salvaste, Ben —dije con las manos temblorosas—. Sigo viva... gracias a ti.

Sabía que no podía oírme, pero quería que supiera que no había fallado, que yo estaba ahí, a su lado. Que había mantenido su promesa.

—Te lo suplico... Yo... acabo de reencontrarte... No te vayas...

Temblaba como una loca, no podía mantener la calma. Me vinieron a la cabeza algunos de los recuerdos que había vivido con él.

«Ho-Hola.»

—¿Te acuerdas de la primera vez que nos vimos? —pregunté secándome las lágrimas—. Estabas sentado en las gradas del campo de futbol del instituto. Y me acerqué a verte porque me gustabas... Temblaba como una hoja.

Una risa nerviosa se me escapó de entre los labios. ¡Qué miedo me había dado que me rechazara!

—Aquel día, me pusiste este apodo... Bella. Nadie... nadie me había llamado así antes y... dijiste que había una primera vez para todo.

Así había empezado. Nosotros.

Y ahora casi podíamos tocar el final con la yema de los dedos.

—Nunca había... pensado que fuera a encontrar al hombre de mi vida tan joven —confesé mirando su anillo—. Nunca podría pasar página si te fueras... Sería incapaz. Nadie podrá, Ben... Nadie...

Se me escapó un sollozo más fuerte.

—Te... te quiero... Te lo suplico, no podré...

Me sostuve la cabeza con las manos. A cada segundo, aumentaba la presión que sentía en el cráneo.

—Es tan duro... Es una pesadilla... Sé... sé lo que piensas: que seré feliz sin ti, que encontraré a alguien y...

Un sollozo hizo que me interrumpiera. No podía controlar la tristeza y el dolor que me carcomían.

—Pero quiero... quiero ser feliz contigo. He tardado demasiado en contestar a tu pregunta... y me arrepiento. Ben...

Mi pie daba golpecitos en el suelo por los nervios. Me pasé una mano por el pelo, que a continuación me cayó sobre el rostro lleno de lágrimas.

—Sí, seré feliz contigo. Ahora estoy segura, aunque en realidad siempre lo he estado, porque te quiero. Y me iré enamorando de ti un poco más cada puta vez —suspiré.

Lo contemplé temblando, vacía, completamente abatida.

Un ruido me sacó de mi burbuja. El médico, Cole, entró en la habitación. Me levanté de la silla.

—Veo que tienes compañía, Jenkins —comentó mirándome—. Solo he venido a hacer unas revisiones. Puedes quedarte, no tardaré mucho.

Decidí sentarme de nuevo mientras lo veía tomar anotaciones con la mirada puesta en las máquinas.

—Sécate esas lágrimas —suspiró sin mirarme—. Sobrevivirá. Es Ben.

Me limpié una lágrima que acababa de bajarme por la mejilla y sollocé sin decir nada. El médico prosiguió:

—Al menos, eso espero. Si todo va bien, dejaré de administrarle sedantes dentro de una semana o dos... Después de eso, le corresponderá a él despertarse.

Asentí con la cabeza, asimilando todo lo que me decía. Dos semanas de incertidumbre.

—Se quedará aquí unos días después de despertar. Tendrá varias sesiones de rehabilitación. Mientras tanto, puedes venir siempre que quieras...

—Isabella —completé educadamente.

—Isabella. No sabía que Ben tuviera novia —añadió con

una sonrisa—. Cuídalo, es muy buen chico... y he de confesar que es mucho más comprensivo que su primo.

Cuando terminó, salió de la habitación.

Posé de nuevo la mirada en Ben. Me acerqué lentamente a su cama y, con la yema de los dedos, rocé su fría piel.

—Te quiero... Te quiero mucho... No me abandones. No nos abandones.

46
Salida

BELLA

Dos semanas. Llevaba dos semanas en coma inducido. La primera había sido la más angustiosa de mi vida. Me la había pasado conteniendo la respiración y había tenido pesadillas en las que Ash me llamaba para decirme que Ben no había sobrevivido a sus heridas. Pero, después de esa semana, todo había estado más o menos estable. Solo quedaban dos días, dos días durante los cuales aún nos podía dejar en cualquier momento.

Desde esa noche, Ash me llevaba todos los días a verlo. Incluso me propuso colocar una cama a su lado, por si me apetecía dormir con él.

Ash se estaba mostrando por primera vez muy amable conmigo. Lo veía sonreír más a menudo, era optimista con la salud de su primo. Estaba más tranquilo. Kiara también parecía menos estresada, Cole había dicho que Ben se iba a recuperar. Desde entonces, no paraba de hacer viajes a casa de Ben con Ally para preparar su llegada.

Yo, por mi parte, me encontraba mejor. A pesar de mis pesadillas, ya no lloraba cada noche y mi ansiedad, aunque seguía presente, era más llevadera. Había tenido tiempo de llamar a

Riley y a Josh, mis dos fuentes de energía. No entendían por lo que estaba pasando, pero sus voces y sus risas me subían la moral. En momentos difíciles, la presencia de amigos es lo único que puede evitar que enloquezcamos.

Mis padres también habían sido encantadores. Debían de sentir que algo no iba bien, porque habían invitado a Riley a pasar el resto de las vacaciones en Los Ángeles. Mi padre había ido al aeropuerto a recogerla.

—Hola...

Acaricié el cabello de ébano de Ben y le di un delicado beso en la frente. Asher me había llevado a la red para que pudiera verlo antes de que llegara Riley. Sentada en una silla junto a él, empecé a contarle mi día. Como llevaba haciendo durante las últimas dos semanas.

Le acaricié la mano con el pulgar mientras lo miraba. Se me salieron las lágrimas mientras le susurraba:

—Te echo de menos... Te echo mucho de menos, Jenkins. Cuando te despiertes... iremos al cine. Está la película que llevas esperando desde el año pasado...

Se me hizo un nudo en la garganta.

—Y comeremos todo lo que te apetezca... Haremos todo lo que quieras que hagamos...

Me limpié las lágrimas sollozando. Una sonrisa se dibujó en mis labios cuando recordé el monólogo de Kiara, quien lo había amenazado la semana anterior.

—Te prohíbo que te mueras, idiota. ¿Me has oído? No puedo vivir con Ash si no estás tú. Además, hijo de perra, me niego a cargar con los archivos sin ti. ¿No te da vergüenza dejarme sola? Como te mueras, te mato, Ben, ¿me oyes? Iré a agarrarte de la oreja al infierno para matarte con mis propias manos.

Lo fulminó con la mirada.

—Además, imagínate, Bella va a encontrar a otro chico cuando tú has estado todo el verano molestando —soltó la morena—. Nos habíamos prometido cuidar el uno del otro, Ben... Te lo suplico... Lucha por tu vida... Prometiste estar ahí para Théo..., para todos nosotros..., y aunque no lo digo a menudo... echo de menos tus chistes, Jenkins.

La puerta se abrió y apareció Ash, que anunció:

—Es tarde, Grace. Si quieres llegar a tiempo para ver a Charmander tienes que irte ya.

«¿Charmander...?»

—Ally y Kiara van a llevarte, te están esperando fuera.

Me levanté dirigiendo una última mirada hacia Ben y susurrando un «hasta luego» con el mismo miedo de siempre a que se convirtiera en un «adiós».

Ash me guio hasta el coche de Kiara, que estaba estacionado a un lado. Ella me dedicó una enorme sonrisa cuando entré en el vehículo.

El rubio se apoyó en la ventanilla de su amiga y le dijo:

—Intenta ir rápido, tiene que estar ahí a las seis.

—No te preocupes. Nos vemos esta noche.

Por el camino, hablé con las chicas sobre el estado de la salud de Ben y sobre lo contentas que estaban de que Ash hubiera acabado con William. La indiferencia de las chicas ante la muerte de William me provocó escalofríos, pero imaginé que estaban acostumbradas a la sangre y los asesinatos.

Kiara y Ally eran adorables, eran tan amables que el hecho de que trabajaran en ese mundo resultaba casi imposible de creer. Sin embargo... No sabía nada de su papel en la red, pero parecían tener un cargo de importancia. Y, sinceramente, no buscaba más información. Cuanto menos supiera, mejor.

Desde mi punto de vista, sus personalidades no encajaban con el trabajo que desempeñaban, pero quizá eso era solo un estereotipo que tenía en la cabeza por culpa de las películas de gánsteres. Ash, en cambio, encajaba perfectamente con mi imagen de líder de una banda. Era una locura decirlo. Habiendo estudiado con él, nunca pensé que se convertiría en un criminal. Un poco como Ben.

Al fin y al cabo, el trabajo no hace a la persona.

—Mañana, Ally y yo vamos a ordenar la casa de Ben y a comprar muebles nuevos para que se sienta más a gusto mientras se recupera. ¿Qué te parece si te viene con nosotras? —me ofreció Kiara.

—No puedo —dije con una sonrisa de disculpa—. Mi amiga llega hoy de Irlanda y no puedo dejarla sola con mis padres...

—¡Dile que venga con nosotras! —añadió Ally girándose hacia mí—. Le enseñaremos la ciudad.

Una sonrisa se dibujó en mis labios. Me quedé con la invitación de Ally en la cabeza. Sabía que Riley aceptaría, ella era mucho más sociable que yo y le encantaba ir de compras.

Señalé la entrada de mi casa. Kiara soltó una risita y dijo con un tono burlón:

—Ya sé dónde vives, Isabella. Dale las gracias a Ben por haberme arrastrado hasta aquí tantas veces.

Delante de mi casa, vi el coche de mi padre. La emoción se apoderó de mi cuerpo mientras subía los escalones. En cuanto abrí la puerta principal, oí la voz de Riley en la cocina.

—¡Por fin! —gritó.

Me lancé a sus brazos. Su aroma me llenó las fosas nasales mientras la estrechaba contra mí con fuerza.

—Chicas..., ¡solo ha pasado un mes! —se burló mi padre con una expresión molesta.

Riley me pasó el brazo por los hombros.

—Tú y yo tenemos mucho que contarnos —murmuró con picardía.

El corazón me dio un vuelco. Aún no había pensado el tema de la falsa discusión que había tenido con Ben. «Voy a tener que ponerme creativa.»

—¿Y cuándo vuelve Lily? —preguntó Riley, refiriéndose a mi madre.

—Pasado mañana —anunció mi padre con una enorme sonrisa—. Tiene unas ganas enormes de verte.

—¡Ha pasado mucho tiempo!

La llevé a mi dormitorio, que ella solo había visto una vez hacía años, y cerré la puerta tras nosotras. Riley se tumbó en mi cama mientras yo rebuscaba algo de ropa del armario.

—Entonces, ¿cuál es el problema?

Resoplé. «Okey, Bella, muestra tus dotes de actriz... No estuviste yendo tres años a clases de teatro para nada.»

—Cuando fui a su casa, estuvimos hablando otra vez de todo lo que pasó entre nosotros —comenté falsamente molesta—. Y dijo algo que no me gustó...

—¿Algo que malinterpretaste?

La fulminé con la mirada. Ella se rio y me dejó terminar.

—Una vez en casa, me negué a hablar con él. ¿Y sabes qué? Está enojado porque yo estoy enojada.

Mi compañera de piso soltó una carcajada mientras yo fingía estar irritada por la situación. Aunque, en el fondo, rezaba por tener otra oportunidad de discutir con él.

—¡Son como niños! —exclamó partiéndose de risa—. ¿Cuánto tiempo llevan así?

—Una semana... o dos —suspiré dejándome caer a su lado tras haberme vestido—. Tengo una propuesta para ti.

—Cuéntame —dijo mientras jugaba con un mechón de mi pelo.

—¿Te apetece salir mañana con dos amigas de Ben? Tienen que ir a comprarle unos muebles porque no tiene tiempo para arreglar su nueva casa...

—¡Por supuesto! —se entusiasmó la pelirroja—. ¡Me encanta ir de compras!

Estaba segura de que iba a aceptar.

Al día siguiente

—¡Llegamos dentro de unos minutos! —exclamó Ally.

—¡Estamos listas! —respondí en el mismo tono antes de colgar.

Me volteé hacia Riley, que se estaba probando su sexta falda, con un suspiro de desesperación.

—Sabes que vamos a una tienda de muebles, no a un desfile de moda, ¿verdad?

—Creo que no te das cuenta de que estamos en Los Ángeles. Tengo que tomarme exactamente cuarenta y cinco fotos para rellenar mi perfil de Instagram, de modo que sí, es un desfile de moda. ¿La azul o la negra?

Cuando me enseñó las dos faldas, señalé la negra. «Porque el negro combina con todo.»

La pelirroja las miró fijamente antes de decantarse por la

azul, lo que me hizo resoplar. Mientras se pintaba los labios, mi celular volvió a sonar.

—¡Ya estamos aquí!

—Enseguida vamos —dije mirando con los ojos como platos a mi compañera de piso, que seguía tomándose su tiempo.

Esta tomó dos gafas de sol y me preguntó:

—¿Rectangulares o redondas?

—¡Riley!

—Está bien...

Escogió un par antes de seguirme fuera. Las dos amigas, apoyadas en su coche, me sonrieron desde la distancia. Cuando nos acercamos, los ojos de Ally se abrieron como platos al ver a Riley.

—¿Riley?

—¿Qué? —gritó Kiara horrorizada—. ¿Conoces a Isabella?

—Rayos, ¡son ustedes! Sé que están molestas conmigo por no haber podido venir a la fiesta, pero ¡tenía una muy buena razón!

No entendía nada. Parecían conocerse, pero ¿cómo era posible? «¿Y qué fiesta?»

Ally saltó a los brazos de mi *roomie*. Kiara hizo lo mismo mientras yo las miraba fijamente esperando una explicación racional.

—Además, he oído que la muy zorra fue —se rio Riley sin prestar atención a mi expresión aturdida.

—¡Ah, sí, la fiesta de las cautivas de este año fue muy especial! —respondió Kiara entre risas—. Exijo una explicación y, como me digas que no viniste por culpa de tu propietario, ¡te mato!

47
Último giro

BELLA

—No me odies... No podía... contártelo...

La miré en silencio, todavía conmocionada. La imagen que tenía de Riley era... ¿falsa? Ya no sabía qué pensar. No sabía a quién tenía delante... Llevaba todo este tiempo ocultándome su segunda vida.

A lo largo del día, las chicas me habían estado explicando en qué consistía el trabajo de Riley, que era parecido al de Ally... Una cautiva, así era como lo llamaban. Trabajaban para bandas o, al menos, para los miembros más importantes, aquellos a los que Ally había llamado «propietarios». Los títulos sonaban degradantes, pero, por lo que había entendido, era todo una estrategia.

La joven madre era la cautiva de Ben y poco antes había sido la de Rick, su tío. En cuanto a Riley, pertenecía a una banda mucho menos poderosa. Ash y Ben no la conocían porque esa banda no había trabajado nunca con los Scott.

Y, durante todo este tiempo, Riley había llevado una doble vida. Su trabajo de niñera era falso, era una tapadera que le permitía salir por las noches y volver a horas intempestivas sin que yo me diera cuenta de nada.

Me había mentido. Llevaba mintiéndome desde el principio.

—Quería decírtelo..., pero sabía que podía ser peligroso para ti estar al corriente y... no quería obligarte a entrar en este mundo...

Peligroso. Ese mundo era peligroso.

Pero ese mundo había colisionado con el mío. Todas las personas que me rodeaban estaban más o menos involucradas: mi padre, el amor de mi vida, mi mejor amiga. Pero ninguno de ellos, aparte de Ben, se había atrevido a decírmelo. Habían preferido mostrarme una imagen impecable de ellos.

Era... ¡Carajo, Riley!

—Entonces, cada vez que salías por la noche... ¿era para... eso?

Asintió con expresión avergonzada. No quería que se sintiera mal. A decir verdad, no la culpaba por ocultármelo, ella pensaba que estaba haciendo lo correcto. Pero no podía evitar sentirme molesta por todas sus mentiras, por todas las veces que se había inventado historias y no me había enterado de nada.

Como de costumbre. Yo siempre era la idiota.

—¿Cómo... cómo acabaste trabajando ahí?

Esbozó una sonrisita y bajó la mirada. Ally me había explicado que, antes de obtener ese trabajo, había ido de fracaso en fracaso y, con un bebé a su cargo, había tenido que buscar una solución que le permitiera salir de esa pesadilla.

Ally había hecho todo eso por Théo, su hijo. Había querido proporcionarle la mejor vida posible, aunque eso significara sacrificar la suya.

Pero... ¿Riley? ¿Cuáles habían sido sus motivaciones para

entrar en ese maldito mundo? Ese trabajo era sinónimo de muerte. Durante las misiones corrían riesgos que podían resultar fatales y eso me helaba la sangre, aunque a ellas no. Era como si estuvieran... acostumbradas.

—En la escuela tenía una amiga a la que le fascinaba todo ese mundo —empezó—. Además, ella fue quien me inició en las series sobre bandas y criminales, y me encantaron. Adoraba ese ambiente, el peligro, la adrenalina...

Fruncí el ceño. Y yo que pensaba que Riley estaba obsesionada con *Peaky Blinders* solo por los trajes de los Shelby. Ahora todo cobraba un nuevo sentido.

—Era dos años mayor que yo. Había que empezar a solicitar plaza en las universidades y yo estaba triste por saber que ella no podría entrar en ninguna por falta de recursos. —Riley levantó la mirada hacia mí—. Yo no tenía ese problema, el dinero nunca había sido un obstáculo para mí, pero entendía su frustración.

Suspiró recordando sus años de escuela.

Yo tampoco había tenido nunca ese problema porque mi padre era rico. Pero para alguna gente la vida era dura y a veces no tenían elección. Había quien debía ponerse en peligro para poder subsistir, quien debía enfrentarse a la muerte simplemente para vivir. Era desolador. Dicho esto, todavía no entendía cómo había entrado Riley en esa organización.

—Entonces Heather empezó a buscar otros modos de conseguir dinero —confesó con una sonrisa—. Una conocida le habló de este trabajo: las cautivas. Al principio, Heather se mostró en contra de esa idea, al igual que yo. Es decir..., eran criminales. Podía acabar en la cárcel o muerta o a saber... Pero se le complicó todo. Tuvieron que ingresar a su hermano pequeño en el hospital y su madre apenas podía cubrir los gastos.

Su amiga había llegado a la etapa de «no tenía elección» cuando había muchos trabajos menos peligrosos.

—Trabajaba en un cine y tenía otro trabajo en paralelo. Sus notas estaban en caída libre... Poco después de los exámenes finales, decidió plantearse la proposición de nuestra amiga, pero no tuvo el coraje de hacerlo sola.

Fruncí el ceño.

—Lloraba todas las noches. Aunque era la mejor oportunidad que iba a presentársele, ese mundo le daba demasiado miedo... Entonces me pidió que entrara con ella —confesó mirando a través de la ventana de mi habitación—. Al principio, me negué. Me atemorizaba y yo no lo necesitaba. Pero era mi amiga. Sabía que no podría aguantar mucho más.

Se le salieron las lágrimas. Mi ira se transformó en tristeza en un abrir y cerrar de ojos.

—Discutió fuertemente con su madre. Era de las que ignoraban los sentimientos de su hija, mientras que Heather había dejado de ir a clase para ayudarla. Como la echó de su casa, yo la acogí durante unos días. Después acepté. Al principio eran misiones sencillas. La adrenalina y el dinero que ganas son increíbles. Rápidamente, le agarramos el gusto, pero no debíamos confiarnos, porque ese mundo es muy cruel y algunos están dispuestos a hacer cualquier cosa por el poder. Cuanto más arriesgadas eran las misiones, mayor era la recompensa.

Asentí con la cabeza. Entendía lo que quería decir. Había visto hasta qué punto estaba William sediento de poder.

—Yo mantuve la calma, pero Heather perdió la cabeza por el dinero. Al principio llevábamos a cabo nuestras misiones juntas, pero ella siempre quería más, cosa que a mí no me sucedía. Discutíamos a menudo por ese tema y nuestra amistad perdió todo el sentido.

Le puse una mano en el hombro al percibir la melancolía

en su voz. Riley se volcaba mucho en sus amistades. Al parecer, lo que había vivido con Heather le había hecho daño.

—Después, empecé a trabajar en una banda que traficaba con documentos y lavaba dinero. Mi propietario me trataba de un modo muy paternal. Me permitió estudiar en Nueva York sin dejar de ser su cautiva. Decía que era bastante astuta —rio negando con la cabeza—. Al final le había agarrado el gusto a ese mundo tan peligroso, incluso sin Heather.

—¿Sigues en contacto con ella? —inquirí.

Me preguntaba si se habrían reconciliado, ya que nunca había oído hablar de ella. Sabía que Riley había sufrido anteriormente decepciones con sus amigas, pero nunca había hablado mucho del tema.

Por fin comprendía de dónde le venía toda esa fascinación por el mundo de las bandas.

—No realmente —confesó—. En este mundo puedes perder el camino rápidamente. Yo seguí siendo yo misma, pero Heather cambió. El dinero cambia a las personas, Isabella. Puede volverte miserable y egoísta hasta que olvidas a todos los que te rodean.

El dinero era una droga. Muchos habían muerto por él, y muchos habían matado para conservarlo.

—Llevo sin verla desde el año pasado, desde la anterior fiesta de las cautivas.

Kiara me había explicado que era una fiesta dedicada a todas las cautivas del país. Cada año se reunían para disfrutar de una gran velada todas juntas y para forjar vínculos entre sus respectivas bandas.

—Conocí a Ally y a Kiara hace dos años a través de una amiga en común. Y ya conocía a Ben y a Ash desde antes de que me hablaras de ellos —rio entre dientes—. Además, siempre he sentido una gran debilidad por los Scott.

—De eso me había dado cuenta —comenté sonriendo.

—No puedes culparme, está tan bueno como un dios y... su carisma me prende a mil. Sin embargo, sabía que se comportaba mal con las cautivas por culpa de esa zorra de Jones.

Riley conocía a Isobel. Claro..., ella también era una cautiva.

—Mi mayor sueño es trabajar con él —añadió—. El sueño de toda cautiva es trabajar para los Scott o los Kindley. Son las familias más importantes en todo el mundo. La influencia de Ash es inmensa y es aterrador ver a hombres sin moral palidecer al ver a un miembro de su banda.

Me tumbé a su lado.

—¿Cómo... cómo eligen a las cautivas?

—Eso depende de lo que busque el propietario. A veces, quieren una chica que parezca ingenua para misiones en las que debe pasar desapercibida. Otras, buscan a mujeres más astutas y perversas.

Asentí con la cabeza. Sabía que Ella también era una cautiva, pero, de no haberlo sabido, nunca habría pensado que pertenecía a ese mundo. Parecía muy dulce y tímida. ¿Tal vez fuera eso lo que buscaba Ash? No tenía ni idea.

—Hay que firmar un contrato. El propietario puede despedirte en cualquier momento cuando ya no necesite tus servicios. O puedes quedarte años con él si ve que le aportas lo suficiente. Un poco como yo con Max.

Así que el propietario con el que llevaba tres años trabajando se llamaba Max.

—¿Tu madre lo sabe?

Se le escapó una carcajada.

—¿Quieres que le dé un ataque al corazón? No lo sabe nadie aparte de ti. Llevo años ocultándoselo y no pienso decírselo. Sé que es algo que me perseguirá toda la vida, pero me da igual. Isabella, lamento mucho... no haberte contado...

—No te preocupes —suspiré girándome hacia ella—. No tenías elección. No te culpo...

Con el labio tembloroso, me abrazó murmurando palabras de agradecimiento y prometiéndome que nunca volvería a esconderme nada en toda la vida. Riley era mi mejor amiga. Aunque había descubierto que no la conocía tan bien como pensaba, no me era del todo desconocida. Sabía que era sincera conmigo, solo quería protegerme de esa parte de su vida y, como había dicho Ben, cuanto menos supiera, más segura estaría.

A partir de ahora, iba a revolotear alrededor de ese mundo sin sumergirme en él.

Al día siguiente

Me giré por enésima vez en la cama, haciendo gruñir a Riley, quien dormía. «Solo faltan dos horas.»

Tal como había predicho, yo no había dormido. Era incapaz de pegar ojo. El corazón me latía cada vez con más fuerza a medida que nos acercábamos al momento en el que Cole iba a sacar a Ben del coma.

Riley y yo habíamos estado viendo películas y hablando de todo y de nada hasta tarde. Como mi compañera estaba demasiado cansada para seguir despierta, había tenido que enfrentarme sola a mi ansiedad.

Me vestí suspirando. Estaba exhausta y me esperaba un día decisivo. Tal vez fuera el último día de Ben. «Nuestro último día.»

Ese pensamiento me provocó un nudo en la garganta. Apenas pude contener los sollozos. Me levanté al oír ruido abajo: los pasos de mi padre. Le gustaba levantarse temprano para admirar el sol y disfrutar de la calma matutina. Decidí bajar y tomarme el café con él para escapar de mis agobiantes pensamientos.

Mi padre me sonrió en cuanto me vio.

—Yo sé de una que se ha levantado más temprano que de costumbre —comentó ofreciéndome mi taza favorita.

—Buenos días.

—¿Has dormido bien? Porque no lo parece...

Una sonrisita estiró mis labios.

—Anoche me tomé un café.

Esbozó una expresión de exasperación. Me hizo señas para que lo siguiera. Su rutina matutina consistía en tomarse el café en el jardín.

Tomé un sorbo de mi taza y me instalé en la silla exterior.

—¿Sabes algo de William?

Su pregunta hizo que me atragantara. Tosí bajo su mirada inquisitiva.

—No. ¿Tú tampoco?

—Hace semanas que no —respondió—. Su celular no funciona. Ni el suyo ni el de su prometida.

Me encogí de hombros con aire inocente, aunque sabía que había muerto. Y que me había secuestrado.

Por su culpa, Ben estaba en una cama de hospital.

Lo odiaba, lo odiaba a muerte por lo que había hecho. A él y a Isobel.

—Puede que se hayan ido de vacaciones —sugerí—. Además, ¿no había acabado ya las prácticas contigo?

—Sí, pero descubrimos ciertos asuntos juntos. Es un tipo muy entrometido, no se rinde nunca. Me gustaría tenerlo en mi equipo.

—Pero... ¿no conoce a los Scott? —planteé examinándolo con la mirada—. Tiene el mismo apellido.

—Sí —suspiró mi padre—, pero no es como ellos. Comparado con su familia es un buen tipo... Sobre todo, comparado con Ash.

Así que William le había lavado el cerebro a mi padre.

—Ash no es malo —lo defendí—. Iba con él a la escuela. Era frío, pero no malo.

Se echó a reír.

—Han pasado muchos años desde la escuela y... la gente cambia, cariño. Tal vez fuera amable de joven, pero ahora es un desalmado hambriento de poder. Dispuesto a matar.

Reconocí la imagen que pintó, pero era la de William, no la de Ash. Mi padre solo lo conocía a través de William y lo odiaba porque este había querido que lo odiara.

—¿Y eso quién te lo ha dicho? ¿William?

Asintió.

—Creo en sus palabras.

—Deberías hacerte tu propia opinión sobre las personas en lugar de dejar que los demás te dicten la suya. Lo odias porque William lo odia —espeté con frialdad—. La gente cambia, papá, y, además, algunos son más mezquinos de lo que crees. Y otros no lo son en absoluto.

—¿Y tú qué sabes? —preguntó poniéndose serio—. No has vuelto a ver a Ash desde la escuela, ¿no?

—Pues sí.

La respuesta salió sola. Mi padre se puso tenso y me interrogó con la mirada. Mierda.

—¿Has vuelto a ver a Ash? ¿A Asher Scott? —repitió mi padre cruzándose de brazos sobre la mesa—. ¿Por qué no me habías dicho nada?

—Porque no sabía cuál iba a ser tu reacción...

Tenía que hablarle de Ben, quería tantear el terreno. Tal vez no le gustara la familia de mi moreno..., pero a él no lo condenaría.

—Ash es un manipulador, Isabella, como toda su familia. Aléjate de él.

Su tono frío me dejó clavada en el sitio, pero no quería rendirme. Era mi única oportunidad de abordar el tema.

—No tengo mucha relación con él... Pero sí con su primo, Ben. Benjamin Jenkins.

Resopló.

—Es una familia de criminales. No son buena compañía, Isabella...

—No son malvados.

—Por ahora. Es cuestión de tiempo. Yo ya te he dado mi consejo, te corresponde a ti decidir —afirmó secamente—. No puedo controlar tu círculo de amistades, ya eres bastante mayorcita para saber lo que te conviene.

Sin dejarme tiempo para contestar, se levantó y volvió a entrar en casa. Ben era perfecto para mí, aunque fuéramos totalmente opuestos. Estábamos hechos el uno para el otro. Comprendí que mi familia no aceptaría fácilmente nuestra relación, pero estaba dispuesta a hacerles frente.

Me dio un vuelco el corazón cuando sonó mi celular y vi el nombre de Kiara en la pantalla.

Temblando, me llevé el teléfono a la oreja.

—¿S-sí? —balbuceé.

—¿Bajas? Estoy aquí —me dijo.

Habían pasado nueve horas. ¡Cole había sacado a Ben del coma! Me di un golpe en la frente. No me había dado cuenta de lo rápido que había pasado el tiempo.

—Parece que aún no estás preparada —rio Kiara—. Date prisa, te espero.

Colgó. Sin perder ni un instante, corrí hasta la planta de arriba y entré en mi habitación, donde estaba Riley con el celular. Me puse unos pantalones y una camiseta bajo la mirada inquisitiva de la pelirroja.

—¿Por qué corres tanto?

—Ki... Kiara está... aquí —contesté saltando para ponerme los pantalones—. El médico ha interrumpido el coma, quiero estar con él si se despierta.

—Se despertará —me tranquilizó Riley levantándose.

Arqueé una ceja al verla cambiarse.

—¿No creerás que te voy a dejar ir sola? —se burló.

Sonreí mientras me ataba las agujetas.

Bajamos a toda prisa las escaleras y mi padre nos siguió con la mirada mientras fruncía el ceño. Riley le dijo que nos íbamos de compras.

El coche de Kiara estaba a pocos pasos de casa. Nos subimos con la respiración acelerada.

—Tengo miedo, pero, al mismo tiempo, estoy impaciente —comentó mientras arrancaba.

Al igual que Kiara, yo también estaba angustiada. Pero impaciente por rencontrarme con él. Se me formó un nudo en el estómago cuando recordé las palabras de Cole.

«Hay posibilidades de que no despierte y, en tal caso, no podré hacer nada.»

«Te lo suplico, Ben..., no nos abandones.»

48
Perfectly Wrong

BELLA

Cole había dejado de suministrarle sedantes hacía más de once horas y todavía nada. Once horas esperando a que se despertara o reaccionara a algo. Pero no daba señales.

—Su cuerpo debe eliminar los medicamentos. Lo bueno es que sus signos vitales son estables —explicó el médico mirando las máquinas—. Pero no podemos saber cuándo se despertará ni si lo hará.

Se me hizo un nudo en la garganta al oír esas palabras.

—¿Cuánto tiempo tiene que pasar para empezar a pensar que no se despertará? —preguntó la pelirroja frotándome la espalda.

—Si no hay señales de actividad durante las pruebas neurológicas después de diez días, podemos empezar a cuestionarnos cosas —explicó Cole—. Tenemos que estimular sus sentidos. En el mejor de los casos, despertará dentro de cuarenta y ocho horas.

—¿Lo ves posible? —pregunté levantando la cabeza.

Él me respondió con una sonrisa:

—Probablemente tres. Ha sobrevivido, Isabella. Con muchos problemas, eso sí, pero ha sobrevivido.

Aún no estaba segura. No mientras no reaccionara. Nadie podía decir lo contrario.

La puerta se abrió y Kiara, con unas cajas de pizza bajo el brazo, nos hizo señas para que fuéramos a comer. Yo no tenía hambre, quería quedarme allí con Ben. Pero no había comido nada desde el desayuno y Riley se moría de hambre. Le prometí a Ben en silencio que volvería y las seguí.

Kiara y Riley subieron las escaleras hablando de no sé qué banda mientras yo intentaba calmar mi ansiedad.

¿Y si tenía un paro cardiorrespiratorio? «No, Bella, Cole está ahí.»

¿Y si no se despertaba...?

¿Y si perdía la memoria? Dios mío.

Kiara abrió la puerta del despacho de Ash, que estaba gritando a su interlocutor a través del celular. Kiara se sentó en el sofá mientras Riley parecía deslumbrada por la presencia del rubio. Riley dijo en voz baja: «¡Es tan guapo!», y la morena se echó a reír.

—Me importa una mierda dónde estén. Si no tengo mi puto cargamento a las once de la noche, puedes decir adiós a todo lo que aprecias —dijo Ash antes de colgar hecho una furia.

Sacó su paquete de tabaco y se pellizcó el puente de la nariz mientras resoplaba molesto. Luego se puso un cigarro entre los labios y aspiró la nicotina con el fin de calmarse.

Tras darle unas caladas, se dejó caer sobre su silla de cuero y clavó su mirada de acero en nosotras.

—Nunca habría pensado que Charmander fuera una cautiva —resopló refiriéndose a Riley, que no tardó en entenderlo.

Como buena fan, la sentí desfallecer a mi lado con una estúpida sonrisa. Después de todo, le había puesto un apodo de Pokémon.

—Ash, ¿recuerdas cuando tu color favorito era el naranja? —le preguntó Kiara con malicia antes de llevarse el refresco a los labios.

—No me suena, pero me gusta mucho el azul.

Ante esa frase, Kiara escupió su refresco. Él se rio y dijo:

—No juegues a ese juego conmigo, Smith, se me da muy bien ponerte nerviosa.

«¿Azul?»

No entendía lo que estaba insinuando, pero la morena sacó su celular para anotar la frase de Ash. Kiara había planeado contarle a Ben todo lo que se había perdido durante esas dos semanas. Y acababa de perderse algo importante.

—¿Para quién trabajas? —preguntó Ash mientras examinaba a Riley con la mirada.

—Max Gallagher, de la banda Roses'N'Demons —lo informó intentando mantener la calma—. Tú eres una de sus mayores inspiraciones. Bueno..., tu familia.

—Eso es... halagador —dijo Ash poniéndose en pie.

Tomó un trozo de pizza antes de sentarse en el asiento, frente a nosotras.

—¿Has visto a Ben, Grace?

Asentí con la cabeza.

—Cole ha dicho que no despertará hasta dentro de un par de días en el mejor de los casos —le explicó Kiara—. Y si dentro de diez días sigue sin despertarse, entonces...

No hizo falta que terminara la frase para que la entendiera. Si no despertaba, lo declararían muerto.

Se me nubló la vista, pero me tragué las lágrimas. No había que perder la esperanza.

—Cuando Ben se recupere, por fin podremos celebrar la muerte de William —se entusiasmó Kiara—. ¡Hemos matado a ese hijo de puta!

Ash asintió con la cabeza y esbozó una sonrisa mientras admiraba uno de sus anillos: estaba orgulloso de ese acontecimiento.

—¡Y traeremos a Ella de vuelta!

—No —repuso él—. Se queda en Manhattan.

Kiara abrió los ojos como platos.

—No... no estarás pensando...

—Está mucho mejor lejos de nosotros. No vuelvas a sacar el tema de Ella. Ya no existe aquí.

Kiara lo fulminó con la mirada y sus dedos apretaron con fuerza el refresco. Ash le sostuvo su mirada asesina. Una atmósfera fría se instaló en la habitación y nos quedamos como piedras en el sofá.

—Eres lo peor —soltó la morena—. ¡No tiene nada que hacer allí!

—Entró en mi mundo por error y la he obligado a salir porque no es para ella.

—¡Estás enfermo! ¡No tiene nada por lo que vivir en una sociedad normal! ¡No puedes decidir por ella!

—¡Sí puedo, yo decido lo que es mejor para ella! Este mundo la ha destruido, yo la he destruido, y seguiré destruyéndola porque me quiere —rugió Ash mirándola fijamente—. Ella solo ve lo bueno en mí, pero yo podría arruinarle la vida.

Permanecí en silencio. Así que Ella amaba a Ash... Y él, obviamente, no podía soportarlo. Tal vez no podía soportar que lo amaran. Tal vez pensaba que no merecía ser amado.

Ash se levantó de un salto y salió de la habitación dando un portazo.

—Lo siento... —suspiró Kiara.

Ya había visto antes este tipo de discusiones entre Kiara y Ash, pero esta vez la joven parecía más abatida que en ocasiones anteriores.

—¿Ash... tiene una cautiva? —preguntó Riley con curiosidad.

—Tenía —la corrigió Kiara—. Tenía una cautiva. Pero decidió echarlo todo a perder.

—¿Es esa tal Ella?

La morena asintió y se pasó una mano por el pelo a la vez que resoplaba. Parecía agotada. Todos sus esfuerzos por recuperar a Ella habían quedado reducidos a nada por un simple «no» de Ash.

Era obvio que quería recuperarla por él. A juzgar por las reacciones de Ash, Ella no le era indiferente. Pero tal vez se convencía a sí mismo de lo contrario para pasar página.

Yo tenía curiosidad por saber más sobre su relación. En la escuela, Ash no era de los que se encariñaban, menos aún con una chica tan tímida como Ella. Pero recordé el poder que ella había mostrado sobre él el día que nos habíamos conocido. Mi hipótesis: él estaba a sus pies, pero odiaba esa sensación.

«¿Quién es esa chica de la que el gélido Asher Scott se ha enamorado?»

—Ash nunca cambiará —murmuró Kiara mirando al suelo—. Lo destruyeron, así que ahora él destruye a todos los demás.

Siete días después

Mi celular sonó en medio de la noche. Primero me hizo gruñir, pero mi corazón empezó a latir a toda prisa en cuanto vi el nombre que aparecía en la pantalla. Kiara.

Había estado ilocalizable durante esos primeros siete días, cosa que no había hecho más que aumentar mi ansiedad. Aguanté la respiración, temía lo que pudiera decirme.

—¿Ho-hola?

De repente, Kiara se puso a llorar... y mi mundo se derrumbó.

«No... Esto no... Cualquier cosa menos esto...»

Ahogué un sollozo para no despertar a Riley, que dormía plácidamente a mi lado.

—¿Isabe... Isabella?

Su voz estaba rota, la mía empezó a temblar.

—¿Sí...?

No estaba preparada, no estaba preparada. No, no estaba preparada.

Se me nubló la vista. Mi corazón dejó de latir durante un instante. Esperé inmóvil a que hablara.

—Ben, Ben se ha despertado —sollozó.

Esas palabras.

Esas palabras me golpearon y se quedaron dando vueltas en mi mente. Durante unos segundos, no pude comprender su significado. Cuando por fin lo entendí, me convertí en un mar de lágrimas. Lágrimas de alivio.

El corazón casi me estalla en el pecho. Ben estaba despierto. Después de tres semanas y media, había sobrevivido. Ben había sobrevivido.

Al oír mis sollozos, Riley se acercó a mí sin saber si estaba triste o contenta, porque lloraba y sonreía al mismo tiempo. Me sentía aliviada. Por fin.

Kiara estaba igual que yo. Por fin había terminado.

—A-Ash te recogerá a primera hora de la mañana... Te dejo, tengo que llamar a su madre.

Le di las gracias antes de colgar.

—¿Y bien? —preguntó la pelirroja frotándome la espalda—. ¿Ha...?

—¡Ben está vivo! —anuncié con una gran sonrisa y lágrimas en los ojos—. Ben se ha despertado...

Riley me abrazó con un suspiro de alivio. El tiempo se había detenido a mi alrededor. Por fin la pesadilla había terminado, por fin todo había vuelto a la normalidad y por fin Ben estaba allí. Me sentía más ligera, el peso de mi ansiedad se había desvanecido.

—Te lo dije —susurró secándome las lágrimas—. Ben es un luchador. Ahora deberías dormir, lo necesitas.

Asentí y me tumbé con sus brazos a mi alrededor. Suspiré aliviada y cerré los ojos con una gran sonrisa en los labios. Sabía que no iba a dormir, había demasiada euforia en mi cuerpo como para dejarme vencer por el cansancio.

Ben estaba vivo. Había luchado. No nos había abandonado.

Mis ojos se llenaron de lágrimas, que dejé caer una vez más. Era demasiado bonito. El alivio había llegado como un tornado y había barrido todos mis miedos.

La pesadilla tocaba a su fin, dando paso a días felices.

Mi corazón nunca había latido como latía por Ben. Las horas con él pasaban tan rápido como minutos y yo quería más de él. Siempre más.

Quería que guardara mi corazón para que pudiera cuidarlo como yo cuidaría del suyo. Y sabía que lo haría, porque el Ben de la escuela no se parecía en nada al que hoy había despertado del coma: un hombre que, desde que nos habíamos reencontrado, me había demostrado su amor y lealtad cada día para darme seguridad. Ahora ya no tendría que hacerlo más. Confiaba en él, estaba tranquila. Iba a quedarse, como había prometido. Habíamos recorrido un largo camino para llegar a ese momento. Éramos muy diferentes, sin embargo, todas esas imperfecciones hacían que nuestra relación fuera especial, que fuera perfecta.

Para mí, era él o nada. Y no me había dado realmente cuenta hasta que había estado a punto de abandonarme. Todas mis dudas sobre él, todas mis tonterías sobre mi falta de confianza en él, todos mis miedos hacia su mundo criminal... Todo eso había perdido el sentido cuando se había encontrado entre la vida y la muerte.

Pero ¿no es eso humano? ¿Darte cuenta del verdadero valor de las personas cuando están a punto de dejarte? ¿Ser consciente de lo importantes que eran en tu vida?

La amenaza de perder a un ser querido silencia nuestros cerebros y deja espacio a nuestros corazones. Todo resentimiento nos abandona. Me di cuenta de lo incondicional, puro y poderoso que era mi amor por Ben.

Ahora estaba segura. Quería volver a empezar, quería compartir mi vida con ese cabrón que hacía latir mi corazón. Quería a ese idiota que se pasaba el día tomándome el pelo y contándome chistes que, aunque a menudo no tenían gracia, me hacían reír a carcajadas.

Me había enamorado de sus impresionantes ojos oscuros y mi mente se volvía un torbellino cada vez que oía su nombre. Ben. Benjamin Jenkins.

Nuestra historia estaba por fin a punto de empezar de nuevo. La vida nos daba otra oportunidad y pensaba aprovecharla.

«Tu segunda vida empieza cuando te das cuenta de que solo tienes una.»

Me moría de ganas de empezar mi segunda vida con Ben.

A la mañana siguiente, Ash me recogió a las ocho. Riley se había vestido a la velocidad de un rayo cuando se había enterado de que era él quien venía a recogerme, lo que me había hecho reír.

Cerré la puerta detrás de nosotras, no sin antes decirle a mi padre que íbamos de compras, y me apresuré hacia el lujoso coche de Ash.

La pelirroja exhaló un «buenos días» mientras se sentaba en el asiento trasero y luego el rubio arrancó.

Parecía que no había dormido lo suficiente.

—Agárrense —dijo, y, sin darnos ni un segundo, hizo rugir el motor y nos pusimos rumbo a su red.

Por el camino, Riley sonreía como una loca cada vez que el coche aceleraba. Le encantaba la velocidad. O tal vez el conductor. O tal vez ambas cosas.

Al cabo de pocos minutos, llegamos a la red. Enteros, que no es poco. Había pensado que iba a morir, pero Ash había demostrado una vez más que tenía mucha experiencia al volante.

Kiara se lanzó a mis brazos. Irradiaba felicidad, como todos nosotros.

—Está en un estado mínimamente consciente —nos informó—. Responde a las peticiones de Cole, pero de momento no habla. Ash me ha prohibido verlo sin ti, Bella.

Fruncí el ceño. Ash se justificó resoplando:

—Conociendo a Ben, si ve primero a Kiara, pensará que está en el infierno.

Se me escapó una risita. Kiara lo fulminó con la mirada y me arrastró hasta el sótano, donde estaba la habitación de Ben.

El corazón casi me estalla en el pecho mientras cruzaba el umbral de la puerta. Los ojos se me llenaron de lágrimas en cuanto se posaron sobre él.

Los suyos estaban abiertos y sus pupilas negras me miraron fijamente. Inmediatamente, el monitor parpadeó, indicando que los latidos del corazón de Ben se estaban acelerando.

—Hola...

Las lágrimas empezaron a rodar por mis mejillas. Observando la pantalla, Cole le pidió a Ben que se calmara. El moreno no dejaba de mirarme, pero no podía articular ninguna palabra.

—Jenkins, tranquilízate —rio el médico—. Hola, Isabella. Vas a provocarle un paro cardiaco si sigue así.

El tono burlón del médico me hizo sonreír. Deslicé mi mano entre las de Ben y rompí a llorar cuando sentí una ligera presión. En los últimos quince días no se había movido. Y ese apretón...

—Está viva —susurró Ash detrás de mí—. Y tú también.

Las pupilas de Ben no se separaban de mí. Un inmenso alivio me invadió. Por fin estaba despierto.

—Estoy aquí..., estoy aquí —sollocé juntando mi frente con la suya—. Me salvaste.

Vi rodar una lágrima por su mejilla y se la sequé antes de posar los labios sobre su frente. Su piel volvía a estar caliente.

—Tenemos que dejar que descanse —nos pidió Cole.

Me alejé de Ben muy a mi pesar. Kiara me rodeó con los brazos y me condujo fuera de la habitación.

Cuando llegamos al despacho de Ash, este se dejó caer en el sofá. Nosotras hicimos lo mismo. Dirigí la mirada hacia él, que miraba el techo con aire aliviado.

—Por fin —suspiró—. Las cosas empiezan a encajar.

Un mes y medio después

—¿Me has traído donas?

Cuando abrí la caja, que contenía sus favoritas, se le iluminaron los ojos. El moreno esbozó una amplia sonrisa y me invitó a acompañarlo en la cama.

Hacía una semana que Cole lo había trasladado a casa. Ben se estaba recuperando muy bien del coma y de sus heridas. Sin embargo, había perdido mucho peso y masa muscular.

Yo pasaba todos los días en su casa y a veces me quedaba a dormir con él. Cole venía a menudo para asegurarse de que todo estaba bien. Siempre había un enfermero y una auxiliar en casa, por si acaso. Ash también venía muy a menudo a visitarlo, cosa que ayudaba mucho a Ben a no sentirse atrapado entre cuatro paredes.

—Tienes sesión de fisioterapia dentro de dos horas —le recordé mientras me rodeaba la cintura con los brazos.

Llevaba tres semanas recibiendo sesiones de fisioterapia para que sus músculos volvieran a funcionar correctamente y en los últimos días sus movimientos se habían vuelto más fluidos. Seguía caminando con bastón, y se pasaba la mayor parte del tiempo quejándose de ello.

—Demonios, qué pereza... No arruines el momento —dijo dándome un beso en la frente.

Cerré los ojos para disfrutar de cada segundo a su lado.

—¿Qué tal el día?

—Bien, he ido con mi madre y Riley a hacer unas compras —le dije con una sonrisa—. He pensado en ti al ver Dunkin' Donuts.

—¿Riley-Tengo-Veintidós-Años sigue aquí?

Asentí.

—Vuelve a Nueva York la semana que viene.

—¿Y tú?

Levanté la mirada hacia él.

—Pienso quedarme aquí para disfrutar de mi novio.

Se rio y me preguntó con una sonrisa traviesa:

—¿Me estás pidiendo que sea oficialmente tu novio?

Asentí.

—Quiero a Ben Jenkins, a nadie más. Solo a Ben Jenkins.

—¿Ni siquiera a un chico normal que te aporte estabilidad? —me preguntó con voz nerviosa—. Reflexioné mucho durante tu secuestro. No soportaría que sufrieras por mi culpa...

—Y yo no soportaría que tomaras esa decisión por mí —lo interrumpí—. Yo también he tenido mucho tiempo para reflexionar y es a mí a quien le corresponde elegir. He elegido una vida con Ben Jenkins con todo lo que eso implica.

Podía oír cómo su corazón se aceleraba. Acercó sus labios y los juntó con los míos. Una explosión hizo bailar mis entrañas. Su lengua entró en contacto con la mía en un vals apasionado. Nuestro amor nos hacía débiles. Yo lo deseaba... y él me deseaba a mí.

—Te quiero... Te quiero muchísimo —repitió Ben recuperando el aliento.

Todo estaba en nuestra contra. Pero eso era también lo que nos atraía el uno hacia el otro.

Él era mi alma gemela, aunque su mundo fuera la antítesis del mío. Todos aquellos miedos, rencores y dudas que habían planeado sobre nuestras cabezas habían hecho que nuestra relación fuera muy tóxica. Pero eso era antes. Ahora éramos perfectos juntos.

—Creo que es la primera vez que mi trabajo casi me cuesta la vida —exhaló abrazándome con más fuerza—. De verdad creí que te había perdido... Todo por culpa de esa zorra...

—Pero ahora estás aquí —dije con una sonrisa—. La verdad es que he pasado las peores semanas de mi vida esperando a que despertaras, sobre todo porque no sabíamos si ibas a hacerlo.

—No te dejaría tirada, te lo prometí. —Su rostro se acercó al mío—. Aunque, al principio, pensaba que habías muerto en la explosión. Carajo, pensaba que había fracasado.

Pero ese había sido el único daño colateral del plan. Ben había jurado que, después de eso, nunca volvería a confiar en alguien que no fuera de su grupo. La traición de Isobel había estado a punto de matarlo. Y cada día era más consciente de ello.

Sentí que sus dedos me acariciaban el brazo y sus labios me daban miles de besos en la frente. Como si en ese instante yo fuera lo más importante para él.

—Si un día tuvieras que escribir nuestra historia, ¿qué título le pondrías? —le pregunté—. Riley me hizo esa pregunta una vez sobre nuestra amistad, siento curiosidad por saber tu respuesta.

Él contestó en tono burlón:

—La Bella y el Vago.

Resoplé de exasperación.

—¿Y tú?

Una sonrisa se dibujó en mis labios. La pregunta no era necesaria, ya tenía la respuesta.

—Como el título de una canción —murmuré sonriendo—. *Perfectly Wrong.*

Eso era. Él encarnaba absolutamente todo lo que yo no necesitaba y, sin embargo..., era perfectamente incorrecto.

Agradecimientos

Empecé a escribir este *spin-off* durante el primer confinamiento. No sabía adónde iba esta historia, pero, sinceramente, ya estaba enamorada de la relación entre Ben y Bella. Y estoy muy orgullosa de saber que ahora estos dos han llegado a sus manos.

Por supuesto, voy a empezar por darle las gracias a Zélie, mi editora, que creyó en este *spin-off* (incluso más que yo) y que hizo esta historia aún más cautivadora. Gracias por esos comentarios tan divertidos y por tus consejos.

Debo dar las gracias también al confinamiento, sin el cual no habría podido dedicar tanto tiempo a concentrarme en Ben y Bella. Muchas gracias también a Marie, que estuvo ahí cuando empecé a dudar de esta historia, por haber sido mi pequeña lectora beta durante ese periodo.

A Shawn Mendes. Y a Harry Styles.

Y a la comunidad de Wattpad, a los primeros lectores, a los que les encantó la pareja formada por Ben y Bella. A todas las personas que vieron que Ben era algo más que un simple personaje secundario. Infinitas gracias por todo. Gracias por estar ahí, gracias por dar amor a esta historia.

Hasta pronto.

Cuídense mucho esas caritas.

With love,

S.

Memento mori
Esto memor nostri

Próximamente:

No te pierdas la siguiente entrega de la serie *Captive*,
el fenómeno *dark romance* n.º 1 en librerías.